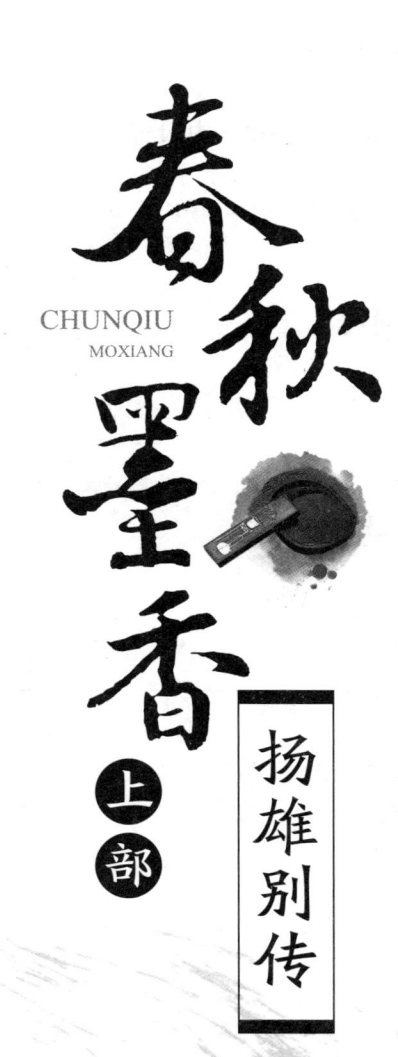

黎正光 ◎ 著

长篇历史小说

春秋墨香

CHUNQIU MOXIANG

上部

扬雄别传

成都时代出版社
CHENGDU TIMES PRESS

图书在版编目（CIP）数据

春秋墨香：扬雄别传/黎正光著.——成都：成都时代出版社，2024.3
ISBN 978-7-5464-3302-8

I.①春… Ⅱ.①黎… Ⅲ.传记小说-中国-当代 Ⅳ.①I247.5

中国国家版本馆CIP数据核字(2024)第010284号

春秋墨香——扬雄别传
CHUNQIU MOXIANG YANGXIONG BIEZHUAN

黎正光／著

出 品 人	达　海
责任编辑	张　旭　周　慧
责任校对	陈　胤
责任印制	黄　鑫　曾译乐
装帧设计	成都九天众和

出版发行	成都时代出版社
电　　话	（028）86742352（编辑部）
	（028）86615250（发行部）
印　　刷	成都博瑞印务有限公司
规　　格	175mm×240mm
印　　张	56.25
字　　数	1074千
版　　次	2024年3月第1版
印　　次	2024年3月第1次印刷
书　　号	ISBN 978-7-5464-3302-8
定　　价	155.00元（全2册）

著作权所有·违者必究
本书若出现印装质量问题，请与工厂联系。电话：（028）85919288

内容简介

扬雄（字子云，公元前53年—公元18年），他的出现与他在哲学、文学、天文学、语言学、音乐学等方面的杰出贡献，堪称中国文化史上的一个奇迹。他是中国古代史上百科全书式的人物。

作者在大量研究扬雄人生经历的基础上，创编出主线、副线两条故事线，着力刻画了一个有血有肉极具个性化的传奇人物扬雄。将他的求学、择偶、北上入宫等人生经历铺陈开来。尽管书中人物充满悲剧色彩，但该书把扬雄一生所完成的主要著作带进故事中，可以毫不夸张地说，该小说尽力在文学创作中保留了更多史学内容，是一本后人了解文化先贤扬雄不可或缺的大书。

全书极富特色地展示了西汉时期整个川西地区的历史风貌，在涉及跟扬雄同时代的著名美女王昭君和赵飞燕时，作者对汉代皇宫尔虞我诈、声色犬马的生活也有深刻揭露与描述。扬雄是四川人，小说中引用了少量四川方言和网络用语，能给人不一样的亲切感和幽默感，贴合年轻人的阅读审美。

特别值得一提的是，该小说借鉴了影视剧设置的悬念手法，使每章故事环环相扣跌宕起伏，给人有较强的阅读快感。同时，在副线故事中，作者还塑造了义薄云天的侠义英雄，全书贯穿着侠骨柔肠、阴谋与反阴谋、复仇与反复仇的传奇故事。

四川首批十大历史名人之一的扬雄，虽出身于桑农之家，但在他一生求学奋斗中，为啥能成为汉成帝眼中的辞赋大家？成为被王莽、刘歆等人看重的好友？成为著作颇丰的文化大咖？书中众多令人叹服的故事给出了具有说服力的答案。

春秋墨香 上部
扬雄别传

扬雄曾与王莽同朝为官，受历史上所谓正统皇权观念的影响，致使扬雄在明朝早期被统治者渐渐移出供奉文化先贤的庙堂，再后来他就被淹没在历史尘烟中。此书是想向当今世人言表扬雄不愧是中华文明史上一位了不起的杰出文化人物！

CONTENTS
目 录（上部）

001	第一章	一个有仗义之举的农家小子
009	第二章	桑农出身的少年，开始拥有自己梦想
018	第三章	免税文牒，制造出轰动乡场的奇葩效应
028	第四章	辞赋初试锋芒，地头蛇十分惊诧
036	第五章	为复仇计划，丐帮头成功游说老财主
044	第六章	农家小子，创造出轰动全县的高光时刻
052	第七章	茶铺听书，扬雄初识占卜大师严君平
060	第八章	动机不纯的徒儿们，哪是习武之料
069	第九章	女老板的发财计划使扬雄陷入两难
076	第十章	一个不想做"菜鸟"的求学"小鲜肉"
085	第十一章	丐帮老大终于拉开复仇序幕
093	第十二章	区区墓碑石案，竟惊动了王县令
101	第十三章	捕快色胆包天，竟骗女老板"滚了床单"
109	第十四章	墓碑石案，似乎峰回路转

117	第十五章	替扬雄出气，老铁刘三决定惩罚捕快
127	第十六章	蒙面汉子突袭，宋捕快惨遭不幸
136	第十七章	春节，草民们的快乐与忧虑
145	第十八章	宋捕快开始实施复仇行动
154	第十九章	疯狂追查，宋捕快终于寻到扬雄
162	第二十章	张云天不愧为蜀地剑客
170	第二十一章	巴人剑客，想同张大师切磋剑术
178	第二十二章	剑客较量，张大师颜面尽失
186	第二十三章	破坏江湖规矩，丐帮头被逐出天师洞
194	第二十四章	失意丐帮头，不幸落入宋捕快之手
201	第二十五章	宋捕快与人合谋，想要丐帮头的命
209	第二十六章	扬雄，感动众乡亲的同窗之谊
217	第二十七章	仗义兄弟，冒死救出丐帮头
224	第二十八章	疗伤后的愿景与分歧
232	第二十九章	扬雄的苦劝与新计谋
239	第三十章	义结金兰，为孤胆英雄壮行
247	第三十一章	乔装杀人逃犯，终于混进匪巢
255	第三十二章	铁肩担道义，用计除匪首

262	第三十三章	各路兄弟的成都大聚会
270	第三十四章	扬雄，对石室精舍的无限向往
277	第三十五章	钟情方言研究的林间翁孺
286	第三十六章	龙家两兄弟，惨遭报复性派款
294	第三十七章	西门公子，拜师天师洞遭冷遇
302	第三十八章	求学后生，不愧是翁孺学馆的傲娇学霸
310	第三十九章	宋捕头骗奸阴谋终于得逞
317	第四十章	终被巨大不幸击倒的青年学子
325	第四十一章	新仇旧恨再次激怒丐帮头
333	第四十二章	学子告别临邛，林间翁孺泣血重托
341	第四十三章	出人意料，扬雄竟成文翁学馆旁听生
350	第四十四章	并非浪得虚名的超级学霸
358	第四十五章	琴台路上的文君酒坊女老板
366	第四十六章	易学大师严君平的神机妙算
376	第四十七章	黑道老大逼婚，妄图黑吃文君酒坊
385	第四十八章	扬雄献计，终于团灭黑道团伙
396	第四十九章	端午节，扬雄用特殊方式悼念屈原
406	第五十章	骚动与困惑，逐渐觉醒的性意识

第一章

一个有仗义之举的农家小子

　　公元前53年春夜,一颗耀眼流星划破中华大西南夜空,消逝在深邃的岷山深处。不久,临近黎明时分,一阵婴儿啼哭声响起在成都郫县石埂子亭五徒口河湾里的农家小院中。半个时辰后,院主扬凯欣喜推开院门,朝东方升起的旭日举臂高呼:"老天有眼,我扬家一族又后继有人啦!"十分疲惫的产妇张氏,看看睡在身旁的男婴,幸福地合上双眼,很快沉入梦乡。

　　川西平原的春天,正是春麦拔节、鸟语花香时节,在喜鹊的叫声中,返身回到堂屋的扬凯忙点燃几根长香插在供有祖先牌位的案桌上,随后,清瘦的他跪在供桌前磕了几个响头。当扬凯抬头凝视桌上牌位时,猛然间,双眼便流下两行热泪……

　　人间的温暖,曾惠及过扬家。

　　扬凯的四世祖扬季生活在汉武帝刘彻时代。通过明经入仕的扬季,在官场摸爬滚打二十多年后,升至庐江郡太守。"地狱空荡荡,魔鬼在人间。"谁也没想到,官场老手扬季因坚持秉公办事,竟然得罪了当地土豪们。为铲除阻碍他们发不义之财的绊脚石,心黑的土豪们竟用钱收买杀手,要取扬季项上人头。为避免灭门惨祸发生,太守扬季只得弃官率家人逃回老家重庆。

　　天真的扬季以为离开庐江郡就能成功避祸,没想到的是,收了钱的歹人又追杀到重庆。万般无奈下,扬季趁月黑风高之夜,又携家人往川西平原逃去。巧妙甩掉亡命杀手后,扬季最终在郫县石埂子亭五徒口河湾里停留下来。好在汉武帝时期人口不多,川西坝子也属地多人少之时。他们一家过起了隐姓埋名的日子,靠辛勤开垦的荒地养家糊口……

扬凯既然是扬季之后，遗传中自然就带有些文化基因，加之谨慎做人，他同乡邻也就处得较为和谐。乡邻们纷纷来扬家小院祝贺扬凯喜得贵子，他给出生的儿子取了个极为阳刚的名字：扬雄，字子云。或许，扬凯也没料到，在他给儿子取的名字中，已隐含有倔强执拗和雄健的性格特征。

从扬季开始到扬雄，扬家已是五代单传。所以扬雄在落地这日起就享受到上至奶奶，下至父母和左邻右舍的格外关爱。被扬凯夫妇视为掌上明珠的扬雄，在日升月落的季节转换中，很快就过完了五岁生日。一天，扬凯从家中楠木柜中翻出几捆竹简，闲暇时开始教小扬雄认字，读《诗经》中的句子。半年后，当扬凯夫妇听着儿子背诵"关关雎鸠，在河之洲。窈窕淑女，君子好逑"时，两人脸上总会浮现出无尽笑意……

孤独者，永远在等待和寻找自己的知音。

小扬雄虽在家中受到无微不至的关爱，但扬家小院中除了三个大人就只有小扬雄一个小孩。儿童不仅需要父母呵护，有时更需要玩伴。在扬凯夫妇下地劳动时，常常溜出院外玩耍的小扬雄发现了一个常在河边树下睡觉的小乞丐刘三。刘三家本就是扬雄家近邻，由于一年前母亲病逝，成了孤儿的刘三就过上了乞讨生活。那时的人格外崇尚仁义，在左邻右舍乡邻们的帮助下，小刘三始终没饿着肚子。

这刘三虽比扬雄大一岁，但毕竟没有扬雄日子过得滋润，所以，两人个子就长得差不多高。近距离接触几天后，小扬雄就同刘三渐渐成了玩伴。开初，扬凯夫妇由于忙碌，并不知道小扬雄同刘三玩到了一块。小伙伴在一起的快乐，并不是每个成人都能懂的。为同刘三玩耍，擅动脑筋的小扬雄便借摘桑叶（那时成都织锦技术极为发达，成都产的蜀锦名扬天下，扬凯家凭养蚕也有较好收益）之机，同刘三玩耍。而懂事的刘三也常帮扬雄采桑，这样一来，早早采完桑的小扬雄就有更多时间同刘三玩耍。而令扬雄父母不知的是，他们的宝贝儿子心善，还常常背着家里，偷拿好吃的食物送给他的小伙伴刘三。

斗转星移中，随着扬雄年纪增长，望子成龙的扬凯渐渐加强了对他的管教。当时，石埂子亭一带没有私塾先生，更无学馆。这样一来，平常对扬雄的教育和读书辅导重担，就全落在了扬凯肩上。知识水平有限的扬凯，不忘父辈初心，希望扬家后人都能成为有些文化的人。基于此，在扬雄长到八岁时，扬凯不仅要求儿子识文练字，还要求他每天必须背诵《诗经》和诵读《尚书》《礼记》等。好在小扬雄头脑灵活，记忆力不错，基本都能保质保量完成父亲下达的学习任务。

扬凯毕竟是一家之主，在指导儿子学习过程中，也没忘记让小扬雄学会放牛、割草和干些不太费力气的农活。几年下来，手脚麻利（虽有点口吃）的小扬雄居然成了父母农活上的好帮手。母亲张氏备感欣慰的同时，也不忘关心儿子的温饱和健康。在她纯朴的心中，扬家五代单传的小扬雄，身体一定得长敦实才行，唯有如此，长大后才好给扬家传宗接代，她也才对得起扬家祖宗。伴着袅袅炊烟和鸡鸭欢唱，小扬雄同玩伴刘三的友谊也在一天天增长……

快到十岁时，小扬雄的圆脸渐渐变成了长方形的国字脸，不大不小的眼睛同不厚不薄的嘴唇很是相配，唯有挺直的鼻梁和一对耳朵似乎有招风之感。难怪扬雄奶奶常摸着孙子头说："雄儿这耳朵和鼻子极有当官相，看来，我们扬家又要出官人啰。"私下，扬雄父母曾多次议论过，将来雄儿长大做啥好呢？唉，人世间可干职业不少，雄儿做事虽说有点麻利，但从他对《诗经》等书的热爱程度来看，这娃长大不像是干农活的，扬凯脑子经常冒出这种想法。而单纯的张氏见雄儿读书写字能静下心来，放牛割草也干得不错，想法就异常简单：只要雄儿身体健康，有点文化能干农活就行，往后，能给我们养老送终就可以了。

但令人担心的事，终于被扬凯发现。

一天午后，猪圈中有两只小猪崽不见了。扬凯房前屋后找了一阵没寻着，便到河边去叫放牛的扬雄回家帮着一块找猪崽（因钻稻田，小孩要灵活得多）。盛夏炎热，戴着草帽的扬凯穿行在稻田边的田埂上。由于田埂边种有黄豆，枝叶茂密的黄豆枝致使扬凯行走极为不便。在肆虐疯叫的蝉鸣声中行走的扬凯，突然听到不远处河中传来咚咚的击水声。颇为诧异的扬凯寻声望去，突然发现光屁股的扬雄爬上柳树，正挥手对河中的刘三高喊："叫花哥，我又来啦！"说完，扬雄就一头朝河中扎去。

扬雄大胆的跳水举动，吓得扬凯倒吸一口凉气。若是平常农家子弟这样玩水，是完全可以理解也是极为常见的，但作为扬家五代单传的扬雄这样玩水，要是出了意外咋办？你扬雄胆子也太大了嘛，你每天放牛不是都带了竹简吗？哼，你不给老子看书也就算了，居然敢拿小命开玩笑！我今天不教训教训你这野小子，你还真不知马王爷长有三只眼！想到这儿，气极的扬凯猛地扯了一把黄豆枝，然后蹿到河边，抓着溜光水滑的小扬雄，就是一顿猛抽。丈二和尚摸不着头脑的小扬雄，在惊吓中哇哇大哭起来。扬凯见扬雄并未告饶，气得用手中散乱的黄豆枝又抽打开来……

被老爸一顿暴揍后，小扬雄很快被揪回扬家小院。见孙子哭得异常伤心，奶奶陆氏流着泪数落起扬凯："你这狠心的男人，当年我是咋把你拉扯大的，娘有这么狠心打过你吗？！当年你爸叫你认字读书，你、你哪一点能跟我乖孙相比？孽障呀！你、你不配做雄儿他爸！"在陆氏的哭骂声中，张氏也心疼地紧紧抱着儿子泪流不止。

本想继续教训扬雄的扬凯，见自己母亲反应如此剧烈，只好走到母亲身边，低声告诉了他狠揍扬雄的原因。没想到，陆氏听完扬凯话后，立马瞪着双眼喝问道："蠢东西，你难道忘啦，你爸当年咋说你胆小的？今天，我孙子敢上树跳水，就证明他胆子比你大。哼，一个男人若没胆子，往后咋可能干出一番事业来？！为娘相信，我孙子将来一定比你有出息！"

为哄住仍在抽泣的儿子，张氏在做晚饭时，特从梁上夺下一块老腊肉煮起。晚饭时，一家四口虽没说啥话，但张氏给扬雄碗中埋的腊排骨，却让小扬雄深深体会到不一样的温馨母爱。晚饭后，小扬雄同母亲一道喂了猪食，然后又把鸡鸭关进笼中。晚上，张氏将扬雄搂在身前，讲了一番不要去做危险事的道理。她说："川西坝子的水都来自上游岷江，夏天河水汹涌经常淹死人和动物。你是我扬家独子，你父亲是爱你才打你的。今后，你若要玩耍，就玩些没啥危险的，比如去捉蝉子（知了），抓叫姑姑（可关在麦秆编织的笼中喂养的昆虫），还可用竹筛去捕小麻雀，甚至到小河或稻田中摸鱼捉蟹也行。"母亲温暖柔软的话语，听得扬雄十分入心。当天晚上，即使刘三在院外学鸟叫呼唤他，扬雄也没有出院。刘三足足等了一个多时辰，才无趣地回到他的破屋里酣睡……

第二年春天，川西平原又桃红柳绿之时，某天早上，扬雄打开院门，发现好友刘三靠在院墙边抽泣。诧异的扬雄忙上前询问刘三为啥哭，刘三把昨晚要饭时被龙家大院欺负的事告诉了扬雄。细心的扬雄察看刘三伤情后，咬牙说："太、太欺负人了，走，我、我帮你报仇去！"随即，扬雄拉起刘三，就朝不远的龙家大院跑去。

扬雄毕竟是有些文化的小子，他不傻，更不会简单行事。他同拿着打狗棍的刘三躲在菜花地中，慢慢靠近龙家大院。龙家大院外有个较宽大的土坝，土坝中长有一棵高大的黄角树，夏天时，附近农人常聚集树下纳凉和吹牛谈天。龙家大院里住有几户龙姓人家，院大门就正对着土坝中的黄角树。不久，大院门打开，跑出几个半大男女儿童来。眼尖的刘三很快指认出打他的两个男娃。扬雄点头后，立马将手中竹竿抓得紧紧的。

土坝上，一群踢着毽子的男女儿童们，正嬉闹玩耍欢度属于自己的快乐时光，猛然间，只见率先冲进土坝的扬雄挥着竹竿就朝比他还高大些的男娃打去，接着，刘三举着打狗棒，也朝另一男娃打去。龙家两娃被从天而降的击打吓得够呛，哭喊声顿时响彻土坝上空。小扬雄没能及时撤退，很快就被奔来的龙家大人们抓住。一阵拳打脚踢后，龙家大人就把扬雄和刘三捆在大树身上。哭喊声惹得附近乡邻纷纷朝土坝涌来。

接到报信后，大惊的扬凯夫妇立马朝土坝跑来。当见着儿子和乞丐刘三一同被绑在大树上时，扬凯立即向守在树旁的龙大汉问道："你为何要捆打我儿扬雄？"

"哼，为何要捆打你家小子，你自己问问你家野小子吧！"龙大汉双手撑腰回道。

扬凯盯了龙大汉一眼，忙走到树旁问扬雄："雄儿，他们为何要打你和刘三？"

无奈之下，扬雄只好如实把替刘三报仇的经过讲了一遍。听完后，感觉有些理亏的扬凯不好再向龙大汉讨说法，就想解开捆绑扬雄和刘三的绳索，希望带走这两娃。没想到，龙大汉几步上前，用手中短棒指着扬凯说："姓扬的，今天你就这样想领走你儿和小叫花子，天下没这么便宜的事！"

扬凯大惊："咋的？你们娃先欺负了刘三，我儿扬雄来替刘三出气，你们娃也打了我儿和刘三，现在不是已扯平了吗？你还想咋的？"

"老子告诉你，你若不赔偿我龙家几个公子小姐的医药费，今天，你休得带走扬雄和小叫花子！"龙大汉恶狠狠地说。

扬凯愣了："几个小孩打架，既没见血，又没伤筋动骨，为啥要我赔偿医药费！这是啥规矩？！"

龙大汉盯了扬凯一眼，然后仰头大笑说："哈哈哈，啥规矩？老子告诉你吧，这就是石埂子亭我家定的铁规矩！"

扬凯这才恍然大悟，原来这儿的亭长姓龙，莫非，亭长是他家什么人？

见龙大汉如此蛮横，许多乡民纷纷发出不满声。龙大汉昂头扫视众人后，依然霸气地拦着扬凯。相持之下，张氏见扬雄手臂已被捆得变色了，便低声向龙大汉问道："大哥，依你看，我家要拿多少钱，你才放人？"

"少说也要拿50枚五铢钱来，老子才放你家扬雄。"龙大汉终于说出他想要的钱数。

扬凯非常不满地说："姓龙的，你也太狠了吧，50枚五铢钱，那可是能买五担上等大米的钱哪，我家哪有那么多钱给你！"

围着的群众顿时交头接耳，纷纷指责龙大汉敲诈太狠。这时，一个花白头发的老汉上前，对龙大汉说："龙家汉子，大家都是乡邻，娃娃之间打架已是常有的事，只要没伤着皮肉和骨头，我看你就高抬贵手，放了小扬雄和叫花子刘三吧。"

龙大汉听后双眼一瞪说："天下没那么便宜的事，我家公子凭啥被叫花子和扬雄欺负，若不赔钱，今天休想老子放人！"

天空，久久盘旋着一只苍鹰，仿佛它在巡查五徒口河湾里发生的纷争。群众虽然不满，但大都惧怕龙大汉后面的权力之人。正待僵持不下时，从龙家大院走出位留有黑须、穿着绸服的高个汉子。老伯忙上前躬身说："龙亭长，这小扬雄和叫花子同你侄儿们打架。我看双方又没伤着对方，你就发个话，让你家兄弟放了小扬雄和刘三，就别赔什么钱了，要得不？"

龙亭长并未答话，而是走到黄角树边看了看被绑的扬雄和刘三。沉思片刻后，龙亭长走到龙大汉身边，低声询问了几句，待龙大汉回答后，龙亭长便说："老四，这事你得听大哥的，别给我胡来。"

听大哥说完，龙大汉心有不甘地点了点头。

稍后，龙亭长走到土坝中，对围着的乡邻们说："我说河湾里的乡亲们，扬雄和叫花子刘三竟然敢在光天化日之下，挥着棍棒打到我龙家大院门口来，你们说，我这当亭长的脸面该往哪搁。虽说我家侄儿没被打断骨头，但，赔偿是必须的！我看，50枚五铢钱是多了点，这样吧，为避免此类打人事件再发生，我决定，扬家和刘三共同赔偿25枚五铢钱，由于叫花子刘三没钱，这赔偿费就由扬凯家代替承担，赔偿金送到后，我保证龙家立马放人！"

龙亭长说完后，土坝里的乡邻们又纷纷议论起来，有的说这钱本就不该赔，有的说这是龙亭长假装好人，还有人说没权没势的人就该认命……

老伯走到扬凯身边，劝道："扬凯呀，几十年了，我晓得你是个从不惹事的老好人。今天你家娃娃犯到亭长家了，唉，就算蚀财免灾吧。25枚五铢钱虽说赔得有点冤，但总算是减了一半嘛。你快回家把钱拿来赎人，我看小扬雄被捆得太可怜了。"

在老伯劝说下，扬凯给妻子使了个眼色。张氏得到丈夫指令后，立马朝扬家小院跑去。不久，跑回来的张氏将25枚五铢钱交给了丈夫。被绑的扬雄发现了母亲交钱的举动，突然扯着喉咙哭喊起来："我不回去我不回去，娘，你们别交钱赎我呀，呜呜呜……"

张氏见扬雄如此哭喊，突然大叫一声"雄儿"，就朝被绑的小扬雄扑去……

午时，当扬凯背着抽泣的扬雄刚走进小院，谁也没料到，突然追来的刘三跪在院门外，磕头说："伯父伯母，今天扬雄为帮我出气，不仅挨了龙家的打，还无端让你们赔了钱，往后，就是豁出这条命，我刘三也要还你们为我损失的钱。"磕完三个响头后，爬起来的刘三手捏打狗棒，抹着泪跌跌撞撞离开了扬家小院。

作为童年玩伴，扬雄挣扎着从父亲背上溜下，立马冲到院门外高喊："刘三哥！刘三哥！！"随着扬雄的喊叫声，护院土狗阿黑也朝远处汪汪大叫。春风吹过林盘和麦田，在春燕呢喃声中，小扬雄只见菜花地上空有无数嗡嗡的蜜蜂扇着翅膀奔忙采蜜，那绿色起伏的麦浪，仿佛已将他童年的伙伴掩藏……

出乎扬雄意料的是，当父母把自己扶进堂屋后，父亲没有像上次跳水时那样责打他，而是立即让自己脱光衣服，然后开始细心查看受伤的身子。查看完后，扬凯立马吩咐张氏，快去把菜油陶瓶拿来。随后，扬凯用麻巾蘸着菜油，就在小扬雄身上和手臂的青紫处涂抹开来。奶奶不知小扬雄因何受伤，就在一旁不断唠叨着问："今天雄儿咋啦，咋搞得身上到处是伤？"

扬凯为不使老母亲伤心，只好撒谎说是雄儿不小心从河堤摔到河滩上了。当小扬雄穿好衣服准备领受父亲教训时，扬凯一句话没说，只是把扬雄的头紧紧搂在自己胸前。其实，从扬凯到龙家大院土坝弄明原因后，心里就明白，雄儿今天的举动纯属是为刘三打抱不平的仗义之举。多年来，为遵祖训的扬凯一直低调做人，从不在乡邻间争强好胜，甚至对偶尔占他家便宜偷摘他家菜蔬瓜果的人，也装作没看见，久而久之，扬凯身上的血性就被岁月渐渐蚕食了。今天雄儿的举动，猛然间唤醒了他作为男人的勇气与尊严。说实话，今天扬凯从心底是赞赏雄儿举动的，但他不能说，更不能表露出来。他明白，一旦纵容了雄儿的好胜心，或许将来会有更大麻烦出现，甚至会毁了他们扬家。看来是时候告诉雄儿扬家的身世与遭遇了。

离开扬家小院后，抹泪的刘三就朝几里外的花园场跑去。在刘三几年的乞讨生活中，他一直认为花园场饭馆、茶铺等商铺较多，在那儿比在乡间要饭要稍容易些。八年前，刘父同乡邻为争一块水田，双方竟用锄头打架。受了重伤的刘三父亲，还没来得及报官就命丧黄泉了。待亭长派人捉拿犯事者时，那人却不知逃往何处了。刘三母亲又惊又怕，熬到第二年时终于倒下，母亲去世后，长相不差的刘三便成了讨口要饭的孤儿。

起初，扬凯夫妇动过收养刘三的念头（给扬雄找个伴也好），没想到，跟刘三谈了两次，均被不懂事的刘三以要饭好玩为由拒绝。刘三除要饭外，许多时候都睡在他母亲坟旁石板上。因同情刘三的遭遇，扬凯夫妇才没阻止雄儿同刘三玩耍。几年下来，刘三同扬雄竟成了老铁。扬凯非常清楚，刘三无论到何处要饭 过不了几天，依然会来扬家小院找雄儿玩。

今天发生的事对扬凯触动太大。吃过晚饭，扬凯同妻子商量后，就独自把雄儿带到院外不远处的河边。春夜星空下，扬凯给雄儿讲了先祖扬季率全家逃亡到石埂子亭的原因和坎坷经历，同时，也讲了为啥石埂子亭仅有他们一家姓扬的现状。最后，扬凯说："雄儿，你也渐渐长大了，你必须清楚，我们不是当地人，我们须得谨慎做人才能在此生存下来，任何惹是生非都可能给我们家带来灾祸。今天你也看到了，龙亭长一家对我们蛮横无理，明显欺负我们是外来户。雄儿，对我扬家来说，忍辱负重才是唯一的生存之道。"

懵懵懂懂的小扬雄感到了父亲的焦虑。为了安慰父亲，扬雄表示，今后他一定会谨慎做人，决不再惹事。扬凯听后，为自己今天取得的谈话效果十分满意，打算回屋喝点小酒来庆祝庆祝。但扬凯绝没想到，正是他的告诫和提醒，致使扬雄刚萌生的血性性格，开始向内敛方向悄然转变。

回到屋后，扬凯立马吩咐妻子炒黄豆。很快，小扬雄抱出酒坛，给老爸倒了满满一碗酒。黄豆炒好后，张氏又捧出花生。没有睡意的小扬雄陪在父亲身边，用筷子蘸着碗中酒，也开始学着喝起酒来。扬凯见儿子第一次陪着他喝酒，心里幸福感顿时有些爆棚。春夜渐深，扬凯喝到快断片时才摸上床睡觉……

第二章

桑农出身的少年，开始拥有自己梦想

公元前41年的端午前夕，扬凯提笔在白色绢帛上写了副对联，挂在自家小院大门两边：上联是"端午艳阳照田亩"，下联是"雄黄老酒送瘟疫"。那年月，由于医学不发达，农村人最怕的就是患上怪病，更怕悄然而至的瘟疫流行。扬家五代单传，究其原因不仅仅是生育率低，还有个重要原因是疾病。所以扬凯每年在端午节前，总要变着花样，写些体现他内心愿望的对联，这有驱邪避灾之意。

端午前两天，扬雄在母亲指导示范下，第一次把菖蒲艾草挂在了小院大门旁。端午当天，扬雄跟着父母和奶奶，不仅吃了粽子、盐蛋和苋菜，还认认真真喝了点雄黄酒。饭桌上，开心的奶奶用指头蘸着雄黄酒，在扬雄额头上画了个"王"字。闻着酒香的小扬雄突然向父亲问道："爸，端午节有啥来历与说法吗？我们为啥要过端午节呀？"

父亲听后，想了想说："这端午节具体起源于何时，我确实不太清楚，但我听你爷爷说过，战国时期楚国的大夫屈原投汨罗江死后，人们为纪念他，就在端午节这日祈福辟邪、拜神祭祖。所以我们全家吃粽子就有纪念屈原之意。"

扬雄听后，高兴地说："嗯，当个大诗人真好，死后还有那么多人纪念。"

"雄儿，民众纪念屈原，主要是被他热爱楚国的精神所感动，还不仅仅因为他是个大诗人。"

"爸，前两天我才开始读屈原的《九歌》和《离骚》，我感觉屈原写作水平好高深，他好多诗句我都读不大懂。"

"雄儿，大诗人屈原的作品，够你一生学习琢磨哩。"

扬雄点头后，剥了个粽子塞进嘴中……

端午节后，川西平原随着气温升高，正式入夏了。郫县石埂子亭一带，极具川西农村景象：到处是纵横交错的河网，举目望去，被竹林掩映的农舍茅屋，总是在晨昏之时，飘出具有人间暖意的袅袅炊烟。在牛羊和鸡鸭的欢叫声中，荷锄而归的农人伴随夕阳吹起竹笛，那妙音给碧绿稻田和芋头添加生长的快乐肥料。彼时的小扬雄除了不断翻阅和背诵竹简上那些诗词文章外，他的生活主要是放牛、割猪草，或是帮父母干些力所能及的农活。闲暇时，头脑好使的扬雄在弄懂"宫、商、角、徵、羽"五音后，慢慢学会了吹奏竹笛。

寂寞时，扬雄非常盼望好友刘三的出现，因为，只有刘三来了，他俩才又可以一块下河洗澡，或是一同去稻田或河中摸鱼捉蟹，也只有此时扬雄才会有开心的笑声，才拥有远离孤独寂寞的快乐时光。每当圆脸刘三给扬雄讲起乞讨中的趣事时，扬雄也会为刘三变着招数要饭成功而感到高兴。随着年龄增长，刘三已渐渐走出了石埂子亭地界。过去，扬雄同刘三两三天不见面属正常，现在，他俩五六天见不上面也在常理中了。正因这样，这对老铁见面后，总要尽兴玩个痛快。每当暮色中小扬雄牵着牛，腰上拴着装满鱼蟹的小笆笼回到家时，扬凯就知道，今天刘三准又同雄儿见面了。晚饭扬凯喝酒时，小扬雄常指着盘中稍大的螃蟹说："这是刘三哥抓的。"扬雄这样做的目的只有一个：希望父母对他唯一亲近的小伙伴有些好感。

后来，刘三一再询问扬雄，他家打谷子的具体时间，刘三一再表示，他多次吃过扬雄端给他的芋头干饭，说啥也得在秋收农忙时，去他家帮忙。征求父亲同意后，扬雄还真把抢收谷子的时间告诉了刘三。刘三的身高已渐渐超过扬雄，一双丹凤眼愈发明显，稍大的手掌也渐渐厚实起来。他在外要饭时虽巧舌如簧、油腔滑调，有时甚至为哄要一碗饭可以满嘴跑火车，但他对扬雄的承诺一次也没黄过。仅从这点看，乞丐刘三是个讲信誉的人。

扬凯家共有近百亩田地，除三十来亩种菜蔬瓜果外，另外的都种了水稻。每年收回仓的谷子除供自家吃和交税外，有一部分必须拿到集市卖出，然后再买其他生活必需品回家。扬凯清楚，自家主要劳动力只有他和妻子，12岁的扬雄顶多算半个劳动力。而妻子在农忙时还无法将精力全部投入田中，她还必须忙家里的一日三餐和喂猪等杂事。老母亲身体欠佳，经常大半夜咳嗽。缺少劳动力的农家总有自己的苦楚与焦虑。

这些年来，虽说叫花子刘三已养成好吃懒做的习惯，但一旦来到扬雄家帮忙，满怀感恩之心的他，还真拿出吃奶的力气来做事。天麻麻亮时，扬雄母亲就下到早已放干水的稻田里，用镰刀快速割倒一大片稻子，为早饭后丈夫、儿子与刘三的秋收之战做好前期准备。虽说立秋已过，但川西坝子收割水稻时，仍是酷暑难耐的时候，一旦拌桶推下田，那具有节奏感的乒乒乓乓摔打稻谷声就会一直持续到午饭时分。烈日下，光着上身、挥动双臂的扬凯是主力，而半大小子扬雄和刘三，顶多算是勉强能上场的副手。十点左右，张氏会提着小茶桶端着一大碗面饼，让三个大小男人加点餐，给他们补充点能量。

午时，刘三会跟着扬雄走进扬家小院(一年中，刘三只有这时才好意思跨进小院）。再穷的农家主妇也明白，男人们农忙时的劳动强度是跟春牛犁田时差不多的，所以，张氏平时省下的老腊肉就大大派上了用场。刘三是第一次来帮忙，张氏还特意杀了只大公鸡犒劳几个下苦力的男人。午饭他们只能象征性喝点小酒，大酒要放到晚饭时喝，这好像已成川西坝子农人的秋收习惯。午饭时，有点害羞的刘三总爱默不作声埋头刨着芋头干饭。这时，张氏和扬雄就会往刘三碗中夹腊肉和凉拌鸡块。扬凯也说："刘三，你既然来帮我家忙秋收，吃饭嘛，你就别给我客气哈。"

吃完午饭，日头正毒，趁大家休息时，张氏又立马挑着箩筐，来到田里拌桶前，开始把拌桶里的谷子装进箩筐，然后挑到早已准备好的竹席上晒开来。午时过后太阳刚开始西移时，扬凯又带领扬雄和刘三下田开始打谷。挥汗如雨中，几个男人虽头上、身上和短裤上，到处沾满稻屑、汗水和泥点，但丰收的喜悦却一直荡漾在他们心中。成都平原的百姓，一直感恩秦时的都江堰水利工程。自那之后，水旱从人的状况就成了川西百姓的生活常态。百姓从不忘为他们造福的人。人类最伟大的水利工程都江堰修好后，川西人为李冰父子修庙塑像以示纪念，就是铁的证明。

整整七天的秋收打谷忙完后，疲惫不堪的刘三就离开了扬家小院。为感谢刘三的全力相助，离开前，张氏硬给刘三荷包里塞了几个煮熟的鸡蛋。当扬雄把刘三送到林盘外时，便低声对他说："刘三哥，我爸说，今年中秋节，欢迎你来我家吃月饼。"刘三听后笑了："你爸终于不把我当叫花子看待啦？"扬雄见刘三有点得意，立马纠正说："刘三哥，自从你妈去世后，我父母一直希望你来我家生活，后来，你虽没来成我家，但每当逢年过节，我妈都让我来找你到我家吃饭，对这些事，你应该没忘吧？"

"没忘没忘，我刘三永不会忘你父母的仁慈之心。"

白露时，扬雄家就开始了挖芋头的工作。当几亩地的芋头挖完下窖后，中秋就来了。中秋节那日，当张氏准备完瓜果月饼后，就催着扬雄快去叫刘三来家过节。心急的扬雄在林盘外望过几次龙家大院土坝和通往乡场的土道，结果都没看到刘三人影。吃过午饭，扬雄给母亲讲明情况后，即刻朝花园场跑去。小扬雄想在乡场找找。可令扬雄万般失望的是，他在花园场找了几个来回，也没寻到刘三的影子。问花园场茶铺的赵老板，赵老板说前几天刘三还来他这要过水喝，这几天就再没见过他了。无奈之下，问不出结果的扬雄只好又去刘三的破屋看了看，最后沮丧地回到自家小院。

　　秋夜，微凉的风吹过辽阔的川西平原，摇曳着扬家小院外的竹林。深邃黛蓝的夜空中，一轮皎洁明月缓缓移动，仿如一轮制作精美的玉盘。扬家小院中的方桌上，摆有张氏提前准备好的月饼、瓜果、花生和一坛早已酿好的桂花酒。虽说不知啥原因刘三没来参加扬家的中秋聚会，但为庆祝今年大丰收，心情颇佳的扬凯给母亲倒了一小杯桂花酒后，又把切成几瓣的月饼装在小盘里呈到母亲手中。随后，扬凯破例让扬雄也端起酒杯，举杯望月说："月神哪，今年你给我们扬家带来了丰收和安康，借此中秋之际，我们全家愿你来年再保佑我们扬家无灾无病，永远健康。"说完，扬凯全家便将杯中酒饮下。

　　饮酒吃着月饼时，爱刨根问底的扬雄，突然向父亲问道："爸，您给说说中秋的起源吧。"

　　扬凯想了想，说："这中秋节嘛，最早应该起源于古代帝王对月亮的祭祀活动，在那万物有灵的时代，人们对月神的崇拜还是挺厉害的。《礼记》上不是有记载嘛，'天子春朝日，秋夕月'。夕月就是祭月亮的意思。"

　　扬雄听后，点头说："哦，原来《礼记》上有关于中秋的记载，看来，我农闲时，应该多读读书了。"

　　"雄儿，前段时间农忙，家里人手少，我这当爸的只好让你帮着家里干些活。中秋后，你就尽量不干农活，除放牛外，你得抓紧时间把《尚书》和《礼记》读完。"

　　"爸，春末时，您不是让我读屈原的诗词和司马相如的辞赋吗？从明天开始，我就先读司马相如的辞赋，咋样？"扬雄高兴地说。

　　"很好嘛，趁年轻记忆力好，你就多读些优秀的诗词文章，否则，今后你长大成家立业后，就再难有大把时间读书学习啰。"

　　父子俩摆谈差不多时，张氏又趁机给扬雄讲了嫦娥奔月和吴刚伐桂的民间故事。令扬雄没有想到的是，正是这些美好的民间传说，才有了后来唐代大诗人李白"欲折月中桂，持为寒者薪"的诗句。

第二天，扬雄把牛牵到河边吃草后，就立马返身回屋，从楠木柜中翻出一堆竹简，其中有司马相如的《子虚赋》《上林赋》和《长门赋》等。静下心来的扬雄，想着还是春末时匆匆阅读过司马相如的大赋，时隔整整一个夏天，如今秋高气爽之际，再读《子虚赋》时，心境却完全跟上半年有了不同。当读到"楚王乃驾驯驳之驷，乘雕玉之舆。靡鱼须之桡旃，曳明月之珠旗。建干将之雄戟，左乌号之雕弓，右夏服之劲箭……轔距虚，轶野马，轊陶駼，乘遗风，射游骐。倏眗倩浰，雷动猋至，星流霆击。弓不虚发，中必决眦，洞胸达腋，绝乎心系。获若雨兽，掩草蔽地。于是楚王乃弭节徘徊，翱翔容与……"时，在"好文好文"的不断赞叹声中，扬雄竟激动地在屋内走来走去，心情似乎难以平静。整整一上午，扬雄完全陶醉在《子虚赋》充满瑰丽想象的宏大结构和华美词句中了。

奇迹终于在12岁的扬雄身上发生了。

连扬凯也感到有些不可思议的是，在接下来十多天里，神情有点恍惚又像着了魔的扬雄成天捧着竹简诵读司马相如的作品，从《子虚赋》到《长门赋》，从《美人赋》到《喻巴蜀檄》《难蜀父老》和《凤求凰》等。有时扬雄读着读着，又昂头爆发出一阵跟他年龄极不相配的笑声。面对扬雄神经兮兮的表现，最担心的还是张氏，她害怕儿子因读书学习走火入魔后把脑子弄出毛病来。一天晚饭后，张氏摸了摸扬雄额头，低声问道："雄儿，你没生病吧？"

扬雄却高兴回道："妈，没有呀，我身体好着哪。"

"那、那你为啥有时读文章，要突然大笑不止呢？"

"那是我领悟到文章精妙处才会有的开心之笑。放心吧，妈，您的雄儿好着哪。"扬雄回答母亲后，张氏瞅瞅儿子，也开心地笑了。

秋空高远，大雁南飞时节又已到来。

一天夜里，全家人坐在堂屋围着奶奶摆龙门阵时，突然院外林盘中传来几声咕咕咕的斑鸠叫声。扬雄听后，立马站起说："爸，妈，刘三找我来了，我得出去见他。"

"雄儿去吧，你定要问问刘三，他为啥不来我家过中秋。"

扬雄刚回了两声斑鸠叫，这时，张氏忙从柜中拿出一件薄夹袄，递给扬雄说：

"雄儿，天气开始转凉了，你把这件夹袄带给刘三，让他注意身子，千万别着凉了。"

扬雄应了一声，接过夹袄就匆匆出了院门。

朦胧月辉中，见了面的扬雄和刘三高兴得头顶着头，足足相持有近两分钟。见着两人亲密样，跟来的护院阿黑也在一旁欢叫了几声。怕说话声影响院里的人，刘三拉着扬雄就朝不远的河边跑去。

两个老铁刚坐到秋草地上，扬雄便劈头问道："刘三哥，说好要来我家过中秋，你为啥没来？"

"嗨，不是我不想来，中秋那天，我被关在青城山脚下一户财主家了，哪里还来得成你家嘛。"

扬雄大惊："啥子！你、你被关在青城山的财主家？这、这到底是咋回事？你别给我绕弯子，就直接说嘛。"

刘三见扬雄着急，叹口气摇头说："唉，事情是这样子的，中秋前几天，我在花园场豆腐饭店要饭，旁边一桌有个穿金戴银有些发福的女人老是盯着我看。过了一阵，她又去饭店老板娘那打听我情况。很快，她就端来一碗白米饭和回锅肉让我吃。当我快吃完时，她又问我好不好吃，我说好吃得很，非常巴适。那胖女人就对我说，你跟我走，我就每天给你吃回锅肉。我想，难道天下还有这等好事？于是，我就答应了她。"

"那女人住在青城山脚下？"

刘三点点头回道："嗯，在路上我才晓得，那胖女人姓王，是来花园场走亲戚的，今年已快五十岁了。王妈没有娃娃，想收养我给她做干儿子。当她坐滑竿回青城山时，我就一路跟她到了她家庄园。"

扬雄笑了："哟，刘三，你娃运气好嘛。"

"扬雄，你还别说，那王妈确实对我不错，她也兑现了每天给我吃回锅肉的承诺。更没想到的是，王妈的男人是个已满六十、头发花白的老财主。当我洗完澡换了衣服后，王妈才带我去见老财主。老财主见了我很高兴，不仅给我看了相，还认认真真摸了我的头骨和身子骨，最后，老财主对王妈说，这娃还可以，今后应该是个有孝心的人。"

扬雄听到这，忙笑着说："哟，你娃简直祖坟冒青烟了嘛。"

刘三也笑了，又眉飞色舞地说："扬雄，你娃不晓得哟，中秋那天晚上，那老财主家里来了好多有钱客人，那些客人有的提着好酒，有的拿着高档月饼礼盒，还有的送钱、送肉、送绸缎。他们一大群人赏月、喝酒、说笑时,我那阵好想你们全家哟。我晓得你们在等我过中秋。嗨,你不晓得,当时老子后悔惨了。赏月不久,王妈就把我介绍给他们家的客人。"

"王妈咋介绍的,她没说你是叫花子吧?"

刘三把头一扬说:"她当然没说我是叫花子,你猜,王妈是咋个介绍我的?"

扬雄摇摇头:"我猜不出来。"

"你当然猜不出来,老子也没想到,王妈居然说我是郫县王县令的侄儿,是王县令亲自做主把我过继给她家的。当时,老财主听她介绍我后,也乐得笑嘻嘻的。中秋那天晚上,等客人走后,王妈悄悄对我说,只要我对她有孝心,今后就让我继承她家财产。"

扬雄大惊:"那、那你不好好待在老财主家,跑回来干啥?"

刘三急了:"嗨,好兄弟,你着啥子急,听我慢慢说嘛。"接着,刘三想了想,又继续说道:"那王妈知道我没文化认不得字后,第二天下午,不知从哪儿找来一位老先生,给我规定三个月内,不得出庄园一步,每天必须认字写字,还要背诵什么《诗经》和《论语》。当时,老子一听头都大了。但一想到每天有回锅肉和白米干饭吃,今后还要继承财产,我就咬牙答应下来了。没、没想到,后来我、我就……"

扬雄诡谲一笑:"呵呵,后、后来你就非常难受,书读不进去,字也莫法练,对吧?"

刘三大惊:"你、你咋个晓得喃?"

扬雄有些得意地说:"对你这野惯了的叫花子来说,要老老实实坐着读书学习,不出五天,你准会难受得要死。"

刘三笑了:"好哥们,你真不愧是我的好兄弟,你说得太准了,老子咬牙整整坚持了十天,前天夜里,我才从老财主的庄园翻墙逃出来,这不,今天一回到河湾里,我就来给你报到了。"

说完,刘三从身上摸出一个铜镜,递给了扬雄。

借着淡淡月辉,扬雄翻看圆圆铜镜后,问道:"咋的,这是老财主家东西?"

刘三眨眨眼睛,诡异笑道:"嘿嘿,顺手牵羊不为偷嘛。本来这东西就是王妈放在我屋子里的。我原想你是有文化的人,或许这东西对你今后有用,所以,我刘三就特为你带回来了。"

扬雄一听,立马把铜镜塞回刘三手中,说:"我不要你偷拿别人家的东西,否则，这东西会脏了我的手。"

刘三愣了，他完全没想到，老铁居然会拒绝接受他赠送的贵重礼物，甚至还说是偷拿之物。刘三毕竟是头脑活泛的乞丐，几年的要饭生涯练就了他随机应变的自嘲本事。于是，接过铜镜的刘三一面往怀里塞一面说："好好好，我的东西脏，你今后有女人后再去买新铜镜就是。"

扬雄见刘三收起铜镜，又问道："刘三，你不去老财主家啦？"

"我不去了，这辈子老子就在石埂子亭一带要饭就行了，反正大家对我熟悉，也有人给我残汤剩饭吃。"

刘三刚说完，扬雄便递上夹袄说："刘三，这是我妈给你缝的薄夹袄。我妈说，天气转凉了，你用得上这夹袄。"

刘三接过夹袄，认真看后说："嗯，这夹袄缝得结实，但我无福享受这好东西。"说完，刘三又把夹袄还给了扬雄。

扬雄大惊，忙问："刘三，啥意思！你莫非嫌弃我妈给你做的夹袄？"

刘三忙说："好兄弟，我感谢还来不及哩，哪还有胆子嫌弃她老人家为我做的夹袄。实话跟你说吧，这件夹袄太新，我若穿上它还像叫花子吗？若不像寸口要饭的叫花子，谁家又会施舍残汤剩饭给我吃呢？等你穿几年再给我吧，到那时，我穿上它去要饭，才不会饿肚子。"

扬雄想了想，感觉刘三说的有理，便收起夹袄说："要得，过两年我再把这夹袄给你，真没想到，你娃几年要饭下来，居然积累了这么多要饭经验。"

刘三笑道："哈哈，再过几年，老子刘三定会成为郫县的丐帮大王！"

当扬雄拿着夹袄回家后，张氏非常吃惊。扬雄忙对父母解释刘三不敢接受夹袄的原因，张氏听后说："这刘三呀，照这样下去，总有一天会成为要饭精的。"此后，在秋冬两季时间里，扬雄不仅熟读甚至全部背诵下司马相如写的大赋，还在反复琢磨分析司马相如写赋的过程中，隐约悟出了些写赋的窍门和规律。佀从没提笔写过东西的扬雄却不敢对父母说他想试着写点啥，怕父母笑话他，说他是想吃天鹅肉的癞蛤蟆。

大年初三时，扬雄又在书柜中翻出诗、词、歌、赋和铭文来，他有种预感：或许有一天，他要模仿司马相如的作品，试着写出点东西来。

扬凯见儿子这半年沉迷在司马相如的作品中，是既惊喜又担忧。惊喜的是雄儿懂事了，突然在学习上开始下起狠功夫；担忧的是，雄儿这样下去，今后难以成为一个合格的农民。张氏见儿子像中了邪似的喜欢司马相如的作品，常悄悄问丈夫说："难道，我家雄儿真是块读书的料？"每当这时，扬凯总是叹道："唉，难说哪，这年头，明经入仕太难，我家是地道农民，我真担心这样下去，雄儿会变成个文不文武不武的废人。"

正当扬凯夫妇忧虑雄儿前途时，谁也没想到，在菜花盛开的时节，扬雄居然模仿司马相如辞赋，写出他人生第一篇习作《菜花赋》来。乐极生悲的是，当他激动万分地在河边奔跳呼叫时，突然，竟浑身颤抖地昏倒在春草初生的河岸上……

[第三章]

免税文牒，制造出轰动乡场的奇葩效应

含有菜花芳香的春风拂过，在春燕呢喃声中，跟随扬雄来到河岸的阿黑见小主人倒地人事不省，立马吓得汪汪大叫。在来回奔窜一阵后，阿黑掉头朝小院跑去。回到小院后，阿黑向正撒桑叶喂蚕的张氏狂叫。长着鹅蛋脸型的张氏见阿黑叫得有些反常，便呵斥了几句。没想到，没停止狂叫的阿黑不仅不走，反而咬住女主人裤角往外直拉。这时，张氏才有些明白，阿黑有要她出去之意。很快，张氏就跟随阿黑来到河岸。走了几步，张氏终于发现因过度激动而昏迷的雄儿。

惊慌的张氏忙蹲下，摸了摸扬雄额头，又用手指探了探鼻息，见一切正常，她才松了口气，立马呼唤起扬雄名字来。着急的阿黑也在一旁朝躺在草地上的扬雄直叫。稍后，面色泛红的扬雄伸了个懒腰，慢慢睁开了眼睛，张氏忙紧张问道："雄儿，你咋啦？"

"妈，我刚才大概是兴奋过度，不知咋的，就晕倒在草地上了。"

"雄儿，你身体没毛病吧？"

扬雄听后，一个鲤鱼打挺跃起说："妈，您看我像有毛病的人吗？"说完，扬雄抓起身边竹简，用手得意地拍着竹简说："妈，您晓得不，您的雄儿学着大才子司马相如，刚写完今生第一篇作品《菜花赋》哩。"

张氏忙拿过竹简，并不识字的她展开竹简看了看，问道："雄儿，这就是你写的《菜花赋》？"

"是呀，妈，我今后要开始学写赋了。您晓得吗，我已喜欢上写赋了。"

"哎，你写就写吧，有啥值得你高兴得晕死过去的，这又不能当饭吃。"

扬雄听后，从母亲手中拿过竹简，然后拍着竹简说："妈，您不懂，这学写赋

对我来说，比吃饭还重要哩。"

张氏有点难以置信："哟，这写赋对你真有这么要紧？"

扬雄忙点头说："嗯，真的是这样。"

张氏想了想，拉起扬雄说："走，雄儿，既然这事重要，那就快告诉你爸去。"随即，高兴的扬雄和张氏就朝田间劳作的扬凯走去……

就在扬雄把自己创作出第一篇赋的事告诉扬凯的第三天，在花园场豆腐饭店守候两天的王妈终于等到刘三的出现。为不引起旁人注意，王妈就把刘三带到赵老板的河湾茶铺，她想弄清楚刘三离开她的真正原因。

原来，自去年刘三突然消失后，王妈就一直百思不得其解。王妈认真查看了刘三住过的房间。房间里箱子中放的20枚五铢钱一个也没动，唯有铜镜不见踪影。越是这样，王妈越是想不通，睡眠质量受到严重影响，不但经常整夜失眠，而且头发也开始掉得厉害。开春不久，王妈借到郫县老家上坟之机，又来花园场寻找刘三。在她意识中，我给你一个叫花子好吃好喝，今后你还可继承遗产，你刘三凭啥跟我玩失踪？难道，这背后还有老财主使的手段？

在茶铺坐下后，还没等王妈开口，刘三忙从怀中掏出铜镜说："王妈，我刘三对不住您老人家，离开庄园时，我对铜镜有些好奇，就拿走了它。现在您来了，铜镜我就还给您。"说完，刘三恭恭敬敬把铜镜放到王妈手上。

刘三这一举动确实感动了王妈。在王妈看来，长相有些憨厚的刘三走时没动她一枚五铢钱，如今一见面，又主动把铜镜还给她。现在，王妈更加坚定认为，刘三是个不错的孩子，同时，她又动起想继续收养刘三的念头来。于是，王妈把铜镜塞给刘三说："刘三，你若喜欢铜镜，我就送给你吧。我今天找你，不是为了铜镜，而是想问问你，你为啥在我家不辞而别，难道真有啥我不晓得的原因？"

面对心善又对他好的王妈，感到羞愧的刘三不知说啥好。刘三嘴唇动了动，却没发出声来。王妈见状，误以为真有她不知的隐情，或许是刘三有啥顾虑不敢说，想到这儿，王妈劝道："刘三，有啥你就说嘛，别怕，我会给你做主的。"

刘三听王妈说后，立即意识到王妈根本不知他不辞而别的真正原因，于是忙回道："王妈，您和老伯父对我的好，我刘三是永远记在心上的。我离开您家庄园的原因，其实很简单，就是有些不习惯而已。"

"啥，你不习惯？是回锅肉吃腻了，还是没有小伙伴陪你玩耍？"王妈按常人理解，有些诧异地问刘三。

刘三摇头说:"不是这些原因。"

王妈更为惊讶:"不是这些原因,那又是啥原因呀?"

刘三见王妈急切想弄明白他离开庄园的原因,于是坦诚说:"王妈,我要饭东游西逛自由惯了,您要我三个月不出门,每天还要读书写字,我憋了十来天,头都痛了,实在不习惯这种被囚禁似的日子,我又不敢面对您的好心跟您直说,所以,我就悄悄离开了您庄园。"

王妈听后,如释重负叹口气说:"哎呀,原来是这个原因哪,你真把老娘害苦啰。你晓得不,你不辞而别都有半年了,我是吃不好睡不着,你看,我头发都掉了好多哟。"说完,王妈就指着头顶让刘三看。

刘三看了看王妈头顶,愧疚地说:"王妈,实在对不起您老人家,我刘三有罪,但我、我会向您赔罪的。"

王妈大惊:赔罪?你咋个向我赔罪?

刘三想了想说:"王妈,我虽做不成您儿子,但我每年春节前,一定来青城山脚下看望您老人家,我、我仍要像对待干妈那样对待您。"

刘三说完后,王妈猛然间心头一热,过去,王妈只是想找个干儿子,现在,品行不差的刘三能说出如此暖心之言,这宛若春风的话语,顿时化开了王妈的心结。接下来,王妈在花园场换着馆子整整招待了刘三两天。临回青城山庄园前,王妈给了刘三40枚五铢钱,并叮嘱说,若想她了,可随时来庄园找她,她家大门随时都为刘三敞开着。离别时,存有感恩之心的刘三,含泪把王妈送了好远好远……

自从扬雄写《菜花赋》得到他老爸首肯鼓励后,他像打了鸡血似的。成天不是反复诵读司马相如的大赋,就是在屋中或林盘里打磨他的赋。对于《菜花赋》,扬雄不知修改过多少次,也不知诵读过多少遍,在他稚嫩的心中,渐渐萌生出今生要创作出像司马相如笔下的那样作品来的念头。

自因过度激动而晕倒在河岸后,除做事和睡觉外,成天手不离竹简的扬雄已成了那个年代最典型的"竹简侠"。扬凯已隐隐感到,雄儿今后定会成为花园场的小文人。

王妈走后不久,当刘三再次把铜镜递给扬雄时,扬雄仍没接受。待刘三详细讲了王妈又来花园场找他后,扬雄不但根本没听进去,还反复对没文化的刘三讲述他《菜花赋》的创作构思和文中用典出处。刘三见根本无法与痴迷创作的扬雄说事,生气地将铜镜埋进了母亲坟中。单纯的刘三认为,母亲生前没用过铜镜,埋铜镜于

第三章 免税文牒，制造出轰动乡场的奇葩效应

坟中有尽孝之意。

刘三同扬雄分手时，拿出10枚五铢钱给扬雄，并一再说这是他干妈送给自己的。当扬雄拒绝这10枚五铢钱时，刘三说："扬雄，我这钱不是给你的，而是还给你家的。前几年龙家仗势敲诈了你家25枚五铢钱，我当时就对你父母表了态，今后我无论如何也要还一部分钱给你家。今天我有钱了，难道你不代你父母收下？"

"这赔钱的区区小事，你还记着哪？"

"老子不仅记着龙家敲诈我俩的钱，还记着龙家大人对我俩的毒打。哼，君子报仇十年不晚！"

扬雄惊异问道："刘三，你、你莫非还想去报仇？"

刘三咬牙回道："对龙家的仇，老子非报不可，但不是现在！"

扬雄看着咬牙切齿的刘三，劝道："刘三，俗话说，忍得一时之气，可免百日之忧。何况打架的事已过去好几年了，我都早忘了，我劝你也忘了吧。"

但刘三根本听不进劝，把钱塞到扬雄手上后，就头也不回地朝花园场方向走去。

春花秋月轮回中，一年时光很快就悄然过去了。

春天，当扬凯在花园场看到"通一经者，可免徭役税收"的告示时，立即就想到自家雄儿何止通一经呀，当时小扬雄已能背诵《诗经》《论语》，并且还熟读了《尚书》和《春秋》等。这告示是朝廷颁发的，显然是当今皇上圣旨嘛。想到此的扬凯心中隐隐冒出了明经入仕的念头。几天后，他就带着扬雄去郫县县衙做了测试。经县师爷严格考试后，师爷非常吃惊又心悦诚服地给小扬雄颁发了蜀郡统一制作的免税文牒。离开县衙后，满心欢喜的扬凯还破例在县城馆子招待儿子吃了回锅肉、凉拌鸡块和魔方豆花。当时，父子俩做梦也没想到，在半年后卖谷子时，这免税文牒竟给扬家创造出奇迹来。

去年，刘三同扬雄分手后，就开始了他复仇计划的第一步：寻找胆大的乞丐。刘三认为，扬雄是被父母管教得严的读书人，根本不可能参与他未来对龙家的复仇计划，他一人又势单力薄，难以达到复仇目的，所以，拉拢收买同伙就成了刘三的当务之急。功夫不负有心人，在春节前去给王干妈拜年时，王妈又给了他50枚压岁钱。在回来路上，刘三在郫县县城游逛时，终于发现了两个跟他年纪差不多的男性叫花子。

有钱就是任性。平常从不敢花钱的刘三居然在县城花了6枚五铢钱，招待这两个刚认识不久的乞丐，上馆子美美地吃了一顿。酒足饭饱后，两个叫花子（一个瘦

021

高的叫陈山岗，一个个头稍矮、额上有条疤痕的叫李二娃）就跟刘三金兰结义，结为异姓兄弟。那两人尊称刘三为"大哥"（当时，刘三也没想到，在未来岁月中，他们三人竟成了郫县丐帮团伙的创始人）。他们仨分手前约定要经常相互往来，交流要饭经验，还要寻找意气相投的要饭人入伙。为把陈山岗和李二娃锁定成铁杆兄弟，分别时，颇有心机的刘三还分别给二位结拜兄弟各5枚五铢钱。刘三回家后，就把剩下的大部分钱埋藏在他家老屋里水缸下的土里。

中秋前的一天，吃晚饭时扬凯便对15岁的扬雄交代："雄儿，明天我俩爷子到花园场去卖谷子，换点钱买过中秋的东西回来，明天你就别写习作了。"

"嗯，要得，那我明天来挑谷子嘛。"

40多岁的扬凯放下酒杯说："谷子还是我来挑，你背一背篼谷子就行了，过两年你长壮实些后，挑谷子的重活自然会落到你肩上。"

"好，要得。"扬雄回答老爸后，忙扒拉完碗中饭，就匆匆溜进房间修改起他前几天刚写完的《水牛赋》。

西汉时，四川地区农村虽不再采用古老的"日中为市"集市规则，但每隔五天赶场，却是川西平原农村遵循的传统赶场习惯。吃过早饭，当太阳升有一丈高时，扬凯挑着一担谷子，扬雄背着一大背篼谷子，就朝离他家最近的花园场走去。令扬雄万万没想到的是，这两天，刘三正在花园场召开有八个叫花子参加的争夺地盘秘密会议。会议上，已成丐帮头的刘三对手下进行了分工，同时，刘三还宣布了一条铁规：不是他们丐帮团伙的人，一律不得在他们控制的地盘上要饭，若有不从者，一律用棍棒打出自家地盘！由于一年多各自的变化，刘三同扬雄的交往次数已降到历史最低点，所以扬雄对刘三统领丐帮的"神操作"竟还一无所知。

花园场离扬家小院仅有六里远，走了一会儿，扬雄父子就到了集市。这花园场集市也遵循川西坝子大多数集市的卖物规则，卖米、卖谷子的在一块，卖鸡、鸭、鹅、兔子的在一块，卖猪、牛、羊的在一块，集市里还有卖农具、卖布匹绸缎、卖生活用品的（大都是陶碗、陶盆、陶瓶和各类竹器、木器等），以及卖各种菜蔬、花生、黄豆、胡豆的，等等。无疑，只要是赶场天，花园场的馆子和茶铺生意一定火爆。当扬雄选定好卖谷位置，站定后，扬凯才忙用汗巾擦去脸上汗珠。不久，一位佝偻着腰的大爷背着半背篼米就挤在扬雄身边停了下来。扬雄见大爷放背篼吃力，就帮着大爷取下背篼，还给老人让出靠前的位置。大爷对扬雄表达感谢后，就蹲在地上扶着背篼低声叫卖起他的大米来。听老人微弱的叫卖声，扬雄知道，这位大爷身体一定有病。

郫县地处成都平原中心地带，在都江堰水利工程灌溉下，早已是鱼米之乡。所以，属于石埂子亭管辖的花园场，每年秋收后的集市一定是人流如织的。刚卖完二十斤黄谷的扬凯正期待着下一个买主出现。不料，手提大竹篮的两名衙役来到扬凯面前，要扬凯交税。西汉年间在乡场卖东西交税极为简单，要么交五铢钱，要么卖者用实物抵税钱。扬凯正欲捧谷抵税，突然，衣服后印有"税"字的衙役，用脚踢了卖米大爷背篼一下，恶狠狠说："老东西，你赶好几场集市都没交税了，今天，说啥也得给老子把税补上！"说完，另一衙役就用手去抓背篼中的白米。

刹那间，卖米大爷用身子压住背篼，向衙役央求说："大人，你行行好，我这几次赶场，连一斤米也没卖出，我没买卖，你让我咋个交税嘛。"

这时，两个衙役不容大爷央求，一个强拉压住背篼的大爷，一个抓住背篼的背绳，企图强行分开大爷和背篼。谁也没料到，原先病恹恹的大爷，竟突然大声哭叫起来："抢人喽！大白天抢人喽！！"

循着大爷的哭喊声，不少赶场民众顿时围来。扬凯见此，忙对衙役说："大人，这老人几场都没卖出大米，你们把税给他免了吧。"

一衙役回道："哼，他到底卖没卖，我们也不晓得，他想赖国家的税，那咋成！"

扬凯着急地说："你们看，这老人有病，也怪可怜的，要不，我替他把税交了吧，行不？"

另一高个衙役起身对扬凯说："这老家伙的税跟你无关，今天，老子非要他把税交了才行。"说完，这衙役又去拉趴在背篼上的大爷。哭叫声中，卖米大爷仍死死用身子压着自己的背篼。正待双方僵持不下时，只见扬雄从怀中掏出文牒，对两个衙役说："大人，你们可认得这是啥东西？"

高个衙役似乎认得几个字，忙从扬雄手中抓过文牒看了看，说："这是文牒嘛，我咋个不认得。"

"大人，你既知这是文牒，可还知它作用？"

"这文牒有免徭役税收作用。你、你啥意思？"似乎这时衙役才回过神来，他再次认真打量起眼前少年。其实，扬雄从没使用过文牒，今天面对如此扎心的收税场景，他突然掏出文牒，是想测试下文牒到底有无作用。面对众多围观群众，扬雄从高个衙役手中拿回文牒说："大人，我今天想用这文牒，给这位老人免一次税，行吗？"

高个衙役听后有些诧异："小子，你为啥不用文牒给你家免税，而要替这位不相识的老人免税？"

"我看这老人可怜，你们又非要收他的税，我一时动了帮他的念头，所以第一次起用了这免税文牒。"

高个衙役再次打量一下扬雄，又看看站在一旁的扬凯，有些疑虑地说："啥？你还从没用过这文牒？这、这不可能吧？"在衙役意识里，有这文牒的人应该是可以在蜀郡骄傲行走的人。但眼前这个相貌一般的农家小子，似乎跟他手中文牒极不相配，莫非，这小子手中文牒有假？想到这儿，高个衙役立马揪住扬雄说："说不定你小子手中的文牒是假货，走，跟我去乡衙，让龙乡长鉴别下真假。哼，这年头想吃欺头的人太他妈多了。"在众人围观起哄声中，扬雄就被两衙役强行揪去了乡衙。

当年的龙廷跃亭长现已升任为花园乡乡长，每逢赶场，他都要在乡衙里坐镇，若有事发生，他就处理事，若没啥事，他就喝茶聊天或查看本乡税收和人口情况。扬雄被带进乡衙时，第一眼就认出了高大的龙廷跃。

高个衙役拿着文牒，向体格魁梧的龙乡长一番诉说后，龙乡长忙拿过文牒看起来。稍后，龙乡长指着门旁的扬雄，向衙役问道："这文牒，就是那小子的？"

高个衙役忙回答说："对头，龙乡长，这文牒是那小子的，您给说说，他这文牒到底是真的还是假的？"

龙乡长摇了摇手上文牒说："这文牒确实是真的，但从那小子年纪上看，又不像是他该拥有的东西。"

矮个衙役忙上前说："龙乡长，要不您审审他，或许就晓得真假了。"龙乡长点头后，就慢慢回到公案后面。高个衙役把扬雄叫到龙乡长桌前。面对眼前这个瘦削但又跟成人差不多高的少年，龙乡长并没认出这就是曾被他兄弟绑在黄角树上的扬雄。龙乡长看了看身穿黑布衫的扬雄，指着桌上文牒问道："小子，这文牒真是你的？"

扬雄点头说："是呀，是我今年春在县衙考试获得的。"

龙廷跃有些吃惊："你小子通经书？还考过试？"

"龙乡长，我虽说不上通五经，但通三经是没啥问题的。"

"你通哪三经？"

"我通《诗经》《论语》和《尚书》，若不信，您可随便考我。"

第三章 免税文牒，制造出轰动乡场的奇葩效应

龙廷跃见扬雄回答如此自信，心想这小子应该有两把刷子，否则，在花园场地界，谁敢在他面前夸下"可随便考"的海口？想到此，心里有数的龙廷跃好奇问道："小兄弟，你是哪个亭哪个里的人，姓啥名谁呀？"

扬雄诚实答道："龙乡长，我是石埂子亭五徒口河湾里的人，名叫扬雄。"龙廷跃听后大惊，立马站起，仔细打量扬雄一阵，然后惊异地说："你、你就是当年扬家小院的扬雄？"

扬雄点头说："是呀，龙乡长，我就是当年被你家龙廷山绑在黄角树上的扬雄。"

扬雄的回答太出乎龙廷跃意料了，没想到，当年因打架被强行赔了钱的半大儿童，今天居然已成为郫县唯一拥有免税文牒的少年。颇有心机的龙廷跃头脑中迅速闪过多种想法，在他人生经验里，能获得此殊荣的人，一般来说都会有常人料不到的前程。若是这小子今后发达了咋办？当年我家老四勒索赔款，这必是结下仇恨的！冤家宜解不宜结啊。想到此，龙廷跃微笑说："扬雄，我真没想到，才几年工夫，你就变成我乡场最优秀的才俊了。"

扬雄笑了："哪里哪里，龙乡长，我扬雄不过是一个有点文化的农家小子而已。"

两衙役见乡长如此客气礼待扬雄，高个衙役忙给扬雄拂了拂尘，矮个衙役忙用陶碗给扬雄打来开水。具有丰富官场经验的龙廷跃思索片刻，又对扬雄试探性问道："扬雄，你既然熟读三经，又在县衙考取了文牒，我想，你应该还有些别的本事吧？"

扬雄见龙乡长对他态度极好，便脱口回道："龙乡长，我别的本事没有，但我可自豪地告诉您，我还喜欢司马相如的辞赋，也在试着写哩。"

"真的？太好了，我乡场今后定能出一个像司马相如一样的文学大家来。"龙廷跃夸奖扬雄时，心里已冒出个化解仇恨的办法来。

"龙乡长，文学大家的梦我不敢做，但学着写点辞赋还是可以的。"没有城府的扬雄无意间说出了自己真实的想法。听了扬雄之言，龙廷跃忙说："好，太好了，你扬雄如此志存高远，作为乡长的我，自然要助我乡才俊一臂之力。"龙廷跃说出这话时，早已想好了进退两全之策：先付给扬雄20枚五铢钱定金，为乡里或郫县预订一篇赋，若写得过不了关，这钱就算是对当年赔款的补偿，可起消除仇恨作用；若扬雄真有写赋的本事，他就立马把扬雄推荐给郫县的王县令。这既可获大力举荐人才之美誉，又可把扬雄作为他官场晋升的敲门砖，对这一箭三雕之计，他龙

廷跃何乐而不为？

想到此，龙廷跃马上从身上掏出20枚五铢钱，对扬雄说："扬雄小兄弟，我这里预付给你20枚五铢钱，作为请你为我县或乡里写篇赋的定金，如何？"

扬雄听后大惊，他练习写赋以来，还从没想过可以挣钱。若今后他能靠写赋挣钱，不就可给家里做贡献了吗？心里感觉有些不踏实的扬雄，忙向龙乡长问道："龙乡长，您又不知我写赋水平，要是我写的赋，达不到您的要求，这20枚五铢钱还要退还吗？"

龙乡长这个老江湖听后，对扬雄心思又猜透了几分，即刻说："嗨，若你暂时达不到要求，这有啥关系嘛，你年纪轻，今后还可努力继续写好嘛。"因为龙廷跃清楚，扬雄是郫县唯一获得朝廷文牒之人，仅凭这一点，他就完全有理由相信，有能力的扬雄两年之内，定能写出合格的辞赋来！

然而，心里并不踏实的扬雄又问道："龙乡长，您要我为郫县写赋有内容方面要求没？"

"当然有呀，你必须写跟我们郫县或我乡有关的景物和事情，只有这样，今后我才好把你的美文推荐给王县令嘛。"

扬雄忙高兴地点头说："嗯，我晓得了。"扬雄刚一说完，头脑灵活的龙乡长立即扭头向两个衙役交代："你俩用乡衙里的滑竿，抬着扬雄去乡场上宣传宣传，他是我县唯一拥有免税文牒的才俊。"说完，龙廷跃就把文牒和20枚五铢钱拿给了扬雄。之后，扬雄就跟着两衙役离开了乡衙。

不久，集市上的人们就看见了两衙役用滑竿抬着胸挂大红花、头戴花冠的扬雄，前面开路的衙役敲着铜锣高声喊道："扬雄是我花园乡人才，他通晓五经，能写辞赋，是我县唯一获得免税文牒之人。大家快来看，扬雄是我乡场人才……"

随着衙役的喊叫声，"吃瓜群众"蜂拥而上朝坐在滑竿上的扬雄围来。守着自家谷子的扬凯和护着背篼的大爷正纳闷前面为何传来阵阵喊叫声，不一会儿，扬凯终于看清离他越来越近坐在滑竿上的儿子。随着衙役的大肆宣传，围观人也越来越多。扬凯这回终于听明白衙役喊叫的内容，于是，万分激动他丢下手中扁担就朝滑竿奔去："雄儿……"

坐在滑竿上，第一次享受人生高光时刻的扬雄发现朝他奔来的父亲，于是纵身跃下滑竿，向张着双臂的父亲跑去："爸，我在这哪……"

当父子俩抱在一起时，满脸皱纹的卖米大爷也高兴得抹泪说："好人，好人哪，真没想到，这个有仁爱之心的小伙子，还是我花园乡的青年才俊啊……"

大大出乎扬凯意料的是，当他和雄儿回到自家摊位时，围来的乡邻纷纷掏钱，很快就把他剩下的黄谷买光了。在扬雄鼓励下，乡民还立马把大爷的白米也买完了。为感谢帮助，大爷竟要跪下给扬雄磕头。扬雄忙阻止说："老大爷，这都是我扬雄应该做的，应该做的。"

大爷说："扬雄哪，你是少见的好人，今天，我大米已卖完，还需要去补交税吗？"在一旁的高个衙役忙说："大爷，乡长大人看在才俊面上，念你年事已高，特免你税啦。"

大爷笑了："那敢情好哇，今后不用交税，我又可多活几年啰。"说完，大爷不断向扬凯父子和衙役躬身致谢。此时，乡场上的人群中不断有人高呼："扬雄，人才，扬雄，人才……"

此刻，令龙廷跃乡长万万没想到的是，几年前被他家老四毒打并勒索过的刘三，正在豆腐饭店楼上大宴他的丐帮兄弟。而在丐帮人心中，年纪不大的刘三永远是个神秘人物。几年下来，16岁的刘三已变得不苟言笑，还常有冷酷之举，比如对团伙中违规者常饿两天以示惩罚，或把狗屎塞进欺负他手下的人嘴中。乞丐们搞不懂的是，他们的头目刘三既是要饭人，为啥又能常在聚会时掏钱请他们喝酒吃饭？他不像是杀人越货之人，但他的钱又是哪来的？难道他是某地的落难公子？还是离家的富家子弟？除他心腹陈山岗和李二娃知道他是王妈干儿子外，其他人对他的身世竟一无所知。

午宴前，刘三已在他组建的丐帮团伙中选定了三名可做打手的人，并为这三人各自配备了一把七星短剑。当刘三举杯站起，无意将目光投向窗外时，瞧见扬雄和他爸正朝豆腐饭店走来。令刘三疑惑不解的是，扬雄身后还跟了群不断指着他们议论的群众，难道，扬雄今天出了啥意外？

第四章

辞赋初试锋芒，地头蛇十分惊诧

　　扬雄做梦也没想到，他今天为帮人亮出免税文牒后，竟然引起不小轰动，更出乎意料的是，地头蛇龙乡长还给了他20枚五铢钱，算是约他写赋的定金。15岁的扬雄头脑发热，心中顿时涌起一个"爽"字！激动的他拉着父亲得意地说："爸，走，我们到豆腐饭店吃饭去。"

　　节约惯了的扬凯一脸诧异，立即挣脱扬雄的手生气地说："去馆子吃啥子饭？老子没钱！"一点不生气的扬雄又笑嘻嘻拉着父亲说："爸，走嘛，今天我请客，不花家里一文钱。"

　　扬凯大惊："啥，不用家里钱？你哪来的钱请客，不说清楚，老子决不跟你进馆子。"

　　扬雄微笑地抓着父亲的手，往自己腰上按了按，然后低声说："爸，到馆子坐下后，我再给您详细说龙乡长预付给我写赋定金的事，好吗？"

　　"啥，龙乡长给了你写赋定金？"不敢相信自己耳朵的扬凯用惊诧眼神足足盯了扬雄好一阵。扬雄点头后，不容分说拉起父亲就朝豆腐饭店走去。待扬凯父子走进饭店后，围观人群又纷纷朝豆腐饭店围来。大家都好奇地想看看，郫县唯一拥有免税文牒的人究竟是个啥样的"小鲜肉"。

　　父子俩刚坐定，个头不高的李二娃就来到扬雄面前抱拳说："扬雄兄弟，请楼上说话。"

　　扬雄看了看衣衫不整的李二娃，反问道："你是谁？我并不认识你。"

　　"兄弟，你不认识我没关系，但楼上我大哥却认识你。大哥说了，他请你上楼有话要说。"

见围观人群仍围着他议论纷纷，有点小骄傲的扬雄不以为然又问："你大哥是谁呀？他有啥事？"

李二娃见人越围越多，便低声说："扬雄兄弟，我大哥是刘三，他晓得楼下围观的人多，不便下楼来找你，特让我来请你上楼去。"

扬雄一听是刘三请他，心里立马犯起嘀咕来：我已有好些时间没见着他了，难道，刘三他没要饭了，改做其他营生啦？想到此，扬雄便对父亲说："爸，刘三在楼上等我，我去去就回，好吗？"

"去吧，我等你下来点菜哈。"扬凯点头后，扬雄很快跟着李二娃朝楼上走去。

上楼后，再次使扬雄吃惊的是，今天刘三穿得干净整洁，而且桌边还围了七八个像他弟兄伙的人。坐在上位的刘三见扬雄来后，立马起身说："兄弟，你今天咋啦，那么多人围追你，若你惹了事就招呼一声，我手下这帮兄弟可帮你扎起。"

扬雄听刘三说后，立即明白刘三请他来的目的。是的，能在乡场引起轰动的人与事，一定是有原因的。对那封闭年月来说，好原因不多，坏原因却不少。原来刘三是担心他惹了啥事，有帮他之意。弄明原因后，扬雄微笑说："刘三哥，谢谢你的美意，今天乡邻们围观我，是因为我第一次使用免税文牒引起的，应该不算是坏事吧。"

刘三听后，一头雾水问道："啥？是你使用免税文牒引起的敲锣声和围观人群的呼叫声？这到底是咋回事，兄弟，你给我和我这帮兄弟说说吧，咋样？"

扬雄点头后，就把今天发生的事说了一遍，众人听后，都伸出拇指夸赞扬雄厉害。这时，刘三才拉着扬雄对众兄弟介绍道："这位扬雄才子是我老友，现在看来，获得了免税文牒的他已是我们郫县顶级才俊了。"说到此，刘三又用手指着他的兄弟们说："今后，你们若是在江湖上碰到我老友扬雄，无论是谁，都要对他礼让三分，要是他遇事需要帮助，你们就是拼了命，也要给老子竭尽全力帮他，听见没？！"

众兄弟立马齐声回道："老大，我们晓得了！"

扬雄彻底傻眼了，他没想到，这两年刘三竟变得他无法相认了。为什么这群年轻人称刘三为老大？他们是一伙什么人？难道，童年老铁真成了丐帮头目？今天，花园场最引人注目的才俊扬雄，面对刘三这帮弟兄伙，心里竟然涌出十万个为什么。猛然间，扬雄想起一年多前，刘三对他说过要对龙家报仇之事，难道，刘三真要动手实施他蓄谋已久的复仇计划了？这帮人是他拉起的复仇队伍？一想到今天龙乡长对他的好，扬雄忙把刘三拉到一旁低声问道："刘三哥，这帮人为啥尊你为大哥呀？"

机灵的刘三忙说："扬雄，你别瞎猜，这些都是我的要饭兄弟，我们聚在一起，只是为更好要到东西吃。人嘛，都应该相互帮助才对，就像你今天帮卖米大爷一样。"刘三企图用他合情合理的身份，把不知真相的扬雄蒙过去。

确实，单纯的扬雄觉得刘三说的有道理，就抱拳朝刘三和众人说："各位兄弟，我扬雄无啥本事，今后还望你们帮助，在此，我也表个态，若各位今后有需要提笔写春联或诉状的，我扬雄一定尽力代劳，决不收取大家一文钱！"扬雄说完后，众乞丐顿时欢叫起来："要得嘛，扬雄够哥们儿……"

刘三见众兄弟非常开心，便指着桌上的两坛酒对扬雄说："兄弟，你能否与我们一起吃午饭，我这有好酒哩。"

"不了，我爸还在下面等我点菜吃饭，改天吧，若有机会我请你们喝酒。"说完，扬雄便匆匆朝楼下走去。这时，只听守在楼梯口的杏花朝楼下喊道："妈，扬雄下来了，下来了。"说完，穿着蓝花布上衣、围着围裙的杏花就朝楼下跑去……

扬雄刚一下楼，围观人群中就有几人指着他说："嚯哟，他就是扬雄嗦，年龄并不大嘛。""我们县只有他有免税文牒，他凶得很嘛。""哟喂，扬雄原来是个刚长醒的嫩瓜嘛。"众人议论声中，高兴的覃老板对堂内喊道："来啰，本店特赠送给青年才俊的菜来啰。"随着女老板的喊声，只见她女儿杏花端着餐盘，麻利地来到扬凯父子桌前，然后迅速从盘中端出麻辣豆腐、回锅肉、芋儿烧鸡、凉拌兔丁和一碟油炸花生米。在扬凯父子惊讶的目光中，长着瓜子脸的杏花微笑说："今天，我妈听说扬雄哥帮一位不相识的大爷免税，我妈说，扬雄哥是有善心的青年才俊，所以，今天这顿饭就算我们招待你父子俩的。"

正待扬凯不知说啥好时，扬雄起身抱拳对走来的覃老板说："谢谢覃老板对我的有心招待，但这顿饭钱我仍会付给您的。不过，在此我有个小小要求，不知该说不该说？"

"嗨，扬大才子，你就随便说，今天你无论有啥要求，老娘都会答应哈。"

扬雄有些不解地问："老板娘，为啥您今天对我格外关照呀？"

"因为，你为我们河湾里争了光，拥有我们大郫县第一块免税文牒，今天又帮人做善事。"

扬雄抱拳笑道："谢谢老板娘夸奖。"

突然，有个中年汉子大声说："扬雄，我们想听听你想对覃老板提啥要求。"看热闹的人群立刻又跟着起哄："对对，我们想听听扬雄的要求，莫非，他对杏花有想法啦……"

扬雄一听"吃瓜群众"之言，紧张地忙低声对覃老板说："覃老板，我好友刘三在楼上请客，若他饭钱不够，可把他欠款记到我头上，过几天我来帮他付清。"

覃老板笑了，指着楼上说："扬雄，你是担心叫花子刘三没钱请客？实话告诉你吧，刘三早已今非昔比了，这一年他在我这请过几次客，却从没欠过一文钱。"

扬雄大惊："真的？"

"放心吧，本老板没骗人的习惯。"

扬雄愣了，他老铁变了，他开始怀疑刘三叫花子的身份了。难道，比他大一岁的刘三哥，已继承了王妈部分财产？

在众人围观下，扬凯父子只好匆匆扒拉完饭，然后快速离开了豆腐饭店。离开前，扬雄从怀中掏出三枚五铢钱放到桌上。杏花来收碗盘时，一眼就发现了桌上的五铢钱。杏花慌忙抓起钱朝店外追去。跑出店外，杏花看到背着背筐的扬雄已经跟着挑着箩筐的父亲朝茶铺方向走远了。捏着钱的杏花情不自禁叹道："唉，扬雄哥才像知书达礼之人嘛。"

回到扬家小院后，当奶奶和母亲知道扬雄上午赶场的故事后，也轮番把扬雄表扬了一通。从前常担心雄儿干不好农活的张氏接过剩下的五铢钱后，不禁感叹说："哎呀，还是我们雄儿能干，居然能从龙大乡长手中挣到钱。"晚饭后，从欢喜心情中平静下来的扬凯开始提醒说："雄儿，你定金倒是收了，如果写不好龙乡长交代的赋，到时可就丢大脸了。"

扬雄信心满满地回道："爸，您放心吧，无论如何，我也要写好这篇赋，不然，我就对不起龙乡长和乡邻们对我的期望。"

"雄儿，你晓得就好，我写不来赋，也无法帮到你，但我可保证，我将全力支持你，从明天起，家里的农活你就暂不用干了，一切等你把赋写好交了差再说。"作为父亲的扬凯立马向儿子表达了力挺态度。

"爸，要得嘛，只要有家里支持，我一定能写好这篇赋，还要从龙乡长那里挣到余下的钱。"

中秋节过后，肩挎小包袱、脚穿软底布鞋的扬雄就朝二十里外的郫县城方向走去。原来，这几天苦思冥想的扬雄认为，他们石埂子亭一带景物太一般，也没太突出的人物与事件，所以，他必须去县城一带实地考察一番，才能定下要写的对象。扬雄明白，若选景选事不具典型性，就无法写出像样的东西来。其实，自这一年多扬雄研究司马相如辞赋以来，他就逐渐悟出一个道理，司马相如的每篇大赋，似乎都有一个现实背景，而这些事件背景和场景正是刺激作者产生灵感和创作激情的原始诱因。扬雄认为，若没有楚王狩猎事件的发生，没有汉武帝率众将三围猎群兽的场景，司马相如就不可能写出《天子游猎赋》来。

一面走一面想的扬雄来到离县城不远的郫江边。望着波涛滚滚的郫江，扬雄知道，这郫江上游就是岷江，岷江再往上就是延绵起伏的莽莽岷山山系。沿郫江走着走着，扬雄发现了一座正在修建的木制塔楼。在向一群修建民夫打听后，扬雄才知道，这是王县令为他治下的郫县几年无灾而修的纪念之塔，八天后就将彻底完工。在扬雄人生阅历里，这八层的木制临江之塔是他见过的最高建筑。在征得修建工头同意后，扬雄便爬上塔楼顶层，第一次登高领略了川西平原的景貌。往东，他能看到成都府清晰的轮廓与一些较高建筑；往西，他能眺望到巍巍岷山的雄奇之姿；往北、往南，他已望见百里沃野秋收后的田原景致。塔楼上，秋风吹拂着扬雄的青春面庞，他心中渐渐升起的朦胧感受，正一点点激发出他的创作灵感。

午时，从塔楼下来的扬雄，忙从包袱中取出母亲为他准备的葱油面饼，与建塔民夫一同分享起来。在同民夫们交谈中，扬雄又得知，由这个团队中另一部分人修建的县城东门城楼前天刚竣工，工头还对扬雄说，扬公子若对建筑感兴趣，不妨过去看看，今后若有用得着的时候，可来县城便捷客栈找他洽谈（工头认为扬公子可能是未来的潜在客户）。吃完午饭不久，扬雄告别建塔民夫们，就朝不远的县城走去。

由于登塔时获得了一些从没有过的体验，心情快活的扬雄一路小跑就来到郫县新建的东门城楼下。新上过漆的城楼壮观巍峨，那四角飞檐灵动苍劲，城楼顶的屋脊上还蹲卧着一对镇守城楼的木雕猛兽。驻足观望城楼的扬雄突然看见了垂挂门楼两侧的一副木刻对联，上联是"郫江奔流天地间"，下联是"一方城池安乐人"。扬雄细品这副对联后，就快步沿石阶朝城楼上走去。

西汉末时，由于川西平原没有战乱，人们生活处于相对安宁状态，所以，除成都有部分朝廷驻军外，蜀郡各县仅有少量维持社会治安的县衙兵丁与捕快，平时，百姓也不用多纳税供养军队。新建的郫县东门城楼是全开放式的，上面也没一个兵丁守卫。登上城楼的扬雄非常开心地站在东面眺望城外景致，他不时低头看看进出城拉着货物的牛车、马车或行人。看着看着，扬雄心底渐渐升起一种得意的感觉。是啊，他所看到的人都是为生存奔忙的人，而此时优哉游哉四处观景的他却是个还没满16岁就预收了写赋定金的人，若是这篇赋完成得好，龙乡长肯定还会奖励他更多的钱，想到这儿，扬雄脑子里又冒出寻找创作角度的念头来。

在城楼东面观赏有近半个时辰后，扬雄又来到城楼西面观望城内景致。城内有一条两丈来宽的土道，道两旁是各种商铺、饭馆与客栈等。他知道，县城中最高的瓦房就是县衙所在地，今年春他考取免税文牒时去过那里。正待扬雄瞅见光顾过一次的魔方豆花店时，他做梦也没想到，穿戴整洁的刘三同几个兄弟正从餐馆走出，有个穿着稍差的半大青年一面跟着刘三，一面不断向刘三解释什么。稍后，有些发火的刘三转身一巴掌向那人打去，然后又一脚朝他踢去，大声呵斥道："你给老子快爬，若不把钱给我拿到手，就别在我码头上混！"更出乎扬雄意料的是，那人不仅没走，还追在刘三身后说："好嘛，老大，我这两天争取把钱拿到手，到时一定送来作为筹集资金。"

眼前出现的一幕，彻底颠覆了扬雄对老铁的认知，这哪还是当年穷得叮当响的小叫花子刘三，他显然已变成江湖上的丐帮老大！若没看到刘三的蛮横行为，或许扬雄会招呼刘三聊上一阵，但看到今天这情景，扬雄已暗自决定，今后要少跟刘三往来了，因为，他不喜欢刘三的欺人行为。为不影响自己深入生活寻找灵感，扬雄当即决定立马下城楼回家，一路上好好琢磨下今天的考察体会。

其实，今天刘三一伙是在秘密商定一个重要计划。刘三的得力副手陈山岗有个表弟，在青城山半山腰的天师洞跟着一位喜欢老庄学说的隐士习武练功。陈山岗说，那隐士姓张，听说会轻功、剑术，还擅使飞镖。刘三听后大惊，忙问陈山岗是咋知道此人的，陈山岗便把春节期间他表弟方小桥回家过年讲的情况，详细告诉了刘三。很快，作为郫县丐帮头的刘三就盘算出一个长远的复仇计划。今天，刘三召集丐帮骨干在县城一聚，就是商讨其中的筹款计划。

刘三决定，他们兄弟三人去跟张大师学武艺。他怕张大师拒绝收徒，就打算为天师洞捐建一座刻上老子《道德经》的硕大石碑。唯有如此厚重之礼，才能使张大师无法拒绝收徒。若要捐建刻有《道德经》的石碑，光刻字工钱和上等青石料钱，最少就要100枚五铢钱。若筹不够钱，刘三是无法实施计划的。

渐生霸气的刘三之所以要迫切实施这一学武计划，是因为在他的丐帮发展规划中，仅有几个敢打架的兄弟是远远不够的，还需要有一帮会真功夫的铁兄弟，今后无论他是向龙廷山（现已是石埂子亭长）复仇，还是打架抢占地盘向成都发展，他都需要拥有一支真正属于自己掌控的丐帮队伍。刘三想法并不复杂，他希望李二娃去学到武功后，回来又可带出一帮徒弟，几年后，他就会成为名震川西坝子的丐帮舵主。而今天刘三打骂的那人，正是在分家庭财产时，主动放弃了近90枚五铢钱的小兄弟袁平。为筹款着急的刘三，他本人选择的第一筹款对象便是青城山庄园的王干妈。如何才能从王干妈那里弄到钱？刘三开始动起脑筋来……

夕阳西下，望着屋顶上升起的袅袅炊烟，心情极爽的扬雄吹着口哨，同前来迎接他的阿黑玩耍了一阵。吃晚饭时，扬雄向奶奶和父母讲述了今天去县城的见闻。当扬雄讲到郫江边新修建的八层塔楼快完工时，扬凯惊喜地说："我在郫县生活几十年，还没见过八层高的塔楼哩，哪天有空，我也要去看看。"扬雄如实向父亲坦言，他还没想好怎样完成龙乡长要求完成的作品，不过，扬雄又补充说，等他完成构思后，就会立刻动笔。饭快吃完时，扬雄还对父母提了一个要求，他说这两天家里若没要紧事，就不要打扰他构思。说完，扬雄便拿起挂在墙上的竹笛，朝不远的小河边走去。

望着扬雄离去的背影，张氏担忧地对扬凯说："哎，雄儿他爸，你看看，我家雄儿为写一篇赋，咋变得有点神神道道了，今后他要是写不好龙乡长要求的东西来，他该不会被弄成神经病吧？"

扬凯看看张氏，有些不满地说："你呀，真是妇人之见，我家雄儿是越来越有出息了，你却担心他得神经病，真是瞎操心。"这时，奶奶也不满地盯了张氏一眼。

秋风吹过，柔柔的月光洒在弥漫着泥土芬芳的田野上，潺潺流水声伴着秋虫的低吟浅唱，给寂静秋夜平添了几分灵动的诗意。伫立河岸，寻找创作切入点的扬雄仍然理不出明晰思路，就干脆背靠柳树，吹奏起婉转凄凉的《垓下曲》来。这本是支民间艺人为悼念西楚霸王项羽而作的曲子，不知咋的，自从扬雄学会吹笛后，他就喜欢上了这支有些悲凉的曲子，而很少吹奏在长安流行的《大风歌》。前些日子，在练习写作《菜花赋》和《水牛赋》时，他一旦思绪受阻写不下去，就会吹奏《垓下曲》来排忧解闷。一年多来，父母已熟悉了扬雄的写作习惯，也听熟悉了他吹奏的《垓下曲》。

白天，扬雄通过诵读司马相如辞赋，来启发触动他产生创作灵感，晚上，他有时躺在床上，凝视屋顶，有时又起身不断反复琢磨他的《菜花赋》和《水牛赋》。几天苦思冥想后，一天深夜，醒来的扬雄点亮油灯，伏桌挥笔就在竹简上写下"望岷楼赋"几个大字。写完标题后，扬雄把笔往桌上一掷，便仰天大笑说："哈哈，我扬雄终于完成构思啦！"

之后，再无睡意的扬雄神思飞扬，在竹简上奋笔疾书。此刻，伫立在郫江边八层塔楼上的所见所思，眺望岷山远景时的联想，立于县城东门城楼的感受……都在胸中翻涌激荡，使他产生出无限的灵感火花。不到一个时辰，扬雄就完成了《望岷楼赋》初稿。当他推开房门时，东方刚到破晓时分……

早饭后，扬雄便钻进自己房间呼呼大睡，直到午时母亲叫他吃饭才醒来。午饭时，扬雄告诉父亲他已完成《望岷楼赋》的初稿，不过，他要修改满意后才能给老爸看。扬凯理解儿子心情，并希望扬雄一定要修改到满意为止，才能交给龙乡长过目。扬雄答应父亲后，就独自在自己房里修改起作品来。

两天后，扬雄带着写在竹简上的《望岷楼赋》去乡衙交给龙乡长审阅，龙乡长接过凝有墨香的竹简就认真看起来。看完第一遍后，地头蛇龙廷跃简直不敢相信这是出自扬雄之手的作品，无论从立意、结构、布局还是遣词造句，都展现出超越扬雄这个年龄的文采！于是，精明的龙乡长便对扬雄说："很好，写得挺好嘛。"读第二遍时，龙廷跃就忍不住诵读起来。读完后，龙乡长拍着竹简又说："嗯，不错不错，你扬雄还真是我乡的青年才俊。我下午就亲自送到县衙去，让王县令看看你的《望岷楼赋》。这两天，你哪也别去，在家等我消息，我想，王县令看到你写的赋后，肯定会召见你的。"

扬雄忙高兴地说："好的，龙乡长，我哪也不去，就在家等您消息。但愿王县令能满意我为郫县写的《望岷楼赋》。"

龙廷跃拍了拍扬雄肩头，说："我想王县令定会满意的，不说别的，就这文笔，我敢肯定，我们郫县找不出第二人。"

心里美滋滋的扬雄谦虚地说："龙乡长，您就别捧杀我了，那样的话，我会晕的。乡长您忙，那我就回去了哈。"说完，心情异常轻松的扬雄就晃晃悠悠离开了乡衙。

当扬雄吹着口哨，走在回家的乡间小道上时，刘三正领着他的得力干将陈山岗和李二娃，朝青城山下的庄园走去……

第五章

为复仇计划，丐帮头成功游说老财主

当天晚上临近午夜时分，刘三几人来到青城山脚下，陈山岗很快找到一家便宜客栈，三人再次谋划起向老财主讨要钱财的方案。待刘三满意后，三人才挤在一张大床上睡去。

日上两竿时，刘三几人匆匆走出客栈，寻了家卖豆浆、稀饭和包子的早餐店。吃过早饭后，刘三几人匆匆朝河边走去（由于刘三组建了丐帮团伙，手下已有五十多人要饭，有时也能要到些小钱，要到的钱必须上交给帮主刘三，所以自初夏开始，刘三和陈山岗、李二娃就不再要饭了，他们仨的主要精力便花在了对丐帮的管理和控制上）。用清澈河水一番洗漱后，穿戴整洁的三人才朝王妈的清风庄园走去。

一阵叩门声响起后，开门的女佣见是刘三几人，忙去通报老财主和王妈。在客厅喝茶的陈财主听说是刘三几人求见，心里顿时感到疑惑，忙叫妻子出门问明原因，并说没他允许，三人不得进入庄园。王妈刚出院门，刘三几人立马上前，躬身向王妈喊道："王干妈好！"三个高矮不一穿戴整洁的小伙子齐声喊她"王干妈"，王妈心里顿时乐开了花，忙向刘三问道："这两位是谁呀？"

刘三微笑着说："干妈，这是我两位结拜兄弟，他俩准备上天师洞拜师学艺，路过此地特跟我一道来看看干妈。"

王妈开心地笑了："刘三呀，他俩既是你结拜兄弟，自然也是我干儿子嘛，走走走，到我家庄园坐坐，吃了午饭再走不迟。"王妈说这话时，早把丈夫的交代忘到九霄云外了。

很快，王妈就领着刘三几人来到客厅。一进客厅，刘三带头齐刷刷给老财主跪下请安："陈老伯父好，我们给您请安啦。"话音刚落，王妈就迫不及待告诉丈夫说，这两个小伙子是刘三结拜兄弟，他们过两天就要上天师洞去拜师学艺，今天路过此地，特来看望我们。

陈财主一听，摸着下巴上的银须说："好哇，去天师洞跟着张大师学艺，这是好事，年轻人有求学上进之心，这才像有为青年该做的正经事嘛。我支持！我支持！"说完，陈财主便请刘三几人起来喝茶。出乎陈财主意料的是，刘三几人跪在地上并没起身之意。沉默片刻后，惊诧的陈财主向刘三问道："刘三，你们为何跪在地上不起？莫非……"久经世事的陈财主心里已明白几分，可能刘三几人对他有所求。

沉默片刻后，刘三低声对陈财主说："陈老伯父，我也想跟着我的结拜兄弟上天师洞向张大师拜师学艺，不知您老人家同意不同意？"

对老庄学说有所了解的陈财主摸了摸他有些秃顶的脑袋，微笑说："刘三哪，你想上山跟张大师学文化和武艺，这是天大好事嘛，我举双手赞成还来不及哩。"陈财主做梦也没想到，几年前这个曾怕读书认字的刘三，如今居然主动愿意上山学艺，或许，他有如此愿望，是受两个结拜兄弟影响吧。想到此，高兴的陈财主又喊刘三几人起来喝茶。

但跪在刘三身边的陈山岗和李二娃扭头看看仍没起身之意的刘三，忙低头又跟着刘三默默跪在地上。直到这时，陈财主才终于明白，刘三三人长跪不起，定是有向他要钱之意。于是懂得人情世故的陈财主忙放下手中茶杯对刘三说："刘三，你们几人去拜见张大师，莫不是缺少送礼钱？"

"干爹，您说的对。"刘三之前从未对陈财主叫过干爹，为拉近关系套近乎，刘三开始打起感情牌来。微停片刻，刘三又接着说："干爹，我们不光缺送礼钱，更重要的是，张大师并不认识我们三人，若要他收我们为徒，我想，只有为天师洞捐建一座刻有老子《道经》和《德经》的石碑，张大师才有不拒绝收我们为徒的可能，对吧？"

陈财主顿时傻了眼，熟悉老子学说的他非常清楚，具有五千言的《道经》和《德经》，哪是一座石碑就能刻下的！若没有三座石碑，不请优秀工匠用一流小篆体字凿刻出来，这不是有辱圣贤吗？真要达到此送礼标准，这哪是几个小钱能搞定的事！想到此，内心有些不满的陈财主板着脸问道："刘三，你知道若按这个标准给张大师送礼，需要多少钱吗？"

心中早有准备的刘三，装着哭腔说："干爹，我们为拜师学艺，想尽了一切办法，筹不够钱后才来求您帮忙的。我们三人真心求您老人家助我们一臂之力，完成我们心愿。"

陈财主一听刘三已筹了一部分钱，脸色稍有好转问道："这么说来，你们已准备了些钱啰？"

刘三抬头回道："干爹，我们已筹了二十金钱，我合计加上三年饭钱和学艺费，可能还差一半多点。"为达到要钱目的，刘三开始哄骗起陈财主来。

"哟，送个刻字石碑还要么多钱嗦？"王妈惊得脱口说出她的疑问来。

又一阵沉默后，陈财主起身说道："刘三，我家祖上留下的财富也被我用得差不多了。这样吧，我同你干妈合计合计，明天给你们一个答复，看我尽最大财力能支持你们多少钱，咋样？"

埋头跪在地上的刘三，两只耳朵动了动，眼珠迅速转了两圈，他很快明白，今天只能这样了，若再逼下去，结果只会适得其反。于是刘三说道："谢谢干爹，请干爹一定鼎力支持我们上山拜师学艺，学成归来后，我们三人一定会尽力报答干爹干妈的大恩大德。"说完后，刘三带头起身朝门外走去。当王妈把三人送到大门外时，刘三又带头朝王妈跪下，三人齐声求王妈一定要帮这个大忙。他们一再表示，今生定会报答王干妈。眼睛湿润的王妈拉起刘三几人说："好好，你们几个都是我的干儿子，我一定会尽全力帮你们的。"见刘三几人朝客栈方向走去，王妈忙擦去泪水，迅速回身朝庄园客厅走去……

当龙廷跃把扬雄的《望岷楼赋》送到王县令手上时，两眼深邃的王县令反复阅读过后，就急切地向龙廷跃问道："龙乡长，这扬雄是谁啊？他今年贵庚啊？"

"回县令大人，扬雄是我乡青年才俊，今年还不到16岁。他从小极崇拜司马相如，对其作品很有研究。"龙廷跃忙回道。

快五十岁的王县令，捋了捋自己的青须，叹道："哎，扬雄小小年纪就能写出如此有文采的《望岷楼赋》，而且，他这一手漂亮的小篆也十分了得。看来，此后生前途不可限量啊。"沉思片刻，王县令又继续说："三天后，我县将在郫江边给新竣工的塔楼举行落成典礼，我看这新楼就取名为'望岷楼'吧。"

高大的龙廷跃听后忙奉承说："好好，县令大人胸怀宽广，您不自己为塔楼命名，却采用无名之辈扬雄的赋名来为塔楼定名，足见县令大人高风亮节之境界嘛。"

王县令笑了："哪里哪里，这《望岷楼赋》确实写得不错，扬雄现虽是无名之辈，但或许今后能成为司马相如第二哩。"说完，王县令和龙廷跃便相视笑了。

第二天上午，赶回花园乡的龙廷跃立马派乡丁通知扬雄到乡衙见他。当扬家小院得到这消息后，扬凯想了想对儿子说："雄儿，你独自去见龙乡长吧，不知你的《望岷楼赋》他满不满意。"很快，心怀忐忑的扬雄就跟着乡丁来到了乡衙。

大大出乎扬雄意料的是当他刚跨进乡衙大门时，龙廷跃便迎上来拉着他的手说："扬雄哪，快坐快坐，来来来，先吃点水果再说。"扬雄定睛往案桌上看去，只见几个陶盘中，分别摆放着红红的石榴、黄黄的香梨和核桃。直觉告诉扬雄，他的《望岷楼赋》应该得到了王县令认可，否则，龙乡长决不会如此礼待他这农家小子。

两句客套话后，龙廷跃亲自给扬雄掰开一个大石榴。扬雄嚼着玛瑙般晶莹剔透的石榴籽时，微笑着露出两排洁白牙齿，因内心有些激动，唇染红汁的扬雄，大耳朵似乎也颤颤扇动了两下。接着，龙廷跃便把王县令对《望岷楼赋》的褒奖告诉了扬雄，并约定后天天亮时分，在龙家大院门口等他，然后一块去参加县上塔楼的庆典仪式。懂事的扬雄一再感谢龙乡长后，就告辞离开了乡衙。望着扬雄远去的背影，龙廷跃低声说道："看来，老子那20枚五铢钱，还真没白花哩。"

离开乡衙后，扬雄飞奔朝扬家小院跑去。扬雄想第一时间把这好消息告诉父亲，他知道，这些年来，若没父亲的培养和鼓励，他是不可能写出《望岷楼赋》的。既然王县令已认可他的赋，这无疑说明，自己有才华和天赋！

回到家，激动不已的扬雄在告诉父母时竟显得有些语无伦次："爸、妈，我、我的赋，被、被王县令，认、认可了。"

"啥？你的赋被王县令认可啦？"扬凯有些吃惊。

扬雄擦了擦额上的汗说："嗯，爸，我、我后天要跟龙乡长去县上参加塔楼落成典礼，我是王县令剪彩仪式上的特邀嘉宾。"

扬凯笑了："哦，那就太好了嘛，看来，今天我两爷子该喝点酒庆祝庆祝才对。"奶奶和母亲听到王县令满意雄儿的《望岷楼赋》时，也欢喜得合不拢嘴。母亲张氏忙挽起衣袖说："那我去杀只鸡，今天我们全家说啥也得庆贺下雄儿取得的好成绩。"

王妈回到庄园客厅，见丈夫阴着脸不开腔，似乎在思考什么。王妈清楚，丈夫是舍不得自己的钱。其实，陈财主已对怕学习而主动离开了他庄园的刘三不再报有收为养子的希望。今天，突然冒出的刘三几人竟下跪求他用钱财支持他们去拜师学艺，这长跪不起的央求中，似乎含有软逼之意。一想到此，陈财主就有些不爽。

王妈打心眼里有力挺刘三之意，加之今天突然又冒出两个小伙子也喊她干妈，她心动了：她不仅愿做三个小伙子的干妈，更重要的是，这三人是上天师洞学文化和武艺的呀。过去，王妈连乞丐刘三都没嫌弃过，如今，活生生三个走王道的青年之举，更是深深打动了她。想到此，王妈灵机一动，突然跪下向丈夫哭求说："当家人哪，您就看在我多年陪伴服侍您的份上，帮刘三他们一把吧，您成就了他几人的梦想，也是您今生做的一大善事呀，呜呜呜……"

　　陈财主看着跪在地上哭着央求自己的妻子，有些不满地说："老婆子，你也太缺心眼了，那两个小子我们今天是第一次见面，你凭啥相信他们说的话？"

　　王妈一愣，忙辩解说："那两人的话我们可以不信，但刘三却从没骗过我们。过去，干儿子刘三是怕孤独寂寞才离开的，如今，有两个同伴陪他去读书学艺，这不是挺好吗？刘三要是有了文化和武艺，今后就能成为我们庄园的继承人，这、这不是天大好事嘛。"说完，王妈又伤心地哭起来。

　　没想到，王妈最后这几句话，不仅说到点子上，还促使陈财主再次陷入思考。他一直渴望有一位知书达礼能给他夫妻俩养老送终的人，如今，刘三是主动愿去天师洞拜师学艺的。若刘三真能学成下山，也确实是件大好事。想到此，陈财主忙起身扶起妻子说："唉，起来嘛，我又没说不支持刘三去拜师学艺。"

　　跪在地上的王妈一听，便破涕为笑问道："当家人，您、您答应支持刘三他们啦？"

　　"答应可以，但得有些条件才行。"

　　"啥条件，说给我听听？"

　　"老婆子，你着啥子急，起来听我慢慢说嘛……"

　　当天下午，闲着无事的刘三带着陈山岗和李二娃慢慢来到都江堰的鱼嘴分水石坝上。望着分流到外江和内江的岷江水，回想上午老财主说的话，李二娃有些疑虑地向刘三问道："老大，你为啥要对老财主谎称我们已有二十金钱，难道，你不说我们有那么多钱，老财主就不给我们资助款吗？"

　　刘三看了看比他矮一截的李二娃，得意地说："老子这办法叫诱饵套狼，懂吗？"

　　李二娃想了想，仍不解地说："哟喂，老大，这世上哪有二十金的大诱饵？我在想，老财主晓得我们有这么多钱后，完全有可能不再资助我们了，对吧。"

　　陈山岗看了看仍没开窍的李二娃，忙说："你懂个屁，老大提虚劲的意思我明白，他要告诉老财主的是，我们准备了些钱，你再帮我们兜兜底总可以吧，这样一说，老财主的顾虑就会小许多。我相信，有王干妈从中撮合帮我们，老财主定会拿出些钱资助我们的。"

李二娃愣愣地看了看陈山岗两眼，扭头向刘三问道："老大，二哥说的对吗？"

刘三点头说："嗯，老二说的对，他完全明白我的心思。"

李二娃想了想，又有些担忧地说："你俩想法好是好，我最担心的是，若是老财主认识张大师，要同我们一块上山咋办？到时说起拜师学艺和我们三人几年的生活费，我们拿啥钱来兑现，这、这不是要穿帮吗？"

陈山岗拍了拍李二娃肩头，笑道："老三，你并不笨嘛，你的顾虑我早已想到，到时若真要给张大师交部分现金时，我这'智多星'自有办法对付。"

李二娃一听，有些不满地说："二哥，有钱才是硬道理，到时拿不出钱来，多丢人现眼呀，说不定，因我们乱吹牛，张大师就不收我们为徒了。"

"老三你放心，到时你自会看到我'智多星'用奇招，让张大师收下我们三人为徒。"说完，陈山岗自负地对刘三笑了笑。刘三见陈山岗如此说后，心里顿感踏实许多，因为，他相信副手陈山岗有个会出主意的脑壳。

第二天早上，秋阳升有两丈高时，王妈就急匆匆赶到客栈，找到还没起床的刘三几人，告诉他们，老财主已同意资助他们几人了，不过他是有条件资助的。说完，王妈就催刘三几人到她家庄园去。

由于昨夜喝酒睡得晚，睡眼惺忪的刘三犯起嘀咕来：嗨，老财主，您资助就资助呗，还要附加啥条件嘛，难道，是想故意刁难我刘三？想到此，刘三忙叫干妈先回庄园，说他们三人上街吃了早饭就立马赶到庄园。王妈走后，刘三立刻问陈山岗："老财主啥意思？莫非他想耍花招刁难我们？"

陈山岗想了想说："老大，陈财主不像是刁难我们，我看他是怕我们拿到资助款就跟他玩失踪，是有些对我们不放心哩。"

刘三听后想了想说："哼，老子又不是骗他钱财，是真心希望得到他这有钱之主帮助，既然这样，不管他提啥条件，我刘三都会一口答应。"

"老大，答应太爽快不妥哟，我想，这其中道理你应该比我懂。"陈山岗忙提醒刘三。

"嗯，道理老子当然懂，走，我们吃了早饭就去清风庄园，听听老财主给我提啥条件。"说完，刘三几人就离开了客栈。

当王妈领着刘三几人走进庄园客厅时，陈财主脸上已无昨日惊诧之色，而是笑吟吟欢迎几人落座。在几人喝过女佣端来的茶汤后，陈财主才对刘三说："刘三哪，你们三人愿上天师洞拜师学艺是件大好事，我和你干妈理应大力支持。但我又怕你们年轻人是一时心血来潮，若上山坚持不了几天就走人咋办？在此，我想再问问，你们三人真是铁了心上山拜师学艺吗？"

陈财主刚一说完，头脑灵活的刘三忙站起躬身说："请干爹放心，我们三人是铁了心上山拜师学艺的，何况，我刘三没啥文化，在学艺同时，还要多学认字练字呢。"接着，陈山岗和李二娃也分别向陈财主表示了拜师学艺的决心。王妈见此，忙高兴对丈夫说："您看您看，多好的年轻人哪。"

陈财主见此，捋着银须笑道："好好好，有你们年轻人的雄心大志，老夫相信，当你们几年后学成下山时，定会成为我大汉的有为青年。"接着，陈财主又认真看了看刘三几人，开始严肃对他们说："刘三，我资助你们可以，但我得先谈谈我的资助条件。"

"干爹，我正想问您有无资助条件，既然这样，那就请您把条件说给我听听，咋样？"刘三忙回道。

陈财主笑了："好，你刘三还真是爽快人，那我就说说我的三个条件吧。第一，三年学成下山后，刘三必须回庄园承担守护庄园之责；第二，回庄园一年后，刘三必须在王干妈主持下举行婚礼，婚礼费用全部由庄园承担，到时，刘三在婚宴上要向大家宣布自己是我夫妻养子，并有养老送终责任；第三，我和妻子过世后，刘三可继承三分之一庄园财产，另三分之一捐给天师洞做扩建经费，还剩三分之一可用于给修建都江堰有千秋之功的李冰父子，在玉垒山修建一座庙宇，以供后人祭祀之用。"

陈财主说完三条要求后，就轻声向刘三问道："刘三，我说的这三个条件，你都听明白了吗？"

刘三忙点头说："干爹，您的三个条件我都听清了，但您还没说资助我们多少钱呀。"在刘三看来，陈财主既然要提如此条件，就应该有跟这条件相匹配的资助金额，若金额太小，他今生为啥要被拴死在清风庄园呢？

会意的陈财主忙说："对对，我先说了条件，正想说说资助金额哩。老夫打算最少资助你们三十金钱（那时，一金钱略等于96枚五铢钱），分两次付给。"当陈财主说到此时，刘三忙点头说："谢谢干爹大力支持，有您老人家这三十金钱相助，我们就能顺利上山拜师学艺啦，再次谢谢干爹大爱之心。"刘三清楚，三十金钱是完全可以在郫县县城购买三间店铺的。

陈山岗见刘三如此表态，忙低声对陈财主问道："干爹，您说您分两次资助我们，这两次的时间安排能告诉我们吗？"

"第一次是在我同你们一块上天师洞，跟张大师谈好收你们为徒的条件后，我会立马付给张大师二十金钱，作为你们三人往后三年的学习与伙食费，另十金是你们在天师洞学满一年后，我再补给你们作为捐建《道德经》石碑用。如何，我这样安排妥吗？"

刘三忙接过话头说："妥，极妥，干爹，我建议在您三个条件后再增加一条，咋样？"

刘三这话一出口，便惊呆了所有人。按人之常情讲，资助人的条件越简单越好，哪有受助人主动增加条件的？愣了片刻，陈财主忙问："刘三，你想增加啥条件呀？"

此时，陈山岗和李二娃也很"懵圈"，他俩搞不懂刘三啥意思，不好当面问的二人，不解地看着他们老大，想听听他到底想增加啥条件。刘三看看王妈，非常慎重对陈财主说："干爹，请您记上第四条，刘三结婚三年后，得返还二十金给庄园，以示对自己经营能力的验证。"

王妈听后，忙摆手对刘三说："刘三，这第四条就免了吧，我和你干爹只希望你打理好庄园就行了，哪还指望你去赚二十金钱来补还给庄园嘛。"

"干妈，您难道不相信我刘三的能力？"

王妈忙说："相信相信，我相信你几年后定会成为一个有能力有爱心的人，所以，我同你干爹才大力支持你们上山拜师学艺嘛。"

陈财主看看众人，突然把八仙桌一拍说："好，既然你刘三如此自信，我就补上你主动提出的第四条。在老夫看来，你的自信心远比这二十金钱更重要！"

刘三乐了，他为自己成功游说并获得陈财主的资助而感到万分开心……

[第六章]

农家小子，创造出轰动全县的高光时刻

　　川西平原的秋夜格外宜人，秋虫低吟浅唱，凉爽的空气里弥漫着泥土和野菊花的芬芳。繁星点点的星空下，扬雄在河边吹奏一阵竹笛后，情绪难以平静的他回到小院，一再叮嘱母亲明早要提前叫醒他，以免误了同龙乡长一块去县上的约定。鸡叫第二遍时，张氏就起床烧火做饭了。卯时过一半后，张氏便叫醒了雄儿。吃过母亲特为自己煮的芋头干饭和鸡蛋后，天刚麻麻亮，扬雄就欢蹦着朝龙家大院跑去。扬雄不知的是，待他刚跨出小院大门，扬凯就慌忙起床，匆匆扒拉完饭后，梳好头上四方髻，换上干净衣服，也大步朝县城方向走去。扬凯除了想看看新塔楼的落成典礼，更想看看儿子是怎样当县太爷嘉宾的。

　　已时刚到，扬雄同龙乡长就来到郫江边新塔楼旁的土坝上。扬雄朝新塔楼看去，只见有两名持矛县丁守住楼底大门。那刚被粉刷一新的木制塔楼在秋阳辉映下宛若一把闪着淡红色光芒的巨型宝剑，直指天空。或许是县上发过通告，就在扬雄欣赏塔楼雄姿时，开始有不少民众陆续朝塔楼下会聚过来。

　　已时过了不久，在县衙宋捕快等人开路下，王县令一行人信步从县城朝塔楼走来。见王县令走近，龙廷跃急忙领着扬雄迎了上去。还没等龙廷跃开口，王县令便指着俊朗的扬雄对他说："龙乡长，这位英气逼人的青年才俊，想必就是写出《望岷楼赋》的扬雄吧？"

　　龙廷跃忙把扬雄拉到王县令跟前说："王大人好眼力，这位青年正是我花园乡的扬雄。"

　　待龙乡长介绍完，扬雄便拱手施礼躬身对王县令说："县令大人好，不才扬雄给您请安。"王县令认真打量扬雄一番，在阅人无数的王县令眼中，从穿戴和外貌看，这扬雄真还就是一位普通的农家子弟，但从言谈举止和气质上看，这小子又像是出身于书香世家，因为，扬雄身上透出一股农家子弟不可能有的儒雅之气。很快，有点疑惑的王县令便对扬雄问道："小伙子，你真是写出《望岷楼赋》的扬雄？"

扬雄又躬身回道："拙作《望岷楼赋》虽是我扬雄完成的，但我认为自己作品还很幼稚，请县令大人多多赐教，以便我日后再做修改。"

王县令笑了，拍了拍扬雄肩头说："哈哈，你这年轻人不错，写出优秀之赋还如此谦虚，这样下去，你日后定有大好前程。"说完，王县令便拉着扬雄，朝塔楼的大门走去。宋捕快见王县令等人进了塔楼，忙吩咐手下各就各位担负起警卫之责来。这时，躲在大树后的扬凯才朝坝中慢慢走来。更令所有人不知的是，曾在花园场豆腐饭店听帮主刘三介绍过扬雄的两名乞丐，也跟着看热闹的"吃瓜群众"，来观看新塔楼落成的庆典活动。

中等个头、身体硬朗的王县令，率众参观完整座新塔楼后便下到塔楼第三层。环视塔内几幅山水画后，王县令就示意随行人员安静下来，接着独自走到回廊朝土坝望去。偌大土坝上，早已挤满朝高塔观望的人群，这些"吃瓜群众"不时指指点点，议论着川西平原最高木制建筑。看着塔楼下闹哄哄的人群，王县令又抬头望望晴朗天空，接着他用双手示意，人群很快安静下来。这几年来，王县令在民众中还是留下了较好口碑。

看着黑压压的民众，头戴官帽的王县令清了清嗓子大声说道："我大汉朗朗乾坤，百姓丰衣足食，在这无灾无难的好日子里，我县连续五年大丰收。为庆祝这来之不易的丰收成果，本官特下令修建了这座高塔以示纪念，以便让我们的子孙后代记住，只要我们忠君爱国、辛勤耕耘，幸福日子就可安乐长久！"

王县令刚讲到此，楼下"吃瓜群众"就爆发出一阵热烈掌声和呼哨声。待人群稍安静后，王县令又喜悦地说道："我郫县的百姓们，在此塔楼建成之前，我就在全县各乡征集过庆典文章。经过多次筛选，特选出一篇《望岷楼赋》来，现在我就把部分章节读给大家听听，以便我们共享佳文。"听到这儿，人群中的扬凯高兴得踮足伸头静听起来。

很快，王县令就抑扬顿挫地读道："凡楼台阁亭于得胜之地，则虽无山川而旷兮，无江海而闲。郫城据岷山之阳，缭江宅川，自古都邑兮，有丛楼之胜，山海之备焉。今吾县安定府衙为民实事兮，重建西门重楼，名曰'望岷楼'。是楼西至岷山百里，郁天万峰兮，连延终古……故君子望之兮，目益加明，形也加静，心也加清兮。可以脱枸谨之城兮，人道义之廷。清无为而治功日成兮……"

读完《望岷楼赋》节选的王县令一把拉过身边的扬雄就朝众多乡民介绍说："现在，我特向大家介绍写出上等佳作《望岷楼赋》的作者，他就是来自我县花园乡的青年才俊扬雄！"王县令刚一介绍完，土坝上的人群就轰然炸开了锅，大家万万没想到，被有学识的王县令选中的《望岷楼赋》竟出自一个农家小子之手。

在王县令鼓励下，有点骄傲的扬雄也抬起右臂，朝塔楼下人群挥了两下。此刻，站在扬雄身后的龙乡长发现了人群中的扬凯，为显示他的举荐之功，龙廷跃还自豪地朝扬凯挥了两下手臂。更出乎意料的是，那两个曾见过扬雄的乞丐竟在人群中举臂高呼起来："扬雄，厉害！扬雄，了不起！"很快，众多"吃瓜群众"也跟着喊叫起来："扬雄，厉害！"听着呼喊声，塔楼上的扬雄显得有些飘然激动，而人群中的扬凯也激动得嘴唇颤抖，眼睛开始湿润起来……

塔楼上的人和土坝上的民众热闹互动了好一阵后，王县令再次举手示意，人群又渐渐静了下来。王县令看了看情绪不错的民众，大声说："在此，我宣布，这座新塔楼就用扬雄的赋名命名，此楼就定名为'望岷楼'！"王县令话音一落，塔楼下又立马响起一阵欢呼声。很快，几名县衙人员将八尺长三尺宽的"望岷楼"牌匾，在众人围观中挂在了塔楼下大厅入口处上方。当宋捕快奔上三楼，告诉县令牌匾已挂好后，王县令高兴地对身旁的扬雄说："青年才俊扬雄，这三楼厅门两旁柱上还缺副对联，你来两句咋样？"

脸色泛红的"后浪"扬雄凝神想了片刻，脱口说道："千里岷山尽收眼底，百条河流奔腾向东。"

"好，好好，这两句挺适合'望岷楼'的，若没此情此景的登高感受，我想，你扬雄就不太可能想出这副对联吧。"王县令情不自禁说。

扬雄忙笑着回道："县令大人说的极是，若没现场登高的真切体验，定不会有这副对联诞生。还是县令大人下令修造此'望岷楼'的决定好哇！"听了扬雄颇为得体的恭维话，十分开心的王县令又转身向塔楼下民众大声说："我郫县的乡民们，为感谢青年才俊扬雄为我们新塔楼写了《望岷楼赋》，还有，刚才他又给望岷楼赐了副对联，现在，本县令宣布对我县有突出贡献的扬雄做出特别嘉奖。"说到此，卖了个关子的王县令故意停下，想看看"吃瓜群众"有啥反应。此刻，一旁的龙乡长心中暗自笑了，他料定，只要王县令采用了《望岷楼赋》，那他就一定会奖励扬雄；而受到县令奖励的扬雄也一定会感激他这个有举荐之功的伯乐。哎呀，说不定，有文才的扬雄今后会出大名，或许会进皇宫做大事呢。

正待民众静下来，想听县令宣布要对扬雄奖励啥时，一群野鸽飞落塔楼顶上咕咕叫了起来。顷刻间，民众又将注意力转到了楼顶上。此时，一位等得不耐烦的乞丐大声朝王县令喊叫起来："县令大人，您要对扬雄奖励啥，就快说嘛。"接着，心急的民众也跟着喊叫起来。看着被自己吊足胃口的"吃瓜群众"，王县令立即高声宣布："为奖励有写赋之功的扬雄，本县令宣布奖励他80枚五铢钱，黄谷三担！"

顿时，两名乞丐打了两声呼哨，立马在人群中大叫开来："哟喂，扬雄发财啰！扬雄发大财啰！"而土坝中的人群也跟着两名乞丐欢叫起来。随即，扬凯融入欢乐人群，为儿子获得了奖励手舞足蹈起来……

看着塔楼下的欢乐场景，万分激动的扬雄为自己创造的"拉风"时刻，竟欢喜得脸颊泛红，两眼很快滚落下喜极而泣的泪珠……

当得到陈干爹承诺后，刘三一离开庄园就支使陈山岗立马上天师洞，让他向表弟方小桥打听，这几天张大师在天师洞没，若在，他们就抓紧上山落实拜师一事。刘三料定，心中不踏实的陈财主一定会一同前往天师洞。当天晚上，陈山岗返回客栈便告诉了他从表弟那打听到的情况。刘三听后，决定第二天去庄园同干爹商定上山时间。

刘三几人为啥要上天师洞拜师学艺？这里除有刘三隐藏的复仇计划外，另外还有三人对丐帮队伍的发展考量。他们前两天再次商量过，一旦条件成熟，丐帮今后还要开饭庄、酒楼、客栈和织锦坊等。若要实现这些目标，他们必须要学点文化和武功，才能更好管理和镇住手下。加之张大师在蜀中颇有名气，若拜师成功，就意味着他们未来理想就实现了关键性的第一步。

令刘三和世人不知的是，张大师虽姓张名云天，但原名叫陆天宝，是正宗的成都人。他出身于书香世家，年轻时受战国时期苏秦、张仪影响较大，也崇拜司马相如。陆天宝平时除熟读五经和老庄之书外，就是跟着邻居潘拳师学飞镖之技和剑术。十分热衷演讲的陆天宝曾多次幻想有朝一日能去帝都长安施展自己的本事。一次他同好友严君平饮酒时，便吐露了自己想去长安发展的意愿，并邀请学养深厚的严君平与他同行。由于受老庄学说影响较深，严君平谢绝了邀请，同时也坦言了他不愿入仕的想法。见无法说服比自己大两岁的严君平，陆天宝在四十岁时便独自携剑去了长安。

果然，去了长安不久，陆天宝的学识和口才便引起汉宫部分上层人士注意，由此，他很快成为益州在长安文学沙龙中的重要成员。一年后，陆天宝应邀出席车骑将军义子贾公子的宴会，席间，为争夺一名容貌出众的歌妓，喝得快断片的陆天宝仗着众人对他的尊重，硬要强行带走歌妓（其实，这名歌妓正是贾公子相好）。在众人劝阻无效后，气极的贾公子就甩了陆天宝两耳光，还一脚踢向陆天宝。要他滚出长安城。被当众羞辱的陆天宝哪咽得下这口恶气，一怒之下，他唰唰甩出两飞镖朝贾公子扎去。飞镖正中脑门的贾公子当场就人事不省倒在血泊中。趁大乱之际，彻底酒醒的陆天宝慌忙逃出酒楼，迅速蹿回客栈，拿起重要之物就立马逃出了长安城。遭到通缉追捕的陆天宝在外流亡一年半后，才悄悄回到故乡成都。不敢进家门的他，趁夜深人静时叩开严君平家门。严君平一见狼狈的陆天宝，二话不说立马从柜中取出80枚五铢钱说："贤弟，你的情况我早已知晓，我建议你立马躲到青城山天师洞去，那里的一位宋姓长者曾是我老庄之学的先生，你就说是我介绍你来的。从此，你必须在江湖上改名换姓，隐居天师洞，方可留得一条性命。"

无奈的陆天宝听了严君平建议，在做了易容处理后，从此就改名为"张云天"在天师洞隐居下来。宋姓老者不仅收留了张云天，还教会了他轻功。五年后，张云天安葬了病逝的先生，从此，他就成了天师洞主人。学养深厚又有武功的张云天逐渐在江湖上有了名气，便被蜀中武林人士尊为"张大师"。在天师洞十多年间，张云天很少接触外人，也从没有收徒打算，偶尔有慕名而来的，也只是传艺不拜师。令他万万想不到的是，乡绅陈财主和刘三几人的突然到来，竟改变了他多年不想收徒的意愿。

在清风庄园吃过午饭，陈财主让刘三几人拿着他送给张大师的礼物，就出庄园朝青城山半山腰的天师洞走去。虽已是金秋时节，青城山仍是层林尽染的葱郁景象，偶尔出现点缀山林的枫叶，宛若红宝石般闪闪烁烁镶嵌在秋风拂荡的山林间。由于有陈山岗事前安排，作为张大师侍童的方小桥早就留意观察上山来的山道。张大师打坐午休后，方小桥立马给大师端上明前春茶。山风吹过，待听到脚步声的方小桥看到陈山岗几人后，忙故意拿着竹枝扫把清扫起山道落叶，以便接近陈山岗。快到天师洞时，走在头里的陈山岗装作不认识向方小桥问道："这位朋友，这里是天师洞吗？"

眨了眨眼的方小桥忙回道："嗯，这里是天师洞。"

"张云天大师在家没？"陈山岗又问。

"张大师今天在家。请问，你们是来找大师的吗？"

陈山岗故意大声说："对，我们就是来找张大师的。"

方小桥立马给陈山岗做了个跟随手势，便朝天师洞茅屋跑去。

还没等身穿黑色绸服、两眼炯炯有神的张云天回过神来，陈山岗和刘三两人已快步来到他面前。很快，李二娃搀扶着额头冒汗的陈财主，也慢慢朝张云天走来。张云天认识曾几次捐助过修建天师洞茅屋的乡绅陈财主，加之陈财主也喜爱老庄学说，故张大师见到陈财主就有些亲切感。陈财主同张云天寒暄几句后，便指着桌上一坛好酒、三块黄澄澄老腊肉和一陶罐豆腐乳说："张大师，今天我特来拜望你，这是顺便带的一点不成敬意小礼物，请你笑纳。"

长着一张国字脸、面颊轮廓极为分明的张云天看了看桌上礼物，抱拳说："陈兄，你来就来嘛，带这么多礼物干啥，弄得我都不好意思了。"

"嗯，张大师，今天我来此有事求你，不带点礼物咋好开口喃。"说完，陈财主便冲着张大师笑了笑。

"陈兄有事求我？"张云天有点诧异。

见时机已到，陈财主忙拉过刘三，对张云天说："张大师，这是我义子刘三，他想拜你为师，跟着你学点文化和武艺，学成下山后，往后我的庄园就交给他打理了。"

张云天看了看长相憨厚的刘三，迟疑地问道："陈兄，就他一人来拜师学艺？"

陈财主一听，又忙指着陈山岗和李二娃说："张大师，这两位是我义子的结拜兄弟，他们一位是成都富商之子，一位是郫县乡民。他们三人想结伴来你这儿拜师学艺。"刘三听了，差点没乐出来。因为陈山岗的身份背景是他瞎编的，没想到这么快就有用了。

张云天又认真看看陈山岗和李二娃，犹豫地说："陈兄，实不相瞒，我从没有收徒打算，只想在此过过清静无为的隐士生活，你、你这要求实在叫我有些为难哪。"

陈财主想了想，摇头说："张大师，你此言差矣。万事都有开头也有破例之时嘛。战国时期著名谋略家鬼谷子，不也曾是隐居云梦山的传奇人物嘛。鬼谷子从前也没收学生的想法，可后来世事发生变化，他也破例收了不少学生。你想想，他若不收徒，世上哪会有他得意门生孙膑、庞涓、苏秦和张仪等人呀。我想，蜀中人们尊称你为'大师'，就足以证明你是厉害之人嘛。你若不收徒，今后谁来传承你的学说和功夫呀？"

张云天一怔，忙回道："谢陈兄谬赞，本人只是在老庄学说上有些独立见解而已，至于我那点三脚猫功夫，是登不上比武擂台的。"

陈财主笑了："张大师别谦虚，别人不识你这隐居高人我能理解，难道你的道行我还不知？今天，为兄就实话实说，我这义子学成下山后，是要来继承我那庄园的。"随即，陈财主也指着陈山岗说："这位富商之子今后学成下山，要回成都继承他家中几处商号和织锦坊。张大师，你不想想，他俩若不学点本事，往后咋继承家业？"在张云天点头时，陈财主突然从怀中掏出20金钱放到桌上又说："张大师，这是刘三几人三年的食宿和学艺费。他们三人已决定，拜你为师后，要为天师洞捐建一座刻有《道德经》的石碑，到那时，我这并不富裕的乡绅，也愿再为天师洞捐建几间瓦房，若是这样，天师洞日后定将成为闻名蜀中的道教圣地。张大师，愚兄说的对吧？"

比陈财主年龄小些的张云天听后，很快陷入沉思。今天，陈财主的游说，第一次深深戳中了他心中痛点。是啊，已快六十岁的他，很快就将步入晚年。一生命运多舛的他曾自恃才高，若这样默默无闻了此残生，他确实是心有不甘哪。人生无常也无奈。自犯命案后，隐姓埋名的他已在天师洞过了十多年寂寞日子。今天老友来看望他，又是送礼又是用现金解决他生活上的后顾之忧，而且，老友还表示，今后还将捐建几间瓦房，若再推辞下云，势必会寒了老友之心，也有负三个年轻人的一腔抱负。唉，难啊，该咋办呢？

正当张云天犹豫之际，刘三带头，三人齐刷刷忙给张云天跪下，刘三诚恳说道："恳请张大师收我们三人为徒，此生，我们决不辜负大师所望。"接着，陈山岗也说："张大师，今后我们仨不仅是您老人家徒弟，我们也是您的义子。"陈山岗话音刚落，李二娃也叩头说："张大师，收下我们吧，我们今生一定为您老人家养老送终。"

听到此，被感动的张云天忙起身拉起刘三几人说："起来起来，看在我老友陈乡绅面上，今天，我就破例收下你们三人为徒。"随即，张云天扭头对方小桥吩咐："小桥，你快去准备香烛，今晚戌时，我要对月焚香，正式收刘三三人为徒！"

刹那间，天师洞就响起一阵愉快的欢笑声……

郫江边塔楼庆典仪式结束后，王县令在县城最豪华的望春酒楼包了两桌席，盛情款待了青年才俊扬雄一番。饮酒时，王县令高兴地对扬雄说，他要把《望岷楼赋》推荐给蜀郡太守看看。为感谢王县令的赏识和龙乡长的举荐，懂事的扬雄恭敬地给这两位恩人敬了酒，并向这二位家乡父母官表达了深深谢意。席间，王县令还奖励了举荐有功的龙廷跃50枚五铢钱。午宴结束后，扬雄向王县令和龙乡长匆匆告

第六章 农家小子，创造出轰动全县的高光时刻

辞后，就怀揣80枚五铢钱一溜烟朝花园场乡方向跑去。

　　大大出乎扬雄意料的是，第二天中午，花园场乡乡衙门外墙上和另几处显眼之地，就挂出了用竹简抄写的《望岷楼赋》。很快，关于扬雄的传言和王县令的嘉奖，就像长了翅膀似的在郫县民间流传开来。就在众多"吃瓜群众"赞叹扬雄才华时，花园场豆腐饭店覃老板似乎嗅到了别样商机，在认真琢磨两天后，她脑中就渐渐冒出个众人无法想象的商业计划来，而这长远的商业计划竟跟扬雄有关……

[第七章]

茶铺听书，扬雄初识占卜大师严君平

当夜戌时，刘三几人洗手焚香，在陈财主见证下，向张云天对月叩头，举行了拜师仪式。香炉前，鼻梁挺直、长发垂肩的张云天，看着跪在地上的三名弟子，认真说道："从今往后，你们就是我弟子了，今夜，我先把丑话说在前头，我张云天既是你们师父又是先生，无论你们身份背景咋样，你们仨可愿服从我管教？"

刘三三人忙叩头回道："我们愿意服从师父管教。"

张云天满意地看看跪着的三人，又说："练武功可是苦差事，你们能吃得了苦吗？"到如今，张云天对三人的乞丐身份还一无所知。

刘三几人又齐声回道："师父，我们吃得了苦！"

此时，林中传来几声夜鸟啼鸣，张云天抬头望望明月，口气有些缓和地说："好，你们三人既愿服从管教，又表示了吃苦决心，现在，我还要告诉你们的是，往后，在练功闲暇时，我还会教教你们基础文化，比如识字、练书法、背诵《诗经》什么的。对学习上的事，我不会太苛求你们，对你们更没明经入仕要求。但我相信，三年后当你们下山时，你们不仅会学得一身功夫，还会成为知书达礼之人。"

听到此，一旁的陈财主拍手笑道："好，好好，张大师的想法正合我意，若真有那天，老夫定当携重礼再上天师洞，当面致谢你张大师哪！"

随即，张云天把手一挥，对方小桥说："小桥，快上酒。"很快，方小桥端起香炉前的酒碗，分别递给刘三、陈山岗和李二娃。张云天见三人端好酒后，也端起酒碗大声说："师徒今夜共同对月盟誓。"

刘三几人忙跟着说："师徒今夜共同对月盟誓。"

张云天又接着说："今后三年，师徒合力同心，定当共同完成学艺之愿！"

刘三几人又跟着说道:"今后三年,师徒合力同心,定当共同完成学艺之愿!"

说完,在张云天带头下,师徒四人便仰脖把碗中酒喝干。张云天扶起了刘三几人,陈财主拍手叫好道:"好,我可是你们几个徒弟的见证人,今后要是你们三人怕吃苦不好好练功,你们可就对不起跟张大师的盟誓哟。"

刘三抱拳回道:"干爹放心,我们仨是铁了心来天师洞拜师学艺的,什么苦我们都能吃。"接着,陈山岗和李二娃也向陈财主表达了吃苦决心。见此,张云天走到陈财主身旁说:"陈兄,今夜有些晚了,实不相瞒,若你们四人要在天师洞过夜,我的床和被褥不够,你看……"

机灵的刘三听后,忙说:"师父,今夜我们几人下山去,过两天,等我们把一切生活用品准备好后,再上山跟您学武艺不迟,行吗?"

"要得,也只好如此了。"张云天回道。

很快,刘三几人告别张云天,踏着林中朦胧月色,兴高采烈朝山下走去。

当邻居张老三来扬家小院告诉扬雄,他今天中午去花园场买东西时,已有好些人在场上围观扬雄写的《望岷楼赋》,扬雄心里美滋滋叹道:这也太快了嘛。随即,谢过张老三的扬雄就独自朝花园场跑去。很简单,初次尝到荣誉甜头的"小鲜肉"扬雄想再次感受下众人仰慕的目光!扬雄这举动,正应了中国一句老话:不太过分的虚荣心是激发一个人向上的强大动力。

虽已是下午申时,但扬雄很快转悠完并不大的花园场。他已清楚记下,除乡衙大门外墙上挂有用竹简抄写的《望岷楼赋》外,另三处也同样挂有他的作品。这三处分别是赵老板的茶铺、陈老板的酒铺和覃老板的豆腐饭店。情商不低的扬雄知道,这一切均是龙乡长安排的。今天,无论如何也得感谢下对他有举荐之恩的龙乡长。想到此,扬雄便买了三斤上等猪肉和一坛好酒,朝乡衙走去。令扬雄开心的是,他每到一处,都有乡邻在夸奖议论他,有的老板还主动邀请他进店坐坐。事实证明,自塔楼庆典仪式后,"小鲜肉"扬雄已成郫县当之无愧的"网红"。

乡丁们见扬雄走进乡衙,全都主动上前跟扬雄打招呼不说,有些乡丁还奉承说,他们十分欢迎青年才俊光临。龙廷跃热情接待了扬雄。当扬雄呈上所送之礼时,龙廷跃一再推辞说:"扬雄小兄弟,本乡长只是做了应该做的事,你送礼给我,真让我感到惭愧。"其实,对家境殷实的龙乡长来说,他对扬雄送的这点小礼根本看不上,但一想到扬雄未来发展的无限可能性,他这基层官场"老司机"又不敢轻易拒绝扬雄第一次对他表示的谢意。想了片刻,龙廷跃看了看桌上的酒和肉,便微笑着对扬雄说："扬雄哪，你我是友情不错的乡邻，你又是王县令看重的青年才俊，今天我若不收下你礼物，似乎有些见外，也显得生分。这样吧，我过会儿就把你送的东西拿回家，我让家人好好弄几个菜，晚上，你把你爸叫上，到龙家大院来小酌几杯，咋样？"

"谢龙乡长美意，只是我今晚要赶写一篇新稿，委实来不了。改天吧，改天我再另请您好好喝上两杯。"说完，扬雄抱拳告辞，快步朝乡场上走去。刚走到茶铺门外，赵老板忙拦住扬雄说："扬雄哪，你现在成了我县名人，难道就看不起我赵老板啦？"赵老板指着挂在门旁的小木板，低声说："扬雄，你看看这告示，蜀中名士严君平要来我这说书，到时欢迎你这后起之秀光临，我给你免茶钱，如何？"

"啥？君平大师要来茶铺说书？"扬雄非常诧异。这几年间，他早已听闻饱学之士严君平大名，只是无缘相见而已。

"对头，就在后天下午，君平大师要来我这说书。"

"好，到时我一定准时前来听书。"说完扬雄便告别赵老板，匆匆朝家走去……

拜师之后，当晚下山的刘三几人就把陈干爹送回了清风庄园。当陈财主一再邀请他们在庄园住上一晚再走时，刘三谢绝了干爹好意，说他们还要商议一些事，就不打扰干爹干妈了。住进客栈后，刘三几人连夜进行了商量，最后帮主刘三决定，第二天下午，买好被褥的李二娃立即返回天师洞，不让张大师对他们有失望之感。返回天师洞后，李二娃必须抓紧时间同方小桥一道，在方小桥住的茅屋中，再用木头弄几张简易床出来，以便他和陈山岗上天师洞时有睡觉之地。

陈山岗说为了不露出破绽，他必须上成都去了解下织锦坊情况，要是今后张大师问起有关方面的事来，他才不至于露馅儿。要是能买一件绸服送给师父更好，更能佐证他是富商之子。刘三觉得陈山岗说得有理，便同意了陈山岗的提议。后来，刘三又说，他在没动手去买石材之前，想先请人写出《道德经》文字来，为今后刻石碑所用。而要请的写字人正是他老铁扬雄。刘三还得意地说："老子可不花一文钱，就能请扬雄给我写出《道德经》来，要是换了别人，扬雄是绝不可能答应的。"第二天中午刘三几人分手后，他们就按各自分工行动起来。

遵赵老板叮嘱，扬雄果然按时携竹简（用于记录），提前来到花园场茶铺。不久，听闻严君平要来茶铺说书的乡民也陆陆续续走进茶铺。中等个头的赵老板见有众多乡民慕名而来，异常开心。严君平原名庄遵，字君平，因避汉明帝刘庄名讳，故改姓为严，人称严君平。严君平出生于公元前87年，是成都郫县人，他对《老子》《庄子》和《易经》研究颇深，尤其在钻研周易数理和占卜上有独到之处，故在民间获得了"占卜大师"称号。扬雄从没听过严君平说书，所以提前来到茶铺，就是为占一个便于他听书和记录的好位置。

赵老板见屋内已挤满了人，忙又安排乡邻们坐在外面。严君平落座后，随即从布包中掏出一块三寸来长的惊堂木，他端起陶杯喝几口茶后，放下茶杯抓起惊堂木往桌上啪地一拍，大声说道："各位乡邻看官，我今天要为大家说的内容是，我们古蜀先王蚕丛、柏灌、鱼凫、杜宇和开明五位蜀王的故事。"

在众人的掌声中，严君平娓娓道来："传说中的古蜀王蚕丛，是一位擅长养蚕的大王，也是古蜀国的首位立国之王。据说，蚕丛王眼睛像螃蟹，长得往前突起，有纵目特点，他的头发在脑后梳成'椎髻'，衣襟向左，他的臂膀粗壮有力，他虽不爱穿鞋，但双脚能踏遍万水千山却一点不受伤。他的吼声能使百兽惧怕，他的眼睛能看千里之远。各位知道吗，古蜀王蚕丛部落最早聚居地在哪？"见众人摇头表示不知时，严君平又说道："蚕丛大王部落的聚居地，最早就在岷山石室一带。后来，蚕丛大王为了部落发展壮大，也为更好地缫丝养蚕发展丝绸事业，于是，他就把自己部落中一部分人迁往了成都平原。"听得入神的扬雄这时才突然想起记录一事，于是，他慌忙打开竹简，用毛笔飞快记录起来。

很快一个时辰就过去了，柏灌的故事讲完后，当严君平再次端起陶杯喝茶时，他意外发现了埋头认真记录的扬雄。在说书生涯中，这是他第一次发现有人在认真记录他的说书内容，他不禁在心中叹道：哟，这故乡之地竟有人记录我说书内容，这小生前途可期。因为，无数听众只是把他的说书内容当作传奇故事听来消遣而已。令占卜大师万万没想到的是，他今天的精彩说书激发了一个青涩少年对古蜀历史探秘的强烈兴趣。

又喝过一口茶后，严君平接着讲道："两千多年前，生活在岷山深处的古蜀部落都认为自己是蜀山氏之后，其中，有一个崇拜鱼图腾的部落和一个崇拜凫图腾的部落结为了联盟，他们迁到成都平原后，就联合组建了鱼凫王国。鱼凫王国的特点，就是采用渔猎和农耕为主的生活与生产方式。据本人了解考证，鱼凫王国的都城遗址就在离我们郫县不远的温江地界，而鱼凫王和他王妃的墓地也在温江境内，说不定，我们部分土生土长的郫县人就是鱼凫大王的后裔呢。"刚讲到此，听众就纷纷议论开来，有的点头赞同君平先生的大胆猜测，有的却感到不理解，还有个别人表示怀疑和茫然。没有言语的扬雄顾不上众人议论，只是在竹简上记录着严君平

055

的说书内容。因为，这些内容是扬雄这个后生从未听说过的古蜀历史。

听完说书，扬雄上前主动向君平先生介绍了自己，严君平听后笑道："哦，你就是前不久写出《望岷楼赋》的青年才俊嗦，现在，全郫县百姓都在盛传王县令对你的奖励嘛。哈哈，我今天见你在认真记录说书内容，难道，你这小才子也对蜀王历史感兴趣？"

扬雄忙回道："君平先生，我那篇小赋偶然被王县令看中，真没啥值得夸赞的，在您这博学大师面前，根本不值一提。尊敬的君平先生，今天下午您讲的古蜀王故事给我打开了另一个独特空间，使我颇感新奇神秘哩。"

严君平点点头说："嗯，年轻人，对事物保持好奇心可是一个人的美德，只要你将兴趣坚持下去，我想，你的人生就会迎来另一片天地。"

扬雄听后，忙躬身作揖回道："谢谢严先生鼓励。请问先生，您住在哪儿呀，改天我想登门求教先生，行吗？"

严君平想了想说："小扬雄，先生我如今在蜀中四处说书游学，居无定所，我想，若我俩有缘，定能再次相会。"说完，严君平就告别了扬雄和赵老板，匆匆朝茶铺外走去。扬雄有些失望，但他明白君平先生讲的是大实话，因为民间流传君平大师的游学故事很多，况且，他从父亲嘴里早就知道了一些。

听众将要散尽，怅然若失的扬雄也向赵老板告辞准备离开茶铺，这时，杏花突然从旁冒出，忙拦住扬雄说："扬雄哥请留步，我妈有事找你。"

扬雄颇感诧异，忙问："啥，你妈找我？"

"嗯，我妈请你到我家饭店去。"杏花睁着水灵灵大眼回道。

扬雄有些丈二和尚摸不着头脑，又忙问："杏花，你妈叫我去你家饭店，你晓得有啥事找我吗？"扬雄猜想或许是覃老板想请他吃一顿饭而已。

杏花忙摇头说："我不、不晓得有啥子事找你。"

可这会儿扬雄一心想早点回家整理他记录的故事，于是，青涩的扬雄便对杏花说："杏花，今天我回家还有事，若你妈没啥急事找我，那我改天来走场时，再去你家饭店吧。"

腼腆的杏花一听，不知说啥好，只好红着脸说："嗯，扬雄哥，要得嘛。"刚一说完，害羞的杏花低着头就朝自家饭店跑去。扬雄看了看穿着蓝花衣服、身材窈窕的杏花，转身大步朝回家路上走去。

霜降之后，川西平原的天就黑得早了。吃过夜饭，扬雄立马钻进自己房间，点亮油灯，一面看竹简上的记录，一面回忆君平先生讲的几位古蜀先王的故事。在过去所听的零星传闻中，扬雄只知严君平是位易学占卜大师，也知他对五经和《老子》《庄子》颇有研究，但从今天下午的说书内容看，君平先生竟然对古蜀历史还有较深了解。嗨，难怪民间百姓尊称君平先生为"大师"，真是名不虚传呀。正当扬雄想着饱学之士严君平时，突然院外竹林传来几声清脆的鸟鸣声。扬雄笑了，久违的鸟鸣声告诉他，刘三又来找他了。莫非，刘三遇上了难事？想到此，扬雄忙从柜中取出夹袄和仅有的十枚五铢钱，悄悄出了院门。

此刻，扬雄不知的是，豆腐饭店早已打烊，而覃老板正在房中数落她女儿杏花。有些生气的覃老板说杏花平时倒是嘴巴伶俐乖巧，但今天去请一个农家小子却搞不定。嘟着嘴的杏花辩解说，她自己确实不知妈妈为何事请扬雄哥，自己总不能瞎编个理由哄骗扬雄哥吧。覃老板听后，看了看两眼水汪汪、长着瓜子脸的女儿，叹道："唉，要是过去，老娘是不会请那农家小子的，可现在不一样了，这扬雄名气开始大了，说不定哪天就成了官家人，为了我家生意和你的未来，老娘才想请扬雄来商量件大事。"听母亲说后，有些惊诧的杏花疑惑问道："为我？为我什么呀？"

覃老板想了想，犹豫说："这事我同扬雄商量后再给你说，反正你迟早会晓得这件大事的。"杏花看看母亲，刷地瓜子脸上冒出两朵小红云，她似乎已预感到：莫非，妈妈想让郫县"网红"扬雄哥来做我家上门女婿？想到这儿，纯朴的杏花，脑中很快浮现出扬雄俊朗的面容来……

扬雄刚一见到刘三，刘三就抱着双拳拱手对扬雄说："恭喜老弟，你的一篇《望岷楼赋》居然轰动了整个郫县，更让人羡慕的是，王县令的嘉奖很诱人哪，真是可喜可贺嘛。"原来，下山后的刘三先去了他的发迹地郫县城，听了丐帮骨干袁平几人汇报后，便对前几天在郫江边塔楼发生的庆典之事有了了解。在拿到乞丐们上交的二十几枚五铢钱后，第二天，充满好奇心的刘三特去塔楼转了转，才慢慢朝他老窝子花园场走来。

扬雄担心说话声惊动父母，忙拉着刘三朝小河边走去。刚到小河边扬雄就问："刘三哥，你最近混到哪儿去了，咋好久不见你人影喃？"

"我上青城山拜师学艺去了，你这不问世事的书生当然见不着我啦。"随后，刘三把去清风庄园和被张大师收为徒弟的事，跟扬雄绘声绘色讲了一遍。扬雄听后，非常吃惊地问道："刘三兄，你上山拜师学艺，就不再管你的丐帮队伍啦？"刘三笑了笑，回道："嘿嘿，不瞒你扬大才子说，在我们郫县地盘上，要调教那帮叫花子，还非老子莫属。对那帮散兵游勇来说，不存在管不管的问题，我一句话就能搞定丐帮，谁要胆敢不服，老子就把他打出郫县地界！"

"哟，真没想到，你刘三兄现在已这么凶了嗦，我扬雄佩服佩服。"

"这就凶了嗦，当老子三年学成下山后，哼，到那时，我才算真正有点凶了哟。"刘三自豪地说。

扬雄想了想，有些好奇地问道："我听说过青城山张大师这人，但我确实不知他有哪些本事，你们几人上山，跟他学些啥呀？"

刘三一听，笑道："呵呵，这你就不知了吧，我师父不仅有学问，更重要的是他会剑术，有轻功，还有飞镖绝活呢。"

"哟，你们师父本事大嘛，哪天有空，我也上天师洞来拜见下你师父，咋样？"扬雄高兴说道。

"可以，完全可以嘛，只要你见了我师父，我敢肯定，你扬雄定会崇拜我师父的。"还没正式学过一天功夫的刘三已把自己当作张大师的老徒弟了。

"刘三兄，你今晚那么远来我这儿，就为告诉我你已拜师之事？"扬雄问道。

刘三摇摇头说："不是，我是来求你帮我办件大事的。"

扬雄一怔："啥，求我办事？办、办啥大事？"

"才子兄弟，你不是有文化，字又写得好嘛，我师父说，要在天师洞立几块石碑，石碑上要刻上《道德经》全文，唯有这样，才能给天师洞这习武之地增添点文化氛围。"

"嗯，张大师这想法挺不错。"

刘三听后，又忙说："由于我还有两兄弟上山学艺，天师洞突然增加了三张吃饭嘴巴，为节省钱财，我想请你这个青年才俊先帮我用丝帛写下老子五千言全文，然后我再请石匠把你写的老子之言凿刻到石碑上去。兄弟，这个忙你一定要帮我，因为，我在师父面前立了军令状，说扬雄一定会帮我这大忙的。"

扬雄笑了："呵呵，刘三兄，帮你完成老子五千言的抄写，我完全没一点问题，这忙我当然必须帮你，这样吧，五天之后，你来我家拿写好字的丝帛，如何？"

"不行，我两天后就得来拿你写好的东西，不然，延误了时间我无法回去向师父交代。"刘三说这话时，已为他下山多待几天，找到了最好的理由。

"要得，你后天夜里来取丝帛嘛，我这两天啥也不做，就专心把老子五千言赶写出来。"说完，扬雄忙把手中夹袄塞给刘三，然后又说："刘三兄，天气转凉了，天师洞比这平坝还冷些，我妈已交代过好几次了，说今年一定要把这夹袄拿给你穿上。"

刘三接过夹袄，十分感动说："兄弟，请你代我转告伯母，就说我刘三往后再报答她老人家的关爱之恩。"待刘三正想告别扬雄时，扬雄忙从怀中掏出十枚五铢钱递给刘三："刘三兄，你们几人上天师洞给张大师添了麻烦，我没别的东西送你，这十枚五铢钱带上呗，或许，这钱可给你们补贴点生活费用。"

刘三没推辞扬雄的资助，因为，他正为筹集石碑款发愁。刘三无声地拥抱扬雄表示谢意后，就踏着夜色朝自家老屋走去。今夜他要回老屋从水缸下取出仅剩的十几枚五铢钱，之后，他才去客栈过夜。路过龙家大院时，刘三狠狠瞪了一阵龙家老宅，怀恨在心的他，见黑夜里四下无人，便悄悄冲到大门前，对着紧闭的大门撒了一泡尿，然后才哼着小曲朝花园场方向走去……

[第八章]

动机不纯的徒儿们，哪是习武之料

几天后，刘三带着扬雄用漂亮隶书写好的老子五千言，兴致勃勃回到天师洞。张云天看过丝帛上的字和内容后，大赞写字人的书法功力非常了得。作为有较高修为的文化人，张云天难得发出如此感慨。按张云天原计划老子五千言理应由他亲自书写。没想到，刘三带回的字，竟比他的字好许多，难道，陈财主义子的朋友中还有书法高人？带着满腹疑惑，张云天向刘三问道："徒儿，这是你朋友写的？"

刘三高兴回道："师父，这是我老铁扬雄写的，我晓得他爱学习有文化，所以这次下山，我就特意请他写出今后刻石碑要用的五千言，这样就可节省一笔钱出来。"

"对能写出如此漂亮字的高人，你付了多少钱呀？"张云天听刘三说为了节省钱，有些好奇随口问道。

刘三摇了摇手，得意地说："师父，如果要掏钱，那还算老铁吗？实话告诉您吧，扬雄写了这么多字，包括这几张大丝帛，他是分文不要直接送给我的。"张云天听后，心里异常吃惊，但转念一想，刘三既是陈乡绅义子，想必家境也差不到哪去，否则，咋可能有如此高人帮他呢？哎，当年在长安，要请人写出这么漂亮的好字，不花五金那是绝对不可能的。想到这儿，张云天又问道："刘三，你说扬雄是你朋友，他年纪有多大呀？"

"师父，说来您也许有些不信，扬雄比我还小一岁，今年虚岁才十六。"刘三忙回道。

"啥，这扬雄才十六岁？"张云天有些难以相信。

刘三想了想，又说："师父，我这次下山，就是为等扬雄写好这老子五千言，所以就多耽误了几天，您老人家不会怪罪我吧？"

"没关系，你拿回如此漂亮的字，就是再等几天也值。"张云天异常感慨地说。

刘三突然想起什么，又说道："师父，我还得告诉您另一件事，就在十天前，扬雄为郫县新建的塔楼写了一篇《望岷楼赋》，这赋不仅刻在了楼下石碑上，而且还受到王县令特别嘉奖。"

张云天大惊："哟，扬雄还有这神奇本事？"

刘三有些得意地说："师父，您知道不，王县令不仅奖励了扬雄三担黄谷，而且还奖励了近百枚五铢钱。现在，青年才俊扬雄已成我们郫县的大名人了。"

"刘三，今后你下山时，可否请扬雄来天师洞一游，他若有兴趣，我还可教他学学剑术，咋样？"

刘三一听，打了个响指说："没问题，请扬雄上山，这是徒儿一句话就能搞定的事。"即便刘三这样夸下海口，出于对陈财主的信任，江湖"老司机"张云天仍一点没想到刘三几人的丐帮身份。

刘三回到天师洞的第二天中午，风尘仆仆的陈山岗也赶了回来。令刘三万万没想到的是，分手时他只给了陈山岗18枚五铢钱，而陈山岗却带回一件质地高档、做工精细的绸服，吃惊的张云天仔细翻看用织锦镶边的绸服后，叹道："啧啧啧，好服饰好服饰哪，本人此生还从没穿过如此高档的绸服哩。"随后，张云天问道："山岗徒儿，你这件华贵的织锦曲裾，应该值五金吧？"

"师父，值多少钱不重要，只要您满意就好。"陈山岗装作富商之子回道。刘三已发现，师父确实很喜欢这件镶有织锦边的绸服。而这件织锦绸服正是长安皇宫常到成都订制的高档服饰。

晚上，一直疑惑的刘三悄悄问陈山岗："送给师父的服饰到底是咋回事？你哪去弄了大笔钱买的高档衣物？"秋月下，坐在石凳上的陈山岗诡谲地笑了笑，对刘三和李二娃说："嗨，说起这件高档绸服，这里面还有个精彩故事哩。"

原来，七天前三人分手后，陈山岗就独自去了成都。在市区转了半天的陈山岗，终于打听到在成都西门浣花溪一带有好些织锦坊。有些高档织锦坊专门给皇室和达官贵人制作华贵绸服，还有的织锦坊主要生产远销西域等地的贵重挂毯和蜀锦。由于蜀地是得天独厚的养蚕之地，从蚕丛时代开始，古蜀的丝绸业就十分发达。据考证，在北方丝绸之路和海上丝绸之路还未出现前，地处蜀地成都的南丝绸之路就早已诞生。这丝绸之路从三星堆、金沙等地出发，经过川南、贵州、云南，然后到达缅甸、印度、波斯等地，再转至非洲、欧洲诸国。在先秦时期，蜀中丝绸就沿此道销往东南亚和西亚等地，而东南亚和西亚的珠宝、玉器等物亦沿此道进入中国。公元前316年，秦惠王派张仪、司马错伐蜀灭蜀后，在成都设了"锦官"。汉代时，又在成都设有专管织锦的官员，故成都又被称为"锦官城"，后被简称为"锦城"。由于陈山岗身上仅有十几枚五铢钱，所以他只能选择住最低档的客栈，吃最便宜的食物。两天下来，头脑好使的陈山岗终于打听到一家较有名气的"浣花织锦坊"，那儿生产高档锦衣绸服。

陈山岗足足想了一晚上，第二天上午，他便去买了一顶毡帽，打扮成商人模样去了浣花织锦坊。由于陈山岗有点文化，他装的商人派头还真蒙住了织锦坊的谢老板。谢老板带着他参观完作坊和少量库存衣物后，还请他吃了午饭。吃饭时，陈山岗便问谢老板，若订三百件高档秋装，你们大概要多少时间才能完成？谢老板掰着指头认真算了一阵，告诉陈山岗最少也要半月时间才行。陈山岗假装想了片刻说："我父亲今天去拜望益州刺史了，就没亲自来你这儿看货。这样吧，我带一件样品回益州驿馆，晚上让父亲看看样品，若他满意，我们父子明天上午就过来签合同，若他不满意，我明天上午就把这件样品还回来，行吗？"

犹豫片刻，为拿下大笔订单的谢老板答应了陈山岗并不过分的要求。因为那时的商人极讲诚信，所以，谢老板根本就没想到陈山岗是个冒牌商人。当天下午，拿到包装好的华贵绸服，陈山岗一口气奔逃到郫县地界才停下休息。第二天一早，他起床后就朝天师洞奔来。

第二天早饭后，紧束长发身穿一袭白衣的张云天手握一把寒光闪烁的剑，召集刘三几人训话。看了看三名高矮不一的弟子，张云天正言道："弟子们，前几天你们下山办事耽误了时间，现杂事已完，从今天起，我这师父就要开始教你们练武的基本功了。在练功前，我先让你们看看我手中这把宝剑。"说完，张云天便舞着手中长剑问道："弟子们，你们谁认得这把好剑？"

刘三几人面面相觑，都摇头说认不得是啥好剑。确实，这三个半年前还在要饭的叫花子哪会认得世间好剑。张云天见弟子们诚实坦言不知后，便立刻呼呼生风又挥了几下长剑说："弟子们，这是高祖皇帝重要谋臣张良曾使用过的佩剑，这剑名叫'凌虚'。当年楚国著名相剑大师胡风子曾这样评点此剑，'剑身修颀秀丽，通体晶莹夺目，不可逼视。此剑虽为利器却无半点血腥，飘然仙风中凝有日月之精华'。弟子们，这剑虽为后周古物，沉浮于乱世多年，但十八年前，当我这爱剑之人从长安集市购得后，就伴随老夫到今天。真可谓不遇遗世之奇才，则不得其真主。我张云天钟爱这'凌虚'宝剑也！"说完，张云天就在弟子们面前左右腾挪，回身凌空劈刺，虎虎生风地演练了一番他的精湛剑术。

弟子们看得好一阵目瞪口呆，转而又一片喝彩叫好声，脸不红气不喘的张云天看了看刘三几人和立在一旁的方小桥，说道："弟子们，若要成为一名像汉初虫达那样的剑客，必须从基本功练起，你们几人虽年岁已长，没有练童子功条件了，但只要你们夏练三伏冬练三九，刻苦坚持练好基本功，那么，我相信你们同样会有所收获的。"说完，张云天领着刘三几人来到茅屋后的空坝上，指着地上两个石锁和石杠铃说："从今天开始，你们三人每天必须各举一千次石锁和杠铃，蹲一个时辰的马步，然后双腿绑上沙袋在原地跳一千次。"随即，张云天指着石桌上几个小沙袋又说："你们每次跳的高度，不得低于五寸。"

刘三发现石桌上还有几把木剑，忙问："师父，这木剑也是我们要练的吗？"

"这木剑得等你们基本功练得差不多后，我开始教你们练基本剑法招式时才用得上。"

刘三不解又问道："师父，我们只在山上学三年，时间这么短，为啥您不能同时教我们剑法招式呢？"接着，陈山岗和李二娃也跟着表示了同样的疑惑。

张云天解释道："弟子们，你们晓得不，一个没有扎实基本功的人，走路还处于不稳的阶段，他咋个能得心应手地挥动手中之剑？要成为一个合格的剑客，前提是人的桩子必须要稳。腰腿和手臂必须灵活有力，心与眼必须凝聚合力之神，你们知道吗，这仅是对一个练剑之人的基本要求，至于那些更高要求，我今天就暂不说了。"

刘三有些担忧地问道："师父，照您这么说来，要学好剑术，三年时间根本不够啰？"

张云天严肃地回道："你问得好，今天我就告诉你们，真要学好剑术，短则十年，长则二三十年都有可能。你们若在天师洞只待三年的话，最多只能学点皮毛而已。"三人听后，有些遗憾地议论起来，刘三不断摇头，陈山岗在叹息中感叹，李二娃表示不可理解。见刘三几人有不同反应，感到有些可笑的张云天在内心吐槽道：唉，你们这些青皮急功近利想学武艺，仅三年时间，就想混入武林，真是太天真啦！

颇有心机的陈山岗突然说："师父，既然我们时间短，您能否提前教我们飞镖之技呢？"

"不行！若你们基本功练不扎实，我教你们也枉然。若你们基本功练得不错，三个月后，我可考虑让你们见识下我的飞镖绝活。"说完，无奈的刘三几人就在师父张云天指导下，开始了习武之人最基础的基本功练习。

秋空明净高远，排成人字形的大雁，有序地朝南方飞去。川西平原上，丰收后的田野早已安静下来，夏天茂盛的绿意已不见踪影，曾奔腾喧嚣的河流此刻却像腼腆的村姑，步履轻盈地穿行在大地阡陌之间……

扬雄坐在五徒口河边泛黄的草地上，不时出神望着空中远飞的大雁，不时又低头看看手中已整理好的竹简上的古蜀王故事。在郫江边塔楼上扬名立万后，扬雄同父亲就去乡上挑回了王县令奖励的三担黄谷。近十天，自从在茶铺听严君平说书后，"小鲜肉"扬雄心里就逐渐产生了一种茫然之感。毕竟，一个普通农家小子再要遇上写《望岷楼赋》的机会太难了，难道，自己就在一年年等待中老去？就碌碌无为在石埂子亭五徒口过完一生？

其实，扬雄的心理活动是无数奋斗青年都可能经历的，那就是在茫然中渴望长进，渴望机会。在无人指导也无人交流的日子里，扬雄渐渐萌生出一个最原始的愿望：我要学习！父亲已远远不能满足他对学习的渴望，也无法再教他新东西。要怎样学到新知识，怎样才能更好地提升和丰富自己？这个问题已摆在扬雄面前，难住了郁闷不已又缺少见识的扬雄。

当天晚上，点亮油灯的扬雄坐在桌前，两眼久久凝视忽闪的灯花，扬雄脑中又回想起严君平先生讲述的古蜀王故事。稍后，神情激动的他抓起毛笔，在早已摊开的竹简上，奋然写下"蜀王本纪"几个大字来……

在张云天指导训练的七天后，刘三几人在练基本功过程中，身体已开始出现明显反应：胳膊红肿酸疼，走路双腿打战，蹲下大便也极为困难等。好在有张云天的监督和月下拜师仪式上的表态，刘三几人仍咬牙坚持每天的训练。对过去这些闲散惯了的叫花子来说，如今面对每天高强度的习武基本功训练，确实异常匮难，但一想到三年后要成为有功夫之人，他们在师父面前，真还表现出前所未有的努力。

当第十天晨练结束后，张云天便对刘三几人说："大家早饭后做好准备，今天，我要开始给你们上文化课了。"早饭后，张云天便从他住的茅屋中，拿出提前准备好的三个小竹简，然后放到被方小桥早已收拾干净的石桌上。张云天示意弟子们坐到石桌前，严肃地说："今天，作为先生的我，是第一次给你们上文化课，你们先认真看看竹简上的《诗经》，这是《卫风》中一首叫《木瓜》的诗，现在，由我来读给大家听听。"说完，张云天就摇头晃脑读了起来：

投我以木瓜，

报之以琼琚。

匪报也，

永以为好也。

投我以木桃，

报之以琼瑶。

匪报也，

永以为好也。

投我以木李，

报之以琼玖。

匪报也，

永以为好也。

在张云天读诗时，陈山岗认真看着竹简上的篆体字，眼光随先生的声音而移动。而目不识丁的刘三和李二娃，眼睛虽盯着竹简，但他们既不知先生读到哪里，也不知诗表达的是何意。此刻，用"装逼"来形容二人模样，那真是恰如其分！张云天虽晓得刘三几人没多少文化，但平时沉醉在老庄学说中的他绝对没想到刘三和李二娃是一个字也不识的人。张云天读完《木瓜》后，便一本正经解释起诗的意思来："弟子们，这《木瓜》是一首纯洁美好的爱情诗，它的本意是指一个男子当遇到美人送来木瓜、木桃和木李时，都要把最美好的佩玉送给美人，送给美人的目的不仅仅是报答，而是希望同她永远相好哩！"

听到这，陈山岗忙问："先生，世间真有这样心地善良、品行高洁的男子吗？"

"有呀，在《诗经》产生的年代，这样的男子应该有不少，但现在世风日下，这样优秀的男子越来越少了。"张云天回道。陈山岗偷偷瞟了刘三一眼，又问道："先生，您今天教我们《木瓜》一诗的目的，是希望我们几个弟子，将来也要争取做一个优秀男子吗？"

"对，老夫是有这意思，但我们也可引申理解这首诗的含义，那就是我们如何对待人间的友情、亲情。我认为，只有不计回报的爱，才是最有生命境界的大爱，我同你们几位弟子都要追求这样的爱！"

"好，先生说的好！"随即，刘三起身向张云天竖起了大拇指。

接下来，张云天要求弟子们照着竹简上的字，反复抄写十遍，而且，今天还必须背下此诗。说完，张云天端起陶杯喝茶，刘三几人就认真提笔抄写起来。不久，张云天发现刘三和李二娃头上渗出些许细小汗珠来，觉得奇怪的他来到刘三身后，这时他惊讶地发现刘三笔下的文字竟是一团无法辨识像蚯蚓扭曲的字体。皱眉的张云天不禁在心中吐槽：啧，这刘三的文化素养竟是如此之差！

第二天上午，待刘三几人又开始每天的练功训练后，手持砍刀的张云天便朝天师洞后的山林走去。原来，为了更好锻炼刘三几人的臂力腰劲和灵活性，张云天决定在茅屋旁增添两根竹子爬竿和一根铁制单杠。青城山的森林虽以树木为主，但林中仍生长有少许竹子。早已熟悉青城山生态环境的张云天，不到半个时辰，就挑选到满意的两根长竹，砍倒剔净枝叶后，他把两根长竹捆在一块，就朝天师洞拖去。

走到离住处仅有一百多米时，坐下歇息的张云天无意中发现一棵大树上挂有几个红彤彤的山果，有些意外的张云天笑了："嘿嘿，青城山的猴儿们，咋把这几个山果给忘了，待老夫摘来给徒儿们吃去。"说完，身手敏捷的他就飞身上树。山风吹过，张云天刚把山果摘到手，便隐约听见刘三的说话声："唉，这十多天把老子累安逸了，腰酸背痛不说，连厨屎都蹲不下茅坑啰。"接着，又传来陈山岗的声音："老大，我也一样嘛，夜里睡在简易床上，全身骨头痛得钻心哪。"稍后，李二娃的声音也传了过来："老大，我们十多天没同丐帮兄弟们联系了，这样下去，他们会不会脱离你的掌控？"话音刚落，刘三便咬牙回道："哼，谁要敢在丐帮内部造反，老子一定要他不得好死！"

听到此，张云天彻底蒙了，"老大""丐帮""掌控"从这几个弟子嘴里蹦出的词，说明了啥？难道，这几人身份不实？还是他们上山学武另有图谋？正在张云天陷入疑惑时，刘三的声音又传了过来："喂，二位兄弟，趁今师父不在，我们抓紧时间好好歇歇，若师父回来了，我们就歇不成了。"说完，刘三带头朝石桌上躺去，陈山岗也坐在石凳上伸了个懒腰，李二娃靠在石桌边竟打起瞌睡来。将一切看在眼里的张云天终于明白，这几个弟子不仅身份可疑，而且根本不是习武的料。看来，自己竟被这几个猴精的小子愚弄了。想到此，溜下树的张云天自言自语道："哼，看老夫往后咋收拾你们几个怕吃苦的嫩小子！"

第八章 动机不纯的徒儿们，哪是习武之料

扬雄自听了严君平的评书后，曾骄傲过几天的他，心理落差才真正第一次出现了。过去只知君平先生是博学之人，也是世人公认的占卜大师，但他没想到君平先生对古蜀历史还有那么深的研究，相比之下，他仅写了篇小赋又有啥值得骄傲的呢？渴望能继续成长的他，一想到现在自己唯一的长处就是能写点小赋，就觉得不好意思再见君平先生。想到此，扬雄便动了写《蜀王本纪》的念头，可自前晚写出标题后就没了下文，因为他根本没想好要如何写本纪，毕竟仅凭说书材料是远远不够的。第二天，急于求成的他，又开始提笔写《县邸铭》来。当天晚上完成初稿后，扬雄突然没了修改兴致，他把竹简往木架上一扔，就倒在床上直愣愣盯着屋顶发呆。

好在是农闲之时，父母也没让扬雄干什么农活。第二天午饭后，君平先生的身影又浮现在扬雄脑中，于是无精打采的他便不由自主地朝花园场茶铺走去。今天不是赶场天，茶铺内只有几名老茶客在喝茶聊天。扬雄进门找了个位置坐下来。这时，他才发现他的《望岷楼赋》已被赵老板挂到说书位置的后面墙上了。这时，中年汉子赵老板拿着茶碗走来问道："青年才子，今天你想喝哪样茶？"

扬雄摇摇头说：谢谢赵老板，"今天我不喝茶，来这儿只是想问问，君平先生又哪天来说书呀？"

"扬雄才子，我也不晓得君平先生哪天来，他若要来这儿说书，会派人提前两天告诉我的。"

扬雄想了想，又说："赵老板，若君平先生来说书，您能否派人给我捎个信？"

"没问题，我让我家里人来通知你。"

扬雄忙提醒说："赵老板，您可千万要记住，我住在五徒口河湾里的扬家小院哟。"

赵老板笑了："呵呵，扬雄，现在花园场的人都晓得你是五徒口河湾里的人，因为你是我县的大名人嘛。"扬雄听后忙朝赵老板作了个揖，微笑说："赵老板，那就麻烦您了，我改天再来您这儿喝茶听书。"说完，扬雄便离开了茶铺。

离开茶铺后，"小鲜肉"扬雄又漫无目的地在花园场闲逛起来。走着走着，他便想起了去年被笞役抬着游街的事，想起刘三在豆腐饭店楼上向他弟兄们介绍自己的情景，尔后，他又想起十多天前被来看他赋的众人追慕的目光。此时，正在豆腐饭店门前闲坐的杏花突然发现游逛的扬雄，惊喜中，杏花忙跑回饭店告诉了母亲。

067

很快，跑出饭店的覃老板就朝扬雄追来："扬雄，你等等，我有话要对你说！"还没等扬雄反应过来，覃老板已一把抓住他，然后硬拽着扬雄朝她店里走去。

扬雄急了，忙阻止覃老板说："覃、覃老板，我现在不、不饿，我不想吃饭。"此刻，扬雄误以为今天覃老板生意不好，想拉他消费。

兴奋的覃老板拍了拍扬雄肩头，哈哈大笑说："呵呵，扬雄大才子，本老板不是要你去吃饭，是找你商量件比吃饭还重要百倍的大好事！"

扬雄一怔，忙诧异地问道："覃、覃老板，您找我有啥大好事呀？"

面颊红润、丰韵犹存的覃老板，将性感十足的嘴唇凑到扬雄耳边说："'小鲜肉'，这么重要的发财大事，我咋能在街上泄露机密喃。走吧，到我饭店二楼去，我再悄悄把这发财计划告诉你。"随即，覃老板不容分说，拉起扬雄就朝自家饭店走去。

纳闷的扬雄有些急了，想挣脱覃老板紧抓的手，却又挣不脱，只好说："覃老板，为啥好事不能在街上说，我、我不想去您饭店嘛。"

店门口的杏花见扬雄拒绝她妈的邀请，忙说："扬雄哥，你就进来嘛，我妈不会骗你的。"

扬雄看了看单纯漂亮的杏花，只好无奈地说："要得嘛，杏花，我扬雄是相信你的哈。"说完，身不由己的扬雄就被覃老板拉进了豆腐饭店……

[第九章]

女老板的发财计划使扬雄陷入两难

很快,扬雄就被覃老板拉上豆腐饭店二楼。刚坐下,杏花忙端来一碗猪肉丸子汤放在扬雄面前,并张开小嘴低声说:"来,扬雄哥,先喝碗汤再说。"说完,羞涩脸红的杏花就站在她母亲身旁。扬雄看了看撒有小葱花的丸子汤,抬头问道:"覃老板,您到底有啥好事告诉我,快点说嘛。"

覃老板笑道:"哎呀,好事不在忙上,你先吃了这碗丸子汤再说,来来来,快吃快吃。"说着,覃老板就把碗推到扬雄面前,随即又递上筷子。闻着无比鲜美的汤味,无奈之下,扬雄只得夹起丸子吃了两个,然后又喝了一大口汤,尔后,扬雄抹了抹嘴放下筷子说:"覃老板,这下您该告诉我了吧。"脸色红润忽闪着一对桃花眼的覃老板看着扬雄和颜悦色地说:"扬雄才俊呀,这发财计划不仅关系到我,也关系到你我两家未来前途哟。"

"到底啥子计划嘛,您快点说给我听听,要得不?"扬雄有点急了。一旁的杏花也催道:"妈,您就快点说给扬雄哥听嘛。"其实,杏花也想早点知道她妈的发财计划。

34岁的覃老板想了想,认真地说:"扬雄,自前些日子王县令嘉奖你写的《望岷楼赋》后,我就一直在想,你一篇赋能在我县产生那么大影响,你也成了我们花园乡家喻户晓的热议人物。这为啥呀,不就因为你扬雄有文才嘛。你晓得不,这些天,我每天都在店里观看挂在墙上的《望岷楼赋》。别人是羡慕你夸奖你,而本老板却从你的赋中,发现了不一样的商机,这新商机中可隐藏着巨大的发财机会。"说到此,长着鹅蛋脸的覃老板露出了得意的笑容。

"啥,我的《望岷楼赋》跟覃老板的发财计划有关?"扬雄有点蒙。

"对，你的《望岷楼赋》给老娘一个重要启示，你写的赋既能赢得三丰令的嘉奖，又能在社会上产生很大影响，那么，你也可以给我家豆腐饭店写篇赋。我敢肯定，只要你的赋在我饭店一挂出，不出十天，我豆腐饭店的生意就会异常火爆。你说，我说的对吧？"懂经营之道的覃老板很有商业头脑，她的想法已证明她懂得利用名人效应来做她家饭店的广告。

扬雄听覃老板说完，愣愣地不知说啥好。在年轻的小帅哥心中，他做梦也没想到，文化不高的覃老板竟然能想出如此具有创意的金点子来增加她饭店的营业利润。这时，一旁单纯的杏花，也终于晓得了母亲的发财计划。扬雄没马上答应覃老板，因为在他过去学习的司马相如和宋玉的辞赋中，从没读到过一篇跟日常生活小事有关的文章，他们写的都是跟大事、大人物或大理想有关的辞赋，似乎只有这样才能激发创作者写出优秀辞赋来。如今，覃老板却要自己为她家的苍蝇馆子写赋，扬雄一时不知如何拒绝她才好。

见扬雄盯着面前的汤碗不开腔，兴致颇高的覃老板又说："扬雄呀，我决不会让你白帮忙的，我可先预付20枚五铢钱给你，等你写完赋后，我再另付给你60枚五铢钱。往后，只要你来花园场街上，就来我这儿吃饭，无论你想吃啥，我都给你免单。这条件还可以吧？"说完，覃老板就从怀中掏出20枚五铢钱放在扬雄面前。一旁的杏花也说道："扬雄哥，把钱收下吧，我妈是真心请你帮忙的。"

犹豫片刻，扬雄抬头环视一阵二楼房间，良久，才冒出一句："唉，要给饭店写赋，实在太难了。"精明的覃老板一听，误以为扬雄在讨价还价，似乎嫌给的钱不够，于是，她眼珠一转，又说："扬雄呀，要是我饭店因你写的赋生意火爆了，我每年将两成利润分给你，同时，每月还请你们全家来我店打次牙祭，要得不？"

"谢谢覃老板美意，我、我不是这意思。"确实，扬雄不好意思直接把没法写赋的原因告诉覃老板，他怕她们母女伤心。一心想说服扬雄为她饭店写赋的覃老板已顾不上许多，接着说："扬雄呀，你晓得吗？若我家豆腐饭店生意火爆，三年后，我就让你来这儿当老板，那时，杏花就做你的助手。老娘相信，只要你这头脑灵光之人来经营，我们饭店就可把分店开到县城和成都去，到时，家大业大之后，老娘我就可享你和杏花的清福啰。"说完，覃老板情不自禁地拍了拍杏花的屁股。一旁的杏花也终于明白了母亲的终极想法，不由得红着脸羞怯地看着俊朗的扬雄哥。

听完覃老板的肺腑之言，农家小子扬雄心里感到无比快活，仿佛喝到秋天第一杯最醇美的酒酿。扬雄的心不是铁打的，他能感受到覃老板的真诚与善意，何况扬雄心里有些喜欢纯朴漂亮的杏花。听完覃老板的话后，他才终于明白，覃老板有要他做女婿之意。仅从家境而言，扬雄家是无法跟开饭店的覃老板相比的。扬雄明白，覃老板看上了他的忠厚与才华。此刻，扬雄心里十分矛盾，因为，在他人生理想里从没有过当小老板的想法。

覃老板见扬雄仍没表态，想了想又说："扬雄呀，如果你今后不想做生意，要去入仕当官人的话，我和杏花也是支持的。若是那样，老娘就多当些年老板也成，只要有钱赚，我就开心高兴。"覃老板说完后，扬雄想了想微笑说："再次谢谢覃老板对我扬雄的厚爱，此事太过重大，我还得回家跟父母商量才行，等商定此事后，我过两天再来回您话，好吗？"

覃老板笑了："要得要得，这么重大的事，你是该回去跟父母商量才对。"覃老板话音刚落，扬雄忙起身躬身谢过，便朝楼下走去。覃老板见扬雄没拿五铢钱，忙抓起塞在杏花手上，朝下楼的扬雄努了努嘴，会意的杏花立马朝下楼的扬雄撵去。在扬雄刚要跨出饭店时，杏花就把五铢钱塞到扬雄手中。扬雄回头看了看两腮飘红的杏花，高兴地离开了豆腐饭店。杏花见扬雄收下定金离去，满脸喜悦地朝楼上奔去："妈，扬雄哥收下定金了，收下定金了……"

黄昏前，心绪复杂的扬雄匆匆赶回了扬家小院。扬凯见扬雄神色不像往日那样自然，停下手中活儿问道："雄儿，你下午又去花园场啦？"扬雄"嗯"了一声，就进了自己房间，随后重重倒在床上，眼睛愣愣地盯着屋顶，脑中回响起覃老板的话来：扬雄呀，这发财计划不仅关系到你，也关系到你我两家未来前途哟。唉，这喜忧参半的事，竟渐渐使得扬雄有些六神无主。

厨房里，简单的饭菜上桌后，张氏便喊雄儿出来吃夜饭。来到厨房的扬雄借着灯光看了看饭桌上两个素菜和一碟父亲下酒的炒黄豆，就默不作声端起饭碗吃起来。喝着酒的扬凯夺下扬雄饭碗说："雄儿，你别忙着吃饭，陪我先喝杯酒再说。"说完，扬凯就给雄儿倒了一杯酒。谁料扬雄二话不说，立马端起酒杯就往嘴里倒。放下酒杯的扬雄呆呆地盯着桌上的炒黄豆。扬雄虽好读书写赋，却不是个性格开朗的直率人，由于他有口吃毛病，长期养成了少说多做的习惯。扬凯见雄儿行为如此反常，便问道："雄儿，你今天咋啦，去趟花园场回来，人就变得沉默寡言了，难道你遇上了不顺心的事？"听扬凯说后，奶奶和母亲也开始看着有点异样的扬雄。

沉默片刻，扬雄抬头对父亲说："爸，您说得对，我今天去花园场，真还碰到一件出乎意料的大事，可我、我却不晓得该咋办。"扬凯一惊，忙问："啥大事，你说来听听嘛。"这时，奶奶和张氏也放下碗，有些紧张地看着扬雄。

扬雄见家里人都看着他，忙说道："这件大事，跟我和我们家里的发财计划有关，这是豆腐饭店覃老板说的。"扬凯一听这无头无尾的话，更加急了："雄儿，这到底是好事还是坏事？唉，你还太嫩，我担心你在外受骗上当。"奶奶和母亲也开始着急起来，催扬雄快点说出事情原委来。镇静下来的扬雄便把下午覃老板讲的话原原本本说了一遍。听完后，奶奶就笑了起来："哟，这是件大好事嘛，豆腐饭店老板娘看上我们雄儿的本事了，若照她说的要分两成红利的话，一年下来，雄儿应该分到不少钱嘛。"

奶奶刚说完，张氏又问道："雄儿，若按覃老板说的给你分两成利，那你该出多少本钱喃？"

"我不出本钱，我给饭店写的赋就是本钱。"扬雄忙回道。张氏立刻笑了："哎呀，那太安逸了，一篇赋就能作为本钱，而且还年年分红，天下哪有这么巴适的事，我们雄儿硬是红运当头嘛。"一直没开腔的扬凯忙对张氏说："雄儿他妈，你难道没听清吗？覃老板想让扬雄去做她上门女婿哩。"

张氏又笑了："呵呵，我们小家小户的，跟覃老板打亲家不吃亏，就是不晓得她女儿长得咋样？会不会太委屈我家雄儿。"

"妈，人家杏花长得可漂亮水灵了，在花园场一带都要算资格大美女，从外貌看，我可远配不上她哩。"扬雄忙说。张氏一听，立马拍手说："那、那就太好了，这样的好事我们还不赶快答应做啥，明天，对，就明天，雄儿你就赶快去回覃老板的话，就说我们全家一致同意她的提议，一切照她说的办！"奶奶听后，也表示赞同张氏的看法。

扬凯看了张氏一眼，冷静地说道："雄儿他妈，我说你头脑咋这么简单喃？你没见雄儿今天回家后就闷闷不乐吗？若是他满意覃老板的发财计划，我想，他一回家就会高兴地告诉我们的。我比你更了解雄儿，他的志向不是当一个饭店小老板。我想，这件大事还是由雄儿自己定吧，只有他自己的决定，才不会委屈他自己，更不会让他后悔一生。"

扬雄听父亲说完后，忙点头道："还是老爸了解我，这事虽跟发财有关，却事关我今后人生，确实不能草率答应。你们别急，等我认真思考几天，我自然会把最后决定告诉覃老板的。"说完，扬雄就愉快地端起酒杯，同父亲碰杯后便仰脖一口将杯中酒喝干。这时，张氏瞅了扬雄两眼，目光中透出了些许不满……

第九章 女老板的发财计划使扬雄陷入两难

第二天上午，巳时刚过，把牛拴到河边啃秋草的扬雄，刚回到房中拿出司马相如的《子虚赋》，就听到外面传来一阵锣鼓和唢呐声。无法静心再读《子虚赋》的扬雄走到院门外一望，原来是龙家大院大门外土坝上，聚集了不少乡邻，而欢快的锣鼓和唢呐声似乎在告诉扬雄，龙家大院发生了值得庆贺的大事。好奇心较重的扬雄想了想，带上阿黑就朝龙家大院走去。

扬雄走到大黄角树下一看，土坝上除了大群乡邻和一帮草台班子的鼓乐手外，并没有龙家的人呀。正待扬雄纳闷时，龙家大门徐徐打开，率先走出的是龙廷跃乡长和龙老四亭长，他们身后，紧跟着胸挂红花的两名公子，正是这二人小时候欺负过刘三。两位公子身后，很快出现了一大群老老少少的家人。龙廷跃给草台班子的头说了两句话后，那头忙示意鼓乐手们停止了吹奏。随即，龙廷跃挥了挥手，大声说道："各位乡邻，感谢你们来欢送我家两位公子去成都念私塾，两年后，这两位公子还要上石室文翁学馆念书，毕业后，他们就要步入仕途，到那时，我龙家二位公子一定要回乡报答众乡邻的相送之情。"听到此，众乡邻便鼓起掌来，很快，扬雄就看到部分乡邻把带来的礼物放到龙乡长面前。这礼物有丝绸、大公鸡、白鹅与鸭子，还有不少腊肉和香肠，有的甚至把不多的五铢钱送到龙乡长手上。

看到这热闹的欢送场面，满怀羡慕之心的扬雄明白，去成都读私塾的话，每年开销应该不少，难道，读了私塾就能上成都最有名的官办学府文翁学馆？不谙世事的嫩小子扬雄此时哪懂权力与金钱的交易，哪知专制官场中暗箱运作的各种手段。看到龙乡长收完众乡邻礼物后，扬雄不禁在心中叹道："唉，这真是个拼关系的年代啊！"

收完诸多礼物后，高大的龙廷跃突然发现站在人群中的扬雄，他忙向扬雄招手说："扬雄才子，你来说两句吉利送别话，咋样？"由于龙乡长曾对他有举荐之恩，扬雄忙走过去站在龙乡长身边，向两位曾打过架的公子拱手说："祝二位公子在成都学有所成，前程似锦。"郫县名人扬雄刚一说完，龙廷跃忙接着说道："乡邻们，我衷心希望我龙家两位公子能借青年才俊扬雄吉言，未来能有前程似锦的人生！"龙乡长话音刚落，全体乡邻就发出一片欢呼叫好声。

在龙乡长示意下，鼓乐手又疯狂欢奏起来。很快，两名男性下人便牵出两匹高大黄马，待两位公子跃上马背后，两位下人忙跑去不远装有行李的马车上，然后赶车紧跟在两公子马后。领头的龙家公子向众人挥手告别后，蓦地将手指塞进嘴中打了个响亮的呼哨，很快，两匹黄马就奔跑起来。在众人挥手告别中，扬雄望着远去的龙家公子，心中涌出无限嫉妒的酸楚之意……

　　一天下午申时刚过一半，在林中拾柴火的刘三几人遇见一位身穿曲裾宛袴小包袱的貌美妇人，款款而行从林间山道走到天师洞，长着清秀瓜子脸的她四处张望片刻后，就直接进了张云天的住房。很快，那妇人同张云天亲切的谈话声就急隐传进刘三几人耳中。刘三几人面面相觑，随即吐了吐舌头扮了个怪相，就知趣也悄悄朝练功处走去。

　　原来，十多年前张云天打死车骑将军义子后，他的家人就遭到牵连。张云天父母在被抄家后不久，就先后在抑郁悲痛中离世。12岁儿子陆小龙被官府扣押，声称只有陆天宝投案自首才能被放出。大家闺秀出生的妻子严翠娥遭散佣人后，只留下容貌秀美的贴身丫鬟廖芝香，陪她在家等候丈夫陆天宝消息。当时只有严君平知道陆天宝隐藏在青城山，由于怕被官府捉拿，严君平一直未向严翠娥透露陆天宝藏匿的信息。十年前，陆天宝曾经的友人们凑够巨额赎金，才把陆小龙从狱中赎出。彼时陆小龙已二十来岁，友人们又把文化不高的陆小龙弄进文翁学馆，帮忙打杂。这样下来，总算解决了严翠娥最忧心的事。八年前，遭受多年打击的严翠娥一病不起，当严君平从友人口中得知这一消息后，立即赶到成都看望她。严君平见翠娥即将告别人世，就把陆天宝的藏匿情况告诉了她。翠娥听后热泪长流地说："好，好，只要他活在人世就好，看来我儿小龙就有前途了，我先生一定会培养小龙的。"快咽气时，翠娥一再向芝香交代，一定要替她去青城山服侍先生，以尽她未能尽的心愿。安葬女主人后不久，芝香果然去天师洞找到了张云天。得知家中的不幸情况后，为防官府跟踪和走漏消息，张云天规定芝香每月只能来天师洞住一晚，并要她带来儿子小龙的消息。后来的日子里，芝香曾多次征求张云天意见，是否把他活着的情况告诉已三十岁的小龙，十分谨慎的张云天说："现时机不到，时机到时，我自会要你告诉小龙的。"今天来见张云天的高挑妇人，正是刘三几人不曾见过的廖芝香。当天晚饭，芝香是在张云天房里独自吃的。第二天一早，张云天就送芝香下了山。由于张云天既不介绍也不解释廖芝香的情况，刘三这几个徒儿也不敢妄问师父这个美貌的妇人是谁。

　　仲秋之后，清凉月辉静静洒在川西平原上，在弱弱的蟋蟀鸣叫声中，薄凉的月辉仿佛渐渐幻化为层层秋霜，凝结于田间地头和茅屋顶上。在阿黑陪伴下，手拿竹笛的扬雄又独自来到小河边。两天来，为是否给豆腐饭店写赋的事，扬雄一直苦恼着。如果写,那意味着他的人生从此将跟覃老板一家绑在一起,但面对这家乡场上的苍蝇馆子,他确实没有丁点写赋的冲动和灵感;如果不写,这就意味着他可能失去一次发财机会,也没法娶漂亮少女杏花了。唉,人生重要抉择的难题,使扬雄感到万分郁闷纠结。

无法排解愁绪又难以做出抉择的扬雄坐在微凉的河堤上,将竹笛横在嘴上,又吹奏起他最为熟悉的《垓下曲》来。随着悲凉音符在秋夜里弥漫,扬雄眼前似乎浮现出西楚霸王项羽率军厮杀的惨烈场面,聆听到战马的不断嘶鸣声,还有垓下之夜那无数将士的慷慨悲歌。今夜,扬雄好似在《垓下曲》中第一次找到了与古人的共同点,那就是对人生命运的悲叹!是的,他心底隐含着愤懑与不满。在龙家大院外欢送两位公子时,他就清楚龙家公子在学习上肯定不如自己,字也没他写得好,何况自己才是郫县唯一获得免税文牒的人。凭啥龙家公子就该去成都上私塾,尔后还要读官办的文翁学馆?难道就凭他家有钱有人当官吗?平常在乡邻面前有些高冷的扬雄,此刻,也不禁在心中大肆高呼:不服不服!不服你们那些有钱有权的庸人!没有公平公正的选拔,你们凭啥抢走本该属于我的读书机会?!要论读书天资,我扬雄不知要比你们强多少倍!

当天晚上,彻夜难眠的扬雄遭遇到人生第一次失眠,心情跌到谷底的他在鸡叫头遍时,只得翻身下床点亮油灯,然后拿出写有"蜀王本纪"标题的竹简和还未修改的《县邸铭》初稿,暗淡灯影中,扬雄脑中一会儿浮现出君平先生说书时的模样,一会儿又转换成王县令夸赞他的情景,一会儿又闪现覃老板兴奋地给他讲述发财计划的笑脸,以及杏花那乌黑眸子中的期盼神情……时光在扬雄一头乱绪中悄然流逝,不知不觉黎明就已到来。听见母亲下床响动声后,扬雄知道母亲很快会到厨房煮早饭。怕被母亲发现自己还在熬夜,扬雄忙吹熄油灯又朝床上倒去。

很快,进入梦乡的扬雄居然梦见花园乡第一美少女杏花朝他微笑跑来:"扬雄哥,你给我家饭店的赋写好啦?"

[第十章]

一个不想做"菜鸟"的求学"小鲜肉"

  寒露渐起,时以渐入深秋。转眼间,四天很快就过去了,在这几天时间里,扬雄几经犹豫,最终还是选定了自己想走的人生之路。晚饭后,扬雄把父亲拉到他房间,将最后决定告诉了父亲。扬雄说:"爸,我终于想通了,我可以帮覃老板写赋,但我不想介入她家饭店的经营,更不会去占便宜分红。"

  扬凯有些疑惑:"雄儿,你既要帮覃老板写赋,为何又不要应得的红利呀?"

  "爸,我要帮覃老板写赋,是看在她母女对我好的情分上,我不想把自己绑在那并不起眼的豆腐饭店上。覃老板母女一年到头也很辛苦,我愿意无偿助她一臂之力。"

  扬凯点点头说:"好,你有这想法我赞同,难道,你今后就把心思全放在务农上?"

  "不,我今后想把主要精力放在求学上。"

  扬凯大惊:"雄儿,你咋个求学?家里竹简你也快翻烂了,无论是五经之书,还是《孟子》《仓颉篇》《大学》《中庸》等,我也无法教你新东西了,你难道不知家里无求学本钱吗?"说完,扬凯面露难色。

  "爸,龙家两个公子可外出求学,我也可通过别的办法拜师求学嘛。"扬凯听后,似乎明白了雄儿意思,忙问:"雄儿,你莫非已找好教你的先生了?"

  "暂时没有,但我想我会找到好先生的。"其实,扬雄回答父亲时,再次想到了严君平。显然,扬凯已明白雄儿的决定,就拍了拍扬雄肩头说:"雄儿,你啥也不用说了,老爸支持你的选择。"

第十章 一个不想做"菜鸟"的求学"小鲜肉"

第二天午饭后,扬雄从柜中取出20枚五铢钱,就匆匆朝花园场街上走去。由于不是赶场天,豆腐饭店早早就没了生意,拴着围腰的杏花坐在店中,无精打采地注视着路过的行人,而覃老板在柜上清理着营收不多的五铢钱。这时,拎着一捆小白菜的扬雄,走进了豆腐饭店,惊喜的杏花忙起身说:"扬雄哥,你来啦。"随即,覃老板把扬雄手中小白菜接过来,忙吩咐店小二关店门。尔后,覃老板就把扬雄拉到二楼上。扬雄刚坐下,杏花就把一碗鸡汤放在他面前。

待扬雄坐定,覃老板很有把握地问道:"扬雄,你家里应该全都支持我的发财计划吧?"

扬雄看看自信满满的覃老板,又看看对他充满期待的杏花,忙回道:"覃老板说的对,我奶奶和母亲都非常赞同您的计划,也希望我两家联手,共同打造出一个不一样的豆腐饭店,把生意做大做强。"

"哟,你奶奶和你妈真是好眼光,那你老爸应该更有不一样的主意啰?"覃老板高兴地问道。

"我老爸没表态。"扬雄坦言说。

"啥?你老爸是一家之主,他咋个不表态喃?"

扬雄忙解释说:"我爸说,这是我个人的人生大事,他希望我自己做主。"

"那你咋个决定的?"覃老板有些急了。

稍后,扬雄从怀中掏出20枚五铢钱,放在桌上说:"覃老板,谢谢您的美意,您的发财计划确实很有创意,也能挣钱,但这发、发财计划却不太适合我。"

覃老板有些不解:"这么好的计划为啥不适合你呀?"

扬雄见覃老板板起了面孔,就低头轻声回道:"我、我有口吃毛病,不善言谈,天生就不是个经商的料。我、我只适合读书写点文章,我担心要是我来经营的话,会把您的饭店弄垮。"

"扬雄呀,你、你咋迂到这个地步了嘛,即便你同意了这事,开初几年仍是我在负责经营,若你不喜欢当饭店老板,我往后可把杏花带出来,你就安安心心在家读书写文章,不也一样挺好嘛。"

"我妈说的对,往后你扬雄哥不用操心店里的事,有我协助我妈打理就行了,等我们赚了钱就修个院子,你就可以享福了嘛。"杏花也在一旁说道。

沉思片刻,心有不甘的覃老板灵机一动,突然又问道:"扬雄,你觉得杏花说的对吗?"

扬雄忙点头说:"嗯,杏花说的对。"

覃老板灵机一动，又拉过杏花问道："扬雄，你觉得我们杏花长得咋样？"

扬雄看看杏花，红着脸说："覃、覃老板，杏花长得清秀水灵，心地又善良，是、是个很不错的姑娘。"

覃老板一听，有些来气地说："扬雄呀扬雄，我咋说你像个瓜娃子喃，老娘说了这么多，你难道不晓得我啥意思？"

扬雄低头嘟囔道："覃老板，我、我晓得您的意思，只是我、我暂时不想说那些事，我还年轻，应该多、多学点知识，今后才有出息。"

覃老板听后，气得把桌子一拍说："扬雄，你硬是瓜得可以喃，老娘又没逼你今天成亲，只要你今天表个态，若喜欢我家杏花，老娘就给你把杏花留着，三年后，你来娶走她就行，这期间，无论啥财主或当官的公子派媒婆来提亲，老娘都拒之门外。"

扬雄听完覃老板之言，又惊又喜忙跪下给覃老板磕了个响头说："覃老板，我扬雄是个普通农家小子，何德何能让您如此看重我呀？"

"老娘看重的是你有文才，心地善良又厚道，去年秋，你不是还用文牍帮一卖米老汉免了税嘛。现在，你当着我和杏花的面表个态，究竟喜不喜欢杏花？"

再次被感动的扬雄，又朝覃老板磕个头说："喜、喜欢，我喜欢杏花。"覃老板终于笑了："我说嘛，你扬雄大才子是个聪明人，若你瓜到连美女都不晓得喜欢，那我选你做啥女婿嘛。"随即，羞怯的杏花忙拉起跪在地上的扬雄说："扬雄哥，快起来。"

重新坐定的扬雄心情似乎很是激动，忙对覃老板表态说："关于给您饭店写赋之事，我现在先表个态，赋我一定要写，分文不要也要把赋写好。但写赋之前，我有个建议，不知当说不当说。"

"你就直说呗，既然往后是一家人，有啥子不当说的。"覃老板忙表态。扬雄环视房间后，认真说道："现在豆腐饭店太小太陈旧，我建议您把隔壁杂货店买下来，再装修一番。若按眼下苍蝇馆子面貌，我确实产生不了灵感，也写不出好赋来。"

覃老板一听，又将桌子一拍说："好，你小子的建议不错，待老娘把钱凑够后，立马先买下隔壁杂货铺，然后再统一纳入装修规划，待明年开春，我家豆腐饭店重新开张时，你再给我写出精彩好赋也成。"随即，扬雄和覃老板母女都愉快地笑了。在坚持拒收20枚五铢钱离开饭店后，扬雄感到从未有过的快活，因为，覃老板把杏花许给他的想法，仿佛是一罐蜜糖融化在扬雄心中。走在回家路上，扬雄在心里暗暗发誓，今生一定要对杏花好，自己还要做出点像样成绩，才对得起三年后要嫁给他的美少女杏花。

为惩罚练功偷懒耍滑的几个徒儿，当两根长竹竿在大树枝上绑好后，张云天便规定，除每天坚持原有练功强度不变外，还需增加一百次上下爬竿运动，说着，张云天给徒儿们演练了几次他徒手上下爬竿的功夫。望着三丈来高的竹竿，最先蹿上竹竿的是李二娃。连张云天也没想到，个子不高但身手敏捷的李二娃竟然一口气接连上下爬了五次竿。完成后，张云天虽表扬了李二娃，但却纠正说："二娃，你这动作不对，你采用的是手脚并用的猴子上树办法，这办法只能锻炼人的灵活性，却练不到臂力和腰劲。"随即，张云天再次演练了一番徒手爬竿的功夫。看着师父双腿悬空，仅靠两臂交替和收腹动作爬上竹竿，刘三几人都跃跃欲试，也想亲自操练一番，因为，他们根本就不相信，练爬竿有那么难。

刘三几人轮番试着双手紧握竹竿引体向上，除李二娃咬牙挣扎有一丈多高外，刘三和陈山岗均以摔了个四脚朝天收场。摸着疼痛的屁股，刘三哭丧着脸对张云天说："师父，您老人家教的啥子基本功嘛，看似一根不起眼垂直的竹竿，咋这么折磨人啊。"随即，陈山岗和李二娃也附和刘三，表示了对练爬竿的相同看法。张云天看了看坐在地上的刘三，严肃说道："徒儿们，习武之人首先要过的第一关，就是必须练好扎实的基本功，若没扎实的基本功，我今后要教的剑术，都只能成为花架子表演。一个人若没臂力、腕力、腰劲和灵活性，是永远做不了剑客也学不好飞镖之技。"听张云天说完，李二娃忙问道："师父，一个人要练到像您那样上下爬竿，大约需要多久时间呀？"

"少则半年，多则一年就可做到。"张云天板着面孔说。陈山岗又抬头看看高高的竹竿说："师父，这新增的练功项目，也是我们非练不可的基本功吗？"

"对，这是你们几个徒儿必须要练的。过几天，我下山去买根铁棒回来，然后绑在树干间做成单杠，到那时，你们还得增加最后一个基本功训练项目。我相信，不出一年，你们三个徒儿的基本功就该有较为扎实的基础了。"刘三听后，心里吐槽道：我的天哪，早晓得习武有这么复杂艰难，老子跑到天师洞来拜啥子师嘛。

陈山岗听后惊诧道："师父，您还要给我们增加单杠项目呀？"

"对头，这也是个有一定难度的项目。只要你们能完成训练项目，到那时，我就可以教你们剑术了。"张云天回道。刘三一听，忙从地上爬起说："师父，做单杠的铁棒就不劳您亲自下山去买了，我认识郫县一个铁匠铺师傅，我明天就下山去找他，让他帮我们打根铁棒就行了。"

张云天有些高兴："真的，你认识铁匠铺师傅？"

刘三点头回道："嗯，师父，我这次下山，顺便再了解下石材的事。我看，应该落实凿刻老子《道德经》的石碑了。"

"要得，这次就你刘三一人下山即可，我希望你早去早回，别耽误了练功之事。"张云天忙叮嘱道。

刘三笑道："师父，您老人家就放心嘛，我刘三轻车熟路，下山把事搞定后，立马就回天师洞投入训练，我也盼着您早点教我们真功夫哩。"说完，刘三又走到爬竿下，拼命朝爬竿顶端蹿去。张云天望着在竹竿上直蹿的刘三，心中笑道：哼，好你个刘三，你找借口想逃避练功，你以为老子不晓得你娃的小心机嗦……

扬雄刚离开豆腐饭店，路过赵老板茶铺时，赵老板告诉他一个好消息，说在离花园场十多里的三元场，严君平先生明天下午要在那里说书。扬雄听后，有些疑惑地问赵老板此消息是否属实，赵老板说是他一个卖狗肉的朋友，刚从三元场过来讲的。扬雄谢过赵老板后，心情极爽地吹着口哨朝回家路上走去。

第二天午饭后，扬雄就匆匆赶到三元场茶铺。守在茶铺外的后生扬雄见严君平到来，就在外拉住君平先生，再次诚恳地表示了他想拜君平先生为师的强烈愿望。有些感动的严君平想了想，便把扬雄拉到说书台前说："扬雄才俊，你果真是位真诚的求学者，这样吧，我给你推荐一位开办学馆的先生，他年纪虽高，但不像我匹处游学，这位叫林间翁孺的先生是我朋友，他居住临邛，在方言学上造诣颇高，我给你写封推荐信，你可拿着信去找他。我相信，这林间先生一定会接收你这求学青年的。"说完，严君平从怀中掏出一张丝帛，就匆匆写下推荐信，完后就交给了扬雄。扬雄谢过君平先生，就坐在靠前位置，从包中掏出毛笔和竹简，做好了记录准备。

待茶客安静下来后，严君平将手中惊堂木往桌上一拍说："诸位看官，我今天要给大家讲的是，春秋时期发生的'二桃杀三士'的故事。这故事来自《晏子春秋》。根据原文所述，春秋时代齐景公帐下有三员猛将，他们分别是公孙接、田开疆和古冶子，这三人都是战功显赫之人，因而都有天下舍我其谁的傲气。谋士晏子为避免将来造成不可控的内乱，建议齐景公早日清除祸患。犹豫再三后，齐景公终于同意了晏子建议。很快，具有智谋的晏子就设计出流传至今的'二桃杀三士'的经典之计……"

听完严君平说书后，扬雄把先生送了好远，再次作揖谢过先生后，才依依不舍目送先生消失在炊烟渐起的黄昏中……

当天回家，扬雄兴奋地掏出严君平的推荐信，拿给父亲看。扬凯认真看后，忙问道："雄儿，马上要过冬至节了，天气也冷了许多，你打算多久去临邛见林间先生呀？"扬雄立马回道："爸，我想明天上午就去，先去见见林间先生再说，看他安排我啥时进他学馆合适。"

"哎，你也太性急了，难道晚两天走不行？"扬凯忙说。

"爸，既然君平先生已给我推荐了林间先生，要是我不立即去临邛见他的话，恐怕这几晚上我又会睡不着的。"扬凯听后，叹口气说："唉，既然如此，那我就尊重你的决定。"

出乎扬凯意料的是，晚饭时，当他把雄儿明天要去临邛拜见林间先生一事说出后，竟遭到扬雄奶奶和母亲反对。她俩反对的理由是，雄儿是扬家独子，从小就没离开过家，万一在外有个意外咋办？从小听话顺从的扬雄第一次振振有词对奶奶和母亲说道："奶奶，妈，我从小到大都听你们的话，如今我也长大了，这一次请你们原谅雄儿，明天我一定要去临邛求学，否则，我就会没啥作为地在扬家小院终老一生。我、我扬雄不愿这样过完一生啊！"说完，扬雄眼里就涌出了泪花。

一阵沉默后，扬凯对奶奶说道："老妈，雄儿现已长大成人，他喜欢辞赋，渴望多学些东西，当年司马相如不就是在临邛与卓文君相识相爱的吗？那临邛也是好地方，雄儿到那儿的学馆念书，又不是去下苦力，您老人家有啥不放心的？"

奶奶听后，抹泪说道："哎呀，雄儿去那么远的地方，他身子骨还没长硬，还是个娃娃哟，我、我就是放心不下我的乖孙嘛。"刚一说完，奶奶就不断咳嗽，呼吸也急促起来。扬雄见状，忙过去给奶奶不断轻轻捶背，并安慰奶奶说："奶奶，雄儿只是先去临邛看看，过几天又要回来的。"

奶奶听后，有气无力地说："雄儿，你、你别哄我，你不是去临邛念书吗？咋可能过几天就回来嘛。"扬凯听后忙解释说："老妈，一般学馆开学要在春节之后，现已临近冬至了，林间先生不可能让雄儿入学的。雄儿只是先去看看，他还没见过林间先生哩。"

奶奶听后，又在不断咳嗽中说："嗯，也、也是，先见见先生也、也对，还不知那林间先生，收不收我、我们雄儿哟。"这时，一旁的张氏忙对扬雄说："雄儿，听说那林间翁孺先生还是我老家的一个远房亲戚，你见他时，可提及此事，或许有亲戚这层关系，他会考虑收下你的。"扬雄听后，点头对母亲说："妈，要得，我一定把这远亲关系告诉林间先生。"

这时，奶奶的咳嗽加剧了，扬凯见状，便对扬雄说："雄儿，你到临邛拜见林间先生后，一定要去大药铺给奶奶抓些药。我们花园场没药铺，郫县的药铺中药有些不齐，临邛地处山区，听说天台山的草药丰富，或许能抓齐奶奶需要的真药。"说完，扬凯便去自己房中拿出丝帛上写的药方，慎重地交给了扬雄。

最后，扬雄便把不去豆腐饭店的事告诉了家人，他说今后条件成熟，仍要帮覃老板写赋，但没提杏花的事，他怕此事一旦说出，在那"父母之命，媒妁之言"的年代，会遭到父母责骂。

第二天上午，下山的刘三雇了辆小马车，立即朝郫县赶去，刘三相信寻力干将袁平这段时间以来，应该在丐帮兄弟要饭过程中，又收集到一些钱。没想到，一个时辰后，当刘三在郫县城边一座破旧土地庙中找到袁平时，袁平竟裹着一未破被还在蒙头呼呼大睡。有些来气的刘三踹醒袁平，要他立马交出这些日子丐帮兄弟上交的钱来。从睡梦中被踹醒的袁平，立马跪在地上，哭丧着脸说："老、老大，我、我昨夜去赌钱，本想赢点钱一齐凑个整数交给你，没、没想到没赢得一个子儿，反把二十几枚五铢钱输个精光，我该死我该死。"说完，袁平就狠狠抽了自己几个大嘴巴。刘三一听，气得火冒三丈说："好你个狗东西，居然染上赌瘾了，丐帮兄弟辛辛苦苦要点小钱交给你保管，你、你竟敢给老子全输了！你辜负了我对你的信任和栽培，给老子快爬！"说完，刘三啪啪两巴掌朝袁平打去，然后又猛地一脚将他踢翻在地。随即，刘三咬牙指着袁平又说："哼，老子恨不得杀了你这个误我大事的蠢货！"说完，刘三头也不回就离开了土地庙。

离开土地庙后，颇有心计的刘三又在县城找到几个乞丐分别了解情况后，通过分析得知，这段时间兄弟们起码上交给袁平四十多枚五铢钱。刘三听后又在心里骂道：好你个狗杂种袁平，你若今后再敢欺骗老子，老子定叫你活不过春节。离开县城前，刘三没告诉任何乞丐，袁平已将收集来的钱输光，他想最后再测试下，曾经的心腹袁平，能否有悔改的可能。午饭后，心情沮丧的刘三去铁匠铺订制完铁棒后，雇了辆小马车，朝他的老窝子花园场赶去。

半个时辰后，刘三付给车夫两枚五铢钱，就在豆腐饭店门前下了车。覃老板见刘三进来，忙迎上说："刘三兄弟，今天是啥风把你给吹来啦？"由于这两年刘三经济发生了根本性转变，从过去的叫花子变成了可在她饭店请客的年轻头目，所以，覃老板母女对刘三的态度也发生了较大变化。刘三笑道："覃老板，我来看您和杏花妹子总可以吧。唉，我在青城山一想起你家的回锅肉，就直流口水哩。"说完，刘三一屁股就坐在堂中凳上。

机灵的杏花很快给刘三端来一碗茶，刘三瞧了瞧杏花，打趣说道："哟，小清新的杏花越长越水灵漂亮了嘛，我敢断定，在花园场一带，杏花妹子是当之无愧的头号美少女。"覃老板忙坐下说道："刘三呀，就是因为我家杏花快成大姑娘了，我怕往后提亲的人踢断门槛，所以就提前给她选了个汉子，这样的话，就免去了今后可能产生的许多麻烦。"

刘三一惊，忙问道："哦，覃老板果然精明，那您选的是哪位有钱有势家的公子呀？说来让我刘三也开开眼呗。"

覃老板笑了："刘三，你猜猜，这位公子就是我们花园乡的人。"

刘三想了片刻，回道："嗯，我敢保证，能让您覃老板看中的，一定是龙乡长家的公子，对吧？"

覃老板摇头说："不是。我选的女婿可是你认识之人，你再想想看。"杏花却一直羞涩地坐在柜台后，摆弄着手上丝帕。刘三想了一阵又说："嗨，覃老板，花园乡我认识那么多小伙子，我确实猜不出您看中的是哪位年轻汉子，您就直接告诉我得了，免得我把脑壳都想痛了。"

覃老板看看刘三，故意说道："这小伙子嘛，就是，就是……"

刘三见覃老板如此卖关子，以为是逗他寻开心，便有些生气说："覃老板，您根本就没选中什么女婿，算了，我刘三还有其他事要办，我就先走了哈。"说完，刘三起身就准备离去。

"先别走，我告诉你吧，此人就是你的老铁。"见刘三要走，覃老板忙把实情说出。

"啥子喃，您说的是青年才俊扬雄？"

"咋的刘三，难道我眼拙，选错了人？"

刘三突然大笑起来："哈哈哈，覃老板呀，您真是好眼力，青年才子扬雄心善厚道，而且他的才华在我县绝对第一，您能选他，足以证明您的远见哪是常人能比的。"说完，刘三便向覃老板竖起了大拇指。

之前，覃老板从没告诉过任何人未来女婿的事。今天，覃老板故意将这事透露给刘三，自有她的打算。覃老板不知扬雄何时才给她饭店写赋，她想请刘三去说服扬雄早点动笔。还有，接下来买下隔壁杂货铺和重新装修饭店的事，她还想请手下有一帮兄弟的刘三帮忙，确实，身为寡妇的她没有更多更可靠的社会关系，何况，她手中还缺钱哪。见刘三夸自己有眼力选对了人，覃老板忙又拉住他坐下，把她请扬雄写赋和要重新装修饭馆的事详细告诉了刘三。随后，覃老板一并说出想请刘三帮忙的想法。

刘三听后，想了想认真回道："覃老板，帮您第一件事好说，我今天立马就去扬雄家，告诉扬雄早点做好为豆腐饭店写赋的准备。第二件关于借钱的事，我实话告诉您吧，我正在青城山天师洞学武艺和文化，我已向张大师保证，要为天师洞捐建几个刻有老子五千言的石碑，我正为筹钱发愁。不过，您可先从别处借钱买下隔壁杂货铺，装修时，我可调几个兄弟过来帮忙，您管他们饭就行，工钱一分也不要，好吗？"

"好哇好哇，我手边就是缺能干的男帮手，到时，你一定要喊几个勤快兄弟帮我哈。"覃老板忙高兴说。

刘三听后又微笑说："覃老板，您别急，三年之后，当扬雄上门做了您女婿后，那时，只要我兄弟扬雄招呼一声，我给您调几十个汉子来帮忙都成。"

"若是这样，我就先谢谢你这帮主兄弟啦。"覃老板忙高兴回道。

刘三喝几口茶后，看了看覃老板和杏花，然后拱手说："覃老板，我现在马上就去扬雄家，催他早点完成给您饭店写的赋，然后，我还要他请我喝酒。能娶上杏花这么漂亮纯情的美少女，可是他扬雄前世修来的福啊。"说完，刘三就匆匆离开饭店，快步朝河湾里走去。

可刘三不知的是，当天上午，不甘平凡的求学少年扬雄已背着包袱徒步出发，朝卓文君家乡临邛走去……

第十一章

丐帮老大终于拉开复仇序幕

离开豆腐饭店后,刘三头也不回匆匆朝河湾里走去。不到半个时辰,身穿夹袄的刘三就路过龙家大院朝扬家小院走来。阿黑见着刘三走来,忙摇着尾巴叫了两声,以示对熟悉之人的欢迎。这时,刘三将手指塞进嘴中,发出几声清脆鸟叫声,但敞开的院门迟迟没见扬雄身影。这时,荷锄而归的扬凯从竹林走出来,一见刘三,扬凯诧异问道:"刘三,你来找扬雄呀?"

刘三一看是扬凯,忙作揖说:"伯父好,请您把扬雄叫出来,我跟他说几句话就走。"

扬凯忙说:"哎呀,你来的太不巧了,扬雄今天早饭后去临卬了,估计要七八天后才能返回。"

刘三有些诧异:"啥,扬雄去临卬了?据我所知,他可从没出过远门,请问伯父,扬雄因何事去临卬那么远的地方呀?"

扬雄奶奶病得厉害,我们花园乡草药不齐,扬雄特到临卬给他奶奶抓药去了。由于刘三没文化,扬凯不愿跟刘三说扬雄想去临卬求学的事。刘三听后,点头说:"哦,扬雄给奶奶抓药去了,这可是孝子该做的事。伯父,今天扬雄不在,那我改天再来找他吧。"说完,刘三就想转身离去。扬凯忙拉着刘三问道:"刘三,你找雄儿有要紧事吗?若有,你可告诉我,雄儿回来我就让他来找你。"

"没有,伯父,我找扬雄没啥要紧事,好久不见,我今天回来就是想看看他而已。"此刻,刘三没敢讲帮罩老板来催写赋的事。扬凯接着说:"今天快到吃夜饭时候了,你别见外,我家虽然贫寒,但请你吃顿饭还是没问题的。"随即,扬凯便拉起刘三朝小院大门走去。

这突如其来的邀请弄得刘三不好意思起来，他忙挣脱扬凯手说："伯父，我今天还有事，改天扬雄在家时，我再来吧，谢谢您的美意啦。"说完，刘三就慌忙朝不远处他妈的坟走去。

从花园场到河湾里路上，刘三早已想好，今天要从母亲坟中刨出铜镜，他要把铜镜擦拭干净后，带回山上送给没有铜镜的师父。自那天见到高挑的美妇人后，刘三就留意到师父房中没有铜镜。已长成汉子的刘三明白，像他这样的男人有没有铜镜无所谓，因为他一不见官，二没女人。可师父不一样，师父不光自己帅气，还有个漂亮女人，所以，他必须把这个珍贵可照人容貌的铜镜送给师父。很快，走到坟前的刘三从腰间抽出七星短剑，然后在坟上刨了起来。不久，拿到铜镜的刘三扯了一把秋草，将泥土擦尽后，满意地把铜镜揣入怀中。

暮色渐起，袅袅炊烟飘动，刘三很快走到龙家大院外的黄角树下。此时，龙家大院门外的两条黄狗冲着树下的刘三汪汪叫了两声，以示警告陌生人不得靠近大院。刘三停住狠狠地朝两条黄狗瞪了两眼，然后挥着拳头表示自己的不满。两条黄狗在门外蹦跶着，却不敢朝刘三扑来。狗叫声中，刘三蓦地发现黄狗身后大门边地上，重叠放有两块大青石板，从形制上看，这两块长方形青石定是给龙家老人准备的墓碑石。

刘三愣了片刻，突然右手往大腿上一拍说："哎呀，这太他妈巧了，真是踏破铁鞋无觅处，得来全不费功夫啊！"刘三说这句话时，已想出一个一箭双雕的复仇计划：既可将这两块青石盗取搬上天师洞，当作凿刻老子五千言的石碑，又可让曾毒打过他的龙家倒血霉。因当地有风俗，谁家要是坟被人刨了或墓碑被人盗走，是极不吉利之事，这预示此人家将有不幸大事发生。心情因激动而紧张的刘三即刻就想出一套完整的盗碑复仇方案来。

暮色中，两条大黄狗仍在朝离去的刘三叫着。不动声色的刘三迅速赶回花园场，他很快在赵老板的茶铺外找到14岁叫桂子的小叫花子。刘三忙将桂子拉到暗处问道："桂子，你找得到县城不？"桂子忙点头回道："老大，我去县城要过几次饭，找得到。"

"那就好，你给老子立马赶到县城去，到城边土地庙找一个叫袁平的自己人，若他不在，你就叫其他丐帮兄弟找到他。找到袁平后，你立马让他带三个有力气的兄弟，租辆马车赶到花园场来，来时还必须带上抬棒和绳索，听清没？"刘三很快给桂子交代了要做的事。

桂子一看刘老大给他下达如此火速命令，极为紧张地问道："老、老大，我即便去县城找到袁平，他、他能信我话吗？"刘三一听，忙从腰上解下刻有他姓名的七星短剑说："桂子，你拿着这把短剑，他袁平就会信的。"说完，刘三就把短剑交给了桂子。桂子接过短剑又忙问："老大，若我们赶着马车来后，到哪儿找您呢？"

"我就在下场口土地庙等你们。快去，越快越好！"话音刚落，桂子拿着七星短剑迅速朝县城方向跑去。

桂子走后，刘三悄悄蹿进不远的豆腐饭店，然后把门掩上。正吃夜饭的覃老板见到刘三，马上站起高兴问道："刘三兄弟，你给扬雄说好写赋的事啦？"

刘三忙说："覃老板，我今天去扬雄家，没见到扬雄。"

覃老板一怔："啥，扬雄为啥不见你，难道……"

刘三忙说："覃老板别多心，扬雄去临邛给他生病的奶奶抓药去了，花园场找不齐他奶奶需要的药。"

"哦，原来是这样，那扬雄多久回来呢？"

"我听扬伯父说，估计扬雄要过七八天才能回家。覃老板，反正这事包在我身上，我会抽时间跟扬雄亲自谈的，一定要他早点动笔给您饭店写赋。"说完，刘三就朝桌上看了看。灵醒的覃老板很快反应过来，问道："刘三，你应该还没吃夜饭吧？"

刘三笑了："嗯，还是覃老板关心我刘三哪，请您马上再炒个回锅肉，今晚这顿饭钱算我的。"覃老板听后，立马吩咐两个伙计切肉升火。随后，刘三低声向覃老板问道："您店里还剩有熬汤的棒子骨没？"

"有呀，我每天熬汤都要用棒子骨，否则，没油水的菜汤谁愿喝嘛。"说完，覃老板扭头对杏花说："快去，用麻绳给你刘三哥拴两根大骨头。"很快，杏花在案板上的盆中找了两根棒子骨，拴好后给刘三提了过来。刘三接过大骨放在脚旁，然后又低声神秘地对覃老板说："覃老板，今晚我来您店吃饭和要棒子骨的事，今后若有人问起，您必须要坚决否认。我吃完饭走后，您也要给这两个伙计打招呼。"说完，刘三指了指正在灶上忙碌的伙计。

"为啥不能说你来过我饭店呀？"覃老板很不理解。

"或许，以后您就明白了。"刘三回答覃老板时，已想到龙家丢了两块墓碑石后，狗仗人势的龙家兄弟，一定会在花园乡展开大调查。见刘三认真交代，覃老板立马说："好，我饭店四人，绝对不向外人提及你来过之事。"杏花也在一旁低声说:"刘三哥,你放心吧,我杏花绝对守口如瓶。"见覃老板母女如此表态,刘三满意地点了点头。

不久,吃完饭的刘三在确认无人注意的情况下,用破麻布包着骨头,迅速离开了豆腐饭店。不久,他悄悄来到场口外的土地庙。由于有多年的叫花子生活经验,夜视能力极佳的刘三钻进庙后,就坐在土砖上,盘算起即将动手的盗石细节来……

深秋酉时,在通往临邛路上,身背包袱踽踽独行的扬雄,遵父母叮嘱,在一小场镇找了家便宜客栈歇了下来。在店中,扬雄买了一大碗稀饭和一碟泡菜,就着自己所带的烙饼解决了晚餐问题。稍后,扬雄在房内用热水泡脚后(也是他父亲交代的),就开始检查包袱中要送给林间先生的礼物——两块条形腊肉和四条不算大的盐制干鲤鱼。尔后,扬雄从怀中掏出丝帕上的药方,借着油灯仔细瞧了起来,上面写着葶苈子30克,大黄10克,枳实10克,队已10克等,根据不同症状,还要添加茯苓、桂枝、附片、鱼腥草、半枝莲、开金锁、当归和红花等等。扬雄不懂医,看了一阵,便收起药方,躺上床的他脑中很快就浮现出杏花的面容来。想着杏花羞涩甜美的笑容和清澈如水的大眼睛,扬雄开始傻笑起来。心情愉悦的扬雄忙钻进被窝,不久进入梦乡的他,又梦到未来要做他新娘的杏花来……

亥时刚过一半,匆匆赶到县城土地庙的桂子真还在庙中找到了正在愁眉苦脸啃吃芋头的袁平。白天,自刘三打过他后,心里感到后怕的袁平就后悔起来。他后悔不该被赌场老板骗下水,然后把叫花子们上交的钱输个精光。整天躺在土地庙的袁平哪也没去,以泪洗面的他清楚,头目刘三是个爱憎分明的人,一旦刘老大要在丐帮中惩罚谁,那人除非逃走,否则一定逃不过帮主惩罚。天黑后,饥饿难耐的袁平才去农家要了两块芋头回来充饥。过去桂子在县城要过几次饭,也见过一次袁平,当桂子摸进漆黑的土地庙后,便轻声问道:"袁平在吗?袁平在吗?"

这时,十多个要在庙里过夜的叫花子都探头朝门口望来。由于无灯,桂子稍矮的个子并没引起众人重视。过了一阵,桂子又低声朝庙内问道:"袁平在没?帮主刘老大有事找他。"袁平一听,忙起身问道:"喂,你是哪个?老子听你声音一点不熟嘛。"

桂子忙说:"我、我是花园场的桂子,刘老大有急事派我来找袁平。"

"老子就是袁平,我怎么相信刘老大有事找我?"袁平忙喝问道。桂子见袁平走到身前,忙拿出刘三的七星短剑说:"这下你该相信我说的话了吧。"袁平忙夺过短剑，透过朦胧月辉仔细看过后，低声问道："桂子，老大有啥事吩咐？"桂子忙把袁平拉到庙外，低声告诉他刘三的指令。袁平听后大惊："这么说来，我得马上带几个兄弟去借马车，然后立刻赶到花园场啰？"

"对头，你得赶快去找马车，老大还在花园场等着呢。"桂子说后，袁平立马返身走回土地庙，他低声叫了几个名字后，很快几个半大汉子就跟着袁平出了庙门。袁平二话不说，立马领着这几个兄弟跑了起来，这时，个子稍矮的桂子也紧跑慢撵地跟在他们身后。

来到城郊挂着黄灯笼的赌场门口，袁平忙叫兄弟们候在门外，他独自一人朝赌场内走去。赌场内的苟老板见袁平出现，误以为袁平又是来赌钱的，忙问道："袁兄弟，咋的，今晚又想来试试运气？"袁平忙拱手回道："苟老板，我手气背，今夜我想去请位大财主公子来你这赌两局，咋样？"

"好哇，若是这样，我苟某是决不会亏待兄弟的。"苟老板高兴地拍了拍比他矮半个脑袋的袁平。袁平见苟老板非常高兴，叹口气说："唉，我这朋友住得稍远，离这儿有十来里地，要不，我借您马车用用，保证不到一个时辰，这位有钱的主就会光临您赌场。"苟老板认识袁平，他不仅想赢袁平的钱，更想赢那些有钱又好赌之人的钱。所以，苟老板立马说："好说好说，我立马让手下把马车从后院赶出来便是。"说完，苟老板立即向一马仔交代几句，马仔听后，立即朝后院跑去。

不久，马仔便赶着马车来到赌场大门外，袁平看了看马车，发现马车内正好有几根粗绳和两根抬棒，马仔见袁平盯着车内，忙说："兄弟，今天我们去买了猪，这些零碎东西还没收拾，若妨碍你们接人，我把它拿走就是。"袁平立即拦住马仔说："这些东西不碍事，你就别收拾了，我接人要紧。"说完，袁平跳上马车把手一招，几个兄弟和桂子立刻蹿上马车。马仔一看有些急了："袁平，老板让我赶车送你们去接人，你就坐车内吧。"说完，马仔就想夺袁平手中马缰。

"你又不认识财神爷，跟去干吗？别耽误了老子的急事，老子过会儿就回来还你马车。"袁平一说完，车上两个兄弟立马举棒对着马仔。此时，只见袁平一挥马鞭，马车就急速驰离赌场朝花园场方向奔去⋯⋯

着急赶路的袁平心里知道，老大能把这次任务交给他，足以证明老大还是把他当作心腹在使用。袁平心里暗暗发誓，说啥这次也得把事办好，他宁愿得罪赌场苟老板，也不愿得罪丐帮老大，因为，这世上只有刘老大能帮他解决一切恩怨和生活中的困难。不多时，急驰的马车就到了花园场。在桂子引路下，袁平很快将马车朝下场口土地庙赶去。到了地方，桂子跳下马车，刚要钻进土地庙，早在庙内观察动静的刘三就走了出来。桂子忙把七星短剑还给刘三。刘三招手示意袁平下车，将嘴附在袁平耳边，一阵低声交代后，袁平又跳上马车，刘三低声喝住袁平，上车检查了抬棒和绳索，然后才命袁平把马车朝河湾里赶去。

　　马车离龙家大院还剩不到半里路时，刘三就命全体兄弟下了马车，除留下桂子守车外，其余兄弟拿着绳索和抬棒，就悄悄跟着帮主朝不远的龙家大院走去。快到龙家大院大门时，刘三忙打开手中麻布，将两根大骨拿出。从小在乡间长大的刘三知道，夜间的护院狗叫得很凶，他一旦发现护院狗，就得立马将大骨甩过去，唯有如此，他才能将长方形青石抬走。

　　观察片刻的刘三并没发现巡院的大狗，随即，刘三将院门外两块叠在一起的大石朝袁平指了指，会意的袁平点头后马上领着三个兄弟弯腰朝大石摸去。这些贫苦人家出身的叫花子，都有劳动经验，很快，当绳索套住青石后，袁平几人抬起青石就朝马车快速走去。刘三左手握短剑，右手抓着大棒骨，躲在黄角树后，仍在仔细观察四处动静。刘三清楚，一旦发生不测，他们几人若被龙家抓住，就有可能被打残甚至打死。当袁平几人把一块青石放到车上刚要返回时，两条大狗从另一处发现了他们，很快，两条大黄狗就开始大叫起来。情急之下，离黄狗较近的刘三忙从树后跳出，然后朝另一方向跑去。黄狗见有人奔逃，立即狂叫着朝刘三撵来，把两条黄狗引开后，刘三立马将手中大棒骨朝黄狗扔去。两条大狗嗅着肉味后，就各叼一根有些肉的大骨啃食起来，这时，机灵的袁平领着几个兄弟，动作麻利地把剩下的大青石抬上了马车。

　　大狗停止狂吠后，深秋之夜显得格外寂静。稍后，刘三率领袁平几人，坐上马车就朝花园场奔去。到花园场后，刘三放下桂子时低声给他做了安排，桂子点头领命后，就钻进土地庙睡觉去了。随后，心情已放松的刘三亲自赶着马车朝县城方向跑去。此刻，得意的刘三不禁在心里美道：哈哈，明天，你们龙家大院的老老少少都给我号丧去吧……

　　刚到丑时，刘三就把马车赶到县城边的土地庙前。他立马命袁平几人去庙内找来破布和草垫，然后把车上的青石板盖住。他要等天亮后从铁匠铺拿到铁棒再回青城山，这样既可减少往返时间，又可节约点钱。一切安排妥当后，刘三摸了摸怀中铜镜，然后向袁平问道："兄弟，你这马车租谁的？我还得用上一两天，问题不大吧？"

袁平忙回道:"老大,这马车是赌场苟老板的,他前晚骗老子,赢了我钱,我用用他马车又咋啦。"

"你没给他说要用多长时间?"

"老大,这些小事你别管,我自有办法对付苟老板。"刘三听后,拍了拍袁平肩头说:"兄弟,好好干,老子今后亏待不了你。"袁平听后,愧疚低下头说:"老大,我错了,我不该去赌钱,误了你的大事。"刘三看了看知错的袁平,故意大声说道:"兄弟,你知错就好,今后,你一定要给我记住,穷人千万别去沾赌,若是染上赌瘾,那你一辈子也改变不了自己的穷命。"刘三说这话时,袁平知道,老大这也是在警告身边这些丐帮兄弟。

寅时已过,在赌场门外望眼欲穿的马仔见苟老板从屋内走出,忙上前哭丧着脸说:"老板,咋袁平这小子还没把人接来呀?"满脸横肉的苟老板望了望空落落的街道,转身一巴掌朝马仔打去:"你为啥不亲自驾车去,而要把马车交给那叫花子?马车要是被袁叫花子骗走,你就是倾家荡产,也得给老子把马车和马赔上!"

马仔忙捂着被打的脸说:"老、老板,我当时已跳上马车,是、是要亲自赶车的,没想到,袁平那小子把我赶下马车,自己就赶车走了。我去追车,他们一伙却要用抬棒打我,我真的是大意了啊……"

"给老子滚!"说着,苟老板就狠狠一脚,将年轻马仔踢翻在地。

天刚麻麻亮,仍处在亢奋中的刘三就叫醒土地庙中所有叫花子。在重新挑选出四个抬石汉子后,他掏出三枚五铢钱递给袁平说:"你带两个弟兄去街上小吃店买些包子、油糕和馒头回来,今天让弟兄们好好吃上一顿。"袁平刚接过钱,刘三就抽出腰间七星短剑,对众叫花子说道:"昨夜之事,谁要是走漏了消息,老子定用手中之剑杀了他!"众叫花子听后,忙点头称"是",有的还拍着胸脯用脑袋担保,一定不会走漏半点风声。

当众叫花子吃饱喝足后,刘三很快去铁匠铺取回了订制的铁棒。待一切收拾妥当后,刘三命袁平赶车,他同另四名丐帮兄弟坐在马车上,随即,高兴的刘三朝袁平打个响指说:"快走,给老子向青城山出发!"急骤的马蹄声响起,吃过草料的黄骠马撒开四蹄,拉着众叫花子和两块青石板,欢快地朝青城山方向跑去……

清晨,扬雄从客栈醒来后就匆匆洗了脸吃过早饭准备上路。由于有雾,客栈老板娘劝他等雾散去再上路,扬雄谢过好心的老板娘,就返回房间默默背诵起屈原的

《离骚》来。不到一个时辰，太阳出来大雾渐渐散去，扬雄再次确认好路线后，背上包袱朝临邛方向走去。

早上，乡长龙廷跃和亭长龙老四吃过早饭推开大门时，细心的龙廷跃突然发现大门外两块青石不见了。他以为是下人弄到院内某处放了起来，也没多想就朝乡衙走去。半个时辰后，龙家老管家王长顺跌跌撞撞跑进乡衙，着急地向龙廷跃问道："老爷，您把墓碑石弄到哪儿去打制了吗？大院门外两块青石咋不见了？"

龙廷跃大惊："老王，我没弄走墓碑石呀，是不是哪个把青石抬到院内某处了？"王管家急忙回道："老爷，我是全问过了才来问您的，下人们都没敢动前几天才弄回的墓碑石啊！"龙廷跃一听就急了："走，我回去看看再说。"随即，龙廷跃和管家就匆匆朝自家大院走去。其实，龙廷跃急的正是花园乡一带最忌讳的民俗：若是墓碑石真丢了，或许预示龙家会开始走背运了。

赶回龙家大院后，龙廷跃和管家马上召集在家的族人和下人，全人真问过话后，龙廷跃才最后确认，龙家两块墓碑石真的不翼而飞了。为不扩大负面影响，好面子的龙廷跃派一下人去通知龙老四回家，他要同自己兄弟商量，如何动用自己手中掌握的小小公权力，来秘密调查处理这丢尽龙家颜面的难堪事件……

第十二章

区区墓碑石案，竟惊动了王县令

离开县城，坐在马车上的刘三看着虽一夜未睡但仍元气满满赶车的袁平，心里不禁盘算道：袁平，这次你给老子立了大功，我就不计较你去赌场输钱的事啦。过了一会儿，令同车丐帮弟兄纳闷的是，他们的老大咋会常盯着车上被掩盖的两块青石发笑呢？的确，自上天师洞开始练功后，过去一直想复仇又不敢复仇的刘三胆子就大了起来。在仇恨意识支配下，他便迈出胆大妄为的复仇第一步。一想到龙家定会惊慌失措四处寻找墓碑石，刘三自然得意地笑出声来："哼，这就是我刘三干的！"

在路上，刘三心里合计着：今天说啥也不能急着回天师洞，否则，我又买铁棒又弄回两块大青石就显得太容易了，何况，山上练功也太辛苦了，无论咋样也要好好快活两天，带领自己的丐帮弟兄好好玩玩，然后再返回天师洞。况且，马车只能到青城山脚下，那两块沉重的大青石还得靠丐帮弟兄分两次抬上山哩。想到这儿，刘三便向袁平吩咐："袁平，直接把马车赶到清风庄园去！"

接到下人通知的龙老四很快回到自家大院。待龙廷跃把墓碑石失踪之事告诉龙老四后，龙老四惊得瞪着大眼问道："大哥，在我花园乡地盘，谁有狗胆偷我龙家墓碑石呀？"

"是啊，这也正是老子百思不得其解的事。"龙廷跃忙说。

龙老四听后，立马咬牙说："哼，要是查出是谁偷了我家墓碑石，老子非剁了他手不可！"

"老四呀，你想想看，其实这两块碑石并不值啥钱，是我仅花20枚五铢钱买来的。但这不是钱的问题，我宁愿蚀更多的钱，也不愿墓碑石被盗啊。你想想，你我两个的儿子刚去成都念书，就出这种丢人现眼的倒霉事，我、我是担心我们龙家开始走背运哪。"说完，面带忧虑的龙廷跃就长长叹了口气。

想了片刻，浓眉大眼的龙廷山问道："大哥，你想想看，我家也没得罪什么人呀，这墓碑石会是谁偷的呢？"沉思好一阵，龙廷跃才说："老四呀，我们花园乡历来民风淳朴，虽乡邻偶有争吵斗嘴之事发生，但很久也没发生伤人的流血事件。据我所知，在我县几十年间，还从没出现过盗窃墓碑石案哩。我看，这针对我龙家的盗窃案，并非是一般乡野村夫所为，一定是懂占卜的家伙从中作梗，想破坏我龙家的大好风水，才实施了有预谋的盗窃手段。他们是想整垮我龙家啊！"

感到有些后怕的龙老四忙说："大哥，可我花园乡没人懂占卜算卦呀？"

龙廷跃听后，摇头说："不对，前不久，蜀地占卜大师严君平来花园乡说过几次书，听说扬雄也去听了说书，还认真做了记录。"

龙老四大惊："大哥，你是说，这墓碑石被盗，可能跟严君平和扬雄有关？"

"有无关系，还得等我们调查后再做结论。但这丑事你我二人不得在外四处说，我俩只能派人私下调查才行，否则太他妈丢人了。"

龙老四有些疑惑，忙问："大哥，那咋派人调查呀？"

"你现在在家候着，我先去扬雄家摸摸底再说。老子就不信，难道还有谁能坏了我龙家风水。"说完，龙廷跃起身就朝院外走去。

龙家大院离扬家小院，也就几分钟的路程，很快，龙廷跃就来到扬家小院外。这时，护院阿黑便冲着高大的龙乡长狂叫起来。院内，正在编竹筛的扬凯，听阿黑叫声异常，忙出了院门。扬凯刚出院门，龙廷跃便主动招呼说："喂，近日扬兄可好？"扬凯一见是从未来过他家的龙乡长光临，忙拱手回道："哎哟，龙乡长大驾光临寒舍，草民荣幸之至哪。"说完，扬凯便躬身请龙乡长进了小院。

坐下后，龙廷跃环顾四周问道："扬兄，我咋没见青年才俊扬雄呀？"扬凯忙说："回龙乡长话，我家雄儿昨上午去临邛了，所以，今天不能在家陪龙乡长说话。龙乡长，莫非您今天找扬雄有事？"

龙廷跃接过张氏递来的开水碗，微笑回道："没啥事，我今天有空，顺便来了解下，扬雄最近又有啥新作没，若有，我可拜读拜读，要是写得精彩，我仍可向王县令举荐嘛。"扬凯忙说："回乡长大人，扬雄是写了些新作，但由于他没修改定稿，所以暂不便让您过目。"

"没关系嘛，等他定稿我再拜读也成。只是我想问问，从没出过远门的扬雄，

第十二章　区区墓碑石案，竟惊动了王县令

他去临邛干吗？难道，是去找寻卓文君与司马相如当年私奔的爱情故事？"说完，龙乡长就呵呵笑了。

"龙乡长就别笑话我家雄儿了，他哪有司马相如的浪漫情怀呀，不瞒龙乡长说，前两天，占卜大师严君平给扬雄写了封推荐信，推荐扬雄去临邛翁孺学馆念书。我儿心急，非要先去临邛拜见一下林间翁孺先生，所以，昨天上午他就步行去了临邛。"

龙乡长听后，沉思片刻说："哦，占卜大师严君平给扬雄写了封推荐信，扬雄就独自去了临邛，是这样吧？"此刻，龙廷跃心里更加坚定了他的某些猜测。

扬凯忙点头回道："嗯，是这样的，乡长大人。"于是，龙乡长起身说："既然扬雄不在家，等他回来后，请他来我乡衙喝喝茶聊聊天也行。"说完，龙廷跃就告辞走出了小院。一想到龙乡长对儿子曾有举荐之恩，扬凯忙追出把龙乡长送出好一段距离，看龙乡长进了龙家大院后，有点蒙的扬凯才走回自家小院。

回到龙家大院屋中，正焦急等待大哥的龙老四，忙向进屋的龙廷跃问道："大哥，扬雄咋说的？"

龙廷跃坐下后，又像自语又像回答地说："这也太凑巧了，我家昨夜丢了墓碑石，昨天上午扬雄就拿着严君平的推荐信去了临邛，我看，这其中定有我们不知的隐情。"

龙老四疑惑地问道："大哥，你咋晓得扬雄是昨天上午离开他家的嘛？"

"这是扬雄父亲告诉我的。"

"你、你就那么信那老家伙的话？"龙老四有些不悦。

沉思片刻，龙廷跃站起说道："老四，我当然不会轻信扬凯说的，要是严君平同扬雄一家联手做局咋办？为弄清扬凯说的是否属实，我今天就立刻派人去临邛翁孺学馆查证，扬雄是不是昨天上午离家去的临邛。另外，你我二人必须动用自己手下信得过的人，立马在花园场一带明察暗访，挨家挨户询问，看看谁家私藏有墓碑石，甚至，还要去各处坟地看看，有没有刚立起的墓碑。老子不信，在我家掌控的花园乡地界，还找不出偷盗墓碑石的家伙。"此刻，龙廷跃乡长和龙老四亭长这两个地头蛇做梦也没想到，他家两块墓碑石已被运到清风庄园，而盗走墓碑石的，正是当年遭龙老四毒打过的叫花子刘三。

袁平赶着马车来到清风庄园大门外，下车后，刘三指着不远的一家客栈对几个

丐帮兄弟说："你们去客栈等我，我把马车安顿好就来同你们会合。"几个兄弟听后，很快就朝客栈走去。这时，刘三才敲响庄园大门的紫色铜环。女佣出来后，见着刘三忙问："刘公子，你来找陈老爷？"刘三点头后，女佣就打开了大门。

听见响动的王妈出屋后很快就看见精神抖擞的刘三，刘三见王妈朝也走来，忙快跑几步上前拉着王妈手说："干妈，我回来啦。"王妈微笑地打量刘三一番，高兴地说："哟，刘三呀，你自上天师洞后，身体又长结实些了嘛。"刘三笑着回道："干妈哪，我在山上天天跟着张大师练功，身体自然会壮实的。"说完，刘三在王妈面前跳起朝天踢了个飞腿，然后双拳朝前一击，做了个标准的蹲马步动作。王妈一看，朗声笑道："哎呀，我们刘三上山一个多月，变化就这么大了，要是学满三年，你可不得了哟。"随后，王妈拉着刘三就朝屋内走去。

还没等陈财主问话，一进门的刘三立马给陈财主跪下叩头说："刘三拜见陈干爹，今天特来庄园给您老人家请安。"头戴瓜皮帽的陈财主一惊，他没想到，刘三上山才一个多月，咋就变得这么懂事了，张大师真是调教有方啊。看来，自己资助刘三几人上山学武之事，是非常正确的嘛。想到此，陈财主忙拉起刘三问道："刘三，你这次因何事下山呀？"

"回干爹，我这次为兑现上山时给师父的承诺，三天前下山去映秀一带购买石材，现已寻得两块做碑的上等大青石，又在县城打制了一根练功用的铁棒，我现已将装运大青石的马车赶进庄园，过会儿，我还要去参加一个结拜兄弟爷爷去世的葬礼，明天下午才能返回天师洞。"为使干爹相信自己，满嘴谎言的刘三竟说得十分自然。

陈财主听后，点头说："嗯，既然是结拜兄弟，去参加他爷爷葬礼，那是天经地义之事，应该的。这么说来，你的马车还要在庄园停一夜啰？"

刘三忙点头回道："是的干爹，这两天请您吩咐下人，帮我喂下马料，不知行吗？"

"这点小事，我交代下人去做就是了。刘三，你还有啥事要说吗？"陈财主又问。

"干爹，我还有个小小请求，不知当说不当说。"

开心的陈财主忙问："啥请求，你不妨直说。"

"干爹，天师洞生活确实清苦，几个汉子天天辛苦练功，体力消耗太大，但每顿饭食中油水不多，张大师和我们都感觉需要改善下生活。趁这次下山，我想请您老人家帮我们弄点猪肉和鸡鸭，不知行不？"

陈财主听后想了想，试探性反问道："刘三呀，你们上山前不是准备了二十金吗？这笔钱应该没用多少吧？"刘三一听，很快明白干爹用意，马上轻声说："干爹，前不久陈山岗去成都办事，给师父买了件顶级的秋服，花去了整整八金哪，我为了买到上等刻碑文的好石材，雇了马车和劳力，加上运输费和食宿开支，我担心所剩的钱不够啊。所以，我就一直节省着每一笔开支哩。"

陈财主听后，点头道："嗯，不错，你刘三确实懂事多了，像个做正事的人。你节省开支做得对，这样吧，你明天下午上山前，我给你准备些东西带上山，到时包你满意，咋样？"

刘三忙作揖说："太好了，那就谢谢干爹了。"

这时，一旁的王妈忙对陈财主说："老头子，您就别操心这点小事了，刘三所需要的东西不多，就让我去操办吧。"陈财主听后笑道："好好好，老婆子，那就你去办吧。"尔后，王妈拉着刘三离开了客室。由于在客室王妈详听了丈夫与刘三对话，她感觉刘三手边有些吃紧，想到刘三还要去参加葬礼，王妈就悄悄塞给刘三80枚五铢钱。刘三没拒绝王干妈，紧紧拉着王妈手说："干妈，谢谢您老人家了，待我刘三三年下山后，再报您的疼爱之恩。"说完，刘三向王干妈作揖后，就朝大门外走去。

来到客栈，刘三见手下兄弟有的已倒在床上睡了过去，忙拿出几枚五铢钱，命袁平和另一没睡的兄弟外出买酒肉，他要请弟兄们好好吃喝一顿。袁平两人出去后，没想到，一夜未合眼的刘三竟没一点睡意。心情十分爽快的他此时一想到龙家大院的人定会因丢失两块墓碑石而惊慌不已，就会情不自禁笑出声来。待袁平买回酒肉后，刘三便叫醒了其他睡着的弟兄。

客栈大房间内，刘三六人围坐桌前，桌上摆有卤得金黄的猪头肉和猪耳朵，还有烧鸡、卤鸭、卤郡肝、豆腐干等下酒菜。闻着喷香的下酒菜，刘三端起酒碗说："弟兄们，大家辛苦了，在此，我刘三敬你们一碗酒。"说完，刘三就率先把碗中酒喝干。很快，在"谢谢老大"的声音中，众弟兄也将碗中酒喝尽。尽管刘三挑选的这几人都是身强力壮的铁杆弟兄，但喝完第一碗酒后，刘三还是严厉提醒说："昨夜的事，望弟兄们守口如瓶，决不可对外声张，若有人走漏消息给丐帮带来灾祸，老子定要重惩！"

这时，有些狐疑的袁平问道："老大，不就从花园场拉走两块并不值钱的青石板嘛，为啥还整得这么神秘兮兮的？"刘三看了一眼袁平，回道："此石板情况特殊，我也不必给大家解释，往后，老子不希望你们再提及此事。"众弟兄似乎明白了什么，忙点头发誓保证今后定会忘了这事。刘三见此，才又端起酒碗佯大家喝酒吃肉。

当第一坛酒喝完时，袁平刚打开第二坛酒，喝得痛快的刘三便于始炫耀说："弟兄们，大家都晓得我一个多月前同陈山岗和李二娃上青城山学武艺的事吧，你们知道吗，我们的师父张云天大师，是四川最厉害的剑客，他使用的长剑可是当年高祖皇帝重要谋臣张良用过的凌虚宝剑，这剑不仅寒光闪闪锋利无比，甚至还削铁如泥。当年我师父走南闯北，也没遇上过真正对手。"为显示他师父比其他剑客厉害，刘三在酒后竟胡吹起他师父的剑术来。他可没想到，正是他的胡吹，几个月后，竟引来一场剑客间的殊死较量！

在看到好友严君平的推荐信后，蓄有半尺银须的林间翁孺毫不犹豫就收下扬雄为学馆正式学生。通过谈话，林间先生不仅知道了扬雄是他远房亲戚，而且对扬雄的知识面也非常满意。让林间先生吃惊的是，年纪不算大的扬雄居然会辞赋。出乎扬雄意料的是，林间先生竟破例同意自己现在就可入学馆上课，不必等到春节后再来临邛入学。异常开心的扬雄欣喜接受了林间先生的美意。

在翁孺学馆上课的第三天下午，从花园乡赶到临邛的精瘦乡丁在征得林间先生同意后，就把扬雄叫出学馆，在馆外大树下详细询问起他来。乡丁问扬雄是何时出发到的临邛，并一再追问，有没有同行人，是走路还是坐马车到的临邛，到临邛来做啥。扬雄坦然如实地回答了乡丁每个问题后，茫然地问道："乡丁大人，您跑这么远来找我，到底是为啥呀？莫非，我们花园乡发生了啥事？"扬雄的直觉告诉他，肯定是花园乡发生了啥事，或许乡丁已去过他家，不然，乡丁咋可能晓得他到了临邛的翁孺学馆？

乡丁想了想说："扬雄才俊，不瞒你说，我们花园乡确实发生了件很奇葩的怪事，龙乡长正派人四处暗查我们花园乡的所有乡民。我来临邛的目的，只是来问问你而已，不过，据我看来，似乎你跟这件怪事没啥关系。"扬雄听后，又好奇地问道："乡丁大人，您能告诉我花园乡到底出了啥事吗？"乡丁笑了笑，拍着扬雄肩头说："年轻人，你就好好念书吧，好奇心太重，有时会惹祸上身的。"说完，乡丁就匆匆离开了。凝视乡丁渐渐远去的背影，扬雄纳闷地自言自语道："咋个我前脚走，花园乡就出了怪事。哎，只有等我春节前回去才晓得出了啥事啰。"

第二天下午，当刘三一伙从清风庄园赶着马车出来时，车上除原有的两块大青石和一根铁棒外，还多了四只鸡和三只鸭子，另加两坛好酒、一块五斤重的鲜猪肉与三块老腊肉。清风庄园离青城山脚下的上山小道只有不到四里，但在袁平得意的扬鞭声中，路人们都可感受到马车上这伙年轻人爆棚的快乐感。

很快，来到青城山脚下的上山小道前，刘三带头跳下车来，从怀中掏出五枚五铢钱递给袁平，然后在他耳边交代几句后，立马从马车上抽出铁棒。刘三先把鸡鸭挂在铁棒上，命一人守车，另四个弟兄抬着一块大青石随他上山。尔后，肩扛铁棒、哼着小曲的刘三就优哉游哉沿小道朝天师洞走去，刘三身后，紧跟着四个抬着大青石的丐帮兄弟……

当夜，亥时刚过一半，赶着空马车的袁平几人就来到苟老板的赌场大门外，马仔们见马车回来，忙去禀报苟老板。很快，身穿黑绸袄的苟老板就怒气冲冲来到袁平面前，正待苟老板举手要打袁平时，四个腰露短剑酒气浓郁的年轻汉子立马上前，挡在了苟老板面前。一看情况不妙，有点蒙的苟老板紧绷的面孔就松弛下来，向袁平问道："兄弟，这两天你把我马车弄到哪儿去了？我这要用马车都只好到别处去租啊。"袁平沉着拱手说道："苟老板，由于我们老大临时有急事，就征用了你马车，现在，我就把征用费给你。"说完，袁平就把五枚五铢钱递给苟老板。一旁的马仔立刻吼叫起来："袁平，几天的租车费，起码也得十枚五铢钱，你他妈也给得太抠门了吧！"

啪！袁平狠狠朝赌场马仔甩了一巴掌，很快，几个马仔朝袁平围来。此时，四个拔出短剑的丐帮兄弟立马将苟老板团团围住，其中一个还用短剑指着苟老板鼻尖。剑拔弩张之际，十分错愕的苟老板忙喝住自己马仔："你们都给老子滚回去，袁平的老大用车，情况特殊，加之袁平又是我赌场客人，就是他不给钱，我也要借马车给袁兄弟。"马仔们见老板这样发话，只好悻悻地走回赌场。而袁平反常的举动，正是因为他昨天听了刘三吹嘘张云天的话。在袁平心里，他已把张大师作为丐帮团伙的后台。望着袁平几人离开的背影，苟老板咬牙说道："哼，只要你袁叫花子敢来赌，老子要你加倍偿还我的马车钱……"

八天之后，龙廷跃派出的乡丁全都回到花园乡乡衙。令龙廷跃和龙老四迷惑的是，通过所有汇总情况看，他俩仍没得出墓碑石不翼而飞的真正原因。多年来，在花园乡霸凌惯了的龙家两兄弟这次还真傻了眼。百思不得其解的龙廷跃认为或许这事背后还有针对龙家的更大阴谋。当时社会底层官员的思维方式是：他们能依靠和信任的有效势力，是比他们官职更大的官员和衙门。

　　经过反复思考，为防今后可能出现的更大不幸，深谙官场潜规则的龙廷跃，决定带上三根金条亲自去县衙找王县令，他要请王县令出面过问这令人困惑的墓碑石案。果然，懂当地风俗民情的王县令得知此事后，先安慰了龙乡长一番，主接受三根金条后，王县令立马派出他最信任的宋捕快同龙廷跃去花园乡，而且，王县令还限宋捕快一个月之内，必须破了这个不大的悬案。接到任务后，宋捕快就带着象征他特殊权威的佩刀，骑马跟着龙乡长朝花园乡奔去……

第十三章

捕快色胆包天，竟骗女老板"滚了床单"

萧瑟秋风中，跟着龙乡长来到花园场的第二天，高大壮实的中年汉子宋捕快就到龙家大院展开案情调查。通过现场勘察分析，不久，得出判断的宋捕快在龙家款待他的酒桌上，当着龙廷跃和龙老四的面说出了自己对墓碑石案的初步分析：第一，此案非一人所为，是四人以上的团伙作案；第二，盗贼不应局限于花园乡，流窜作案也有可能；第三，若花园乡一带找不出墓碑石，被盗走的大青石就需运输工具，需重点排查常在夜间活动的人与马车；第四，盗石是否以破坏龙家风水为目的，需抓到盗贼审问后才能做出结论。龙乡长听宋捕快分析几条线索后，对此非常赞同。头脑简单的龙老四却困惑地说："宋捕快，你咋把一个简单的盗石案，弄球得这么复杂，这样下去，猴年马月才能破案呀？"

龙廷跃一听老四话中带有不满，忙阻止说："老四，你咋这样对宋捕快说话？我认为，宋捕快的分析极有道理，他是我县破案好手，此案我们必须听他的。"想立即弄清案情真相的龙老四听后，只得嘟囔道："嗯，大哥。"

出生在花园乡的龙廷跃说的不错，宋捕快本名叫宋成强，原是郫县唐昌乡人，今年快满四十岁的他从小跟着村里一些好弄枪棒的人学了些三脚猫功夫。一次，从前的老县令下乡去视察民情，发现高大魁梧的宋成强是个做衙役的料，就把他招进县衙试用。两年后，做事认真的宋成强就被县令录用为正式衙役。在刚有第二个儿子时，宋成强就被提升为县衙捕快。在郫县二十年间，宋捕快经手的各种大小案件不下百起，由于他办案认真，有较强的破案能力，故深得王县令信任。在最近几年年终总结时，宋捕快总会获得令他满意的褒奖。如此下来，办案能力强的宋捕快就成为王县令最信任的心腹之一。

在龙家大院商量完下一步将开展的工作后，龙廷跃就在花园场给宋捕快找了家最好的花园客栈住下，让宋成强能更好地深入民间调查此案。在接受龙乡长食宿全包的安排后，腰挎大刀的办案能手宋捕快就准备在花园乡展开秘密调查。从此，惬意的宋捕快脱离县衙监管后，在花园乡就有了随意的自由活动空间。

扬雄在翁孺学馆入学后，就被林间先生和同窗们称为"子云"了。这本是扬雄的字。令扬雄有些意外的是，他的同窗有的虽已入学馆两三年，除读过《诗经》《尚书》《论语》《尔雅》《楚辞》《老子》和《孟子》外，基本没有更多涉猎。十多天后，扬雄还了解到，喜欢研究方言的林间先生虽在课堂上讲过数次方言的重要性，但他的同窗们对方言知识总是不重视，而对入仕有用的四书五经颇感兴趣。来到临邛这些日子里，扬雄不仅去参观了卓文君故里，而且还把奶奶治病需要的草药抓齐了。此后，他便开始打听，如果有人去郫县，他就托人把药给家里捎回去。

翁孺学馆学子大多是临邛本地人，早上来上课后，下午放学就可回家。而扬雄是外地学生，平常食宿都只能在学馆内的另一小院中。令扬雄开心的是，有五六个离家较远的同窗放学后也跟他一样，回到小院中一块生活。林间翁孺除教学授课外，还规定这些年轻学子必须轮流打扫卫生、生火做饭和定期拆洗被褥等。由于扬雄是第一次离家过集体生活，下课后又可和同窗一块交流学习、外出聊天散步，所以，刚到学馆的他心里甭提有多开心了。最令扬雄想不到的是，在同窗中，席毛根和张德川两位年纪跟他相近的青年竟是喜欢弄刀舞棒之人。他们因家乡遭过山匪盗贼，在父母支持下开始跟着亭里拳师习武。扬雄过去沉迷在读书写赋上，从没认真也无条件锻炼身体，后来，身体单薄的扬雄在二位同窗早晚的习武中，就开始跟着摆弄起刀棒来。席毛根和张德川见扬子云学识渊博、人也谦和，也乐意教他一些拳术和刀棒功夫。从此，尝到甜头的扬雄暗暗发誓，要做一名文武兼备的男人。

头两天，宋捕快对花园场三家小客栈进行了仔细盘查，他问客栈老板和伙计们，十多天前，有无赶马车的人住过店，而得到的答复是花园场虽常有住店之人，但很少有赶马车的客商住店，因为，有的老板送货或送人后，当天就会离开花园场。在确认十多天前无外地马车老板住店后，宋捕快决定下一步要调查的是，在龙家大院和花园场附近，到底有哪些人家拥有马车。宋捕快坚信唯有用马车才能盗走墓碑石，办案能手的分析是对的。

下午酉时刚到，想询问案情进展的龙廷跃就来到客栈找到宋捕快。房间内，宋

第十三章 捕快色胆包天，竟骗女老板"滚了床单"

捕快把调查情况详细告知了龙乡长，龙廷跃听后很是失望地问道："宋捕快，这样说来，此案就没法进行啰？"宋捕快笑道："龙乡长，这万事才开头哩，你着啥子急嘛。"随即，宋捕快要龙廷跃提供龙家大院和花园场一带有马车人家的名单。龙廷跃想了想回道："宋捕快，这事我家老四比我更清楚，今晚回家，我让老四把名单理出来，明早给你送来，如何？"

宋捕快一听，把腿一拍说："那太好了，有你配合，我相信此案指日可破！"

龙廷跃听后，忙拱手说："谢谢宋捕快尽心破案，走，今天我请你去豆腐饭店喝酒，我让风韵不减当年的覃老板给你弄几个拿手好菜，你我一醉方休如何？"

"那好哇！"宋捕快说后，立马就跟龙廷跃离开了客栈。

来到豆腐饭店，怕说话被人偷听的龙廷跃领着宋捕快上了二楼。由于不是赶场天，仅放有四张木桌的二楼就显得格外清静。刚坐下，中等个头、容貌不错的覃老板也跟了上来，明眸皓齿的她给龙乡长二人泡上好茶后，看了看桌上佩刀，便微笑地对龙廷跃问道："龙乡长，今晚您请这位客人吃点啥呀？"

龙廷跃看了看面色红润、嘴唇上方长有一粒红痣的覃老板，爽声说道："覃老板，我今天要请宋捕快好好喝一台，你就给我来几个你店的特色菜吧，比如回锅肉、麻辣豆腐、肝腰合炒和豆瓣鲫鱼嘛，另外再加一碟油酥胡豆哈。"覃老板点头后，说了句"二位稍等"就朝楼下走去。这时，直勾勾盯着覃老板窈窕背影的宋捕快忙低声问道："龙乡长，这女人是这饭店老板？"

"是的，她是豆腐饭店老板，你别小看她，这覃老板还真是个能干的女人哩。"龙廷跃忙回道。

宋捕快眼珠一转，又问道："这年头，女人当老板真是少见哪，那她男人呢？应该是她男人当老板才对嘛。"

龙廷跃叹口气说："唉，这覃老板命苦，四年前，她男人跟人合伙做织锦生意去了西域，没想到，这一去就没了音信，到现在也不知他男人是死是活。"宋捕快听后，若有所思地说："哦，龙乡长，这么说来，这覃老板应该算是寡妇啰？"

龙廷跃叹道："唉，说实话，她这个寡妇难当呀，在不知男人死活的情况下，既不敢重新嫁人，别人也不敢上门提亲，就这么熬着，可惜了她那漂亮脸蛋啰。"宋捕快听后，不断用右手中指敲着佩刀匣，似乎在思考着什么。

今年34岁的覃老板本名叫覃素芬，她17岁从郫县安德乡嫁到花园场，她男人叫汪德贵，四年前为赚钱，汪德贵同成都浣花织锦坊的老板去了西域。原计划一年

103

内返回，没想到自离开成都后就没了消息。无奈之下，原在豆腐饭店协助丈夫做生意的覃素芬就被逼成了饭店老板。在盼着男人能早些回来的日子里，覃素芬还曾两次去成都浣花织锦坊打听丈夫的消息，织锦坊新任老板一再安慰覃素芬说，只要一有她丈夫消息，他就立即派人来花园场告知。当时，不到11岁的汪杏花在失去父亲后，就慢慢开始在饭店帮母亲打杂。由于手脚勤快、长得乖巧，又成天在饭店跑上跑下，喜欢她的食客就直呼她为"小杏花"。直到现在，除老邻居外，一般人都不知杏花姓汪。

自刘三把鸡鸭和猪肉弄上山后，伙食得到改善的刘三几人，在张云天指导下，又增添了单杠训练。虽只有十来天时间，刘三、陈山岗和李二娃的臂力与腰劲的确增大不少。张云天见刘三不仅买回大青石，而且还弄回不少鸡鸭猪肉，想到这小子虽在练功时偷奸耍滑，但看着有尚佳表现的弟子们，就逐渐打消了再惩罚几个徒儿的想法。

有天，天降瓢泼大雨，张云天就发出休息一天的指示。午饭喝酒时，张云天问刘三："刘徒儿，碑石你已弄到天师洞了，我想问问，你打算多久请石匠来打制石碑呀？"

刘三忙回道："师父，已经冬月了，山上又冷，请来的石匠没有一个来月，是无法精心完成凿刻碑文的。师父，您想想看，要是现在石匠来了，他住哪呀？我看，等明年天气暖和我们再搭建一间草屋后，再请石匠上山也是可以的嘛。"其实，刘三非常清楚，他手上已无钱请石匠了。张云天觉得刘三说的有理，便点头说："也行，我近日就把两幅草图描画出来，开春后一旦请了石匠上山，就着手快点把碑文凿刻出来。端午节前，我去请陈财主上山喝酒，共同商量修丙间瓦屋之事。我想，要不了两年，我们天师洞就会变成一处有道家气场的圣地。"说这话时，张云天早忘了自己是一个隐姓埋名的逃犯。

听师父说完后，刘三几人顿时乐了，忙端起酒碗说："师父，那您就是青城山的道家创始人啰。来，我们祝师父愿望早日实现！"随即，张云天同徒儿们碰碗后，便将碗中酒一饮而尽。冬雨伴着飕飕冷风，在山林间恣意飘飞，而草屋中，师徒们的欢声笑语，仿佛是燃烧的枫叶，将每个人的脸庞照得通红闪亮……

第二天早饭后，亭长龙老四果然来到花园客栈，把石埂子亭河湾里一带有马车人家的名单交给了宋捕快。宋捕快一看，这里仅有九户人家有马车，便提出让龙老四带路,他立马去调查。龙老四欣然同意后,就领着宋捕快离开了客栈。

在那普遍贫穷的西汉末期,农民大都守着自己仅有的一点土地,成年累月面朝泥土背朝天地辛苦劳作,若遇年景好时,他们还要先交够皇粮,才能用剩下的粮食来维持全家人的温饱。川西平原虽是富庶的鱼米之乡,但农村中的财主和富户仍然不多。而石埂子亭河湾里一带的农户大都没条件拥有属于自己的马车。拥有马车的大户人家,大多跟有权势的龙家关系不错,逢年过节还要给龙家送上礼物。仅有两家有马车的小户人家,一户是靠出租马车讨生活,另一户常在花园场同县城之间跑点小买卖。他们跟龙家都无矛盾。通过一天走访调查,宋捕快仍没捕捉到盗窃大青石的线索。在谢绝龙老四的喝酒邀请后,已起打猫心肠的宋捕快就独自去了豆腐饭店。

覃老板见宋捕快进了饭店,忙微笑迎上,问道:"宋捕快,欢迎你又来光临我饭店,今晚想吃点啥呀?"宋捕快也笑着回道:"覃老板,你饭店的菜味道巴适,难怪龙乡长要推荐我来这儿吃饭。你饭店不愧是花园乡最有特色的餐馆嘛。"宋捕快说完,点了几个菜要了一壶酒后,就直接朝二楼走去。

不一会儿,覃老板端着木盘上了二楼,把色香味俱佳的酒菜放到桌上后,覃老板就轻声说道:"宋捕快,请慢用哈,若再需要啥,你只管吩咐就是。"谁料覃老板刚一转身,就被宋捕快拉住说:"覃老板,我一人喝酒没啥意思,你就陪我喝两杯吧,我还要向你调查点案情。"随即,宋捕快不容分说,就把覃老板按在桌边坐下。习惯了迎来送往的覃老板当然不会拒绝宋捕快邀请,毕竟宋捕快是带有佩刀的官家人,又是龙乡长请来的嘉宾,还是她饭店的客人,加上宋捕快已说明要向她调查案情,她坐下忙问道:"宋捕快,你要向我调查啥案情呀?"

"我是县衙派来花园乡办案的,自然要向你了解些跟案情有关的东西。"宋捕快回道。

覃老板略微一惊,心想最近花园乡没听说发生什么案件嘛,他来办啥案呀?于是,覃老板疑惑地问道:"宋捕快,我们花园乡风平浪静,没听说有啥案件发生嘛。"宋捕快并未立即回答覃老板,而是倒好酒后,递了一杯给覃老板,然后才说:"来,覃老板,你我二人喝了这杯酒,我再告诉你最近花园乡发生的一件不为人知的神秘盗窃案。"办了近二十年案的宋捕快懂得,要对付这种没啥见识的女人,最好的办法就是用自己特殊的身份,说点充满悬念的东西,先镇住她再说。

果然,一杯酒下肚后,十分好奇的覃老板便开了腔:"宋捕快,我乡发生了啥子神秘盗窃案呀，你就说给我听听嘛。"

宋捕快迅速夹了两片回锅肉往嘴里送去，然后用筷子指着盘子说："吃菜，趁热先吃点菜我再说给你听。"随后，宋捕快主动把夹起的菜放进覃老板碗中。睁着大眼、皮肤白皙的覃老板一面吃菜一面用渴望的眼神看着宋捕快。吊足覃老板好奇心后，宋捕快低声说道："覃老板，十多天前的夜里，龙乡长家里最不该丢的东西被人盗走了。"说到这，不再往下说的宋捕快端起酒杯，慢慢品着杯口酒，注视着容貌不错的覃老板。

"啥，龙乡长家的东西丢了？"覃老板惊诧地问道。

"嘘"，宋捕快用手指压住嘴唇低声说，"轻点声，眼下，花园乡百姓还不知此事，这事我只告诉了你一人，你可千万别对外人讲哈"。见覃老板吐了个舌头向他点头后，宋捕快又故作神秘地说："我就没搞懂，那些盗贼对家财万贯的龙乡长家下手，咋不去偷钱财和珠宝，却去偷、偷……"

见宋捕快不往下说，性急的覃老板忙问道："宋捕快，你咋吞吞吐吐的，到底龙乡长家被偷走啥子东西嘛？"

"覃老板，你必须要向我保证，此事不得对别人讲，我才能告诉你，行吗？"

"要得要得，我发誓决不对外人讲。"

宋捕快理了理头上的衙役帽，将嘴凑到覃老板耳边低声说："十多天前的晚上，一伙盗贼偷走了龙乡长家的两块墓碑石，你听说了吗？"

"啊，盗贼偷走了墓、墓碑石？"错愕的覃老板非常清楚，丢了墓碑石意味着什么。覃老板有如此反应，这是宋捕快意料中的事，于是他又说："覃老板，我留下你喝酒，就是想在你这调查案情嘛。"

"啥，在我这儿调查案情？宋捕快，你啥意思？难道，我还跟盗窃案有牵连？"覃老板很是生气，忙站起盯着宋捕快说。宋捕快立马起身按着覃老板双肩解释道："覃老板，看你说到哪去了，我只是想问问，十多天前的晚上，有没有一伙人，在你饭店吃过饭？你想想看，要盗走两块几百斤重的墓碑石，肯定是好几人才能搬得走，对不？"

"哟，宋捕快，你这样说还差不多，我先把话说在前头，我可跟墓碑石案没丁点关系。"说完，覃老板脸色立马从阴转晴。

宋捕快看了看覃老板，忙用左手抚着覃老板肩膀说："我当然相信，花园乡这么漂亮的女老板，咋会跟盗窃案扯上关系喃。"说完，宋捕快又捏了捏覃老板丰润的脸蛋。

覃老板看了看靠在身边高大魁梧的宋捕快，心里猛然升起一种异样感。整整四年了，容貌不错的她一直没亲近过男人。今天，高大汉子宋捕快这么近地站在她面前，而且还把隐秘案情透露给她，从言谈举止看，似乎宋捕快对她很有好感。唉，我想到哪儿去了，有着传统观念的覃老板似乎从某种情绪中回过神来，忙重新坐回桌前。宋捕快见覃老板没反感他的举动，忙又斟上酒说："来来来，覃老板，你帮我好好回忆下十多天前的事，你再仔细想想，有没有陌生人来过花园场，甚至在你饭店吃过饭？"

沉思中，覃老板突然想起十多天前的晚上，刘三来她饭店吃过饭，还要走了两根大骨头，临走时还叮嘱过她，千万别对人提起他来过一事。但刘三是一人来的，嗯，自己不能提及此事，让宋捕快去怀疑刘三。想到此，覃老板便说："宋捕快，我已认真想过，十多天前，我真没看到陌生人来过花园场，更没陌生人来我这儿吃过饭。"

宋捕快笑了："覃老板，你再认真回忆下，今天想不起也没关系，我想告诉你的是，下一步，我想借用你饭店作掩护，在花园场好好侦察下可能跟案情有关的嫌疑人，看看他们是否还会在花园场露面，行吗？"为有更多时间接近覃老板，宋捕快找了个天衣无缝的理由，而这名正言顺的理由，还是覃老板不敢拒绝的。

脑子没转过弯的覃老板不解地问道："我饭店咋、咋掩护你呀？"

"我会装扮成食客，在你饭店楼上或楼下喝酒，这样就可观察人了嘛。酒菜钱龙乡长会一分不少付给你，这样总可以吧？"

"哟，我当然欢迎宋捕快在我饭店消费啰，没问题，随时欢迎你来我店喝酒吃饭。"看覃老板表了态，喝得微醺的宋捕快高兴地在覃老板脸上亲了一口。覃老板有些不好意思，推了宋捕快一下，然后红着脸慌忙朝楼下跑去。

见覃老板扭着腰下了楼后，端着酒杯的宋捕快便想入非非起来。现家里上有父母，下有两儿一女的宋捕快，靠着三十亩薄田，在勤劳持家的妻子操持下，维持着全家说不上富裕的家庭生活。宋成强刚当上捕快的那几年，工作不仅认真勤勉，而且还从不受贿索要他人钱物。那时，每当他穿着具有县衙标识的服饰腰挎佩刀行走民间时，百姓们总爱用或尊重或胆怯的目光注视着他，他也常有一种特殊职业的自豪感。久而久之，在办案拘押人犯过程中，尝到权力甜头的宋捕快，胆子就开始大起来。七八年后，早已适应办案生活又对底层官场黑恶有较深了解后，思想被逐渐扭曲的宋捕快也慢慢养成了受贿和索要钱物的习惯。今天，当他同覃老板零距离接触后，他被长期压抑的色胆就从潘多拉魔盒中蹿了出来。

　　回到客栈后，洗漱完躺在床上的宋捕快脑海中就渐渐浮现出一幅美妙画面来：他要利用这次在花园乡办案的机会，拿下寡妇覃老板。自己家里虽有女人，但可谎称自己婆娘有病，已不能同自己行床笫之欢，或是哄覃老板说，一旦时机成熟，自己便可休了老婆，娶覃老板为妻。要不就让覃老板长期做他的"二奶"，反正县城离花园场骑马也就半个时辰。想着想着，宋捕快竟独自在床上笑出声来……

　　在接下来几天时间里，化了装的宋捕快每到午时，便准时进入豆腐饭店，要么坐在底楼大堂某处角落，要么就上二楼临窗坐下，观察路人和进出饭店的食客。要上一壶酒几个菜的宋捕快以办案需要为由，成天泡在豆腐饭店里。午饭过后，头两天宋捕快叫覃老板到饭店二楼聊天，之后他又把覃老板叫到客栈房间喝茶。通过几次试探性搂抱接吻，五天后的下午，宋捕快到饭店后院就直接同覃老板巫山云雨了一番。而宋捕快这一切行为均是以调查案情为掩护进行的。在那封闭保守的年代，杏花和两个饭店伙计不仅不敢妄议，甚至还得热情接待这个腰挎佩刀的县衙捕快。八天之后，把覃老板哄得晕头转向的宋捕快，一双淫邪之眼又盯上了清秀可人的美少女杏花……

第十四章

墓碑石案，似乎峰回路转

在花园场，宋捕快从豆腐饭店蹲点探察，到对茶铺、肉铺和多家商铺深入了解，半个多月很快过去。在墓碑石案毫无进展的情况下，宋捕快心情也开始烦躁起来。这件蹊跷的小案，对于曾破过好几次杀人案的宋捕快来说，本应是可以轻松破获的，谁知，又派人在龙家大院附近大小河中打捞后，仍无一点线索，原本信心满满的宋捕快心情渐渐陷入郁闷之中。因为他对龙廷跃两兄弟信誓旦旦保证的破案时间已到，他跟覃老板吹得天花乱坠的神探形象也开始坍塌。不好再去豆腐饭店炫耀身份的宋捕快便骗覃老板说，他最近要在客栈同龙乡长研究案情，希望饭店安排杏花给他送饭。

覃老板担心同她"燕好"的宋捕快不高兴，更怕得罪地头蛇龙廷跃，于是，每天一日三餐都变着花样满足宋捕快要求，而送餐人正是宋捕快指定的杏花姑娘。最近两天，宋捕快已打定主意，只要拿下杏花后，就悄悄离开花园场，到那时，你母女俩还敢来县衙告我不成？邪念产生后，宋捕快就开始急切地寻找对杏花下手的时机。

第三天黄昏，进入冬月的川西平原四处已寒气弥漫。在母亲叮嘱下，杏花把刚起锅的饭菜和一壶已温热的酒放在托盘里，匆匆走进了花园客栈。敲门声响起，宋捕快急忙开门把杏花迎进房里，随即，他很快又把房门关上。杏花把托盘放到桌上，微笑着说："宋叔叔，趁热，您快吃饭吧，我过会儿来拿碗盘就是。"说完，杏花就去拉门闩。

此时，只见宋捕快两步上前，从后腰抱住杏花说："杏花别走，我有事要跟你说哩。"尔后，宋捕快抱起杏花就往床边走去。杏花一看情况不妙，立马大声嚷道:"宋叔叔,您放开我!放开我!"杏花一面嚷一面双腿乱蹬开始挣扎反抗。见杏花大声嚷叫,急了的宋捕快一面用左手去捂杏花的嘴,一面用右手去扯扯杏花衣裙。在宋捕快意识里,杏花姑娘平时是个态度温和的少女,似乎对他这个高大威猛的捕快极为敬重,只要他强行对杏花下手,哪怕她有些不情愿,也断不敢反抗。

宋捕快的如意算盘真还彻底打错了,正待他要扒开杏花衣裙时,被逼急了疯狂反抗的杏花猛地伸出右手朝宋捕快脸上抓去,然后又朝他脸上猛吐口水。宋捕快没料到杏花敢如此抗拒不从,气得狠狠扇了杏花一巴掌,然后又抓起枕边佩刀,用刀匣朝杏花额头打去。此刻,站起的杏花一头朝宋捕快胸口撞去。就在宋捕快退到床头时,杏花转身立马从桌上木盘中端起肉汤朝宋捕快泼去,随即,她大哭着打开房门就朝自家饭店跑去。

彻底蒙了的宋捕快回过神来,忙用枕巾擦去脸上和衣服上的汤水肉渣,然后跌坐在床沿上自语道:"靠,这个小妞咋这么凶喃?她越是这样,老子就越要拿下她!哼,不怕你杏花凶,我宋捕快总有把你压在身下让你求饶的那天!"宋捕快之所以对杏花判断失误,是因为自母亲把她许给扬雄那天起,杏花就认为自己是扬雄的女人了,三年后,青年才俊是会用大花轿来娶走她的。今天,宋捕快的举动分明是要强奸自己,如果让宋捕快恶行得逞,自己对得起扬雄吗?杏花誓死不从敢于反抗的原因极为简单:她已属于扬雄,决不允许任何男人来侵犯她身子。

回到饭店后,覃老板见号啕大哭的女儿左额在流血,衣服也很零乱,便慌忙把杏花拉回自家后院问原因。问了好一阵后,杏花突然伏在母亲胸前哭诉道:"妈,那个坏蛋宋、宋捕快要侮辱我……"

覃老板一听,顿时犹如五雷轰顶,嘴唇也开始颤抖。好一阵后,泪水夺眶而出的覃老板紧紧抱着浑身发抖仍在哭泣的女儿说:"杏花,你啥也不用说了,妈终于晓得宋捕快不是个好东西了。"在母女相拥而泣的这一时刻,覃老板开始明白,在强人恶棍横行的这个年代,类似她和杏花这样的弱势女人大都只能隐吞泪水、忍着疼痛活下去……

客栈里,一个多时辰后,和衣靠在床头的宋捕快仍咬牙切齿地回想着:一个社会底层的弱女子竟敢反抗我这堂堂县衙捕快!在他看来,遭杏花吐口水,脸又被抓了几道血痕,简直是他此生的奇耻大辱。这气不出,老子还有啥脸在江湖上混。在这寒冬之夜,我该如何收拾这个不从我的小女子呢?想了好一阵,宋捕快决定先用骗术哄过覃老板再说，至于杏花嘛，今后用蒙汗药也要将她拿下。想好办法后，抓起佩刀出了客栈的宋捕快就朝不远的豆腐饭店走去。

　　由于豆腐饭店采用的是前店后院的设计方式，所以关店后想进入后院，就得先敲店门。杏花流血的额头刚被母亲包扎好不久，母女俩正商量下一步如何对付宋捕快时，饭店大门就响起嘭嘭嘭的声音。覃老板和杏花都明白，宋捕快又来了。为啥宋捕快强奸杏花未遂还敢来找覃老板，就因为他料定，跟他有奸情的覃老板不敢声张此事。听到敲门声后，杏花紧紧靠在母亲怀里说："妈，这个坏蛋又来了，咋办呀？"覃老板忙安慰女儿说："杏花别怕，有我哩。"说完，覃老板像母鸡护着小鸡一样，把杏花紧紧搂在身前。

　　猛敲一阵店门后，见无任何响动，宋捕快狠狠地盯了片刻店门，心里骂道："哼，老子就不信，难道你们永远不开饭店啦。"随后，无趣的宋捕快就朝客栈走去。刚要跨进客栈，宋捕快突然发现一个黑影从一屋角冒出，然后快速朝场口闪去。警觉的他有些疑惑：难道，这花园场真还有不为自己所知的盗贼存在？想到此，他便悄悄跟了上去。

　　跟了一阵，刚过场口，黑影就消逝在暗夜里了。纳闷的宋捕快揉揉眼睛，再次盯看四周，仍没发现黑影。正当宋捕快想转身回客栈时，他听到土地庙传来一声咳嗽声。宋捕快立马从腰间拔出佩刀，猫着腰朝土地庙摸去。宋捕快突然发现，这土地庙坐落在龙家大院和花园场之间，如果马车要驰向外地，就必须从土地庙前经过。难道，这土地庙是盗贼们的藏匿之地？正想着，土地庙内又传来一阵窸窸窣窣响动声。不久，躲在土地庙后的宋捕快就听到庙内传来一阵低微的鼾声。双眼已完全适应黑夜的他在确认没啥危险后，手握大刀就偷偷摸进了土地庙。

　　进土地庙后，宋捕快隐约发现，那鼾声是从墙角一堆乱草中发出的。说时迟那时快，宋捕快猛地蹿到乱草堆前，把进入梦乡的桂子提了起来。被吓醒的桂子见一持刀壮汉抓着自己，便哭丧着脸哀求道："老、老爷，行行好，您饶命呀？"

　　"你是干啥的，咋睡在土地庙里？"

　　"老爷，我、我是要饭的，我长年都睡这呀。"

　　宋捕快一听，松开手又问："你是叫花子？还有其他同伴没？"

　　"没、没有，这里只有我一人。"桂子忙回道。

　　正为墓碑石案发愁的宋捕快脑中一个激灵，随即抓着桂子衣领说："走，跟我去乡衙一趟，老子有话要问你。"宋捕快认为，要向龙乡长交差，无论咋样也要做点样子给龙廷跃看看，至于破不破得了案，那就只能看运气了。见桂子不愿离开土地庙，宋捕快用大刀拍了拍桂子脸说："你小子不想去是吧，若不去，老子就用此刀砍掉你一只手臂，你信不信？"说完，宋捕快就举起大刀恐吓桂子。

桂子见大汉举刀，吓得浑身颤抖说："我去，我去就是。"说完，宋捕快押着桂子，就朝不远的乡衙走去。

宋捕快把桂子押进乡衙，便对值班衙役说："你快去通报龙乡长，就说我已抓到跟盗墓石有关的嫌疑人，请他来乡衙一趟，我要同龙乡长共审此人。"值班人认得小叫花子桂子，但又不敢说啥，只得依了宋捕快朝龙家大院跑去。油灯静静燃着，值班人走后，宋捕快忙从身上掏出绳索把桂子捆上，然后叫桂子跪在地上。

不一会儿，龙乡长就匆匆来到乡衙，一见宋捕快，大惊的龙廷跃指着他的脸问道："宋捕快，你脸上的伤是咋回事？"

宋捕快忙指着跪在地上的桂子说："没啥，我在抓捕这小子时，被他抓伤的。"桂子一听说是他抓伤的，忙申辩说："乡长大人，我、我没抓伤他呀。"

宋捕快立马蹿上，给桂子一巴掌，恶狠狠地说："哼，你还给老子不老实，看我今晚咋收拾你！"说完又踹了桂子一脚。看着宋捕快的凶样，桂子眼里涌出泪水，却不敢再说啥。经过两夜一天的刑讯逼供，没喝一口水没吃一口饭，被打得遍体鳞伤的桂子终于供出了袁平（他没敢说刘三）带人盗走了墓碑石。如获至宝的宋捕快在龙家借了一匹好马，立即飞奔去县城，他不能放过这峰回路转的机会，定要在县城边的土地庙捉拿到叫花子袁平，然后逼袁平交代出作案同伙，一举破获王县令交给他的盗窃案。他深信，立功的机会到了，他还将拿到龙廷跃许下的五金酬谢……

衙役待宋捕快一走，就遵交代，从厨房端了碗冷稀饭给奄奄一息的桂子。桂子狼吞虎咽吃完后，又央求衙役给他添了一碗。最后桂子又捧着碗含泪说："衙役大人，请行行好，我家瞎眼婆婆自我被抓进乡衙后，也一天没吃一点东西了，您让我把这碗饭送回家，我让婆婆吃完饭后，立即把碗还回来。"说完，捧着饭碗的桂子就给衙役跪下，呜呜哭了起来。衙役见桂子已供出盗贼，这小叫花子的瞎眼婆婆一天也没吃上食物，便动了恻隐之心，说："小叫花子，你给你婆婆送饭后，就给老子在半个时辰内回来，做得到不？"

"做得到，做得到，大人您放心吧，我本就是石埂子亭的人，路又熟，我一定在半个时辰内快去快回。"桂子忙点头回道。

"那就快去吧。"衙役说后，桂子起身端着饭碗就出了乡衙，很快消逝在寒

第十四章 墓碑石案，似乎峰回路转

夜中……

刚到子夜，宋捕快打马奔到县衙，他慌忙叫了三个值班衙役，在准备好大刀和绳索后，四人很快就来到县城边土地庙。察看土地庙只有正门一个出口后，宋捕快命两名衙役守住大门，他带一人点燃火把走了进去。

见有人举着火把进来，一些没入睡的老人就嚷叫起来："有官家人进庙啰，有官家人进庙啰。"很快，听到声音的男男女女老老少少的叫花子们都先后从烂棉絮、破麻布、烂草垫中坐起。看了看这群叫花子，举着火把的宋捕快低声问道："谁是袁平？我们王县令有急事要向他了解。"宋捕快之所以采用平常口气问大家，是担心敢盗墓碑石的袁平同他拼命。

很快，一些叫花子就把头扭向坐在角落里的袁平。此刻，有些纳闷的袁平在想，莫非，前两天赌场出了人命案，王县令是想在我这了解情况？没再多想的袁平立马站起回道："官人，我就是袁平。"心中暗喜的宋捕快立马说："哦，你就是袁平，那请你跟我去县衙一趟，王县令问过话后，你就可回来继续睡觉。"二十多天已过去，袁平哪想到墓碑石案会出意外，于是，没多想的他就跟宋捕快走出土地庙。谁料刚出土地庙，宋捕快将火把一丢，迅速将袁平双手扭到身后。"啊呀？你抓我干什么？"袁平大惊道。"抓你干什么？你心里清楚，那个叫桂子的已经招了，劝你老实点儿！"宋捕快冷冷地回道。很快，扑上的衙役便把袁平五花大绑朝县衙押去。而这突然发生的一切均被跟出来的另一丐帮兄弟陆小青看在眼里，长相憨厚的小青也是刘三盗石案的参与者，只有他清楚，估计是盗石案被人告发。紧张的陆小青想了想，立马拔腿朝二里地外的西门家老宅院跑去。

刘三刚组建丐帮团伙时，收纳的大都是令他满意的兄弟们，不过也有些老弱妇幼和残疾人为寻求保护入伙，仁义的刘三也接纳了他们。丐帮组建不久，刘三便制定出一条帮规：入伙成员必须保护要饭老人、小孩和残疾者不受欺辱。正是这条帮规，使刘三受到丐帮全体人员的拥戴。前年冬天时，一位要饭的跛脚妇人病倒在风雪中，刘三得知后，亲自把她背到土地庙中，后又请来郎中给她瞧病抓药，在刘三为她亲自熬了三天药后，老妇人病情终于有了好转。没想到，刘三这一举动传开后，有些家境不错的人也愿加入丐帮。他们加入丐帮不是为了要饭，只是想结识这位有情有义的帮主。

陆小青跑去西门家大宅院的目的，就是想去向西门云飞通报袁平被抓一事。眼下，在刘三几个正副帮主不在的情况下，能拿出办法有能力救人的只有三个月前同刘三结拜为异姓兄弟的西门云飞。出生富商家庭的西门云飞年纪比刘三小两个月，他父母虽居成都，但老宅却在郫县，父亲是位成都著名的丝绸商人，常云扬州、苏州一带做丝绸生意。"高富帅"的西门云飞从小受到良好教育，喜欢玩剑的他常穿一袭白衣骑马驰骋于成都和郫县之间。有着一头飘逸长发、一对丹凤眼的西门云飞个性张扬放浪，尤喜结识江湖人士，喜爱辞赋的他曾向刘三提出想会会写出《望岷楼赋》的扬雄。刘三上天师洞后这事就被耽搁下来。长着瓜子脸、有着一口皓齿的西门云飞还是个仗义疏财、讲义气之人，由于他放荡不羁、不拘小节，故在社会上被人戏称为"西门浪子"。西门云飞最崇拜的人是充满侠气的墨子和荆轲。他常挂在嘴边的口头禅是"士为知己者死"。

当老宅院大门被敲响后，下人问明是找西门公子的，才打开了厚重的大木门。此时的西门浪子还没睡，正同丐帮中几个喜欢习武的兄弟烧着炭火在房中喝酒聊天，当陆小青把袁平被抓入县衙的消息通报后，众人都惊呆了。早已知墓碑石行动的西门云飞清楚，一旦明天袁平扛不住捕快们的刑讯逼供，刘三不仅也要被抓入大牢，而且整个丐帮也将面临灭顶之灾。想到此，西门云飞立即将手中酒杯往地上一砸，大声说道："弟兄们，跟我去救袁平兄弟！"

此时已到凌晨寅时。冬夜寒气扑面，一群拿着工具和绳索的丐帮兄弟在西门云飞带领下，很快来到县衙后面。由于西门云飞的父亲是王县令的朋友，他曾跟着父亲到县衙来过几次，所以对不大的县衙布局较为清楚。县衙前院主要是审案之地，县衙后院除有两间库房和接待住房外，还有两间带栅栏的房间，供临时关押待审之人或拘押人犯所用。县城内，不时有打更人的声音传来。一番紧急商量后，西门云飞怕惊动值班衙役，决定放弃打墙掏洞的办法，改用搭人梯潜入后院救出袁平。人梯搭好后，手拿短刀的西门云飞就翻上墙头，陆小青放下绳索，西门云飞便手抓绳索溜了下去，陆小青趴在墙头观察，做好接应准备。

县衙值班人在前院值班房睡觉，后院根本无人看守。在学了两声猫叫得到袁平回应后，西门云飞终于找到袁平所处的房间。遗憾的是，房间被一把大锁锁住，袁平根本无法出来。仔细观察后，西门云飞决定用手中锋利短刀，切削木栅栏，把栅栏弄断救出袁平。半个时辰后，一根木栅栏终于被西门云飞的短刀弄断，这时，袁平才跟随西门云飞来到墙下。趴在墙头的陆小青虽快被冻僵，但一见被救出的袁平，忙兴奋地快速放下绳索。待袁平爬上墙头后，西门云飞才紧抓绳索跃上高墙。

尔后，这伙丐帮兄弟很快就消逝在漆黑而又冷寂的夜中……

西门云飞在确认无人发现他们一伙后，才急忙回到他家老宅大院。问明袁平被抓原因后，具有头脑的西门云飞当即决定，马上派陆小青回土地庙疏散那些较为年轻的丐帮兄弟，然后留下些不知情的老弱病残者，即便明天县衙捕快们再到土地庙抓人，他们也将是竹篮打水一场空。陆小青走后，袁平即刻说："我得马上去青城山，把这事告知刘老大，让他做好逃跑准备。"

西门云飞想了想说："县衙捕快只抓了你一人，这说明花园场桂子仅供出了你而已，否则，子时前到土地庙的捕快们就会抓所有参与墓碑石案的人。为防万一，你还是先去青城山向刘老大禀报此事为好，你也可在山上躲上一段时间。"商量妥后，西门云飞给了袁平30枚五铢钱，袁平拿到钱后立马连夜朝青城山逃去。袁平走后，西门云飞又拿出50枚五铢钱，让剩下的兄弟明天上午去县城外另租两处民房，以供疏散出来的兄弟住宿。待一切安排完后，西门云飞打开一坛酒，同剩下的兄弟们又喝起酒来。欢笑声中，西门云飞给这些喜欢习武的弟兄们讲起了荆轲刺秦王的故事……

第二天上午，当吃过早饭的王县令来到县衙大堂时，宋捕快忙向县令禀告了昨夜抓捕叫花子袁平一事，王县令得知花园乡墓碑石案有了进展，欣然命令道："好，快把那叫花子带到公堂上来，待本官审审再说。"得到指示的宋捕快立即朝后院跑去。

当他快步来到拘押人犯的门前时，仅关了袁平一人的栅栏已被弄断，房中的袁平也没了踪影。大惊的宋捕快心里骂道：娘的！难道这小子跑了不成？仔细察看后院墙上留下的痕迹，宋捕快立刻明白昨夜袁平是被人救走的。于是，惊慌的他立马跑回公堂，向王县令禀报这意外之事。错愕的王县令听后，也来到后院察看了关押室与墙上痕迹。在确认嫌犯已逃的情况下，王县令厉声向宋捕快问道："是谁供出的叫花子袁平？"

"回县令大人，是花园场的小叫花子桂子。"宋捕快忙回道。气极的王县令立马指着大门对宋捕快命令："你给我再带一个衙役去花园场，马上给我把那小叫花子抓来，老子就不信，在我郫县，这些作案的叫花子还能翻了天！"

听到王县令指示后，宋捕快很快叫了个衙役，打马朝花园场奔去。

115

今天又是花园场赶场的日子，大多身着黑色冬装的农人们有的买卖完物品后，就在场上转悠起来，有的人借此机会问候要好的友人或亲戚，有的在询价准备下一场买卖。得知墓碑石案已有结果的龙乡长心情大好，也在乡场上转悠，他要到客栈和豆腐饭店了解宋捕快食宿共花去多少钱，然后准备用乡衙公款结算。

卖完十个竹筛的扬凯刚路过豆腐饭店，就看见额头缠有白色丝帛的杏花在店中忙碌，令扬凯吃惊的是，杏花额头上的丝帛浸有一团血迹！正待扬凯驻足纳闷时，覃老板一眼就认出了扬凯，于是她快步走出饭店，拉着扬凯说："哟，扬大哥，难得见到你这稀客嘛，走，到我饭店吃了午饭再走。"此时在覃老板心中，扬凯就是她未来的亲家。

诧异的扬凯见覃老板如此热情，便想起雄儿要帮她写赋的事，忙说："谢谢覃老板美意，等我家扬雄把赋给你写好后，我再来吃一顿也不迟嘛。"

"我请你吃饭，跟扬雄写不写赋没丁点关系。"覃老板忙解释说。扬凯笑了笑，忙指着杏花问道："覃老板，你家杏花咋啦？她头上丝帛血迹不少，该不是出了啥意外吧？"

最怕扬凯知道真相的覃老板忙说："没啥关系，杏花只是不小心摔了一跤而已，不碍啥事。"正说着，骤急的马蹄声中，众人纷纷往道两旁闪开，给骑着快马的宋捕快二人让开一条道。此时，扬凯发现，站在饭店门口的杏花正狠狠地盯着远去的宋捕快……

第十五章

替扬雄出气，老铁刘三决定惩罚捕快

当宋捕快打马奔到花园场时，龙乡长正在豆腐饭店向覃老板了解宋捕快的消费清单。下马后，冲进乡衙的宋捕快立即问衙役："现在桂子在哪？"这时，衙役才想起桂子来。昨晚，桂子走后，熬不住的他就睡着了，现宋捕快来要人，衙役就慌了："宋、宋捕快，桂子昨晚去给、给他瞎眼婆婆送饭，还、还没回来。"

宋捕快一听，大惊失色说："啥，桂子跑了？你快给老子去找龙乡长，让他派人去抓桂子，现在王县令要提审这个小叫花子！"

衙役听后，立马朝花园场街上跑去。

原来，昨夜桂子撒了个弥天大谎，本就是孤儿的桂子，谎称给瞎眼婆婆送饭，实则连夜朝成都逃去。因为桂子清楚，一旦他供出的袁平被抓，若祸及刘老大几人的话，他一定活不成，所以，他必须离开花园乡，去人多又没人认识他的地方要饭，唯有如此，他才不至于过早去见他三年前先后病逝的爸妈。

很快，被衙役找回的龙乡长急切问道："宋捕快，王县令要提审桂子？"

宋捕快忙解释说："龙乡长，昨夜我赶回县城，抓到盗贼袁平那小子后，没想到下半夜，他的叫花子同伙把他救走了，今上午，王县令要审此贼时，才发现袁平不见了。王县令又派我来押桂子回县衙审问。"听宋捕快说明提审桂子的原因后，衙役才向龙乡长解释昨晚放桂子的缘由。龙乡长听后，一巴掌打在衙役脸上说："好你个瓜娃子，你难道不晓得，桂子是孤儿吗？他哪有啥子瞎眼婆婆！"

衙役忙捂着脸说："乡、乡长大人，我不晓得桂子是孤儿哪，我确实不晓得哪……"

没等衙役说完，龙乡长咆哮道："你个废物！快叫人去给老子把桂子抓回来，快去！"随即，衙役忙叫上另一个乡丁，跑出乡衙，朝桂子家老屋跑去。

此时，王县令已派出衙役，在县城贴出带有画像的布告，悬赏捉拿盗贼袁平。因为，在王县令看来，收下三根金条的他必须做点样子给龙乡长瞧瞧，否则，面子上就有点说不过去了。

中午，长着圆脑袋、招风耳的袁平气喘吁吁地来到青城山脚下，他找了家小饭馆吃过饭后，就沿山道朝天师洞走去。当看到天师洞茅屋时，袁平打了声呼哨，刘三听见熟悉的呼哨声，忙从练功处朝山道奔来。刘三见果然是袁平，忙招手叫他过去。此时，正喝茶的张云天也看见了前不久送石碑来的袁平。袁平见张大师看见了自己，忙上前作揖道："张大师好。"

张云天笑着点头问道："你来看望几个哥老倌哈？"

"回张大师，今天我有点急事，来找刘老大商量。"

张云天点点头说："快去吧，他们正练功哩。"其实，张云天早已知道，刘三手下有个团伙，至于这个团伙是干啥的，刘三没说，他也没多问。

刘三非常清楚，袁平今天突然到来，定是有啥要紧事禀报，否则，刚走不久的小兄弟是不会又来的。见袁平走到茅屋后练功处，刘三低声问道："你来定有啥事吧？"

袁平看了看围上来的陈山岗和李二娃，低声说道："老大，不好了，墓碑石案被人告发了，我是今天凌晨才被西门大哥带人从县衙救出的。"

"啊，到底是咋回事，你给我们详细说说。"很快，袁平把他昨夜被抓又被关进县衙的事说了一遍，临末，袁平语气十分肯定地说："老大，我认为，这事出在桂子身上，但他可能只告发了我一人，要不然，昨晚捕快们定会抓其他参与了的弟兄。"

陈山岗忙点头说："嗯，袁平分析得有道理，桂子估计是遭了毒打才被迫供出了袁平，不然，昨夜在土地庙衙役们抓的就不是袁平一人。"

刘三沉思片刻后说道："袁平，为防万一，这几天你暂别下山，白天和晚上你就在离这儿不远的树上观察，看有无县衙捕快来这儿。若两天内捕快们没来，那就证明桂子只供出了你，也同时说明参与此案的其他兄弟暂无危险。"

第二天中午，额头上方长有一撮白毛的陆小青也慌忙赶到天师洞，向刘三禀报了县衙已贴出告示，在悬赏捉拿袁平的重要信息。同时，陆小青还说了西门云飞

第十五章 替扬雄出气，老铁刘三决定惩罚捕快

租房，安顿了一帮兄弟的事。最后，陆小青对袁平说："兄弟，无论如何，你最近千万别回县城，否则，真有被再抓的危险。"

袁平点头后，忙问刘三："老大，我能留下，跟着你们一块练武吗？"

刘三摇头说："暂不行，这里住宿和生活压力太大，当初我们几人上山，费了九牛二虎之力，才说服张大师破例收下我们，若再添人，我担心惹师父不高兴，可能影响我们几人学武艺。"

"老大，那我咋办呀？"袁平有些急了。

刘三果断地说："天无绝人之路，我们不是还有好兄弟西门浪子嘛，这个侠义兄弟这次救出你，又拿钱租房安顿疏散丐帮兄弟，我相信，他一定有法在成都解决你的栖身之地的。"

这时，陈山岗也补充说："我赞同老大的意见，西门公子确是个行侠仗义的好兄弟，他虽不是我们丐帮的人，却胜似我们的人。今后，我们几人学成下山，一定要把未来的生意拓展到成都去，所以，袁平你先去成都找个事做，把路子踩熟，也可减少我们今后再探路的麻烦。"

刘三听后点头说："下次回县城，我定要同西门公子好好喝两台酒，谢他助我们丐帮一臂之力。"袁平见二位帮主这样说，脸上着急的神色顿然消逝，高兴地说道："西门公子确实是我袁平佩服之人，若能得到他帮助，我定能在成都站稳脚跟，到那时，你们几位帮主来成都耍，我定当热情接待哈。"

陆小青看着情绪好转的袁平，眼中顿时露出羡慕神情……

宋捕快当天离开花园场时，给龙廷跃撂下一句话："抓到桂子要立即押往县衙。"之后，着急的龙廷跃派人在花园乡整整找了三天，也没见着桂子踪影。气极的龙廷跃怕王县令责怪，只好又带上两根金条，到县城去见王县令，商量下一步抓人行动。因为这桂子和袁平都是丐帮的人，在龙乡长看来，要突破案情，必须抓捕丐帮头目才行。

龙廷跃到县衙同王县令商量时，王县令告诉龙廷跃，他已派人贴出抓人告示，前两天衙役去土地庙查访了乞丐，然而乞丐们都说两个月前，他们老大就不知去了哪里，龙廷跃又问王县令知道丐帮头目姓啥吗，王县令说，他刚听说丐帮头目叫刘三。

龙廷跃听后大惊："啥，丐帮头目是刘三？他、他不就是我花园乡河湾里人吗？"

"咋的，你认识刘三？"王县令有些讶异。

119

"我何止认识，这刘三就是我看着长大的。"

"你跟刘三没结过梁子吧？"

龙廷跃想了想说："没有啊，我这两年都没见着刘三。"龙廷跃之所以这样回答县令，是因为他不想让王县令知道龙老四曾毒打过刘三和扬雄，毕竟郭丑事里有他假公济私的一份。但仇恨的消弭不能掩耳盗铃。若不主动化解，一旦时机成熟，繁茂枝叶就可能转化为具有毒性的利刺，扎向复仇对象。

为早日清除丢失墓碑给龙家造成的恐惧，龙廷跃又拿出两根金条。王县令一看龙乡长又要送他金条，就拒绝了，并说："龙乡长，破这小小的墓碑石案，我咋能再收你东西嘞？放心吧，有两个小叫花子线索，难道我县衙还破不了此案？"王县令认为，这墓碑石案又不是杀人命案，过些日子抓到叫花子后此案自然会水落石出，在没破案前，若再收受龙乡长金条，实在有些过意不去。

龙廷跃见县令不收他金条，有些顾虑："王大人，对世人来讲，两块墓碑石虽不值啥钱，但对我龙家来说，这两块墓碑石却事关重大，切望您叮嘱衙役们下点功夫，把盗贼早日捉拿归案。只要找回墓碑石，我们龙家就放心了。"

王县令忙安慰说："放心吧龙乡长，我明天就在县城多安排几个眼线，一旦发现桂子、袁平和刘三，就立马抓到县衙审问。我相信不出意外，春节前墓碑石案定当告破！"

无奈之下，忧心忡忡的龙廷跃只好离开了县衙。

第三天下午，刘三见县衙捕快没来天师洞，便坚信桂子并未出卖他。为使袁平留在天师洞，刘三谎称袁平脚扭伤了暂不便下山，请求师父让袁平在天师洞多住些日子。张云天见留下袁平并无大碍，也不影响刘三几人正常练功，就答应了请求。在接下来的时间里，袁平就开始装瘸腿。腊八节第二天的午饭后，刘三、陈山岗和袁平告别张大师准备下山，李二娃却主动提出，要留在天师洞陪师父过年。临行前，刘三一再对张大师说，他一定会在大年三十前赶回，同李二娃一起，在山上陪师父过年。张云天表示谢意后，刘三几人就匆匆下了山。

夜幕刚降临川西平原，刘三雇的马车就来到西门家老宅院门前。敲开门进院后，刘三看见西门云飞同陆小青几人正围在火炉边饮酒。见刘三几人突然出现，西门云飞站起抱拳说："哇，欢迎帮主驾到，来来来，我们先痛饮几杯再说。"随即，下人立马又拿来几个酒杯和大碗，西门云飞同刘三拥抱后，又同陈山岗和袁平亲热地拉了拉手，这时，谁也没料到，刘三抱拳单膝跪下对西门云飞说："兄弟，

第十五章 替扬雄出气，老铁刘三决定惩罚捕快

此次袁平被抓，承蒙少侠相救，在此，我代表丐帮全体兄弟，向你致谢。"西门云飞见状，马上拉起刘三说："帮主说啥见外话嘛，区区小事不值一提。来来来，请兄上座，先喝两杯暖暖身子再说。"随即，刘三同西门云飞和陈山岗等人，就围着熊熊炉火畅饮开来。

入学不久，扬雄就托人把早已抓齐的草药捎回了家。奶奶吃过雄儿捎回的药后，病情确实缓解了许多。腊八节后第二天早上，扬雄带上给奶奶新抓的草药，就离开已放假的翁孺学馆，踏上回家之路。

走在路上的扬雄跟之前去临邛时的心情完全两样。那时，他是怀着忐忑、渴望的心情去的临邛，而此刻，他是拥有快乐、知足的心境走向家乡的。他走在路上，父母奶奶的模样不时浮现在他脑海，他非常想把这些日子的学习和生活感受告诉父亲，他还想把林间翁孺这个远亲对他的教诲和关照告诉母亲，虽时间不长，但他的身体明显比从前强壮些了。还有，在他吹着口哨快步前行时，他又想起覃老板和杏花。有点遗憾的是，这次到临邛求学，除给奶奶抓药和生活开销外，他已无钱给杏花买礼物。不管咋样，回去见了父母、奶奶后，他一定要带点礼物去看杏花，因为三年后，杏花就要成为他的新娘。想着想着，扬雄的心跳就情不自禁加速起来……

第二天午时，起床后的刘三、西门云飞和陈山岗等人吃过饭后，陈山岗带上另一个兄弟，按昨夜商量的，去探望还留在郫县城内的叫花子们。稍后，刘三又同西门云飞商量起如何安置袁平的问题。西门云飞对刘三说："袁平犯的是盗石小案，不足挂齿，过几天我回成都过年时，就顺便把他带走。我父亲在成都商人圈有许多朋友，我让父亲给他找个差事做就是了。"刘三一听，心里叹道：嚯呀，有钱人说话口气就是不一样。

刘三接着说："正因袁平犯的是小案，我才劳请西门公子帮忙，若是人命大案，我自不会给你添麻烦。"

"哈哈，刘兄，看你说到哪儿去了，即便袁平犯了大案，我依然要帮这位好兄弟嘛。"说完，西门云飞就拍了拍袁平肩头。有些感动的袁平，立马单膝跪下，抱拳对西门云飞说："小弟袁平，对西门大哥拔刀相助，此生将感激不尽。"

西门云飞忙拉起袁平说："你既是刘帮主的铁杆兄弟，我同刘兄又是结拜弟兄，帮你自然是义不容辞的事。"

刘三看了看非常讲义气的西门云飞，抱拳说："西门兄弟，我对桂子到底供

出哪些人仍有些不放心，我想带小青去花园场走一趟，让桂子给老子说出实情，否则，我待在县城也不踏实。"

"好，你去吧，我希望大哥快去快回，回来后你我可在我家再痛痛快快喝上几天大酒，为即将来临的春节增添几分喜庆。"

刘三听后，立即同西门云飞击掌道："好，回来定要一醉方休。"刘三刚要转身，西门云飞忙拉住他说："刘兄，这次你回花园场，定要看看青年才俊扬雄，若方便，请他与你同来我家，我要向他讨教辞赋哩。"

"嗯，腊八节已过，我想我的扬雄兄弟，应该在家杀了年猪啰，到时，我让他带上两块鲜肉，同来你这儿喝酒才巴适。"尔后，刘三好似想起什么，又问道："西门少侠，你是喜欢舞剑之人，不知你家里有无绿林好汉们常用的东西？"说完，刘三用两手在自己头上比画了两下。

西门云飞一愣，突然笑了起来："呵呵，刘兄，你说的该不是头套吧？"

刘三点头说："对，正是头套。"

"自你我结拜为兄弟后，我就晓得总有一天会用上这东西，不瞒你说，上个月我回成都看望父母时，路过一家小店，就发现了这玩意儿，于是我就买了回来。"说完，西门云飞走进卧室，很快抓了几个头套出来。

刘三拿了两个头套，说道："在弄清真相前，或许这头套会发挥作用。"说完，刘三告别西门云飞等人，就同陆小青出了老宅院。

寒风呼呼吹着，坐在带篷马车上，刘三思忖道，到了花园场，要怎样才能找到桂子呢？半个多时辰后，马车到豆腐饭店门前停下，陆小青下车观察，刘三趁无人注意，付过两枚五铢钱给赶车人后，立马就蹿上了饭店二楼。有些惊讶的覃老板见刘三上了楼，也很快跟了上来。

刘三见覃老板上了楼，忙说："覃老板，这大冬天的，饭店没啥生意，您能否提前关了店门？"

"可以呀，有你刘帮主吩咐，我关了店门便是。"随后，覃老板向楼下杏花高声说道，"杏花，天冷，你把店门关了吧。"听到杏花应声后，覃老板又回身问道："刘三，我给你说的事有回音啦？"

刘三想了想，回道："哦，我想起来了，就是前次你说的请扬雄写赋的事吧，我哪敢忘呀，不过，自我上次离开花园场就没再回来过，今晚，我就上扬雄家，帮你催催吧，咋样？"

第十五章 替扬雄出气，老铁刘三决定惩罚捕快

"算了刘三，你别去催扬雄了，我的饭店还没装修哩。何况，我好长时间也没见着他了，他不知为啥没来看看杏花，真不知他是咋想的。"覃老板刚说完，杏花就端着两碗圆子汤递给刘三和陆小青。刘三接过圆子汤时，突然发现杏花额头的伤疤，诧异地问道："杏花，你额头咋受伤啦？"

杏花正想回答，覃老板忙止住杏花说："杏花别说这些恶心事，这有外人哩。"说完，覃老板看了看一旁的陆小青。刘三见状，忙对陆小青说："小青，你到楼下去帮忙收拾收拾。"小青听刘三交代后，立马知趣下了楼。

见陆小青离去，刘三忙问道："覃老板，难道这花园场，还有人敢欺负杏花？"

覃老板没立即回答，突然，眼含泪水的她把女儿搂在胸前，哽咽着对刘三说："刘三兄弟，欺负杏花的不是花园乡的人，而是、是县衙来这儿办案的宋捕快。"说完，覃老板母女俩就相互抱着哭起来。这悲伤的哭声，像把利剑直戳刘三心窝。

这有一个不为世人所知的秘密，就是给从小在花园乡要饭的刘三，施舍最多的便是覃老板母女。覃老板是看着刘三长大又成为帮主的。覃老板今天之所以向刘三哭诉杏花的不幸遭遇，就是把刘三看成花园场唯一敢帮她的人。而刘三也是同小杏花一起慢慢长大的。由于刘三是乞丐，他有深深的自卑感，便只能把漂亮的杏花看作暗恋对象，当作自己的梦中情人。前不久，当他听说覃老板已把杏花许给扬雄，刘三心中虽有隐隐疼痛感，但还是真诚祝福了他们。

此刻，刘三听说是县衙宋捕快欺辱了杏花，心中愤怒之火便燃烧起来。刘三问道："覃老板，宋捕快为啥要欺辱杏花，请您把这事来龙去脉给我讲讲，好吗？"

覃老板看了看真心关心杏花的刘三，于是就把宋捕快来花园乡调查墓碑石案的过程，以及到豆腐饭店纠缠她，还有强奸杏花未遂又打伤杏花的事详细讲了一遍，自然，覃老板没讲她同宋捕快云雨的事。刘三听后，假装不知案情地问道："覃老板，宋捕快来花园场办啥墓碑石案呀？"

"哎，听说龙家大院丢了两块墓碑石，此案报到县衙后，王县令就派宋捕快来花园乡调查。"

"两块墓碑石并不值钱嘛，为何县里还要派人来这儿调查？"

覃老板低声说道："刘三兄弟，这不是两块墓碑石的问题，而是关系到龙乡长家风水和运气的事。你想想，他们官官相护，还能不派人来吗？"

心知肚明的刘三装模作样地想了想，点头说："嗯，是这么个理。覃老板，您最近见着要饭的桂子没？"刘三终于把话引上了正题。

覃老板一愣，有些惊讶地说："哎呀，你不说我还忘了这个小叫花子，自从墓

碑石案发生不久，我就再也没见到这个常来我这要饭的桂子了。哦，我想起来了，前些日子，乡上衙役还在花园场挨家挨户打听桂子的下落，听说他失踪了。"

刘三再次装模作样问道："覃老板，难道墓碑石案跟桂子有关？"

覃老板摇头说："这我就不晓得了。"

刘三见杏花眼里还有泪水，低声安慰说："杏花别伤心，姓宋的欺负不了也就欺负了扬雄，我刘三会为你和扬雄出气的，老子要让那个狗捕快付出代价！"刘三说这话时，心中已冒出个惩罚方案，只是这方案他还需完善某些细节。

黄昏时，空中飘起了雪花。此刻，已整整跋涉了两天的扬雄终于回到河湾里扬家小院。在阿黑迎接下，进了小院的扬雄放下包袱，一下就扑到父亲身前，紧紧抱着父亲说："爸，我回来了。"

母亲张氏和奶奶见雄儿回了家，也欣喜地上前抚摸打量长得结实些了的扬雄。高兴的张氏摸着比她高一截的雄儿，喜滋滋地说："好，我儿回来就好。今晚，说啥也要添上两个荤菜，慰劳慰劳远道回家的雄儿。"说完，张氏点亮油灯就进了厨房。这时，扬凯忙叮嘱道："雄儿他妈，你还要酥一碟胡豆哟，今晚，我要同雄儿喝几杯，让他给我们讲讲翁孺学馆的事。"

"要得嘛。"厨房立即传来张氏愉快的应答声。

晚饭后，喝了些酒的刘三凝视窗外雪花，回身对覃老板说："覃老板，要是我俩今晚走不了，在您这过夜行吗？"

"这有啥不行的，我两个伙计已回家过年，你俩睡他们床铺，不是正好嘛。"覃老板回道。

"覃老板，我想现在去趟扬雄家，若回来晚了，到时敲门，请您帮我开下门，行不？"

"行。你到扬雄家后，要代我向他全家问好哟，也请扬雄来耍嘛，我和杏花都有几个月没见到他了。"覃老板说道。

"好，覃老板，我一定向扬雄转达您和杏花的美意。"说完，刘三和陆小青就消失在风雪夜中。

快走到乡衙门口时，刘三拿出头套说："小青，你也把头套戴上，我俩去乡衙打探桂子的消息。"

第十五章 替扬雄出气，老铁刘三决定惩罚捕快

"啥，去乡衙打探消息？老大，你、你该不是想去自投罗网吧？"陆小青十分不解。

"投你个屁网，我要让你小子看看，老子今晚是咋打探桂子消息的。"说完，刘三就从腰间抽出七星短剑，叩响了乡衙大门。

不久，乡衙内传来声音问道："是哪个敲门，这天寒地冻的，没要紧事就明天再来！"

"乡爷，我想给你说点桂子的事，你想知道吗？"

"啥，桂子的事？好，你等等，我马上就来。"很快，乡衙大门就被值班乡丁打开。戴头套的刘三猛地蹿进大门，用剑指着乡丁说："快说，桂子在哪？老子有事找他！"

被吓蒙的乡丁颤抖着说："好、好汉，你找桂子何事？"这时，刘三身后的陆小青忙把大门掩上。

刘三抓住乡丁衣领说："桂子曾偷了我钱，老子现在找他要钱，你快把他给我喊出来！"

乡丁哭丧着脸说："好、好汉，桂子逃走好多天了，你叫我咋个喊得出来嘛。"

戴着头套露出两只眼睛的刘三又凶狠地说："若你不老实，要是我搜出桂子，老子就一剑要了你狗命！"说完，刘三又用剑拍了拍乡丁额头。

"好、好汉，你可随便搜，要是桂子在乡衙，你就杀了我。"

刘三见乡丁这样说后，立刻明白桂子确实已逃走，于是，刘三收起短剑说："他娘的，马上过年了，老子的钱仍拿不回来，今天，算我运气差。"说完，刘三和陆小青就迅速离开乡衙，消失在风雪夜中。跟在刘三身后的陆小青心里叹道："嗨，刘老大就是不一样，居然用这招打探到桂子的情况，佩服！"

不到半个时辰，刘三和陆小青来到扬家小院外。刘三听见阿黑叫声响起，忙打了两声呼哨。这时，正同父亲喝酒的扬雄听到呼哨声后，忙对父亲说："爸，刘三来了，我去见见他就回。"

"雄儿，外面已下雪了，天冷，你把刘三叫进屋来喝酒暖暖身子吧。"

"要得。"扬雄说后，很快开了院门。见到头上落有雪花的刘三和陆小青，扬雄惊诧地问道："刘三兄，我从临邛刚回家，你雪夜来此，应该有啥急事吧？"

刘三一惊："啥，你今天刚从临邛回来？"

"是呀，我在临邛学馆念了几个月书，天黑前才到的家。"扬雄忙点头说。

刘三拍了拍扬雄肩头："既然你刚到家，那我就长话短说，明天中午前，你到豆腐饭店二楼来，我有要紧事同你商量。这里，我先告诉你一件不幸事，你未来的婆娘杏花，被人打伤了，你说你该不该去看看她？"

"啥，杏花被人打伤了？"扬雄大惊。

"你刚从临邛回家，肯定不知，那我就不怪你了。但你明天中午前来趟豆腐饭店，应该没问题吧？"

"没问题，我一定来。"

"若你到时不来，我刘三从此就没你这个童年老铁了。"

扬雄点头回道："放心吧，刘三兄，只要我扬雄答应了的事，就一定能办到。"

"好，我信你！"说完，刘三当胸给了扬雄一拳，转身就朝茫茫雪野走去。不远处，龙家大院那高大瓦房上，已铺有一层厚厚的雪……

第十六章

蒙面汉子突袭，宋捕快惨遭不幸

　　第二天早饭后，扬雄对父亲谎称覃老板生病了，以探望为由，把家里一只下蛋母鸡、一块年猪肉和几小把时令蔬菜，一块装在了背篼里。一切准备好后，扬雄似乎感觉少了点啥，想起柜子里有个母亲陪嫁的锦缎荷包，见父母在厨房忙碌，他就悄悄来到父母房间拿出荷包塞入怀中，随后告别父母和奶奶，背上背篼踏着积雪，就朝花园场走去。

　　由于天冷没生意，没开门的饭店只留了一条门缝。扬雄来到豆腐饭店往门缝里一瞧，发现刘三和覃老板几人正围坐在火盆边烤火。敲门声刚响起，拴着围裙的杏花忙朝门口跑来。见了扬雄后，杏花红着脸羞涩地说："扬雄哥，你来啦。"说完，便从扬雄肩头取下背篼。

　　俊朗的扬雄盯着杏花有伤疤的额头，问道："杏花，你头上的伤咋样，伤得重不？"

　　"扬雄哥，不碍事，现在已好多了。"瓜子脸的杏花忙说。

　　"杏花，是哪个欺负你呀？"

　　杏花看看母亲和刘三，嘴唇动了动却没发出声来。

　　覃老板见扬雄和杏花愣在那儿，忙说："扬雄，听说你昨天才从临邛回来，走了好长日子，肯定有好多话要跟杏花说，你二人到楼上去说吧。"见扬雄和杏花没动弹，刘三忙起身推着扬雄说："哎，我的好兄弟，你还愣着干吗，覃老板都发话了，你和杏花上楼去聊聊天吧，我们几人在这儿多碍你们事呀。"说完，刘三又去推杏花。这时，杏花才慢慢朝二楼走去，很快，有点难为情的扬雄才跟着上了楼。

　　二楼上，好一阵沉默后，青涩的扬雄走到杏花身前，再次认真看了看她左额上

127

的伤疤，问道："杏花，到底是哪个打的你呀？"

杏花抬头看着扬雄，嘴唇嚅动，长睫毛下的大眼睛渐渐涌出泪花，突然，她扑在扬雄肩头呜呜哭着说："扬雄哥，是、是县衙宋捕快要欺辱我，我、我不从他，他就用刀匣打伤了我。"说完，杏花伏在扬雄肩头哭得更加伤心。

"啥，是县衙宋捕快打伤的你？他、他凭啥要打你呀？"显然，不谙世事的扬雄还没理解欺辱的含义，更没想到强奸这凶险层面上来。

杏花抽泣回道："他、他想祸害我，我反抗不答应，他、他就打伤了我。"

扬雄终于明白杏花被打伤的原因，良久，眼睛湿润的扬雄咬牙说："这天杀的宋坏蛋，总有一天，他、他不得好死！"听扬雄这样说后，杏花低声喊了声"扬雄哥"，又伏在扬雄肩头伤心地抽泣起来。

脸红的扬雄有些手脚无措，根本不知该怎样劝说杏花，更不敢搂抱安慰她，他长这么大，还从未触碰过任何女人，他身前的杏花，只是他背着父母应承三年后才可能兑现的允诺。小心脏怦怦直跳的扬雄突然想起荷包来，他忙从怀中掏出彩色织锦荷包，递给杏花说："杏花，我今天没啥礼物送你，这个荷包给你留个纪念吧。"

抽泣的杏花接过荷包看了看，抹泪说："嗯，谢谢扬雄哥，这个荷包我、我喜欢。"

又一阵沉默后，愣头愣脑的扬雄对杏花说："杏花，我俩下楼去吧，他们还在等我们哩。"杏花点头后，就跟着扬雄朝楼下走去。

中午，覃老板特地弄了几个拿手菜，招待扬雄、刘三和陆小青三人。喝酒时，刘三告诉扬雄说："在县城外住的西门公子，邀请你去他家老宅院喝酒。他想同你切磋辞赋哩。"

扬雄听后有些讶异："西门公子喜欢辞赋？他是做啥的？"

"西门公子是成都一位富商之子，他比我小两月，是我的结拜弟兄。此人读过不少诗书，人也仗义，他早就仰慕你辞赋大名了，已叮嘱过我好几次，非要见见你不可。"

扬雄笑了："哎呀，既然他是你结拜兄弟，又是喜欢辞赋的仗义之人，那我当然该见见啰。"扬雄在家乡还没遇上过喜欢辞赋的年轻人，听刘三简略介绍西门公子后，有点意外又高兴的扬雄就爽快答应了下来。

刘三见扬雄答应同西门公子见面，又说："兄弟，西门公子大寒后要回成都同他父母一块过年，若你要来县城见他，赶在大寒前来最好。"

"那好，我定在大寒前赶到县城，同喜欢辞赋的西门公子见面。"

"西门家老宅院就在距县城二里地的东北面，你到后问下就知道了，他家老宅院名气大得很。"刘三又说。

扬雄点头后，又扭头问覃老板说："覃老板，您家饭店打算啥时装修呀？"

覃老板说："我得先把隔壁店铺买下来才能装修，免得我今后再返工，不过我眼下买店铺的钱还没攒够，等过些日子再说吧。"

"覃老板，那我就推迟给您饭店写赋了哈。"

高兴的覃老板点头说："要得嘛，现在你不是在临邛学馆念书嘛，若我明年下半年能装修饭店，你回来再写也是可以的。"

扬雄看了看杏花，忙回覃老板说："估计我要在临邛念两三年书，不过我每年要回来两三次，只要饭店装修好，我回来看后，保证不出半月，一定给您写出满意的赋来。"

杏花听后，低声对扬雄说："只要扬雄哥把这事放在心上，那我就太谢谢你了。"说完，杏花拿过母亲递来的酒杯，亲自向扬雄敬了一杯酒。扬雄仰脖喝完杯中酒后，愉快地对杏花说："杏花，你还客气啥子嘛，几年后，我们就是一家人了。"扬雄话音刚落，刘三和陆小青就拍手大笑起来："好，扬雄说的好，到时，我们丐帮兄弟们，一定要来喝喜酒哈……"

午饭后，扬雄告别刘三和覃老板几人，就背上背篼匆匆朝扬家小院走去。随后，刘三也谢过覃老板，同陆小青步行回到县城边陈山岗屋中，同陈山岗商量起惩罚宋捕快的方案来。经反复研究，陈山岗最后说："不管我们如何惩罚宋捕快，必须先弄清这个人的行踪和住处，然后再寻找时机下手，但惩罚不能太过，千万别弄出人命来。"对只是打伤了杏花的宋捕快，陈山岗坚持把握惩罚尺度的原因就是怕一怒之下的帮主刘三弄出人命，把众兄弟也牵连进大牢。

刘三非常赞同陈山岗的看法，便对陆小青交代："从明天开始，你去县衙盯着，只要宋捕快一出县衙，你就跟上他，先摸清他行动的规律再说。老子就不信，他这个龟儿子难道待在县衙就不出门嗦。"

陆小青听后，忙对刘三说："要得老大，我去跟踪最好，反正我认得他，他又不认得我，我再化下装，保证完成任务。"接下来，刘三同陈山岗又仔细商量起惩罚手段来……

几天后，用背篼背着年猪肉、香肠、盐蛋和一些时令蔬菜的扬雄敲响了西门家老宅院大门。陆小青开门后，见果然是扬雄，忙回头兴奋地向后院喊道："老大，扬雄来啦！扬雄来啦！"很快，穿着一身长衫的西门云飞便朝大门跑来："扬雄才俊，你终于来啦。"随即，西门云飞上前紧紧抓着扬雄的手，上下打量起他来。扬雄微笑着说："看你这英气逼人样，应该就是西门公子吧？"

"不错，在下正是西门云飞。"西门云飞愉快地回道。

刘三上前取下扬雄背篼说："走，屋里炭火烧得正旺，你先进去暖和下身子再说。"尔后，一群人簇拥着扬雄，进了后院堂屋。刚落座，袁平就捧上一杯热茶递给扬雄。当西门云飞跟扬雄寒暄几句后，刘三便对扬雄说："兄弟，我们昨夜酒喝得尽兴，睡得晚，刚才我们起床后，早饭和午饭是合在一块吃的。现在我们有事要出去耽搁一阵，你吃了午饭就好好跟西门公子聊聊辞赋吧，我们几兄弟下午回来吃晚饭时，大家再给你接风洗尘哈。"说完，刘三同陈山岗、陆小青等五人就匆匆离开了西门家老宅院。

原来，昨天陆小青跟踪宋捕快去了县城几家商铺，由于年关将至，宋捕快去商铺买年货时，要那些店主派人把东西送到县衙来，还说天黑前必须送到，因为他明天午后要用马车把年货运回唐昌老家去。探听到这一重要消息后，陆小青就立即禀告了帮主刘三。刘三听后，立马决定伏击宋捕快。

刘三五人走后，扬雄很快吃完佣人端来的鸡汤和一大碗白米干饭。待佣人收拾走碗筷和菜盘后，坐在火盆边的扬雄问道："西门公子，我听刘三兄说，你也是喜欢辞赋之人？"

西门云飞颔首道："是的，子云贤弟，我虽是喜欢辞赋的人，但我并没你那样的文学才华，写不出像样的辞赋来。"

扬雄忙摆手说："西门兄，我仅是个初学写赋的后生，还登不上大雅之堂。"

"子云贤弟就别谦虚了，我们郫县人谁不知你的《望岷楼赋》曾得到王县令嘉奖呀。"

"哎呀，那是我的初学之作，不足挂齿，不足挂齿也。"

西门云飞笑着问道："子云贤弟，我想问问，你喜欢历史上哪些名人作品呀？"

扬雄想了想说："如果仅从辞赋和诗词来看，我无疑更偏爱司马相如和屈原，还有宋玉等人的作品。"

西门云飞点了点头："嗯，这么说来，贤弟是偏爱构思宏大、辞藻华丽、想象丰富的作品啰。的确,能写出《离骚》《子虚赋》《上林赋》那样作品的人,在历史上也属凤毛麟角啊。"

"西门兄,我想,你应该也喜欢这几位大师的作品吧?"

"子云贤弟,若是喜欢辞赋之人,我想没有不喜欢这几位大师作品的,不过,我却有些偏爱蜀郡资中人王褒的作品。不知你是怎样看待子渊先生作品的?"

扬雄心里暗惊,忙回道:"西门兄,我孤陋寡闻,只听说过王褒这人,却从没读过他的赋,在此,我倒想听听你对王褒赋的看法,以便我往后读他作品时好作为参考。"

"子云贤弟,王褒曾是汉宣帝时期谏议大夫,别号为'桐柏真人',他写的辞赋,名气虽没司马相如和宋玉的大,但他那篇《洞箫赋》却给我留下极深印象。"说完,西门云飞就背诵起王褒的《洞箫赋》来:"原夫箫干之所生兮,于江南之丘墟。洞条畅而罕节兮,标敷纷以扶疏。徒观其旁山侧兮,则岖嵚岿崎,倚巇迤,诚可悲乎其不安也……"

不到一刻钟,西门云飞一口气背诵完了《洞箫赋》,扬雄听完后,心里不禁叹道:他真乃喜爱辞赋之人也!随即,扬雄向西门云飞跷起大拇指说:"西门兄,你的记性真令人羡慕呀。"

西门云飞叹道:"唉,只可惜王褒去世太早,否则,他的文学成就远不止如今这样。我认为,王褒先生虽不善驾驭重大题材,也无多少华丽夸张的比喻,但他却把过去专以游猎、女色为题材的辞赋,转变为以细小物件为题材,把规模壮阔的风格,转变为纤弱沉郁的风格,把堆积铺陈的夸张手法,转变为密巧细致的手法,这就是王褒辞赋所拥有的独到之处。我刚刚背诵的《洞箫赋》,无疑就是他三大转变中的代表作。"

扬雄听后颔首道:"西门兄说的极是,看来,我还不能小觑了王褒这位文学前辈。"

西门云飞想了想又说:"子云贤弟,你看嘛,王褒《洞箫赋》先写竹林中景物,后又写箫声的动人,他着力描绘铺陈,写得细腻生动有致,扣人心扉。当年,无怪乎做太子的汉元帝都'令后宫贵人皆诵读之'哩。这也是我较为偏爱子渊先生作品的重要原因。"随后,扬雄同西门云飞一道,一面饮茶,一面分析比较起司马相如、屈原、宋玉和王褒作品的艺术特点来……

未时刚过一半,刘三一伙来到昨天下午选择好的地点,陆小青和袁平把昨天下午收集的几根烂树干，搬到路中间以便阻拦马车。待一切安排好后，刘三几人便跳下早已干涸的小河沟藏起来，然后留下陆小青盯着远处，观察宋捕快的马车踪影。

寒风不时刮过广袤的成都平原。刘三几人顶着寒风，冷得直打哆嗦。好在几人都是血气方刚的小伙子，还扛得住已是零度的低温。用嘴不断朝双手哈着热气的陈山岗再次提醒说："各位兄弟，我们今天只是教训教训可恶的宋捕快，过会儿千万别用短剑伤了他，以免惹出更大麻烦。"话音刚落，刘三就听陆小青低声说："老大，马车来了，马车来了。"

刘三即刻趴在坎边，凝视远处奔跑而来的马车，尔后，他便回头低声命令道："快，大家先把头套戴上，都给我把七星短剑拿出来！"很快，几人便把头套罩在各自头上，然后盯着渐渐跑近的马车。

土道上，赶着马车的宋捕快见路上堆有几根烂树干，便勒住马缰跳下马来，开始上前搬动树干。此刻，只听刘三一声低吼："给我上！"说完，他便举着短剑率先冲出河沟。跑在最前面的袁平一跃而起，将正弯腰搬树干的宋捕快扑翻在地。刹那间，四个汉子一起拥上，朝地上的宋捕快一阵拳打脚踢。一见五个蒙面人狂揍他，愤怒的宋捕快一跃而起，企图拔出腰间佩刀。

已练功数月的陈山岗见宋捕快准备拔刀，立马明白若宋捕快抽出刀后，弟兄们就有丧命的危险，毫不迟疑的陈山岗猛地跃起，用双手死死抱住宋捕快右臂，刘三从旁一个扫堂腿，随即一记右勾拳将宋捕快打翻在地。这时，五个汉子重新扑上，有的抓头发，有的扭胳膊，还有的骑在宋捕快大腿上，又一番乱拳砸下。宋捕快并没求饶，却用两眼死死盯着揪住他头发的刘三，因为从打斗中，宋捕快已判断出这几人并非职业杀手，仅是几个缺少搏杀经验的新手而已。

宋捕快以为这帮穷汉是为车上年货而抢劫他，于是，他灵机一动说："各位好汉，我的年货全在车上，你们要的话我全送给你们过年，我身上还有八枚五铢钱，也可一并送给你们买酒吃。"刘三听后，一巴掌朝宋捕快脸上打去：'王八蛋，老子不要你臭钱，老子问你为啥要在花园场欺辱杏花，你强奸不成为何还要打伤人家？现在，我警告你这个狗捕快，今后，你若再祸害良家妇女，我们这帮兄弟还要收拾你！"说完，刘三又给了宋捕快一巴掌，宋捕快嘴角立马冒出血来。

躺在地上不敢再开腔的宋捕快仍用双眼死死瞪着骑在他身上的刘三。在宋捕快近二十年办案生涯里，他从没遇上过像今天这样倒霉的报复，他也终于弄明白报复他的真正原因。此刻，他在心中骂道：可恶的覃老板母女，老子今后若有机会，定要让你娘俩尝尝我宋捕快的铁拳滋味。刘三见宋捕快依然狠狠地瞪着他，心中怒火又猛地蹿了上来,他一把按着宋捕快额头说:"你这个贼心不死的狗捕快,不给你点颜色瞧瞧,你是不知马王爷还有第三只眼的!"说完,刘三猛地用剑尖在宋捕快左脸上划了个十字口,很快,鲜血就从十字口冒了出来。这时的刘三心中才有了替梦中情人报了仇的快感。见宋捕快闭着双眼、两腮不断抖动,刘三又用剑敲着宋捕快额头说:"今天之事你若胆敢禀告王县令,老子三天后就一把火烧了你家房子,然后再一个个灭了你全家,你信不信?"

"好汉,我信我信。"怕殃及全家的宋捕快终于被这伙不明身份的报复者治服。宋捕快秉承好汉不吃眼前亏的古训,开始说起了软话:"大侠好汉们,本捕快一定改邪归正,今后一定再不去祸害良家女人了。"

刘三听后,回身用短剑敲着宋捕快下身说:"往后你若敢再去乱整女人,只要我一知道,老子定用手中七星短剑阉了你这龟儿子。"尔后,起身的刘三又用剑指着地上的宋捕快说:"我们走后,你得给我在地上再躺一刻钟才能离开,若你胆敢提前爬起来,老子就用飞镖扎爆你脑袋。"说完,刘三将手一挥,这群蒙面的丐帮兄弟就朝与县城相反方向匆匆走去……

为迷惑宋捕快,刘三几人绕了个大圈子,整整多走近一个多时辰,才先后分头绕回西门家老宅院。刘三几人走后,含泪的宋捕快从地上爬起,远远望着几个蒙面人消逝的背影,拔出腰间佩刀大声怒吼道:"兔崽子们,你们这群要七星短剑的家伙要是落到我手中,老子非扒了你们皮不可!"随即,脸上仍在流血的宋捕快跪在地上,举刀发下毒誓说:"此仇不报,我宋成强就不是男人!"

酉时刚过不久,西门云飞见刘三五人先后回到老宅院,便吩咐下人开始上酒菜。今天西门云飞跟扬雄谈了近三个时辰辞赋,心情极爽的他没想到,比他还小几个月的子云贤弟竟是个饱读诗书之人。交流中,他强烈感受到,子云贤弟对知识的渴望远远超出常人想象,更令人称奇的是,记忆力超强的扬子云在谈到许多辞赋时,竟能一字不差地背诵出来。由于对扬雄有了较深认识和理解,心情愉悦的西门云飞在安排晚餐时,特别交代下人要多做几个好菜。待酒菜上得差不多时,西门公子便催众兄弟入座。

按往常习惯,西门云飞一定要让刘三坐上位,今天,在入座时,西门云飞拱手对刘三说:"刘兄,我今天想请青年才俊子云贤弟坐上位,因为,他是我们这群人中最有学问之人,不知你意下如何?"

"好哇,扬老弟是第一次同我们这些江湖兄弟喝酒,有才学的他自然该坐上位。"刘三点头回道。

扬雄一听，忙推让说："嗯，不好不好，既然刘三兄是你们老大，这上位应该他来坐才对。"说完，扬雄便去拉刘三。见老大同扬雄相互推让，陆小青开了腔："哎呀，你们还谦让啥子嘛，那就按老规矩办，还是我们老大坐上位。"西门云飞一听，忙解释道："我今天破例的原因是，下午我跟子云贤弟聊了几个时辰辞赋，我是打心眼里佩服他的才学，往后，我们众兄弟都应该尊重扬雄才对，这也是我今天提议请子云坐上位的理由。"说完，西门云飞就把扬雄按在首位坐下。众兄弟见侠义金主西门云飞坚持让扬雄坐上位，也就不好再说啥了。

落座后，西门云飞非要扬雄说两句话再喝酒，扬雄听后，有些激动端起酒杯说："今天受西门公子和刘三兄之邀，来此同众位兄弟相聚，实属我扬娃之幸也。大诗人屈原曾在《楚辞》中说，'瑶浆密勺，实羽觞些'。面对这满桌美味佳肴，让我们举杯，今夜定当与天地同醉！"扬雄话音刚落，刘三也举杯说："我的老铁有文化，出口就是不一样，来，弟兄们，今夜大家与天地同醉。"在众兄弟呼应声中，扬雄与身边的刘三和西门云飞碰杯后，就将杯中酒一饮而尽。

两杯酒下肚后，刘三放下酒杯高兴地对扬雄说："扬雄，我在此给你报告个好消息，咋样？"

"啥好消息？"扬雄有些诧异。

刘三诡异地笑了笑："今天下午，我同这几个兄弟，去给你和杏花出了气报了仇，小小惩罚了那个坏种宋捕快。"

"啥，你、你还真去惩罚了宋捕快呀？"扬雄颇感吃惊。

"无论是谁，只要伤害了我兄弟和他的女人，按江湖规矩，老子都会惩罚恶人。"刘三回道。

西门云飞有些不满地说："刘三兄，兄弟们既然去惩罚恶人，为啥不叫上我呀？"

刘三笑道："西门公子，你今天下午的任务就是同扬雄聊你俩喜欢的辞赋嘛，叫上你，那谁来陪扬雄聊天呀？这才叫各尽所能哟。"

"嗨，刘三兄，我虽喜欢辞赋，但你难道不知我同样喜欢习武和剑术吗？我已满17岁，应该到江湖上练练胆了。"西门云飞说。

这时，扬雄突然站起，举杯对刘三说："刘三兄，我本人同时代表杏花，向你们今天下午的复仇惩罚行动，表示深深谢意。"说完，扬雄同刘三和几位丐帮兄弟分别碰杯后，又一口把杯中酒吞下。又一阵劝酒声后，刘三对西门云飞说道："西门公子，你不是喜欢剑术吗？在此，我有个建议，不知你愿不愿听？"

"刘三兄有啥好建议，不妨说给兄弟听听。"

"现教我和陈山岗、李二娃武艺的张云天师父就是一位蜀中著名剑客，我建议你去认识我师父，能拜他为师最好。"

"啥子喃，你们师父是著名剑客？"西门云飞大惊。

"那当然啦，张大师舞起剑来，那才叫一个字：绝！"

"我过去咋从没听说过，青城山还有位著名剑客呢？"

"我师父是位低调的高人隐士，他的情况一般不为外界所知。"

"既然这样，我当然要去天师洞拜见你师父，自然，我希望张大师也能收我为徒。"西门公子又说。

刘三笑道："呵呵，西门公子，这区区小事全包在我身上，春暖花开时，我安排好后，你就上天师洞来拜师，如何？"

"若是这样，那就太好啦。来，为拜师成功，我在此先敬你刘兄一杯再说！"说完，西门云飞就举杯一饮而尽。见此情景，扬雄不禁在心中感叹：哎呀，真没想到，刘三兄还有西门公子这样的结拜兄弟，我这读书学子，真该早点认识这帮江湖义士，看来，今后须得重新了解这些丐帮兄弟才对，他们身上，真还有我喜欢的侠义英雄气哩……

酒至三更时分，屋外又飘起纷纷扬扬的雪花，屋内，除扬雄喝得趴在桌上外，其余的人都已醉倒在火盆边，有的甚至睡得四仰八叉已人事不省。此刻，西门家老宅院里，真可谓上演了一场喝断片的青春大戏……

[第十七章]

春节，草民们的快乐与忧虑

西门家老宅院里，整整一夜未合眼的下人已不知给火盆添加了多少次木炭，被扶上床的西门云飞连棉袍也没脱就一直睡到午后才醒来。最先在上午醒来的扬雄吃过下人送来的红糖荷包蛋后，就开始等刘三几人醒来，他不愿提前离开的原因，是他觉得跟刘三和西门云飞正式道别后再离开才不失礼数。

午后，陆续醒来的西门云飞和陈山岗便摇醒刘三、陆小青等人。等众兄弟吃过食物后，扬雄便向刘三和西门云飞等人告别，说要急着回石埂子亭扬家小院去。这时西门云飞从卧室捧出一堆五铢钱放到桌上，然后数了20枚拿给扬雄，随后又数20枚给刘三，15枚拿给陈山岗，剩下三个兄弟也各拿到10枚五铢钱。分发完钱后，西门云飞向众兄弟抱拳说："各位兄弟，春节马上到了，这点钱虽不多，却是我的一片心意。明天，我就要回成都去跟父母团聚过年，你们留下或离开老宅院都无所谓。我已给下人交代过了，你们中的任何人在老宅院过年我都欢迎，我备的年货丰富，足够大家开心享用。"

待西门云飞说完，扬雄上前紧紧握住他的手说："西门兄，你真是仗义疏财的公子，我扬雄打心眼里喜欢你这位喜欢辞赋的人。元宵节后，我要去临邛学馆念书，夏天农忙时回家后，我一定抽时间再来拜访你。"众人谢过西门公子后，也纷纷抱拳向扬雄道别。

西门云飞对扬雄笑道："好哇，我随时欢迎子云贤弟来我这儿茶叙酒聚。"西门云飞话音刚落，刘三便上前低声对扬雄说："兄弟，回去后你无论如何要去看看杏花，你要转告她，我刘三已给她报了仇啦。"

"好，刘三兄，我一定把这好消息尽快转告杏花，让她母女俩高兴高兴。"说完，扬雄又向陈山岗和几名丐帮兄弟告别后，就去前院拿起背篼离开了老宅院。

急走了近一个时辰的扬雄终于回到花园场。怀中有了钱的扬雄去几家商铺买了些礼物后，就朝豆腐饭店走去。扬雄刚一走到饭店外，眼尖的杏花就发现了背着背篼的他，她忙跑出店外柔声喊道："扬雄哥，你来啦。"

进饭店后，扬雄从背篼中拿出一堆礼物说："杏花，马上要过年了，我刚从县城回来，顺便给你买了点礼物。"说完，扬雄便把一堆礼物放在桌上。这时，从后院走出的覃老板也高兴地朝扬雄走来："哟，扬雄才子，你客啥子气嘛，来耍就是了，还买这么多礼物做啥子嘛。"

待覃老板说完后，扬雄用手势招呼覃老板和杏花靠近点，他环顾门外后压低声音说："我给你们通报个大快人心的好消息。"

心直口快的覃老板一听，爽声笑道："呵呵，啥子好消息嘛，你咋整得神秘兮兮的喃？"

扬雄又看看店外，低声说道："昨天下午，刘三带着一伙丐帮兄弟，亲自惩罚了那个打伤杏花的宋捕快。"

"真的？"睁大眼睛的杏花非常惊异。

覃老板忙吃惊问道："扬雄，刘三他、他们是咋个惩罚宋捕快的喃？"从覃老板表情和语气中，扬雄感到她似乎有点害怕和担忧。为消除覃老板的顾虑，扬雄忙说："昨晚在酒桌上，我听刘三说，他们狠狠揍了宋捕快，刘三还亲自在宋捕快脸上划了个十字，从此，那个狗捕快就算破相啰。"

"啊，他们是这样惩罚的呀！难道，刘三他们就不怕宋捕快带人抓他们？"覃老板担忧地说。

"您放心吧，刘三他们在行动时，全都戴了蒙面头套，宋捕快根本不知是谁打了他。"

"哦，那还差不多。"覃老板终于松了口气。

随后，扬雄告别覃老板母女，说要急着回家去。杏花忙拉着扬雄背篼说："扬雄哥，太阳都快落山了，你就吃了夜饭再走嘛，好不好？"

扬雄看了看睁着一对水灵灵大眼睛的杏花，说道："杏花，我昨天上午就出了门，今天我必须赶回去吃晚饭，否则，爸妈要怪罪我的。我改天有空再来看你，好吗？"

失望的杏花只好松了手。当扬雄出门向杏花挥手告别时，他无意间发现，覃老板眼中仍隐含着某种忧虑……

当天下午，挨了一顿拳打脚踢、脸被划破的宋捕快赶马车把年货送回家时，全家人担心极了，宋捕快谎称自己不小心摔了一跤，被石头划破的。他婆娘给他处理脸上伤口时才发现，这个十字伤口几乎不可能按原样愈合。用草木灰简单止血处理后，宋捕快被绸巾包扎的脑袋显得十分怪异。当晚，心情十分沮丧的他饭也吃不下，倒在床上一直回想被暴击的经过。午夜时，恼怒的宋捕快决定展开复仇调查，到底是伙啥样的人胆敢向他施暴？而且，从已知线索看，他必须从覃老板母女嘴中撬开真相。

第二天上午，王县令找刚回县衙的宋捕快询问墓碑石案时，看着缠有绷带的他大吃一惊："咋的，昨天中午你离开县衙还好好的，回去跟你婆娘打架啦。"

"回县令大人，昨天下午在回家路上，我看见几个盗贼在抢人，我去抓捕贼人时，不小心摔伤，结果让贼人趁机逃脱了。"为掩饰自己被暴击的丑事，宋捕快编了个谎言。

"雪地路滑，往后你要多加小心才是。"王县令提醒说。

宋捕快摸摸自己疼痛的脸，一本正经地对王县令说："县令大人，墓碑石案已过去近三个月，我们虽也花了不少心血，但小叫花子桂子的逃跑，龙乡长有不可推卸的责任。下一步，我们不应该把时间浪费在花园乡，而应放在盗贼又多起来的县城。我认为，只要抓住叫花子袁平，墓碑石案就自会告破。"

王县令颔首说："嗯，你说的有道理，墓碑石案我们确实也尽力了。不过从袁平被救走的情况看，我认为我们忽视了那帮叫花子的胆大妄为。"

"嗯，县令大人说的对，说不准我昨天下午遇上的抢劫者，也可能是那些穷疯了的叫花子。看来，过完年后，我一定要认真查查这群叫花子的行踪，说不定还有可能捉住袁平。"宋捕快之所以这样回答王县令，是因为他已想好等过完年，他脸上的伤好些后，就可顺理成章利用公权力，实施他的复仇行动了。

大年三十晚上，当宋捕快在家看着儿女们点燃爆竹时，他再也没了往年过年时的快乐兴致，而是抬起缠有绷带的脑袋凝望着深邃而又充满寒意的夜空……

大年三十之夜，龙家大院的年夜饭依然十分丰盛热闹，一大家子近三十个男男女女老老少少坐在食案前，享受着鸡鸭鱼肉和山珍野味带来的欢乐。大寒前从成都私塾赶回家过年的两位公子，一面欢快地喝酒吃菜，一面兴致勃勃地谈着成都的各种见闻。席上，最开心的当属当亭长的龙老四，这个头脑简单的中年汉子早忘了墓碑石失窃一事，他高兴的理由极为简单：读私塾的儿子将来会有大出息，定会为龙家光宗耀祖。

团年饭后，龙家一大家人又跟往年一样，到大院外土坝上点燃爆竹。在大人小孩兴奋点燃爆竹的那一刻，唯有龙廷跃脸上没了往年的开心，因为失窃墓碑石对他来说，像一团笼罩心头无法消除的阴影，他似乎已隐隐预感到，龙家兴旺百年的大好气运将有渐渐消散的可能……

自从逃到成都后，孤儿桂子就开始过上了自由自在的乞讨生活。仅有14岁的桂子长相不差、嘴巴也甜，乞讨时总会有好心人施舍东西给他吃，加上成都人多、商铺也不少，刚到成都时，充满好奇感的桂子就到处转悠。几个月下来，他已转遍成都许多街巷。天冷后，不笨的桂子就寻了几处有马厩的地方，躲到马厩里过夜。

自进入腊月后，成都许多商铺老板也忙碌起来，机灵的桂子要是碰上忙着装卸货物的店铺，他就主动上前帮忙搬东西。时间一长，店家也习惯了不要钱主动帮忙的"临时工"。大多纯朴善良的店主在桂子帮忙干活结束后，要么给他碗饭或饼，要么赏点零碎小钱打发他。今天是年三十，有位好心的老板见桂子仍在街上乞讨，便把两根腊排骨和几个热包子给了这个常帮忙的小叫花子。热包子下肚的桂子在成都人点燃爆竹的年三十之夜，又躲进离琴台路不远的马厩里，愉快地啃起有盐有味的腊排骨来。

昨晚扬雄终于修改完《县邸铭》并定了稿，今天虽是大年三十，比平时起得早的他心情极爽地帮着爸妈推石磨，看着白色糯米浆在石磨下流淌，扬雄就联想到大年初一早上要吃汤圆的情景来。懂事的扬雄知道，现在他在临邛念书，平常家里如放牛等本该他做的诸多杂事都落在爸妈头上。他是家里的独子，无论如何趁自己在家时要多干点活，替爸妈分点忧。遵父亲昨晚吃饭时的交代，吃过早饭的扬雄要在院内捉只大公鸡杀掉，用开水给盆中的死公鸡烫毛，随后还要给鸡开肠破肚，打整完公鸡后，拿半只在火炉上炖着，另一半要做成凉拌鸡块供年夜饭时全家享用。

这次回家，令扬雄欣慰的是，奶奶自吃过他捎回的药后，病情已有明显好转。昨天，扬雄已同父亲商量好两件事，一件是他夏天农忙时回来，再给奶奶带些药，另外一件是大年初三，他想同父亲再去一趟离家有十多里远的望丛祠，当年是去玩，而这一次，他要去祭祀古蜀先王望帝和丛帝。晚上，吃过年夜饭后，扬雄按当地习惯，又在小院中点燃爆竹，他衷心希望来年风调雨顺，自己和家人都能平安健康、万事顺心。

　　大年三十这天，花园场的店铺几乎没啥生意，店主们大都在家忙着煮吃的。似乎这些百姓唯有从年三十开始才能享受几天最惬意的休息时光，走亲访友，在茶叙酒聚的龙门阵中增进亲情和友谊。同宋捕快上过床的覃老板自杏花被强奸未遂打伤后，她就开始憎恨起宋捕快来。当扬雄告诉她刘三一伙已惩罚宋捕快后，直觉告诉覃老板，或许有一天，宋捕快会来找她麻烦。心情欠佳的覃老板没按往年习惯回娘家过年，而决定留在花园场同女儿一块守着饭店过年。

　　吃过年夜饭后，听着街上哔哔啪啪的爆竹声，高兴的杏花拿出早已准备好的爆竹，跑到饭店外点燃，看着街上欢闹的人群，不谙世事的纯朴美少女杏花，竟笑得那样天真烂漫，她靠在母亲肩头说："妈，您猜猜看，扬雄哥应该在初几来看我呀？"尽管覃老板藏着心事，但她仍微笑地宽慰女儿说："我想，扬雄会在初五前来看你吧。"

　　杏花幸福地笑了，闪动着长长睫毛说："嗯，这次扬雄哥来后，我要让他背诵《望岷楼赋》给我听。我相信，扬雄哥今后为我们饭店写的赋，一定非常精彩。"

　　覃老板看着靠在她肩头的女儿，突然说："杏花，你晓得妈为啥要选扬雄做我未来女婿吗？"

　　杏花摇摇头说："不晓得。"

　　"瓜娃子，因为扬雄有出众的文才，现在又去临邛学馆念书，我坚信，他今后定是个有出息的能干人。扬雄的前途，哪是龙乡长这类人能比的。"

　　"真的？"杏花听后，忙搂着母亲脖子，高兴地在她脸上响亮地亲了一口。

　　大寒后的第二天，袁平就随西门云飞去了成都。在西门云飞一再请求下，父亲西门松柏最终安排袁平去成都浣花织锦坊当学徒，并可在元宵节后上工。安顿好袁平工作后，西门云飞要不去找他昔日读私塾的同窗好友玩耍，要不就跟着父亲去拜会成都商界大佬们。西门松柏已告诉儿子，要他在端午前开始跟着自己熟悉丝绸和织锦业务，以便今后好继承他家产业。西门云飞听后，却不置可否地回道："爸，您着啥子急哟，我还年轻得很嘛。"

　　当西门云飞忙着社交和应酬时，没文化的袁平换了一身新装，头脑津泛的他在公馆内帮着同他住在一块的下人们做这干那，有时还主动替换车夫，赶着马车接送

第十七章 春节，草民们的快乐与忧虑

西门松柏父子。很快，袁平的举动受到西门云飞家人赞赏，尤其是深得云飞母亲喜欢。大年三十晚上，燃放过辞旧迎新的爆竹后，云飞母亲还给了袁平20枚压岁钱。西门公馆里的近二十人，除西门云飞外，都不知袁平从前的乞丐身份。

西门云飞骑马回成都后，刘三和陈山岗又在老宅院住了两天。闲聊中，刘三重点谈了三年下山后，他要在丐帮中组建武馆，网罗一批有武功之人，在民间惩恶扬善。陈山岗也第一次谈到他的构想，他说丐帮今后应逐步建立起自己的赚钱组织，比如酒坊、客栈、赌场、餐馆与织锦坊等。刘三非常赞同陈山岗的建议，还说只要有完整的成熟方案，他就去说服西门公子垫出第一笔启动资金。陈山岗要刘三别急，这一切都得要他们下山后，才能开始行动。

刘三同陈山岗分手后，就去花园乡母亲坟头烧了香烛，然后又买了些年货去看望覃老板和杏花。在覃老板追问下，刘三如实告知了覃老板母女惩罚宋捕快的经过。有些不解的覃老板问刘三，为啥要这么严厉地惩罚宋捕快？刘三振振有词说："对待恶人，我必须要行侠仗义，该出手时就出手，否则，像宋捕快这样的坏人，就长不了记性。"

覃老板听后，有些担忧地问刘三："要是宋捕快报复你们咋办？"刘三哈哈大笑着说："打他时，我们弟兄伙全戴了蒙面头套，宋捕快根本不晓得是哪个惩罚了他。"刘三走后，覃老板心有余悸地说："老天保佑，但愿宋捕快不知惩罚他的原因，要不然，我们两娘母就有麻烦了。"覃老板哪里知道，连刘三本人也忘了，他在暴打宋捕快时，曾喝问他，为啥要欺辱杏花。正是这句喝问之言，埋下了宋捕快复仇的线索与决心。

腊月二十九那天，刘三买了两坛好酒和一大包年糕，来到清风庄园给陈干爹和王干妈拜年。陈财主和王妈见长得壮实了些的刘三有孝心，就给了刘三80枚压岁钱。吃团年饭时，刘三告诉陈财主说："干爹，今晚吃完年饭，我还要上天师洞去陪师父过年守岁，这是我下山前答应过师父的。"

陈财主一听，点头说："去吧，人应该有良心讲信用，俗话说一日为师终身为父，张大师孤身一人，在天师洞寂寞度日，你是该去陪他过年。"

"哟，刘三呀，你既然要去天师洞，总不能空着手去吧，这样，我去给你准备点礼物，等会儿你就给张大师带去，我想你们几人就可在山上好好过个年了。"说完，王妈就走了出去。

年夜饭结束后,刘三就用箩筐挑着王干妈给他准备的年货,出了庄园大踏步朝天师洞走去。

腊月二十八,雪后初晴的成都,阳光洒满大街小巷和房顶。小院中,吃过早饭的廖芝香,按昨夜想好的说辞,对东厢房的陆小龙说:"小龙,我好几年没回大邑老家过年了,今年,我想回去看看。厨房里的年货我已给你准备齐了,你就放心过好这个年吧。"

"好的,廖姨,你就放心回老家去吧,煮饭炒菜我早就学会了,饿不着我的。"

"那我就走了哈。"廖芝香回答小龙后,就离开了靠近锦里的小院。原来,在前些年春节前,廖芝香就提出过几次,想到天师洞陪张云天过年,但隐姓埋名的张云天顾虑重重,他怕藏匿之地暴露,就一直没答应芝香的要求。今年,廖芝香突然冒出个大胆念头,她想先斩后奏,直接去天师洞陪张云天过年,她相信,只要她上了青城山,张云天一定不会赶走她。所以,她才有了今天的行动。

出院门不久,廖芝香就来到租马车的地方,她环顾四周,在确认无人跟踪后,租了辆带篷小马车,坐上车后,就让车夫驾车朝青城山方向驶去。

亥时刚过一半,挑着两箩筐年货的刘三就气喘吁吁来到天师洞。此时,围着火盆烤火喝酒的张云天、廖芝香、李二娃和方小桥,见推门而入的刘三喘着粗气,都高兴得起身给刘三让出喝酒位置。刘三向张云天和廖芝香作揖问好后,就叫方小桥去安顿他挑上山的年货。大家一听刘三挑有一担年货,忙点燃根树枝出门察看。李二娃翻点着箩筐中的两坛好酒、一对大白鹅、三块老腊肉、两大串香肠、两条大干鱼、两陶罐豆腐乳、两只鸡和两只鸭,另加两包可作下酒菜的黄豆和胡豆。李二娃睁着小眼睛喜滋滋地对张云天说:"师父,我们终于可以过一个像样的春节啦。"

张云天微笑着看了看正擦汗的刘三,点头说:"嗯,还是我的大徒弟能干,居然弄回这么多年货到天师洞,看来,足够我们师徒几人吃到元宵节后了。"

红亮火光中,身材高挑、睁着一对杏眼的廖芝香也附和说:"从明天起,我就协助小桥下厨房,一定把伙食弄巴适,让你们师徒几人吃得开心。"尔后李二娃和方小桥把年货搬进厨房,为防止山猫偷吃年货,方小桥特地把有些东西放进石缸和大坛子中,并拿板子盖上。待全部收拾妥后,李二娃和方小桥又坐回火盆边,同大家一块烤火喝起酒来。

几杯酒下肚后,脸上泛着红光的刘三对张云天说道:"师父,弟子有一事禀告，务必请您老人家同意我的请求。"

"刘三，你还没说啥事，我咋晓得能不能同意呀？"张云天忙说。

刘三放下酒杯慎重说道："师父，我有个结拜兄弟，他不仅喜欢《诗经》《楚辞》，而且此人还非常热爱剑术。我已向他介绍了您，并同时向他做了保证，让他成为您的弟子。"

"你为啥在没征求我意见的情况下，就擅自做主保证我会收他为徒？"张云天有些不满。

刘三见师父不悦，忙低声解释道："师父，这西门少侠跟扬雄一样，是我朋友中少有的另类，他这人极为仗义，父亲又是成都一名富商，要是他能来天师洞做您弟子，我敢保证，您一定会喜欢上这个仗义疏财的青年俊杰。"

张云天盯着刘三，面无表情问道："你说的这西门少侠，他全名叫啥？"

"他全名叫西门云飞，父亲是成都一名丝绸商人。"刘三回道。

诧异的张云天一怔，忙问："西门云飞老家在郫县，父亲叫西门松柏吧？"

刘三大惊："师、师父，你莫非认识他父亲？"

沉默片刻，张云天摇头说："我不认识他父亲，但听说过他家是做丝绸生意的富商之家。"此刻，心绪异常汹涌复杂的张云天想起二十八年前的一幕情景。有一天，张云天父亲领进一位14岁少年说："天宝，这个叫西门松柏的少年，他父亲是位丝绸商人，也是我的朋友，这少年喜欢玩剑，你有空时可教教他剑术。"陆天宝不敢违抗父命，便答应了下来。但由于陆天宝是个随性又喜欢浪游的人，在一年多日子里，他只断断续续教了西门松柏一些初级剑术，去了长安后，陆天宝就再也没见过西门松柏了。如今，当年犯下命案的陆天宝已变成了张云天，他哪敢再说认识西门松柏。

刘三见师父沉默不语喝着闷酒，又小声说："师父，既然您听说过西门松柏家的情况，我看这也是缘分嘛，不管咋样，开春后我就让西门公子来天师洞见见您，好吗？"

为不伤刘三自尊心，张云天放下酒杯说："刘三，你可叫西门公子一人来天师洞，我先见见这小子再说。"张云天怕他们父子同来天师洞，万一西门松柏，听声音认出他当年这个师父咋办？所以，张云天才提出只让西门公子一人来天师洞的要求。

刘三见张云天话有松动，高兴地说："要得嘛师父，我保证您见了这位西门公子，定会喜欢上这个青年的。"

"刘三，你就那么肯定我会喜欢他？"

"当然啦，只要接触过西门公子的人，几乎没有不喜欢他的。这世上，贪婪之人不少，但具有侠义之心和仗义疏财的人却不多。"刘三认真说道。

廖芝香看了看刘三和张云天，微笑着说："哎呀，到时西门公子若真能留在天师洞学剑术，你们可就更加热闹啰。"

这时，李二娃立马举杯对张云天说："师父，在这大年三十之夜，我再敬您一杯酒，祝您老人家身体健康、长命百岁。这里，我也请求您同意大师兄的请求，到时收下西门公子为徒，好吗？"李二娃虽个子矮小形象也不出众，但他特别佩服也喜欢行侠仗义之人。听刘老大介绍西门公子后，早已心动的他自然希望西门云飞能来天师洞，同他们几个共同练功、舞剑、学飞镖之技，这多好呀。

有芝香在身旁，又是大年三十之夜，张云天为使喝酒气氛不致尴尬，便模棱两可地说："二位弟子，大可不必心急，到时等我见面了解西门公子后，再做决定也不迟嘛。"

子时已到，青城山林绵延起伏、寒气肆虐，在天师洞茅屋中火盆边，喜读古书的张云天给弟子们讲起了商王朝牧野之战的故事……

第十八章

宋捕快开始实施复仇行动

大年初三，成都平原难得艳阳高照。百姓们或是心情愉悦地走亲访友，或是到人多的景点玩耍。早饭后，待一切收拾妥当，扬雄和父亲带上祭品和干粮就朝十多里外的望丛祠走去。

望丛祠位于成都郫县的西南部，距县城四里地，距成都四十六里。望丛祠是为纪念古蜀两位君主望帝和丛帝而修建的合葬祠宇。殿宇与陵墓之间，水池环绕、碧波荡漾，临水就势还建有"听鹃楼"等楼台亭阁。墓地及周围二百多株高大古柏郁郁苍苍编织出一大片浓荫。相传在扬雄出生的两千多年前，成都平原分布着众多古蜀部落，他们大多是从岷山河谷迁徙而来的氐羌人，这些人据说是蚕丛、柏灌、鱼凫先王的后裔。后来，望帝和丛帝二王又继承先王事业，大力在成都平原发展农业、治水与养蚕业。为感恩望帝和丛帝的丰功伟业，川西人民便在郫邑修建了望丛祠以纪念二位先王。可以说，成都平原的富饶美丽离不开望丛二帝辛勤的努力，加上后来李冰治水修建都江堰水利工程，成都平原的富饶从此就有了坚实的保障。

扬雄之所以要选择在大年初三来望丛祠，跟他听了严君平先生说书有很大关系。过去，他并不了解古蜀王故事，听了严君平说书后，他便开始对古蜀历史产生了浓厚兴趣。今天，他同父亲带着香烛来望丛祠祭祀古蜀王，就充分体现出他对古蜀先王的崇敬之情。扬雄已悄悄立誓，今后条件成熟时他要写写跟古蜀王历史有关的文章。

扬凯领着扬雄来到人头攒动的望丛祠。凝望众多森森古柏，扬雄问道："爸，那里就是望丛二帝的陵墓吧？"

扬凯笑了："雄儿，你四岁时，我曾带你来过这儿，难道你忘啦？"

扬雄不好意思回道："爸，我那时年纪小，记不大清了嘛。"

随后，父子俩挤过人群来到一块一丈多高石碑前，扬雄看到石碑上刻有六个古篆字：望丛二帝之陵。围着巨大陵墓转了一圈后，扬雄从包袱中取出三支红烛和九根长香，点燃后插在石碑前硕大香炉中。随后，扬雄父子跪在陵前，朝石碑叩了三个响头。就这样，青年才俊扬雄终于了结了他祭祀望丛二帝的心愿。听过乡民们热闹的赛歌会后，扬雄求父亲再给他讲讲关于望丛二帝的故事。扬雄认真听后，当晚就把这些故事用毛笔记在了竹简上。

这个年，过得最难受的当属宋捕快。

自正月初三他左脸上十字伤口结痂后，就像小蚯蚓蜷卧在脸上一样，十分难看而且还有些吓人。憋了整整十多天的怨气与怒火，无处泄愤的宋捕快就常在屋前空地上，脱光上身挥刀练起功夫来。老父亲见他行为反常，过年既不说笑还喝闷酒，便问他："成强啊，你又不娶婆娘了，难道就为脸上有点伤，成天就闷闷不乐呀？你看看嘛，这个年过得家里连笑声也没有。"

宋捕快挥着大刀，回道："爸，您晓得我过去这张脸多英俊，现在破了相，您让我咋个高兴得起来嘛。"

老父想了想，又说："成强，你想过没，你是家里顶梁柱，你成天阴着脸，家里哪个还高兴得起来嘛。"

"爸，家里人不高兴，您就带头高兴嘛，我又不反对你们快活。"心灵被仇恨扭曲的宋捕快已失去理智，竟敢顶撞起他老父来。随后，被气得胡须颤抖的老父，摇头低声骂道："这个砍老壳的，你咋个变成这个样子啰……"

从望丛祠回来的当天晚上，扬雄在竹简上记下望丛二帝传说后，就用竹笛吹奏起前不久在学馆刚学会的《陌上桑》曲调来。扬雄已想好，今后若有机会，他要把这支曲调优美的曲子吹给他喜欢的杏花听。初五早饭后，扬雄帮母亲喂完猪食又劈了些烧火柴后，就悄悄带上要送给杏花的礼物，对父亲撒谎说，他今天要去花园场同刘三见面，于是就离开了扬家小院。

到花园场后，心怀喜悦之情的扬雄便兴冲冲朝豆腐饭店走去。来到豆腐饭店门前，大大出乎扬雄意料的是：一把铜锁锁住了饭店大门。扬雄茫然四顾，也没见覃老板母女人影。在那通信不发达的年代，找人全凭运气。在扬雄记忆里，他还没碰到过大白天豆腐饭店上锁的情况。心情沮丧的扬雄只好朝赵老板的茶铺走去，他想到茶铺等覃老板和杏花回来。

刚进茶铺，扬雄就看见一位头戴黑色绸帽、帽檐缀有一颗绿宝石的媒婆正眉飞色舞给覃老板母女说着啥。杏花扭头之际，突然发现了刚进门的扬雄，便起身迎上去说："扬雄哥，你果然来看我啦。"待扬雄点头后，杏花朝她母亲眨了眨眼，就拉着扬雄离开了茶铺。

杏花从怀中掏出钥匙打开店门，进了饭店的扬雄忙问道："杏花，那媒婆是在给你说媒吧？"

"嗯，我们刚在茶铺坐下，好像听她说，是龙乡长请她来说媒的，媒婆想撮合龙家少爷同我的婚事。"杏花诚实地说。

扬雄大惊："那、那你妈答应媒婆啦？"

"我妈咋可能答应喃，只是为了给龙乡长一个面子，我和我妈才去茶铺应付媒婆的。我想，我俩离开茶铺后，我妈会告诉媒婆我已是你扬雄哥的人了。这样一来，断了念头的龙乡长就再不会让媒婆来提亲了。"

"真的？"扬雄有些似信非信。

杏花认真地说："扬雄哥，我和我妈早已决定，无论今后谁来说媒，也不管说的是哪家公子少爷，我们都会拒绝的。"

"那、那为啥呀？"

杏花羞涩一笑说："不为啥，就为我杏花今生非扬雄哥不嫁呗。"

扬雄一听，突然抱住杏花说："好杏花，我扬雄今生也非你不娶哩。"说完，脸红的扬雄就轻轻在杏花额头亲了一下。浑身颤抖的杏花依偎在扬雄怀中，喃喃说道："扬雄哥，我、我只喜欢你……"

随后不久，覃老板离开茶铺，朝不远的豆腐饭店走来。听见母亲脚步声，杏花忙把扬雄推开说："我、我妈回来了。"

就在覃老板走进饭店时，扬雄从怀中摸出一对陶制鸳鸯，还有一把红、黄、绿丝线以及两张分别绣有春燕和彩蝶的绸帕，拿给杏花说："杏花，这是我前天去望丛祠买的，不知你喜不喜欢？"

"喜欢喜欢，只要是扬雄哥送我的，我都喜欢。"杏花高兴地点着头说。望着扬雄和杏花这对可爱的小恋人，覃老板只好走进后院，并悄悄把院门拉上……

大年十三，刘三吃过早饭后，就提着两只在山上诱捕来的彩色锦鸡，离开天师洞朝山下清风庄园走去。在这十多天日子里，只要没下雨，刘三和李二娃均坚持每天练功锻炼，看在眼里喜在心头的张云天决定，待正月结束后，他将提前教三个弟子一些剑术的基础知识，只要弟子们掌握好一些基础的剑术要领，他在端午节后，就可正式教弟子们剑术了。

刘三之所以要在今天去清风庄园，是因为他想在庄园住上几天，好好陪陪干爹干妈，毕竟过完元宵节后，他又将回到天师洞练功。心怀感恩的刘三认为陈干爹年纪已大，对他今后管理庄园寄予了厚望，若没干爹干妈大力支持，他和两个丐帮兄弟根本不可能被张大师收为徒弟。正想着，刘三已来到清风庄园门外。

当刘三在客厅向干爹干妈献上两只鲜活锦鸡时，陈财主笑道："好哇好哇，锦鸡是吉祥之鸟，我要好好喂养这两只锦鸡，让它们给我清风庄园增福添彩。"说完，陈财主便从刘三手中接过锦鸡，递给王妈说："老婆子，你先把这对锦鸡关进鸡笼，等元宵节后，下人们回到庄园，我让王老二做个大鸟笼，让这两只锦鸡在我庄园好好生活。"

刘三听干爹说后，便知园中下人大多要元宵节后才能返回。于是，刘三忙对陈财主说："干爹，既然下人们大多不在庄园，那我现在就去打整马厩。我想，马厩里一定堆了不少马粪啰。"说完，刘三挽起衣袖就朝门外走去。

元宵节上午，刘三陪着陈干爹和王干妈去转了一阵离庄园不远的小场镇。王妈买了些丈夫喜欢吃的糕点和汤圆心子后，不到一个时辰，三人又回到庄园。晚饭时，王妈亲自下厨，给丈夫和刘三煮了两大碗带有荷包蛋的汤圆。吃着香甜可口的汤圆，刘三不断向王妈称赞道："哟，干妈，您煮的汤圆好吃得板，这是我长这么大，吃过最巴适的汤圆。"

王妈笑了："刘三呀，只要你喜欢吃我做的汤圆，往后你回庄园时，我就煮给你吃哈。"

"要得嘛，那我就先谢谢干妈啰。"刘三说完，陈财主也开心地笑了。

大年十四，宋捕快终于离开憋屈了半个多月的老家，骑马赶到县衙。下午，在王县令主持召开的县衙会上，王县令做了维持元宵节灯会治安的重要指示："近半年来，我县治安已大不如从前，明天元宵节灯会上，希望各位衙役务必在各自分工地段恪尽职守，做好维持治安工作。若有肇事违法者，一律先抓进县衙大牢关起再说。我再提醒各位，当前，维稳才是我县工作重点！"

元宵节在川西有些地方又被称为"灯节"，这天郫县虽然寒冷，但在一条由县衙专门指定的街道上却挂满了各色用丝巾、绢帛包裹住的彩灯，有动物形状的，如：兔、鸡、羊、鹅、乌龟、牛、鸭等，也有像瓜果的，如：柑橘、梨、枇杷、苹果、南瓜、冬瓜、丝瓜等。这些灯笼下就是卖各种小吃或小商品的摊位。黄昏过后，这些竹制或木制用绢帛丝巾包裹着的各式彩色花灯就会被点燃。每当这时人潮如织，人们会在灯的河流中流连忘返。大多民众是来观灯赏灯的，也有专为品尝各种小吃而来的，来之后许多人也会买一些小礼品送给亲朋好友。除此之外，还有专门来灯会打望美女的汉子，也有算命占卦的，还有相亲、卖唱甚至要钱的。当然，滚滚人流中常混有极个别的偷窃之人。王县令的责任，就是维持好传统的灯会秩序，只有子夜后人群散去，县城渐渐恢复安静，作为一方父母官的王县令才会长长舒口气说："今年元宵节没出事，真好！"

正月十三，扬雄从自家地里摘了些豌豆尖、小白菜、萝卜和芹菜等时令菜蔬，背了满满一背篼又去花园场街上看了一次杏花。他告诉杏花，元宵节后第二天上午，他就要去临邛翁孺学馆念书，估计要夏天农忙时才能回家。这天中午，覃老板亲自上灶，做了几个拿手好菜，热情招待了未来女婿扬雄。

午饭后，为说知心话方便，杏花带扬雄上了饭店二楼。在杏花一再要求下，扬雄不仅给杏花背诵了《望岷楼赋》和《县邸铭》，还背诵了当年司马相如写的《凤求凰》。当背诵到"将琴代语兮，聊写衷肠。何时见许兮，慰我彷徨"时，杏花竟忽闪着美眸说："扬雄哥，我没啥文化，这些诗我理解起来有些困难，但我曾听刘三哥说过，你会吹奏竹笛。既然司马相如能抚琴给卓文君听，为啥你就不能用竹笛为我吹一曲你喜欢的旋律呀？"

扬雄笑了，忙从怀中抽出早准备好的竹笛，为杏花深情吹奏了一曲他早已练熟的《陌上桑》。听着那舒缓悠扬好似凝有鸟语花香和霜露的乐音，杏花眯着水灵灵大眼，仿佛陶醉在少女无边的怀春梦幻里……

元宵节后第二天上午，扬雄背着铺盖卷和送给林间先生的礼物，告别奶奶和父母后，就踏上了去临邛之路。

而就在扬雄走的当天，宋捕快主动向王县令提出，他想去花园乡了解墓碑石案最新情况，王县令有些吃惊，盯着左脸上有蜷曲疤痕的宋捕快问道："春节前你不是说现在应把精力放在县城吗？咋又想起去花园乡呀？"

宋捕快诡异一笑，低声说："县令大人，我昨夜梦见龙乡长，他用焦急声音不断呼喊我，要我去花园乡一趟。您说，作为县衙捕快的我，能不去吗？"听宋捕快这样一说，曾收过龙乡长贿赂的王县令，自然不好意思反对他提出的要求。于是点头说："那你就去吧，要是龙乡长抓住了桂子或有了新线索，你就自行处理吧，若实在为难处理不下去，你再回来禀报我也行。"

听王县令说完，宋捕快将胸脯一挺说："好，我一定遵照县令大人指示，争取早日了结墓碑石案！"

酉时刚到，跟衙役们交代完要做的工作后，腰挎佩刀的宋捕快就挥鞭打马朝花园场奔去……

黄昏，快到花园场的宋捕快勒了勒马缰让飞奔的马慢了下来。宋捕快清楚，此时正是吃饭之际，若豆腐饭店有客人，他是不便逼问覃老板母女的，只有等戌时，他去才较为合适。想到此，宋捕快便下马慢慢朝一农家走去，他想在农家花点小钱，吃了晚饭再去找覃老板。

非常熟悉当地民情的宋捕快很快就在农户家解决了夜饭问题。闲聊一车后，估摸时间差不多时，宋捕快谢过农户跃上马背直朝花园场奔去。到花园场后，由于天气寒冷，街上漆黑一片根本就没个人影。极有经验的江湖老鬼宋捕快把马拴在花园客栈门前石桩上，对客栈老板说："今晚我要在你这住宿，给我留一个房间。"老板点头后，腰挎佩刀的宋捕快就朝豆腐饭店走去。

走到饭店门外，他环视四周，见四下无人，便立即蹿进饭店又迅速把店门关上。此时，刚吃过饭的覃老板正站在灶台边洗碗，杏花在用抹布擦饭桌。刚抬头的杏花猛然见到站在她面前的宋捕快，吓得大叫一声丢下抹布，直往后退，惊恐地注视着突然冒出的不速之客。

灶台边的覃老板从灯影中也认出了宋捕快，便镇静地问道："宋捕快，你要吃饭还是喝酒？"

宋捕快掠过一丝冷笑说："覃老板，今晚我既不吃饭也不喝酒，只想来问你点事，不知你有无兴趣回答我？"

"啥子事，你说嘛。"覃老板忙问。

想了片刻，宋捕快走过去把油灯端上，然后对覃老板说："覃老板，走，我们到你家后院去说话，那里清静无人打扰，问完话我就走。"

此时，有些害怕的杏花走到母亲身边，低声说："妈，我们不去后院，就在这里，看他能把我们咋样。"说完，杏花就紧紧挽住母亲胳膊。

端着油灯的宋捕快站在通往后院的门口，回头见覃老板母女没动，便厉声说道：

第十八章 宋捕快开始实施复仇行动

"你愣在那做啥子,老子又不是鬼,吃不了你们,快进来,我问完话就走。"

黑影中,覃老板母女相互看看,站着仍没动。

宋捕快有些火了,威胁说:"你们不进来是吧,信不信,老子一把火把你家房子烧得精光,看你还做个球的生意!"说完,宋捕快狠狠朝门踹了一脚,然后径直朝他熟悉的覃老板房间走去。见宋捕快进了后院,想到卧室还放有钱的覃老板慌了,只好拉着杏花进了后院。

见覃老板母女进了后院,宋捕快又回身忙把院门关上,然后才走进覃老板房间。放下油灯后,宋捕快坐在覃老板床上,看了看站在房门边的母女俩,阴阳怪气地说:"嘿嘿,姓覃的,既然你母女俩都不怕把丑事往外说,莫非我这大男人,还怕别人笑话我睡了你们两个!"

盯着宋捕快这个流氓无赖,覃老板心里嘀咕道:他说这些无头无尾的话,到底是啥意思?杏花又气又怕地看着左脸上有吓人疤痕的宋捕快,心里恨不得他早点滚出饭店。

过了一阵,宋捕快见覃老板母女盯着他没搭话,异常恼火的他突然从腰间拔出佩刀,然后用刀指着覃老板说:"你给老子说,你们给哪些人讲了,诬蔑我要强奸杏花,若不说,休怪老子今天不放过你俩!"说完,咬牙切齿的宋捕快用大刀拍了拍覃老板的脸。

听宋捕快说后,紧张的覃老板忙申辩说:"宋捕快,我、我没对人说过你要强奸我女儿呀,你、你是不是弄错人了,要不,就是你自己瞎编的。"

宋捕快听后,猛地用左手揪住覃老板头发说:"哼,我瞎编的?你晓得老子脸上的伤是咋来的吗?要不是你们亲口对人讲了这事,那些蒙面人咋可能对老子下狠手!说,快给我如实交代,你们到底给哪些人说了此事!如果不说,休怪老子无情!"说完,宋捕快就把大刀横在覃老板脖子上,随即狠狠地盯着杏花。

纯朴杏花哪见过这阵仗,吓得双腿直打哆嗦,哀求宋捕快说:"宋、宋大叔,求你行行好,放过我妈吧。"说完,杏花扑通给宋捕快跪下,呜呜哭了起来。

宋捕快盯着杏花说:"若要我放过你妈,你必须说出到底给哪些人讲了此事,要不然,老子今夜就让你们都去见阎王!"说完,宋捕快便将刀口朝覃老板脖子压去,很快,鲜血就从覃老板颈上渗出。

在宋捕快凶神恶煞地威逼恐吓之下,毫无社会经验的杏花呜呜哭着说:"我、我想起来了,我受伤没两天,刘三和扬雄到我们饭店来吃饭,他俩见我头上有伤,

151

就问我是哪个打伤了我。当时，我说我是自己不小心摔伤的，他俩不信，非要我说出真实原因，不然，他俩就不付饭钱。我、我没办法，只好向他俩说了实情。宋、宋大叔，我杏花要是有半句假话，或是另告诉了其他人，你可用刀马上杀了我。"说完，杏花又呜呜抹起泪来。

宋捕快听后，立马又问道："你说的扬雄，可是那个写出《望岷楼赋》的年轻小子？"

"嗯，就是那个有文才的扬雄。"杏花回道。

"你说的刘三，他是哪里人，是做啥的？"宋捕快又追问道。

"刘三也是我们花园乡人，过去他是乞丐，现在听说在县城做事。"

宋捕快有点惊诧地问："刘三在县城做啥事？"

"他在县城具体做啥我不清楚，只知道他偶尔会回花园场去看看他家老屋。"杏花不愿说刘三是丐帮头目，怕宋捕快去抓捕报复刘三。

听杏花说后，宋捕快将大刀从覃老板颈上拿下，他从多年审人经验判断，杏花讲的应该比较真实，但为追查关键细节，宋捕快又突然问道："杏花，扬雄和刘三身上，都带有七星短剑吗？"

没城府的杏花忙说："扬雄从没有七星短剑，他是个读书人，身上包袱里只有毛笔和竹简。"

"这么说来，刘三身上藏有七星短剑？"

"嗯，我曾见过，刘三喝酒时，拿出过插在腰间的七星短剑。"杏花为让宋捕快早点离开，便说出了她曾见过的实情。尔后，宋捕快用刀指着杏花，咬牙说："这么说来，是你们两个指使刘三来报复老子的？"

被吓蒙的杏花忙哭着回道："我和我妈都是老实本分的生意人，我们哪敢指使人来报复你呀。若你今后查出真相，要是我们有指使或参与报复的事，你、你就一把火烧了我家饭店，我们绝无半点怨言。"

宋捕快听后，认可了杏花讲的较为真实，又问道："你必须告诉我，扬雄和刘三他们各自住哪儿？"

覃老板听后，上前拉起跪在地上的杏花，回身对宋捕快说："扬雄就住离龙家大院不远的扬家小院，刘三常年在县城，我们也不知他住哪儿。"

宋捕快恶狠狠地看了看覃老板母女，咬牙说："我今夜问话到此为上，老子再次警告你们，今后，若再诬蔑老子要强奸你们的话，老子就一刀劈死你们两个！"说完，左脸抽动狰狞得像魔鬼的宋捕快将门一摔，就从后院蹿出了饭店……

第十八章 宋捕快开始实施复仇行动

此时，出了饭店的宋捕快已明确判断出，是刘三一伙对他进行了偷袭，难道，这起报复事件还跟他追查的墓碑石案有关？因为刘三是花园乡石埂子亭人，而且报复他的五个汉子手上都有短剑。莫非，袁平也是他们救走的？他们既敢从县衙救走袁平，肯定也敢盗走龙乡长家的墓碑石。想到此，有些不寒而栗的宋捕快已得出结论：现郫县已存在一个敢于对抗县衙的秘密组织。如何才能捣毁这个组织，报他毁容之仇，将是他下一步最首要的大事。

刚走到客栈门外的宋捕快突然想到：既然扬雄这小子是个文人，我何不先去他嘴中掏点情况再说，要是掏出重要线索，我就连夜赶回县衙，第二天立马向王县令禀报，然后制定出抓捕方案，抓到刘三这伙重要案犯后，区区墓碑石案不就水落石出了嘛。想到此，宋捕快解开马缰跃上马背，就朝龙家大院方向奔去。

狡猾的宋捕快赶到龙家大院后，并没惊动龙家，而是敲开一农户门，询问到扬家小院确切位置后，就牵马朝不远的扬家小院走去。狗叫声响起的同时，宋捕快敲响了小院大门。听见有人敲门，还没睡的扬凯忙问道："谁呀？"

宋捕快立即说："我是县衙宋捕快，有个小事想问问扬雄。"

扬凯一听，误以为王县令要找雄儿写啥文章，忙打开院门说："哦，是宋捕快呀，请屋里坐，扬雄今早刚走，他没在家。"

"啥，扬雄没在家？"宋捕快一惊。

"我儿前几月在临邛翁孺学馆念书，春节前回来过的年，昨天在家过完元宵节，今早又到临邛念书去了。不知宋捕快找扬雄有啥要紧事，若重要，我明天去临邛叫他回来就是。"

"也没啥要紧事，只是想向他了解下一件案件上的事，若他不在就算了，我问问别人也行。"

"哦，原来是这样，若没要紧事，那我就不去临邛了。"

宋捕快想了想，又问道："大哥，你说扬雄是在临邛的翁孺学馆念书，对吧？"

扬凯颔首道："嗯，是的，教他的先生叫林间翁孺，是我们蜀郡的一位饱学之士。"

"好的，晓得了。"说完，宋捕快牵着马，异常失落地又朝花园场走去……

[第十九章]

疯狂追查，宋捕快终于寻到扬雄

当天晚上，回到花园客栈的宋捕快躺在床上久久无法入睡，一个多月前，他企图性侵杏花又遭杏花强烈反抗的往事，又浮现在他脑海。那群蒙面汉子骑在他身上殴打他，喝骂他，用短剑在他左脸划个十字口的情景也历历在目。春节前后近一个月时间里，他都过着没有笑意的郁闷日子。正是那场突然降临的不幸，使他改变了原有的生活模样和心境。哼，老子是县衙堂堂捕快，多少年了，都是我去抓人、打人、关人，哪想到在寒冬腊月，却被一群蒙面人暴击，此仇不报，我活在世上还有啥脸面？想到这儿，宋捕快突然从床上坐起，挥着双拳怒吼道："老子明天就到临邛去，找那狗娘养的扬雄！"

第二天早饭后，宋捕快挥鞭打马直朝临邛方向奔去。马背上，宋捕快仍在想，像覃老板母女被他欺辱之事，一般人是绝不可能对外人讲的，但杏花却敢说给扬雄和刘三听，这足以说明覃老板母女跟这二人关系非同一般。难道，杏花跟他们其中一个有特殊关系？据他了解，扬雄家不过是草民之家，他要跟覃老板这样的家庭定亲可能性不大。宋捕快决定奔赴临邛，就是想先从乡民子弟扬雄口中掏出暴击他的人名来。如果扬雄胆敢隐瞒不说，我就采用非常手段，逼这文弱小子给老子招供，否则，我就不是堂堂县衙捕快！想到这儿，急切的宋捕快又朝马屁股抽了一鞭。

从扬家小院出发的第二天，哼着小曲的扬雄回想着这近一个月的寒假生活，心里不觉充满了爆棚的幸福感。第一件使他难忘的事便是他长这么大，第一次搂抱亲吻了杏花。杏花虽被宋捕快欺辱，头上还受了伤，但毕竟宋捕快阴谋没得逞。从他几次背着父母接触杏花看，杏花是非常喜欢和崇拜自己的，一想到杏花看他的表情和充满爱意的眼神，扬雄心里就感到无限甜蜜。扬雄已想好，在明年春节回家时，他就把这件事告诉父母，然后让父母去托媒人到覃老板家提亲，订完亲两年后，他就可正式用花轿迎娶杏花了。

　　第二件让扬雄高兴的事，就是刘三介绍自己认识了喜欢辞赋和玩剑的西门公子。过去，信息闭塞、孤陋寡闻的他根本不知郫县还有这样一位志同道合之人。要不是大寒那天，西门公子临别时送给他20枚五铢钱，他根本没钱给杏花买礼物。刘三是他发小，这层关系至死也无法改变，从心底讲，扬雄并不喜欢丐帮中一些没文化的叫花子，但他却对有文化的西门公子格外欣赏。扬雄认为，像西门公子这样谈得来，跟他年龄又相近的青年，应该成为他一生好友。想到这儿，扬雄决定今年夏天回家时，无论如何要送西门公子一件值得纪念的礼物。

　　第三件开心的事，就是大年初三去望丛祠祭祀了古蜀王望丛二帝。通过在望丛祠的祭祀游玩，扬雄对望丛二帝有了进一步深入了解，这就更加坚定了他想写古蜀王历史的想法。只是他现在还在学馆念书，今后，只要有条件，在进一步了解古蜀王历史后，他就可动笔了。想到这儿，扬雄就想起他的启蒙先生严君平来。成为君平先生的弟子已成为扬雄扎根心中的执着愿望。

　　元宵节后第二天上午，吃过早饭的西门云飞在听父亲较详细地介绍完浣花织锦坊后，就拿着父亲写在绢帛上的亲笔信，带着袁平朝靠近西郊百花潭的浣花织锦坊走去。一路上，西门云飞不断给袁平介绍当地民情和一些商铺情况，快到织锦坊时，西门云飞告诉袁平说，这家织锦坊跟他父亲有多年业务关系，过去的老板到西域失了踪，现在新任不久的谢老板也是他父亲朋友。西门云飞希望袁平到织锦坊后，一定要学好技术，今后成为织锦熟手后，就可在成都结婚生子。袁平听后呵呵一笑，谢过他崇拜的西门大哥。

　　果然，谢老板看过西门云飞递来的私信后，就领着西门云飞和袁平参观了织锦车间，介绍了织锦工艺流程。在中午请二人吃丰盛午饭时，谢老板问西门云飞，希望他如何安排袁平？西门云飞确实是个不懂织锦的公子，只好对谢老板说"：谢老板，我这位小兄弟没啥文化，但他头脑灵活做事麻利，您可否根据他的特点，安排做您工作上的助手？"

　　由于西门松柏是织锦坊老客户，谢老板经过思考后回道："西门公子，这袁平今后做我助手问题不大，但他现在对业务一点不熟，我建议他来后，先到各车间和织机上去学习各项工序流程，包括对织锦质量的辨别，只有这样，他才能具备当我助手的基本条件。我这建议，你以为如何？"

西门云飞笑道："谢老板说的对，要在织锦坊做事，不熟悉业务咋行。"随即，他又扭头对袁平说："兄弟，那你就从熟悉木梭、织机、经纬线与各种彩色丝线开始吧，我相信，凭你的机灵劲，不出三年，你定当成为谢老板的得力助手。"袁平听后，点头说："要得，我一定不辜负伯父和西门大哥希望，争取早些成为谢老板的助手。"

为啥西门松柏要把袁平介绍到浣花织锦坊工作呢？除他本人是丝绸商人懂这行业务外，还有个重要原因就是织锦是中国水平最高的丝织物，用彩色金缕线织成的各种花色织品，当时在世界上具有很大影响力，所以，利润也极为可观。在中国几千年养蚕缫丝织绸的历史里，织锦作为丝绸中最华美的部分，曾沿陆上和海上丝绸之路，走向世界各国。这种前所未有光彩夺目的织品，让西方世界对神秘东方充满了向往和幻想。正是由于蜀锦影响太大，秦惠王灭蜀后，便在成都设了"锦官"，汉代时，官方又在成都设有专管织锦的官员，故成都也被称为"锦官城"，后被简称为"锦城"。在锦官城附近，有织锦工人集中居住之地，这地方就被称为"锦里"。具有商业头脑的西门松柏把袁平推荐到浣花织锦坊去，自有他长远而又不为人知的目的……

安排好袁平工作后，西门云飞高兴地离开了织锦坊，独自朝琴台路走去。

元宵节后，刘三告别干爹干妈，租了辆带篷小马车朝郫县县城奔去。到县城出租屋，刘三找到他最得力的助手和参谋陈山岗，商量起下一步行动计划来。由于丐帮中的几个重要成员已没再靠乞讨为生，他们只得靠底层要饭人和西门公子支持维持生计。显然，没有财源的刘三几人手头越来越紧，再这样下去，他们行动就会越加困难，况且，答应师父要打造天师洞石碑一事还没落实。两人一阵头脑风暴后，一致感到弄钱成了他们下一步最要紧的事。又谋划好一阵后，陈山岗说："老大，我当初上天师洞冒充的是商人儿子，如今几个月过去了，若我再拿不出钱来为天师洞做贡献，这个谎可能就要穿帮了。"

刘三叹道："唉，当初我就不该说你是富商之子，弄得现在连退路也没了。"

"这些天，我已想了好多次，我想回去劝说老妈上我大姐家去住，然后我把家里那三间老屋卖了，凑点钱开春后就请个好石匠，到天师洞凿刻老子的《道德经》。"陈山岗面带愁容说。

"那咋行！我坚决反对你去撵走老妈卖房，毕竟，那几间老屋是你家祖屋，何况，也是你今后的退隐之处。"刘三认真劝道。

"老大，春分一到，你我到时兑现不了承诺，咋个面对有恩于我们的张大师嘛。"

刘三想了想，站起说道："山岗，我坚信'车到山前必有路'的古话，到春分不是还有一个多月嘛，到时再说吧，若实在不行，我就是向陈干爹和西门公子借点钱，也要把老子五千言刻在石碑上，你我决不做一个失信的人。"

有些感动的陈山岗说："若你有这办法，那我就暂不卖房也行。"待陈山岗说完，刘三就拉起他说："走，我俩去看看我们丐帮中的那些老弱病残吧。"说完，二人就匆匆离开出租屋朝街上走去。

二人看了几处丐帮窝子，遇见了陆小青，刘三想起件事来，便交代陈山岗几句，然后拉着陆小青往花园场方向走去。不久，刘三和陆小青就到了花园场豆腐饭店。刘三清楚，这次他回花园场后，恐怕要几个月才有机会再来花园场了。当饭店内的覃老板见刘三和陆小青进了店，惊慌的她立即把店门关上，然后把刘三拉上二楼，很快，紧张的杏花也跟了上来。看着覃老板母女神情异样，刘三忙问道："覃老板，饭店是否出了啥事？"

没等母亲回答，杏花突然扑通跪在刘三面前，哭着说："刘三哥，我、我对不住你啊。"随后，杏花便号啕大哭起来。很是惊慌失措的刘三忙拉起杏花，问道："杏花，你哪点对不住我刘三呀？到底出了啥子事，你就说嘛。"这时，覃老板低声解释说："刘三，昨天宋捕快来我这儿，用刀逼问我，把杏花头上的伤情原因告诉过谁。当时，宋捕快还打了我耳光，但我仍没告诉他，我曾给你和扬雄讲过此事。"

随即，杏花又抹泪说："那个坏蛋宋捕快，见我们没说话，他就把刀架在我妈颈项上，要杀我妈。"杏花说完，就指着覃老板脖子上的新伤，让刘三看。

刘三看过覃老板颈上伤口后，勃然大怒道："这个狗娘养的宋捕快，还真他妈不是个东西！"

覃老板想了想，问道："刘三，你们弟兄伙在处罚宋捕快时，是不是说过为我女儿报仇一类的话，不然，脸上有伤疤的宋捕快来后为啥就直接逼问我们，到底把杏花的事告诉了谁。我想，他一定是来追查打了他的人。"

刘三听后愣了片刻，突然一巴掌朝自己脸上打去："嗨呀，当时老子只顾打得痛快，在教训宋捕快时，我确实质问过他，为啥要欺辱杏花。唉，我真他妈太大意了，居然犯下这种低级失误。"说完，刘三又狠狠打了自己两巴掌。

杏花忙上前拉住刘三胳膊，流泪说："刘三哥，你也不要太自责，你是为我报仇才去处罚宋捕快的。我知道，你是无意中说漏嘴的。"

"杏花，没想到啊，我的失误竟招致你母女俩受了这么大的罪，那个该死的宋捕快居然还敢在你妈颈上动刀。"

杏花又抹泪说："刘三哥，我就是怕宋捕快伤害我妈，在他凶神恶煞的逼问下，才说出我们只对你和扬雄哥说过此事。"

"宋捕快听后是啥反应？"

"宋捕快听后，再次警告我们，今后不准再对任何人提及此事。之后，我看得出，他是怀着怨恨离开我家饭店的。"

覃老板接着说道："刘三，你一定要体谅我们母女俩当时的难处，杏花是在万般无奈下，才说出只告诉了你和扬雄的，不然，宋捕快决不会轻易放过我们娘俩的。"

"没啥，说就说了呗，我能理解你们当时的难处。"刘三安慰道。

覃老板上前又低声说："刘三，你今天来了也好，我把这事告诉了你，往后，你可得提防着那狗捕快，千万别让他把你抓进县衙大牢。"

刘三听后，仰头哈哈大笑说："哈哈，我怕他！若宋捕快敢来抓老子，我就叫他不得好死！我刘三已不再是从前要饭的叫花子了，我现在已是拥有一群铁杆兄弟的丐帮老大。再过两年，老子下山后，甚至敢对抗整个县衙！"说完，刘三就从腰间抽出七星短剑，猛地扎在桌上。

看着剑柄晃动寒光闪闪的七星短剑，覃老板母女眼中，顿时露出极为复杂的神色……

当天晚上亥时，快马加鞭的宋捕快就赶到了临邛。找了家客栈住下吃饭时，宋捕快打听到翁孺学馆的具体位置。上床后，久久无法入睡的宋捕快一直在盘算明天该用啥理由去学馆找扬雄问话。要是扬雄不对他说实话咋办？扬雄既然在学馆念书，如果学馆先生跟扬雄一块出来咋办？这种丑事当着其他人问，真有些让人难堪。想到这儿，一直没想出好办法的宋捕快自语道："管那么多干啥，我到时凭感觉采取行动就是了。"说完，喝得微醺的宋捕快两眼一闭，很快就进入了梦乡。

早晨起床后，宋捕快吃了两碗特色奶汤面，牵着马就朝翁孺学馆走去。不久，识得些字的宋捕快就来到翁孺学馆外。听着学馆内传出集体诵读《诗经》的声音，宋捕快感觉这时进去有些不妥，于是把马拴到学馆对面的树上，等待学馆下课。

当蓄有半尺银髯的林间翁孺先生讲解完《扬之水》一诗宣布下课时,那些跪在草席上身前放有竹简的弟子们便一跃而起,纷纷从教室跑出学馆。由于在县城望岷楼见过扬雄,宋捕快便走到学馆大门搜寻起来。寻了一阵,没见着扬雄的宋捕快便问一男子说:"请问,扬雄在这学馆念书吧?"

席毛根看看穿着衙役制服腰挎佩刀的宋捕快,疑惑问道:"您找扬雄?"

"是呀,扬雄在吗?"

席毛根忙点头说:"扬雄在教室同先生说话,我去把他叫出来。"说完,席毛根就朝学馆内跑去。很快,扬雄就跟着席毛根跑出学馆。一见脸上有难看疤痕的宋捕快,大惊的扬雄忙问道:"您、您找我?"

"对,我的就是你。"尔后,宋捕快就快步走到扬雄面前。

扬雄见状,忙退后两步说:"我、我不认识您,您找我做啥?"

"青年才俊,你难道忘啦,你的《望岷楼赋》受到王县令嘉奖时,我就是望岷楼下负责维持秩序的宋捕快呀。"宋捕快立刻解释道。一听这人正是刘三惩罚过的宋捕快,一种不祥预感蹿上扬雄心头:看这脸上伤疤吓人的宋捕快大老远跑到这儿找我,难道是刘三打他的事暴露啦?想到这儿,扬雄忙拱手说:"辛苦了宋捕快,您从郫县赶到临邛找我,一定有啥事吧?"

"当然有要紧事找你,不然,我大老远跑来喝西北风呀!"说完,宋捕快就盯着扬雄不再开腔。此时,众多同窗见身穿衙役服装、腰挎佩刀的汉子,好似在追问扬雄,便好奇地陆续围了过来。见有人围来,宋捕快便低声说:"走,我俩上那边说去。"随即,宋捕快用嘴朝边上示意了两下。

感觉气氛有点不对的席毛根和张德川忙上前拦着扬雄,席毛根回身对宋捕快说:"差爷,有事请在这儿讲,我们今天才开学,扬子云还要上课,您不能耽误他上课。"

宋捕快一见两个青年学子拦着扬雄,顿时火了:"老子找扬雄问话,关你们屁事,给我滚一边去!"说完,宋捕快挥了挥拳头,企图吓走席毛根和张德川。谁知,爱习武的席毛根并不买账,同样挥着拳头回道:"你这衙役少来这套,老子并不怕你拳头!"说完,席毛根左腿略微一抬,就摆出习武之人常用的挑战手式和身姿。

宋捕快见青年学子胆敢对他如此挑衅,唰地抽出腰间佩刀,指着席毛根说:"哼,你小子居然不知天高地厚,竟敢在老子面前耍些花拳绣腿,来,让你先吃我一拳再说。"话音刚落,宋捕快一记左勾拳朝席毛根打去,然后又飞起一脚,妄图

159

将席毛根踢翻在地。谁也没料到，就在席毛根让开宋捕快左勾拳时，张德川猛地蹿上，朝宋捕快立足脚一扫，握刀的宋捕快身子一歪，立马扑倒在地，席毛根趁机跃上，骑在宋捕快背上就挥拳朝他砸去。随即，张德川上前一脚又踢飞宋捕快手中大刀，然后用脚踩住宋捕快头说："你这小小衙役，竟敢到我翁孺学馆来撒野，你也不问问，我们学馆的翁孺老先生是刺史大人也敬重的大文化人。"

见趴在地上的宋捕快口鼻出血，有的同窗就喊叫着朝学馆内跑去："林间先生，外面有人打架啰……"

心中再次解了气的扬雄忙上前拉开席毛根和张德川，然后扶起地上的宋捕快说："哎呀，宋捕快，您要问啥就问嘛，哪个要跟我同窗打架哟，他们都是武艺高强之人，您咋个打得赢嘛。"假装好人的扬雄，忙把宋捕快往大树下推去。

这时，站在大门口的林间翁孺大声问道："哪个打架？哪个在打架？"有的同学打趣地说："先生，精彩战斗结束啰，要看下回分解，请明年再来。"很快，学馆就响起一片哄笑声。

走到大树下，扬雄向嘴鼻仍在流血的宋捕快说："宋捕快，您有啥事就问嘛，等会儿我们又要上课了。"

宋捕快盯着扬雄，低声问道："春节前，你去豆腐饭店时，杏花是不是把她头上的伤情告诉了你和刘三？"

扬雄听后心里一惊：这个宋捕快跑这么远来找他，难道就为问这句话？看在他挨了打和破了相的份上，我告诉他也无妨。于是，扬雄点头回道："对，杏花是对我和刘三讲过此事。"

"当时在场的，只有你三人吗？"宋捕快又问。

"不，当时还有覃老板在场。"

"我最后再问两个问题，你必须如实回答我。"

"您问吧。"

宋捕快怕扬雄撒谎，便两眼盯着他问道："你和刘三身上都常带有七星短剑吗？"

扬雄一听，立刻明白了宋捕快在寻找给他破了相的人，为扩大宋捕快搜寻范围、增加找人难度，扬雄镇静回道："我没有七星短剑，至于刘三，他许多兄弟身上都有。"说完，扬雄让宋捕快摸了摸他腰间。很快，宋捕快又说："扬雄，我再问最后一个问题，问完我就回郫县去。"

这时，有同窗向扬雄喊道："扬子云，上课时间到啦。"扬雄听后，对宋捕快说："捕快大人，您问吧，我一定如实回答您。"

"刘三住哪，他是干啥的？"

扬雄清楚，宋捕快还不了解刘三，回去可能要抓捕、报复刘三，他的老铁现在不是在青城山学武艺嘛。哼，刘三兄哪是你宋捕快能轻易抓到的！想到这儿，扬雄坦然回道："刘三过去是我家近邻，六年前他出去要饭后，就很少回花园场了。至于他现在住哪儿，在干啥，我确实不知。要不您回花园乡去问问乡邻们？"

宋捕快见学馆外已空无一人，便说："扬雄，你是青年学子，我信你的话。在此，也请你转告那两个打我的王八蛋，君子报仇十年不晚，总有一天，老子要收拾那两个狗杂种！"说完，宋捕快跃上马背，骑马离开了令他恨得牙痒痒的翁孺学馆。

腰挎佩刀的宋捕快之所以慌慌张张离开翁孺学馆，是因为他从跟席毛根和张德川的短暂交手中很快明白，这二人武功不差，若真打下去，定会吃亏。何况，学馆大门外还有二十多个学子，说不定，里面还有会武功之人。好汉不吃眼前亏，老子今后再找机会收拾你们两个便是。带着自我安慰的想法，宋捕快离开了临邛。

刚过大邑场镇，宋捕快胯下的黄骠马速度就慢了下来，他知道，黄骠马需要休息吃马料了，喂过马料后，宋捕快牵着马朝离崇州不远的王场镇走去。一路上，宋捕快分析着他同扬雄的对话，最后，他得出的结论是：青年学子扬雄没参加对他的暴击，是刘三一伙在年前伏击了他，而用剑划伤他脸的，正是刘三本人。

牵马行走的宋捕快猛然又想起刘三曾骑在他身上说过的话，"今天之事你若胆敢禀告王县令，老子三天后就一把火烧了你家房子，然后再一个个灭了你全家"。莫非，刘三一伙早已探明我家住处？想着想着，不寒而栗的宋捕快就打消了公开抓捕刘三一伙的念头，宋捕快自言自语道："看来，老子今后还得用阴招来对付刘三这伙王八蛋！不出这口恶气，老子宋成强枉为大汉捕快！"

牵马又走了一刻钟，十分懊恼对杏花下手不成反遭暴打的宋捕快又有些后悔地叹道："唉，早知如此，老子上覃老板不就得了，何必弄出这些费力不讨好的麻烦来。"见有辆马车从自己身边疾驰而过，宋捕快摸了摸自己肿胀的脑袋，翻身跃上马背，然后猛抽几鞭马屁股，黄骠马驮着异常郁闷的宋捕快，闪电般朝郫县方向奔去……

[第二十章]

张云天不愧为蜀地剑客

　　在宋捕快离开临邛的当天黄昏，住在翁孺学馆的扬雄特意去街上烧腊店，买了两斤卤肉、两只卤猪耳朵、一只卤鸭子和两坛文君烧酒，招待席毛根、张德川等五位同窗。说实话，一想起今天席毛根和张德川挺身而出，把面相丑陋的宋捕快教训了一番，扬雄心里就特别痛快，他打心眼里是感激两位同窗的，因为，他们不仅替他出了气，也为他的恋人杏花再次报了仇。

　　夜幕降临，学馆寝室内红红炭火在火盆中燃着，油灯光下，碗盘中装着扬雄买回的美食。俊朗的扬雄看了看身旁的同窗，举杯说道："今天同窗好友席毛根和张德川，仗义出手，教训了我县歹人宋捕快，来，我先敬二位一杯再说。"说完，扬雄同二人碰杯后，就把杯中酒一饮而尽。尔后，扬雄又倒上酒对另三位同窗说："我们都是翁孺学馆同窗，往后日子里，大家都要相互帮衬才是。"在众友人的赞同声中，扬雄同五名同窗又一道喝干了杯中酒。

　　这时，放下酒杯的席毛根问道："扬子云，今天那个衙役找你何事？看他凶巴巴的，该不是有啥案子把你牵扯进去了吧？"

　　扬雄放下酒杯，看了看几位同窗，低声说道："你们晓得吗，就是今天这个找我的捕快，春节前，被一群蒙面人狠狠暴打了一顿，他脸上伤疤就是那时留下的。"

　　张德川听后有些不解，问道："扬子云，啥子人那么胆大，敢打县衙捕快呀？我想，这里面定有什么隐情吧？"

　　"对对，你给我们说说，到底啥原因打他？"众同窗立马来了兴致，都希望扬子云说说暴打捕快的真实原因。扬雄看着大家期待的目光，喝口酒说："因为，这个捕快妄图强奸我一个朋友的未婚妻，结果，强奸不成就打伤了那个漂亮姑娘。你们说，这种坏人该不该挨打？"说完，扬雄就看着几位同窗。

"哎呀，原来这个捕快是这种坏家伙，早知如此，今天该多揍他几拳！"席毛根说道。

张德川说："扬子云，他跑那么远来问你，莫非，你认识那伙打了他的蒙面人？"

"我何止认识，那伙蒙面人的头目就是我的老铁。"扬雄忙回道。

席毛根有些吃惊："哟，看不出来嘛，你这青年才俊居然还有这种朋友，难得难得。"

张德川又问道："扬子云，难道你今天给他说了，是哪些蒙面人打了他？"

"我咋可能告诉那个狗捕快是哪些人打了他呢！其实，他从那个受害姑娘嘴中，已逼问出我老铁的名字，但他却不知还有哪些人参与了此事，他来学馆问我，是想从我口中打探其他人姓名。"扬雄忙解释说。

张德川说道："扬子云，你真没对宋捕快讲了其他人？"

"德川兄，我咋可能告诉这个狗捕快喃，打死我也决不会告诉他还有哪些人暴打了他。"

席毛根放下酒杯又说道："扬子云，这么说来，你那老铁是当地一个组织的头目，他身边有些会武功的铁杆兄弟，那个宋捕快决不敢轻易下手抓他，万一抓他失手，宋捕快家人就有性命之忧。"

众人听后面面相觑，有些讶异地看着扬雄。稍后，在席毛根故意转换话题后，扬雄同他的同窗就谈起新学年将要读哪些书来……

刘三离开花园场后，同陆小青匆匆回到西门家老宅院，听下人说，西门公子还没从成都回来。无心再留的刘三当即给陆小青做了安排与交代，命令小青继续关注宋捕快动向，若县衙贴出有关他的告示，要立即到天师洞向他禀报。给陆小青布置完有关事宜后，刘三租了辆小马车，直朝青城山奔去。

张云天见陈山岗和刘三已先后回到天师洞，便交代方小桥做一顿丰盛晚餐，欢迎弟子们春节后齐聚天师洞。吃饭时，张云天高兴表态说："三位弟子，现年也过完了，望你们从明天开始收心，认真投入基本功训练中，若是大家练功令为师满意，那么，从下月开始，我就提前教你们练基本剑法了。"

刘三几人一听学剑法，立刻非常兴奋地向张云天敬酒，纷纷表示一定要抓紧时间练好基本功，决不辜负师父期望。果然，从第二天开始，刘三几人就提前半个时辰起床，开始按师父要求，分别加大训练量，来完成具有一定难度的基本功训练。张云天看着这三个徒儿的表现，嘴角不时露出不易被人察觉的笑意。

　　离开临邛当天，宋捕快并没快马加鞭赶回郫县县城，而是在温江金马河客栈住了一晚。他住这一晚的原因有两个：一是他脸上有新伤，不宜当天赶回县衙；二是他想好好静下心来，想出好办法来收拾刘三这伙人。当天晚上，宋捕快在客栈喝酒吃饭后，就靠在床头，冥思苦想下一步如何才能抓到刘三。快到子夜时，已想出办法的宋捕快，说了句："哼，若用这办法还抓不到刘三，老子就不姓宋！"随后，宋捕快才惬意地进入梦乡。

　　第二天到县衙后，宋捕快向王县令谎称，他这几天在花园乡调查中，发现了墓碑石案新线索，线索最后都指向了县城丐帮头目刘三。王县令听后，认为过去抓到的桂子和袁平都是叫花子，而刘三又是花园场一带的人，那么，丐帮头目刘三作为盗石案的主谋指挥者，自然顺理成章。经宋捕快一说，王县令赞同了宋捕快对案情分析的结果。尔后，王县令便指示宋捕快，要及早将刘三捉拿审讯。

　　在接下来几天里，为报私仇的宋捕快就按他早已想好的办法，开始化装成生意人，有意去接近那些在县城要饭的叫花子。而宋捕快这一举动，早被监视他的陆小青发现。每当宋捕快接触叫花子后，陆小青都要去询问：那人给你谈了些啥。这时，大多叫花子都会诚实地告诉陆小青，那生意人在了解他们要饭情况，并问了他们丐帮头目是谁，住在哪儿之类的话，有时，这个好心的生意人还会给他们点小钱。出人意料的是，宋捕快居然用两枚五铢钱，成功收买了一个年近六十岁的瘸腿老汉，让他今后为自己提供帮主刘三的线索。从那之后，这个瘸腿老汉就在丐帮中打探起刘三的动向来。而这一切均被陆小青掌握，一周后，陆小青便步行去了青城山，向刘三禀报了宋捕快收买胡老汉的情况。

　　送陆小青离开天师洞时，刘三嘱咐道："如果瘸腿胡老汉继续跟宋捕快暗中往来，你也暂别伤害他，你现已接替袁平做了丐帮收款人，就用下面要饭人交上来的钱租辆马车，把他强行送到大邑或温江去，阻断宋捕快跟他的联系就是了。"陆小青点头答应后，便匆匆下了山。

　　惊蛰刚过，吃过早饭后，头发高束、身穿织锦镶边白色绸服、脚穿黑色皮靴的张云天，手提凌虚宝剑招呼三个弟子来到天师洞茅屋旁的训练场。张云天看了看三位高矮不一的弟子，严肃说道："弟子们，由于近些日子你们苦练基本功，身体素质有了前所未有的改变，现在你们臂力、腰劲和腿力都有了足够力量，我宣布，从今天起，我开始教你们基本剑法，大家觉得如何？"

开心的刘三几人一同大声回道："太棒啦！"

随即，张云天举起手中长剑说："剑，是'百兵之君'，剑，是爱剑之人和剑客们的手中利器，谁掌握了精湛剑法和剑术，谁就有了杀敌和防身的高强武艺。在此，我想问问徒儿们，你们愿不愿学好剑法呀？"

激动的刘三几人又振臂高声回道："愿意！"

两眼炯炯有神、鼻梁高挺的张云天呼呼生风地挥动几下手中长剑，又振振有词地说："剑法，就是使用剑的方法，它是剑客们在上千年实战交锋中，总结出来的用剑方法和基本动作。用剑之人的功力与技巧，直接关系到用剑的精妙与否。只有把自己灵魂注入剑气中的人，才配做一个真正的剑客！"

这时，陈山岗突然上前一步，抱拳说："师父，您说得太好了，我做梦也想成为一名真剑客。"话音刚落，刘三和李二娃也上前一步说："师父，我也想成为剑客！"

"好！既然你们几个徒儿都有成为剑客的愿望，只要大家拿出近些日子的练功劲头，认真学习基本剑法，我坚信，几年之后，你们都会成为合格的习剑之人。"张云天之所以这么说，是因为他清楚，刘三几人成为习剑、爱剑之人没啥问题，但要成为一名合格剑客那就太难了。但为鼓励徒儿们认真学好剑法掌握好剑术，张云天还是说出了心中的真诚之言。

刘三有些疑惑地问道："师父，您刚才说的剑法与剑术，它们二者之间有啥区别吗？"

张云天回道："有区别呀，剑术指的是使用剑的技术，剑法说的是使用剑的技法也。过去，剑客们把剑术中的'击''刺''格''洗'四类剑法称为'四母剑'。今天，我就先把这四种剑法给你们解释下，以便你们对接下来要学的基本剑法有个大致了解。"

在几个徒儿聚精会神聆听时，张云天用左手食指指着剑的前端说："剑术中的'击'，指的就是用剑刃前端一至三寸处，短促抖腕发力如敲击钟磬，可上下点击，也可左右抖击或平击。其中，剑尖向小指一侧方向击称为'正击'，向拇指一侧方向击称为'反击'。"说完，张云天就做了两个正击和反击动作演示给几个徒儿看。刘三几个看后，拍手兴奋说道："嗯，巴适巴适，师父讲得好安逸哦。"

张云天微笑地看着徒儿们，又接着讲道："剑术中的'刺'，指的就是通过手臂的屈与伸，用剑尖部位沿剑身方向直取对方身体任何部位。剑身呈水平面为平刺，剑身呈竖直面为立刺。结合剑刺方向和步法、身法，则又有进刺、退刺、独立刺、跳步刺、腾空刺、换手刺、转身刺、连环刺等等。"说完，张云天又挥动长剑，给刘三几人演示了几种剑刺法。

在徒儿们看得傻眼时，张云天又接着说："剑术中的'格'，就是阻碍、拦击的意思。具体做法是持剑人用剑尖或剑刃前端去挑开对手进攻的兵器。这被称为'格'的剑术，又叫'挑剑'或'挂剑'。左挂为顺格，右挂为逆格。上挑为冲天格，左挑为左格，右挑为右格或反格。"说完，张云天用剑又分别做了几个不同的分解动作。

张云天刚做完分解动作，李二娃便催道："师父，那您快给我们讲讲'洗'的剑法吧。"张云天看了看性急的李二娃，点头说："好，我再把剑术中的'洗'给你们说说，洗就是综合熟练使用各种剑术的简称，其中包括平洗、斜洗、上洗、下洗，同时还包括撩、截、斩、扫等等。"说完，张云天又快速演示了一套较为复杂的剑术，看得刘三几人目瞪口呆。演示完后，刘三几人顿时报以热烈掌声，几人大赞师父不愧是蜀地顶级剑客，足以吊打江湖上那些徒有虚名的剑仙侠客。

有些自豪的张云天，抬头看看艳阳高照的天空，尔后对徒儿们说道："我上午讲解剑术就到此为止，你们几个徒儿好好琢磨琢磨我所讲的四种剑法，下午，我再给你们讲讲剑术中的二十几种具体招式。当你们对剑术理论和具体招式有所了解后，才能在接下来的学剑过程中，取得可期的好成绩来。"

随后，当张云天端起陶杯喝茶时，刘三几人便热烈讨论起师父刚才讲的四大剑法来。

午后，在春阳四溢的碧蓝天空里，有几只雄鹰在展翅翱翔，森林里，不时传来山猴和锦鸡的叫声。午休后的张云天起床喝过茶后，就吩咐陈山岗和李二娃从他茅屋中，扛出一个早已做好的稻草人和两个木桩。当一切安排好后，张云天又提剑招呼刘三到练功场，准备开始讲解剑术中的具体招式。

春燕呢喃声中，和煦山风吹过，单杠下，手握凌虚剑、身穿一袭白色长绸服的张云天注视着三个徒儿，神采奕奕地说道："徒儿们，中华剑术博大精深，过去各地的不同剑客，他们的用剑风格和招术均有差异，尤其在春秋战国之后，一些著名剑客如越女、荆轲、虫达、盖聂等人，他们都拥有各自的追随者，老夫从这诸多剑客的剑法中，提炼出二十多种基本招式来。今天下午，我就先给你们讲八种，希望弟子们不仅要记在心中，还要在练剑过程中学会使用这些神奇剑术。"

刘三听后，忙问道："师父，我们没剑，咋能学好剑术喃？"

张云天立马回道："徒儿别急，黄昏前，芝香会带来三把我专为你们订制的剑，往后，你们练剑就方便了。"

刘三听后，忙对张云天拱手作揖说："谢谢师父的精心安排。"

随后，张云天开始舞动长剑，认真讲解起他归纳出的八种招式来："现在，我要讲的第一个招式是'劈'。劈，如同斧子砍木头，其势以刃口由上而下或斜下将物劈开。剑身成立或侧，其摆幅大而速度快，着力点在剑刃前部或中部。持剑人以破竹之势砍下，就叫作劈！"说完，张云天挥动长剑，一剑把地上木头劈开。示范完"劈"的动作后，张云天把长剑递给弟子们，让他们轮番用剑去劈木头。可无论刘三几人怎样劈砍，那立在地上的木头再没劈开过。

张云天笑了笑，从刘三手中拿过凌虚剑又说道："弟子们，我要讲的第二个招式就是'点'。点，就是将立着的剑尖向下点啄，力达剑刃前端。其势如蜻蜓点水，也像小鸡啄米。千万要注意挥臂持剑由上而下，先沉臂突然提腕，发力要短促刚劲，最后定势为螺把持剑。大家要注意，该点的重要之处，在实战时就要稳准狠地点击对方手腕。"说完，张云天挥剑一点，剑尖即刻将稻草人手腕处点穿。

见弟子们跷起大拇指夸赞自己，张云天又接着说："我要讲的第三个招式是'崩'。所谓崩，就是突然爆发的样子。持剑人的手腕突然屈腕上翘，将剑立着，剑尖由下而上，挑锋上击为崩。剑尖向拇指方向为正崩，向小指方向为反崩。崩的重要目的，就是崩击对手腕部，迫使对手失去还击能力。接着，我要讲的第四个招式是'击'。所谓击，就是挂剑人平剑向左或向右攻击，力达剑锋前端，这一招式讲究出其不意，往往使对手防不胜防败下阵去。"

说完，张云天又用剑演示一番，尔后让弟子们轮流用剑在稻草人前模仿练了一阵。见弟子们兴趣颇浓地演练几遍后，拿回剑的张云天又说道："弟子们，我接下来要讲的第五个招式是'挑'。挑的具体做法是，持剑人由虎口向上持剑，将臂伸直，与剑成一条直线，立剑用剑尖部分，如针一般由下往上呈挑刺状，袭击敌方腕部或肘部，力道要集中在剑身前部和中部。"说完，张云天对着稻草人，做了几下麻利的挑剑动作。

见弟子们赞叹不已，张云天收住剑又说道："我要讲的第六个招式是'截'。剑身斜向上或斜向下为截，持剑人要劲达剑身前部，在拼杀过程中，上截剑就是要剑刃斜着向上，下截剑就是要剑刃斜着向下，只有这样，才能达到致对方于惨败的效果。"说完，张云天又用剑给弟子们演练了几下"截"的动作招式。弟子们见师父演示完后，都在原地不停用手比画着师父讲的招式。

稍后，张云天又昂头说："最后，我还要讲两个有些关联的剑术招式，它们就是'撩'与'挽'。撩，就是将剑由后向前上方或由前向后上方撩出，力达剑刃前部。撩击对方可分为前撩、后撩、正撩和反撩四法。而'挽'的招式，有的剑客称之为'挽花'或'腕花'。这招式的意思是，持剑人将剑身环绕腕部，这里有'剪腕花'和'撩腕花'之分。'剪腕花'说的是以持剑手为轴，使剑贴身由前向下、向后或在身前回环，而'撩腕花'要点与前者相同，但运动轨迹却相反，使剑由后向下再向前划立圆。在身前的可叫'前撩腕'，在身后的可叫'后撩腕'。"说完，张云天又挥动长剑，做了几下"撩"与"挽"的分解动作。

没想到，张云天刚收剑站定，刘三就嚷叫开来："哎呀，师父，您讲得太复杂了，我的头都听晕了。"陈山岗也说："师父，您一下给我们讲那么多招式和动作，我们咋个记得住嘛。"

张云天听后笑道："徒儿们，我今天多介绍几句有关剑术和剑法方面的知识，并没指望你们能全记住，而是让大家感受下我们华夏剑术和技法的丰富性。从明天开始，我还要分别给你们讲讲剑术中的刺、提、斩、托、按、挂、削、穿、压、抹等技法。只有在你们全面了解诸多剑法后，大家心中才能明白，真正要学好剑术决不是短时间可以办到的，所以，我希望弟子们要做好长期学习的思想准备。谁要是掌握不了基础剑法，往后，我是不可能传授飞镖之技给他的。"随后，张云天便严肃地观察起徒儿们的反应。

出乎张云天意料的是，在弟子们相互看看后，陈山岗竟提出，希望师父再为他们几个徒弟表演一段当年项庄舞剑的情节来。张云天无可奈何笑了笑，只好挥动手中长剑，学着鸿门宴中的项庄，在天师洞扮演起项庄舞剑的角色来。

正当张云天学项庄舞剑时，挽着发髻、身着绿色长裙春装的廖芝香肩杠用麻布包裹着的三柄长剑，沿山道缓缓朝天师洞走来。眼尖的李二娃发现廖芝香身影，便大喊一声朝她跑去。很快，刘三几人从麻布中抓出剑，兴奋地各自挥着，毫无章法地在土坝上舞动起来……

晚饭喝酒时，刘三几人向廖芝香大夸师父，说师父不仅剑术精湛，而且理论知识讲得头头是道，真不愧是蜀地顶级剑客。廖芝香听后，特向张云天敬酒说："主人哪，您这几个徒儿对剑术这么感兴趣，您就好好把剑术传授给他们吧，我真希望，您的绝世剑术后继有人哪。"

"既然为师，传授剑术就是我义不容辞的责任。本人相信，两年之后，徒儿们定会成为掌握诸多剑法之人。"张云天举杯回道。

早春的临邛，到处盛开着玉兰、李花、梨花和桃花。令青城山上刘三几人想不到的是，在张云天教授他们剑术知识时，扬雄在惊蛰之前，就跟着同窗席毛根和张德川练起拳术和棍棒来。子夜前，席毛根几人常要求扬子云吹奏完《陌上桑》和《大风歌》，才肯入睡。而令同窗们不知的是，万籁俱寂的春夜里，那远在花园场的杏花丽影，却常常潜入青年学子扬子云的春梦里……

[第二十一章]

巴人剑客，想同张大师切磋剑术

　　初春时节，陆小青经过一个月对宋捕快的跟踪盯梢，发现他跟丐帮中的瘸腿胡老汉来往仍旧密切，为防止胡老汉出卖帮主刘三，陆小青叫上两个帮手，租了辆马车，以参加大邑丐帮聚会为由，强行把胡老汉丢到大邑县城。在陆小青看来，大邑到郫县路途遥远，瘸腿胡老汉几乎不可能再回郫县要饭了，这样就切断了他与宋捕快的联系。当宋捕快发现胡老汉失踪后，他骑着马整整在县城附近找寻了三天，却也一无所获。颇为纳闷的宋捕快向丐帮中老弱病残打探，也毫无结果。此后，心有不甘的宋捕快又开始在丐帮中寻找新的可能被收买的对象。

　　春分刚过，在成都玩够了的西门云飞，骑马回到郫县老宅院。在读书练剑之余，他时常约上陆小青等人，到他院中喝酒聊天。西门云飞在得知陆小青把瘸腿胡老汉送往大邑后，哈哈大笑夸小青用这两全其美的办法阻断了宋捕快同丐帮中奸细的联系。

　　很快，辽阔的川西平原百花齐放，桃红柳绿之后，清明节将在呢喃的燕声中来临。汉民族极为重视孝道亲情，故历来就有清明祭祖习俗。清明前三天，林间翁孺就在学馆宣布放假五天，弟子们可回家去参加祭祖活动。为回乡祭祖，扬雄第一次开口向林间先生借了一匹马，然后骑马朝花园乡石埂子亭奔去。

　　天师洞的张云天熟知川西民间祭祖习俗，清明前，也特给刘三几人放了假，让几个弟子下山回去上坟。就这样，刘三、陈山岗和李二娃下山后，立即租了辆马车，朝郫县西门家老宅院奔去。分手整整三个月，这些江湖兄弟又想在一块聚聚了。西门云飞见刘三几人突然造访，便决定晚上去县城最豪华的鹃城大酒楼好好搓一顿。西门云飞已想好,他要在晚上聚会时通报袁平在成都工作情况,好让刘帮主几人高兴高兴。

下午酉时刚过一刻,出了西门家老宅院的刘三一伙就在西门公子带领下,朝县城内的鹃城大酒楼走去。不到半个时辰,一路说说笑笑的他们就来到酒楼。酒楼杜老板认识西门公子,忙上前问道:"哎哟,西门公子贵客,好久没到我这儿来了,今天准备坐哪桌呀?"

"杜老板好,我看今晚这底楼客人不少嘛,您这真是生意兴隆通四海,财源茂盛达三江哪。我还是坐三楼老地方,靠窗那桌,咋样?"西门云飞回道。

"好嘞,西门公子,那你们就请上三楼呗。"杜老板说完,躬身做了个请的手势,尔后,就忙吩咐店小二给三楼靠窗一桌摆上碗筷。

不到半个时辰,丰盛的美味佳肴就摆上了桌。喝下第一杯酒后,西门云飞说道:"各位兄弟,我在此给你们回个话,袁平已被我父亲介绍到浣花织锦坊去做事了,织锦坊的谢老板表了态,只要袁平在那儿好好干,三年后,他就可提升袁平小兄弟为他助手。"刘三听后,忙起身端着酒杯说:"这里,我代表丐帮,向西门公子表示衷心感谢。"说完,刘三同西门云飞碰杯后,就将杯中酒一饮而尽。

此时,陈山岗心里吐槽道:这也太凑巧了,我去年秋天从浣花织锦坊骗走一件高档织锦绸服,咋这袁平就去了那地方,看来,这浣花织锦坊同我们丐帮还缘分不浅嘛。

这时,从楼梯口冒出两位身材魁梧、腰挎长剑的汉子来。他俩看了看剩下的唯一一张方桌,无奈地摇了摇头就走过去坐下。这时,店小二忙上前问道:"二位客官,想吃啥喃?"

头发粗硬的圆脸汉子回道:"小二,你给我俩来一坛上等好酒,然后再要一大盘回锅肉,一份郫江红烧鲤鱼,两斤卤牛肉和一份肝腰合炒即可。"店小二听后,立马说了句:"客官稍等,你们要的下酒菜马上就来。"随后,店小二挥着手中抹布,就飞快下了楼。

暮色之后,黑色的帘幕将大地景物遮掩,这时,一弯像银质小船的弦月,缓缓升上窗外树梢,开始飘游在黛蓝的夜空。三楼上,众人在喝酒摆龙门阵的喧闹声中,突然听到魁梧汉子用筷子指着盘中菜说:"嗨呀,这鱼做得太巴适太好吃了,本人从没吃过这么鲜嫩的红烧鲤鱼。"

听见赞叹声的刘三扭头向邻桌把剑横放在桌边的汉子看去。似乎有所触动的刘三突然说道："要说剑嘛，在蜀郡之地，我还没见过有超过我师父凌虚宝剑的好剑。"

"真的？刘三兄，哪天可否让我饱饱眼福？"西门云飞听后问道。

刘三忙放下酒杯眉飞色舞地说："绝对没问题，我作为师父的大徒弟，保证可以让兄弟上山看剑拜师。"

刘三刚一说完，陈山岗接着对西门云飞说："西门公子，你是不知哪，最近一个月，我们师父已开始教我们剑术了，你是玩剑之人，晓得'击''刺''格''洗'四大剑法吗？"

"我听说过，但不全懂。"西门云飞回道。

刘三忙站起，抱拳说："西门公子，四大剑法只是大类，还有二十几种不同的舞剑招式。近些日子，我光是背诵劈、点、崩、击、挑、截、撩与挽，就把脑壳整昏了，唉，学剑不容易啊。"

刘三刚说完，李二娃就离开座位，在一旁用手比画了几个舞剑动作，众兄弟看后，都跷起拇指夸赞李二娃动作有点像那么回事。见众人夸奖李二娃，刘三不屑地说："你们夸他干啥子嘛，李二娃的舞剑动作，离我师父的舞剑功夫还差十万八千里呢。"

刘三刚一说完，西门云飞等人就笑了起来。觉得有些不好意思的李二娃忙端起酒杯说："各位兄弟，我这初学剑之人，在这出丑脏了大家眼睛，那我就自罚一杯哈。"说完，李二娃就将酒倒进自己嘴中。

此刻，谁也没想到，邻桌的圆脸汉子抓着手中剑，走过来向刘三一伙问道："小兄弟们，你们谁认识我手中这把宝剑？"

刘三这桌人中，接触剑较多的应属西门公子，西门云飞见刘三向他示意，忙上前拿过剑看了起来。稍后，西门云飞唰地从剑鞘中抽出寒光闪闪的长剑，仔细观看起接近剑把的图案来。看过一阵虎形图案，西门云飞抬头对圆脸壮汉说道："好汉，您这把宝剑，应该是巴人之剑吧？"

圆脸汉子惊异道："小兄弟，你真好眼力，竟然能认出我这卫国剑是巴人之剑，不简单哪。"

西门云飞指着剑上图案说："好汉，我并非认得这宝剑就是巴人剑，其实，这是剑身上虎型图案告诉我的，因为，据我所知，巴人的图腾就是猛虎嘛。"尔后，圆脸壮汉从西门云飞手中拿回剑说道："各位小兄弟，本人是忠州人士，巴人后裔，名叫巴尚武，是大英雄巴蔓子25代直系后人。我这人没啥爱好，一生就喜欢玩剑。"

这时，另一汉子走过来，指着巴尚武对刘三一伙说："尚武是我堂兄，我叫巴尚德，我俩都是巴蔓子后人。但不同的是，他是我们巴人中的优秀剑客，而我仅是一名爱剑之人而已。"

一听"剑客"二字，西门云飞忙上前紧紧攥住巴尚武的手说："尚武大叔，晚辈西门云飞，也是爱剑之人，今天有缘相识，我得敬您一杯才行。"说完，西门云飞回身从桌上端起两杯酒，然后递了一杯给巴尚武，随即，在众人欢笑声中，两人把杯中酒一饮而尽。出乎巴尚武意料的是，在西门公子敬酒后，刘三几人也轮流敬酒向他表示敬意。

喝完酒后，巴尚武抱拳谢过西门公子和刘三几人，然后说道："刚才，我听你们提到凌虚宝剑和你们的师父，这里，我有一个小小请求，不知当讲不当讲？"

刘三一听，忙抱拳回道："巴大叔，您有啥想法，不妨直说。"

"好，我是巴人剑客，不仅一生崇敬剑术高超之人，还喜欢观赏世间好剑。我最近要去灌县参观震惊大汉的都江堰水利工程，也想借清明之际，去凭吊我崇敬的李冰父子。所以，我要在川西待上十来天时间。如有可能，我真心希望诸位兄弟能引荐我拜会你们师父，甚至还可跟你们师父切磋剑艺嘛，顺便再看看我从未见过的凌虚宝剑。咋样，你们能帮我这忙吗？"

刘三和陈山岗还没想好如何回答巴尚武，西门云飞忙说："好说好说，您巴大叔不就想见见张大师看看凌虚剑嘛，这完全没问题嘛。"其实，在西门云飞一听巴人剑客想跟张大师切磋剑艺时，他就想撮合此事。谁不知，喜欢玩剑的人，都盼望能目睹高手过招呀？何况眼前壮汉，还是巴人中的真正剑客。

刘三见西门云飞表了态，只好拱手说："尚武大叔，见面切磋剑艺是好事，我们这些弟子也想看看剑客过招的精彩表演。这样吧，马上就清明了，我们这群弟兄伙都要各自回家祭祖上坟。我看，那就清明后第三天，我们在青城山天师洞相会吧。到时，我们一定欢迎二位到来。"

"好，一言为定，那我们就清明后第三天午时，在青城山天师洞见。"巴尚武高兴抱拳说。

为何巴人剑客巴尚武提出他想会会拥有凌虚宝剑的张大师呢？这里，不得不说说巴人的由来。巴人是个古老的部族，他们最初大约是东夷的一支，生活在今天湖北汉水上游和陕西汉中等地，后来由于受部族战争影响，又辗转迁徙到湖北重庆交界的三峡一带。据甲骨文记载，商朝和巴人之间曾发生过多次战争，商朝著名女将军妇好就曾率领上万大军去攻打巴人老巢。巴国虽屡遭征讨却从未被灭国的重要原因，就是当时的巴国人特别尚武，具有能征善战的顽强战斗精神，故成为令商王朝头痛地对象。之后，巴人在三峡一带建国，称为"巴国"，使用的图腾为虎。不久，进入青铜时代的巴人便开始重视青铜冶炼技术。不同于中原人对礼器的重视，巴人冶炼青铜是为了制造更好的武器，所以，好勇斗狠的巴人尤为喜欢手持青铜短剑在战场上拼杀。他们生命中流淌的是尚武之血，崇尚的是不惧死亡的勇士精神。

据历史记载，在灭商王朝的牧野大战中，巴人勇士挥动青铜短剑，一马当先冲在最前面，摧毁了商军的抵抗意志，为战争胜利立下了头功。剑客巴尚武是巴蔓子第25代直系后人，那巴蔓子又是何人？巴蔓子是战国中后期的巴国将军。当时，巴国朐忍（现万州一带）发生内乱，时值巴国国力衰弱，国君受到叛乱势力胁迫，百姓也被残害，万般无奈下，为平息内乱的巴国将军巴蔓子遂以许诺酬谢楚国三城为代价，借楚兵平定了内乱。事后，楚使索城，巴蔓子认为国家不可分裂 身为人臣也不能私下割城，不履行承诺是为无信，割掉国土是为不忠，于是告曰"将吾头往谢之，城不可得也"，于是自刎，以头献楚使。从此，巴蔓子以头留城、忠信两全的故事，在巴渝大地流传，巴蔓子就成了巴人护国爱民、舍生取义的人格化身。

对于刘三一伙没啥文化的丐帮兄弟来说，他们当然不知巴蔓子是怎样的英雄人物，但对有文化的西门公子来说，他不仅知道巴蔓子是位忠君爱国的大英雄，更知这位爱国将军第25代直系后人肯定有一身真功夫。当晚，在告别巴人剑客回家的路上，西门公子还暗自得意，自己促成了两大剑客切磋的难得机会。

第二天早饭后，西门公子主动提出，他要将自己的白龙驹骏马借给刘三回花园乡上坟，借马的目的只有一个，就是希望明天清明上坟后，刘三下午能及时赶回老宅院。西门云飞清楚，若刘三不提前回去禀告并说服张大师，要是事到临头张大师拒绝与巴人剑客切磋剑艺咋办？临别，刘三同西门云飞商定，刘三和陈山岗提前回天师洞搞定师父那边的事，西门云飞这两天再联络组织些习武弟兄，到时一同去天师洞观战助兴，不能使切磋场面显得冷清。

清明节凌晨，川西平原飘起了绵绵细雨，辰时刚过不久，都江堰一带的雨就逐渐停了下来，空气显得格外清新。吃过早饭的巴尚武两兄弟，带上昨天就已准备好的香烛，离开客栈朝玉垒山下李冰庙走去。

不久，腰挎长剑的巴尚武和巴尚德二人来到山下一座稍显简陋的庙宇前。抬头望去，只见庙前的横匾上写有"李冰之庙"四个隶书大字；庙前两边大柱上，有副对联映入二人眼中，"六字炳千秋，十四县民命苍天，尽是此公赐予；万里归一汇，八百里青城沃野，都从太守得来"。在前一天对都江堰的实地观景中，巴尚武已明白对联中"六字炳千秋"的含义，指的就是"深淘滩，低作堰"的治水六字经典之言。

品完这副高度概括李冰治水功绩的对联后，进了大门的巴尚武两兄弟，见庙内早已有些祭祀人点燃不少香烛，他俩也忙拿出香烛点燃，尔后虔诚地插在香炉中。插完香烛后，巴尚武二人先后跪在李冰像前，各自磕了三个响头，以示对这位当年蜀郡太守的崇敬之心。稍后，起身站立庙中的两位巴人汉子便久久凝视着造型朴拙的李冰塑像，他俩神思仿佛也回到昔日治水的场景中……

巳时刚过一半，骑马的刘三就跃下马背，来到离扬家小院不远的母亲坟前。将马拴好后，刘三从怀中掏出香烛点燃，就认认真真插在了母亲坟头。随后，刘三跪在坟前，磕了三个响头，磕完头后，没起身的刘三低声说道："妈，儿今天来给您烧香烛了，从今往后，只要我刘三不死，春节前、清明和七月半，我都要回来给您老人家敬奉香烛。您在世时，我刘三年纪尚小，没能向您尽孝，现在我已长大成人，是该我孝敬您老人家了。"说完，刘三竟趴在坟头伤心地哭起来。

没想到，刘三的哭声惊动了在竹林外上坟的扬凯一家人，跪在坟前的扬雄起身后，忙绕过树丛朝不远处望望，然后就朝趴在坟头的刘三走去。刘三母亲的坟上长满了春草和野花，坟前的香烛仍在静静燃着，宛若刘三对母亲的无尽思念。走近的扬雄看看拴在一旁的白马，上前拍了拍趴在坟头的刘三说："刘三兄，别太伤心啦。"

听见扬雄的声音，刘三猛地从坟头爬起，惊诧说："兄弟，你不是在临邛念书吗？咋、咋回来了？"

"今年清明节，学馆先生特给我们放了假，要我们回家给各自去世的先辈上坟，这不，我就借了先生的马，赶回来给我爷爷和祖爷爷上坟，明天，我还得赶回学馆去。"扬雄回道。

刘三用衣袖擦去泪水，想了想说："兄弟，我建议你暂别回学馆，跟我一块上天师洞，去看一场精彩的剑客较量，咋样？"

"啥子剑客较量？"扬雄有些惊诧。

很快，刘三就把巴人剑客要上天师洞的缘由讲了一遍，临末，刘三还补充说：

175

"兄弟,这次剑客的切磋之战,不仅西门公子要去,而且他还要组织些喜欢习武的人去,你说,你不去是不是会留下终生遗憾?"

正开始习武的扬雄当然想看剑客之间的较量,但他是一名守规矩的学生,若是平时,他定会按时返回学馆,但他听说喜欢辞赋的西门公子不仅要去,还要组织喜欢习武的朋友一起去,或许,那些习武的人中还有喜欢辞赋的人呢。想到这儿,扬雄犹豫后高兴回道:"好,刘三兄,我听你的,这次就推迟两天回临邛。跟你们一同上天师洞,顺便拜见下张大师。"扬雄这样说时,已想好推迟回学馆的理由。

刘三听后,摇摇头说:"不,我得先走,今天回老宅院还西门公子马后,明天我就得同陈山岗先赶回天师洞,张大师还不知我们已答应巴人剑客要跟他们切磋剑艺的事,若不提前跟师父讲明,到时他不理巴人剑客咋办?"

扬雄笑了:"哈哈,刘三兄,你们也太胆大了嘛,居然敢背着师父接下巴人剑客的挑战书,这也太不像话了。"

"情况特殊,我当时正在吹捧师父剑术,若不应下切磋之事,那不更丢师父的脸嘛。"说完,刘三尴尬地笑了……

第二天上午,扬雄对父母谎称他要回学馆念书,就骑马离开了家。过龙家大院后,扬雄就挥鞭打马,直朝县城边的西门家老宅院奔去。马背上的扬雄回想起昨天下午去看杏花时的情景,脸颊又是一阵滚烫。昨天下午,十分思念杏花的扬雄骑马去了豆腐饭店,当扬雄从怀中掏出一对从临邛带回的绣花枕套时,高兴的杏花一见便问这枕套上绣的啥字。扬雄告诉杏花,这是当年司马相如送给卓文君的爱情诗《凤求凰》。脸红的杏花抑制不住内心激动,猛地抱住扬雄,在他脸上吻了一下。昨晚回家睡觉时,扬雄故意没洗脸,他想把杏花的热吻和体香多留些时间在自己脸上。

不久,下马的扬雄就叩开了西门家院门。开门的西门云飞一见扬雄,便给了他一个熊抱,然后高兴地大声说:"哈哈,子云贤弟,你果然是守信之人。昨天刘三兄回来说,你今天要来我这儿,我就一直盼着你来哪。"

"我扬雄也十分想念你西门公子哩。"说完,二人手拉手就走进了后院客厅。随后,扬雄从包袱中拿出竹简说:"西门公子,这是我昨晚在家准备的小礼物,特送给你的。"随即,扬雄就把竹简捧给了西门云飞。

接过竹简的西门云飞看过用隶书体写的字后,情不自禁大声诵读道:"'三人行,必有我师焉''己所不欲,勿施于人'。哈哈,子云贤弟,你这用隶书书写的圣人之言,真是世间少有的书法妙品嘛,真没想到,你的书法本事,竟是如此了得，令我西门云飞佩服也！"

西门云飞话音刚落，陆小青就从外跑了进来，焦急对地西门云飞说："西门兄，我已通知了部分喜欢习武的丐帮兄弟，但总共还不到十人，你看咋办？"

"啥，就这么点人，我们咋上天师洞给张大师助威！"

"是呀，我也认为人少了些，你说该咋办？"

西门云飞想了想说："这样吧小青，你再去丐帮中找些人，哪怕不习武的年长男人也行，若人数实在不够，你去街上找些挑夫凑数也要得，工钱算我的。下午寅时，我在鹃城大酒楼下，租好两辆大马车等你们，你最少也要给我凑够二十人才行，不然，刘三兄会怪我不会办事。"

陆小青忙点头说："那好，我立即去找人。"说完，陆小青就转身离去，这时，西门云飞又叮嘱道："小青，我们这次是上天师洞给刘三的师父助威的，你让那些要去青城山的兄弟有刀剑的都要带上刀剑，没刀剑的也要带上棍棒，不然，到时候就不像是去参加天师洞的剑客过招聚会了。现在，我陪子云贤弟聊聊天，过会儿我就去联系马车在鹃城大酒楼下等你们。"

"好，时间紧急，我马上去再落实些人。"说完，陆小青拱手告别西门云飞和扬雄，就飞奔着朝院外跑去……

[第二十二章]

剑客较量，张大师颜面尽失

下午，身穿一袭织锦镶边白绸服的西门云飞和身穿一件普通绸服的扬雄，二人骑马去县城租了两辆马车后，在寅时前提前赶到鹃城大酒楼外。不一会儿，陆小青领着一大群穿着各式汉服、拿着棍棒刀剑的男人，来到约定地点。见人到齐后，陆小青忙指着西门云飞对穿戴各异的众人说："大家听着，此次我们去青城山为剑客之战助威，领头组织者就是这位西门公子。"

突然，人群中一长脸中年汉子问道："陆小青，我们挑夫的脚力钱，是这位西门公子给吗？"

不等陆小青回话，西门云飞就对问话汉子说："对，此次我不仅管大家吃喝住行，还管你们挑夫工钱，明天下午返回县城前，我给挑夫每人发5枚五铢钱，满意吗？"

中年汉子听后，忙高兴说："要得，看你这大公子样，我就晓得你是有钱的主。从现在起，你叫我们干啥就干啥，一切听你的！"

"好，那就请大家先上马车，我们立即向青城山进发！"元气满满的西门云飞说完后，众人分别朝两辆大马车走去，很快，两辆马车就离开了县城。扬雄同西门云飞一道策马并肩，甚是洒脱。

卯时刚到，西门云飞率领的两辆大马车就来到青城山脚下小镇上的客栈门前。安排完众人住宿后，陆小青就遵西门云飞交代，跟客栈老板商量弄一顿丰盛晚餐。一个时辰后，当鸡鸭鹅鱼各种菜肴与六坛好酒上齐时，坐在上位的西门云飞站起向各位汉子介绍道："朋友们，既然我们有幸成为青城之行同路人，那也算是缘分，在此，我特向你们介绍下，我身边这位好友，他就是青年才俊扬雄。"

第二十二章 剑客较量，张大师颜面尽失

此时，扬雄忙起身抱拳对众人说："各位好，我谈不上什么青年才俊，只是一名正在学馆念书的学子而已。"

"对，扬雄现虽是一名学子，但你们晓得吗，他就是我县王县令去年嘉奖过的《望岷楼赋》的作者，扬雄的名气大得很哪。"西门云飞刚说完，一群人就嗡嗡议论开来，有些人忙向扬雄跷起大拇指说："嗨呀，真看不出来，扬雄还这么年轻嗦，厉害得很嘛。"

这时，扬雄忙端起酒杯说："各位，今天我们首先应该感谢的是西门公子，没有他慷慨解囊相助，就没有我们此行。在此，我提议，为感谢西门公子的侠义相助，我们先敬西门公子一杯，好不好？"

"要得要得。"在众人应和声中，扬雄同西门云飞碰杯后，二人就同大家一道，把杯中酒一饮而尽。这时，西门云飞又给扬雄和自己杯中倒上酒，举杯说道："各位，我子云贤弟是位擅写辞赋之人，我衷心希望，在明天观赏精彩剑客之战后，他能写出一篇巴适的剑客赋来，大家说，要不要得？"

"要得要得，我们都希望扬雄写出一篇佳作来。"在众人的叫嚷声中，扬雄同开心的西门云飞碰杯后，又仰脖将杯中酒喝干……

自昨天夕阳西下时分，刘三、陈山岗和李二娃三人租马车回到天师洞后，就如实给张云天讲了他们已答应巴人剑客要来切磋剑术一事。张云天听后非常生气，他责怪刘三几个徒儿，为啥在不同他商量的情况下，就贸然替他做了主。其实，张云天最大的顾虑是：他这逃亡隐居之人，本不应跟外界的人发生往来联系，他担心若有闪失，就可能被官府缉拿。但这顾虑张云天又不好跟刘三几人说明。

在刘三几人死缠硬磨下，十分爱面子的张云天最后改口问道："那巴人剑客到底从哪儿来的？"

刘三见师父松口，兴奋地说："师父，那剑客巴尚武是地道的忠州人，他说他是巴蔓子第25代直系后人，此人从没见过凌虚剑，是想来看您宝剑的。"

"刘三，你敢保证这巴尚武不是从长安过来的？"

"没问题，我绝对敢保证，这是巴尚武亲口对我们讲的，关于这点，陈山岗和李二娃都可做证。"刘三坦然回道。

"那你说说看，那巴人剑客年龄有多大？"张云天仍不放心。

刘三想了想说："我估摸那巴人剑客顶多四十岁，巴尚德比巴尚武还小点。"

张云天听后，终于得出一个结论，他十八年前在长安犯下的命案，以及后来官

府的通缉抓捕令，这居住在三峡一带的巴尚武两兄弟，应该是不太可能知道的。何况，他已做了易容处理，现在面貌已跟当年通缉令上的画像有了很大差别。想到这儿，稍感踏实的张云天才答应刘三，可先见见巴人剑客。

见师父已答应见巴人剑客，刘三又高兴地说："师父，明天我的好友扬雄和西门云飞也会来天师洞，他俩都想拜见您这高人隐士。"

"啥，你说的扬雄可是那个已在绢帛上写好老子五千言的青年才俊？"张云天有些吃惊。

"对对对，就是您夸他书法写得极好的扬雄。"

张云天听后，欣然点头说："好，既然明天西门公子也要来，那我就干脆一锅烩，把这事了了之后，你们今后不准再擅自做主任何事，你们必须给我记住，我是隐士，不想见山外任何人！"

"好好好，从明天起，我们几个弟子再不敢替师父做主任何事了。您放心吧，从今往后，师父您就是青城山上真正的隐士了。"刘三说后，立马起身又给张云天茶杯中添加开水。

张云天笑了："呵呵，刘三呀，你真是个比青城山猴儿还精的家伙哩……"

第二天上午，西门云飞给陆小青做完交代，把马留在客栈马厩里，就同扬雄一块步行朝天师洞走去。送走西门云飞和扬雄后，返回客栈的陆小青叮嘱众人哪儿也别去，过会儿他就领着大家上山，去给精彩的剑客之战助威。

扬雄同西门云飞来到天师洞时，张云天正在指导刘三几人学习基本剑法。最先发现扬雄二人的，正是早就在注意山道的刘三。刘三认为，二位好友难得一同前来，何不赶在巴人剑客到来之前，让师父先见见扬雄和西门公子。

无疑，刘三的安排是正确的。当刘三跑来把二人领到师父面前时，张云天和西门云飞看着彼此同款的白色绸服，都愣住了。扬雄看着张云天和西门云飞，惊叹道："哟，这世上竟有如此神奇之事，英俊的西门公子长得太像具有仙风道骨的张大师了。"很快，在刘三介绍下，扬雄和西门云飞分别作揖向张云天问好。

坐下喝茶时，张云天看着扬雄说："扬子云哪，老夫没想到，你抄写的老子五千言，那一手漂亮隶书，一点不比你的辞赋逊色嘛。"

扬雄忙回道："张大师过奖啦，那不过是晚辈练笔之作，不值得入您法眼哩。"

"嗯，子云也无须谦虚，你的字今后被刻在石碑流传后世的话，我敢断言，定会为天师洞增色不少哩。"说完，张云天又扭头向西门云飞问道："西门少侠，我听徒儿刘三说，你也是个喜欢玩剑的年轻人。"

西门云飞忙点头回道："嗯，张大师，我从小受老爸影响，一直喜欢玩剑，但剑技太差，今天来此，就想拜您为师，想跟刘三兄一样，跟着您老人家学学剑术，不知您愿收我为徒否？"

"老夫不是能轻易收徒之人，等会儿跟巴人剑客切磋剑技后，下午我俩认真聊聊，我再决定你是否能成为弟子的事吧。"张云天话音刚落，山道口就冒出巴尚武两兄弟的身影来，刘三和陈山岗见状，立马朝两个巴人汉子跑去。

在刘三和陈山岗迎接下，腰挎长剑的巴人兄弟便朝张云天走来。在张云天眼中，走在头里的圆脸汉子中等个头，头发虽不长但显得有些粗硬，不高不矮的鼻梁下长有略显厚实的嘴唇，一对炯炯有神的大眼睛透出一股憨直的英武气。刘三向巴尚武和张大师分别做完介绍后，巴尚武马上从堂弟手中拿过一把带鞘的铜制短剑，赠给了张云天，并真诚说道："尊敬的张云天大师，我俩远道而来，不承想能有幸见到您这等前辈，没啥见面礼物，我把这件随身的祖传铜剑赠给您做个纪念，望前辈笑纳。"说完，巴尚武双手捧剑，弯腰把青铜短剑呈在张云天面前。

面带微笑的张云天接过铜剑，然后迅速从剑鞘中拔出短剑。阳光下，锃黄发亮的剑身上，呈现出一个生动的虎形图案，张云天用犀利双眼凝视短剑后，不禁叹道："这把具有沧桑感的巴人铜剑，定参加过灭商的牧野之战，老夫虽受之有愧，但仍愿高兴收下这把独特的巴人短剑，以示我对巴蔓子将军的崇敬之情。"说完，张云天就抱拳向巴尚武还礼。

随后，张云天就请巴人两兄弟坐下喝茶。

这时，吃惊的扬雄低声向西门云飞问道："云飞兄，这位剑客，是巴蔓子将军后人？"

"嗯，他俩是巴蔓子将军第25代直系后人。"西门云飞回道。

扬雄点了点头："哦，原来如此，我一见他俩，就感觉他们身上透出一股蜀人大多不具有的军人血性。"

西门云飞笑了："呵呵，子云哪，他俩身上不光有军人血性，我看哪，他俩身上还有山民的粗犷哩。"正说着，山道上突然传来两声鸟鸣声，西门云飞一听约定暗号响起，便独自朝山道奔去。山道上，陆小青正领着一大群手拿刀剑棍棒的汉子往山上走。跑到他们跟前的西门云飞看着众人说道："大家先别上去，张大师正跟巴人剑客谈话，等他们谈完话正式开始比试剑技后，大家再上来。"见众人点头，西门云飞向陆小青交代几句后，又匆匆返回张云天身后。

张云天同巴尚武简短寒暄后，便说道："我听徒儿刘三说，你俩想看看我的凌虚宝剑，对吧？"

"对，我俩都想看看传说中的凌虚宝剑。"巴尚武忙点头回道。随即，张云天起身回屋，拿出凌虚剑递给巴尚武。惊喜的巴尚武抽出长剑仔细看后，又拿给巴尚德看。二人一面看剑一面感叹："凌虚宝剑不愧是大汉上等宝剑，能看到此剑，也不虚川西之行也。"稍后，巴尚武把凌虚剑放下，便跪下朝凌虚剑磕了三个响头："凌虚宝剑啊，你不愧为百兵之君，你是我巴尚武此生见着的最传奇之剑啊！"

见此情景，张云天跷起大拇指对扬雄和西门云飞说道："此人乃真剑客也！"

随即，站起的巴尚武手捧凌虚剑，躬身递给张云天说："谢谢张大师，让我见识了真正的好剑，我这巴人剑客，此生死而无憾也。"

接过剑的张云天激动地握住巴尚武的手说："尚武剑客，我大汉好剑不少，凌虚剑只是好剑之一，但愿今生你我能见到更多好剑，见到比好剑更珍贵的好剑客啊！"

巴尚武大喜："张大师，您说得太好啦，晚辈来此受益匪浅！"

"好，那接下来你我就开始切磋剑技，咋样？"张云天问道。

巴尚武点头应道："那好，张前辈，我俩就按江湖规矩办，切磋剑技点到为止，若有闪失，死伤自负。您看这样行吗？"

张云天笑道："行，那就按江湖规矩办，点到为止，若有闪失，死伤自负。"说完，二人便持剑朝茅屋旁的练功场走去。很快，两名剑客各自持剑，面对面站到相距十米的位置上。

练功场上，身穿一袭白绸服的张云天首先抱拳颇有仪式感地向巴尚武说道："老夫张云天向尚武剑客讨教剑技，望你使出各种剑招，让我领教你们巴人剑客的绝技。"随即，巴尚武也持剑抱拳说："巴人剑客巴尚武特来天师洞向张大师求教剑术，还请大师不吝赐教，剑下留情。"说完，二人便移动脚步，开始在练功场上慢慢转起圈来。

西门云飞见切磋正式开始，忙将手指塞进嘴中打了声呼哨，很快，陆小青便领着三十名年龄不一的汉子手持刀剑棍棒朝练功场跑来。转眼间，几十名汉子就把切磋现场围了起来。这时，细心的扬雄发现，张云天对突然冒出的人群有些诧异和反感，而巴尚武反而开始兴奋起来。

练功场上，一个是手持凌虚长剑年近六十的张云天，一个是年轻气盛手持卫国剑的巴尚武。见众人围观助威，巴尚武开始加速移动脚步，剑端慢慢朝张云天逼来。此时，淡定自若的张云天却没后退，依然轻捷移动脚步，两眼却盯着巴尚武的一举一动。围观的众人全都全神贯注地盯着这场较量。

刹那间，只见巴尚武猛地向前，举剑朝张云天胸部刺去。张云天侧身一闪，用剑身将巴人剑拨向一边，尔后迅速侧身向前，试图用剑把突袭巴尚武手腕。早有防备的巴尚武快速退后一步，轻松躲过张云天的突袭，很快，二人各退几步，又开始举剑在练功场上转起圈来。见第一轮较量结束，有的汉子便举着刀剑喊叫起来："加油！加油哟！"

在众人助威鼓动声中，张云天挥动长剑，主动向巴人剑客发动了闪电般进攻。练功场上，只见凌虚长剑上下左右不断迅速晃动，剑锋直逼巴尚武，惹得他闪跳后退，就在巴尚武快退到练功场边缘时，只见张云天一个直刺朝巴尚武左大腿刺去，意图迅速结束这场切磋之战。没想到，巴尚武用手中剑使出一个直劈，只听当的一声，张云天手中剑差点被这快速有力的一击打落在地。心中一惊的张云天见巴尚武开始迅猛反击，立即挥动长剑同巴人剑客一阵乒乒乓乓对战。此时，练功场上闪着令人眼花缭乱的凌厉剑光，人影在不断腾挪跃动中攻防闪躲，不时卷起令人胆寒的萧萧剑气。近十个回合较量后，在谁也没胜出的情况下，双方又各自退后几步，慢慢转起圈来。

好一阵试探性较量后，似乎最初的切磋之愿已在双方紧盯着对方的眼中发生了微妙变化。男人好勇斗狠的念头渐渐冒出。"真正剑客，谁愿主动输给对手？"此时，围观汉子们窃窃议论后又静了下来，紧张地看着场上持剑的两名剑客。这时，紧张的扬雄低声向身边的西门云飞问道："西门兄，他们这样切磋剑技，该不会有啥闪失吧？"

"应该不会，他们都是剑术高超之人，能把握好分寸的。"西门云飞小声回道。

突然，急速移动脚步的张云天腾空跃起，用手中长剑朝巴尚武劈去，并不惊慌的巴尚武将剑一横，只见凌虚剑的剑刃被卫国剑一挡，就在激烈碰撞声中，落地的张云天将收回的剑朝巴尚武腰间扫去，灵活的巴尚武立刻把剑向下一截，便把凌虚剑拨往一边。还没等张云天收回剑，迅速反击的巴尚武将剑头朝张云天手腕处一挑，企图把剑挑落在地。反应敏捷的张云天在猛地后退瞬间，一个飞腿朝巴尚武右小臂踢去，他也想把对方手中的剑踢飞。结果，看穿张云天意图的巴尚武略收手臂，立马将剑一竖，用剑把朝张云天脚尖一击，只见张云天一个趔趄，差点倒地。此刻，围观众人不约而同发出"啊"的一声惊叫，他们都为张云天捏了把冷汗。

张云天哪是轻易服输之人，只见他站稳后，立马左右挥剑，闪电般朝巴尚武扑来。此刻，巴尚武用他稍短些的祖传巴人剑以同样方式快速回击张云天的进攻。很快，承接住张云天凌厉攻势的巴尚武，一声大吼之后，便展开了一轮猛烈反击。喜剑的西门云飞看到，在这近二十个回合的对战中，双方都使出了一个剑客所掌握的所有剑术，无论是劈、刺、崩、击、挑，还是斩、截、托、按、削、玉、架、扫、绞等，都做得剑技纯熟精准到位，在攻防有序的激烈对战中，尽管双方剑术精湛，但始终不分胜负。

这时，刘三立马带头鼓掌呼叫起来："好，巴适！精彩！"随之，众人也跟着拍掌喊叫起来。这时，扬雄也大声叹道："太过瘾了，这是我此生第一次看到剑客较量，太精彩了！"说完，扬雄竟兴奋地不断跺脚鼓掌。一旁的西门云飞跷起大拇指说："看真剑客较量，太过瘾了，二位不愧是厉害的真剑客啊！"

胜负虽尚未分，但细心的扬雄注意到，这三十个回合下来，手握凌虚长剑的张云天似有喘息之感，而正当壮年的巴人剑客却依然镇定自若手持巴人剑。人们常说，狭路相逢勇者胜，难道，这两位剑客不懂此理？谁知三十多个回合下来，两人心理再次发生变化，张云天认为，自己是天师洞主人，你这巴人剑客多少该给老夫留点面子，让我在弟子和这帮乡人面前略占上风。而巴尚武跟张云天交手后，已明显感到上了年纪的张云天在剑技比试中带有凶狠之意。他是巴蔓子将军后人，岂有随便认输之理！二位剑客在各自意识支配下，又继续举剑进行较量。

一心想取胜的张云天再次挥剑向巴尚武发动迅猛攻击。春阳下，只见闪闪发光的凌虚长剑忽左忽右、忽上忽下朝巴尚武不断攻击，老练的巴尚武深知，自己的卫国剑比凌虚剑稍短，不宜做远距离搏杀，要近身缠斗方有可能取胜。于是，当卫国剑撩挡开凌虚剑攻击后，巴尚武猛地跨前一步。企图用他最具优势的力量，用剑将凌虚剑从张云天手中击落，一旦成功，他就算胜出。可令巴尚武没想到的是，当他用卫国剑猛地一击时，张云天却没硬碰硬接招，而是顺势将剑往身旁一苻，尔后迅速用剑把朝巴尚武胸膛一击，只听嘭的一声响后，后退两步的巴尚武又举剑朝张云天刺来。暗惊的张云天用剑截住卫国剑后，顿感巴人剑客力量过人，于是，且战且退的张云天又开始琢磨新招。谁知，已被激起斗志的巴尚武趁张云天体力下降时，挥舞长剑寸步不让，再次发动攻击，他想迫使张云天主动认输。

山风吹过，场上除有两剑的撞击声外，其余观战助威之人连大气都不敢出，大家凝神注视着两位剑客的较量。接招中，张云天挥剑灵活蹿跳着，想用金蝉脱壳方式躲过巴尚武的强劲攻势。而寸步不让步步紧逼的巴尚武，挥着手中剑已将张云天逼出练功场朝悬崖边退去。谁知，急速后退的张云天被一石块绊倒，巴尚武趁机跃上，用剑头直指张云天胸膛，以示自己胜出。这时，刘三见状，误以为巴尚武要杀他师父，立马举剑高声喊道："快救我师父呀！"众人一听刘三喊叫，便提起刀剑棍棒，一同朝巴尚武扑去。

　　巴尚德见势不妙，立即用剑挡住众人，喝道："你们要干啥？天下哪有不认输道理！"

　　众人在刘三带领下，哪管巴尚德说啥，一起举着棍棒刀剑朝两位巴人兄弟打去。无奈之下，且战且退的巴尚武气愤地说："你们这伙人，为啥要破坏江湖规矩？你们为啥要破坏江湖规矩？！"

　　刘三一听，指着巴尚武怒斥道："老子不管啥子江湖破规矩，在这天师洞，我就不许你伤害我师父！"话音刚落，逃到山道口的巴尚武用剑指着刘三一伙骂道："你们不懂剑道，简直就是一群流氓无赖，你们不配跟我切磋剑术！"说完，愤怒的巴人两兄弟就骂骂咧咧朝山下走去。

　　这时，只听躺在山崖边的张云天一声大叫："刘三，你这恶徒，为何如此下作啊！"随即，口喷鲜血的张云天就昏死在悬崖边。众人见状，立马惊呼着返身朝张云天跑去……

[第二十三章]

破坏江湖规矩，丐帮头被逐出天师洞

巴人剑客走后，刘三几人忙回到张云天身边，尔后，刘三跪在师父身旁，急切地轻声喊道："师父、师父，您快醒醒呀。"呼喊声中，刘三眼中开始涌出泪花。陈山岗掏出绸帕，给师父擦去嘴角血迹。稍懂点医术的西门云飞见张大师仍没醒来，忙伸出右手去掐张云天人中。过了一会儿，动了动身子的张云天才慢慢睁开眼睛。刘三见状，忙招呼陈山岗把师父扶到石桌前坐下。

春阳高照，翩翩彩蝶从茅屋顶上飞过，林中不时传来山猴和锦鸡的叫声。缓过劲来的张云天扭头看见众多手拿刀剑棍棒的汉子围着他，便向刘三问道："刘三，这是哪来的这么多局外人？"

"师、师父，这是我特意安排来为您切磋剑术助威的。"刘三忙回道。

张云天听后摇了摇头，腮边肌肉开始抖动起来，随即，张云天低声而严厉地说："你让他们快走，我不想再看到这帮跟剑术无关的人！"

刘三一怔，忙看看站在师父身边的扬雄和西门云飞，小心问道："师父，其他无关人马上走，能留下扬雄和西门公子吗？您不是说下午要同他俩……"

还没等刘三说完，张云天用手往石桌上一拍，厉声说："都给我走，今天我不想再同任何人说话！"见师父如此说后，刘三马上起身，做了个请的手势，很快，扬雄、西门云飞和那三十个年龄不一的汉子，有些不解地快速朝山下走云。

下山后，西门云飞忙从客栈房间拿出钱袋，他先给两位车夫各付了十枚租车钱，然后又给十名挑夫各付了五枚五铢钱，随后又给二十名丐帮兄弟各赠送三枚钱。做完这一切后，西门云飞便叫陆小青领着这三十人分别乘两辆马车回郏县去。

待两辆马车走后，扬雄陪西门云飞返回客栈，同客栈老板结清账后，西门云飞把钱袋抛给扬雄说："贤弟，你家境差些，我把剩下的钱全送给你，或许你日后有用。"

扬雄掂了掂哗哗作响的钱袋，尔后又麻利地抛还给西门云飞，并拱手说："谢云飞兄美意，我扬雄在学馆念书，花不了这么多钱，你这人大手大脚的，花钱时候多，你留着自己用吧。"

"咋的，莫非子云嫌袋中钱少？"说着，西门云飞又掂了掂手中钱袋。

"云飞兄，我哪敢嫌钱少呀，我是觉得这钱太多，我实在不敢接受你这么多钱财呀。"

西门云飞笑了："既然贤弟没嫌少，那就别跟我客气。"说完，西门云飞又把钱袋抛给扬雄。扬雄接住钱袋又想抛给西门云飞，这时，西门云飞立刻摆手说："别别，贤弟若再这样，就是看不起我西门兄了。钱嘛，身外之物，你我今生情谊比金钱贵重多了。或许有一天，我西门云飞还要向你要钱呢。"

"既然西门兄把话说到这份上，看来，今天我还非收下不可了。"说完，扬雄把钱袋往怀中一塞，二人便出门朝马厩走去。牵出马后，西门云飞突然问道："子云，你咋看今天这场剑客较量？"

扬雄摇头叹道："唉，今天这场剑客比试不欢而散，依我看，这样的切磋就没啥意思嘛。"扬雄说完想了想，又问道："云飞兄，今天那巴人剑客指责刘三兄破坏江湖规矩，这里，我想问问，啥是剑客间的江湖规矩呀？"

西门云飞回道："贤弟，你不是武林中人，更不是一名剑客，不懂习武之人的江湖规矩也正常。这么给你说吧，只要是习武之人，就免不了有跟外人交手的时候，无论是耍刀剑或枪棒的，一旦交手比试，江湖上早就形成个规矩，只要是友好交流切磋，大多点到为止，若有失手伤亡，责任均由各自承担，双方无论胜败，均能友好相处，有的甚至成为生死之交。"

扬雄有些不解："云飞兄，那巴人剑客指责刘三兄破坏江湖规矩，我至今也没弄明白，刘三兄到底破坏了哪条规矩？"

"贤弟哪，你真是个年轻的迂夫子，你难道没见巴人剑客打败张大师后，正要起身时，刘三兄就率人一哄而上要打他吗？在公平较量面前，任何剑客都要有认输的正常心态，否则，就会在江湖上留下坏名声。"

"这么说来，今天是刘三兄率人冲上去的举动破坏了江湖规矩啰？"

西门云飞点头回道："对头，今天是不懂江湖规矩的刘三兄破坏了规矩，这样一来，不明原因的巴人剑客就会认为，是张大师叫来的人，故意要赖不认输。"

扬雄恍然大悟点头道："哦，难怪张大师要气得吐血，原来是刘三兄的举动带来恶劣后果所致。"

"就是嘛，刘三兄本是个仗义之人，由于他不懂江湖规矩，又怕巴人剑客伤了师父，所以，莽撞的他就做出令巴人剑客厌恶的举动来。"

"我看，不仅巴人剑客厌恶，就连张大师也不认可刘三兄的做法。这样一来，今天也影响了你成为张大师弟子的可能。"扬雄又说。

西门云飞叹道："唉，一切顺其自然吧，我过几月再单独来拜见下张大师，若成不了张大师徒弟，我爸就要我跟着他学做生意了。"

"云飞兄，今后你无论有何打算，请给我来信告知，好吗？以免你我往后失去联系。"

"好，我若几个月后定下做啥了，一定给你去信告知。你我今生咋可能失去联系喃。"

扬雄听后，拱手说道："这就对了嘛。云飞兄，我这就骑马往临邛去了，争取明天午时赶到翁孺学馆。我俩在此别过，望兄多多保重。"

"好，在此别过，也望子云贤弟保重，争取下次见面读到你精彩的《剑客赋》哈。"说完，两人相继翻身上马，打马朝不同方向奔去……

春光明媚，山风吹过寂然的天师洞，林涛滚滚像春姑娘纤纤玉指，弹响大自然的绿色琴弦。

背靠石桌的张云天脸色铁青，不时发出两声叹息。刘三、陈山岗和李二娃三人默然站在张云天身前，却不知怎样安慰正在气头上的师父。良久，张云天突然抬头向刘三问道："刘三，你为啥要喊那么多陌生人来天师洞？你难道不晓得为师是个隐士吗？我是不想见外人的！"

刘三见师父如此问他，忙扑通跪下说："师父，徒儿错了，我、我不该喊那么多人来助威。"

张云天盯着刘三，又气愤说道："助威？助个屁威！剑客间私下切磋剑术，不比擂台挑战非要拼个你死我活。我们是点到为止，哪需要你擅自喊人来助威？"

"师父，我刘三错了，我以为您会赢他，想多喊点人来给您撑场子，然后好在山外大肆宣传您的高超剑术。"刘三又解释说。

"老子早就给你们几个说过，山外有山人上有人，我的剑术功夫只是比常人强些，若遇真剑客，也不一定每次都能取胜。这是世间最基本的常识，你、你们居然不懂？！"

刘三忙哭丧着脸说："师父，徒儿错了，今后我就明白这些道理了。"

张云天恨恨地盯着刘三，突然吼道："今后？自上天师洞后，就你刘三鬼点子多，当初练功带头偷奸耍滑的是你，说要很快给天师洞立石碑刻老子五千言的也是你，至今半年过去，你当时上山说的刻石款在哪儿？在外擅自做主，要我同不认识的巴人剑客切磋剑术的也是你，喊那么多不相关的汉子来天师洞的还是你，你给我说说，这半年来你到底做了多少令老夫不满意的事？！"

张云天话音刚落，陈山岗和李二娃也一同朝张云天跪下说："师父，徒儿们错了，今后再也不敢做错事了。"

张云天盯看三人后，又厉声说道："你们错了？要是老夫今天不讲出此事，你们何时在我面前认过错！若是过去之错可原谅的话，那么，今天之错却是令我无法原谅的大错！"

刘三几人相互看看，感到有些茫然和害怕。

稍停片刻，张云天盯着刘三问道："刘三，我问你，今天我被巴人剑客逼倒在地时，你为何要喊那些人围攻巴人剑客？"

"师父，我、我怕他伤害您。"刘三忙说。

张云天一听，气得把石桌一拍说："混账！巴人剑客咋个可能伤害我喃？武林中，任何胜者都有炫耀自己战胜对手的权力。在我被石块绊倒后，他上前用剑对着我胸膛，就是有意让众人看看，他是今天胜者。没想到你刘三居然敢破坏江湖规矩，喊来一群乌合之众围攻巴尚武。你晓得吗，就是你们全部上，也绝不可能打赢巴人剑客，他没还手，是放了你们一马。但你这下作做法，他会误以为是我授意的！唉，你这破坏武林规矩的行为，让老夫还有啥脸面苟活人世哟。"说完，张云天眼中开始噙满泪花，双手颤抖不断抓扯自己的高档绸服。

这时，跪着的刘三几人忙爬到张云天身前，不断哭着去拉劝师父。张云天却老泪纵横说："天哪，你们为何要做这些令我颜面尽失的丑事啊，就是再输三次，我也决不能违背江湖规矩啊……"

刘三见师父如此伤心，也流泪说："师父，只怪徒儿不懂这些江湖规矩，才犯下大错，往后，我再也不敢犯这种错误了，师父，您就原谅徒儿这次吧。"

张云天恨恨地盯着地上的刘三，咬牙说道："刘三，你以往之错我都可原谅，唯独这次大错，老夫无法原谅你！你、你给我滚下山去吧！"说完，张云天缓缓起身，朝茅屋走去。

见张云天走进茅屋，跪在地上的刘三几人同时哭喊道："师父……"

夕阳西下，一群山猴蹿跳到茅屋旁欢耍起来。它们有的吊在单杠上荡秋千，有的抓着两根竹竿蹿上蹿下，有的干脆坐在石锁上相互捉起虱子来，还有的偷偷瞧着跪在茅屋前的刘三三人。这时，一只胆大的山猴悄悄溜到石桌旁，抓起一只陶杯就朝林中蹿去……

戌时已到，早已弄好饭菜的方小桥望了几次茅屋，犹豫再三，最后只好走到门口怯声问道："张大师，请起来吃饭吧，不然，饭菜快凉了。"见躺在床上的张云天没回答，方小桥只好又走回厨房门口，有些无奈地看着跪在地上的刘三几人。

明月升起，微凉的春风拂过山林，涌动的林涛不时传来树枝的摇晃声。纵然春花、春叶、春草的芳香弥漫山林，然而，此时的刘三几人跪在茅屋前，却黯然神伤低垂着脑袋。亥时快到时，又热好饭菜的方小桥再次走到茅屋前，低声对屋内说道："张大师，请起来吃饭吧，不然，热好的饭菜又要凉了。"

随即，漆黑的屋内突然传来张云天声音："刘三不离开天师洞，我就不吃饭。"

刘三几人听后，相互紧张地看看，却不知如何是好。稍后，只见刘三迅速爬到张云天茅屋门口，磕完几个响头说："师父，我刘三知错了，但无论如何您得起来吃饭哪，看您饿肚子，我、我们几个徒儿心疼啊。"说完，刘三竟呜呜抹泪哭起来。

这时，茅屋内又传来张云天严厉的声音："刘三，你们几个给我听着，人在江湖，首先就要懂江湖规矩，不仅要讲江湖规矩，还要懂得诚信和仁义。你们今天用刀剑赶走赢了我的巴人剑客，就是陷老夫于不仁不义之中。此事若在江湖上流传开，我还有啥脸面苟活世上。"说完，茅屋内就传来拍打床沿的声音。

随即，陈山岗和李二娃也立马爬到门前，向屋内说道："师父，徒儿们知错了，您就饶了我们这一回吧。"

屋内很快又传来张云天声音："饶了你们？你们给我听着，那巴人剑客走时咋说，他骂我们不懂剑道，骂我们是一群破坏江湖规矩的流氓无赖。老夫一想起这两句话，心里就如刀绞般难受。几十年来，我经历了人生大起大落，但老夫从没破坏过江湖规矩，也是一个懂得剑道的爱剑之人。你们今天所作所为不仅让我丢尽老脸，更是想逼死我哪。"说完，屋内传来一阵抽泣声。

第二十三章 破坏江湖规矩，丐帮头被逐出天师洞

尔后，刘三一人爬进茅屋，跪在张云天床前哭道："师父，徒儿错了，请起来吃饭吧，吃完饭后，您再狠狠教训徒儿一顿，来解解心中怨气，好吗？"

稍停片刻，张云天翻身坐在床边，指着刘三额头说："刘三，墨子曾说'万事贵于义'，我大汉朝大学者刘向先生也说过，'义士不欺心，仁人不害生'。今天，你用流氓无赖手段逼走巴人剑客，不仅不仁，而且不义。你这种不仁不义之徒，我留你还有何用？你、你给我滚下山去，老夫不想再看到你！"

"师父，我、我错了。"刘三在号啕大哭中打了自己几耳光。相处半年来，一个身上混杂着好与坏品质的丐帮头目确实非常敬重佩服自己师父，对他这个曾经的叫花子来说，师父不仅有高深的知识文化，常给他们讲些名人名言和各种有寓意的故事，而且师父身上还有常人不具有的武艺。这半年来，在师父言传身教下，刘三不仅明白了许多人生道理，身体素质也有明显提高，胸大肌和臂膀肌肉也逐渐凸显出来。此刻，当听到张云天要赶他下山时，被吓蒙的刘三在哭声中忙给张云天磕了三个响头："师父啊，您打我骂我都行，请您千万别赶我走哇！"说完，刘三哭得更加伤心。很快，陈山岗和李二娃也哭着跪在张云天面前央求道："师父，别赶大师兄走吧……"

这时，方小桥点亮油灯，进屋把灯放在床头又悄悄退了出来。铁青着脸的张云天想了想，又指着刘三说："无论是谁，都得对自己的行为负责。刘三，你也必须为自己的错误买单。你走吧，我不想在天师洞再见到你。"

"师父，我、我刘三错了，您千万别赶我走哇！！！"刘三再次哭喊着央求张云天。

张云天仍板着脸说："刘三，你晓得吗，今天愤怒离去的两位巴人剑客，还有那几十个你擅自找来助威的汉子，他们从此会在江湖上，大讲特讲今天发生在天师洞的事。你破坏江湖规矩的恶果，承担者却是我张云天哪……"

刘三哭着回道："师父，我、我还有挽回恶果的机会吗？"

"没有了。人的一生中，总有这样那样的后悔事会伴随我们终生。这就是教训。也希望你认真汲取教训，在未来人生中做一个讲仁义懂江湖规矩的人。"张云天低声说。

刘三抬着泪眼，望着张云天说："师父，我能再留下一个月，让您看看我悔过的表现，行吗？"

"不行，一天也不行，你现在下山，就是对我最大的尊重。走吧，刘三，我张云天容不下一个严重破坏江湖规矩的人，也请你理解我有些偏执的个性。"张云天

严肃说道。

　　好一阵后，跪在地上的刘三再次向师父磕了三个响头，哽咽着说："师父，既然您无法原谅我，那我就下山吧。但在我心中，您永远是值得我敬重的师父。"说完，刘三起身再次躬身拜别张云天，然后抹泪慢慢退出了房门。

　　春夜，繁星宛若洒在黛蓝天穹上的泪滴，在无声诉说着春夜微凉的悲哀。山道上，送行的陈山岗和李二娃抱着刘三失声痛哭。三年多了，三人结拜成兄弟组建丐帮后，就成了亲密无间的异姓兄弟。今夜，当老大要离去时，陈李二人那不舍之情是毋庸置疑的。具有领导能力的刘三不仅是他俩的老大，关键还是遇事有决断能力的人。陈山岗虽鬼点子稍多，但从个性上看，他只能起到副手参谋的作用，而无法成为主要领导者。李二娃勤于跑腿做事，是个典型的执行人。神奇的三人组合竟然使郫县的丐帮团伙渐渐做大。陈山岗和李二娃也非常清楚，没帮主刘三的努力，他们二人不可能跟着刘三来天师洞学武艺。抱头痛哭好一阵后，陈山岗抹泪说道："老大，既然师父把你逐出山门，我也跟你离开算了，这武艺我也没心思再学下去了。"

　　随即，李二娃也说："如果你们二位要走，那我留在天师洞还有啥意思，要不，我们三人一块下山吧。"

　　刘三听后一愣，立马说："那咋行！你们二位给我听着，我是不懂江湖规矩犯了错，被迫离开天师洞的，我走后，你俩必须给我坚持下来，好好跟着师父学武艺，等两年后下了山，那时正是我们丐帮发展壮大之际，你俩的作用就大了。"

　　陈山岗说："老大，你不在，我练起功来也没劲，你说咋办？"

　　刘三有些恼了："陈山岗，你他娘这还像二当家吗？我不在天师洞，你和老三更要照顾好师父，好好跟着师父把关键武艺学到手。前不久，你不是给我讲了丐帮发展计划嘛，我认为你的计划非常好。等你们下山后，我们几个齐心协力，要一个个去实现这些计划，唯有这样，我们才对得起那些要饭人给我们上缴的钱，对不对？"

　　沉默片刻，陈山岗点头回道："老大，你说的有道理，如果我们身上没点本事，往后咋组建武馆，咋去行侠仗义打抱不平呀？我听你的，留在天师洞，跟着师父学点真功夫。"

　　李二娃见陈山岗表态留下，也忙说："要得嘛，老大，我跟二哥一样，也安心留在山上好好跟师父学武艺，但我想问下，你这一走，往后我们咋见面呀？"

第二十三章　破坏江湖规矩，丐帮头被逐出天师洞

刘三见二位表态愿留下，便说："你俩放心，我的联络点就在西门家老宅院，我每两个月会派陆小青给你们送些好吃的来。若实在想聚，我会安排时间在山下小客栈住一晚，你我兄弟之间就不会生疏了。"

陈山岗听后高兴地说："还是老大想得周到，这里，我有个小建议，不知老大是否想听听？"

"哎，你这猴精有啥好建议就说嘛，我当然想听。"刘三忙说。

"老大，你下山后，可给西门公子建议养几只鸽子，往后，若遇有紧急事，我们飞鸽传书不就方便了嘛。"

刘三一听，当胸给了陈山岗一拳："嗨呀，你这建议太好了，要得要得，我下山见到云飞兄弟，就立马给他提此建议。今后，临邛的扬雄、成都的袁平，还有西门云飞和陆小青，我们有重要事时，就都能飞鸽传书了。"说完，刘三同陈山岗和李二娃分别拥抱后，就踏着月色，独自怅然朝山下走去……

[第二十四章]

失意丐帮头，不幸落入宋捕快之手

　　扬雄同西门云飞在青城山下分手后，第二天中午前，他快马加鞭就赶回了临邛翁孺学馆。见学馆刚下课，扬雄就去林间翁孺先生房间还马并送上带来的礼物。扬雄进门后，十分惊诧地看到，头缠带血绷带的张德川正对林间先生说："先生，我家前天夜里遭土匪抢劫，房子被烧，老父也被土匪打死，我受伤的母亲气病于家中，两个妹妹正忙着料理父亲后事。家里遭了如此横祸，恐怕我再也不能念书了，今天，我特来向先生说明情况，以免您担心我咋没回学馆念书。"

　　"唉，德川弟子，我真没想到，你清明回家上坟，家里竟发生如此大难。这山匪也太猖狂了，我下午去县衙一趟，请求赵县令派人去剿匪，否则，我们临邛百姓哪还有安宁日子哟。"想了片刻，林间翁孺又说，"德川弟子，你就先回家去吧，父亲不幸去世，你这长子就成了家里顶梁柱。今后，你若想念书，可随时回学馆来，我永远在学馆给你留个位置。"

　　张德川眼含泪花，忙跪下给林间先生磕头说："谢谢先生，今生若有机会，我定要回来念书。"说完，起身的张德川给扬雄点了个头，就抹泪出了房门。

　　扬雄忙回身拉住张德川说："德川你等等，我有话要说。"尔后，扬雄立刻对林间先生说："先生，德川同窗遭此不幸，我想请几天假，陪他回家去看看，不知您同意否？"

　　"这段时间我仍在讲《诗经》，我看你早已倒背如流，没关系，你去吧。"林间先生回道。这时，扬雄向林间先生鞠了一躬，又说道："先生，我可否替席毛根同窗也请几天假吗？德川家房屋被烧，现全家连栖身之处也没有，我想，他家急需救助，我们去帮他家一把，不知行否？"

第二十四章 失意丐帮头，不幸落入宋捕快之手

林间翁孺点头说："嗯，不错，你扬子云是个有爱心的人，昨晚席毛根才回学馆，去吧，你叫上他一块去帮帮张德川家吧。老夫早就晓得你们几个是同窗好友。天台山有点远，你把我的马也带上吧。"

"多谢先生，但此次暂不用您马了，我得上街去租辆马车才行。"说完，扬雄出门拉起张德川，就找席毛根去了。很快，在教室找到席毛根后，扬雄拉着二位同窗就朝街上走去。在饭馆匆匆吃过午饭后，扬雄租了辆马车，带上寝室中张德川全部行李，三人坐上马车，直朝天台山下翠竹乡奔去。

刘三在子夜离开天师洞后，心情跌到谷底的他，不敢告诉清风庄园的干爹干妈，便独自朝郫县方向走去。一路上，刘三回想着近半年在天师洞跟师父学练功的点点滴滴，时不时眼中就湿润起来。由于刘三父母双亡得早，虽然他认了陈财主为干爹，但从某种意义上讲，刘三从心底更认可有文化和武艺的张云天。俗话说，一日为师，终身为父，刘三早已把张云天当作自己精神上的父亲了。唉，由于自己不懂江湖规矩，带头率众去打赢了师父的巴人剑客，从而导致师父震怒。虽然他被师父逐出山门，但一想到师父刚直不阿的性格，刘三从心底更加佩服师父了。

不知走了多久，在天麻麻亮时，刘三终于叩响了西门家老宅院的大门。开门的下人告诉刘三，昨晚黄昏，回来的西门公子看到他父亲派人送来的信后，当晚就骑马赶回成都了。无奈又极度疲惫的刘三只好对下人说："我在老宅院睡个觉就走。"之后，啥也没吃的刘三倒在西门公子床上，睡到太阳落山才醒。醒来后，刘三给下人打了招呼，就心情郁闷地朝县城走去。

肚子饿得呱呱直叫的刘三在县城转悠一阵没找到陆小青后，不知不觉走到鹃城大酒楼下。他抬头看了看酒楼招牌，突然想起清明前西门公子请客的情景来。正是那晚在这儿喝酒，他大肆吹嘘自己师父是剑客，还有世间凌虚宝剑，邻桌的巴人剑客才提出想看凌虚剑和切磋剑术的要求。刘三触景生情，心里不禁叹道："太背时了，若没遇上巴人剑客，老子是不可能被师父赶走的！"随后，神情黯然的刘三进了酒楼，就径直朝三楼走去。

刘三不知的是，清明前，为给父母上坟的瘸腿胡老汉竟咬牙坚持走了整整七天，硬是从大邑赶回了郫县老家。今天下午，他来鹃城大酒楼外要饭，黄昏中，无意间发现了帮主刘三，而刘三却没看见蹲在不远处戴顶破草帽的他。

巧的是刚过半个时辰，宋捕快和赌场苟老板也来到酒楼门口，看到久违的宋捕快后，胡老汉忙朝穿着便服的宋捕快喊了声："宋老板。"顺着有些熟悉的声音看

去，宋捕快发现了蹲在墙角的胡老汉。有些意外的宋捕快忙朝胡老汉走去，问道："哎哟，您老人家这几个月上哪儿去了，我咋没见您人影喃？"

胡老汉忙起身回道："宋老板，我前些日子有事去外地了，清明前才回郫县，你之前不是一直在找我们帮主吗？他现在就在鹃城大酒楼。"说完，胡老汉指了指楼上。

"啥，你们刘帮主在这儿吃饭？"宋捕快很是惊讶。

胡老汉忙说："嗯，帮主刚进去不久，我估计他在这儿喝酒。"

"您咋晓得他在这儿喝酒？"

"若帮主不喝酒，他是不会来这酒楼的。"

"您看刘帮主是几人进去的？"宋捕快又问。

"我当时只看到他一人，至于他约没约其他人，那我就不晓得了。"待胡老汉说完，宋捕快立马转身对苟老板说："苟老板，你今天请客就改个时间吧，我有点急事要回县衙一趟。"

"行，改天你方便时打个招呼，我再请你来这儿喝酒。"苟老板说完离去后，宋捕快忙扔给胡老汉一枚五铢钱，尔后就撒腿朝县衙跑去。此刻，不明原因的胡老汉见宋老板跑远，茫然地摇头说："哟，他咋个不吃饭就跑了喃？"

不到一刻钟，身着制服的宋捕快领着六个同样穿着衙役服装、腰挎佩刀的汉子朝鹃城大酒楼奔来。胡老汉看见变了模样的宋捕快大惊："哎呀，咋、咋个宋老板又变成县衙捕快了喃？莫非，他、他是来抓我们帮主的？"说完，胡老汉从地上爬起，一瘸一拐慌忙躲到酒楼大门边，不断紧张地探头朝内张望。

领着衙役的宋捕快冲进酒楼后，立马扫视一楼，见大厅没有刘三又随即冲上二楼，见二楼也没刘三，立刻又率人冲上三楼。三楼临窗桌旁，眼含泪水的刘三正独自饮酒，不时望着窗外叹道："唉，老子运气也太他妈差了，为啥那晚喝酒，就偏偏遇到巴人剑客，这下好了，害得我违反江湖规矩，还被师父逐出山门，老子刘三现又是无家可归的人啰。"说完，刘三仰脖把碗中酒倒进嘴中，刚放下酒碗，喝得脸红脖子粗的刘三就发现冲上楼手抓佩刀的衙役朝他走来。随即，宋捕快做了个上的手势，转眼间，几个衙役迅速蹿上将刘三团团围住。刘三立马从腰间拔出七星短剑，同宋捕快一伙对峙起来。一些食客见状，惊叫着朝楼下跑去。

这时，举刀的宋捕快对刘三厉声喝道："刘三，你今天若胆敢反抗，老子就叫你不得好死！"

刘三一见左脸上有疤痕的衙役汉子，很快认出抓他的人正是他春节前惩罚过的宋捕快。刘三立刻想到，要是落入这恶人之手，他不死也得脱层皮，于是，刘三一脚将方桌朝宋捕快踢去，然后跃上窗台准备朝楼下跳去。就在跃上窗台的瞬间，一年轻衙役从后蹿上，一把抓着刘三的腿，将他拖下摔了个狗啃泥。在刘三翻身跃起时，宋捕快一个箭步蹿上，朝刘三腰部踢了一脚，刘三咬牙一滚，立即用剑朝宋捕快小腿刺去，痛得大叫的宋捕快一刀朝刘三手臂砍去，刘三翻滚时又顺势站起。随即，刘三猛地扑上，抓着宋捕快衣领用头朝宋捕快脸上撞去。只听宋捕快大叫："快、快给我抓住罪犯！"很快，几名衙役一同扑上，就把反抗的刘三按在楼板上捆了起来。

见刘三被绑，嘴角流血的宋捕快上前狠狠扇了刘三两耳光，骂道："好你个罪该万死的丐帮头，今天你终于落入老子手中！哼，到了县衙大牢，看我咋收拾你！"说完，在宋捕快指挥下，众衙役就把刘三押出了鹃城大酒楼。刚出酒楼，胡老汉见帮主嘴角流血被五花大绑押走，便跪下号啕大哭说："刘帮主啊，是我胡老汉对不住你哪，我不知宋老板原是县衙捕快，我、我对不住帮主你啊……"

原来，爱贪小便宜的胡老汉为得到化装成商人的宋捕快的赏钱，春节后在宋捕快哄骗下，就答应提供帮主线索。胡老汉以为宋老板有事要找帮主，就心甘情愿应了此事。令胡老汉万万没想到的是，原来宋老板竟是要抓帮主的捕快。此刻，又急又气又怕的胡老汉见帮主被五花大绑抓走，被骗的他气得倒地哇哇大哭。当路人把他扶到墙边时，回过神的胡老汉才慌忙找到个腿脚利索的叫花子，让他立马去找陆小青，他给那人说，他有要事要禀告陆小青。那上过青城山、观看过剑客之战的汉子答应胡老汉后，就在县城里寻找起陆小青来……

半个时辰后，陆小青急匆匆赶到鹃城大酒楼外，当他见到胡老汉后竟大吃一惊："胡、胡老汉，您不是在大邑要饭吗？咋个跑回来了喃？"

胡老汉见陆小青如此问他，极不安逸地说："还不是你龟儿子把老子甩到大邑去的。害得我走了好多天，才在清明前赶回来，给我家老人上了坟。哼，今夜你还好意思问我。"

"好好好，其他事我们就先不说了，我问您，您急慌慌叫人找我有啥子事？"陆小青问道。

"老子肯定有要紧事才找你嘛。"说完，胡老汉对陆小青做了个靠近他的手势。陆小青见胡老汉神秘兮兮的，有些来气地说："您这个老不胎孩的，有啥子事就说嘛，别给我装神弄鬼。"随后，陆小青就在胡老汉面前蹲了下来。这时，胡老汉看看四周，忙把手掌附在他耳边说："陆小青，刚才刘帮主被县衙宋捕快一伙抓走了。"

陆小青一听就火冒三丈，站起踹了胡老汉一脚："你给老子乱说啥，帮主在青城山，咋个可能被宋捕快抓走？"

胡老汉急了："就在半个时辰前，我亲眼看到刘帮主在这酒楼被抓的，若你不信，你可进去问问酒楼里的人，不就晓得了！"陆小青听后大惊，立马冲进酒楼。仅片刻工夫，跑出酒楼的陆小青奔到胡老汉面前，着急问道："胡老汉，帮主是被宋捕快他们绑到县衙去的吗？"

胡老汉忙用手指了指县衙方向说："对头，帮主就是被他们押往县衙的。你快叫二帮主想想办法，赶快去救刘帮主吧。"心有愧疚感的胡老汉忙催促陆小青。

已急出眼泪的陆小青将脚一跺，仰天叹道："哎呀，刘老大，你昨天还在天师洞，今天咋个就遭绑了嘛。"说完，陆小青扭头就朝西门家老宅院奔去。

当天下午，扬雄同席毛根赶到张德川老家后，两人就开始忙碌起来。他俩首先看望了躺在简易棚中呻吟的伯母，然后请人在被烧毁的老屋边搭了个灵堂悼念张德川的父亲。当天晚上，在为死去的父亲守灵时，张德川有些过意不去地说："子云哪，我们家穷，现家里又惨遭不幸，我今后拿啥来还你钱嘛。"

扬雄听后忙说："德川兄，你我同窗之间说啥见外话，我今天只花销了点小钱，明天才是真正开始花钱的时候。明早，你就去请人建房，工钱和材料钱由我开支。"说后，扬雄从怀中掏出一袋钱在手中掂了掂，说道："这钱是朋友送我的，开初我还不要，真没想到，这钱还发挥了意想不到的作用。"扬雄说完，几人都诧异地看着扬雄手中钱袋。

随后，扬雄把钱袋塞在张德川手上，认真说道："德川兄，送我钱的朋友是位侠义之人，今夜，我把这袋钱转赠给你，我希望在几天内，有我和毛根同窗协助，你家的新房能很快建成。"扬雄话音刚落，张德川两个披麻戴孝的妹妹立即给扬雄跪下磕头说："谢谢扬雄大恩人，你真是有仁爱之心的大好人哪。"

扬雄见状，立马将两个妹妹扶起说："你俩千万别谢我，要谢就谢我那叫西门云飞的朋友吧。没他仗义疏财，今天我也没钱支持你们建房，对不对？"扬雄说完，张德川单膝跪下，抱拳对扬雄说："子云同窗，对你的深情厚谊，我张德川今生定当以命相报，若你有需要时，定要告诉我一声。"说完，张德川眼中就涌出了泪水。稍后不久，在扬雄一再追问下，张德川才讲了两天前家里发生不幸的经过。讲完后，席毛根问道："德川同窗，你敢肯定，来抢劫杀人放火的，就是天台山的土匪？"

"我们天台山下十里八乡，谁不知匪首段煞神呀，前天夜里，就是他率人来抢我村的，他硬逼我爸要拿出十金来，我爸拿不出钱，这个恶人就当着我们全家，用刀砍了我爸。"说完，张德川眼睛又红了起来。这时，只听席毛根咬牙说道："总有一天，老子要亲手宰了这个歹人！"众人听后，都惊异地看着两腮抖动的席毛根。

夜深了，在扬雄提议下，张德川说出了以后几天的建房计划。谁也没想到，就在几人商量建房方案时，张德川母亲严氏双腿打战地从一旁的破席上站起说："扬雄、席毛根二位恩人哪，我们德川有你二位这样的好同窗，也是我家祖上积来的德啊。我代阴间的德川他爸，再次向你二位年轻学子表示感谢。"之后，严氏指着她两个未成年女儿说："扬雄、席毛根，我这两个女儿虽还未成年，但人却长得俊秀标致，二位若不嫌弃，今后你俩完成学业后，又看得上我女儿的话，你俩可各领走一个作为你们未来的女人，这里，我这个当妈的就替我两个女儿做主了。"严氏刚一说完，脸上沾有黑灰的张秀娟和张秀梅，立马贴到母亲身边喊道："妈……"

寂静春夜里，在两盏油灯的光影里，扬雄这时才认真看了看张德川两个模样俊俏的妹妹……

当天晚上，刘三被宋捕快一伙捆回县衙大牢，为防止刘三逃跑和被救走，宋捕快又命衙役们把刘三绑在牢中木桩上。子时，宋捕快叫衙役们回去歇息，他关上牢门后又把几盏油灯拨亮。这时，宋捕快拿着缴获的七星短剑，走到刘三面前晃动着短剑说："丐帮头，你这把七星短剑不错嘛，你春节前打老子的那几个蒙面同伙喃？"说完，宋捕快就啪啪给了刘三两耳光，然后又狠狠踹了刘三两脚。很快，鲜血就从刘三嘴角流出。这时，挣扎的刘三对宋捕快破口大骂："狗捕快，老子没对你下狠手，你居然公报私仇，有种的你就放开我，老子同你单挑！"

"单挑？你个叫花子丐帮头，被关进县衙大牢，居然还敢叫嚣要同老子单挑！来呀，我现在就同你单挑！"说完，宋捕快又狠狠甩了刘三几耳光，然后一拳朝刘三头上打去。眼冒金星的刘三后脑勺咚的一声撞在木柱上。被暴击的刘三挣扎一番后，不再开腔，只用双眼死死瞪着怒视他的宋捕快。

宋捕快见刘三瞪着他，用剑头敲着刘三额头说："嘿嘿，咋的？丐帮头，你咋给老子哑巴啦？快叫、快吼、快骂吧，今夜，老子治不了你算老子输！"说完，宋捕快又给刘三胸膛两拳，咬牙指着自己左脸说："刘三，你还记得你是咋在老子脸上动剑的吗？你若不供出那几个蒙面同伙，我就让你尝尝鞭子的厉害！"随后，宋捕快抓起皮鞭，就啪啪挥舞着朝刘三身上抽去。这时，刘三仍紧咬牙关，愤怒地瞪着疯狂抽打他的宋捕快。

　　陆小青飞奔到西门家老宅院，叩开院门后听下人说，昨天黄昏前回来的西门公子见到父亲派人送来的信后，连晚饭都没吃就骑马去了成都。着急的陆小青问下人，西门公子要多久回来时，下人连连摇头说不知。这下，慌了神的陆小青又连忙赶回县城，租了辆小马车朝青城山赶去。在陆小青看来，刘帮主被抓是丐帮内部天大的事，他必须把这事禀报给二帮主陈山岗。

　　丑时刚到，来到天师洞的陆小青，就叫醒了陈山岗和李二娃。两人一听刘三被抓进县衙，顿感万分惊诧。经商量，陈山岗要李二娃留下照顾仍很伤心的师父，他立马跟陆小青下山，设法去摸清情况救出帮主刘三。随后，陈山岗急匆匆跟着陆小青下山，坐马车朝县城奔去……

　　丑时过后，有些疲累的宋捕快丢下皮鞭坐下歇息时，才想起墓碑石案来。宋捕快看了看已被他打得昏死过去的刘三，心里嘀咕道：老子是以墓碑石案嫌犯名义抓的刘三，若是明天王县令在公堂上提审刘三时，见着浑身是伤的嫌犯，我该如何向王县令解释？毕竟，县衙里的人都不知刘三曾带蒙面人惩罚过他。宋捕快自己也清楚，若仅仅按墓碑石案处理，刘三顶多赔龙家两块墓碑石即可，如果这样处理下来，要是这丐帮头放出去后，他往后报复我和家人咋办？想了好一阵后，计上心来的宋捕快盯着昏死的刘三说道："哼，混账丐帮头，老子定叫你不得好死！"说完，宋捕快就离开了大牢。临行前，宋捕快叫来两个狱卒守住牢门，并交代说："你俩给我听着，今夜必须认真看守此人，别像去年让叫花子袁平跑了那样。若有闪失，老子拿你俩是问！"说完，十分疲惫的宋捕快回到他房间倒头便睡去了。

　　第二天上午，宋捕快谎称在审丐帮头刘三前，应叫来当事人龙乡长才行，因为，大半年前的细节他记不太清楚，审问时怕嫌犯钻了空子。王县令认为宋捕快说的有理，便同意了此建议。很快，离开县衙跃上马背的宋捕快就挥鞭打马朝花园乡奔去……

第二十五章

宋捕快与人合谋，想要丐帮头的命

　　清晨，李二娃见师父起床洗漱完，便把刚泡好的热茶递在张云天手上。当接过茶的张云天坐在石桌边饮茶时，李二娃才低声对张云天说："师父，昨夜有人上山来告诉二师兄，说大师兄下山后，不幸得了急病，现病在郫县城中，二师兄担心大师兄被逐出山门后出事，就连夜下山去看大师兄了。走时，二师兄特意叮嘱我等您起床后再告诉您，以免影响师父休息。"

　　张云天听后"哦"了一声，随即问道："来人没讲，刘三得了啥急病？"

　　"没有。我估计那小兄弟也不知大师兄得了啥病。"李二娃一直在师父面前称刘三为"师兄"，显然是想缓解师父对曾经徒弟的不满，他想用师徒之情求师父理解陈山岗深夜的不辞而别。

　　良久，手捧茶杯的张云天叹道："唉，但愿刘三不是得的啥怪病吧。"

　　不到一个时辰，赶到花园乡的宋捕快就在乡衙见到了龙廷跃乡长。赶巧的是，龙老四等一伙亭长，正在乡衙静听龙廷跃布置税收工作。见宋捕快来后，龙乡长匆匆安排完工作就宣布散会。待其他亭长走后，龙廷跃便向宋捕快问道："宋捕快，你今天突然大驾光临，该不是又有啥事吧？"

　　宋捕快忙点头回道："不瞒龙乡长说，我今天来此，就是要同你商量件大事，但你这人多事杂，可不是商量大事之地呀。"

　　会意的龙廷跃笑道："哦，宋捕快要同我商量重要公务，那好说，我给你找个安静处不就得了。"说完，龙廷跃做了个请的手势。这时，龙老四抱拳问道："宋捕快，你们要商量啥重要大事呀，我能听听吗？"

宋捕快用手往龙老四肩头一拍，笑道："哎呀，龙亭长，今天这事尔还非参加不可。走吧，这是件出乎你们意料的大事哩。"说完，在龙乡长带领下，三人出门朝豆腐饭店走去。

龙廷跃三人刚跨进豆腐饭店，覃老板见地头蛇龙氏兄弟和宋捕快进来，忙迎上前向龙乡长问道："龙乡长，今天你们想吃点啥呀？"

龙乡长没回答覃老板，却用手指了指楼上，问道："覃老板，楼上有客人没？"

覃老板忙回道："没有。龙乡长，你们几位要在楼上用餐？"

"嗯，我们今天要在楼上商量点要紧事，你就别让其他客人上来打扰我们。"说完，龙乡长就带头朝二楼走去。此时，拴着围裙的杏花却恨恨地盯着走在最后的宋捕快。

几人刚坐定，覃老板一边上茶一边问道："龙乡长，你们今天想吃哪几样菜呀？"

"覃老板，现午时未到，先别炒菜，等我把事商量得差不多时，我再告诉你炒啥菜，好吗？"覃老板听后，点头说："要得嘛。"随后就下了楼。

见覃老板下了楼，龙廷跃忙问道："宋捕快，你就说说啥重要大事吧。"

宋捕快猛喝一口茶，然后放下茶杯，看着龙氏兄弟说道："我已把盗窃你们墓碑石的刘三抓进了县衙大牢。"

"真的？"龙老四惊喜问道。

"当然是真的。若不是真的，我敢来花园场给你们报信吗？"

龙廷跃笑了，一拳砸在桌上说："太好了，这简直就是这个春天最好的消息，老子悬在心上的石头终于落了地！"说完，龙廷跃抓起宋捕快的手握了握，以示感谢。

可龙廷跃这一砸引起了覃老板的警惕，她悄悄走到楼梯下，竖起耳朵偷听起楼上几人谈话来。这时，只听宋捕快说道："二位，我今天来找你们商量的目的，就是想征求你俩意见，该如何处置盗窃犯刘三？"

官场老手龙廷跃想了想，反问道："宋捕快，你知道王县令处置刘三的意向吗？"

宋捕快说："龙乡长，我故意拖延了对刘三的审讯，若不出我所料，王县令审讯后，顶多就是让刘三赔你家两块墓碑石而已。我明白，这不是你们龙家想要的结果。"

"当然不是我龙家想要的结果！老子不仅要把他打个半死，还要问他为何要破坏我龙家风水，背后指使人是谁？"亭长龙老四迫不及待地说。

"我就晓得嘛，若出不了你龙家的恶气，不挖出幕后指使人，你们龙氏兄弟是决不会善罢甘休的。"宋捕快说。老谋深算的龙廷跃想了想，又问道："宋捕快，你是办案老手，依你多年办案经验看，若不按王县令审讯结果办，那你还有啥良策嘛？"

宋捕快沉思片刻，向龙廷跃问道："龙乡长，你没忘去年秋天，对我的承诺吧？"

龙廷跃说："当然没忘。不仅没忘，若能按我的愿望结案，我还会增加对你的酬谢。"

"没忘就好，我来的目的就是想听听你的意见，你们龙家想咋样处理丐帮头刘三，才解心头之恨。"

龙廷跃说："我想把刘三押回花园场游街示众，以警示乡民谁敢同我龙家作对，破坏我龙家大好风水，就绝不会有好下场。另外，老子还要将刘三五花大绑押到我龙家祖坟前，给我龙家老祖宗磕头谢罪！"

宋捕快听完，双手一拍说："龙乡长，你的主意太绝了，也太合我心思了。对，就这么办，把刘三押回花园场游街示众，以正我大汉民风！"

楼下的覃老板听到这儿，惊得睁大了双眼。

龙老四听宋捕快说完，忙搓手笑着说："嘿嘿，宋捕快，这接下来就看你的操作啰。"

宋捕快听后，严肃地对龙乡长说："龙乡长，若要将案犯刘三押回花园场，还得需你给王县令写个报告，说明押回这里的理由。这样一来，我办案就显得名正言顺了。"

"宋捕快，你这主意好，我们办案处置罪犯，一定要找好合适的理由，否则，就不好向王县令交代了。"

"那龙乡长打算多久把报告拿给我喃？"

龙廷跃说："宋捕快，你着啥子急嘛，今天中午咱们好好喝喝酒，下午，我陪你到花园场苗圃去赏赏春花、喝喝好茶，我们也不要辜负大好春光嘛。晚上我回家再写报告，明儿上午交给你带回县衙也不迟。"说完，三人都非常开心地大笑起来。然而，令龙乡长几人想不到的是，他们的对话已隐隐约约传入覃老板耳中。

陈山岗和陆小青坐马车离开青城山后，一个时辰就到了西门家老宅院。陆小青叩开门，当得知西门云飞仍没回来后，便问下人知道西门公子住在成都哪儿吗？下

203

人说他没去过成都，更不知西门公子住哪儿。无奈之下，陈山岗让车夫继续赶车，他要跟陆小青一同去成都浣花织锦坊，找到袁平就自然知道西门公子住哪儿了。车夫很是疲惫，不愿再走了。陈山岗立马抽出七星短剑，指着车夫说："你走不走？若不走，老子一剑就放了你马的血，而且你也别想拿到一文钱！"

在陈山岗的威逼下，中年车夫极不情愿地只好又赶着马车朝成都跑去。在陈山岗看来，西门公子曾跟着他爸去过几次县衙，若西门公子以他爸名义去见王县令，是能探听到些情况的。毕竟，他们丐帮人员全是社会底层要饭人，平时根本没条件与县衙里的人打交道，所以无法得知帮主的关押情况。陈山岗去年秋曾去过浣花织锦坊，他便叫车夫将马车朝西门百花潭方向赶去。

太阳升起一丈高时，马车终于停到浣花织锦坊大门外。陈山岗立马叫陆小青进去找袁平，他在马车上候着。很快，穿着工装的袁平就跟着陆小青走出织锦坊。袁平一见陈山岗就兴奋地扑了过来："二帮主，你咋来成都啦？"

陈山岗忙低声说："袁平，刘帮主被县衙抓了，我急着找西门公子商量，他不在郫县老宅院，我只好来成都找他。"

"啥？！刘帮主被县衙抓了？这是多久的事？"袁平忙问。

陆小青忙解释说："是昨天晚上被抓的，我晓得后，就租车去青城山禀报了二帮主。"

"好，既然这样，那我立即带你们去西门公子家。"袁平说。

"袁平，西门公子家离这儿远吗？"陈山岗忙问。

"不远，他家离锦里比较近，坐马车一会儿就到。"

随即，陈山岗扭头对车夫说："请你用马车把我们送到锦里去，到那之后，我立即给你结账，放心，我不会亏待你的。"见车夫点头后，陈山岗几人立即跳上马车，直朝西门云飞家奔去。

当袁平叩开西门家府邸时，几人刚进院就看见，身穿紧身白绸服的西门公子正在自家院中练剑。西门公子见陈山岗和陆小青突然到来，先是一怔，尔后便满面春风地迎上前说："哎呀，二位稀客，你们咋来成都啦？"

陈山岗抱拳说："西门公子，情况紧急，我们到你屋里说吧。"说完，陈山岗从怀中掏出十五枚五铢钱，递给车夫说："谢谢大哥，多有得罪，这些钱够不够租车费呀？"

车夫捧着手中钱说："够了够了，太谢谢小兄弟的慷慨了，若你们不再用车，那我就回去了哈。"说完，喜笑颜开的车夫把钱放进怀中，然后赶着马车就朝回家路上跑去。

陈山岗几人进大门后，西门云飞忙把他们带到自己房间，然后向陈山岗问道："二帮主，你是无事不登三宝殿的人，有啥紧急情况请直说，我西门云飞能相助的，必义不容辞尽力帮忙。"

陈山岗看了看西门云飞和袁平，说道："西门公子，前天下午你们离开天师洞后，因为张大师极为不满刘帮主在对待巴人剑客一事上严重违反了江湖规矩，所以，当天晚上师父就把刘帮主逐出了山门。谁料想，心情郁闷又痛苦的刘帮主下山后，第二天晚上就被抓进了县衙。我认为，帮主被抓只有两个原因，不是墓碑石案出了问题，就是我们惩戒宋捕快的事已暴露，否则，县衙没有抓捕刘帮主的理由。"

"这么说来，刘三兄现被关押在县衙？"西门云飞忙问道。

陆小青忙补充道："西门大哥，我们丐帮的人亲眼所见，昨晚宋捕快几人是从鹃城大酒楼把刘帮主抓进县衙的。"

西门云飞听后，摇了摇头，双手一击叹道："唉，太不凑巧了，你们知道我为啥急着赶回成都吗？我爸组织了一批高档丝织品，明天几辆马车就要启程上路，把这些收了定金的物品送到长安去。为了历练和培养我做生意，这次我爸非要我跟他同去长安，说啥要让我见识见识跟皇宫做生意是啥感觉。前天夜里我回成都，被我老爸一番说服，我已答应了跟他同去，而且，明早就要出发。"说完，西门云飞无可奈何地摇了摇头。

陈山岗听后，眼珠一转说："西门公子，我理解你的难处，但你同我们刘帮主是结拜兄弟，我们这些丐帮兄弟大都生活在社会底层，没有县衙中的关系，甚至连打听帮主被关在县衙何处都没办法，所以，我才急着找你，求你动用你爸的关系，帮我们去解救刘帮主吧。"

好一阵子，袁平见西门云飞虽在思索却没开腔，就轻声说道："西门公子，若你爸需要押运人员随车的话，我可请段时间假，去替你押车。"

西门云飞说道："袁平，我府里不缺押运人员，我爸要我去的目的，是让我跟着他熟悉生意场的规矩，其实，我对生意兴趣并不大。"

陈山岗一听，忙说："西门公子，学做生意早几天晚几天关系不大嘛，而当前解救刘帮主才是火烧眉毛的大事。我最担心的是宋捕快公报私仇，若大肆动刑的话，就是今后放出刘帮主，我怕他也成残废人了。"

陈山岗说完，几人都把求助目光投向了西门云飞。沉思片刻后，西门云飞突然将桌一拍说："二帮主说得对，学做生意早几天晚几天关系不大，我这就去告诉我妈，让她转告我爸，就说我临时有急事要办，这回就暂不跟他老人家去长安了。"说完，西门云飞出门就朝后院跑去。

不到一刻钟，西门云飞同他母亲一块进了屋。西门云飞指着陈山岗几人说："妈，你看嘛，我这朋友祖母去世，我不去参加葬礼有些说不过去。不仅我得去吊唁他去世的老祖母，您看，袁平也要同去。妈，晚上老爸回来您告诉他一声，就说我下次再跟他去长安吧。"见慈祥富态的母亲点头后，西门云飞忙对陈山岗几人眨眼说："快走吧，大家都去参加悼念才显得兄弟情谊深重。"众人立马领会了话中之意，纷纷站起朝门外走去。

刚出大门，西门云飞忙对袁平说："袁平，你快去我家马厩赶辆马车来，我得先去浣花织锦坊，替你在谢老板那里请几天假才行。"袁平应声后，立即朝西门家马厩跑去。很快，几人跳上马车后，袁平赶着马车就朝浣花织锦坊驶去……

回郫县的路上，坐在马车上的西门云飞很少说话，他一直在思考怎样才能救出结拜兄弟刘三。西门云飞清楚，由于袁平前次在县衙被他们一伙救走，这次县衙肯定会对刘三严加看管。在救人方案没想成熟前，他只好对陈山岗说：'二帮主，到我家后，你们在我家歇着，我先去县衙见见王县令，摸下底回来再研究解救方案，你看如何？"

"要得，我完全同意。"陈山岗点头道。

到西门家老宅院后，西门云飞在卧室柜中翻出一块三尺长两尺宽的金丝楠木牌匾，在叮嘱袁平千万别出院门后，他就独自朝县衙走去。到县衙后，王县令一见到西门公子，便高兴地说："哟，才半年不见，你西门公子出落得越发一表人才了，本县令十分开心哪。"随后，王县令高声吩咐道："来人呀，快给西门公子上明前春茶。"很快，一衙役端着泡上茶的陶杯走了过来。

王县令看了看西门云飞手中牌匾，问道："西门公子，咋今天你爸没来呀？"

"我爸明天要去长安，今天还在成都忙哩，所以，我爸特要我给您送样礼物来。"说完，西门云飞就把牌匾呈给了王县令。

王县令接过牌匾一看，大惊道："哎呀，这不是秦相李斯手书的'厚德载物'吗？这功力不凡的小篆字体是最具书法大家李斯风格的作品，这可是价值具收藏价值的艺术珍品，难得呀难得。"说完，王县令就爱不释手地用手指抚摸起牌匾来。

稍后，西门云飞见王县令只顾欣赏赞叹李斯书法，便低声说："王大人，我爸有件小事想求您帮忙。"

这时，王县令才放下牌匾问道："帮啥子忙，你只管说，我帮你爸办了就是。"

"听说，你们抓了刘三？"

"是呀，你咋晓得的？"

"我家也是刚听说的。这个刘三一年多前，曾借了我家一笔钱，我们找了他半年多，也没见到这家伙影子。这次，我爸就是让我回来收钱的。"

王县令笑了："呵呵，你老爸被他骗喽，刘三这个叫花子，哪有钱还你家嘛。"

"借钱时他穿得挺阔呀，不行，这次我非得当面问问他，到底多久才能还上我家的钱。王大人，要不是他被你们抓住，我上哪而去找这个无赖呀。"西门云飞说道。

"那也是。借钱还钱，这是天经地义之事。走吧，我带你去见见这个叫花子。"说完，王县令放下牌匾，领着西门云飞出了县衙，朝不远的县衙大牢走去。

到县衙大牢后，王县令给守门的狱卒交代了几句，西门云飞就被狱卒领了进去。王县令不愿进大牢的原因，是他不愿沾牢房的晦气。此时，令王县令万万没想到的是，有钱人家的西门公子竟跟叫花子刘三是结拜兄弟。

当狱卒打开牢门后，西门公子一踏进牢房，就看见刘三人事不省地躺在烂谷草堆上。西门云飞快步走到刘三身边，看了看遍体鳞伤的刘三，心疼得眼中顿时涌出泪水。于是，西门云飞蹲下摇着刘三喊道："刘三兄，刘三兄。"好一阵后，刘三才慢慢睁开浮肿的眼睛，嘴唇颤抖地低声说："西、西门公子，你、你终于来了。"说完，刘三眼泪顺着脸颊滚落下来。

西门云飞忙悄悄问道："刘三兄，你咋被他们抓进来了？莫非，是因墓碑石案？"

刘三摇头回道："不是墓碑石案，是、是狗娘养的宋捕快报复我，把老子抓进来，就、就往死里打、打我。西门兄弟，快想想办法，把、把我救出去，不然，过不了几天，我就会被、被宋捕快打死在牢房里。"

"放心吧，刘三兄，我正在想法救你。陈山岗、袁平和陆小青也在我家，大家正想办法，一定要救你出去。"西门云飞说。

"那、那就好。老子出去后，再找机会报、报这血海深仇。"说完，呻吟两声的刘三就闭上了眼睛。西门云飞又低声说："刘三兄，他们不知你我关系，我是以你欠我家钱为由来见你的，若他们问起，你要心中有数。"

"好的，我、我晓得了。"刘三有气无力地回道。

这时，狱卒在外催道："快点，探牢时间已到，我要锁门了。"无奈之下，起身的西门云飞指着草堆上的刘三，故意大声说道："不管咋样，你要早点想办法，还上我家的钱，不然，我父亲饶不了你！"随后，西门云飞装着非常生气的样子离开了牢房。

下午，酒足饭饱的宋捕快被龙氏两兄弟带着朝苗圃方向走去。在路过一片乱坟岗时，宋捕快诧异地问道："龙乡长，咋你们花园乡还有乱坟岗呀？"

龙廷跃说："这片乱坟岗，我听乡里老人说，都有上百年历史了。"

"这是哪些人家的坟呀，清明节刚过，咋没人来这儿烧香烛和整理坟上杂草呀。"宋捕快又问道。

龙廷跃说："听说，一百多年前的武帝建元年间，我们这儿曾发生过一次大瘟疫，那次瘟疫死了很多人，为避免瘟疫再次发生，活下来的人就把死了的人集中埋在了这里。许多年过去了，乡民们几乎都不敢来这鬼地方。后来，乡民们都叫这儿为'乱坟岗'。"

宋捕快听完，朝四处望了望，若有所思地说："嗯，这儿确实是个荒凉得吓人的乱坟岗。"

当天晚上，在龙廷跃回去写报告时，宋捕快同龙老四在客栈房间里进行了密谋，他俩密谋的结果是：那荒凉的乱坟岗就是丐帮头最好的归宿之地……

第二十六章

扬雄，感动众乡亲的同窗之谊

　　自开始替张德川家重新建房之后，扬雄和席毛根就四处去游说附近乡邻，希望他们为张德川家尽力捐点建房所需要的木头、砖石或旧门窗、大米等物。不出扬雄所料，有部分乡邻因同情张德川家的不幸遭遇，捐了些建房材料和大米，也有一部分乡邻虽没建房材料，但也表示愿帮着干活不要工钱。当天下来，扬雄、张德川和席毛根三人仔细算了下捐助物资，认为只要再买几根主梁和立柱，完全可以重修三间房屋。

　　扬雄因出身于桑农之家，从小受父亲影响热爱劳动，所以在计算建房用料方面积累有一定经验，加上两个同窗又是年轻力壮的实干家，因此，扬雄才提出重建三间房的方案。张德川和席毛根听后，觉得扬子云的计算和建议有道理，便赞同了他的方案。

　　翠竹乡地处天台山下，平常只要不急又有劳力的话，上山伐几棵大树是没啥问题的。相比临邛城里，翠竹乡的木材要便宜许多。第二天早饭后，张德川领着扬雄和席毛根，去了一里地外另一户张姓人家。在扬雄游说下，张德川仅用了十三枚五铢钱，就买到两根大房梁和八根一尺粗两丈多长可做立柱的木材。在卖主帮助下，几人不久就把建材抬了回来。随即，张德川和他两个妹妹立马去请答应帮忙的石匠和木匠。中午前，在张德川家就会聚起近20名前来帮忙的男人。中午，在一百米开外的邻居家中，严氏已请人安排好饭菜。众人吃过干饭和老腊肉后，在有建房经验的罗幺爸指挥下，众人就分头忙碌开来。大家都清楚，张德川一家现没房住，所以众乡邻帮起忙来就十分卖力。

　　正当众人干得起劲时，扬雄站在土砖堆上对众人大声说道："乡邻们，我是张德川的同窗，我十分感谢大家的友情相助，虽说你们是来帮忙的，这里，我仍要向你们宣布，我以个人名义，每天向你们每人支付一枚五铢钱作为酬谢，这钱就从今天算起，我希望大家在四天之内，快速建起三间瓦房，完工后我一定向你们每人支付四枚五铢钱。"

众人听后，全都兴奋地注视着俊朗的扬雄。这时，负责指挥的罗幺爸认真看了扬雄两眼，问道："扬雄小伙子，你当真是张德川的同窗？"

"是呀，我们三人都是临邛翁儒学馆的同窗。"随即，回话的扬雄又指了指身边身材壮硕的席毛根。罗幺爸说："扬雄少爷，张家虽遭了不幸，但张德川能遇上你们这样仁义的好同窗，真是难得哪。"

扬雄听后，向罗幺爸作揖道："老人家，我不是少爷，但我晓得'一个篱笆三个桩，一个好汉三个帮'的道理。今天，我与同窗席毛根来帮张德川家，这是我们应尽的同窗之谊，现在，你们这么多人来帮德川家，也是乡邻之情嘛。或许有一天，张德川又会帮到大家哩。"

扬雄刚一说完。罗幺爸笑道："呵呵，你这后生不愧是学子，说的有道理。"很快，罗幺爸就催众人按分工抓紧干活。见众乡邻更加卖力干起来，扬雄拉着张德川说："走，我俩到烧瓦的窑场去看看。"说完，扬雄和张德川就朝外走云。

西门云飞从县衙大牢回到老宅院后，就向陈山岗几人讲了刘帮主被扣的惨状。袁平和陆小青听后，都抹泪哭了起来，他俩极为心疼如兄长般对待他们的刘帮主。袁平甚至还提出，他愿去顶罪，替帮主坐牢。眼睛湿润的陈山岗沉默好一阵后，对西门云飞说："西门公子，我有一建议，不知妥否？"

西门云飞问："有啥好建议，二帮主尽管说，只要能早些救出刘帮主，我自当竭尽全力。"

陈山岗蹙眉说道："西门公子，若帮主只是因墓碑石案被抓，我想，只要帮主赔了龙家墓碑石不就得了吗？还有，如你所说，宋捕快已把帮主打得很惨，这狗捕快也解了气。在我看来，即便两件小案加起来，只要赔点钱，王县令也不至于将帮主判刑，更不至于杀头吧。"

西门云飞听后，点头说："嗯，二帮主说的有理，我明天上午就去找王县令，多赔点墓碑石款，他应该会答应我要求的。"

"西门公子，你用钱去赎帮主，可一定要找好理由哟，千万别做鸡飞蛋打一场空的事。"陈山岗提醒说。

第二十六章　扬雄，感动众乡亲的同窗之谊

"嗨，你们就放心吧，用智谋和钱财救人，我西门云飞还是有办法的。"自信满满的西门云飞说完，还自豪地朝陈山岗几人拍了拍胸脯，他好似在告诉大家，只要经过他的操作，刘帮主就一定会早日归来。

第二天上午，西门云飞怀揣一根金条和五十枚五铢钱，又独自去了县衙。王县令见到西门云飞，大惊问道："西门公子，你昨天不是见过丐帮头了吗，咋今天又来啦？"

西门云飞面带微笑，不紧不慢向王县令作揖说："尊敬的王大人，我昨晚思考许久，您虽让我见了丐帮头，但我仍没从他那里拿到钱呀。您想想，我没拿到钱，咋回去向我爸交差嘛？"

王县令略一沉思，然后说："拿钱的事，我看只有等审讯之后，有了审判结果，丐帮头被放出后，你才能向他讨要呀。"

"尊敬的王大人，您要我等到猴年马月才能见到刘三出牢呀，我爸在等我回成都跟他去长安做生意哩。"说完，西门云飞就悄悄塞给王县令一根金条。拿到金条后王县令哈哈大笑说："可爱的西门公子，你总不能让我就这样不明不白把丐帮头放了吧？"

西门云飞见王县令收了金条，话有所松动，便提高声音说："王大人，丐帮头是为墓碑石案被抓的吧？"

"对呀，你咋晓得的？"

"我昨天下午去牢房见他才晓得的。这里，我想问问，两块墓碑石也值不了多少钱吧？"

"两块墓碑石当然值不了几个钱，但性质十分恶劣，主要是破坏了龙乡长家风水。县衙的宋捕快已到花园乡去通报龙家抓到丐帮头了，若龙家只要求赔偿墓碑石，那事情就简单多了。"

"王县令，我这里先垫出墓碑石款咋样？我想过了，这叫花子拿不出钱，我就叫他卖身为奴来还。早一天带走就早一天干活。这样一来，龙乡长家只要拿到赔偿款，我想，他们也不会不同意吧？"

王县令想了想说："西门公子，你的意思是，你先垫出墓碑石款，赎走丐帮头？"

"对呀，我就当买奴了。不然，我要拖到啥时才能回成都呀。"西门云飞装着有些着急说。

"嗯，我看可以。这样吧，你明天上午再来一趟县衙，我今天听听宋捕快带

回来的消息。若没意外，明天你就可交钱带走丐帮头。"收了金条的王县令低声说道。西门云飞听后，犹豫片刻便抱拳说："谢谢大人善解人意。"说完，无奈的西门云飞就离开了县衙。

西门云飞离开县衙不到一个时辰，宋捕快就骑马回到了县衙。当王县令看完龙乡长写的报告后，便向宋捕快问道："宋捕快，难道你非要把丐帮头押到花园乡去？"

"王大人，不是我非要押丐帮头去花园乡，而是龙乡长全家强烈要求把刘三押回去。龙乡长说，墓碑石虽不值多少钱，但此事在花园乡影响极坏，把刘三押回去的目的，就是想通过此事，教育广大乡民，以正我大汉民风。"

王县令一听，感觉龙乡长说的有理，忙问道："宋捕快，你认为把丐帮头押回花园乡，尔后又押回县衙大牢，大概要几天时间？"

宋捕快想了想，回道："顶多也就三四天吧。"

王县令听后犹豫起来，他昨天收了西门云飞一块李斯手书的匾，今天又收了一根金条，去年为早日破获墓碑石案，龙乡长给他送了三根金条。相比之下，似乎西门公子送的礼并不比龙乡长轻。但龙乡长提出以正民风的要求似乎很有说服力，权衡再三，王县令对宋捕快说："你今天把丐帮头押到花园乡去，后天夜里给我把他押回。"

宋捕快一听，心里暗自发笑道：哪有那么安逸的事，这一押走，丐帮头还能不能回到县衙大牢，那就不是您王县令可以决定的啰。为不露出破绽，宋捕快回道："要得嘛，王大人，我争取在后天子夜前把丐帮头押回县衙大牢。"随后，王县令又高兴地说："宋捕快，我今天上午已向全衙役宣布，由于你多年办案有功，现正式升你为我县捕头啦。"

宋捕快听后，面带笑意地抱拳说："谢谢王大人栽培，等刘三这案子结束后，我再请大家喝酒。"说完，宋捕头立马离开县衙朝不远的大牢走去，他怕发生意外，又去检查了下刘三的情况。

两天多时间里，扬雄不仅同张德川去购买了大梁和木柱，而且还去窑场游说王老板半价卖给张德川家上万匹小青瓦和土砖。在搬运小青瓦和土砖过程中，扬雄和席毛根各用一辆鸡公车，硬是推了整整一下午才运完。过去在学馆，由于扬雄学习成绩出众，林间翁孺和同窗们都非常认可他的学习天赋，在业余时间练拳时，扬雄也是心悦诚服地接受席毛根和张德川的帮助指导。令张德川没想到的是，这次在帮他家建房过程中，平常话不多有时还口吃的扬雄居然表现出极强的组织领导能力，在筹建房屋材料过程中，他总是事无巨细地按计划好的步骤去一一落实。窑场王老板之所以半价卖给张德川小青瓦和土砖，也全凭扬雄三寸不烂之舌。他晓之以理动之以情诉说遭难经过，又搬出大堆孔孟之言邻里相助的道理，成功说服王老板心甘情愿贴钱支持张德川家重建房屋。这一切，不仅张德川和席毛根看在眼里，而且张德川母亲和两个漂亮妹妹也看在眼里。

好在清明后雨水不多，给建房进度提供了保证。扬雄听着建房工地上石匠们叮当的锤声和抬梁上房的号子声，心里甭提有多高兴。第三天下午，就在扬雄帮忙抬石条时，不料绳索拉断，石条竟砸在他脚背上。疼得扬雄泪花闪烁，他的脚背很快肿了起来。指挥的罗幺爸心疼地叹道："扬公子是世间难得的好人哪。"他仍固执以为扬雄出生于大户人家，否则咋可能拿出那么多钱来帮助同窗。

当天夜里，怕给即将建好的新房带来不吉利，在张德川母亲建议下，张德川和席毛根连夜挖了个坑，就把被土匪打死的张老汉下了葬。子夜过后，当张德川全家给新坟烧完香烛磕过头后，累得浑身湿透的扬雄、张德川和席毛根三人才在严氏催促下吃了夜宵坐下歇息。这时，严氏领着两个女儿走到扬雄和席毛根面前，三人深深鞠躬后，严氏说道："谢谢二位学子，没你们全力相助，我家是根本不可能重修房屋的。你俩是我家救命恩人哪。"说完，严氏就想跪下磕头以表感激之情。扬雄见状，立马起身，拦住严氏说："伯母，德川虽说是我同窗，但在学馆读书时，我们三人就像兄弟，您家遭了难，我们来帮忙是天经地义之事，您老人家千万别再说'谢谢'二字了。"随即，席毛根也忙上前安慰严氏。

夜渐渐深了，扬雄看着篝火，对张德川说："德川兄，我看明天晚饭前，建房工程就将基本告一段落，剩下平地、修猪圈、扎篱笆院墙等事，就只有你自己慢慢完成了。你也晓得，我和毛根只向林间先生请了三天假，即便后天返回学馆，我俩也整整超了两天假，所以，我想最迟在后天上午给来帮忙的乡邻们发完钱后，我同毛根就必须离开这儿了。你看，这样行吗？"

张德川眼含泪花，紧紧握住扬雄的手说："行，当然行。子云哪，这次若没你送我家的钱，即便我再努力拼命，就是用三年时间，我也修不起这三间瓦房啊。你和毛根俩真是我家大恩人哪。"

席毛根也说："我也没干啥，若没子云带来的钱，即便我们有一身蛮力，也建不起房的。这建房功劳主要还是子云的。"

"嗨，你二位说啥见外话嘛。我们同窗一场，相互帮助那是应该的。"停了片刻，扬雄又说，"我们三人今生即便不在学馆一起念书了，也不应该中断联系才对。"

席毛根听后，点头道："说的对，子云，凭你的天资，我相信，你迟早会走上仕途，若今后你去成都当了官，千万要拉德川一把。德川本也是块读书的料，只是恶匪把他家害了，使他无法继续念书了。"

"我念书哪能同子云相比呀，你看他，我们许多没念过的书，他早就背熟了，就连林间先生也说，子云具有常人所不具有的学习天赋。"张德川忙说。

扬雄不好意思地笑了："哎呀，你、你俩夸我干啥子嘛，大家早点休息，明天还要辛苦一整天，若不睡好，大家咋个有精神干活喃。"随后，扬雄三人倒在草席上，很快就睡了过去。

第二天上午，陆小青赶着马车，把西门云飞送到县衙外，怀揣上百枚五铢钱的西门云飞，匆匆跳下马车奔进县衙来到王县令面前，还没等西门云飞掏钱，王县令立马说道："西门公子，你过几天再来赎人吧。丐帮头昨天下午已被宋捕头押到花园乡去游街示众了，估计要过两天才能押回县衙。"

"咋的，刘三被宋捕快押到花园乡去了！？"西门云飞大惊。

王县令拍了拍西门云飞肩头说："西门公子，这么长时间都过去了，我看他少做两天工也没啥嘛。由于此案特殊，当地乡长要求把丐帮头押回去，以便警示众多乡民，我就同意了龙乡长的请求报告。"

王县令啊，您误我大事也。想到这儿，十分气恼又无可奈何的西门云飞，只好摇头慌忙离开了县衙。

过去几年，宋捕快虽是巡捕临时负责人，但毕竟还不是名正言顺的县衙捕头。现在正式被任命为捕头了，他就有了权力。午饭后不久，宋捕头命两个捕快把刘三从牢中提出，捆了扔在马车上，为不引起县城中丐帮注意，宋捕头特意拿了两块破麻布盖在刘三身上，然后才命人赶着马车朝花园场跑去。

到花园场后，在龙乡长要求下，宋捕头把刘三关进乡衙。晚饭后，宋捕头命两个捕快押着刘三跪着，由龙廷跃和龙老四亲自审问。令众人吃惊的是，从晚霞升起到天已黑尽，无论龙乡长和龙老四两兄弟怎样审问毒打刘三，刘三只是紧咬牙关并不答话，既不承认也不否认墓碑石是他盗走的。后来，龙廷跃、宋捕头和龙老四几人又追问起桂子和袁平下落来，刘三依然垂头不开腔。如此一来，气得龙老四不是用脚踢就是用拳头暴打刘三，直至把刘三打得昏死过去才罢手。

214

最后，两个捕快只好把刘三拖回另间屋关起来，之后，龙廷跃便对宋捕头说："这样吧，明天游街示众仍按原计划进行，不管这个丐帮头承不承认，老子反正认定，我家墓碑石就是他组织人盗走的。"临近子夜，当龙乡长回去睡觉后，宋捕头留下两个捕快看守刘三，然后同龙老四回花园客栈，商量起下一步如何弄死刘三的方案来。

春天的临邛翠竹乡到处是鸟语花香。

早饭后，当帮助建房的乡邻们来到张德川家工地时，扬雄就从钱袋中掏出五铢钱，兑现了自己几天前的承诺。发完钱后，扬雄望着非常开心的人群，抱拳大声说道："乡亲们，我和席毛根作为张德川的同窗，这次来到翠竹乡，亲眼见证了众乡邻从百忙中抽出时间来帮张德川家建房，你们无私的大爱深深感动了我。今天，在我和席毛根回学馆之前，我仍要对你们说一声感谢。"说完，扬雄便向众乡邻深深鞠了一躬。

这时，领头的罗幺爸说道："扬雄学子，作为乡邻，我们来张德川家帮忙是应该的。但你仅是张德川的同窗，这次不仅出钱出力，而且脚还被砸伤。你的爱心才值得我们敬佩哟。"说完，罗幺爸就带头鼓起掌来。

此时，窑场的壮年汉子王老板扬了扬手中马鞭说："昨天，我才听说这位受伤的扬雄学子是张德川的同窗，为感激他的慷慨相助和大爱之心，昨夜我就决定，今天要亲自赶着马车，把扬雄和他同窗送回临邛学馆。现在我当众表态，今后无论谁家遭难，我王某人一定要尽力帮助！"王老板说完后，众人又给他报以热烈掌声。

此刻，谁也没想到，严氏拉着扬雄的手竟呜呜哭起来："扬雄哪，我们全家永远记着你的大恩大德呀。"随后，严氏又叫两个女儿给扬雄跪下磕头谢恩。扬雄忙阻止说："伯母，您千万别这样，这、这都是我应该做的。"说完，眼含泪水的扬雄立即扶起严氏。这时，张秀娟和张秀梅也依依不舍地看着即将离去的扬雄。

王老板将手中长鞭一挥，大声说道："扬雄学子，你俩快上马车吧，我送你们回临邛去！"随即，扬雄再次向众乡亲躬身作揖后，转身对张德川一家说："今年，我会再来看望你们的。"说完，扬雄一瘸一拐朝马车走去。当扬雄和席毛根坐上马车，张德川一家和众乡邻再次含泪挥手，向深深感动了他们的扬雄和席毛根告别……

西门云飞同陆小青回到老宅院，袁平得知没接到帮主后大惊："遭了，宋捕快肯定要私下报复帮主，帮主曾对我讲过，他同花园乡的龙家有仇，这回，龙家也定要置他于死地。我们、我们必须去救帮主啊。"说完，袁平急得哭起来。

即刻，陈山岗也对西门云飞说："西门公子，袁平说的有道理，我们必须设法救出帮主，否则，他在花园场定是凶多吉少。"

陆小青也对西门云飞说："西门大哥，宋捕快抓捕帮主，他一定已晓得是帮主带人惩罚了他。你想想，那个狗捕快这次还不下狠手报复帮主吗？"

西门云飞听后，看了看几个兄弟说："大家说的有理，我原以为今天花钱赎出刘三兄，我就可带他去成都休养些时间，既然这计划落空，那么，我们要立马想办法救他。"说完，西门云飞就同陈山岗几人，商量起营救方案来。好一阵头脑风暴后，陈山岗派陆小青立刻再去找两个有些武功的丐帮兄弟来，晚上，顾不了许多的他们坐上马车直奔花园场，去解救他们的帮主刘三……

第二十七章

仗义兄弟，冒死救出丐帮头

亥时刚过一半，坐在马车上的西门云飞和陈山岗等六人就匆匆赶到花园场场口，怕引人注意，来过几次花园场的陈山岗挑选了一处桑林作为隐藏点。当袁平和另两名兄弟与马车藏好后，陈山岗、西门云飞与陆小青就朝豆腐饭店走去。陈山岗和陆小青都清楚，刘帮主同饭店覃老板关系甚好，若要救刘三，必须先去覃老板那里探听些情况。此刻，令西门云飞几人不知的是，被揪着游了一天街还去龙家祖坟谢了罪的刘三，仍在乡衙中受着龙老四和宋捕头的刑讯逼供。

淡淡月辉下，当陆小青敲开早已打烊的饭店门后，认得他的覃老板十分惊诧，忙把他三人拉入店中，随即又把店门关上。还没等陈山岗几人开口，覃老板忙问："你们几个年轻人，是为刘三之事来的吧？"

陈山岗点头道："嗯，覃老板，我们正是为刘帮主的事而来。"正说着，杏花也从后院走到自己母亲身边。覃老板摇摇头叹气说："唉，你们来晚了，今天，那个宋捕快和龙乡长一伙人，从上午开始，就把五花大绑的刘三押着，一边敲锣一边在乡里游街示众。我看得出，浑身是伤的刘三被他们打得很惨。"说完，覃老板眼里就噙满了泪花。

这时，一旁的杏花也补充说："下午，我跟着看热闹的人群，看到他们把刘三哥押到龙家祖坟前，强行按着刘三哥的头，给龙家祖宗磕头谢罪。刘三哥不愿磕头，龙老四亭长又打了刘三哥好一阵。"随后，覃老板又把前几天偷听到龙乡长和宋捕头在二楼的谈话内容告诉了陈山岗几人。

沉默片刻，西门云飞向覃老板问道："覃老板，您知道刘三兄现在被关在哪儿吗？"

一旁的杏花忙回道："大哥，我晓得刘三哥被他们关在哪儿。今天下午，他们押着刘三哥在龙家祖坟磕头谢罪后，就把他押回了乡衙。我们花园场没有牢房，今天晚上，刘三哥肯定被他们关在了乡衙。"

西门云飞几人听后，全都咬牙紧握拳头低声叫骂开来。这时，陆小青突然从腰间拔出七星短剑，向西门云飞问道："西门大哥，我们该如何行动？"

覃老板见西门云飞穿着气质不一般，认定此人是这帮人的头，就急忙对西门云飞说："小兄弟，我晓得你们是重情重义的年轻人，你们一定要想办法救刘三哪，再这样下去，不出三天，刘三就会被那帮恶人整死。"

西门云飞听后立即回道："覃老板，我们就是为救刘三才来这儿的。您能告诉我们，乡衙在哪儿吗？"

"就你们三人，想救刘三？"覃老板大惊。

"不，我们还有些兄弟在外面。放心吧，覃老板，我们是有备而来的。"

"那还差不多。"覃老板说后，刚用手指了指外面，突然觉得不妥似的，放下手对杏花说，"杏花，你悄悄带这几位大哥去认认乡衙的位置，他们都不是花园乡人，我怕黑灯瞎火的，他们弄错地点就麻烦了。"

"要得。"杏花点头后就领着西门云飞三人离开了豆腐饭店。为不连累杏花一家，西门云飞几人远远跟在杏花身后朝场口方向走去。不久，杏花就来到一座灰色小院前，然后借着淡淡月辉指了指小院。见西门云飞点头后，杏花就迅速往回走去。

杏花走后，西门云飞三人围着乡衙转了两圈，他们弄清小院大致结构布局和院外地形后，就匆匆朝隐藏马车的桑林走去。

就在西门云飞和陈山岗几人在花园场桑林中密谋营救方案时，远在临邛翁孺学馆的扬雄与席毛根正坐在学堂外聊天。

今天，当窑场王老板用马车把他俩送回学馆后，扬雄和席毛根就主动向林间先生说明了迟回的原因。林间先生听后，不仅没指责扬雄二人，反而当着全体学子的面表扬了扬雄二人助人为乐的好品行。傍晚时分，扬雄和席毛根聊起翠竹乡之行的诸多感受来。

席毛根有感而发："子云哪，你是不知，我家虽离张德川家有十多里地，但我们天台山下周围的乡民，皆因匪患遭过不少罪哩。"

"嘿，我就不明白，同是蜀郡之地，咋我们那儿就没土匪喃？"扬雄有些疑惑地问道。

席毛根说:"扬子云,你莫非忘了,我们那有一座闻名蜀地的天台山。现在虽说是元帝建昭三年,可由于赋税太重,有些无田又过不下去的乡民就啸聚山林,上山为匪跟官府对着干起来。"

有些单纯的扬雄又问道:"既然上山为匪跟官府对着干,那这些穷人出身的人为啥还要下山祸害穷人喃?"

"唉,有些人本性就恶,逐渐就开始对黎民百姓滥杀无辜,尤其是一些欠了命债的家伙,他们就抱着破罐子破摔的想法,更加恶毒地报复社会,所以,天台山的匪首段煞神,他不管你是穷人富人,只要能抢到钱财,他都会下手,谁要敢反抗,他就会杀人放火。"席毛根回道。

惊讶的扬雄听后忙问:"我就想不通,为啥官府不去剿灭这些作恶的土匪?"

"官府曾派兵剿过两次,皆因收效甚微而无功而返。"

"啥叫收效甚微呀?"

"天台山上的土匪大多是本地人,官府去清剿时,土匪会采用化整为零的方式,不同官兵正面对抗,有的在林中或山下躲起来。官兵根本寻不到土匪,偶尔抓到几个零星小喽啰,也达不到清剿目的。官兵又不可能长期驻扎天台山,所以就没啥清剿效果。"

"哦,原来土匪并不笨嘛。若按你说的这样,那官府和乡民就对土匪没办法啰?"扬雄说道。

席毛根有点自信地说:"灭匪办法肯定有,只是官府想不到或不敢为而已。"

扬雄一怔:"听你这口气,似乎你有灭匪办法?"

"今年春节放假期间,我在家认真读了《孙子兵法》,我认为有两计可灭天台山土匪。"

"哟,我倒想听听,哪两计可灭匪。"扬雄立马来了兴致。

席毛根很有把握地说:"一是擒贼先擒王,二是瞒天过海。这几天在德川家帮忙时,我就一直在思考,如何才能除掉天台山匪首段煞神的事。"

"你想为德川家报仇?"扬雄惊异地问道。

"不,我想替那些死在土匪刀剑下的所有冤魂报仇。人活一世,总该做点有意义的事才对。"席毛根认真说道。接下来时间里,席毛根向扬雄袒露了他今后要实施的灭匪计划,直到夜深⋯⋯

就在扬雄同席毛根在临邛聊天时,在花园场客栈里的宋捕头和龙老四正边喝酒边低声商量处死刘三的时间。

龙老四说道："宋捕头，你看我何时下手弄死刘三合适？"

宋捕头喝口酒，想了想放下酒杯说："我四更时去替换两个捕快回客栈睡觉，那时乡衙里无外人，我看下手最合适。"

原来在之前两人密谋时，宋捕头就一再说刘三报复心强，即便今后赔了钱放出去，也定会想各种办法报复龙家。龙老四根本不知刘三曾带人惩罚过宋捕头，更不知是宋捕头自己怕刘三报复，所以，头脑简单的龙老四就以为宋捕头是为他家好，才给他出了这杀人灭口的主意。龙老四哪里知道，宋捕头是想借他的手，来杀对他未来有潜在威胁的丐帮头。

龙老四听后说道："要得，老子弄死刘三后，就用麻袋把他背到乱坟岗埋了，到时，你制造个刘三逃跑的假象就得了。"

"对头，只有这样，我回去才好向王县令交差。"宋捕头点头说。就这样，宋捕头和龙老四在客栈设计好了杀人灭口的细节。

西门云飞和陈山岗踩好点后，就回到桑林同兄弟们进行了商量分工。颇有心机的陈山岗要西门公子亲自指挥这场救人行动，他的理由是西门公子同刘三是结拜兄弟。性情直爽的西门云飞也没多想，就直接安排袁平为马车夫，还说他们行动后，袁平先把马车赶到离乡衙不远的地方，等他发出信号再把车赶到乡衙门口。袁平听后，有些不服地说："西门公子，你就让我先翻墙进去吧，我、我想直接去救刘帮主。"

西门云飞一听，有些不满地说："袁平，我家那匹马，这几人中只有你最熟悉，你要晓得，当我们救出刘帮主后，最要紧的是赶快撤离花园场。若撤离中马车出了问题，我们不光救不了刘帮主，还可能大家都走不脱一起被抓。"

陈山岗觉得西门云飞说的有理，也忙对袁平说："袁平兄弟，西门公子说的有理，你必须要服从他指挥。过去，只有你驾马车来过花园乡，何况你又熟悉这匹马的性子，哪个也没你更适合赶这辆马车！"

袁平见二帮主态度坚决，只好极不情愿地点头说："要得，那我就赶马车嘛。"

很快，几人又对乡衙看守人员数量进行了分析。最后，陈山岗非常自信地说："从今天他们游了一天街的情况看，宋捕快带的人应是累惨了的。我认为，看守人员最少一个，多则三个。我们在三更时行动有个好处，我估计那时看守人也早已睡死了。"

这些十六七岁的年轻人，虽没多少作案经验，但他们也清楚，他们这次是不

第二十七章 仗义兄弟，冒死救出丐帮头

大可能悄悄把刘三弄走的，很可能还会发生一场激烈拼斗。为顺利救出刘三又不留下祸患，西门云飞说道："弟兄们，我们今夜是去救刘帮主，而不是去杀看守人，我建议大家最好带上绳索和麻布片，绳索用来捆反抗的人，麻布片用来堵那些人的嘴。若是看守人醒来，我们一定要把他们捆起来。大家记住，不到万不得已，我们千万别伤害看守人性命，若犯下命案，我们就成为被通缉的逃犯了，那时，大家都有可能被抓进大牢秋后问斩。"

众兄弟听后，都愣愣地看着提醒他们的西门公子。陈山岗心里叹道：西门公子不愧是有文化的人，他的提醒定下了此次救人行动的原则。见众人没异议后，西门云飞从马车上的包袱中抓出几个黑色头套，分给大家说："到三更行动时，大家都把它戴在头上，万一发生意外，他们也无法看清我们真面目。"

拿到头套后，袁平又去车上找了几根绳索，然后分别交给陈山岗和陆小青。桑林中，蟋蟀的叫声伴着清香的桑叶味，刺激着几个年轻人的听觉和嗅觉神经，他们紧张地等待着时机。

当杏花悄悄走回饭店，告诉母亲她已带陆小青几人看好乡衙地形时，心情有些紧张的覃老板忙问女儿："杏花，他们没说啥时去救刘三？"

杏花摇摇头说："没说，我也没敢问他们。"

覃老板想了想，自言自语道："不出老娘所料，这几个胆大的青年肯定要在今夜去救他们帮主。"随后，覃老板对杏花低声说："杏花，这样吧，今夜我俩睡晚点，要是他们救出刘三要来我们饭店的话，我们也好有个照应。"说完后，覃老板就上楼吩咐两个帮工，说她们今晚在楼下要等人谈事，要他们别下楼来。见两个帮工答应后，覃老板下楼就同女儿坐在房门后，娘俩不断轮换透过门缝盯看通往乡衙的土道。直到丑时过去，母女不见门外有啥动静，极度困倦的覃老板才同女儿一块回到后院睡下。睡下不久，杏花梦里就出现了扬雄和刘三的身影，他们风度翩翩地站在豆腐饭店门外。当杏花兴高采烈地跑到饭店门口时，扬雄和刘三一下没了踪影。杏花正疑惑时，突然不远处传来几声呻吟声。急了的杏花探头望去，见远处躺着个血肉模糊的人。杏花想了想，返身回店端了碗米饭，想给那躺在地上的人送去，就在杏花跨出饭店之际，那血肉模糊的人突然变成刘三站起，冲着杏花喊道："杏花，快救救我啊……"

傻了眼的杏花一声大叫，手中饭碗立马摔落在地。此刻，从梦中惊醒的杏花捂着自己胸口不断喘粗气……

三更时分终于到来。

西门云飞和陈山岗率先钻出桑林，悄悄朝乡衙方向摸去。紧跟其后的是陆小青和另外两名丐帮兄弟。很快，袁平牵着马也走出桑林。快接近乡衙时，陈山岗带头拔出腰间七星短剑，其他几名兄弟见状，也迅速拔出短剑。来到乡衙门外，陈山岗上前将耳朵贴在大门上听了片刻，随即，他转身对西门云飞说："里面有呼噜声。"

"那就太好了。"西门云飞低声说后，立刻示意陆小青趴在墙壁上，他将短剑衔在嘴中，踩着陆小青肩头，一个收腹就蹿上了墙头。借着淡淡月辉，西门云飞观察院中动静后，纵身跳入院中。很快，西门云飞便轻轻打开了大门。随即，陈山岗、陆小青几人立马悄悄溜进了乡衙。

几名手握七星短剑的年轻汉子发现院中侧旁的一间房门口有一名守门的捕快，而这累了一天的捕快早已睡死过去，口水还不时顺着他嘴角往下直流。而院正中一间大屋内更是传来几声如雷鼾声。陈山岗忙悄悄隙开门缝，看见一趴在桌上的捕快也睡得正香。

当西门云飞迅速察看完院内各房间情况后，他同陈山岗很快判断出，这院内只有两名捕快看守刘三，而他们要救的刘帮主就被关在那守门的捕快身后的房中。为防发生意外，西门云飞同陈山岗分别拿走了两个捕快身边的大刀。见一切准备就绪，西门云飞要陈山岗和另一名兄弟先守住院正中大屋房门，以防被惊醒的捕快出门干扰救人行动。见陈山岗二人手持短剑守住门后，西门云飞上前，一拳朝守门的捕快头上砸去，随即，把手中早已准备好的破麻布塞进倒地的捕快嘴中，此刻，迅速上前的陆小青把头套给捕快套上，并同另一名兄弟一起用绳索把晕晕乎乎的捕快反绑起来。企图反抗的捕快突然一下从地上站起，用脚胡乱踢了几下，嘴里不断发出呜呜声。见此突发情况，急了的陆小青几拳朝被蒙面的捕快打去。西门云飞又飞起一脚，将他踢翻在地。

西门云飞迅速打开房门，低声喊道："刘三兄，刘三兄。"隐约中，西门云飞看到了躺在地上的刘三。

"西、西门兄弟，你、你们终于来了。"刘三微弱回道。

西门云飞忙激动地说："弟兄们救你来了，快、快跟我们走！"就在西门云飞去扶刘三时，他才看清，原来刘三的手与脚都被绳索捆着。他立即用手中短剑割断捆绑刘三手脚的绳索，同进门的陆小青一起扶起刘三。

刘三刚被西门云飞和陆小青扶出门，陈山岗看到后，立刻同守门兄弟朝刘三跑来，他们都想看看被救出的帮主。此刻，急了的西门云飞忙吩咐陆小青："快、快叫袁平把马车赶到乡衙门口来。"

陆小青应声后，立即蹿出大门朝远处的袁平招手："快、快把马车赶过来。"很快，袁平赶着马车匆匆朝乡衙大门跑来。

这时，谁也没想到，屋内捕快被惊醒了，他冲出大门高声喊道："大胆贼人，哪里走！"说完，他用手中板凳朝陈山岗几人砸来。西门云飞见状，慌忙举起短剑就朝捕快右臂刺去。捕快侧身一闪，横着就将木凳朝西门云飞扫来，由于速度过快，来不及躲闪的西门云飞被木凳扫翻在地。众人见西门公子倒地，立即丢下刘三朝捕快围来。气得咬牙的陈山岗立刻甩出短剑朝捕快面门扎去。只听一声惨叫，额头冒血的捕快应声倒在地上。机灵的陆小青飞快扑上，把捕快按在地上就往他嘴里塞上麻巾，随即又取下自己的头套给捕快戴上。气极的陈山岗取出绳索，把倒地的捕快反绑后推入大屋。

这时，西门云飞忍着腰间疼痛，走进大屋，抓起桌上麻巾蘸墨在墙上写道：救人者，川西独行侠也！

随后，众兄弟架着刘三朝大门外跑去，很快，跟上来的西门云飞也忙蹿上马车。紧张时刻，袁平赶着马车，载着被他们救出的刘帮主慌忙离开了花园场。

令这伙毛头小伙子想不到的是，在他们离开花园场不到一刻钟后，挎刀的宋捕头和龙老四带着绳索和装尸麻袋，匆匆朝乡衙走来……

[第二十八章]

疗伤后的愿景与分歧

　　淡淡月辉中，春夜里的花园场四处弥漫着春天特有的植物芬芳。刚走到乡衙门外的龙老四见大门敞开很是惊异，于是，他便慌忙走了进去。宋捕头见情况有异，也忙抽出佩刀。

　　透过月光，宋捕头和龙老四同时发现了倒在地上、套着头套、被反绑双手的捕快。极有经验的宋捕头上前摸了摸捕快脉搏，随即说："人没事。"说完，便扯下捕快头套。很快，龙老四用短刀挑断绳索，同时，又扯出塞在他嘴里的麻巾。宋捕头厉声问道："肖老三，有人把刘三劫走啦？"

　　肖老三哭丧着脸说："宋捕头，刚刚不久，有一伙拿着短剑的汉子，来、来把丐帮头抢走了。"

　　"啪"宋捕头一巴掌朝肖老三脸上扇去："混蛋肖老三，晚上老子走时，还一再提醒你和王福贵，要看守好丐帮头刘三，我问你，王福贵喃？"

　　肖老三指了指大屋说："福贵在、在屋里头。"

　　宋捕头一听，几步过去一脚踹开大门，借着月辉，他看见王福贵也被反绑着手脚睡在地上，头上也罩有黑色头套。就在宋捕头割断绳索、扯下头套、扯出嘴里麻巾时，龙老四匆匆进门对宋捕头说："宋捕头，咋办？这叫花子刘三，还真被同伙劫走了！"

　　宋捕头摇摇头，一拳砸在桌上说："唉，这丐帮头一跑，定会给我们留下无穷后患啊！"

　　龙老四也急了，大眼圆睁说："宋捕头，那我们赶快追嘛，我敢断定，这帮人肯定还没跑远。"

第二十八章 疗伤后的愿景与分歧

这时，王福贵指着墙上大字说："宋捕头，你看，他们走时还留有文字在墙上。"

龙老四忙点燃油灯，借着灯光，宋捕头认真看后自言自语道："救人者，川西独行侠也。"他惊诧地回头对龙老四说："龙亭长，就我们这几个人还追个屁呀，他们这伙丐帮中，咋会冒出个独行侠来？这、这世道老子真搞不懂呀。"

龙老四几人听后，也惊诧地看着不断摇头叹气的宋捕头……

袁平驾着马车跑了不到半个时辰，西门云飞突然叫停马车，从怀中掏出几枚五铢钱对另两个兄弟说："你俩先回县城，去盯着县衙动静，我们几人需送刘帮主到成都治伤。"

两个兄弟跳下马车后，陈山岗叮嘱说："二位兄弟，今夜救帮主之事请务必守口如瓶，就是在丐帮中也万不可声张，否则，我们丐帮就有团灭的危险。"说完，陈山岗就命袁平把马车朝成都方向赶去。

不久，到成都百花潭一带后，西门云飞要袁平先去上工，晚些再来锦里客栈。他不想引起谢老板对袁平的不满。袁平跳下车后，俯身对躺在车中的刘三说："帮主，我晚些来看你哈。"说完，袁平就朝浣花织锦坊跑去。

见袁平进织锦坊后，西门云飞驾着马车，朝离他家不远的锦里客栈赶去。西门云飞在心里已做好安排，他不能把伤情较重的刘三弄到自家府上去，因为刘三需要一段时间治疗，若在家中，定会引起父母怀疑。眼下，最适合做刘三贴身护理的就是陆小青。想到这儿，西门云飞挥了两鞭，就把马车赶到离他家较近的锦里客栈大门前。待一切安排好后，天早已放亮。

很快，陈山岗和陆小青就扶着刘三进了一间上等客房。待把刘三扶上床躺下后，西门云飞出门买回些早餐，众人吃过早餐后，西门云飞对陈山岗说："走，跟我去蜀郡大药房请郎中，让郎中好好给刘三兄检查下身体，然后再医治刘三兄身上的伤。"

随后，西门云飞又对陆小青交代："从现在起，你的主要任务就是照顾护理刘帮主，直到他身体完全康复为止。"见陆小青点头后，西门云飞和陈山岗才匆匆离开了客栈。

天麻麻亮时，宋捕头组织手下两个捕快就伪装布置完了刘三"逃跑"的现场。在同龙老四几人统一口径后，宋捕头几人就到花园场上吃了汤圆和荷包蛋，尔后就朝县城赶去。

一路上，宋捕头不时摸着昨天上午龙乡长兑现给他的三根金条，心里很是美滋滋的。回到县衙，当听完因花园乡乡丁守夜不慎导致丐帮头逃走的汇报后，王县令非常遗憾地说："唉，明天上午西门公子要来赎人，丐帮头一跑，我们县衙即将到手的钱，就稀饭化成水啰。"

没心思再听王县令说啥的宋捕头立马向王县令请了三天假，他请假的理由是要赶回家给他老妈做寿。在十分讲孝道的西汉年间，王县令立马准了宋捕头的假，并笑着祝福宋捕头老娘长命百岁。宋捕头回家其实并非给他老妈做寿，而是担心逃走的刘三报复，他赶回家的目的就是想去窑场买砖。他要用龙乡长贿赂给他的钱，在自家房屋外修一道高高院墙，然后再养三条大狗。这样一来，谁要来杀害他家人或放火烧房，那绝对就是难办到的事了。

其实，当宋捕头几人离开花园场后，龙老四也慌忙回家，向大哥龙廷跃禀告刘三被人救走一事。尔后，他也提出了龙家大院应采取的防范措施。吃惊的龙廷跃听后，完全赞同龙老四的建议。随即，龙廷跃便吩咐管家，立马去寻找两个有武功的青壮年守夜人，另外再增养两头猛犬，来加强龙家大院的防卫。

当西门云飞和陈山岗离开房间后，陆小青便仔细查看了刘帮主的伤情。眼含泪水的陆小青看到：双眼浮肿的帮主前额肉皮已破，头发不仅被扯脱不少，而且有两处头皮也被扯掉，左右臂有许多被严重打伤的血痕和青紫处，前胸后背到处是伤口和血印，两腿的血痕十分密集，双膝骨头也露了出来。陆小青知道，这双膝骨头定是被在地上拖拽所致。之后，眼含泪水的陆小青低声问道："刘帮主，你、你有内伤没？"

刘三摇了摇头，低声回道："我、我还不晓得有没有内伤，反、反正老子腰杆上的肋巴骨痛得钻心，那个千刀万剐的宋捕头和龙亭长把、把老子往死里整。我要是大难不死，老子定要向这两个龟儿子报仇雪恨！"

"要得，刘帮主，你伤治好后，我一定跟你去向他们讨还血债！"陆小青忙说。

刘三拉着陆小青说："小青，你、你不愧是我的铁杆兄弟。"

不久，西门云飞领着位蓄有银须、挎着药箱的郎中走进房间。约莫过了半个时辰，在检查完刘三全身伤情，又仔细号完脉询问完后，起身的郎中对西门云飞说道："这位公子，你跟我去药房拿药吧。"

西门云飞急了，忙问道："老先生，我这位朋友伤势咋样？有内伤没？"

第二十八章 疗伤后的愿景与分歧

老郎中不急不慢地说："公子，你朋友从头到脚的外伤不轻，但我可保证，他在一个月内就可基本痊愈，唉，他内伤主要是在几根肋骨，这需要贴一段时间膏药才能治好。若要彻底治好内伤，他还需上木夹板才行，否则……"

不等郎中说完，床上的刘三一听，忙低声说："老先生，您就放心吧，我、我一定配合治伤。"

老郎中听后，指着刘三对众人说："幸亏这位汉子年轻壮实，若是换了其他人，估计是遭不住这么伤害哟。"说完，老郎中就出了房门。这时，西门云飞向陆小青招了招手，二人便跟着老郎中出了客栈。

下午，待刘三喝过两剂中药，腰上和背部贴上膏药、上了木夹板后，西门云飞才把他想用钱赎刘三的事讲了一遍。讲完后，西门云飞便对刘三和陈山岗说："我今天必须赶回郫县，明天上午还得去县衙赎刘三兄，要不然，我就可能引起王县令的怀疑。"

陈山岗听后说道："对，西门公子明天上午必须去县衙走一趟，哪怕做做样子也是必须的。我完全可以想到，今天，不光是龙家两兄弟，就是整个县衙也会因此事感到惊慌。"

"嗯，说不定，他们正派人四处搜寻捉拿刘帮主呢。"陆小青得意地说。

此时，躺在床上的刘三忙向陈山岗问道："二帮主，你、你是咋个离开天师洞的？师父晓得不？"

"老大，我给师父扯了把子，说你生病了，我下山来看看你，师父是同意了的。"

"师父同意就好。你已下山几天了，明天你也必须回青城山去，这里有小青照顾我就行了。二帮主，你必须记住，这两年，你的主要任务是跟着师父学武艺，千万别荒废了时间。"说完，头缠绷带双眼浮肿的刘三就噙满了泪水。

当陈山岗点头答应刘三后，刘三望着西门云飞说："西门公子，这次你们几个兄弟舍命救我，这大恩大德我刘三今生一定会以命相报。"说完，两行热泪就从刘三面颊滚落下来。

晚饭后，陈山岗跟着西门云飞去西门家马厩，西门云飞指着一匹白马说："二帮主，这段时间特殊，你就先骑这马回青城山吧，若往后你来成都看望刘三兄，也要方便些。"陈山岗谢过西门公子后，飞身上马，立刻打马朝郫县方向奔去……

暮春时节后，初夏终于来到花团锦簇的锦官城。一个多月时间很快过去，刘三在西门云飞、陆小青和袁平精心照料下，终于基本康复。一天，正在房间闲聊的刘三、西门云飞、陆小青和袁平几人，一见从青城山快马加鞭赶来的二帮主和三帮主进了门，就立马欢呼开来：“哎呀，我们终于又聚齐啦！”

"很好嘛，我们难得聚齐，走，我带你们到青羊肆旁的锦城大酒楼去，那酒楼里的红烧鲢鱼、卤鸭子和咸烧白，可是成都美食三绝哩。今天，大家好好喝几杯，来冲冲这一个多月的晦气。"西门云飞高兴地说道。

袁平听后，也兴奋地说：“要得，西门大哥这主意巴适，到酒楼后，我去琴台路文君酒坊买两坛文君酒来，我袁平请大家好好喝一台。”说完，几个兄弟簇拥着刘三和西门公子，就朝不远处的青羊肆走去。

当西门云飞在锦城大酒楼点完菜不久，手提两坛文君酒的袁平就笑呵呵地来到包间。很快，当菜上得差不多时，西门云飞对刘三说道：“刘帮主，咋样，你发话我们就可喝酒啦。”身体并未彻底痊愈的刘三高兴地看看众兄弟说："这一个多月日子里，承蒙西门公子和你们几个兄弟尽心护理，我身体才得以这么快康复。来，我首先敬既出钱又出力的西门公子一杯，以表示我刘三的感激之情。"碰杯后二人就将杯中酒一饮而尽。随后，刘三又倒上酒对几个兄弟说："我这次受难，你们几个兄弟不仅救我，还尽力来照顾和探望我，尤其是小青跟袁平在这一个多月日子里对我的服侍，令本人终生难忘。大恩不言谢，来，我在此也敬你们几个兄弟一杯。"碰杯声中，几个年轻汉子也将杯中酒饮尽。

正当众兄弟大赞锦城大酒楼的红烧鲢鱼和咸烧白卤鸭子时，刘三向李二娃问道："老三啊，师父最近身体咋样？"

李二娃忙放下酒杯说："老大，自你下山后，伤心的师父大病了一场。师父病好后，又开始督促我和二师兄学剑术。师父前两天说，他三个月后就教我和二师兄练飞镖之技，要我和二师兄在两年时间内，完成三年的习武任务。"

刘三一怔，惊讶地说："哦，这么说来，你俩就可提前一年下山啰？"

陈山岗回道："从这几天加大练剑量看，师父可能有这意思。"

"提前学成下山也好，那我们丐帮就可提前实施发展计划了嘛。"刘三高兴地说。

西门云飞一惊，忙向刘三问道："啥子嘛，刘三兄，你们丐帮还有我不知的发展计划？"

刘三点头回道："嗯，我们丐帮今后当然不会只是要饭的，我同二帮主曾商量过，在我们学成下山后，丐帮今后不仅要搞武馆，还可开客栈、饭馆，甚至酒坊和赌场嘛。"

西门云飞笑了："哟，刘三兄，你们计划宏大嘛，咋我没听你说过喃？"

"哎呀，我和二帮主只是设想了一下未来，原以为要两年多以后我们才下青城山，这样看来，我们丐帮几个头头都要提前下山了，所以，今天才有提起这事的机会。"

西门云飞又笑了："好，提前下山也不错，我看，可做生意的门路多得很，大家不要局限在客栈、饭馆、酒坊和赌场上嘛，比如成都的蜀锦名扬四海，搞个织锦坊也很赚钱，还有马帮、水运、镖局嘛。"

西门云飞刚说完，大家都笑起来。刘三笑道："西门公子，你看我们这伙年轻人中，谁适合去搞赌场呀？"

袁平看看众人，放下酒杯说："各位老大，我对赌场有点熟，今后我们丐帮若要开赌场，我自告奋勇毛遂自荐，刘帮主可派我去管赌场，到时，我一定挣回钱来。"

刘三笑道："袁平，你小子曾去赌钱，我可记得你是把本钱输光了的。你去管赌场，还不把赌场老本赔进去呀。"

袁平也笑了："呵呵，老大，赌钱和管理赌场是两码事，只要我去管赌场，我保证绝对赢钱。"

"要保证绝对赢钱，除非你会做老千。"

西门云飞忙插嘴说："袁平，你知道我为什么把你推荐到浣花织锦坊吗？我的想法是，今后我家入股浣花织锦坊后，你就是最佳管理人选。你小子现在别东想西想的，就一门心思钻研织锦技术吧，到时，你准能发挥重要作用。"

刘三听后，忙抱拳对西门云飞说："感谢西门公子的深谋远虑，这想法好，这种赚钱生意太好了，但是，我们丐帮现还没有入股织锦坊的本钱。"

西门云飞说道："刘三兄，这主意不是我出的，而是我爸的主意，我爸曾对我说，他熟悉全国的织锦生意，也一直想拥有一家自己的织锦坊，所以春节前袁平到我家时，我爸就动了派袁平去织锦坊的心思。迟早有一天，我老爸要拿下浣花织锦坊。"

"好，为感谢你对我们这群丐帮兄弟的帮助，在此，我代表丐帮全体兄弟，向你保证，到时，无论采用何种手段，也要帮你家拿下浣花织锦坊。"刘三说道。

"既然这样，那我也表个态，若丐帮助我家拿下织锦坊，那么，今后织锦坊利润有一半就是你们丐帮的。"西门云飞忙对刘三几人说。

陈山岗笑道："西门公子，浣花织锦坊的谢老板人还不错，还比较好打交道。"

西门云飞颇感诧异："二帮主，你认识谢老板？"

陈山岗笑了："清明后你上天师洞时，看见我师父穿的白色织锦绸服了吧，那就是谢老板送我的。我晓得，那是一件高档绸服，一般人是穿不起的。"

西门云飞有些疑惑，问道："二帮主，谢老板可不是个慷慨之人，他为何要送你件高档绸服？"

陈山岗诡异一笑说："西门公子，谢老板当然不会平白无故送我高档绸服，而是我用计让他送了件绸服给我。或许，谢老板至今还后悔不已哩。"

"哦，我晓得了，二帮主，你真不简单哪。"说完，会意的西门公子就向陈山岗跷起了大拇指。随即，众兄弟在刘三提议下，又端起了酒杯。当袁平打开第二坛酒时，西门云飞对刘三说："刘三兄，我看，你今后不可能再回郫县生活了，这样吧，既然你们丐帮有长远发展计划，那我就先拿钱给你们买座小院，你在成都定居下来再说。今后，我也可常来住嘛，大家商量事也就方便了。"

刘三想了想说："谢谢西门兄弟美意，不过，我认为你要买房的话，能否推迟一个月进行，等我忙完一件大事后，你再买房也不迟。"

西门公子一惊，忙问："刘三兄，你伤还没彻底好完，又要去忙啥大事，可否说来听听？"

刘三咬牙回道："老子要去向宋捕快和龙老四复仇！"

众兄弟听刘三说后，都愣了，正高兴喝酒的他们绝没想到，刘帮三会斩钉截铁说出复仇的话来。停了片刻，西门云飞放下酒杯说："刘三兄，现在根本不是复仇的时候，我坚决反对你现在去复仇！"

陈山岗也说："老大，我也不同意你现在去复仇，若要复仇，那已是几年后的事。"

"为啥要几年后才能复仇？"刘三非常不满地问道。

陈山岗激动地说："你想过没，现在去复仇，一旦你杀了他们，官府定会悬赏发布通缉令，你想想，一旦抓捕令发出，我们刚才说的丐帮计划，还有可能实现吗？"

"二帮主说的对，若你现在去复仇，谁都晓得是你杀了宋捕快和龙亭长，要是几年后你再复仇，官府就不一定知道是你杀了他俩。"西门云飞忙说。刘三看了看陈山岗和西门云飞，很是生气地说："你们晓得吗？这两个杂种是咋个毒打老子的？哼，每当想起那几天遭毒打的惨状，老子就恨不得活剐了这两个恶人。"

第二十八章 疗伤后的愿景与分歧

李二娃忙说:"老大,你过去不是说过,君子报仇十年不晚吗,你现在就去复仇,我们丐帮就有'团灭'的危险。我赞同西门公子和二帮主看法,也不赞同你现在去复仇。"

陈山岗十分恳切说:"老大,你就耐着性子等两年吧,两年后,等我和老三下了山,一定助你灭掉这两个恶人。这两年,你就在成都建立好我们丐帮大本营,等我们学好武艺后,还要共同发展我们的事业啊!"听二帮主说后,陆小青和袁平也开始劝刘三,让他过两年再去收拾那两个坏蛋。

太出乎刘三意料了,他手下兄弟和西门公子不仅没与他强烈的复仇愿望共情,反倒纷纷劝她延迟复仇。两眼湿润的刘三气得将手中酒杯往地上一砸:"好,你们这些兄弟全都不支持我去复仇,老子现在去临邛找扬雄,若他也不赞同我现在复仇,那我就推迟几年杀那两个恶人,要是我老铁支持我,那我在一个月内,就要将这两个王八蛋弄死!"说完,还没等西门公子几人反应过来,刘三就独自朝酒楼外冲去……

第二十九章

扬雄的苦劝与新计谋

刘三冲出锦城大酒楼后,就一路向西朝临邛方向走去。由于刘三身体尚未完全恢复,一路走走歇歇的他硬是整整走了两天才终于来到临邛翁孺学馆。扬雄见到来找他的刘三时大吃一惊,他无论如何也没想到,刘三居然还是步行走到临邛的。

机敏的扬雄清楚,刘三来临邛找他,绝不是春游,肯定有啥重要事商量。于是,扬雄就让席毛根煮好稀饭,他去街上买了一坛文君酒和两个卤菜回来,晚饭喝酒时,他要同刘三好好聊聊,到底有啥事非要来临邛见他。

晚饭喝酒时,扬雄见刘三盯着席毛根不愿说话,他立马明白,刘三定以为席毛根是外人,于是,他对刘三说:"刘三兄,这是我最要好的同窗席毛根,他虽是学子,但武功水平不比西门公子差。你千万别见外,你要对我说的话,他都可以听,或许他听后,还可以出些你意想不到的好主意哩。"

刘三听后大惊:"哟,老铁,如此说来,这习武的席兄,跟你也是铁杆兄弟啰?"

扬雄自豪一笑:"那是当然。"

"好,既然这样,那我刘三就竹筒倒豆子,把要说的都倒出来让你俩听听。"刘三忙说。

"这就对了,要是我同席兄关系不好,咋可能喊在一起,为你这帮主接风洗尘喃。来,为你远道而来看我,我先敬你一杯再说。"说完,扬雄同刘三碰杯后,两人便将杯中酒一饮而尽。

待刘三刚吃了两片卤肉,席毛根也端起酒杯对刘三说:"兄弟,你既是子云贤弟的老铁,我作为子云同窗好友,也为我俩的相识之缘,敬一杯。"随即,席毛根便同刘三碰杯后，也将杯中酒喝干。扬雄有点着急地问刘三："刘兄，我晓得你跑那么远来找我，定有重要事对我讲，这里都不是外人，你就有啥说啥，让我俩听听，你到底遇上了啥难事？"

刘三听后想了想，便把被张大师逐出天师洞，下山后又在鹃城大酒楼被宋捕头一伙抓捕，在牢中遭受毒打折磨，后又被押到花园乡游街示众，以及龙老四和宋捕头联合下死手整他，幸而西门公子和陈山岗几人把他救出，以及西门公子安排他到成都治伤的情况详细讲了一遍。讲完后，两眼含泪的刘三嘴唇颤抖着，又对扬雄说："兄弟哪，我今生差点就见不到你了呀。"尔后，有些呜咽的刘三便独自将酒倒入口中。

扬雄听后，沉默片刻便单膝跪下抱拳说："刘兄，我晓得，恶人宋捕快整你，跟你去替杏花复仇有关。若不是那坏蛋欺侮杏花在先，你是不会闯下这大祸的。在此，我扬雄再次向你这侠义兄弟敬上一杯酒，以表我对你的深深感激！"说完，扬雄端起酒杯就仰脖将酒喝干。

席毛根听扬雄说后，心中顿然明白了几分，也端起酒杯说："来，刘三兄弟，我席毛根也敬你这侠义英雄一杯酒。"尔后，席毛根同刘三碰杯后，二人又将杯中酒一饮而尽。昔日没少受人冷眼的刘三此时放下酒杯立马握着席毛根的手说："席兄，谢谢你的夸奖，我刘三活到现在，第一次听人说我是侠义英雄。为你这话，我刘三挨了那么多毒打也值了。"随即，刘三起身主动拥抱了席毛根，顿然对席大哥有了亲近感。

"刘三兄，你是吉人自有天佑，既然这一劫过去。我希望你今后就别回郫县了，干脆在成都找个事做算了。有西门公子相助，你会过得平安快乐的。"

刘三把酒杯往桌上重重一搁，盯了一眼扬雄，大声说道："我不想过平安快乐的生活，每当我从噩梦中醒来，老子就恨不得活剐宋捕头和龙老四！"

扬雄和席毛根见刘三突然情绪变得这样，都吃惊地看着刘三，他俩渐渐理解刘三在牢中所遭受的非人折磨。稍停片刻，刘三一拳砸在桌上咬牙说："从现在起，老子的任务，就是设法弄死宋捕头和龙老四！不报此仇，我刘三就枉活人间！"

见刘三复仇愿望如此强烈，此刻的扬雄才意识到，遭受了磨难的刘三若情绪失控去复仇，最终结果只能是毁了自己。沉默片刻，扬雄向刘三问道："刘兄，你既然从成都过来，那西门公子和陈山岗他们，是如何看待你复仇一事的喃？"

这时，刘三丧气地说："老子就是想不通，这些救我的兄弟，他们、他们竟没一个支持我现在去复仇，还说啥等几年再去复仇才合适。"

扬雄一听，马上说道："刘三兄，我认为他们说得有理。若你现在去杀宋捕快和龙老四，即便成功，那肯定也会被官府通缉。你想想，官府对杀人命案历来都很重视，到那时不仅你个人有危险，还会牵连那些救你出来的弟兄们哪。"

刘三不满地说："咋个牵连弟兄们？我一人做事一人当，决不连累他们。"

"那你说说，你是咋个逃离花园场的？"扬雄问道。

"我、我是被西门公子几人救出的呀。"

"对呀，你伤刚好就去复仇杀人，谁不知这事跟你和丐帮有关？我相信，那些救你的兄弟，同样都使用了七星短剑，若是官府有人被杀，肯定要全力抓丐帮的人。我想，重刑之下，有些扛不住的兄弟就会供出救你的参与者。你想想，复仇心切的你，那时不仅要连累丐帮兄弟，还会连累大力支持你的西门公子。"扬雄严肃说道。

刘三听后，竟一时语塞起来："我、我……"

席毛根见刘三如此窘样，马上说："刘三兄弟，子云分析得有道理，若你现在就急着去复仇，带来的结果必然如此。切望你要三思哪……"

窗外，新月升起，时光在沉默中静静流逝。

扬雄见咬着牙两腮颤动的刘三仍目露凶光盯着桌上油灯。这时，扬雄独自喝口酒说："刘三兄，若你真想杀毒打你的仇人，我在此给你献上一计，如何？"

刘三以为扬雄转变了看法，有些高兴起来，忙问："啥计策，说来听听？"

扬雄指着席毛根说："我这位同窗，最近给我推荐了《孙子兵法》，熟读之后，我对'上兵伐谋'深以为然，现思得一计，特适合你处理复仇一事。"

刘三一听，有些急了："哎呀，你咋变得如此啰唆，是啥计你就直接说嘛。"

"我认为，'欲擒故纵'一计，就特适合你采用。"

刘三有点蒙，忙问："啥子叫'欲擒故纵'哟？"

扬雄看看席毛根，说道："席兄，你给他解释下'欲擒故纵'的意思吧。"

席毛根点头后，便对刘三说："这'欲擒故纵'的意思嘛，就是你想要达到某种目的，现在可暂不理会，还要装出满不在乎的样子，等对方没防范意识后，你再下手，这样就会达到你想要的目的。"

刘三听后，似懂非懂地问道："席兄，这'欲擒故纵'对我而言，就是现在暂时不理会宋捕头和龙老四，等他们放松警惕后，老子再下手杀他俩，这样就容易成功，对吧？"

扬雄点头说："对呀，我想在你被救走后，宋捕头和龙亭长一定会防范你报复，他们这些日子定会派人四处打听你下落，恨不得抓住你再把你投入牢中。我想，等过几年，他们防范松懈后，你那时再寻找机会下手，即便他俩死了，世人也不一定知道是你复仇所致嘛。"

刘三想了片刻，点头说："嗯，这么说来，老铁给我出的'欲擒故纵'之计，还真有些道理。哎，还是你们读书人好哇，可以从竹简上学到好多东西，真令人羡慕啊。"

"刘三兄，你现在想通没？"

"有你老铁献出的'欲擒故纵'之计，若再想不通，我脑袋不就进水了嘛。经你们解释分析，那我就推迟几年复仇，现在就让那两个恶人，成天活在提心吊胆中吧。君子报仇，十年不晚。来，为'欲擒故纵'之计干一杯。"说完，刘三端起酒杯，恭恭敬敬向扬雄和席毛根敬了酒，接着，三人又在欢愉的氛围中喝酒聊起天来。

闲聊好一阵后，当刘三介绍完西门公子想拿下浣花织锦坊后，席毛根突然对扬雄说："子云贤弟，我有个大胆想法，不知该不该跟刘帮主说？"

扬雄笑道："刘三兄既然是我老铁，那也就是你席兄的朋友嘛，有啥想法直说无妨。"

席毛根说道："我打算端午节后就上天台山，但我不能以临邛人身份去见段煞神，我想以成都逃犯身份去见那匪首，这样才更有瞒天过海的效果。"

扬雄有些吃惊："席兄，你对成都不熟，说话又不是成都口音，咋以成都逃犯身份去见那匪首呀？"

席毛根没直接回答扬雄，而是扭头向刘三问道："刘帮主，你既然想通现在不去复仇，我想问问，你想在临邛耍多久？"

"我想明天就回成都，西门公子还等我回去买小院哩。他希望我把丐帮大本营下一步转建到成都来。"

席毛根接着说："刘帮主，若你明天回成都，我能跟你去吗？我想熟悉下成都街道和特色餐馆与景点。"

"这有啥不可的，我想，仗义疏财的西门公子定会喜欢上你这个既有文化又有武功之人的。"刘三开心地说。

扬雄说道："席兄，你想去了解下成都风土人情，上天台山才有糊弄段煞神的资本？"

席毛根点头回道："我正是此意。我想以犯了命案的逃犯身份去见段煞神，唯有这样，才更能促使他收留我。"

扬雄一怔："你的意思……"

席毛根说道："当我离开成都时，我会伪造一张通缉告示揣在身上。到时，我'瞒天过海'，一定要哄得段煞神信以为真。"

"哈哈哈，席兄哪，真想不到，你有如此妙计，真令我佩服得五体投地！"说完，扬雄便认认真真敬了席毛根一杯酒。

见此，有点蒙的刘三问道："扬雄，你俩一会儿《孙子兵法》，一会儿又是瞒天过海，这、这到底是咋回事，能否给我说说其中原因？"

扬雄放下酒杯，正言道："刘三兄，若我的好友席毛根跟你去成都的话，那我必须要向你介绍，席兄他不是为报私仇，而是为民除害才去杀匪首段煞神的，你说，席兄是不是舍生取义的好汉？"

刘三盯着席毛根愣了良久，突然起身单膝跪地说："席兄，你不为个人私仇，却为受害百姓去杀匪首，你的胆识令我十分敬佩。来，容我敬杯酒给你，祝你灭杀段煞神成功！"

待刘三敬完酒起身后，扬雄就把席毛根除匪首的计划详细告诉了刘三，并叮嘱刘三到成都后，要好好把席毛根介绍给西门公子，让西门公子带着席毛根去熟悉成都地形和风土人情。

刘三把胸膛一拍说："没问题，兄弟你放心，我不仅要把有文化的席兄介绍给西门公子，还要介绍给我们丐帮中的铁杆弟兄们。像席兄这样的英雄好汉，应该成为我们丐帮的榜样才对！"

第二天早上，当林间翁孺听完席毛根休学的理由后，只好同意了他的申请。席毛根带了一套换洗衣服后，就告别扬雄，与刘三一同朝成都走去。一路上，刘三向席毛根讲了自己身世，也谈了他上青城山学武艺因不懂江湖规矩被师父逐出天师洞的情况，甚至还讲了他替扬雄未来的女人杏花复仇的过程。席毛根也对刘三坦诚讲了家里情况，以及清明后同窗张德川家发生的不幸，还有他同扬雄去翠竹乡帮张德川建房的情况。当听说扬雄拿出一笔钱无偿资助张德川家里时，刘三非常肯定地说，这钱一定是西门公子送给扬雄的，他们这群弟兄伙全是穷人，只有西门公子家有钱，这个有钱公子不仅仗义疏财，而且还喜欢辞赋和剑术。西门公子非常佩服扬雄的辞赋才华，或许，正因这一点，西门公子才在经济上特别支持扬雄。刘三还叹道："哎，真没想到，扬雄把这钱全部捐助给他受难的同窗了，看来，我这老铁也是有仁义之心的人。"

晚饭后住店时，刘三要席毛根给他讲讲关于《孙子兵法》的内容。为得到刘三在成都的帮助，席毛根给刘三粗略讲解了兵法内容。刘三听后大惊，并表示今后一定要研究《孙子兵法》。席毛根认真对刘三说："刘帮主，我认为《孙子兵法》不仅可以用于战争，也可以用于生意场上的商业竞争。"

刘三听后大为高兴，并对席毛根说出了他们丐帮未来的商业发展计划。席毛根听完计划后，认真说道："刘帮主，既然你们丐帮有这么多好计划，你又是帮主，我建议你一定要学学文化，多认点字，不然，你咋个研究《孙子兵法》呀？"

刘三坦诚说："席兄，我小时是个叫花子，吃了上顿愁下顿，哪有条件学文化嘛。我想，我今后若真在成都站稳脚跟，我就聘你为我们丐帮的师爷，那时，你既可给我们出主意，又可教我认字学文化，咋样？"

席毛根笑了："刘帮主，我虽有点文化，但比起扬子云来，我的文化就差多了。要说你们挑选师爷的话，扬子云比我更合适。"

"扬雄是家里独子，他读完书定会回家娶妻生子。我敢断定，他若不做官的话，一定会被他爸妈喊回家务农，何况，他又是个孝子，能不听他爸妈的话吗？"

席毛根听后，点头道："那也是。"

临近子夜，刘三还对席毛根讲了杏花的情况，并一再赞叹他的老铁遇上个他们花园乡最年轻漂亮的"饭店西施"。席毛根听后心里感叹道：哟，扬子云艳福不浅嘛，张德川的漂亮妹妹也等着他今后去迎娶哩……

第二天下午酉时刚到，走得汗流浃背的刘三和席毛根就回到锦里客栈包间。令刘三想不到的是，当他推开房门时，就看见西门公子、陈山岗、李二娃与陆小青四人正在房中摆龙门阵。一见刘三出现，陈山岗就得意地对西门云飞说："咋样，我说刘帮主不出五天准会回来，这回打赌，你又输给我了吧。"

西门云飞笑道："好好好，二帮主你确实料事如神，这回我输了，今晚我请客，请大家去锦城大酒楼喝酒。"说完，李二娃和陆小青就拍起了巴巴掌。

刘三一听，忙把门外的席毛根拉进房里介绍说："大家先别说喝酒的事，这里，我给你们介绍个新朋友。"说完，刘三把穿得土气、长着国字脸的席毛根推在众人面前继续说："这年轻的临邛学子叫席毛根，他是扬雄在学馆里最好的朋友。此人饱读诸子百家著作，不仅懂《孙子兵法》，而且还会拳术和刀棒。他像西门公子一样，是个能文能武的汉子。席兄比我大半岁，所以，这位新朋友就是我们这群人的大哥。"

听刘三介绍后，陆小青和李二娃忙上前抱拳对席毛根说："席大哥好。"

这时，身穿白色绸服的西门公子，仔细打量长相憨厚的席毛根后，有些不屑地问道："喂，席大哥，你当真是子云贤弟好友？"

席毛根见西门公子有点轻视他，忙抱拳回道："席某不才，我仅是扬子云的同窗学友而已。"

西门云飞见席毛根相貌一般，长得壮实但有点黝黑，还有些像山民，便带着挑衅的口气说："席大哥，听刘帮主说，你会拳术和刀棒，明天上午，我俩可否切磋下武艺？"

席毛根一听，感觉西门公子有挑战之意，忙用目光征求刘三意见。刘三见此，笑道："你俩切磋武艺可以呀，但点到为止就行了，我们定要遵守江湖规矩才行。"刘三话音刚落，跟席毛根个子差不多高的陈山岗为附和西门云飞，也抱拳对席毛根说："席兄，你既是练过拳术的，我现在想跟你比试下手劲，不知你是否愿意？"陈山岗刚一说完，西门云飞和李二娃就开始起哄："要得，既然是习武之人，比比手劲又有啥子嘛。"

见席毛根有些难为情，刘三忙打圆场说："你们几个硬是要欺负新朋友嗦。来，比就比一下嘛，还不晓得哪个赢哪个哟。"刘三说这话时，其实也想看看，席兄到底能不能赢练了大半年基本功的二帮主。

见刘帮主这样说后，席毛根只好坐到陈山岗对面，然后抱拳说："兄弟，情谊第一，千万别在意输赢哈。"随即，不卑不亢的席毛根便把手臂也放在了桌上。众人看到，当两人手掌握在一起后，陈山岗左手马上就抠住了桌腿。在刘三喊出'开始'不到三秒钟，拼命使劲的陈山岗右拳就被席毛根迅速压倒在桌上。大惊的刘三见力量对比如此悬殊，便对其他几个兄弟说："哪个不服还想扳手劲的，就给我上！"

这时，一旁的西门云飞上前握住席毛根的手说："席大哥，你真是不可貌相之人啊。走，我今天特为你接风洗尘，大家去锦城大酒楼喝酒。"

席毛根笑了："谢谢西门公子盛情之邀，认识你们这伙兄弟，也是我的荣幸哩。席毛根刚说完，刘三对陆小青吩咐道："你马上去通知袁平，让他立马到锦城大酒楼来，等人到齐后，我再说说我这次临邛之行的收获，还有扬雄特为我献出的'欲擒故纵'之计。"

"啥子嘛，扬子云开始研读兵法啦？"西门云飞大惊。

刘三说道："不止哟。走，我们到酒楼后，我再给大家讲讲这位席大哥即将开始的英雄传奇故事。"说完，这伙生气勃勃的年轻人出了客栈，就朝青羊肆方向走去……

第三十章

义结金兰，为孤胆英雄壮行

昨晚在锦城大酒楼喝了一场大酒，临别时，西门云飞抱拳对席毛根说："席兄，我明天中午来客栈，我们下午去百花潭附近林中切磋，你意下如何？"

席毛根抱拳回道："好，我遵西门公子提议便是，到时，也可领教下你的剑术功夫嘛。"说完，西门公子便紧紧握住席毛根的手，尔后才恋恋不舍地离去。由于昨晚酒桌上，刘三向几位兄弟介绍了席大哥将上天台山除匪首的计划，这群血气方刚的少年自然对比他们年纪稍大的席毛根顿生敬意。

然而，令众兄弟不知的是，西门云飞心里有自己的打算。他清楚，席兄敢为民众上山灭匪首，这种舍生取义的侠义英勇行为，并非是一般习武之人能做到的。更为重要的是，席毛根是有文化的，还跟扬雄是铁杆好友。在西门云飞看来，若席兄杀匪首后能活着来成都的话，他就向父亲举荐，这是个能重用的人才，甚至比丐帮队伍中的任何人都强。

午饭后，西门云飞领着刘三、席毛根、陈山岗、李二娃、陆小青与袁平步行来到百花潭附近林中空地上。站定后，一方是手持长剑、身穿一袭白色绸服的西门公子，一方是手持三尺短棒、身体壮硕的席毛根。在切磋比试开始前，作为裁判人的刘三对他俩说道："今天是朋友间友好切磋，你俩不必太过较真，按江湖规矩点到为止就行。"

西门公子和席毛根听后，忙抱拳回道："好，听刘帮主的，友好切磋，点到为止。"刘三听后，忙说："我上次在天师洞，就是犯了不懂江湖规矩之大错，才被师父赶出天师洞的。今天切磋，我们再也不能犯这种低级错误了。"刘三话音刚落，西门公子就举剑移动起脚步来。

对占据心理优势的西门云飞来说，今天就是检验席大哥到底有无真功夫的机会，所以，这个头脑灵活的公子一门心思想用各种招数来测试席毛根的本事。而对席毛根而言，他非常清楚这群年轻兄弟的想法——大家是出于好奇想看他是否有点真功夫。在昨晚喝酒聊天中，他就弄清这伙人中只有刘三和西门公子算得上是扬雄朋友，而其他人只是刘帮主手下。席毛根心想，今天我决不能输给西门公子，若是输了，这伙人定会看不起我这来自农村的寒门学子。

在林中，举剑的西门公子朝席毛根逼来，并不惊慌的席毛根举着手中短棒，在沉着跳动中招架着西门公子凌厉的进攻。刘三几人见状，立刻为西门公子的主动进攻喝起彩来。并没胆怯的席毛根灵活挥舞短棒，一次次挡拨开西门云飞刺来的长剑，有时趁西门云飞变换剑招时，还连续发起迅猛反击。好一阵剑与棒的碰撞较量后，双方都没能战胜对方。随后，两人又退到切磋起始处。

通过一番试探性攻击后，西门云飞已意识到，这个来自临邛的学子，果然是个身手不简单之人，他不仅身手异常敏捷，关键是他有力的右臂，在拨挡他长剑进攻时，显得异常轻松，有一次他的长剑差点从手中掉落。初次摸底较量后，席毛根也明白了，这西门公子的确有些剑术功底，但剑法平平不说，关键是他使剑的右臂缺乏力量，只要瞅准时机发力一击，准能把剑从他手上击落。不傻的席毛根清楚，今天切磋他既不能输给西门公子，但也不能使西门公子输得太难堪，否则，他下一步要在成都待上一个月的计划施行起来就有困难了。

当两人各持长剑和短棒，腾移挪转间盘算着进攻对策时，刘三在一旁挥手喊叫起来："快点整哦，你们两个谦啥子虚嘛，不能冷场啊！"随即，陈山岗和李二娃也吼叫道："加油，加油打哟，大家想看精彩的！"很快袁平和陆小青也跟着起哄，让两人快打。

在呐喊助威声中，只见西门云飞猛蹿几步，一下举剑腾空跃起，宛若雄鹰展翅在空中挥剑朝席毛根劈下，打算用剑刃劈断席毛根手中短棒。反应敏捷的席毛根并未慌乱，举棒斜着迎击西门公子的凌厉攻击。就在西门公子挥剑落地瞬间，席毛根巧用短棒已将剑锋导入地面。这时，众兄弟看见，席毛根手中短棒上已有木屑飞起，但短棒仍牢牢抓在席毛根手中。

求胜心切的西门公子随即抽回手臂，大声呼喝中又将剑横着朝席毛根腰部扫来，他企图用闪电战方式结束这场切磋较量。出乎所有人意料的是，早有防备的席毛根将棒一竖，就截挡住了西门公子横扫而来的剑招，然后蹿上一大步，用肩头朝西门公子胸口一撞，身体单薄的西门公子，竟被撞得连连后退几步，差点摔倒在地。席毛根之所以敢用此法迎击西门公子进攻，是因为他料定西门公子挥剑横扫时的力量，他完全有把握用短棒承受住。

  并没紧逼反击的席毛根待西门公子站定后，侧身将左脚尖微微在地上一抬，然后抱拳做了个接招的动作。顾不了许多的西门公子在原地用眼花缭乱的斩、挑、刺、点、崩、击、绞等剑术向席毛根挥舞一番，随后，他举剑快速朝席毛根迎面刺来。就在剑头快触到席毛根胸口时，敏捷的席毛根猛地朝左一闪，立马挥棒朝西门公子右手腕轻轻一击，西门公子"哎哟"一声后，长剑从他手中掉落在地。还没等围观兄弟反应过来，失剑的西门公子一记左勾拳朝席毛根右太阳穴挥来，席毛根忙丢下短棒用右臂挡住疯狂砸来的左勾拳。来了气的西门公子见赢不了席毛根，立即蹲下用左右扫堂腿快速朝席毛根双腿扫来。令西门公子没想到的是，就在他用扫堂腿迅猛攻击时，席毛根快速退后两步，待一个后空翻落地后，已距西门公子足有一丈来远距离。傻了眼的西门公子愣了片刻，心里叹道：嗨呀，这席大哥太厉害了！随即，有些不好意思的他抱拳说：" 席大哥好身手，我西门云飞哪是你对手啊。"说完，西门云飞几步上前，紧紧拥抱着他从心底已彻底佩服的席大哥。这时，刘三几人也围了上来，都跷起大拇指大赞席毛根的武功。

  仅一刻钟就结束了武艺切磋，心情大悦的西门云飞对众兄弟说道："走，我们到青羊肆去喝茶，好好聊聊武功方面的话题。"这时，陈山岗却抱拳对西门公子说："西门公子，我和三帮主今天要赶回青城山，不然，张大师会对我俩不满。"

  "你俩真要赶回青城山？"西门云飞诧异问道。

  陈山岗说道："师父只准了我们三天假，我俩已超了几天时间，回去还不知要挨师父多少骂呢。"

  李二娃补充道："要不是等大师兄从临邛回来，我同二师兄早回青城山了。"

  刘三听后忙说："算了，今天我们就不去青羊肆了，二帮主和三帮主必须马上赶回天师洞去，我们几个回客栈商量下往后几天的行动吧，席大哥还有要事需办哩。"随后，西门云飞说道："那也好，我马上给你俩租马车，现在出发估计两个时辰就能到青城山脚下。"

  机灵的陆小青见刘三点头后，立刻在路边叫了辆马车，待陈山岗和李二娃跳上马车，西门云飞把钱付给车夫后，高兴的车夫便哼着小曲赶着马车朝青城山方向跑去。

刘三几人回客栈后，西门云飞便向刘三问道："刘三兄，你说席大哥有要事需办，他具体要办哪些事呀？"

席毛根听后，忙说："西门贤弟，我就想办三件事。一是熟悉成都主要街道和景点；二是学点成都方言和土话；三是离开成都前，伪造一份蜀郡张贴的通缉告示。只要完成这三件事，那么我就能骗过天台山匪首段煞神。"

西门云飞听后呵呵一笑说："席大哥，这三件小事全包在我这成都人身上，不出一月，我就能助你完成这三件事。在此，我有个小小请求，不知你能否答应我？"

席毛根有点纳闷："啥请求，说来听听。"

西门云飞严肃地说道："席大哥，我想跟你一道上天台山，行吗？"

"不行！人多不仅碍事，反而容易让匪首生疑，我一人足可灭掉段煞神。"席毛根口气果断地回道。

西门云飞心有不甘地说："席大哥，难道，那精彩的传奇英雄故事就只能你一人抒写？"

"铲除匪首并非儿戏，我不想连累更多人，若我行动失败，扬子云自然会告诉你们。"席毛根说。

刘三忙抱拳说："席大哥，你千万别说不吉利的话，从我接触你这几天看，我认为你是智勇双全之人。你对《孙子兵法》熟稔于胸，而且身手不凡，这次你在成都待上些日子，只要能完成你说的三个要求，那么，我就敢断言，你定能除掉匪首！"

西门云飞也忙说："席大哥，你除掉匪首后，一定要来成都加入我们这个团队，我们需要你这个好大哥啊。"

"对，我们希望席大哥加入我们团队，往后可一起共谋人生大业。"刘三在此不好意思说加入丐帮，他怕席毛根看不起丐帮。席毛根真诚对众兄弟回道："谢谢各位兄弟美意，若成功除掉匪首，我定来成都同你们共同庆贺！"

当天晚上，不到亥时陈山岗和李二娃就回到了天师洞。由于之前陈山岗一直没敢告诉张云天，大师兄被抓一事，只是说刘三得了怪病，被仗义的西门公子送到成都医病。这次回天师洞后，陈山岗又谎称大师兄病情加重，经常昏迷不醒说胡话，李二娃也附和陈山岗，说他俩之所以耽误了几天，就是为了照料病中的大师兄。

从陈山岗和李二娃小儿科似的撒谎中，"老江湖"张云天哪能不知二人在说谎。既然两位弟子不愿说实情，张云天也就不想逼问真实情况。他望望森林上空的明月，放下茶杯说道："刘三病重，你俩在成都多待几天也是可以理解的。从明天开始，你俩每天就加练一个时辰功夫，把这几天缺的时间补上吧。"

陈山岗忙躬身回道："要得，师父，我们一定照您盼咐办。"说完，饥肠辘辘的陈山岗和李二娃溜进厨房，慌忙搜寻起食物来……

按昨天晚饭时商量的，第二天上午西门云飞来到客栈后，刘三几人就跟着他外出，寻找起附近在售的小院来。西门云飞一面走，一面用成都方言给席毛根、刘三和陆小青介绍路过的街道情况。席毛根几人第一次从西门云飞嘴中，听说了成都还有众多深受市民喜欢的苍蝇馆子。由于席毛根和刘三都不是成都人，所以，他们听着介绍就颇感兴趣和新奇。

第三天上午，当陆小青赶着马车路过南大街时，西门云飞突然发现一处小院门口挂有一块小木牌，他忙叫陆小青停车。几人下车后，走进小院看起房来。这是座有前后两院带天井的小院，前后院加在一起，共有十四间房，小院后还有间马厩，这马厩从院旁小巷就可到达。

在房主仔细介绍完房屋情况后，满意的西门云飞拉着刘三到一旁问道："刘兄，你认为如何？我想买下这小院，作为你们丐帮大本营，也可作为未来众兄弟栖身之处。"

刘三想了想问道："西门兄弟，在成都买这座小院，要用多少钱？若是太贵，那我建议先租两间民房为好，我不想你破费太多。"

西门公子笑了："刘兄，这不是破费，这叫房产投资，说不定，过几年成都人口一旦增加，这小院还可能涨价哩。"

刘三大惊："哟，这是真的？"

"当然是真的。若你满意，我立马就去同房主谈价。"不到一刻钟，这座临街小院最终以十三金成交。待房价谈好后，西门云飞告诉房主说："先生，您今天下午把房契准备好，再把小院打扫下，我明天上午过来交钱拿房钥匙哈。"

房主笑道："要得嘛，看你这位公子就是有钱人，明天上午，我就恭候你入住小院。"待房主说完后，西门云飞出门抬头看看天，微笑着对刘三几人说："嗯，今天时间尚早，天气也不错，走，我带你们到青羊肆去耍。"随后，西门公子让陆小青赶着马车，几人就朝青羊肆方向赶去……

青羊肆位于成都西面，离百花潭不远，早就被誉为"川西第一道观"和"西南第一丛林",也是西汉著名道教宫观之一。青羊肆始建于周朝,后人称其为"青羊宫"。西门公子出生于成都,由于两年前涉猎了老庄学说,所以,他就对青羊肆有了别样兴趣。十二岁时,西门云飞曾跟着他爸妈到青羊肆来玩过,里面的山门、殿宇、紫金台和八卦亭等给他留下了较深印象。今天,西门云飞带席毛根几人来此的目的,就是选择成都特色景点供席大哥了解。

在青羊肆外寄好马车后,西门公子领着刘三几人朝青羊肆大门口走去。由于刘三和陆小青没文化,他俩既不懂老子更不懂庄子,所以,今天来此他俩只是作陪而已。进大门不久,西门云飞见紫金台前有一尊老子塑像,便随口背诵道:"道可道,非常道;名可名,非常名。无名天地之始;有名万物之母。"没待西门云飞背诵完,席毛根立马接着背诵道:"故常无欲,以观其妙;常有欲,以观其徼。此两者,同出而异名,同谓之玄。"二人相视一笑,异口同声道:"玄之又玄,众妙之门。"刚一背诵完,席毛根同西门云飞就会意地哈哈大笑起来。

就这样,西门云飞领着席毛根几人,在青羊肆内走走停停,他不断给席毛根介绍这里的人文景点,以及八卦亭所蕴含的某些意思。听西门云飞粗浅介绍后,席毛根抱拳对他说:"西门公子,我仅阅过《易经》,对八卦、爻辞和六十四卦的各种神性符号还处于几乎一窍不通的阶段,往后,还望贤弟多多给予指教。"

西门云飞听后,十分汗颜地说:"席大哥,不瞒你说,我西门云飞还没看完过《易经》全书哩。我给你介绍的这些七零八碎的东西,也是听我爸说的。在这里,知识对你不重要,重要的是你得记住这青羊肆里有些啥人文景点,这样,你上天台山后才能唬住匪首。"说完,几人就呵呵笑起来。

第二天上午,西门云飞带着购房款,同刘三几人坐马车到南大街跟房主交接完后,很快把小院钥匙和房契拿到手中。不久,西门云飞同陆小青到外面找了几个帮工回来,把前后院和马厩又收拾了一遍,随后又添置了五张床和数样家具与被褥等。晚霞消逝,当刘三和陆小青从客栈拿过衣物坐马车入住小院后,西门公子高兴地说道:"刘帮主,今后,这小院就是你们大本营啦。"席毛根听后,感叹道:"西门公子真是仗义疏财之人哪,不过,我想问问,你年纪还没我大,你爸咋同意你用这么多钱买房喃?"

西门公子笑道:"席兄放心吧,我的重要决策,都得向我爸禀报,买这小院,当然是经他同意的啦。"

刘三忙抱拳说:"西门公子,若今后我们丐帮赚了钱,我再从你手上买下这小院，如何？"

西门云飞看着刘三和席毛根说："二位兄长，这座小院虽不咋样，但作为我的一片心意，你们两个哥老倌应该收下。"席毛根大惊，忙摆手说："使不得使不得，你我相识不久，我咋个能接受你如此贵重之礼嘛？"

其实，令席毛根不知的是，西门云飞已把他的情况，向西门松柏做了详细禀报。西门松柏听后，对席毛根进匪巢杀匪首的计划异常钦佩，对能文能武又厚道的席毛根赞赏有加，并要儿子设法留住此人。今天的赠房举动也是西门松柏授意的。

在接下来十多天日子里，西门云飞带着他们不仅去转了成都大街小巷，而且还教了他们不少地道的成都方言。什么"龟儿子""巴适""瓜娃子""死脑筋"和"先人板板"等等，席毛根已能做到张口就来。由于席毛根本性质朴、忠厚，人又勤快，相处二十多天后，西门云飞和刘三竟彻底喜欢上了这个席大哥。

在席毛根即将离开成都前，西门云飞让陆小青赶着马车去了趟西门家老宅院。在刘三交代下，陆小青又去丐帮中找了两个有些武艺的兄弟到成都来跑腿，以便开展下一步活动。端午节前，西门云飞同席毛根一道用绢帛伪造出一张通缉告示来，告示上的人头画像跟席毛根本人十分近似。为以假乱真，西门公子还花钱请人私刻了蜀郡府大印。一切准备好后，就在席毛根即将离开的前夜，西门公子突然对他提了个要求："席大哥，若你不嫌弃，我想同你结为异姓兄弟，不知你可否愿意？"

还没等席毛根回答，刘三也忙抱拳说："席大哥，你是扬雄同窗好友，这次你在成都近一个月日子里，让我刘三对你有了更深了解，既然西门公子要同你结为异姓兄弟，我看，我也应该与你结为兄弟。我虽没啥文化，但我有预感，我们几人因扬雄结缘相识，我相信，今生我们这伙兄弟定有十分精彩的人生故事。"

席毛根听后，忙抱拳对刘三和西门公子说："承蒙二位兄弟抬爱，我这农家学子能同你们相识，既跟扬子云介绍有关，也证明我们几人前世有缘。好，我非常愿同二位兄弟义结金兰。"西门公子听后大悦，忙吩咐袁平和陆小青出去买香烛和酒肉。一刻钟后，当陆小青和袁平买好东西回到小院，席毛根同西门云飞和刘三就在小院天井中对月盟誓，结拜成为异姓兄弟。一旁的袁平、陆小青和另两名丐帮兄弟为他们做了见证。

第二天早上，骑着一匹白马从家里赶来送行的西门云飞从包袱中取出一件干净的高档白绸服说："席兄，这次相别，我就不送你新衣了，穿新衣上天台山反而让土匪疑心，你就换上这件半新不旧的绸服吧。"待席毛根穿上绸服后，众兄弟大惊，似乎席毛根顿然变作一个有钱人家的公子。随后，刘三从身上抽出七星短剑，抱拳说："席兄，临别我赠你这把七星短剑，希望你用此剑手刃土匪头子。"说完，刘三就把短剑呈给了席毛根。

尔后，西门公子牵过白马说："席兄，这匹白马我也送给你，望你不负我们众兄弟所望，祝你事成早日归来。"当席毛根谢过跃上马背后，西门云飞又从怀中掏出两根金条说："席大哥，为你能更好地骗过匪首，这两根金条你可作为见面礼送给段煞神。我相信，你的瞒天过海之计一定能成功！"

两眼湿润的席毛根点点头，把金条塞进肩上包袱，尔后，他在马背上抱拳对众人说："兄弟们，大恩不言谢。待我除掉匪首，再来成都同你们相聚。"说完，挥手告别的席毛根用脚将马镫一击，白马便如箭一般朝临邛方向奔去……

第三十一章

乔装杀人逃犯，终于混进匪巢

当天下午酉时刚过一半，骑着白马的席毛根就赶到了临邛翁孺学馆。扬雄见到同窗好友大惊，他万万没想到，仅一月工夫，席毛根就彻底变了，过去身上的土气已荡然无存，曾经的寒门学子在穿上高档织锦绸服后，竟有些像有钱人家的公子了。

晚饭喝酒时，席毛根把他跟刘三去成都的经历，详细告诉了扬雄，最后拿出七星短剑说："子云，你看，这是刘帮主临别时赠我的七星短剑，他希望我用这剑杀了匪首段煞神。"

扬雄拿过锋利的七星短剑，仔细看了看，问道："席兄，你刺杀匪首的计划没变吧？"

"当然没变，我到成都的目的就是去了解必须掌握的东西，不然，我上天台山咋能骗过段煞神喃。"说完，席毛根从包袱中又拿出伪造的通缉告示。扬雄认真看完告示内容和盖的红色印章后，笑道："哟，席兄你很有几把刷子嘛，这伪造的通缉告示还真像那么回事。"

"子云，你别夸我，这伪造通缉告示的功劳主要还是西门公子的。嗨，西门公子这人还真不错，不仅仗义大方，更为可贵的是，他身上还有疾恶如仇的品质。仅就这一点来说，他跟我十分投缘。"稍后，席毛根又告诉扬雄，在西门公子和刘三的要求下，他与这两位友人已结拜为异姓兄弟。

扬雄听后笑道："呵呵，席兄哪，你这次到成都，真是不虚此行嘛，不仅了解到成都人文风情，还得了件高档绸服和一把七星短剑，又结拜了两个兄弟，你的收获真令我羡慕。"

高兴的席毛根忙举杯说："子云贤弟，没你的支持帮助，我哪能结识这些好兄弟喃。来，为你对我的真心帮助，我敬你一杯。"说完，席毛根便敬了扬雄一杯酒。随后，席毛根说了自己即将实施的除匪计划。扬雄认真听后说："席兄，你的计划已相当周全，比我想象的完善，看来，这些日子你是动了不少脑子的。这样吧，你上天台山后我也无法得知你的消息，更不知你何时诛杀匪首，我俩约定，一月后你若还没来学馆见我，那就证明计划失败，到时，我去张德川家再问问你情况。"

"这么说来，我上天台山前，必须把计划告诉张德川啰？"

"你不仅应该告诉张德川，还应把西门公子送的白马也寄放他家。你最好空手上天台山，那样才像个逃犯。你杀匪首成功后，可从张德川家骑马回家告诉你父母你将去成都做事。上成都前，你可到学馆来见我。不管成功与否，我都想听听你杀匪首的过程。"

席毛根笑了："嗯，这建议甚好，我就按你的建议办。"

当天，就在席毛根骑马离开成都后，刘三也向西门公子借了匹马，快马加鞭地朝青城山下的清风庄园赶去。刘三有些时间没去清风庄园了，他担心陈干爹上天师洞去看他，所以，他必须尽快去看望干爹干妈，然后再说说他已在成都生活的事。

两个多时辰后，刘三终于叩响清风庄园的大门。吃晚饭时，刘三告诉陈干爹说："前不久在结拜兄弟帮助下，他同西门公子几人正在成都筹备入股浣花织锦坊的事。"王干妈听后大惊："哟，我们刘三硬是能干得很嘛，居然到成都去了，还要当织锦坊股东啦，简直安逸得很嘛，哪天，我和你干爹就可来成都耍了嘛。"

喝着小酒的陈财主看看刘三，低声问道："刘三，若你要在织锦坊占股份，那要出好多钱喃？"刘三听后，立马明白陈干爹怕他又来要钱，忙说："干爹，我负责招募技术人才，不出钱，只占百分之十干股。您老人家认为咋样？"

陈财主终于笑了："呵呵，不出钱占干股，那说明你也是人才嘛。嗯，这生意划得来，要得要得。"刘三见干爹脸色阴转晴，高兴地说："干爹，我想这几年在成都好好历练历练，今后才好管理清风庄园。"

王干妈听后，说道："刘三说得对，你好好在织锦坊多学点管理经验，今后回来也多给我们庄园赚点钱呀。"陈财主想了想，问道："刘三，这么说来，你就算是正式离开天师洞张大师啰？"

"干爹，我原并不打算提前离开张大师，由于我结拜兄弟几次上天师洞来找我，我实在没法推了，才把实情告诉了张大师。张大师听后，也鼓励我去成都创业。所以，我离开天师洞是张大师同意了的。"

陈财主哪里晓得，敢于撒谎的刘三咋敢告诉他自己是被张大师逐出天师洞的。去年秋天，为使张大师收下刘三几人为徒，陈财主已向张大师预支了三年伙食费。不敢说实情的刘三，只能用谎话来哄骗陈财主夫妇，怕自己的丑事暴露让两位老人伤心。

在吃喝一阵后，刘三又对陈财主说："干爹，近段日子您就别去天师洞了，我有空就会回庄园看您老人家。放心吧，我一定在成都好好干，决不辜负二老对我的期望。"陈财主见刘三言辞诚恳，面露微笑地说："刘三呀，你虽没出钱，但也不能常张着嘴白吃人家酒肉嘛。这样吧，你离开庄园回成都时，我让你干妈给你准备点钱带上，不管咋样，你也应该请请你那些朋友喝喝酒，以表你心意啊。"

刘三听后，心里乐道：哎呀，我的好干爹，我刘三真谢谢您祖宗十八辈哪。很快，刘三便说："谢谢干爹大力支持，待我事业发达后，一定要好好孝敬干爹干妈……"

初夏时节，天已黑得较晚了。

晚饭后临近黄昏，席毛根离开翁孺学馆，骑马直朝翠竹乡奔去。亥时刚过不久，骑马的席毛根就来到张德川家院门前。翻身下马后，席毛根就敲响了院门。很快，穿着短褂的张德川来到院门口。月华如水，透过有缝隙的竹篱笆，大惊的张德川见一白衣男子牵马站在院外，忙问道："先生，你找谁？"

席毛根笑了，低声说："德川，我是席毛根，快开门吧。"院内的张德川再次透过篱笆瞧了瞧院外，高兴地说："哎呀，果真是席同窗嘛，你这打扮，有点让我难以相认了。"说完，张德川慌忙开门，把席毛根迎了进去。

拴好马后，席毛根跟着张德川进了堂屋。这时闻声的母亲和张氏姐妹，也欢喜地来到堂屋，大家好奇地看着跟之前反差极大的席毛根。席毛根如实向大家讲了这一个多月去成都的许多经历，同时还说一个时辰前刚同扬雄分手，扬雄还请自己代他向德川全家问好哩。伯母谢过后，忙问席毛根说："哎哟，成都到底跟我们乡下不一样，你才去一个月，就变成像富人家公子似的，莫非，成都的钱太好挣了？"

"伯母，成都的钱也同样难挣，我的这身高档绸服是扬雄一好友送的，我骑来的白马是借别人的，所以，我还跟以前一样。"一刻钟后，张德川就叫两个妹妹去喂马，然后，他拉着席毛根就进了自己房间。在微亮的油灯映照下，席毛根同张德川细谈了一个多时辰，并告诉张德川他明早要上天台山的计划。随后，席毛根叮嘱张德川，别把他上天台山的事告诉家人。张德川答应后，席毛根又交代说："德川，我把白马暂寄养在你家，估计要一个月后，我才可能下山来骑走它。若四十天内我还没来，你就骑这白马去临邛告诉扬子云，就说我席毛根刺杀段煞神失手了，请他把这匹白马还给成都的西门公子。"

听完席毛根交代，异常感动的张德川说："席兄，你的侠义行为让我无比感动，我相信你定会事成归来。你还有何吩咐？我一定办到！"

"我家里还有两个兄弟，若我发生不测，有这两个孝顺兄弟照顾父母，我也没啥牵挂了。"说完，紧咬牙关的席毛根一拳砸在床头说，"哼，老子一定要除掉段煞神！"

第二天一早，吃过张德川亲自煮的一大碗荷包蛋后，席毛根出了院门，独自一人匆匆朝天台山走去。

朝阳升起，东方天际很快升起万道霞光。在清脆悦耳的鸟鸣声中，席毛根抬头望去，高大巍峨、连绵不断的天台山层峦叠嶂，山上生长着无数高大树木。席毛根晓得土匪们就藏在大山之中，但具体在何处他却不知。从小，他就听闻过关于土匪的许多传说，更知晓土匪们的各种残暴恶行。虽然，这杀匪计划他已谋划了一段时间，但此刻来到上山小道前，他才真正第一次有了壮士一去不复返的感觉。

没有丝毫犹豫，有着充分思想准备的席毛根毅然踏上上山小道。走了大约一刻钟后，为控制自己有些紧张的情绪，席毛根寻了根草叶拿在手中，随后就放在嘴唇上吹了起来。很快，随着席毛根嘴里学出的悦耳鸟叫声，山林里顿时响起一阵阵此起彼伏的群鸟合鸣。

正当席毛根吹着口哨继续沿山道前行时，突然，从山道两旁大树上，跳下几名手拿大刀和梭镖的汉子，几人立即把席毛根围了起来。领头壮汉用大刀指着席毛根喝问道："你小子从哪儿来，竟敢擅闯我们段爷地盘？"

席毛根忙抱拳说："大哥，我秦公子从成都来，是专门来天台山投奔段爷的。"说完，席毛根从包袱中，掏出几枚五铢钱递给喝问他的壮汉。壮汉接过钱在手上掂了掂，一双斜眼盯着席毛根问道："成都离天台山这么远，你秦公子咋可能独自走这么远来投奔段爷？快说，你到底是不是官府探子？若不说实话，老子就一刀劈了你！"说完，壮汉就把大刀放在席毛根肩头。

并不惊慌的席毛根又抱拳说："大哥，我有重要事情禀报段爷，请你千万别误大事。"

壮汉哼了一声："哼，我们段爷是你想见就见的吗？在老子没弄清你真实身份前，我还得搜搜你身再说！"随即，壮汉朝几个小喽啰努努嘴，小喽啰们立马围着席毛根搜起身来。搜完全身后，一小喽啰把包袱呈在壮汉面前说："三头领，这包袱里有一套衣服、两根金条，还有几十枚五铢钱和一张告示。"另一小喽啰递上七星短剑说："三头领，我在他身上搜出把七星短剑。"

三头领看了看包袱中物品和手上七星短剑，又向席毛根问道："秦公子，你到底有啥事向我们段爷禀告？"

"三头领，我要禀报的重要大事，不能在这儿说，只能向你们段爷说才行。"三头领听后，想了想说："好，我们得把你眼蒙上，才能带你去见段爷。"三头领话音刚落，一小喽啰忙从身上掏出一节黑绸，很快把席毛根双眼蒙上。尔后，几个土匪押着席毛根，沿山道朝山上走去……

走了近半个时辰，突然前方树上传来两声呼哨声，这时，押着席毛根的小喽啰忙回了两声呼哨。很快，树上有人问道："七把叉，今天网到鲜货啦？"七把叉回道："三头领运气好，大清早碰上个自投罗网的少爷。"随后，七把叉几人又押着席毛根，沿小道朝不远的山洞走去。

来到山洞前，一黑脸壮汉用大刀指着席毛根向七把叉问道："他是谁，怎么一大早就抓了个冒失鬼？"

七把叉说道："黑哥，这家伙是从成都来的秦公子，他说有重要大事禀报段爷。"

黑哥有些诧异："哟，从成都来的秦公子？该不会是官府派来的探子吧？"说完，黑哥来到被蒙着双眼的席毛根身前，又在席毛根身上搜了一遍。随后，黑哥对七把叉说："段爷还没起床，等我去通报段爷后，你们再押他进洞。"说完，手持大刀的黑哥就进了山洞。

不到一刻钟，黑哥走出山洞对七把叉说："把他押进去，段爷要亲自审审这个秦公子。"随即，七把叉推搡着席毛根，把他押进了洞中大殿。

进洞不久，只听高台上传来一声喝问："来者何人？快给老子报上名号来！"很快，七把叉把席毛根眼上绸带解开，然后用手捅了下席毛根的腰："小子，快回我们段爷话。"席毛根揉揉双眼，片刻后，他才看清，眼前足有近一丈来高岩石台上，坐有一个个头稍高，长有数颗麻子的冬瓜脸上嵌着一对鼓眼的中年汉子，他并不浓密的头发像一篷秋草盖在脑袋上，狭窄的鼻梁下，嘴中露出两颗十分显眼的黄

251

板牙。席毛根心里明白，这人就是匪首段煞神！

见身穿白色织锦绸服的席毛根没开腔，段煞神有些不满地喝道："你给老子哑巴啦？"

七把叉一脚朝席毛根膝盖窝踢去："跪下，快回我们段爷话。"席毛根没料到身后飞来一脚，踉跄几步才站定，他回头瞪了七把叉一眼，然后抱拳对段煞神说："段爷，我叫秦书成，人称秦公子，是成都人氏，由于犯了命案，被官府通缉，故特来投奔威震西蜀的段爷！"说完，席毛根单膝跪下，抱拳向段煞神行了个江湖礼。

段煞神有点诧异："哟，你小子还是成都人？秦公子，你说你是逃犯，何以为凭？"

这时，席毛根回身从七把叉手中夺过包袱，然后打开包袱拿出通缉告示说："段爷请看，这是官府通缉我的告示，上面还有我的人头画像。"

高台上的段煞神伸着长颈看了看，大声喊道："七把叉，快把告示拿给老子看看。"随即，七把叉夺过席毛根手中告示，蹿上高台递给了段煞神。认真看过告示后，段煞神起身走下高台，围着席毛根走了两圈，又对照告示画像审示一阵，问道："秦公子，你犯了啥命案呀？"

席毛根将胸脯一挺回道："回段爷，我在文翁学馆与同窗打架，因失手打死了有官府背景的同窗，无奈之下，只得畏罪逃亡江湖。"

"这么说来，你秦公子还是有文化的人啰？"

"回段爷，本公子虽熟读四书五经，但更喜欢武术。我认为，习武之人才更像男子汉！"

"嗯，说的不错，有功夫的男人在江湖上才吃得开嘛。"段煞神有些高兴地说。席毛根见段煞神态度有所缓和，又抱拳说："段爷，我从成都整整走了三天，才来到天台山见到您，不知段爷能否收留我这逃亡之人？"

还没等段煞神回话，三头领忙对段煞神说："段爷，这秦公子说，他有重要大事要向您禀报。"

段煞神一听，盯着席毛根问道："秦公子，你有啥重要事要向老子禀报呀？"

"段爷，我曾在学馆听一个父亲在蜀郡当官的同窗说，可能秋天蜀郡要派兵来攻打天台山，切望段爷提前有所准备。"

段煞神一听，即刻仰头大笑："哈哈哈，官府曾几次派兵来清剿老子，他们哪一次不是损兵折将无功而返？哼，那些当官的也不问问，老子是谁？老子是天不怕地不收的段煞神，我难道还怕什么鸟官军？"

席毛根忙跷起大拇指奉承道："段爷威武，看来，投奔您段爷，是我秦公子的明智之举！"

段煞神听后笑了笑，再次打量起穿得像公子哥的席毛根。随后，他眨了眨眼问道："秦公子，你说你会武术，老子叫两个兄弟跟你比试下，你敢吗？"

席毛根听后，心里吐槽道：嘿嘿，你段煞神不就想试试老子有无真功夫吗？莫非，你是想收留有真功夫的逃亡之人？想到此，席毛根忙抱拳说："本公子既然为投奔段爷而来，一切听从段爷指令便是。"

段煞神立马朗声笑道："哈哈哈，秦公子不愧是聪明人，懂得起老子心思。来呀，你们两个一起上，给我把秦公子打趴在地，让他尝尝我们山寨铁砂掌的滋味。"说完，段煞神指了指他身边两个身材魁梧的山匪。

两个山匪一听段爷下令，忙把手中大刀往地上一丢，随后便摩拳擦掌朝席毛根合围而来。席毛根见状，也忙把手中包袱往后一扔，闪到一旁，左拳在前，右拳在后跟两个山匪对峙起来。两个山匪因比席毛根壮实高大，他俩根本没把穿得像公子的席毛根放在眼里。突然间，一个头发蓬乱的山匪用手比画几下，虚晃一招后，一个飞腿朝席毛根胸部踢来，妄图将席毛根踢翻在地。

并不慌乱的席毛根忙后退大半步，猛地用双手接住踢来的脚掌，顺势往左一拧，只听山匪一声惨叫，立即倒地。另一个山匪趁机从后跃起，往席毛根身上扑压过来，企图将席毛根压趴在地。情急之下，席毛根用双手紧紧抱住山匪的脑袋，猛地将腰一弯，顷刻间，山匪便从席毛根头上飞出倒地。这时，段煞神眼中立刻闪过惊诧神色。

由于两个山匪当着段煞神的面出了丑，气急败坏的二人迅速从地上爬起，更加凶猛地朝席毛根扑来。此刻的席毛根清楚，山匪几乎全是吃硬不吃软的东西，段煞神让两个有点功夫的山匪来同他较量，分明是想测试他有无真功夫，若自己败在二人手中，这个段煞神定会看不起自己。想到这儿，对土匪怀有憎恶之心的席毛根便决定拿出真功夫迎击这两个凶神恶煞而又气急败坏的山匪。

既然段煞神想让秦公子尝尝铁砂掌的厉害，那么，席毛根清楚，这两个山匪掌上功夫定然不差，果然，当两个山匪向席毛根重新扑来时，他俩便迅猛挥舞四掌朝席毛根打来。席毛根在不断闪跳躲避中，时不时快速用拳分别朝二匪脸上击去。由于两个山匪牛高马大，席毛根的拳头难以击到山匪头上，对战中，假装不敌的席毛根后退时突然佯装倒地，随即飞起右腿朝离他近些的山匪左臂倒拐踢去。刹那间，只听山匪一声大叫，他左臂就迅速垂落下来："哎哟，他娘的秦公子使诈，把老子左倒拐踢脱臼了。"

没等山匪话音消失，跃起的席毛根突然左右双拳连续朝另一山匪头部一阵暴击。仅片刻工夫，被暴击的山匪便倒地号叫起来："哎哟喂，这、这个秦公子是、是个他娘的武术大师哪……"

"哈哈哈，秦公子身手果然不凡，是个杀人的料！好嘞，我段爷收下尔这个秦公子了。"段煞神拍手大声说道。随后，段煞神快步走回高台坐下。站在洞中的席毛根看了看两个被他打败的山匪，心中叹道：老子终于过了第一关。

突然，段煞神向席毛根问道："秦公子，你既然投奔我段爷，可带有啥见面礼呀？"

席毛根笑道："我大老远从成都跑来投奔段爷，若不带点见面礼，我秦公子还算是富商之子吗！"说完，席毛根便从包袱中取出两根金条，抛给高台上的段煞神。

在众匪一脸错愕中，拿到金条的段煞神用黄板牙咬了咬金条，然后兴奋地说道："好，秦公子不愧是富商之子，还晓得拿金条来孝敬我段爷嘛。"随即，段煞神高声喊道："小的们，快给老子准备酒肉，今天，我段爷要为秦公子接风洗尘！"

段煞神话音刚落，山洞内就响起众匪的喊叫和呼哨声……

第三十二章

铁肩担道义，用计除匪首

在段煞神为席毛根摆设的接风酒宴上，席毛根给众匪介绍了锦江和其他几处著名景点，还说了好些非常地道的成都美食，听得土匪们一个个直咽口水。当酒喝得二麻二麻时，段煞神问成都有没有窑子，喝得脸红的席毛根指着段煞神说："段、段爷，您也太土了吧，在成都我们管那不叫窑子，叫青楼或妓院。那里面的女人风情万种，穿得花枝招展不说，还一个比一个水灵俊俏哟。"

段煞神一听，大睁淫邪之眼说："秦公子，哪天若有机会，你、你能带老子去逛逛青楼吗？"

席毛根笑了："段爷，没问题，我带您逛遍成都所有青楼都可以。到时，我只担心您段爷身体能否吃得消哦。"

段煞神把胸膛一拍说："秦公子，你段爷我铁骨金身，一晚上丢翻她七八个美女，是没得一点问题的。"众匪一听，忙哄笑奉承起段煞神来："段爷说的是，我们段爷一夜弄翻七八个美女，根本没问题哈……"

段煞神心里明白，留下秦公子的有三个好处：其一，既然秦公子是富商之子，那么，他就可从秦公子身上搞到钱财，以解他们长期缺钱的燃眉之急；其二，秦公子还是个武功不错的小子，若可靠可喊他做保镖；其三，秦公子有文化，我们山寨缺个文化人，他秦公子不正好可成为我同外界书信往来的写信人嘛。面对自己那些目不识丁的小土匪，越想越开心的段煞神竟当着众匪的面，封席毛根为山寨四头领。

从前，扬雄受同窗席毛根和张德川影响，业余时间还跟着举举石锁，挥练一阵刀棒，既锻炼了身体，又学到些简单的武功。可自张德川和席毛根先后离开翁孺学

255

馆后，扬雄对习武就再也没了兴趣，于是，他又把精力放在了研读司马相如的辞赋上。

在先生林间翁孺的指导下，扬雄重读了司马相如的《子虚赋》《上林赋》和《长门赋》，似乎又有了跟从前不一样的收获。

自席毛根骑马离开学馆后，扬雄便开始计算时间。毕竟席毛根离开时说，希望子云多给他十天时间，他争取在四十天内干掉段煞神。在这段难熬的时间里，扬雄在课余时间先是搜寻和阅读了关于荆轲、盖聂等剑士的资料，后又对汉武帝时期的李广、卫青和霍去病这些武将感兴趣起来。好几次从梦中醒来的扬雄坐在床上祈祷，愿同窗好友席毛根能平安归来……

自席毛根被段煞神看中留下后，在前十天里，段煞神派小喽啰领着他熟悉山寨。席毛根硬是在偌大的天台山整整转了六天，才基本弄清土匪的规模，以及几处藏匿的山洞与树屋、暗哨等情况。了解完后，席毛根心里不禁叹道：虽说这些山匪没啥文化，但生存本能使得这些家伙既敢下山杀人放火抢东西，又能把山上匪巢和逃跑路线规划得井井有条。为取得段煞神的信任，第十天夜里席毛根向段煞神献上"囊中取物"之计。

为彻底弄懂"囊中取物"之计，段煞神要秦公子当着几个头目的面做解释。席毛根装作很有学问的样子说："段爷，我受《孙子兵法》启发，认为要维持山寨生存发展，不宜老用杀人放火的方式到山下获取财物。所以，我思考几天后，才想出这'囊中取物'的计策来。"

段煞神迫不及待地问："四头领，你别给老子弄得文绉绉的，直接讲这计策的实施方法就成。"

席毛根点头道："段爷，围绕我们天台山的十里八乡，有谁不知您的威名呀，那些乡民的土地房屋祖祖辈辈在那儿摆着，他们跑得了吗？既然跑不了，何不采用更省事的办法，用认捐方式让那些村民给我们上岁贡喃？"

段煞神有些疑惑："四头领，你的意思……"

席毛根非常自信地说："对那些有十多户人家的村子，根据他们户数多少，我用书信告知他们每年必须给我们上贡的物资与钱财数目，这样一来，我们山寨兄弟就没必要下山烧杀抢劫了，也自然不愁吃穿啦。"

段煞神听后，似信非信地问道："秦公子，要是那些村子不给老子上贡咋办？"

席毛根顿时笑了："哈哈，我的段爷，那些胆小村民，谁不知您是一方霸主呀！我就不信，他们敢抗捐不上贡。我想，只要有六成村子愿上贡，我们山寨就能过上神仙般日子。"

明白过来的段煞神用右手往前一抓，笑着说："四头领，你献的'囊中取物'之计，不就是逼捐嘛，这有啥神秘的，我看两者差不多。"

"段爷，我的'囊中取物'更像是计谋，而逼捐却更像山寨行为，这二者相差不小哩。"众匪听后，都跟着大笑起来。

两天后，当席毛根完成十个村子的上贡通知后，他在山洞大殿和后山没找到段煞神，便令一站岗小喽啰带路，他想急着去向段爷做详细汇报。小喽啰把他领到大殿深处一石屋前说："四头领，这就是段爷住处。"席毛根听后，挥手叫小喽啰离去。

站定的席毛根看了看石屋，这石屋离悬崖很近，卧室木门用厚重楠木做成，一旦有险情发生，段煞神可从门外崖边的溜索逃走。由于段煞神选择的石制卧室在洞穴深处，平时，一般小喽啰是不敢到卧室边来的。仔细观察后，席毛根就用手拍起门来。很快，屋内就传来段煞神不耐烦的声音："哪个龟儿子敲门呀？"

席毛根忙回道："段爷，我是秦公子，我有要事向您禀报。"

"哦，那你稍等下，老子完事后就给你开门。"段煞神说道。不到一刻钟，提着裤子的段煞神便打开厚重木门。借着油灯，大惊的席毛根发现，石屋里的床边有一个铁笼，笼中关有一个年轻姑娘，而铁笼门上还挂有一把铮亮的铜锁。还没等席毛根细看，段煞神问道："老四，你有啥要紧事禀报？"

席毛根拍了拍手中绢帛说："段爷，我按您吩咐，已把十份上贡通知写好，我想请您再看下，若您没新的指示，那就派人今晚把通知送到十个村子去，行不？"

段煞神拿过一叠绢帛看了看，说："唉，这上面写的啥，老子也看不懂，你办事我放心，那就派人把这通知送到山下去吧。"说完，段煞神又把绢帛还给席毛根。席毛根忙说："段爷，这通知还没盖上您大印呢，若没鲜红大印盖在绢帛上，那些村子不一定买账哟。"

无奈之下，点头的段煞神便把席毛根让进房内，然后从木盒中拿出玉石大印递给席毛根。很快，在一张简易木桌上盖完鲜红大印的席毛根就知趣地退出房间。

自送出上贡通知七天后，小喽啰在指定地点果然收到两个村子送来的猪羊鸡鸭和80枚五铢钱，两个村子还分别附上认捐的猪羊鸡鸭及钱的数目，以供天台山土匪作为留存依据。十分开心的段煞神便召开了庆功晚宴。酒桌上，段煞神几次夸赞秦公子的"囊中取物"之计，说这办法省时省力收成还多。见段爷跷起大拇指大赞四头领，各头目也纷纷向席毛根敬酒。由于天台山土匪队伍基本由没文化的山民组成，所以，他们对有文化的四头领就格外尊重。喝得二麻二麻时，段煞神当即决定，待秋收后，他还要招募新人加入天台山队伍。

第二天下午，席毛根陪段煞神转山散步时，故意问道："段爷，我那天到你屋里盖印时，见您床边铁笼中咋关了个女人呀？"

段煞神听后，仰头哈哈大笑说："哈哈，那女人不听话，自从被老子抢上山后，就成天哭闹着寻死觅活，若不锁在铁笼中，说不定早就被老子扔到山下喂狼了。"

席毛根听后，心里已明白几分，但仍装作好奇地问道："在这临邛之地，谁不惧怕您段爷的威名呀，难道，这小娘们敢不顺从您？"

段煞神有些来气："顺从？这小娘们若顺从老子，我又何苦把她关进铁笼。你看看，这就是她反抗咬我留下的伤痕。"说完，段煞神便指着左臂上的伤疤让席毛根看。

"哎呀，段爷，若是这般行房事，也太他妈令人不爽了吧。"

"唉，当然不爽，可老子有啥办法，总不能成天委屈自己吧。"

席毛根假装老练地说："段爷，要是在成都就好了，我可带您去逛逛青楼，那里面的姑娘不仅可任由您挑选，而且个个都会尽心服侍您，包段爷在床上享受快乐时光，让您安逸得板。"

"啥子叫安逸得板哦？"段煞神有些不解。

席毛根笑了："段爷，就是让您彻底耍舒服的意思。"

段煞神一听，露出黄板牙笑道："哟，那硬是安逸喃，老子哪天真想去成都耍一盘。"席毛根听后，心里暗喜：现在我已把这匪首胃口吊得差不多了，只要条件成熟，我就不信你不下山去成都逍遥……

第三天中午，段煞神气呼呼地来到洞中大殿，对正练着拳的席毛根说："四头领，那女人今天又咬老子，我一气之下，把她扔下山喂狼了。"

"啥，你把那姑娘扔下山了？"席毛根大惊。

段煞神不屑地说："这有啥子嘛，近两年，老子已扔了四个女人到山下。哼，只要是胆敢不从我的，老子决不会让她活在世上。"

席毛根愣了，他没想到这个恶匪头目竟是如此冷血残暴之人。从山下抢来的姑娘被他强暴不说，稍有不从就被关进铁笼，若敢反抗惹他生气，就被扔下山喂狼，然后又去山下抢民女上山供他发泄兽欲。看来，这个段煞神的命也该到头了。想到此，席毛根忙安慰段煞神说："段爷，莫生气嘛，不就玩几个女人嘛，改天您有空，我带您去成都乐乐，咋样？"

"真的？"段煞神盯着席毛根问道。

"段爷，我秦公子在您面前，从来不敢讲假话，只要您乐意，我明天就可陪您下山去成都。"

段煞神笑了："要得，老子明天就下山，好好去成都要一盘。你给段爷说说，我俩明天咋去成都？"

席毛根见有小喽啰在一旁，忙说："段爷，你我都是被官府通缉之人，当然须化装去成都啰。"说完，席毛根忙把手附在段煞神耳边，好一阵低声嘀咕，听得段煞神不断点头，他长有麻子的冬瓜脸上终于露出笑意……

第二天中午前，段煞神对二头领和三头领交代说："近些日子就守好山寨，估计收到通知的村子，又会有人送东西到山下来。"段煞神一再要求两位头领千万别放松警惕，要每天检查明岗暗哨和布防情况，每条上山小道都要有兄弟警卫才行。在两位头领表示定按段爷交代的办后，段煞神才放下心来。

端午节后，整个川西平原就进入炎热夏季。申时刚到，段煞神走出山洞看了看万里无云的天空，回身对席毛根说："四头领，现在烈日当头，路上行人稀少，正是下山好时机，那我俩就走吧。"说完，化了装的段煞神率先走出山寨，头顶草帽沿山道朝山下走去。

由于二头领事先做了安排，段煞神下山后，早有辆马车候在树荫下。机警的段煞神看看四下无人，随即迅速跳上马车。待席毛根也跳上马车后，段煞神将手一挥，七把叉忙把马鞭一抽，便赶着马车朝临邛县城方向奔去。

在段煞神的指挥下，七把叉赶着马车走走停停，不是到树荫下乘凉，就是去土道边小河沟喝水解渴，硬是磨蹭到黄昏才到了临邛县城，但马车没有进城，只在城郊安顿了下来。为啥这样做，按段煞神的话说，是为安全起见。待席毛根到客栈写好两间房后，段煞神才埋头进了客栈房间。

不久，店小二把饭菜酒肉送到房间，席毛根给七把叉盛了一大碗饭菜，就让他到自己房吃去了，然后他同段煞神一面喝酒一面摆起龙门阵来。段煞神说他到成都后，最多在成都待七天，他问席毛根咋安排。早有准备的席毛根便汇报道，到成都后，他会去青羊肆附近找一家上等客栈住下，然后晚上去亲戚家借十金。待拿到钱后，他就挑选几家上等青楼，带段爷每天换着花样去睡女人。

段煞神听后摸着几根稀疏胡子说："秦公子，我是第一次去成都，你不光要带我逛青楼，还要请我好好吃吃成都美食哟。至于那些景点嘛，老子就不看了，吃好耍抻展才是我来成都的终极目的。要是今后被官府抓去砍了头，老子也不枉来人世走一趟。"说完，段煞神就独自吞下一杯酒。

席毛根为了给段煞神助兴，又给他倒满酒，然后端起酒杯说："段爷，您就放心吧，这次到成都，我一定陪您尽兴玩玩，吃遍成都美食，一定让段爷满意而归。"

"好好好，这里我就先谢谢你秦公子了。"说完，段煞神端起酒杯同席毛根碰杯后，又把杯中酒一饮而尽。放下酒杯后，段煞神认真地说："四头领，你年纪轻轻既有文化又有武功，必须给老子好好干，若我三年后没死，老子就把山寨大当家的位子让给你，咋样？"

席毛根听后，忙摆手说："段爷，使不得使不得，在天台山山寨，您永远是我们弟兄们的段爷。"

年近五旬喝得脸红脖子粗的段煞神听后，仰头大笑说："哈哈哈，秦公子，你不愧是聪明人。给你说实话吧，要带领天台山百十号人杀人放火，还非老子段爷不可，要是换了别人当大头领，我敢断言，不出三天，天台山上就要发生内讧火并。"说完，段煞神又得意地喝干了杯中酒。

喝至子夜时分，席毛根和段煞神都已听见隔壁房间传来七把叉时起时伏的鼾声。喝了大半坛酒的段煞神打个哈欠说："秦公子，老子困了，那我、我就先睡了哈。"说完，段煞神把脚上布鞋一蹬，就仰躺在床上睡去。很快，半睁着睡眼的段煞神就发出雷鸣般鼾声。

这时，浑身燥热的席毛根借着油灯灯光恨恨地盯着床上的段煞神，他知道，自己在山上一个月时间里，处处小心甚至为土匪献计，总算骗得了段煞神的信任。今夜，就是除掉段煞神的最佳时机。想到此，席毛根不由自主地摸了摸腰间短剑。席毛根和段煞神住的这间房是双床大间，席毛根端起油灯看了看，临窗的条桌上放有一个砚台，砚台中还残留有墨汁。心中已想好退路的席毛根立即拔出腰间短剑一步步朝睡死的段煞神走去。

刚走到床边，席毛根见打着呼噜的段煞神半睁双眼，误以为段煞神突然醒了，被吓了一跳的他忙轻声说："段爷，您、您醒啦？"问完后，席毛根见段煞神没动静，仍打着雷鸣般鼾声，这时他才明白，段煞神的睡相竟是如此恐怖吓人。

随即，席毛根右手举起七星短剑，一剑朝段煞神心窝狠狠捅去，顿时，一股鲜血顺剑身朝外喷出。段煞神扭动身躯不断挣扎。席毛根又用剑朝他胸口连捅几下，并死死按住段煞神妄图呼救的嘴。不久，挣扎中的段煞神就渐渐咽了气。席毛根见段煞神已死，忙用剑从他身上割下一节绸衫，然后蘸着墨汁在墙上写下：匪首段煞神已死。杀人者，川西独行侠也！

写完之后，席毛根忙吹灭油灯，随即打开窗户，纵身跳了出去……

第三十三章

各路兄弟的成都大聚会

月明星稀，微风拂过临邛大地。

席毛根跳出客栈窗口后，直朝马厩奔去。恰巧这时在马厩边小解的客栈老板见席毛根匆忙走来，便问道："公子，你来马厩做啥？"

席毛根沉着回道："老板，我有急事需回家再拿点钱，很快就回客栈。"见老板"哦"了一声后，席毛根便走进了马厩。他认得七把叉赶马车使的那匹黄马，很快，找到马的席毛根将马牵出马厩，然后跃上马背打马朝翠竹乡奔去。心情激动又紧张的席毛根清楚，他必须把杀死段煞神的消息尽快告诉张德川，然后跨上白马奔往成都。

半个多时辰后，快马加鞭的席毛根就来到张德川家小院外，跃下马的席毛根敲起院门，低声呼喊："德川，快开门，我是席毛根！"

很快，屋内便传来张德川惊喜的声音："席兄，听见啦，我马上开门。"随即，赤裸上身的张德川奔出房门，到院中打开院门。席毛根忙牵马进了院中，张德川探头望望四周，很快又把门关上。几步上前的张德川忙拉着席毛根低声问道："席兄，你杀了段煞神啦？"

"杀了，就在一个时辰前，段煞神死在我的七星短剑下。"席毛根异常激动地回道。

"太好了，席兄，你为我父亲报了血仇，我张德川替父亲向你表示万分感谢！"说完，张德川立马跪下朝席毛根磕了三个响头。席毛根丢下马缰，忙扶起张德川说："走，我们进屋说去。"

待张德川刚把油灯点亮，被惊醒的严氏和张家姐妹也来到堂屋。张德川激动地告诉母亲和妹妹,说席兄已将段煞神杀死。谁也没想到,严氏听后竟差点晕倒在地,姐妹俩忙扶住母亲。稍后,嘴唇颤抖的严氏才猛地哭出声来:"老头子啊,今天晚上,席毛根终于给你报了仇,把那罪该万死的段煞神处死了呀……"说完,严氏带领两个女儿也给席毛根跪下磕了两个响头。

席毛根忙扶起严氏和两姐妹说:"我为民除害,段煞神死有余辜。"尔后,席毛根便向张德川家人,简述了他上山当匪和杀段煞神的经过。说完,他又对张德川说:"德川贤弟,我不能在此久留,得立即赶到翁孺学馆告诉子云,他还盼着我杀匪的消息哪。"

张德川点头道:"嗯,确实应该立马去告诉子云。席兄,你不是还骑来匹马嘛,那我跟你一块去学馆吧,我也想见见子云了。"

"好,非常好,我们同窗三人在临邛会合后,我建议大家都去成都一趟,那里的兄弟们也在等着我的消息哩。"席毛根忙说。

"要得,那我俩就快走吧!"说完,张德川匆匆进房穿上衣服来到院中。这时,大妹张秀娟已将白马牵到院中。严氏上前紧紧拉着席毛根的手说:"毛根哪,大娘真不知咋谢你啦,今后有机会,你要常来看我和你这两个乖妹儿哟。"

"放心吧伯母,我一定常来看望你老人家和两个好妹妹。"说完,席毛根便率先将白马牵出院外。很快,月影中的席毛根和张德川跃上马背,打马朝临邛县城奔去……

星月下的大地仍在蟋蟀的叫声中沉睡。阵阵马蹄扬起夏夜的尘埃,悄然与萤火和流星汇成一道别样的风景……

卯时刚到,席毛根和张德川就赶到了翁孺学馆外。由于时间紧急,顾不了许多的席毛根直接啪啪叩响了铜门环。不久,听见叩门声的扬雄便打开了学馆大门。见到伫立在眼前的席毛根和张德川,有点蒙的扬雄惊讶地问道:"你、你们二、二位,咋深更半夜牵马在这儿呀?"

席毛根很快明白,被突然叫醒的扬雄似乎还没完全清醒过来,忙说:"子云,我有要事相告,到你屋内去说吧。"说完,席毛根和张德川就牵马进了翁孺学馆。进房间后,张德川立马点亮油灯说:"子云,席兄已把段煞神宰了!"

"啥,把、把段煞神宰了?席兄,你真成功杀了那匪首?"扬雄忙向席毛根问道。

席毛根点头说:"嗯,我两个多时辰前,已在临邛郊外一家客栈把段煞神宰了,等天一大亮,这事就将轰动临邛县城。"

前不久扬雄去帮过张德川家建房，故对匪首段煞神的恶行有不少了解，此刻，当席毛根亲口说出已杀段煞神后，神情激动的扬雄抱拳对席毛根说：“席兄哪，你、你不愧我西蜀之地的布衣之侠！"说完，扬雄便跪下磕了个头说：'席兄，你真孤胆英雄也，请受我扬雄跪谢之礼！”

席毛根忙拉起扬雄说：“子云，你咋个这样喃？这是我应该做的。长话短说，我不能在临邛久留，得马上带张德川一块上成都，去见西门公子和刘帮主二位结拜兄弟，我希望你也跟我们一块去，行不？”

扬雄想了想说：“要得嘛，我马上去林间先生那儿请个假，顺便借一匹马，我确实该同二位一道去成都，长这么大，我还没去过成都哩。"说完，扬雄就匆匆离开了房间。一刻钟后，牵马的扬雄在学馆外轻声喊道：“席兄，我已借到马了。”

"好的，我们马上出来。"说完，席毛根吹熄油灯后，就匆匆关上房门。很快三人就跃上马背，扬雄抬头望望东方天际，高兴地说：“我们在天大亮前离开临邛，一路上，我再细听席兄精彩的杀匪首过程。"说完，三人快马加鞭，一同朝成都方向奔去……

辰时刚到，七把叉准时醒来，他知道，今天要跑一百多里路去成都，必须要把马喂饱才行。出房间后，七把叉下楼朝后院马厩走去。到马厩后，七把叉见自己黄马不见了，惊慌的他忙跑去问客栈老板。老板告诉七把叉说：“昨夜子时后，你们的白衣公子说有急事，就把马骑走了。"七把叉听后，误以为段爷有啥交代，四头领又赶回山寨去了。他晓得大头领有晚起的习惯，于是，便在客栈楼下大堂喝起稀饭，等候段爷起床。

不知不觉中，近两个时辰已过。午时，七把叉终于坐不住了，过云。即便段爷晚起，也没晚到午时才起床呀，何况，今天还要赶去成都呢。开始着急的七把叉鼓起勇气上楼叩响段爷住的房间。叫喊一阵后，见房内并无动静，心里涌起疑惑的七把叉只得掏出身上短刀，用刀透过门缝拨开门闩。推开门后，他惊恐地看到，段爷浑身是血、睁着双眼躺在床上，而且身躯早已僵硬。吓得额头冒汗双腿发软的七把叉回身立马大声喊叫：“来人哪，有人被杀啦……”

七把叉喊声刚停，客栈内立即掀起一阵骚动声。很快，客栈老板带着两个伙计跑上楼来。被吓蒙的七把叉忙拉着老板指着床上说：“你、你快看，我、我们段爷被人杀、杀了。"接着，从楼下又跑上不少看热闹的人。突然，一识字汉子看着墙上两行字念道："匪首段煞神已死。杀人者，川西独行侠也！"在众人惊诧眼光和议论声中，客栈老板惊呼："段、段煞神已死，快、快去报官府呀……"

七把叉听人念出墙上留言后，顿感不妙的他悄悄退出人群，立即下楼朝客栈外跑去。心里十分慌张的七把叉无法判断段爷是在何时被杀的，到底是在四头领走之前还是走之后呢？想不出头绪的他决定，无论如何，必须立刻赶回山寨，把这惊天消息告诉几位头领再说。想到此，万分惊恐的七把叉撒腿朝天台山方向跑去……

刚到午时，扬雄、席毛根和张德川便骑马赶到了大邑。没吃早饭饥肠辘辘的三人忙找了家小餐馆，要了几个菜和三大碗芋头干饭，就埋头吃了起来。吃完午饭后，三人便向店主买了些马料，把马喂饱后，三人在茶铺休息了半个时辰，才又打马上路。按席毛根估算，若中途再歇息一次的话，他们三人可在夕阳西下时分，赶到成都南大街的小院。

由于心中有了把握，不再着急的扬雄一路上就给张德川介绍起西门公子、刘三、陈山岗和李二娃几人的情况来。介绍完后，扬雄非常直率地告诉张德川，他希望若席兄留在成都工作，今后德川就可到成都做事。张德川听后，坦言道，他父亲刚被土匪杀害不久，若现在离开家，母亲会非常伤心。席毛根也劝德川说："德川贤弟，成都发展空间大，若你不到成都发展，那就太可惜了。"张德川告诉席毛根和扬雄说，要是这次在成都感觉不错，他明年过完元宵节，就可到成都做事。最后，席毛根也劝扬雄说："子云哪，要是我和德川都到成都做事的话，我看，你今后也该来成都才对，因为刘帮主和西门公子都是你的铁杆兄弟。"

扬雄笑道："我跟你二位不一样，我是家里独子，我今后的人生去向是非得经父母同意才行的，否则，我就会落个不孝之子的骂名。"说笑间，骑马而行的三人渐渐能看见远处成都城的轮廓了。不久，进入成都地界后，熟悉路道的席毛根把马鞭一扬说道："同窗们，快走，我们很快就要见到朋友们啦。"随即，扬雄和张德川也挥鞭打马，随席毛根朝成都城内奔去……

夕阳余晖照耀着辽阔的川西平原和成都古城。很快，三匹快马就停在南大街小院门前。听见响动的陆小青忙探头朝街上望来。转眼间，兴奋的陆小青就冲出房门喊道："扬雄、席大哥，你们来啦！"随着陆小青的喊叫声，刘三、西门云飞和陈山岗等人也跑了出来。一阵拥抱问好后，刘三便把扬雄和席大哥拉进小院。

刚进小院，扬雄就诧异地向刘三问道："刘三兄，咋今天二帮主和三帮主也在这儿呀？"

刘三打个响指高兴地回道:"嗨,今天中午,二帮主和三帮主就急着赶来了,他俩十分关心上天台山杀匪首的席大哥嘛。"这时,陈山岗上前拉着席毛根打量一番,问道:"席大哥,这些日子,我和三帮主天天在天师洞想着你杀匪首一事,真没想到,我俩中午刚到,你们下午就来了。我想,你一定大功告成了吧?"

"大功若不告成,我能来成都同兄弟们相会吗?"席毛根笑着回道。这时,西门云飞指着张德川,悄悄向扬雄问道:"子云,这位朋友是谁?"

扬雄一听,忙拉过张德川向众人介绍说:"各位朋友,现在我给你们介绍位新朋友,他叫张德川,是我和席大哥在临邛翁孺学馆的同窗好友。这位张德川跟席大哥一样,也是位能文能武的学子呢。"扬雄话音刚落,众人便鼓掌欢迎起张德川来。德川忙抱拳对众人说:"各位朋友,我在学馆时,曾多次听子云介绍过你们,今天来到成都,见你们果然是一帮亲如兄弟的好朋友,在此,我张德川向大家施礼了。"说完,张德川便拱手向大家表示问候。

这时,刚下工跑来的袁平一见扬雄和席毛根就惊呼道:"哎呀,二位大哥突然驾到,太令我开心啦。"说完,袁平就拉起扬雄和席毛根的手,以示亲近友好。此刻,站在院中的西门云飞高声说:"大家静一静,今天我们各路朋友难得大团聚,一为庆贺席大哥宰杀匪首成功,二为子云和德川学子接风洗尘,三为我们各路兄弟成都大聚会,走,今天我请客,去锦城大酒楼喝个痛快,喝酒时,我们再请席大哥讲讲杀匪首的过程,好不好呀?"

众兄弟听后,齐声应道:"好,太好啦,我们就想听听席大哥的传奇英雄故事。"随后,袁平忙到马厩赶出马车,众兄弟跳上马车,袁平便兴奋地赶着马车朝青羊肆方向跑去。

不到一刻钟,在西门云飞带领下,刘三、扬雄、席毛根、张德川、陈山岗、李二娃、袁平、陆小青和另两名丐帮兄弟等十一人走进了锦城大酒楼包间。在西门公子和刘三极力要求下,席毛根被推举坐了上座。扬雄和张德川分别坐在席毛根两旁。不久,待众多特色川菜上齐后,西门云飞起身端着酒杯说:"今天,我们应该先敬咱们的孤胆英雄、我最佩服的席大哥一杯酒,祝贺他宰杀匪首成功归来。来,兄弟们,让我们先干了这杯庆功酒再说。"随即,在众兄弟的呼应声中,大家一同举杯向席毛根酒杯碰去,尔后,众人又一同将杯中酒喝干。

待众兄弟坐下后,刘三立马说道:"大家都别讲啥了,现在,我们请席大哥说说,他离开成都后,咋个上的天台山,又是怎么把段煞神干掉的,你们说好不好呀？"众兄弟听后，忙说"要得"。

这时，扬雄见席毛根还沉浸在回忆中，忙用手捅了下席毛根的腰说："席兄，你就快点说吧，兄弟们都等着你讲哩。"席毛根点头后，便从腰间拔出七星短剑插在桌上说："老子就是用刘帮主送我的这把短剑，昨晚子时，在临邛郊外一家客栈杀死段煞神的！"随后，在众人惊讶的目光中，席毛根便把他离开成都后的诸多故事按时间顺序告诉了大家。其中，席毛根强调说："多谢西门公子送我的这身高档织锦绸服，还有那两根金条，正因有了这两样东西，段煞神才误以为我是成都富商之子。"

当席毛根说到这时，西门云飞突然插嘴问道："席大哥，难道那张伪造的通缉告示就没起作用？"

"西门贤弟，你伪造的告示当然也起了大作用，段煞神还对照告示上的画像，看了我好一阵哩，他问我到底犯了啥命案。哼，当时老子就哄段煞神说，我是文翁学馆学子，由于在学馆打架，不幸失手把同窗打死才畏罪逃亡的。所以，段煞神就信了。"

这时，一旁的扬雄忍不住问道："席兄，我一直想问问，你这布衣之侠最后是咋让匪首留下你的喃？"

"子云问得好，我想，这也是大家最关心的问题之一。说实话，促使段煞神留下我的原因有两个，一是我是富商之子，二是我不但有文化，还有些武艺。你们晓得不，为检验我有无真功夫，段煞神居然指派两个有武功的土匪跟我较量。嘿嘿，不瞒众兄弟说，我还真把那两个家伙打趴在地。段煞神见我功夫不错，就想留我给他当保镖，还封我当了山寨的四头领。"说完，哈哈大笑的席毛根端起酒杯又说，"来，兄弟们，你们别光顾听我说话，大家要多多喝酒才是。"于是，这群青年在连连赞叹声中，又将杯中酒喝下。

这时，放下酒杯的刘三问道："席大哥，你被段煞神封为山寨四头领后，在天台山上好不好耍喃？"

席毛根忙回道："刘帮主，土匪窝里咋个可能好耍嘛。为获取段煞神信任，我不仅得昧着良心给他献计献策，还得绞尽脑汁给他吹成都美食美景和青楼里的无数美女，好在硬是听得段煞神口水滴答一愣一愣的。哼，这土匪头子太他妈不是人了，有天我去他房间谈事，无意间发现他屋里铁笼中关了一个姑娘。"

"啥子喃，他用铁笼关了个姑娘？"大家都非常惊诧。席毛根咬牙回道："哼，这也太可恶了！我经过打听才晓得，山寨里缺少女人，这挨千刀的段煞神为解决他的兽欲，经常从山下抢民女上山供自己淫乐，只要民女稍有反抗，段煞神就把她关进铁笼。更为恶毒的是，被关进铁笼的姑娘一旦在段煞神强奸时反抗，这个恶鬼般的匪首就把姑娘扔下山喂狼。这两年间，他已扔了好几个姑娘喂狼了。"

张德川叹道："唉，这段煞神太可恶了，他就是再死几次也不冤他！"

西门云飞听后，立马端起酒杯说："席兄，来，我单独敬你一杯，你喝了这杯酒，再给我们讲讲你是怎么杀的段煞神，好吗？"

"要得嘛。"喝酒后，席毛根继续说道，"昨天午后，我好不容易骗段煞神下山，说带他到成都青楼逍遥一番。黄昏在客栈住下后，我就下决心要在客栈杀了段煞神。晚上喝酒时，老子故意把段煞神灌醉，子夜时，喝得大醉的段煞神倒床便睡。那时，我就拔出这七星短剑，然后摸到段煞神床边，朝他胸口捅了数刀，直到他不再动弹为止。宰了段煞神后，为不连累客栈老板，走时，我特在墙上写下——匪首段煞神已死。杀人者，川西独行侠也！"

刚说到此，西门云飞大惊："啥，席大哥，你在墙上落的是'杀人者，川西独行侠也'？"

"西门贤弟，你忘啦？上次我在成都时，你不说过，你们救出刘帮主时，你不是在墙上留下'救人者，川西独行侠也'吗？我是受你启发才这样留言的！"

"好！这'川西独行侠'之名号，就你我兄弟几人可用也。来，为你这独行侠，我西门云飞再敬席兄一杯！"这时，扬雄忙起身说："哎，西门大哥，你已单独敬过席兄了，这里，我扬雄也该敬敬独行侠了吧。来，我二人共敬布衣之侠一杯！"

刘三一听，忙摆手喊叫开来："要不得哦，咋可能光你二人敬呢，要敬大家都敬嘛。来，兄弟们，大家共同再敬独行侠席大哥一杯！"很快，陈山岗、李二娃、张德川、陆小青、袁平等齐声呼应，大家再次敬了席毛根满杯酒。此刻，包间里的欢笑声、碰杯声响彻整座锦城大酒楼。

又高兴吃喝好一阵后，扬雄放下酒杯向西门公子问道："西门公子，现在席兄已杀匪首来到成都，下一步，你打算咋安排席大哥呀？"

刘三听后，忙拍了拍扬雄肩头说："老铁，这还不简单，不用西门公子安排，我就可做主，既然席兄是能文能武有智谋之人，我就让出帮主之位，请席大哥做我们丐帮老大。"

席毛根听后，忙起身抱拳说："刘帮主，使不得使不得，丐帮是你同二帮主和三帮主共同创建的，我席某说啥也不能染指丐帮领导之位，若你要强让我当帮主，那就是在逼我离开成都。"

西门云飞见状，立即站起说道："各位兄弟不必再争了，关于对席大哥的安排，我西门云飞早已考虑好了，刘三兄仍是丐帮帮主，那是谁也无法替代的。丐帮下一步不是要经商挣大钱吗，我看，能文能武的席大哥是个难得的人才，自然就该有个适合他的位子嘛……"

众兄弟听后，都睁大双眼，静听西门公子说出下文……

> 第三十四章

扬雄，对石室精舍的无限向往

就在众兄弟盯着西门云飞，想听他说出对席大哥的安排时，西门云飞却先端起酒杯，慢慢抿了口酒，然后微笑放下酒杯说："兄弟们，大家晓得我为啥派袁平去织锦坊学技术吗？因为，我老爸想入股浣花织锦坊。入股后，我家将扩大织锦坊生产规模，若是这样，浣花织锦坊就迫切需要有文化懂经营的管理者。我认为，席大哥可以我西门家特派代理人身份，先到浣花织锦坊去学习业务。唯有这样，织锦坊的谢老板才会对席大哥感兴趣。"

刘三看了看西门云飞，疑惑地问道："西门兄弟，若按你们这样安排，那席大哥就跟我们丐帮没啥关系啰？"

西门云飞忙说："刘兄，你别误会，我让席大哥以我家特派代理人身份去织锦坊，是为让谢老板更容易接受他。你想想看，若以丐帮身份去，谢老板定会断然拒绝。至于今后生意嘛，当然跟丐帮有关，赚的利润，我仍按五五分成承诺分给丐帮。"

刘三听后笑了："我说嘛，西门兄弟咋会抢走我们大家都敬佩的席大哥喃。若你这样安排席大哥，我刘三当然没意见啰。"

西门云飞见刘三高兴起来，又接着说道："下一步，我打算在锦里附近收购一家客栈，到时刘帮主就可亲自坐镇经营了，若德川兄能提前来成都，我看，他就可当客栈账房先生，协助刘兄管理客栈，争取为丐帮赚到第一桶金。"

听到这，扬雄忙低声对张德川说："德川兄，西门公子已对你们做了安排，无论如何，你也该表个态呀。"

随即，张德川抱拳对西门云飞说："谢谢西门公子美意，就凭你和众兄弟一片真诚之心，我张德川也愿早日来成都加入你们这个团队。"张德川话音刚落，刘三立即端起酒杯说："德川兄，我这个未来的客栈老板先表个态，我真心希望你早点来出任账房先生一职，没你加盟，我这粗人是管理不好客栈的。"

"要得嘛，我回去尽力说服老妈，争取早些来成都协助刘帮主管理客栈。"就在张德川跟刘三碰杯时，西门云飞又笑着问扬雄："子云贤弟，你的二位同窗已有了好安排，你又多久来成都加入我们这个青春团队呀？"

扬雄忙说："西门公子，我是家里独子，我的人生大事必须经父母同意才行。不过，我明年会尽力去说服父母，希望他们同意我来成都工作一段时间。"

席毛根听扬雄说后，忙对西门公子说："西门公子，估计你还不晓得吧，子云不仅学习成绩非常出众，是我们临邛翁孺学馆公认的才子，而且又擅写辞赋，我看哪，子云是个入仕做官的料，你就别再劝他加入这个团队了，或许他当了官，对我们会有更大的帮助哩。"

西门云飞说道："嗯，席大哥说的有道理，子云确实是个当官的料，我建议，子云今后若真当官的话，就到成都来当官，当官后就可成为我们这帮兄弟的保护伞嘛。哈哈哈……"

扬雄听后急了，忙摆手说："西门公子，我、我扬雄从没想过要当什么官，我的理想就是成为像司马相如那样的文人，写出能流传后世的好辞赋来。"

西门公子笑道："哟，子云哪，你的理想抱负大得很嘛，你这个理想比当官还难十倍百倍哩。好，在此，我提议为子云的远大理想，大家敬他一杯，如何？"

在众兄弟应和声中，大家起身举杯，一起仰脖将杯中酒喝尽。放下酒杯后，西门云飞见陈山岗有些落寞，便安慰说："二帮主，若你和三帮主今后下了山，我打算在成都先开一家餐馆，到时，你同三帮主就可负责餐馆经营。"

"真的？"陈山岗惊喜地问道。

"当然是真的。我想，要是餐馆营业成功，三年后，我们就可开高档酒楼。成都有钱人多，开酒楼一定可以赚大钱。"

刘三听后，顿时来了兴致："西门公子，既然开酒楼可赚大钱，那为啥我们不能一步到位开酒楼喃？"

西门云飞笑道："刘帮主，我们都没开餐馆的经验，若不积累足够经验，我爸又咋敢投巨资来搞酒楼？老爸常告诫我说，我们做任何重大投资都必须对相关领域进行考察，然后试着下水，唯有这样，才能减少投资风险。"

"嗯，西门公子父亲说的不错，我完全赞同先开餐馆的做法。老铁呀，心急吃不了热豆腐，先开餐馆是绝对稳当的做法，只有摸索出经验后，才有把握开酒楼。"扬雄忙对刘三说。刘三笑了："今晚这个给席大哥的庆功会，大家居然谈了这么多生意经，太好啦！若按西门兄弟的计划实施，今后，我们丐帮兄弟们就再也不愁吃穿啦。"刘三说完后，众兄弟又热烈议论展望起今后客栈和餐馆的生意来。此时，被彻底感染的张德川已暗暗决定，回去定要千方百计说服母亲，同意他早点到成都来发展……

　　七把叉当天经过三个时辰奔波，终于在黄昏前赶回了天台山山寨。找到二头领和三头领后，心中万分疑惑的七把叉立马问四头领回来没？二头领感到不解，反问七把叉："你和四头领不是跟着段爷去成都了吗？你个狗东西，咋还装疯来窃问四头领在山寨没，真他妈岂有此理！"

　　七把叉见三头领也恶狠狠盯着他，吓得哆嗦着说："遭、遭了，如果四头领没回山寨，那、那么，他就是谋杀段爷的凶手，或、或许，他还是官府派来的杀手。"

　　三头领一听七把叉这些莫名其妙的话，顿时火了，一耳光扇在七把叉脸上，喝问道："你给老子说清楚，谁是谋杀段爷的凶手，段爷到底怎么啦？"

　　挨了耳光的七把叉立刻跪在地上哭着说："二位头领，昨夜，段、段爷在县城客栈被人杀了，在段爷被害的客房里，墙上还留有'杀人者，川西独行侠'的字迹。昨晚四头领跟段爷住的一个房间，若四头领没回山寨，我、我就敢断定，一定是他害了段爷，然后逃回了成都。"

　　二头领一听，忙抓着七把叉衣领问道："你亲眼看到段爷死在房间的？"

　　七把叉抹泪回道："二头领，要不是我今天中午亲眼见浑身是血的段爷死在床上，我敢、敢回来给二位头领报信吗？"

　　三头领急了："七把叉，难道那客栈房间里就没秦公子人影？"

　　"三、三头领，昨晚，秦、秦公子和段爷在房间里喝的酒，秦公子没让我跟他们一块。至、至于段爷何时被害，我、我是一点不知哪。"说着，又慌又怕的七把叉又哭起来。稍停片刻，二头领低声对三头领说："要是秦公子真是官府派来的杀手，那么，段爷一死，官府定会派兵来清剿我们山寨。三头领，你看咋办？"

　　三头领略一思索，立马回道："二头领，这山寨里的兄弟，大多只听段爷命令，若官军一到，我怕我俩是指挥不动有些人的。"

　　二头领点头应道："嗯，指挥不动是其次，我最担心的是山寨里有些人说不定已成为秦公子内应，要是这样的话，你我二人性命也难保啊。"

"二头领,你的意思是啥?"三头领忙问。

二头领眼珠一转,低声说:"三头领,现在保存实力要紧,你我各带点亲信弟兄,先避避风头吧。"

"要得。"三头领说完,带着七把叉去喊了几个亲信,就朝洞外密林深处钻去。二头领见三头领已走,忙高声朝不远的一群小喽啰喊道:"小的们,快给老子过来,我要宣布新的山寨头领名单啦……"

第二天上午,当西门云飞骑马赶到南大街小院时,扬雄对他提了个小小要求,他希望西门公子带他去看看他慕名已久的石室精舍学馆。西门公子一听,便说:"哎呀,这么简单的事,石室精舍就在附近文庙街上,离这儿挺近,我带你去便是。"西门公子刚说完,席毛根和张德川也表示他俩也想跟扬雄一块去。

一旁的刘三听说扬雄几人要去石室精舍,便对西门云飞和扬雄说:"这样吧,我们今天兵分两路,你们几个去石室精舍学馆,我同二帮主几人到锦江边考察码头情况,万一今后我们丐帮要扩大业务,也可考虑能赚钱的航运嘛。"

随后,刘三、陈山岗、李二娃与陆小青出了院门,立即朝不远处的锦江码头走去。而扬雄几人就跟着吹口哨的西门云飞朝附近的文庙街走去。

青年学子扬雄为啥执意想去文翁创办的石室精舍呢?因为在临邛翁孺学馆读书的扬雄,跟蜀中许多学子一样,对官办教学一流的石室精舍学馆,早就心有所向,只是平时不敢提及而已。

文翁(公元前187年—前110年),名党,字仲翁,是西汉庐江郡舒县人氏,汉景帝末年任蜀郡太守。文翁在蜀期间清正仁爱,举贤兴教励精图治,深受蜀地民众拥戴。在考察蜀地民情时,文翁见当地遗存有蛮夷之风,为改变教化民众存在的陋习,勇于创新的文翁便于公元前141年在成都创办了石室精舍,即文翁学馆。后来,官学机构石室精舍引起汉武帝重视,汉武帝便在全国大力提倡此种办学方式,文翁兴学,大大推动了中国教育事业的发展。

第一次到成都的扬雄昨晚酒后回小院睡觉时,就已想好今天要做的第一件要紧事,就是去看看令他朝思暮想的石室精舍。扬雄清楚,他不是有钱人家,也不是官宦子弟,想进入石室精舍读书无疑是做梦。可即便这辈子进不了石室精舍学馆,去看看总是可以的吧。不到一刻钟,扬雄几人就来到了文庙街的石室精舍外。心情有些小激动的扬雄放眼望去,被灰色砖墙包围的学馆气势庄严,大门门楣上方挂着隶书大字"石室精舍"牌匾。较为开阔的校内不时传来阵阵朗朗的读书声。待西门云飞几人站在学馆外议论时,扬雄一人朝大门走去。站在大门外,扬雄吃惊地看到,学馆内有整齐的两排教室,教室后有数间先生和学子的宿舍。另一处围墙边似乎有两间食堂。这时,扬雄不禁想起小得可怜的翁孺学馆来。是啊,翁孺学馆只是林间翁孺一位先生,而教室也只是一间可供二十来人上课的局促之地。扬雄心里叹道:官府学馆同民间私塾真有天壤之别啊!

席毛根见扬雄伫立在大门外,久久痴迷地盯着学馆内,忙走过去拍着扬雄肩头说:"子云哪,莫非这石室精舍把你魂勾去啦?"

扬雄一怔,忙回身叹道:"席兄,你没说错,我的魂还真被这官办学馆勾去了,哎,这地方太令人羡慕了,此生若能在这儿读两年书,我扬雄死也瞑目了。"

席毛根忙把扬雄拉到西门云飞和张德川面前,说:"子云哪,我和德川这辈子不可能再进学馆念书了,今后,我俩就要跟着西门公子和刘帮主在成都讨生活做事了,不过,我希望你今后也能来成都,那样的话,我们三位又可在一起讨论学习上的事了,那多安逸呀。"

张德川也忙说:"就是啊,子云,你今后要是能来成都做事,我妈一定会开心的。"

"为啥呀?"扬雄惊讶地问道。

"我妈说你不仅做事踏实认真,人又忠厚善良,若我告诉我妈,说我们三人都在成都做事,你说,我老妈能不开心吗?"

扬雄笑道:"这次你回去可跟你妈说,就说我今后也要来成都做事,我想,你妈定会同意你早点来成都的。"

席毛根听后,点头说:"子云说的对,若你按子云说的告诉你妈,我想,你妈完全有可能会早些放你到成都来。"

"嘿嘿,子云这建议好,那我回家就这样给我老妈讲。"张德川高兴地对扬雄说。

西门云飞见扬雄几人说得开心,忙说:"子云贤弟,你和德川兄第一次来成都,走,我带你们到青羊肆转转,顺便在那儿寻点成都美食吃吃。"说完,西门云飞就领着扬雄三人,慢慢朝青羊肆方向走去……

不到半个时辰,扬雄四人就走进青羊肆内。跟两个多月前一样,西门云飞非常热情地给扬雄和张德川介绍了这里的人文景点,所不同的是,扬雄对景点的兴趣没有两个多月前席毛根的那么大，偶尔走神的扬雄似乎还沉浸在对石室精舍的回忆里。

当游走到八卦亭内，席毛根突然向扬雄问道："扬子云，我晓得你认真读过《周易》，这里，我想问问，这八卦的基本象例有哪些呀？"

扬雄一怔，反问道："席兄，你莫非想考我？"

席毛根笑了："子云哪，我哪敢考你这个才子嘛，因为我从没认真读完过《周易》，所以就没记住八卦象例，更谈不上对八卦性质的了解。这里，我是真心向你求教哩。"

"这么说来，你这孤胆英雄真对八卦象例不太了解？"

席毛根点头道："子云，我真的不了解。"

扬雄自信地说："那好，我就把记住的告诉你呗。八卦的基本象例是乾为天、坤为地、震为雷、巽为风、坎为水、离为火、艮为山、兑为泽，相应的八种性质为乾健、坤顺、震动、巽入、坎陷、离丽、艮止、兑悦。我们若记住这八卦的基本象例和性质，对理解《易经》六十四卦的构成原理，是非常有益的。"

"哎呀，子云贤弟，你果真是个厉害的学子嘛，我虽涉猎过老子《道德经》，但从没读过《周易》，看来，今后我得向你请教对《周易》的理解哈。"一旁的西门云飞忙说。

"西门公子过奖了，我仅粗读过《周易》而已，对里面的卦象、爻辞还不太懂，往后，我还需求教高人哩。"扬雄说完后，席毛根和张德川当即表示，他俩今后也要学习了解较为深奥的《周易》。扬雄听后，非常赞同地说："研读《周易》，或许是我们一生要做的事哟……"

下午未时，西门公子领着扬雄三人在青羊肆附近一家苍蝇馆子吃了几个地道的成都特色菜，看着店小二陆续端上的肝腰合炒、粉蒸排骨、凉拌鸡块、鱼香肉丝和老妈蹄花，扬雄不禁叹道："哎呀，成都美食果然名不虚传，这平常的家常菜都做得这么色香味俱佳，我想，要是官场上的高档宴席，那不知还有多少花样翻新的菜品。"

西门云飞笑道："子云哪，若你今后能到成都做事，我敢保证，你每年至少可吃三次高档宴席。"

扬雄回道："若需你西门公子破费，那就算了。像我这样的农家子弟是从没奢望过高消费的，能没灾没病粗茶淡饭地过一生，我扬雄就知足啰。"

西门云飞说道："子云哪，我哪有资格和条件来高消费喃？真正的高消费是一般民众不可想象的奢侈。实话告诉你吧，由于生意需要，我爸每年都要在城中心盐市口高档酒楼请客，到时，我若能请上你们三位学子同去赴宴，我爸定会高兴的。"

扬雄笑了："哟，若是这样，那我们当然要去吃高档宴席啦……"

夕阳西下，在西门公子的带领下，吃饱喝足的扬雄几人又去百花潭和浣花溪转悠了好一阵，才慢慢朝南大街小院走去。快走到南大街时，扬雄突然对西门云飞说："西门公子，你先带席兄和德川回小院歇息吧，我再去文庙街一趟，过会儿就回来。"

诧异的西门云飞忙问："子云贤弟，今天上午我们不是去过文庙街了吗，你为啥还要去呀？"

一旁的席毛根很快反应过来，说道："西门公子，你是不知哪，对读书感兴趣的子云，哪是去文庙街，他是还想去看看令他着迷的石室精舍呢。"

扬雄不好意思地笑了："知我者，席同窗也。"说完，扬雄向三人挥了挥手，便钻进小巷朝文庙街走去。

快到石室精舍时，扬雄看到学馆门外站有一群下了课的学子。正当扬雄微笑地注视着那群青年学子时，突然，有个学子指着扬雄说："这、这不是我们花园乡的扬雄嘛。"接着，另一个学子也指着扬雄说："对对，这人就是扬家小院的扬雄，好奇怪哦，他咋在这儿耍喃？"说完，二人便得意扬扬朝扬雄走来。

待二人快走到跟前时，惊诧的扬雄才认出这两个学子正是他小时打过架的龙耀文、龙耀武两兄弟。唉，真是冤家路窄！见龙家两兄弟走来，十分尴尬的扬雄思索片刻，立马转身朝远处跑去，很快，扬雄身后就传来龙家两兄弟的大笑声……

第三十五章

钟情方言研究的林间翁孺

当天晚上，当刘三几人回到小院后，扬雄就把在石室精舍大门外看到龙家两兄弟的事告诉了刘三，刘三听后大为吃惊地说："哼，老子没想到，这两兄弟居然就在文庙街学馆念书，哪天有空，我得去瞅瞅那两个小子。"

扬雄听后，忙劝道："刘三兄，几个月前，西门公子几个兄弟才冒险把你救出，你现在好不容易隐藏在成都，若龙家少爷发现你咋办？你想想，若郫县王县令再派人来捉拿你，以后你咋带领丐帮兄弟在成都做生意嘞？"

刘三想了想说："老铁，难道我刘三是那么瓜的人吗？老子即便要去，也要化了装去嘛。这样的话，他们不就认不出我了嘛。"

"唉，老铁啊，我真不该告诉你这些，按你那犟脾气行事，我敢断定，你迟早会惹出事来。"扬雄有些后悔地说。刘三见扬雄有些不高兴，忙拍着扬雄肩头说："好好好，我依你不就得了，我不去打扰那两个王八蛋不就得了。"说完，刘三一拳砸在桌上，恶狠狠地甩出一句话："哼，老子迟早要收拾那两个王八蛋！"

第二天早饭后，记挂着念书的扬雄同张德川告别众兄弟后，就骑马朝临邛赶去。

在扬雄离开成都的当天，西门公子按父亲的交代，午饭后便领着席毛根去自家府上接受西门松柏的召见约谈。待西门公子和席毛根走后，刘三同陈山岗、李二娃几人就开始聊起天师洞的事来。

刘三问："二帮主，你们在天师洞，平时还是主要练剑？"

"剑还是每天都必须练，但从前几天开始，师父已开始教我和三帮主甩飞镖了。"陈山岗说。

"哦，师父教你俩的飞镖之技，咋又提前啦？"刘三有点吃惊。

李二娃补充道："师父说，我们迟早要在江湖上整出点动静，他老人家对我私下说过，学好飞镖之技，要是用在实战中的话，可常给人防不胜防之感。"

刘三笑了："要是这样，那你俩就跟着师父好好学，今后你俩要是下了山，我们丐帮就可在成都占据一方码头，那些胆敢跟我们作对的，老子就把他摔翻在成都地盘上！"

陈山岗听后，点头说："帮主说的极是，所以，现在我和三帮主对学飞镖就格外上心。"

"这次来成都，你们打算何时回天师洞？"刘三又问。

"我想今天下午就回去，走之前，我想告诉你一件事，又不知该讲不该讲？"

"有啥该不该的，你讲就是。"

陈山岗继续说道："前些时间，我见师父经常盯着那两块石碑出神，有一天，我问师父是不是想凿刻老子五千言了，你猜，师父咋说的？师父说，他已算过多次，若要凿刻老子《道德经》，必须要四个石碑才行。刘兄，你看，都大半年过去了，这两块石碑还躺在那儿，唉，我们几个对师父食言了哟。"

刘三想了想说："我原想在西门公子那搞点钱刻碑的，没想到，这几个月下来，我们起码用了西门公子三十金了，现在，我是无论如何也不敢再开口向西门兄弟提钱的事了。唉，钱钱钱，真他妈难死我们这群丐帮英雄汉了！"

"帮主，你定要把这事放在心上，若有机会，还是该把刻碑一事了结了，唯有这样，我们才对得起教我们武艺的师父。"

刘三将牙一咬说："放心吧，你两个回去告诉师父，我刘三今年一定要落实刻碑之事，若不解决，我刘三就不是妈生的！"陈山岗听后，说了句"要得嘛"，才同李二娃离开小院，租马车朝青城山方向赶去。

几天后，在西门云飞老爸的安排下，席毛根以西门家特派代理人的身份进入了浣花织锦坊。西门松柏已明确表示，在中秋节后，他就同谢老板商谈入股织锦坊一事。谢老板是个做事踏实认真之人，但不擅交际缺少销售门路的他，一直盼望有较多生意客户的西门松柏入股浣花织锦坊，并还真诚提出，希望西门家占股百分之六十以上。

为把入股织锦坊一事办好，做事老辣的西门松柏约谈了两次席毛根。他对席毛根年龄、家庭出身、个性特征和文化程度都做了深入了解，还坦率告诉了席毛根他的近期打算和长远规划。尤其谈了三年内他将增开一家独资织锦坊的计划，希望席毛根好好干，三年后就可出任新织锦坊总经理，并享受每年百分之十的利润分红。席毛根听后，非常感动，谢过西门松柏后一再表示决不辜负伯父栽培，一定尽心尽力把交代的事办好。一切谈好后，西门松柏才带着席毛根跟谢老板见了面。

当谢老板听说席毛根有文化后，便十分高兴地答应了西门松柏所有要求。更令谢老板开心的是，席毛根在织锦坊学技术和管理期间，不在织锦坊领取一分报酬。临走时，西门松柏对谢老板说："席毛根每月的报酬由我们开支，但你必须在最短时间内，教会他熟悉织锦的每一道工序和流程，一年内，席毛根必须成为一名合格的管理人。"

谢老板一听，心里暗喜道：往后，你西门富商就是大股东了，有你注入资金和在外开拓业务，我现在又得一个有文化的年轻助手，何乐而不为呢？于是，谢老板回道："西门大人，你的交代对我来说就是圣旨，你放心，我绝对在一年内，给你培养出一个懂业务的管理人才。"尔后，西门松柏和谢老板都会意地笑了。

当席毛根正式到浣花织锦坊报到后，西门云飞就同刘三开始忙着寻找可收购的客栈来。坐着马车跑了近十天，在谈了好几家客栈没成后，有些丧气的刘三便对西门公子说："哎呀，这太阳也太他妈毒辣了，你我歇几天再跑吧。"同样累得够呛的西门公子听后，苦笑着回道："要得嘛刘兄，我妈也说，我这段时间晒得像个黑娃，歇几天就歇几天。"

一天晚上，陪刘三到锦江边吹凉风的席毛根无意间提到，快到七月半了，在成都奔忙的他无法回去给过世的爷爷上坟烧点香烛，为此感到十分遗憾。刘三听后，认真扳着指头算了算，说道："哎呀，离七月半还真只有三天时间了，唉，我曾在我妈坟前发过誓，每年清明和七月半都要给她上坟烧点香烛。今年我该咋办喃？"说完，坐在江边的刘三开始不断叹息。

江风拂动岸边垂柳，月光下，席毛根见刘三心里十分难受，便问道："刘帮主，你老家离这儿又不远，现在又没落实收购客栈一事，你回花园乡上坟，应该是件不难的事吧？"

"席大哥，你也知道，之前我就是从花园场被救走的，无论如何，白天我是不敢回花园场的。"

"嗨，那还不简单，白天不敢回难道晚上还不能回？若你真有心回去上坟，七月半那天下工后，我陪你回花园场，咋样？"

"真的？"刘三惊喜地问道。

"刘帮主，我席毛根莫非还会跟你开玩笑？这区区小事，我陪你走一趟便是。要是真遇上敢抓你的歹人，老子就给他白刀子进红刀子出，让他娃脱不了爪爪！"

"席兄，你真是我的好大哥哪。"刘三抓着席毛根的手说。由于刘三曾被宋捕头抓进牢房毒打，又被押到花园乡游街示众，还差点被龙老四害死，夜深人静时想起来，刘三仍感到不寒而栗。这次有席大哥保驾护航，刘三底气十足地做出了回乡上坟的决定。

夕阳西下，绚丽晚霞染红了城市上空。飞鸟在闷热空气中归林后，偌大的黑色帘幕，宛若纱巾慢慢将成都古城罩进无边夜色中。

亥时将到，新月初升时，腰插七星短剑的刘三和身背大刀的席毛根趁着夜色朝城西郫县花园乡奔去。子时刚过，刘三和席毛根就赶到了花园场。为不惊动乡邻，颇为警惕的刘三就让席大哥跟他一块下马，然后牵马悄悄朝扬家小院边不远的坟墓走去。

来到坟墓边的刘三把马缰扔给席毛根，然后迅速取下肩头包袱，麻利地掏出几根红烛和长香，插在坟头点燃后，刘三立马跪下，向坟墓磕头说："妈，今天是七月半，儿子刘三来给您敬献香烛了，望您老人家在阴间别怪罪你儿，待我刘三发达后，我一定给您修造一座像样的大墓，让您老人家舒舒服服睡在墓中。"说完，刘三再次向坟墓磕了几个头。

刘三刚起身，席毛根忙将马缰递给他说："刘帮主，让我也给老妈磕几个头再走。"

"算了，我俩赶快离开这儿为好，我怕夜长梦多，招惹来不必要的麻烦。"刘三忙说。

"刘帮主，你我是结拜兄弟，你妈也是我妈，让我磕几个头再走不迟。"说完，席毛根便朝坟墓跪下，认认真真磕了三个响头。待席毛根站起，刘三便紧紧握住席毛根的手说："你真不愧是有情有义的好大哥啊！"说完，二人便牵马朝必经的龙家大院旁走去。

走到大黄角树下，刘三停下恨恨地盯着被砖墙包围的瓦房大院。令席毛根想不到的是，刘三突然解开裤子，对着龙家大院撒起尿来。他一边撒尿一边说："龟儿子龙家，老子就是要霉你祖宗八辈，让你龙家断子绝孙我才解恨。"刘三话音刚落，几头猛犬大叫着，从院旁蹿出，立刻朝他们扑来。刘三见势不妙，立马翻身跃上马背，随即二人打马又朝花园场跑去。月光下，狗叫声渐渐消失在马蹄声后……

蓄有半尺多长银髯的林间翁孺站在讲台上，对一群跪坐在小桌前的学子说："弟子们，今年以来，我已讲过《诗经》《论语》和《尔雅》，从今天开始，我要给大家讲讲我大汉的各地方言。弟子们，我知道你们都是出生在临邛之地的年轻人，大都没出过远门，更不知天下各地的诸多方言、习俗和俚语。但这不要紧，我可用我曾游历各地学到的部分方言，讲授给你们听听，大家听后，就能感受到不同地域所产生的方言，具有不同意思和完全不同的声调。理解学习这些不同方言，对大家今后外出工作、游历学习以及入仕做官，都是大有益处的。"

林间翁孺刚说完，学子们就纷纷议论起来。这时，扬雄举手说道："先生，我们这些弟子都没远游过，请您快给我们说说各地方言，让我们也开开眼界，好吗？"

"既然老夫要讲方言，当然要说些不同地方的方言给大家听听。"林间先生回道。接着，清了清嗓子的林间先生就分别用四川话、陕西话、山东话、闽南话诵读出"好巴适、哦嘀、堂客、懒觉"等几个词来。没想到的是，林间翁孺刚一诵读完，教室里的学子们就笑成一片。有的说："哟，咋个听起来有点奇怪喃？"还有的问道："啥子叫堂客嘛？"甚至还有人说："睡懒觉嗦，哪个不晓得嘛，就是早晨不想起床……"

林间翁孺听后，用竹尺往桌上一击说："弟子们，你们笑啥子笑？我刚才举的方言例子是最简单的，不承想你们对外地方言不仅不知，居然还敢嘲笑老夫发音，这也太不像话了嘛。现在，我就来说说'堂客'之意，这在湖南和我们川东一些地方，它就是婆娘、内人和妻子之意，而'懒觉'在闽南地区，却含有骂人之意。"

"真的呀？"有些弟子惊讶道。

林间翁孺又将竹尺往桌上一击说："这当然是真的，若不是真的，我敢在课堂上乱讲嗦。"话音刚落，扬雄忙站起问道："先生，弟子有些不明白，我们这些出生在四川乡村的学子，有必要非要学这些跟我们生活不太相干的方言吗？即便花时间学了，今后真能派上用场吗？"

林间翁孺听后，立刻正言道："嗯，你提的问题很有代表性，我认为，没有雄心大志的弟子不是好弟子。我朝地大物博，民族众多，东南西北方言各异，就我们四川来说，各地方言也有较大区别嘛。我相信，今后我的弟子中一定会有人出川走向我大汉的不同郡府，到那时，懂方言与不懂方言者，能识别不同方言中的生僻字者，其为民执政办事的效果是绝对不一样的！"

有些疑惑的扬雄一听,又继续问道:"先生,请您讲讲,若为官,为啥懂方言和不懂方言,会有如此差别呢?"

林间翁孺微笑着点头说:"问得好,那我就来回答你提出的问题。第一,无论是为官还是做文人学士,懂方言者一定可以更好地了解当地人文历史发展变化,因为记录这些变化大多靠当地民众口口相传;第二,懂方言,才能更好地掌握不同地域的历史文献,因许多文献中就有不少地方俚语和方言;第三,若能在皇宫中做事,懂方言者才能更好地解读友邦甚至敌国的交往文书的,才能更好地为皇上排忧解难;第四,研究方言并著书立说,这可是我们先人从未有人做过的大事。所以,据以上四大重要原因,我再问问弟子们,大家说,学方言重不重要呀?"

众弟子立马齐声回道:"重要!"

扬雄看着议论纷纷的同窗们,又对林间翁孺说:"先生,今天我终于明白方言的重要性了,也深深感受到您教授方言的良苦用心,从今往后,我一定要学好您教的方言知识,决不辜负先生期望。"

林间翁孺满意地点点头说:"努力吧,扬子云,有志者事竟成,望你往后学有所成。"

可以毫不夸张地说,四川临邛的林间翁孺是两千年前中国第一位也是唯一一位给学馆弟子教授方言的先生。他为何对方言有如此大的兴趣,又为啥在有生之年花大工夫对方言进行研究。这里,不得不说说西汉之前的历史原因。周、秦之时,每年八月,朝廷会派𫐐轩使者到各地采集方言,并收集整理便于考察天下风俗。秦亡之后,这些资料在战乱中散失殆尽。

汉宣帝时期,在中华大地四处游学的青年学子林间翁孺就注意并学习了一些各地方言。他认为历史上的周、秦王朝对方言的重视是有道理的。后来,当林间翁孺游学完回到临邛后,他便根据自己游学十多年的经历和收集的资料,开始整理并著述方言学著作《方言梗概》。写了一段时间后,林间翁孺才深深感到也去过的地方不多,了解各地方言不够,所以,无奈之下他便停止了写作。

此后,钟情方言研究的林间翁孺心有不甘,索性破天荒地在学馆讲授起方言知识来。他讲授的目的也极为简单,就是想引起弟子们对方言的重视,若发现真有对方言感兴趣者,他便可重点培养,以便能传承他的研究。

大大出乎林间翁孺意料的是,在他断断续续讲授方言三个月后,学习领悟能力超强的扬雄居然渐渐对方言产生了兴趣,经常在课余时间向他求教方言方面的知

第三十五章　钟情方言研究的林间翁孺

识,而扬雄的大多数同窗仍对学习方言提不起兴趣。从此,看在眼里喜在心头的林间翁孺便开始在方言教授上给扬雄开小灶,很快,扬雄就成为学馆中研究方言的佼佼者。

孤胆英雄席毛根宰杀段煞神的行为深深刺激和影响了扬雄,他自成都返回后就开始构思创作《侠客赋》来。由于缺乏身临其境的深切感受,加之从没见过段煞神模样,几易其稿后对《侠客赋》仍不满意的扬雄,就把写在竹简上的初稿藏在木箱中再也没有示人。秋收农忙时节,林间翁孺特给学子们放了几天假,由于之前请了几次假,扬雄便独自留在学馆,认真补习曾耽误的学习内容。另外,留下的扬雄还特意安排一天时间,再次求教林间先生关于方言中生僻字的辨识。林间先生见扬雄研究方言用心,也乐意为扬雄做生僻字解析。

中秋前一天,早已为奶奶买好药的扬雄在林间先生那儿借了匹马,早早便背着草药和文君月饼,打马朝花园乡奔去。黄昏时分,当牵马的扬雄走进扬家小院时,正在院中修蚕簸的父亲立即起身打量儿子说:"雄儿,几月不见,你又长高些了。"母亲听见声音后,立马从厨房跑出站到扬雄面前,然后用粗糙的手抚摸儿子额头说:"雄儿,你、你真长成大小伙子了啊,我这当妈的为我家雄儿高兴哩。"说着,张氏眼中就涌出了激动的泪花。

这时,坐在堂屋里的奶奶喊道:"雄儿,你回来啦,快、快到奶奶这儿来。"说着,身体已不利索的奶奶就起身扶住堂屋大门。扬雄见状,立即跑到奶奶面前,高兴喊了声:"奶奶,雄儿回来看您啦。"说完,扬雄就紧紧将背脊已弯曲的奶奶搂在胸前。

晚上,同儿子喝酒时,扬凯低声告诉扬雄说:"七月半时,逃走的刘三曾偷偷回来,给他妈坟头烧过香烛。"

"爸,你咋晓得刘三七月半回来过?"扬雄诧异地问道。

"哎,这事估计只有我一人晓得,因为第二天一早路过刘三他妈坟时,我发现坟头还残留有燃过香烛的几根竹签,我怕有人向龙乡长举报刘三行踪,就用锄头把残留的竹签铲来埋了。"

扬雄想了想说:"爸,您晓得不,现在刘三要在成都当老板了,他不会回花园场了。"

"这就对了,刘三回来干啥子嘛,回来肯定要挨龙乡长两兄弟整。他待在成都生活,才是正确的选择。"扬雄听后,立刻举杯说:"老爸,你说的对,我也是这样认为的……"

中秋节当天午饭后，陪全家人吃完饭的扬雄悄悄带上文君月饼，独自朝花园场豆腐饭店走去。快到豆腐饭店时，扬雄发现已无客人的饭店里，只有穿蓝花布衣服的杏花一人坐在饭桌边发呆。为给杏花一个惊喜，扬雄忙将手指塞进嘴中，打了个响亮的呼哨。听见熟悉的呼哨声，杏花猛地站起朝店外张望。很快，看见扬雄的杏花立马奔出饭店，高声呼喊着"扬雄哥"朝扬雄跑来。

扬雄见杏花奔来，也轻声喊了声"杏花"，便将奔来的杏花搂在胸前。四目对视片刻后，脸颊顿生红霞的杏花就将扬雄拉入店中。这时，听见响动的覃老板忙从后院走出。扬雄见覃老板走来，忙躬身问候道："覃、覃老板好。"

覃老板见扬雄有点不好意思，笑道："咋的，扬雄才子，莫非，你就改不了口喊我啦？"

"我、我还不习惯改口哩。"扬雄有些口吃起来。随即，机灵的扬雄立刻将一包月饼捧给覃老板说："中秋到了，这是我特意从临邛给你们买的文君月饼，不知你们喜不喜欢？"

"喜欢喜欢，只要是扬雄哥送的东西，我都喜欢。"说着，杏花就从母亲手中拿过月饼。这时，覃老板好像想起什么，便拉着扬雄衣袖说："走，我有事要告诉你。"

进了后院，覃老板回头吩咐杏花说："杏花，你把门关上，我有要紧事跟扬雄说，外人听见不好。"

不解的扬雄疑惑地问道："覃、覃老板，您有啥子要紧事说呀？"

覃老板一听，盯了扬雄一眼，板着脸说："还不是关于刘三的事，你晓得不，几个月前，那姓宋的抓了刘三，并押回花园乡游街示众，我们家杏花亲眼所见，那龙老四把刘三打惨了。就在游街示众的当天晚上，有几个刘三的兄弟伙来救走了他。几个月过去了，我们娘俩也不知刘三是死是活，今天，我就想问问你，你晓不晓得刘三现在的情况？"

扬雄想了片刻，低声说："覃老板，刘三现在一切都好，他在成都要当客栈老板了。"

"真的？那就太好了。"覃老板惊喜地说。

杏花有点吃惊："扬雄哥，你咋晓得刘三哥要当客栈老板了喃？"

"杏花，刘三被他朋友救到成都后，就开始治伤，他伤好后来临邛找过我。后来，我又去成都看过他和他那帮兄弟伙，因此，我才晓得刘三情况的。"

"哎呀，扬雄哥，你不晓得哟，刘三哥被救的那天晚上，是我带那几个人去看的乡衙地点。那段时间，我和我妈一直担心刘三哥呢。"杏花忙说。

扬雄听后，立即低声对二人说："关于刘三去成都当老板的事，你们千万别对外人讲，让龙乡长晓得了，我怕刘三又会有麻烦。"

覃老板立即说："你就放心嘛，我们晓得你和刘三是从小长大的毛根儿朋友，何况，刘三一直对我们娘俩不错，我们咋个可能出卖他喃？"

扬雄点点头："行，你们晓得就好。"

杏花突然拉着扬雄衣袖，央求道："扬雄哥，等你下次回来，带我和我妈去趟成都嘛，我想去看看刘三哥现在到底是啥子样子，好不好？"

覃老板也跟着说："对对，扬雄，你下次回来，带我娘俩去趟成都，如果刘三真发了财，我要向他借点钱，来装修我的豆腐饭店。扬雄，你别忘了哈，你是答应过要给我饭店写赋的哟。"

扬雄一愣，他没想到覃老板还有向刘三借钱的想法，心里不免吐槽道：哎哟，我的刘三兄现在还是在朋友接济下过日子哩。为不使覃老板母女失望，扬雄点头回道："要得嘛，条件成熟，我一定带你们去成都见见刘老板。"

"太好啦！"杏花顿时高兴得跳了起来……

第三十六章

龙家两兄弟，惨遭报复性派款

天空明净高远，一队人字形大雁宛若利箭，鸣叫着朝南飞去。

火热盛夏终于过去，清澈的锦江泛着波光静静向东流去。中秋后的第三天，中等个头、长着国字脸的西门松柏出了自家府门朝不远的浣花织锦坊走去。

不久，进了织锦坊的西门松柏在席毛根带领下来到谢老板屋内。由于事先约定好了时间和商谈内容，懂事的席毛根为二人泡好茶后，就离开了。此时，仍在作坊里学织锦技术的袁平正在一位大姐的指导下，甩动手中木梭织着蜀锦。

寒暄后，两眼炯炯有神的西门松柏就直接切入主题说："谢老板，关于我入股织锦坊的事，你现在考虑得咋样啦？"

谢老板微笑着回道："尊敬的西门大贵人，这三年来，你我二人在生意合作上，是每一单都赚了钱的，就凭这一点，我就十分欢迎你入股我这小小织锦坊，我深信，像你这种具有业务能力的富商入股加盟后，我们织锦坊未来生意会更加兴隆，所以，我真诚希望有雄厚财力的西门大人来全方位掌控浣花织锦坊。"

西门松柏放下茶杯问道："谢老板，你的意思就是让我来控股织锦坊啰？"

谢老板谦恭回道："西门大人，我想，对织锦坊的事你定是有成熟想法的，若你我二人要诚心合作无论从财力、见识、业务开拓能力还是文化修养二看，都应该是你来当老板。若你不控股，我俩的合作就完全失去了意义。"

西门松柏笑了："谢老板，这可是你的真心话？"

"皇天在上，我谢某人从不敢说违心之言。"谢老板忙说。

"谢老板，那你认为我占股多少合适呀？"

"西门大人，对我这小小织锦坊而言，若你入股，不占七成以上，我想都有辱你名声，对吧？"

"谢老板，没那么严重吧。我看这样吧，这几年的业务往来中，我对你的作坊、技术工人、织锦技术以及设备等等，都有了较为详细的了解，我呢，也不想再去细算那些细枝末节的东西，今天，我就对你坦言，由于我儿子近期要收购一家客栈，目前我手边有点紧，我就出六十金，占股六成，你认为咋样？"

谢老板愣了，西门松柏的报价和占股完全跟他预想的不一样。谢老板的预估是，只要西门富商能出五十金，他就可让西门家占股七成。很显然，西门松柏的报价，打了很大让手。想到这儿，谢老板忙拱手说："西门大人，你这样出价占股，好像有点吃亏哟。"

西门松柏一听，笑道："嗯，不吃亏不吃亏，对我而言，出六十金就拿下一个不仅具有成熟织锦技术，又能生产高品质绸服的织锦坊，我心里高兴着哩。"其实，西门松柏何尝不清楚自己的出价高于谢老板的心理预期，聪明大气的西门松柏故意让利给这个合伙人的目的，就是想让尝到甜头的谢老板成为他未来得力的赚钱机器。

稍停片刻，谢老板向西门松柏问道："尊敬的西门大人，你入股浣花织锦坊后，有啥好建议可先给我说说吗？"

西门松柏想了想说："谢老板，我入股后要做的第一件事，就是要增建两个大作坊，一个生产高档绣品，一个扩大织锦规模，这增建的两个作坊就是为满足未来市场需要的。你要记住，我们主要盯着皇家和各郡府的达官贵人。赚穷人的钱太难，只要款式花样对路，赚有钱人的钱就容易多了。"

谢老板听后，忙微笑奉承道："哟，这种特殊的生财之道，我看也只有西门大人才有能力办到哟。"

"放心吧，我相信，明年我们织锦坊产值和利润，至少要在今年基础上再翻它一番！"西门松柏自信地说。脸都笑开花了的谢老板立马惊喜道："真的呀？好好好！"

就在西门松柏跟谢老板签订股份合同后不久，西门云飞和刘三在城中心的卧龙桥附近，完成了一家客栈的收购事宜。虽说西门云飞只花了三十八金，但买下的客栈仍是座具有楼上楼下二十间客房的大建筑。自买下客栈后，西门云飞就从自家府上叫来五个下人，再加上丐帮的陆小青与另两个跑腿兄弟，他们整整用了两天时间，把客栈里里外外打整得干干净净。

晚上在新客栈喝酒时，即将担任老板的刘三向西门云飞和席毛根征求意见："二位文化人兄弟，你俩看看，我们这个新客栈取个啥名好呀？"

西门云飞想了想说："席大哥，你的文化比我高，这客栈之名就由你来取吧。"

席毛根忙推辞说："嗯，要不得哦，这客栈是你家花钱买的，客栈名自然该由你来定才好。"

"席兄，你见外了不是。"西门云飞说。

"西门贤弟，不是我见外，这客栈名确实该由你来定才妥。"

"算了算了，你若执意不愿取名，那我们就来共同商定吧。"西门云飞这样说后，席毛根也不好再说啥，就同西门云飞一道商量起客栈名来。经这一番商议推敲，刘三极力赞同席毛根提议的"聚义客栈"，他赞同的理由是："我们是一帮重情义的兄弟，今后还要结识更多的江湖儿女，所以，用'聚义客栈'之名非常适合我们。"见刘三这样说后，西门云飞也就赞同了此名。

当天晚上，在西门云飞和刘三的强烈要求下，席毛根用粗大毛笔，在牌匾上用隶书体书写下"聚义客栈"几个大字。写完牌匾后，席毛根对西门云飞说："西门贤弟，你可回家告诉你老爸，让他请个风水大师看看，这个'聚义客栈'何时开张为好。"

"要得嘛，这是必须的。"西门云飞高兴地点头说。

黄昏，伴随着一阵骤急的马蹄声，在临邛翁孺学馆外，身背包袱的张德川喊着扬雄名字，就迅速走进了学馆。正在房内背诵《道德经》的扬雄立刻放下手中竹简跑出房门，两人相见后，便相互拉着对方手寒暄起来。随后，扬雄盯着张德川包袱问道："德川兄，莫非你老妈同意你去成都做事啦？"

高兴的张德川一拳朝扬雄胸膛击去："子云，你说对了！"随即，心情甚悦的扬雄拉着张德川进了房间。点亮油灯后，在接下来的时间里，张德川告诉了扬雄他从成都回家后的情况，以及他是如何一次次去说服老妈的。扬雄听后问道："德川兄，你妈虽同意你到成都做事，但你那两个妹妹是啥态度喃？"

"子云哪，太出乎我意料了，当我说出想去成都做事后，我大妹就问我，扬雄今后会不会也去成都，我说你今后会去成都念书，她俩听后，不仅支持我到成都，而且还多次帮我做老妈的思想工作。嗨，如今呀，我终于走出翠竹乡啦。"说完，张德川就露出发自肺腑的微笑。

接下来，扬雄低声告诉张德川，说他前次从成都回来不久，临邛县城就张贴出寻找杀死段煞神英雄的告示，告示上还有对杀匪英雄奖赏十金的奖励哩。张德川听后反问扬雄："子云，你咋看这丰厚赏金？"

"这赏金虽丰厚，却是万万领不得的。"

"为啥领不得？"

"若领了这笔赏金，席兄大名很快就会在临邛传开，你想想看，要是天台山土匪报复的话，那席兄全家就有生命危险。所以，这赏金是万万领不得的。"

张德川点头道："嗯，你说的有理。"随后，扬雄同张德川一直聊至子夜时分，两人才挤在一张床上睡去。

在张德川出任聚义客栈二掌柜兼账房先生后，一天晚上喝酒时，刘三当着陆小青的面，向席毛根和张德川吐露了他藏在心中的秘密："二位兄长，我之前许下过给天师洞张大师凿刻《道德经》碑文的承诺，但眼下手中已无分文，近几天，我终于想出个报复性派款计划，我想听听二位高见，看如何才能实施这个计划。"于是，刘三就把扬雄发现龙家两位公子在学馆读书的事告诉了席毛根和张德川，接下来，刘三就说出他的报复性派款计划，并叮嘱二位兄长千万不要让西门兄弟知道此事。

席毛根不解地问道："这事为啥不能告诉西门兄弟？"

刘三说道："我花了太多西门公子的钱，若让西门兄弟知道此事，他有可能阻止我的派款计划，说不定又会掏钱让我去落实刻碑一事。唉，我欠西门公子太多，不想让西门兄弟再为我的事花钱了。"

席毛根点头说："哦，若是这样，那我赞成暂不把此事告诉西门兄弟。刘老板，你的派款计划有成功的把握吗？"

"我不敢断定派款计划百分之百成功，但为解我心头之恨，向龙家复仇，老子必须要这么做一次。我想，只有试过之后，才晓得这计划成不成功，对吧？"

席毛根又说："刘老板，我有一建议，不知你愿不愿听，若你接受我建议，我就力挺你的复仇性派款计划。"

"啥建议，你先说来我听听再说。"

"俗话说，盗亦有道。过去整你的是龙亭长两兄弟，这跟在学馆读书的龙家后代没多大关系，你的派款计划应主要针对龙亭长两兄弟，不要伤害这两个学子，他俩毕竟有些无辜。"

刘三听后立马说："席兄，你晓得不，这两个家伙小时候曾欺负过我和扬雄！"

席毛根又说道："刘老板，小时候打架就别再计较了，那毕竟是发生在童年的事。"话音刚落,张德川也附和说:"刘帮主,我赞同席兄之见,派款计划可实施,但别伤害那两个学子。"其实,张德川跟席毛根虽有共同的善恶观,但他俩初来成都讨生活,不想卷入意想不到的刑事案中去。

刘三见张德川也赞同席大哥意见,心里吐槽道:你俩有武功的人咋还这么胆小怕事呢?但一想到他要实施的计划,还需席张二人参加才行,于是,头脑活泛的刘三忙对二位说:"要得嘛,我听你俩的就是,决不伤害那两个小王八蛋!"

第二天天刚黑,刘三和席毛根等人就来到离石室精舍不远的大树下,按事先商量的,换上从西门云飞那借来的高档织锦秋装,化了装的陆小青就朝石室精舍大门走去。经过简短交涉和请求,收了两枚五铢钱的门卫王老汉进学馆内果然找来了龙耀文和龙耀武两兄弟。刚来到大门口,王老汉指着陆小青对龙耀文说:"就是你们这远房亲戚找你俩。"

龙家两兄弟借着月辉,看了陆小青两眼,疑惑地问道:"喂,这位兄台,你是我龙家哪位远房亲戚呀?请给我们报报姓名,好吗?"

狡猾的陆小青一听,随即哈哈大笑说:"哈哈,二位龙家少爷,你们的远房亲戚在那儿。"说完陆小青朝不远处大树指去。透过朦胧月光,龙家两兄弟果然见大树下站有一个人影。还没等龙耀文开口再问,陆小青忙拉着龙耀文说:"走吧,你们亲戚还从花园乡给你俩带了钱和礼物哩。"由于陆小青装扮得很像有钱人家的人,没再多想的龙家两兄弟就跟着小青朝大树走去。

见陆小青领着龙家兄弟走来,刘三等人忙掏出黑色头套罩在头上,尔后手拿大刀的席毛根和张德川迅速闪到大树后埋伏好。待陆小青领着龙家两兄弟刚走到大树下,背着身的刘三突然转身,啪啪几耳光分别朝龙家两兄弟脸上打去,然后厉声喝道:"给老子跪下!"

此刻,从树后闪出的席毛根和张德川,分别将大刀架在两兄弟脖子上,然后凶狠吼道:"快给你们大爷跪下!"很快,被吓蒙的龙家两兄弟在被陆小青踢了几脚后,极不情愿地跪在了刘三面前。戴着头套的刘三立即用手中两尺长的木板,敲着龙耀文脑袋说:"你两个龙家少爷,给老子听着,你们老爸龙乡长和龙亭长,曾敲诈过我家不少钱财,现在是父债子还的时候,三天后这个时辰,你俩必须给老子送三金到这大树下来,听见没?!"

哭丧着脸的龙家兄弟一脸蒙地相互看看,却没敢答应刘三。

"你两个王八蛋给老子装聋是不是?听见没,三天后这个时辰,必须给我送三金到这棵大树下来！若不答话，我就叫你两个龟儿子死在这棵树下！"说完，气极的刘三挥舞手中木板，又分别朝龙家兄弟肩头打去。只听砰砰一阵击打后，席毛根忙推开刘三，站到龙家兄弟前，用大刀分别朝两兄弟脸上拍了几下："你两个哑巴啦，还不快给老子回话，若不答话，我就给你俩白刀子进红刀子出，然后再把你两个丢到锦江中去喂鱼！"

"我、我们听、听到了。"看着三个凶神恶煞的蒙面人，突遭暴击的龙耀文终于开了口。

"听到就好，三天后这个时辰，给老子们送三金到这儿来，听到了吗？"

"江湖大、大爷，我俩身边没那么多钱，能否给我们宽限几天吗？"龙耀文说。

刘三咬牙回道："不行，一天也不行！要是你俩办不到，今夜就休想再回学馆！"

龙家两兄弟听后，很快就呜呜哭起来："江、江湖大爷，我们身边确实没有这么多钱哪，你、你们叫我们咋办嘛，呜呜呜……"

"你俩小子给我听着，我晓得能上你们学馆的人大多家里都有钱，你两个瓜娃子难道不晓得向同窗借吗？"刘三再次厉声说。

停了片刻，龙耀文嚅嚅地说："嗯，要得嘛，我们争取这两天在同窗中筹借，一、一定把你们要的三金凑齐。"

刘三心中一喜，又厉声说："好，知道三天后交钱就行。"

"嗯，我们三天后在这儿交钱就是。"年龄稍大的龙耀文回道。刘三看了看被吓蒙的龙家兄弟，突然从树后拿出毛笔和砚台说道："空口无凭，你俩必须给老子写个欠条才行。"说完，刘三就把毛笔塞给龙耀文，然后又把手中小木板翻过来，逼着龙耀文在木板上写下欠条。写完后，刘三又命两兄弟分别签上名字。

见一切按计划完成，刘三对跪在地上的两兄弟说："这事你俩若敢报官或告诉老师，老子五天后就会让你们家人来成都给你们这两个逆子收尸，信不信？"

"信，我们信。"满满恐惧感的龙耀文忙说。

"你两个虾子再给老子听着，三天后晚上，若你俩敢不来给我们这帮好汉交钱，第四天上午，我们一伙就拿着你俩写的欠条，来你们学馆要钱，听见没？！"

龙耀文忙作揖说："江、江湖好汉些，我、我俩听清了，一定按你们交代的办。"龙耀文话音刚落，刘三飞起一脚朝他踢去："给老子爬回学馆去，要是你俩敢给我们要花招，哼，我们定让你俩死无葬身之地！"

随后，龙家兄弟慢慢从地上挣扎爬起，摸着被木板打痛的肩头，一拐一瘸朝学馆走去。见龙家两兄弟进了大门,刘三和席毛根几人,忙扯下头套仰天大笑起来……

　　三天后的下午,再次化了装的陆小青,早已潜入石室精舍一带,作了细心侦察。为防龙家兄弟报官,谨慎起见,刘三同席毛根决定先派陆小青去探察下可能发生的意外。若没发现异常情况,天黑后陆小青就爬上大树继续观察,要是龙家两兄弟出现后也没发现意外情况,陆小青再用两声长的呼哨声作为安全信号。到时,刘三几人再戴头套持大刀跑过来拿钱。

　　天黑后不久,龙家兄弟在食堂管理员陆小龙陪同下,拿着装有五铢钱的小布袋,匆匆朝不远处的大树走来。陆小龙陪同的原因是,他借了九十枚五铢钱给龙家兄弟,为证实事情真实性,有些好奇的陆小龙非要让龙家兄弟带他来看个究竟,不然,他就不借钱给他们。无奈之下,龙耀文只得答应了陆小龙的要求。

　　藏在大树上的陆小青见三人来到大树下,疑惑的他在仔细观察另一个男人并确定其手中没武器后,想了片刻才向刘三发出约定信号。听到安全信号后,躲在小巷中的刘三几人戴着黑色头套、手持大刀立马朝大树下围来。转眼间,戴着头套手持短剑的陆小青也溜下大树朝陆小龙三人靠近。

　　围住龙耀文三人后,刘三忙用大刀指着陆小龙问道:"你是何人?为啥要跟着龙家兄弟来此?"

　　陆小龙见几个蒙面人拿着刀剑,有些胆怯地回道:"好、好汉们,这两兄弟为还你们钱,在我这借了那么多钱,我、我就想来看看这两兄弟哄骗我没。"

　　"哦,原来是这样,他俩还钱,这没你的事,给我站一边去吧!"刘三话音一落,陆小青便把陆小龙推搡到一旁。随后,刘三恶狠狠向龙耀文问道:"你把钱如数给老子拿来啦?"

　　"好、好汉,我把钱拿来了。"龙耀文忙说。

　　"拿来多少?"

　　"好、好汉,按你们要求,我带够了三金,分文不少。"说完,龙耀文就把钱袋递给了刘三。刘三掂了掂钱袋,又问道:"这有三金吗?"

　　"好、好汉,若这袋中少了一文钱,你可把我杀了扔进锦江喂鱼。"说完,龙耀文就抽泣抹起泪来。刘三把钱袋往腰上一拴,眼珠一转说:"看在你对老子守信的份上,今天就不惩罚你两兄弟了,滚回学馆去吧!"

　　"好汉,我把钱如数拿给你了,你也该守信把写有欠条的木板给我才对。"龙耀文急着说。

"今晚走得急，老子忘了带木板，改天有机会再拿给你就是。"说完，刘三几人举刀后退几步，尔后转身拔腿就跑，很快消失在夜色中……

回到聚义客栈后，刘三立马吩咐陆小青说："快去马厩牵两匹马出来，我俩马上去趟青城山，老子终于解决天师洞凿刻碑文之事了。"说着，兴奋的刘三将手中钱袋朝空中抛去。

第三十七章

西门公子，拜师天师洞遭冷遇

第二天城门一开，刘三和陆小青就打马上路，直奔青城山。到了山脚下，兴奋了一整晚的刘三顿觉困倦，加之不好意思见师父，便去客栈开了间客房，让陆小青去通知陈山岗来同他见面。没多久，来到客栈的陈山岗就叫醒了早已睡死的刘三。

陈山岗见刘三已醒，忙问道："帮主，你急匆匆赶来青城山，莫非出了啥事？"

刘三得意地回道："老子终于弄到钱了，现在可以给天师洞刻碑了。"

"真的？"陈山岗惊喜道。

刘三指着陆小青说："小青还没告诉你？"

"小青只是说，帮主有要紧事找我，我离开天师洞前，要李二娃明早上跟师父说一声，随后就慌慌忙忙跑来见你了。"

很快，刘三就把从龙家两兄弟那搞到钱的经过，详细地告诉了陈山岗。陈山岗听后拍手笑道："哈哈，太他妈精彩了，刘帮主，还是你厉害。用派款方式让这俩小子上贡，这点子好得很嘛，我看，今后还得让这俩王八蛋继续给我们丐帮输血。"

"继续派款以后再说，这次我来找你，就是想落实刻碑一事。我已想好，天亮我们吃过早饭，就先在这小镇问问，有没有水平高的石匠，若有，我们就请石匠上天师洞去凿刻碑文，在石匠上山前，老子再买三块石碑上山，我就不信，用五块石碑还刻不完《道德经》。"

"嗯，你这安排太好了，若刻碑一事全部落实，我想，师父睡着都会笑醒啰。"说完，陈山岗摇晃着脑袋又笑了。笑声惊醒了在床边打盹儿的陆小青，陆小青忙向刘三问道："帮主，我、我太困了，想睡一会儿，行不？"

"你睡吧，老子要跟二帮主摆龙门阵，我还要把我们客栈即将开张的事讲给他听听。"随后，陆小青趴在床头又进入梦乡。刘三便压低声音，兴奋地向陈山岗讲起成都的情况来……

吃早饭时，刘三向客栈老板打听小镇有无好的石匠。中年辜老板告诉刘三说："你向我打听石匠一事，还真算你找对人啰。这镇上有位老石匠，他是我表叔，不信你可问问，我表叔可是这方圆几十里都闻名的石匠。不过我倒想问问，你要找好石匠做啥？"

欣喜的刘三忙回道："辜老板，我找好石匠，是想在天师洞凿刻石碑，由于碑文是老子的《道德经》，所以，要求的石匠就比一般石匠水平要高许多，要是您表叔能胜任刻碑之事，那就太谢谢您啦。"

"小伙子，我就实话告诉你吧，我表叔曾给附近几家祠堂刻过碑文和廊柱上的花鸟虫鱼等动物，这么说吧，你若是在青城山一带，找出超过我表叔雕刻水平的人，我就免收你客栈费用。"

刘三听后，立马爽声笑道："哈哈哈，太谢谢您啦，那么，您就赶快去把您表叔找来吧。"听刘三说完，辜老板立即走出了客栈。

不久，一位头发花白、满脸沧桑的老人就跟着辜老板进了客栈。在辜老板介绍完双方情况后，辜石匠不禁笑道："小伙子，你的要求对我来说，一点都不算高，若我凿刻的文字水平达不到你要求，我就分文不受。"

刘三和陈山岗见辜石匠如此自信，很快就答应了辜石匠要的工钱。随后，刘三就提出请辜石匠帮他再选三块碑石的要求。辜石匠说他家里还有几块预留的上等石碑料，请二位去家里看看。很快，刘三、陈山岗和陆小青就跟着老石匠去他家看了碑石。在掏钱买下碑石后，刘三又让辜石匠帮他请人将碑石抬上天师洞。当一切落实后，刘三悄悄对陈山岗说："二帮主，我今天需立即赶回成都，还得回去准备客栈开张的事，这儿剩下的事你和李二娃商量完成吧。"说完，刘三留下二十枚五铢钱后，就和陆小青骑马匆匆朝成都奔去……

其实，在前几天等龙家兄弟筹款时，西门云飞他老爸，不知从成都何处请来一位姓方的风水大师。在西门松柏陪同下，中年留有半尺青须的方大师带着他的风水罗盘来到聚义客栈。在查看客栈风水时，方大师突然发现客栈旁的小河石桥上雕有一个栩栩如生的龙头，龙头正对着东方朝阳，方大师收起罗盘对西门松柏说："西门富商，这客栈根本不用看啥风水，它伫立在卧龙桥边，本身就占据着成都的好风水，仅从地理位置看，这翘首东方的龙头无疑就是客栈的旺财之相。放心吧，这有神龙护佑的客栈将来生意定会兴旺。到你们赚得盆满钵满时，再请我来喝杯酒吧。"说完，方大师向西门松柏作揖告别，就独自离开了客栈。

待西门松柏也离开客栈后，刘三便召集客栈八名员工开了会。会上，刘三安排张德川尽快落实客栈内的床、桌椅、被褥和厨房餐具等等，并指定已熟悉成都地形的陆小青认真协助张德川工作。会快结束时，刘三才把风水大师的话转告给大家听。大家听后，全都喜笑颜开地说，咱们占据着城中心得天独厚的位置，客栈生意当然会不错啦。

离开青城山小镇后，快马加鞭的刘三和陆小青当天就赶回了自家客栈。喝酒时，刘三问张德川开张的事准备得咋样，张德川笑着回道："刘老板，客栈一切准备就绪，大家就等你的开张指令了。"

刘三高兴地放下酒杯说："好，既然准备已完成，那我们明天就开张。今晚西门公子会请他父亲明天带一群府上的人来捧场，只要鞭炮一放锣鼓一敲，街坊邻居就晓得我们正式营业了，从此，我们客栈就有现金流水了，到那时，我们手头就再不会感到紧张啰……"

第二天辰时前，早早起了床的张德川就带着陆小青和几个员工在客栈外布置起来。两条红丝绸从"聚义客栈"牌匾上垂挂下来，花篮摆放一旁，两大串鞭炮被绑上了竹竿。弄得差不多时，张德川吩咐陆小青去通知前两天已联系好的草台班子罗班主，让他带几个鼓乐师前来敲锣打鼓。正忙着，西门父子带着一群自己府上的下人，坐着马车赶到了客栈大门外。

身穿高档织锦绸服的刘三忙出来迎接西门父子。走进客栈后，西门公伯便问刘三何时宣布开业，刘三兴奋地回道："伯父，我们已商定在巳时过半时开业，那时，闲散惯了的成都百姓大都起床吃了早饭，唯有这样，我们客栈外捧场的人才多。"

"嗯，要得要得，你们还想得周到嘛。"西门松柏高兴地说。这时，草台班子罗班主已带领四个鼓乐师敲起锣鼓。很快，聚义客栈外就渐渐围了一群看热闹的百姓。谁也没想到的是，已长高些的小叫花子桂子也偷偷挤在人群中看热闹。

巳时刚过一半，穿着新绸服、头挽发髻的刘三就神清气爽地走出客栈大门，望着一大群围观的人，刘三拱手说道："各位父老，今天是我们聚义客栈开张的大好日子，往后，我们客栈就跟大家是邻居了，要是你们不嫌弃的话，我刘老板欢迎大家常来客栈喝酒摆龙门阵，也希望大家推荐客人来投宿。只要是你们推荐来的，我刘老板一定给予优惠和奖励。"

突然，一位大妈在人群中问道："刘老板，那你奖励啥子嘛？"很快，人群中也有人附和大妈跟着问起来。刘三微笑地摸着后脑勺说："奖励嘛，关于奖励嘛，我们正在研究中，不过，最起码我们可以奖励介绍客人的朋友吃饭喝酒嘛。"刘三刚一说完，那大妈就笑着大声说："哟，奖励吃饭喝酒嗦，那还可以嘛……"

见众人笑过后，刘三又正言道："下面，请成都丝绸富商西门松柏大人为我们聚义客栈开张说几句。"说完，刘三就带头鼓起掌来。中年发福的西门松柏站到客栈大门前，微笑着说道："各位朋友，今天，是聚义客栈开业大吉的日子，我衷心祝愿客栈在成都父老乡亲的大力支持下，能生意兴隆通四海，财源茂盛达三江。同时，我还希望这客栈能在一年后翻新扩建，欢迎更多五湖四海的朋友入住！"

"好，西门大人讲得好！我们再次感谢他的美好祝愿。"刘三说完后，又带头鼓起掌来。在众人的掌声中，刘三高声宣布："吉时已到，开张营业，快放鞭炮！"这时，锣鼓喧天，在噼里啪啦鞭炮声中，躲在人群中的桂子观望一阵后就悄然离开了围观人群……

客栈开张后的第二天晚上，刘三同西门云飞、席毛根、张德川几人喝酒时，把已给天师洞落实刻碑文的事告诉了大家。有些吃惊的西门云飞听后，便问刘三："你哪来的钱，又买石碑又请石匠凿刻碑文？"

刘三听后笑着回道："西门公子，你就放心吧，我作为丐帮帮主，自然有人给我上贡钱财。"在西门公子看来，客栈刚开业，不可能有收入，准是刘帮主又收到郫县丐帮兄弟上交的要饭钱了。不便多问的西门公子，有些好奇地说："刘三兄，你既然给天师洞做了这么巴适的一件好事，我想，张大师应该不会再责怪你了吧？"

极好面子的刘三听后，想了想说："当然啦，师父见我做了二徒弟和三徒弟都无法办到的事，还跷起大拇指夸我这大徒弟能干呢。"这句无伤大雅的谎言，虽对众人无太大影响，却勾起了喜欢剑术的西门云飞想要拜张云天为师的念头。

由于客栈刚开张生意不好，除了西门松柏介绍的两个客人外，其余房间都没人住。当晚，留宿客栈的西门云飞久久不能入睡，他想到席大哥和袁平已在浣花织锦坊学习管理与技术，即便织锦坊有大的发展变化，也是大半年后的事。如今，客栈已开张，眼下看来，刘三和张德川对经营客栈似乎抱有极大信心。西门云飞最担心的是野性太重的刘三能否忍受住客栈庸常的寂寞，要是两个月后他不再对客栈感兴趣咋办？西门云飞经过这几个月同席毛根的交往，已逐渐意识到，若是做正事，似乎只有席大哥和张德川这类人较为靠谱，而刘三兄的丐帮兄弟大多只对花钱、喝酒、惹事、打架感兴趣。现在看来，还是自己老爸的告诫有道理啊。

第二天上午，西门云飞临行前跟张德川单独聊了一阵，他说刘三的事多且杂，还要遥控郫县丐帮，他希望张德川承担起客栈经营的责任，发现问题要及时向刘老板反映，以便得到及时纠正。最后，西门云飞向张德川坦言，他并不指望客栈前三个月能赚钱，只要不亏就行。在得到张德川保证后，西门云飞才离开了聚义客栈。

当天下午，西门云飞又去了浣花织锦坊，当看到谢老板在忙着筹建两间新作坊时，不便打扰的西门云飞跟席毛根说，他最近要去郫县老宅院休息并读书，临走时，他叮嘱席毛根可把他暂时离开成都的事转告刘三。西门云飞之所以不敢告诉这几个兄弟他要去天师洞拜师的事，是由于他自己心里也没底，怕万一张大师不收他为徒，这不是要让人笑话嘛。要是张大师收他为徒，他再告诉兄弟伙也不迟嘛。想到这儿，西门云飞把白马牵进马厩，慢慢朝他父亲的房间走去。

当天晚上，西门云飞向父亲坦言了要上天师洞拜张大师为师的想法。曾有过剑客梦的西门松柏听儿子说后，联想到最近浣花织锦坊和聚义客栈的事，反问西门云飞："儿子，你大概想在天师洞待多长时间？"

"老爸，我想每个月最少回成都一次，回来后我就可过问织锦坊和客栈的事了。"

西门松柏听后，点头说："云飞，我曾也是习剑之人，自然不会反对你拜师学艺，但现在你那些兄弟也上手些正事了，我是不会跟他们打啥交道的，但你不同，我家是全额投资的聚义客栈，一为锻炼你做生意的能力，二为帮你解决你那些兄弟的吃饭问题。我看了，你那些朋友中，只有席毛根和张德川两人像做正事的人，其他人我是不怎么放心的。"

西门云飞立马回道："老爸，我还有个喜欢辞赋的知心好友，您没见过他，咋就说只有席大哥和张德川像做正事的人喃。"

西门松柏笑了："云飞，你指的是那个在临邛念书的扬雄？"

"是呀，扬雄的文才可比席大哥和张德川高多了。"西门云飞忙说。

"那好，改天方便时，你把扬雄带回府上，让我见见如何？"

"好哇，老爸，我一定要让您瞧瞧，您儿子的朋友中，也有分量不轻的人。"

西门松柏点头后，就对西门云飞交代，去天师洞拜师时，可带点像样的礼物，

第三十七章　西门公子，拜师天师洞遭冷遇

比如金条，还有具有文化艺术价值的字画、玉器等。最后，他语重心长地对儿子说：“在世上混，不懂人情世故绝对办不成大事，也是成不了气候的，尤其是在求人办事上，要懂得他人诉求，善于琢磨别人心思，只有懂得这些，你今后行走江湖才会少栽跟头。”

第二天吃过早饭，西门云飞背着包袱中的礼物，挎上长剑，骑上白马，就朝青城山奔去。

午时刚过不久，西门云飞就来到了青城山下的小镇。情商不低的西门云飞知道，自上次清明后离开天师洞，已半年没见到张大师了，这次来拜师，无论如何得再买点啥才能上山。想好后，西门云飞在小镇吃过便餐，就买了两坛好酒、两只大公鸡、两只鸭子、一条大鲤鱼、五斤猪肉和两块老腊肉，把这些东西驮在马背上后，西门云飞才牵马吹着口哨，优哉游哉朝天师洞走去。

约莫大半个时辰后，牵马的西门云飞就听到天师洞传来叮叮当当的锤击声，看到那两根高高的竹爬竿，为不贸然出现显得唐突，西门云飞将手指塞进嘴中打了两声呼哨。尖利的呼哨声很快传入陈山岗和李二娃耳中，正练剑的两人顿时愣了，这呼哨他俩都不太熟悉，但在此能用呼哨通报他俩的，又一定跟丐帮有关。为不引起师父反感，陈山岗向李二娃使了个眼色，会意的李二娃立马从茅屋后绕到上山道前，李二娃刚一露头，西门云飞就惊喜地喊道：“三帮主，我来啦。”

李二娃见西门公子给他打了招呼，忙扭头朝茅屋喊道：“师父，有人来看我们啰。”说完，李二娃忙蹿下土坡，朝西门云飞奔来。当李二娃看到马背上驮有不少东西时，忙问道：“西门公子，这是你买来送我们的？”

西门云飞笑道：“我来天师洞，这些小礼物自然就是送给你们的啦。”李二娃听后，忙欣喜地接过马缰，把白马拉上了土坝。方小桥从厨房里探出头来，也发现了马背上的东西，见李二娃朝他招手，立刻蹿出厨房，高兴地朝白马奔来。

这时，在茅屋中午睡的张云天听见了屋外有响动，他很快起床走出茅屋。西门云飞见状，立即走到张云天面前作揖说：“张大师好，晚辈西门云飞特来天师洞看望您老人家。”

张云天上下打量西门公子后，云淡风轻地说：“哟，在这枫叶已快消逝的深秋时节，西门公子好有雅兴，居然来这寂寞山林消遣，莫非，你是来寻找诗意灵感的？”

西门公子听后，又忙躬身作揖说：“尊敬的张大师，晚辈不是诗人，更无作诗才情，我今天来天师洞只有一个目的，那就是、就是……”

张云天见西门云飞吞吞吐吐，心中已猜出几分，为不使西门公子难堪，于是对李二娃说："三徒弟，你去给西门公子泡杯茶来，我要跟他聊聊成都流行的美食与服饰，还有锦江中的帆影。"

西门云飞见张大师跟他开玩笑，便微笑着走到石桌边，从包袱中掏出礼物放到桌上，然后又躬身对张云天说："张大师，我今天上天师洞的目的，是来拜师的。"

张云天故作一惊，忙问："拜师，你想拜谁为师？"

"张大师，我是来拜您为师的呀，难道您老人家忘了，春天我们上山来看您同巴人剑客较量时，不是说过我要拜您为师吗？"

张云天想了片刻，点头说："嗯，我想起来了，你当时好像提过这事，但我可从没答应收你为徒哟。"

"是的，张大师，由于当时您心情不佳，就没答应收徒之事。我想，这大半年过去了，现在刘三又掏钱为天师洞打制《道德经》石碑，您老人家不愉快的情绪也消散了吧，所以，我又虔诚地上山，真心想拜您这高人剑客为师。这不，我还带了些拜师礼物。"说完，西门云飞就指了指石桌上的金条、玉器和两幅用绢帛写的书法作品。

张云天看也没看石桌上的礼物，严肃地说："西门公子，自春天那场剑客较量后，你知道我的心情变化吗？"

"不、不知道。"

"我就实话告诉你吧，自春天我那恶徒破坏江湖规矩后，我就发誓再不收徒弟了。"

西门云飞错愕地问道："张、张大师，您为啥要做如此决定呀？"

"因为，是我徒弟破坏了江湖规矩，无端伤害了前来切磋剑艺的巴人剑客，致使老夫颜面扫地，所以我再也不收什么徒弟了！唉，老夫教徒无方，教徒无方哪……"说着，极度后悔的张云天两眼有些湿润起来。

沉默好一阵后，头脑灵活的西门云飞低声问道："尊敬的张大师，您是不是觉得对不住那位巴人剑客？"

"是的，老夫一直认为，自己非常对不住那位剑术高超的巴人剑客。我真心希望在我有生之年，能得到巴人剑客的谅解。"张云天说道。

西门云飞眼珠一转，似乎看到一丝希望，立刻说："尊敬的张大师，万一我让那巴人剑客了解了这是误会，您能收我为徒吗？"

300

"万一？你到哪儿去找那绝不可能有的万一？我可断定，你们谁也无法做到让巴人剑客谅解老夫！"张云天根本不相信西门云飞说的那无限渺茫的万一。

西门云飞看看张云天，上前一步坚定地说："张大师，万一我真做到让巴人剑客谅解您了呢？"

张云天愣了，历经人世沧桑的他无法相信，眼前这个少年居然敢这么执拗地跟他说出他一直期盼的事。愣了片刻，张云天同样执拗地回道："万一，西门公子，那老夫就等着你的万一吧……"

| 第三十八章 |

求学后生，不愧是翁孺学馆的傲娇学霸

　　令西门云飞自己也没想到的是，拜师心切的他在天师洞遭到了张云天的婉拒。他带着巨大的失落感，不顾陈山岗和李二娃的挽留，固执地牵着马朝山下走去。夕阳西下，瑟瑟寒风吹过，听着暮鸦归林的叫声，西门公子再次抬头望望落日熔金的天空。下山后，思绪纷乱的西门公子在小镇上找了家客栈住了下来。他决定要好好想想，下一步到底该咋办？

　　习惯了呼朋唤友的西门云飞，当他孤独一人喝着酒时，才真正有了静下来思考问题的时间。今天，自他离开天师洞后，脑中一直回响着张云天那句话——"万一，西门公子，那老夫就等着你的万一吧"。他终于明白，有着极强做人原则的张大师仍对刘三破坏江湖规矩所造成的后果耿耿于怀，现在看来，拜师成功与否已不重要，重要的是，必须首先兑现自己在张大师面前表示的决心，一定要争取实现那个万一。

　　厘清头绪想明白下一步行动方案后，西门云飞当即决定，明早动身先去见见扬雄，然后离开临邛，朝东向巴人聚居地忠州奔去。一大早起床的西门公子匆匆吃过早饭后，背上包袱，挎上长剑，打马直朝临邛奔去。黄昏时分，来到临邛的西门云飞就牵马朝翁孺学馆走去。

　　穿着夹袄的扬雄此时正坐在床边用竹笛吹奏民歌《有所思》曲调，突然听见学馆外传来喊叫声："扬雄，扬子云在学馆没？"

　　扬雄一听，忙走出学馆望去。大树下，扬雄从身形上分辨出牵马的西门公子，于是，大惊的他快步上前，抓着西门公子的手问道："西门公子，你咋跑到临邛来

啦？"

"哎呀，子云，难道我来看看你还不行吗？"

"行行行，西门公子，看你说到哪儿去了。"随后，扬雄得知西门云飞还没吃晚饭时，便立即将白马牵进学馆，拉着西门公子朝街上饭馆走去。喝酒时，西门公子坦率地讲了他昨天下午上天师洞的情况，并告诉扬雄，他明天将启程去忠州，去找巴人剑客，希望巴人剑客谅解张大师和不懂江湖规矩的刘三。

扬雄听后，既吃惊又疑惑地说："西门公子，你只知那巴人剑客是忠州人，他是浪游的剑客，你就敢保证，那巴人剑客在忠州等着你？"

西门云飞想了片刻说："能否见到巴人剑客是另码事，但此行我必须去，若不去争取那'万一'，我心有不甘哪。"

"若你此意已决，那就去吧。人生多走些地方，既可扩展视野了解民情，还可听些不同方言哩。"

西门云飞见扬雄赞同他去忠州，便高兴地告诉扬雄关于聚义客栈开张，席毛根进浣花织锦坊学管理，还有他家收购织锦坊百分之六十股份的事。扬雄听后不断叹道："哎呀，这是大好事嘛，我的两个同窗已在成都做事了，看来，我今后也得到成都才好。"

接下来，西门云飞坦言了他对刘三管理客栈的担忧。扬雄听后真诚地说："西门公子，实话跟你讲吧，刘三是我老铁，正因是一块长大的毛根儿朋友，所以，我比一般人更了解他。要是他不改改身上那粗鄙的叫花子习气，他是难以胜任客栈老板的。"

"若是刘三兄实在不能胜任老板一职，那你认为德川兄行吗？"西门云飞问道。

扬雄想了想说："德川兄是个知书识礼的精细人，我相信，只要锻炼上一些时间，德川兄是能胜任的。"西门云飞听后，放下酒杯说："客栈可以先亏几个月，但我老爸决不允许客栈长期处于亏损状态。"

扬雄点头道："嗯，这个我完全能理解。"

第二天早上，从客栈出来的西门云飞到学馆找到扬雄，并从包袱中掏出玉器，然后对扬雄说："子云，这两件玉器我原本是想作为拜师礼物送给张大师的，谁知师没拜成，他又拒收我礼物，现在，我要去忠州找巴人剑客，玉器带在身上极不方便。这样吧，我先放在你这儿，若你喜欢就拿回家去，若不喜欢，今后还我就是。"说完，西门云飞放下玉器，告别扬雄就离开了翁孺学馆。

临邛的深秋时节，灰蒙蒙天空飘着小雨，翁孺学馆外两棵已落尽黄叶的高大银杏树，像两位饱经沧桑的老人，无言注视着脚下房舍和泥泞土地。学馆教室中，身穿长袍蓄有银须的林间翁孺站在讲台上微笑着说："弟子们，今天有点冷，我就暂不讲《礼记》了，为活跃课堂气氛，我们今天来背诵和讲讲《诗经》，大家说好不好呀？"

"好哇，要得嘛。"在弟子们一片叫好赞同声中，林间先生又说："那谁先来背诵《国风》中的《桃夭》。"林间翁孺话音刚落，卓王孙第四代英俊后生卓铁伦，忙举手说："先生，我来背诵。"林间翁孺点头后，卓铁伦便背诵道："桃之夭夭，灼灼其华。之子于归，宜其室家。桃之夭夭，有蕡其实。之子于归，宜其家室。桃之夭夭，其叶蓁蓁。之子于归，宜其家人。"

当卓铁伦背诵完后，林间翁孺点头说："铁伦，你能说说这首诗的意思吗？"卓铁伦听后，忙嚅嚅回道："先生，我、我怕说不好。"随后，卓铁伦就悄悄低下了头。林间翁孺见卓铁伦不敢解释，忙对弟子们说："从现在开始，你们可自由选择接着背下去，背诵完一首诗后，愿做解释的也可解释下诗的含义，不愿解释的我也不勉强。"

林间翁孺一说完，学子们就开始背诵起《诗经》中的诗来。有的背诵了《羔羊》《柏舟》，有的背诵了《东方未明》《硕鼠》，还有的背诵了《扬之水》《鹿鸣》《四月》与《公刘》等等。这些学子在林间先生鼓励下，有的对诗做了大概解释，可解释多有点偏题或浅显，且大多学子不敢对诗意做深度分析与探讨。尽管这样，林间先生仍对做了诗意解释的学子给予了鼓励和表扬。

今天，扬雄不声不响的反常举动却使林间翁孺感到有些意外。要是往常，记忆力和理解力惊人的扬雄，定会带头背诵和解释几首诗。此刻，林间翁孺不知的是，自西门云飞告别扬雄朝川东奔去后，重情重义的扬雄就陷入了对西门云飞能否找到巴人剑客的担忧中。为鼓励学子们对《诗经》的喜爱，听闻过扬雄在老家有个漂亮未婚妻的林间翁孺故意用手中竹尺指着扬雄说："扬子云，你起来背诵《静女》一诗，并给同窗们做下解释。"

神思被突然拉回的扬雄忙起身背诵道："静女其姝，俟我于城隅。爱而不见，搔首踟蹰。静女其娈，贻我彤管。彤管有炜，说怿女美。自牧归荑，洵美且异。匪女之为美，美人之贻。"

背诵完《静女》后，扬雄想了想说："这诗的意思是，姑娘温柔又秀美，等我城角去幽会。故意逗我藏起来，惹我挠头又徘徊。姑娘温柔又美艳，赠我一支赤红管。红管红管放光彩，我似丹心我钟爱。赠我牧场白茅宽，美妙异常放光华。不是你们绝妙论，美人赠我一片心。"

扬雄刚一解释完《静女》，微笑的林间翁孺点头道："嗯，解释得不错，看来，扬子云在现实生活中，感受深切嘛。"林间翁孺话音刚落，同窗们就哄笑开来："哟，扬子云的未婚妻是大美女，扬子云经常在老家幽会，扬子云要当新郎官啰……。"

一天晚饭后，一位刚入住客栈的高个子商人匆匆走出房间，在客栈内高声埋怨起来："你们客栈怎么搞的，桌子上有灰尘不说，咋个床上被子也脏兮兮的喃？不行，快给我换房间，不然，老子就要退房。"

没想到，高个子商人话音刚落，另一房间也钻出个穿高档绸袄的中年汉子说："咋这个客栈有点奇怪喃，全是清一色的男的，没女人的客栈，卫生状况咋能不差嘛。"中年汉子刚说完，正在柜边喝酒的刘三立马起身，将手中酒杯往地上一砸说："老子的客栈就只有男的，咋啦？谁要是嫌我客栈脏，没有女人，那他可以滚到其他客栈去住！"

正打算盘算账的张德川一听刘三的蛮横之言，慌忙低声劝道："刘、刘老板，你咋能这样回答客人喃？这、这个样子要得啥子嘛。"

"有啥子要不得？那些装怪的人想住就住，不住算了！"刘三没好气回道。恰好这时，席毛根走进客栈。谁也没料到，刚才两位抱怨的客人拿着行李，来到柜台要求张德川退房。紧接着，又有个花甲老人也提着包袱要求退房，这老人对怒气冲冲的刘三抱怨说："老夫今生住过无数客栈，从没见过像你这么无理的老板，你、你哪是做生意的人哟……"

待几个退房客人走后，席毛根忙向张德川了解退房原因，听张德川说完，席毛根又去退了房的房间仔细看了看。尔后，席毛根才拉着刘三进了卧室。接着，张德川也跟了进来。席毛根见刘三仍牛起三根筋，劝道："刘老板，客人反映的意见没错，我去检查了房间，确实卫生有问题。"

刘三一听，气呼呼地说："席兄，你不晓得，那些客人哪是在提意见，他们是故意给老子装怪，在我看来，这的卫生条件很不错嘛。"席毛根心里立刻吐槽道：你这个丐帮头呀，当年你讨口要饭蹲街沿钻桥洞搞惯了，当然感觉这儿的卫生不错，若不纠正这种想法，这客栈生意必受到严重影响。于是，席毛根善意劝道："刘老板，我认为这里卫生不太理想的原因，确实跟这儿没女人有关。你想想，这儿的伙计大都是你丐帮中的小兄弟，这些没经过正规培训的人，咋能胜任客栈服务工作嘛。"

席毛根刚说完，张德川也说道："刘老板，我们这儿的饭菜也有问题，不知你注意没，现在许多客人宁愿上街去吃饭，也不愿在客栈吃了，还有客人私下跟我说，这儿的饭菜没整巴适。这也是我们应该要改进的地方啊。"

刘三看了看二人，叹气道："唉，老子真没想到，开个客栈，还有这么多复杂问题要解决，早晓得这样，我们该找个简单的生意做，这样就可省去好多不必要的麻烦。"

席毛根接着安抚道："刘老板，万事开头难，兄弟们过去都没开客栈的经验，碰到问题就解决嘛。西门伯父还希望客栈一年后扩建哩。"

张德川也说："刘老板，通过这些日子观察，我认为我们应该派伙计轮流出去，到那些搞得好有经验的大客栈去学习，哪怕每次只学习十天也好。当全部伙计学习完后，我相信，我们客栈的服务质量定会上个大台阶。"

"嗯，这个建议还可以，那这儿缺女人的问题咋解决喃？"刘三终于点头认可了张德川的建议。席毛根听后，突然想起什么，忙对张德川说："德川贤弟，若暂时找不到女子来干活，我看你可把你大妹张秀娟喊来，你大妹就是个既能干又漂亮的姑娘，她准能做好服务工作。"

"要得要得，席兄建议得对，德川兄，你赶快写信回去，喊你大妹来成都嘛。"刘三忙说。

张德川想了片刻说："刘老板，我大妹刚满16岁，从没离开过翠竹乡，我妈是决不会让她独自一人出远门的。这样吧，我先写封信给扬子云，让他先去给我妈做做工作，等我妈答应后，再让扬子云领着我大妹来成都，唯有如此，我妈才可能同意放人。"

"嗯，这主意不错，德川兄，那你就赶快给我老铁写信吧。"刘三即刻对副手张德川下了命令。

"好，我今晚就写信，明早就托人捎到临邛去。"张德川说完，刘三和席毛根顿时露出笑容。

西门云飞告别扬雄骑马上路后，一路打马朝龙泉山方向奔去，然后又沿简州、资州朝汉安而去。在汉安歇息一日后，西门公子又沿隆桥驿、江州到渝州。在渝州坐船渡过长江后，西门云飞又沿江而下到了涪州。

306

第三十八章 求学后生,不愧是翁孺学馆的傲娇学霸

离开涪州后,西门云飞直奔丰都,尔后又过丰都到达了忠州。在忠州客栈住下后,西门云飞便开始向客栈老板和当地人打听巴人剑客情况。正如西门云飞所料,在当地人心中,巴尚武剑客的名声早已远扬,似乎谁都知道这巴蔓子将军第25代直系后人。买了两坛上等好酒的西门云飞去山上的巴人山寨拜见巴尚武时,遇见一位留有一尺银须的寨主。寨主认真打量佩有一把长剑的西门云飞后,谨慎问道:"这位后生,你是来找巴尚武切磋剑技的?"

西门云飞忙作揖说:"尊敬的老伯,晚生西门云飞,是从成都过来的爱剑之人,由于我与巴尚武剑客有幸在青城山相识,故来拜望剑技高超的尚武大叔。"

巴人寨主摸着银须道:"哦,难得你这位后生特从蜀郡来拜望尚武贤侄,但不巧得很哪,半个月前,尚武坐船顺三峡而下,去游历楚地、中原和长安了。还不知明年能不能回来哩。"

西门云飞大惊:"啊,尚武大叔不在忠州?"

老寨主叹道:"后生哪,你若真想见尚武,我看你还是后年再来我们忠州吧,或许,那时他就在家了。"

西门云飞听完,忙从马背上取下两坛好酒,放在寨主身前说:"老伯,我叫西门云飞,尚武大叔回来后,请您老人家转告他,就说成都的西门后生曾来拜会过他,还有青城山的张云天大师向他问好。"

"好好好,待尚武回来,我一定向他转告,成都的西门少侠特来拜望过他,还有青城山的张云天大师向他问好。"老寨主忙说。这时,西门云飞突然发现山寨大厅门前立有一尊巴蔓子将军雕像,西门云飞忙走过去,跪下向雕像磕了三个响头。随后,起身的西门云飞拜别巴人老寨主,就离开了屹立长江边的巴人山寨……

接到张德川来信的扬雄立即借了马赶去翠竹乡的张德川家。见到曾帮助过自家建房的扬雄,严氏和张德川两个妹妹都极为高兴,并热情招待了扬雄。当扬雄告诉她们,德川来信希望大妹去成都时,严氏果然不同意,说:"这事等春节德川回来再说,若真要秀娟去,也得让我儿带她去才行。"扬雄认为伯母说的在理,也赞同了伯母意见。不知咋的,这次扬雄在张德川家第一次感到小妹张秀梅看他的目光有些异样……

离开张德川家时,严氏问扬雄:"你这个有才情的学子,多久去成都跟德川他们一块做事呀?"

扬雄安慰严氏说:"伯母,我在学馆会再待些日子,学得差不多时,定会去成

都同德川和席毛根会合。您老人家放心吧，我们三个好同窗，今生是舍不得长时分开的。"严氏听后，含笑点了点头。

寒流肆虐的冬季，整个辽阔的川西平原常被浓雾笼罩。冬月快完时，有天学馆上课，来了兴致的林间翁孺突然向学子们问道："学子们，我今年已给你们讲过《孟子》，现在我想问问，你们对孟夫子讲的哪些话最感兴趣呀？"

这时，学子们纷纷举手要求发言。在林间先生授意下，部分学子先后站起，对自己喜欢的孟子之言表述了自己的看法。有的喜欢孟子"穷则独善其身，达则兼济天下"的人生观点；有的对孟子"人之相识，贵在相知，人之相知，贵在知心"的交友原则做了阐述；还有的对"父子有亲，君臣有义，夫妇有别，长幼有序，朋友有信"做了阐述与肯定，并强调说，若没良好人际关系作为稳定社会的基础，就谈不上和谐的社会秩序。但更多的学子仅背诵了孟子的名言或警句，却没有做阐述或说出自己的见解。

林间翁孺见平时较为活跃的扬雄没举手，而只是微笑着静听同窗们发言，感觉有点奇怪的他便指着扬雄说："扬子云，难道你这才子对孟夫子的著作就没一点兴趣？"

扬雄见先生问他，忙站起回道："尊敬的先生，弟子非常喜欢孟夫子的著作，就像喜欢孔夫子的言论一样。令弟子印象最深的，是他最著名的两段话，我能与同窗们分享吗？"

林间翁孺点头道："那你先把第一段话背来听听，并说出你的理解。"

扬雄认真说道："有一年，孟子曾对齐宣王说，'君之视臣如手足，则臣视君如腹心；君之视臣为犬马，则臣视君如国人；君之视臣如土芥，则臣视君如寇仇'。我对这段话的理解是，国君如果把大臣当作手足看待，大臣就会把他当作心腹看待；要是国君把大臣当作御用犬马看待，大臣就会把他视为一般的百姓看待；国君如果把大臣视作一钱不值的尘土草芥看待，大臣就会把他当作仇敌或寇看待。孟夫子这段话说明了君臣关系的重要性，也强调了高高在上的国君必须尊重手下大臣，要不然的话，大臣们就不可能对国军尽忠。"

"嗯，扬子云解释得不错。"林间翁孺点头道。这时，课堂上的同窗们也向扬雄投来赞赏的目光。很快，林间翁孺又问道："扬子云，你还有一段孟夫子之言呢？"

扬雄看了看同窗们那期待的目光，又挺着胸说："我十分钦佩孟夫子这句话，那就是'富贵不能淫，贫贱不能移，威武不能屈，此之谓大丈夫'矣！这句话已成为我扬雄的人生座右铭。它的主要意思是富贵不能迷乱我们的思想，贫贱不能改变我们的操守，强权不能屈服我们的意志。只有能坚守这三条之人，才配作真正的大丈夫！"

扬雄刚一说完，林间翁孺与同窗们立即鼓起掌来，有的同窗甚至高呼道："扬子云不愧是我们学馆第一才子，扬子云能把孟子之言解释得这样精彩，真令我叹服也！"确实，在被皇权意识彻底控制的年代，敢于把孟子之言按自己认知解释的，真乃凤毛麟角啊！

林间翁孺见弟子们纷纷夸赞扬雄，便用竹尺敲击讲桌说："大家静一静，你们今天再次见证了，扬子云不仅能完整背诵孟子之言，更可贵的是，他还能按自己的见解来解释孟子之言，而且解读得生动精彩。弟子们，你们今后不仅要记住圣人之言，更应从圣人之言中，汲取知识与智慧，还要把这些知识智慧，融入生命的血液中去，变其为自己人生奋发之动力。唯有如此，我们才能成为不负大汉的学子！"

第三十九章

宋捕头骗奸阴谋终于得逞

　　正当西门松柏担忧儿子近况时，他突然收到儿子从巴州寄来的信。信上，西门云飞告诉父亲，他上天师洞拜师不成，为让张云天大师收他为徒，他正赶往忠州，希望说服巴人剑客助他一臂之力。无论怎样，他十多天后争取回到成都。收到信后，西门松柏把儿子行踪告诉了妻子，妻子听后埋怨了几句，也就放下了担忧的心。

　　近日，刘三感到郁郁寡欢，为何西门公子十多天没丁点消息。以往西门云飞回郫县老宅院，一般去几天也定会回成都同弟兄们欢聚。刘三郁闷的情绪很快影响了席毛根和张德川。为解开这个谜团，有天席毛根独自去了西门家府上。当从西门伯父口中得知，西门公子已独自去忠州拜访巴人剑客，这时的席毛根才反应过来，喜欢剑术的西门兄弟仍念念不忘他崇拜的剑客，难怪仗义疏财的西门云飞至今也没在织锦坊和聚义客栈担什么职。

　　回到客栈，席毛根便把打听到的西门兄弟的情况告诉了刘三、张德川几人，众人听后，都对西门兄弟瞒着他们独自去找巴人剑客的行为难以理解。

　　第二天上午，西门松柏来到客栈，告诉刘三他已与盐市口一家大客栈联系好，可派人去学习。惊喜的刘三马上派陆小青和另一个丐帮小兄弟，跟着西门伯父去大客栈报到。西门松柏刚领着二人离开客栈，有人就捎来扬雄的信。

　　看完信后，张德川立刻对刘三说："刘老板，扬雄已去了我家，我妈说，等我春节回家后再商议大妹来成都一事，即便我大妹要来，也要我带她来才行，只有这样，我妈才放心。"

刘三听后，挥了挥手说："晚点来就晚点来，反正也快到腊月了，我们客栈现在也没得啥子生意，等小青他们学习回来，过了春节，我们再好好把内部工作做扎实，老子就不信，我们客栈生意会火不起来。"

刘三话音刚落，突然从一客房里传来一阵鼾声，惊诧的刘三忙问："德川兄，那客房住的是啥客人，咋大白天还在房内睡懒觉？"张德川纳闷地说："这客房没人住呀。"刘三听后，立马朝不远的客房走去。

刘三刚踹开门就看到一丐帮小伙计躺在床上睡得正香。正为生意发愁的刘三一股无名火猛然蹿上脑顶，他上前从床上拖下小伙计就扇了他几记耳光，把那小伙计打得顿时哭号起来。冲进门的张德川忙抱住刘三，对小伙计喊道："快出去，你这家伙咋撞到刘老板气头上了。"

小伙计立马爬起蹿出房门，仍不解气的刘三举着拳头吼道："小杂种，你给老子滚回郫县去，要是叫我在成都再见到你，老子非扒了你皮不可！"

很快，蹿出客栈的小伙计就消失在阴沉沉的街道人流里……

寒流开始肆虐川西平原，快马加鞭的西门云飞终于在冬月下旬回到了成都。没急着回家的西门云飞骑马先到了客栈。听见熟悉的马蹄声的张德川忙奔出客栈把西门公子扶下马来，然后亲切说道："哎呀，西门公子，你可把这帮兄弟盼苦啦，跑那么远的忠州去，也该先给弟兄们打声招呼啊。"

"我当时从青城山走得急，就来不及打招呼了。"西门公子忙解释道。

"要不是席兄去问了你老爸，我们至今还不知你到忠州去了哩。"话音刚落，走出客栈的刘三站在大门口装作生气地瞪着西门云飞。西门云飞见刘三不高兴，忙抱拳说："刘老板请原谅，我西门云飞走得急，来不及向你辞行，为了给你和几个铁哥们赔罪，我今天特请大家到盐市口高档酒楼去撮一顿，咋样？"

刘三当胸给了西门云飞一拳，朗声笑道："哈哈哈，西门兄弟，老子一看到你，比吃任何酒肉还开心。"随即，刘三拥抱了西门公子，二人一同朝客栈内走去。当张德川把白马牵到马厩回到客栈后，西门公子忙问道："张大总管，席大哥和袁平多久来客栈？"

张德川答道："西门公子放心，一会儿下工后，席兄和袁平就会来这儿，自你走后，他俩每天都如此。"

西门公子环顾四周后又问道："张大总管，我今天咋没看到陆小青呢？"

张德川解释道："陆小青和另一个小兄弟去盐市口大客栈学习去了，这还是你老爸帮忙联系的呢。"

西门云飞点头道:"哦,那就好,说实话,要是伙计素质不达标,这客栈生意是弄不好的。"随后,在刘三要求下,西门云飞就给二人讲起了青城山拜师不成,又去忠州寻找巴人剑客的经历来……

自大半年前,丐帮头刘三被弟兄伙从花园场救走后,作为县衙捕头的宋成强就一直防范着刘三可能的报复。他不仅给唐昌镇老家住房加修了一道高围墙,还新添了两头猛犬,然而,令他不解的是,他新收买的乞丐却一直没打听到刘三行踪。进入腊月后,闲得无聊的宋捕头又想起熟悉的龙乡长和龙亭长来。

办案老手宋捕头清楚,龙氏兄弟跟他一样,也一直在打探刘三下落。有二十多口人的龙氏大家庭同样也怕遭到刘三报复。如今离春节不远了,老子得去花园场转转,钱财虽不敢奢望多少,但收些年货还是可以的,何况,那还有跟老子上过床的覃老板哩。想到这儿,宋捕头对王县令说,年关将至,正值案情高发期,他要去各乡看看。王县令同意后,思索片刻的宋捕头从抽屉中摸出一包东西塞进怀中,便独自骑马朝花园乡奔去……

临近午时,骑马的宋捕头终于赶到花园乡乡衙。由于年关将至,龙乡长刚召开完各亭长税收安排会议,见宋捕头到来,龙乡长忙问道:"哟,这大冷天的,宋捕头驾到该是有啥公干吧?"

宋捕头笑道:"龙乡长,几月不见,你是越发精神啰,不瞒你说,我今天来花园乡,是奉王县令之命来了解情况的。"

"这么说来,我俩又得单独聊聊啰?"

"不过,有些情况我还得向龙四哥亭长问问。"宋捕头忙说。

"那没关系,我们三人就一块去豆腐饭店喝酒,你也顺便把情况了解了,这不是两全其美嘛。"龙乡长高兴地说。

一旁的龙老四听他大哥说后,忙推搡着宋捕头说:"那我们就走吧,天寒地冻的,我们先去温壶酒喝喝,那多安逸喃。"说完,宋捕头三人就朝豆腐饭店走去。

龙氏兄弟招待客人为啥喜欢去苍蝇馆子豆腐饭店?一是豆腐饭店的菜炒得确实好吃;二是健谈的覃老板和杏花均是美女,招待客人既有面子还多些谈资;三是覃老板失踪的男人汪德贵过去跟龙老四关系较好,龙氏兄弟有照顾覃老板生意之意。

龙乡长三人刚走到饭店门口,覃老板就笑吟吟迎上来:"哟,这寒冬腊月的,龙乡长光临小店，真让我们感到万分荣幸。"

跨进店门，龙乡长指了指楼上问道："今天楼上有客人吗？"

"冬天客人少，楼上没人。"覃老板忙说。

龙乡长点点头："很好，那我们就上楼喝酒，覃老板，你先给我们温两壶酒，另外炒四个你店拿手的家常菜，外加一盘油酥胡豆。酒喝完再给我们上一大碗小葱蹄花汤。"

"要得，我按龙乡长交代的办就是。"说完，覃老板便指使杏花上楼擦桌子、摆上碗筷和酒杯。上楼时，走在最后的龙老四特意给覃老板打招呼，让她不要再安排人到楼上吃饭，以免打扰他们商谈要紧事。见覃老板点头答应后，龙老四朝覃老板扮了个怪相，才慢慢踱上楼去。十分搞笑的是，他们竟然一点不知，丐帮头刘三被救走，跟覃老板和杏花还有些关联。

寒凝大地的窗外，越发阴沉的天空开始飘起纷纷扬扬的小雪花。喝酒时，宋捕头向龙氏兄弟问了刘三情况，龙老四非常自信地告诉宋捕头说："你想想看，那个叫花子伤得那么重，老子敢断定，即便被人救走，他不残废也得脱层皮。嘿，胆都被吓破了的人，还敢在花园场露面吗？"

"龙亭长，那个丐帮头毕竟是你们这儿的人，听说他是有祖屋的，说不定，他哪天会悄悄回来哟。"宋捕头提醒道。

龙老四接着说："哟，他那两间破祖屋都快垮了，刘三肯定不会要了，不过，老子已给周围乡邻打了招呼，只要发现刘三踪影，就必须上报亭里和乡上。"

宋捕头点头说："嗯，做得对，一旦捉住丐帮头，仍要扭送到县上来。老子定要亲自审问这个亡命逃犯，到底是哪些人把他救走的，到时，我要把那些救他的人也一网打尽。"

未时快完时，龙乡长起身对宋捕头说："宋捕头，今天下午我约了人谈事，我得先走了，你俩再接着聊，我路过花园客栈时给你开间房，你就在这儿好好耍几天，过两天我家要杀两头年猪，你就吃了年猪肉再回县城哈。"

"谢谢龙乡长盛情款待，要得，那我就吃了年猪肉再回县衙。"宋捕头点头回道。龙乡长刚下楼，杏花又端了一碗豌豆尖素汤上来。龙老四一见是送的素汤，笑道："杏花呀，你妈真会做生意，我们酒足饭饱时，再送一碗巴适的素汤，这简直安逸得板嘛。"

杏花忙微笑说："龙亭长，您二位请慢用，有啥需要招呼一声就是，我先下楼去了哈。"说完，水灵秀气的杏花就返身朝楼下走去。此刻，正在剔牙的龙老四却没注意到，宋捕头愣愣盯着杏花背影，似乎在思考什么……

当龙老四和宋捕头走出饭店后，宋捕头又独自返回饭店对覃老板说："覃老板，今晚戌时我要同龙亭长在花园客栈喝酒，到时，你让杏花给我俩送壶酒和三菜一汤来。"说完，宋捕头就独自朝客栈走去。

进入腊月不久，林间翁孺就向弟子们宣布过了腊八节学馆就开始放假，待来年过完元宵节再上课。扬雄听完林间先生的安排后，就抓紧时间去街上药铺买了给奶奶治病的药。买好药后，扬雄身上只剩三枚五铢钱了。但这三枚钱也不能全花完，想来想去，给杏花买点啥礼物好呢？最后，扬雄决定买皮薄馅多、微麻且略咸的风味椒盐麻饼送给心上人。买好价廉物美的椒盐麻饼后，扬雄又去买了件夏天能穿的绿绸背心。最后，攥紧一枚五铢钱的扬雄叹道："唉，这枚五铢钱够我回家路上用就行了。缺钱的日子真不好过呀。"

还没到腊八节，林间翁孺就告诉扬雄，这次寒假回家，可借马给他。扬雄听后，忙推辞说："先生，我这次回家时间长，马还是您留着自己用吧，不然您很不方便的。"

林间翁孺笑道："扬子云，先生年纪大了，身体也大不如从前，且今年开始，我几乎没怎么骑马了。你骑马回去，当天就可到家，没有马，你可要整整走上两天哟。"

扬雄听后，深深感到先生对他的关爱，立即谢道："先生，弟子谢谢您了，我一定会爱护好马的，请先生放心。"

"我相信你会爱护好马的。"林间先生点头说。其实，这半年自林间先生教授方言以来，扬雄在这一块学业最为出众，所以，林间翁孺就更加喜欢这学生。不仅在学习上重点培养扬雄，而且在生活上处处关心他。似乎，林间翁孺已把搜集方言的希望寄托在了扬雄身上……

戌时刚到，杏花就将装有酒菜的木制托盘端进了花园客栈。问过客栈老板宋捕头住的房间后，杏花很快就敲响了房门。随后，早有准备的宋捕头打了房门。杏花见只有宋捕头一人在房中，便迟疑没敢进门。宋捕头知道杏花仍怨他也，于是便微笑说："杏花，龙亭长还没来呢，这样吧，你先把酒菜放在桌上，这两天我酒喝得多，嘴里无味想吃点泡菜，你再回店给我弄盘泡菜来，好吗？"

杏花听后，觉得宋捕头要求并不过分，于是进门放下酒菜就退出了房门。待杏花走后，眼珠转了几下的宋捕头立马关上门，用酒壶把两个酒杯倒满酒。尔后，宋捕头迅速从怀中掏出小绸包，取出小陶瓶，他拔出瓶塞就往一个酒杯中倒进些蒙汗药粉，倒完后他立即又用竹筷搅了几下。随即，装着若无其事的宋捕头就坐在桌边等候杏花回来。

原来，今天上午宋捕头离开县衙时，带上蒙汗药的目的是针对覃老板的。他敢这样做的原因，就是仗着在郫县地面，他有威震一方的捕头执法身份。他打心底认为，即便覃老板一千个不乐意，只要骗她上了床，覃老板也决不敢对外声张此事。但今天中午见杏花已出落成漂亮姑娘时，充满淫邪之念的宋捕头就改变了计划。

寒风呼啸，客栈外又飘起纷纷扬扬的雪花。寂静的冬夜乡场上，偶尔响起群狗的叫声，好似在展示花园场别样的人间烟火。很快，端着一盘红油泡菜的杏花就推开了房门，狡诈的宋捕头看了看头发和肩头已沾有雪花的杏花，微笑着说："杏花，你还生我气呀，前次的事是我糊涂，求你原谅我，好不好？"随后，并未起身的宋捕头指着桌上酒杯又说："你看，我酒已倒好，趁龙亭长还没来，你我喝一杯，也当我给你赔罪了。另外，我还要问你点事，龙亭长来后，你就回去，咋样？"

涉世不深的杏花哪知道，这是宋捕头欺骗她的第一步。杏花见房门开着，靠内坐的宋捕头又没起身，还对前次的性骚扰向她道了歉，她进屋仅是坐坐而已，何况，握有治安大权的宋捕头还要问她话哩，没再多想的杏花就进门把泡菜放到桌上。随即，老练的宋捕头指着凳子说："坐吧，杏花，我先向你了解点案情。"

杏花一听要问她案情，心情有点紧张的她想都没想就坐在桌边板凳上了。这时，坐在桌对面的宋捕头问道："杏花，你晓得现在刘三的情况吗？我听说，前段时间他回过花园场，要是他回来的话，我想，他定会上你家饭店吃饭的，对吧？"

单纯的杏花哪知这是宋捕头故意使的诈，其目的就是把她留在房间。一听宋捕头说刘三不仅回过花园场，还可能来她家饭店吃过饭，有点害怕的杏花忙摆手说："宋、宋捕头，刘三回没回过花园场，我确实不晓得，但我敢对天发誓，刘三绝对没上我家饭店吃过饭。"

宋捕头见幼稚的杏花果然中招，不仅害怕承担包庇指认，还隐隐担心危及她家生意。为唬住杏花，宋捕头再次加码威胁说："杏花，你知道吗，若有人举报你家有包庇逃犯刘三的嫌疑，那你家豆腐饭店就有被查封的可能哟。"

"啥子嘛？要、要查封我家饭店？"被吓坏的杏花惊恐地说。

宋捕头明白，他的恐吓已产生作用，于是他不慌不忙独自喝口酒说："杏花呀，虽然有人举报了你家，但我不是正在调查嘛，这案子还没定，你没必要害怕嘛。"

　　杏花眼中渐渐涌起被冤枉的泪水，她委屈地说："不、不晓得是、是哪个冤枉我家，这大半年来，我们真的连刘三影子都没看见，他真没来过我家饭店呀，呜呜呜……"确实，抹泪的杏花十分惧怕宋捕头带人来查封她家赖以为生的饭店。

　　见恐吓得差不多了，宋捕头说："杏花，这案子在我手上，来来来，先喝杯酒再说，今晚下雪，天气怪冷的。"说完，宋捕头就把酒杯递给了杏花。杏花并没接酒杯，又带着哭腔说："宋、宋大叔，可能是有人羡慕我家生意好，想诬陷整垮我家饭店，您、您要秉公执法办案啊。"

　　宋捕头忙安慰说："杏花，我同龙乡长、龙亭长都来你家饭店喝过好多次酒了，何况，我同你妈感情也不错，当然晓得有人嫉妒你家生意。来，我说了给你赔礼，你把这杯酒喝了，捕头一定会为你家做主，决不轻信那些恶意举报之人。"

　　"真的？那就太谢谢宋捕头了。"情绪缓过来的杏花，忙从宋捕头手中接过酒杯，爽快地将杯中酒一饮而尽，然后举着空杯说："宋捕头，我可把酒喝干了，您一定要说话算数，千万别冤枉我们哟。"说完，杏花放下酒杯就想起身离去。此刻，宋捕头猛地起身，按住杏花肩头说："你着啥子急嘛，来来来，吃几口菜再走，说不定，龙亭长马上就到了。"无奈之下，有求于人的杏花只好又坐下，拿起筷子吃了两粒胡豆。这时，宋捕头又趁机给杏花的酒杯倒满了酒。

　　过了一会儿，眼睛开始迷离的杏花有些坐不稳，头和上身渐渐摇晃起来。宋捕头见状，立马起身，先把房门关上，然后将昏沉沉的杏花抱上床。这时，躺在床上的杏花摇动手臂，断断续续地说："宋、宋捕头，我、我咋、咋有些头晕嘛……"

　　并不作答的宋捕头只是得意地轻笑了下，尔后便强奸了杏花。

第四十章

终被巨大不幸击倒的青年学子

豆腐饭店内，桐油灯仍在静静燃着，坐在桌边等候杏花的覃老板，已打开店门看了两次不远处的花园客栈，仍不见杏花回来的影子。夜空中，飞舞的雪花似乎又大了些。半个时辰已过去，杏花从没陪客人喝酒的习惯呀，难道，是龙亭长非要留下杏花陪酒？还是……心里开始焦虑的覃老板终于跨出店门朝花园客栈走去。

问好宋捕头住的房间后，覃老板从门缝看见了屋内的桐油灯光，她迟疑地推了一下房门，房门却纹丝未动，感觉不对劲的她便猛拍打房门高声喊道："杏花杏花，快开门快开门哪！"喊叫后，警惕的覃老板似乎听见了屋内床上的响动声。更加不安的覃老板急了，便用脚猛踹房门，然后又用肩头撞门板，砰的一声，被撞烂的半边房门应声朝屋内倒去，覃老板迅速冲进房间，借着灯光，只见宋捕头正提着裤子下床，而昏迷的杏花却裸露着下半身仰躺在床上。

见此情景，覃老板怒吼着，发疯般抓着宋捕头衣领喝问道："姓宋的，你、你龟儿为啥要强奸我家杏花啊！！你为啥要祸害我女儿哪！！"随即，覃老板啪啪给了宋捕头两记耳光，尔后又用指尖朝宋捕头脸上抓去。宋捕头一面抵挡凶猛扑来的覃老板，一面迅速穿好裤子，猛地抓起床头腰刀，用刀匣朝覃老板肩头砸去："覃老板，分明是你女儿勾引我，你咋敢乱诬蔑老子强奸喃？！"

挨了打的覃老板立即高声喊叫开来："强奸犯宋捕头打人啦！乡亲们快来抓坏蛋啊！！"覃老板话音刚落，有些住客就纷纷朝房门围来。覃老板见女儿昏迷，下身赤条条露在外面，忙回身到床边给杏花穿上曲裾。此时，宋捕头抽出大刀，指着围观众人吼道："你们给老子看啥子看，女人勾引男人上床，这有啥子看头。"说完，宋捕头就用手中大刀驱赶众人。这时，站在大门口的客栈老板见宋捕头用刀驱赶客人，吓得忙躲进了自己房间。

听见覃老板的哭喊声后，花园场更多的街坊邻居朝客栈跑来，当他们听见覃老板喊出"强奸女儿""宋捕头""坏蛋"这几个词后，纷纷震惊地涌进了客栈。颇有正义感的茶铺赵老板见坐在床上的覃老板抱着杏花号啕大哭，忙进屋问道："覃老板，这、这到底是咋回事？"

浑身颤抖的覃老板咬牙指着门口的宋捕头说："就是他，不知用了啥迷药，强奸了我家杏花。挨千刀的王八蛋，你、你心肠咋个这么毒啊！！"说完，披头散发的覃老板抓起桌上酒壶就朝宋捕头砸去。当陶制酒壶碎了一地时，反应过来的宋捕头用刀指着覃老板说："好你个覃老板，你竟敢血口喷人，老子要到龙乡长那去告你！哼，我就不信，龙乡长和龙亭长还治不了你这乱咬人的泼妇！"说完，宋捕头就蹿出客栈大门，消失在雪夜中。

宋捕头刚离开客栈，客栈内就响起一片骂声："这个强奸犯咋这么凶嘛？捕头是维护一方治安的人，他咋敢知法犯法？不行，覃老板一定要去县衙，去告这个王八蛋！不把宋捕头绳之以法，我们花园场民众决不罢休……"

愤怒的责骂后，赵老板忙叫两位妇人扶起快哭晕的覃老板，当他从床上抱起仍昏迷的杏花时，发现杏花身下有一滩血迹。随后，几人离开客栈慢慢朝豆腐饭店走去。此刻，暗夜中的雪花仍在漫天飞舞，呼啸的寒风，渐渐吞没了覃老板绝望的哭声……

腊八节后第二天黄昏，快马加鞭的扬雄就背着包袱赶回了扬家小院。吃饭喝酒时，扬雄把这几个月在学馆读书的情况高兴地告诉了父母和奶奶。奶奶听后，在夸奖孙儿有出息的同时，还特别提到，雄儿现已长大成人，应该寻找中意的姑娘定亲啦。母亲张氏听后，也微笑着附和了婆婆的美意。

扬雄听后，忙对奶奶说："奶奶，雄儿现还在学馆念书哩，等我从学馆毕业后，再说定亲的事也不晚嘛。"扬凯听扬雄说后，点头赞同道："要得，等雄儿离开学馆回来务农后，那时再说定亲的事也是可以的。"张氏听后，却有些顾虑地说："雄儿他爸，我们现在虽说可缓缓给雄儿找媳妇，但至少也该给花园场吴媒婆递个话嘛，以免雄儿回来八字还没一撇呢。"

扬雄听后，自信地对父母说："爸、妈、奶奶，你们就放心吧，雄儿是有文才的青年才俊，又是临邛翁孺学馆当之无愧的才子，难道，你们还愁我今后找不到一个满意的姑娘？"奶奶听后，咧嘴笑道："呵呵，我们雄儿有志气，今后一定会遇上个令我们全家都满意的好姑娘。"在全家的笑声里，扬雄之所以敢如此自信地回答全家，是因为他坚信，只要他一说出杏花是他未婚妻，奶奶、父母都会高兴得几天合不拢嘴。

扬雄曾几次想把杏花的事告诉父母，但终因受"父母之命，媒妁之言"影响，遵奉孔孟之道的青年扬雄还是在心中决定，从翁孺学馆正式返乡后，他再把同杏花的私下约定告诉家人，然后请媒婆走走过场……

第二天早饭后，扬雄帮母亲煮了一锅猪食，在喂猪时，母亲告诉扬雄："雄儿，再过几天，我家就要杀年猪了，到时，你可要帮你爸打好下手哟。"

"要得，妈，您就放心吧，这几年杀年猪，我哪一回没给老爸当好助手呀。杀了年猪，我家又能过上一个巴适的春节了。"扬雄忙说。

张氏想了想说："雄儿，大年十五后你回学馆上课时，给林间先生带两块肥瘦合适的腊肉去。这一年多来，他教你也够辛苦的。"

"好，我不仅要给先生带腊肉去，还想到花园场苗圃去看看，买几棵名贵点的兰草送给林间先生。"

"林间先生喜欢兰草？"

扬雄点头说："嗯，我也是今年夏天才知道的。我的同窗张德川曾送了两株稀有兰草给先生，先生高兴了好些日子哩。"

"哎呀，真没想到，你先生还是爱兰之人，早知这样，我就提前在花园场帮他寻上几株上等兰草了。"

"妈，你晓得不，大诗人屈原在他著名作品《离骚》和《九歌》中，就写有不少跟兰草有关的诗句哩，我至今记得，林间先生在课堂上吟诵《九歌》中'秋兰兮麋芜，罗生兮堂下''秋兰兮青青，绿叶兮紫茎'时，总是陶醉在对兰草的喜欢和诗意的韵味里。"

张氏笑了："雄儿，妈没啥文化，哪知大诗人屈原咋写兰草的呀，关于这些诗句，你可跟你爸探讨去。"

"嗯，我改天有空，再跟老爸说说《离骚》和《九歌》中关于兰草的事。不过，我现在想去花园场一趟，向茶铺赵老板打听下，苗圃中到底有哪些名贵兰花品种，顺便再去豆腐饭店，给覃老板回回关于她请我写赋的事。"扬雄忙对母亲说。

张氏一惊："咋的，你现在就要去花园场？"

"嗯，我现在去花园场，下午争取早点回来，妈，过会儿你给爸说一声哈。"

319

没等母亲回话，扬雄立即钻进自己房间，用包袱包好椒盐麻饼和绿绸背心就匆匆出了扬家小院。

扬雄刚走到龙家大院旁的黄角树下，就碰到了龙耀文和龙耀武两兄弟。只见龙耀武几步蹿上前，神气地拦着扬雄说："你这个土包子，夏天我俩在石室学馆外喊你时，你为啥要跑呀？莫非，你是怕我打你？"

扬雄见穿着黑绸棉袍的龙耀武如此逼问自己，竟一时不知怎样回答："我、我当时、当时……反正，我不想在那时同你俩说话。"

龙耀文听扬雄回答后，有些来气上前推了扬雄一把，怒气冲冲地问道："扬雄，你这小子难道还记恨我俩小时曾打过你和叫花子刘三？"

"打、打架的事我早忘了，反正我不想在石室学馆外遇见你们。"扬雄回道。

龙耀武冷笑道："呵呵，你扬雄不是我们花园场的青年才俊吗？咋，到了成都你就怕啦？实话告诉你吧，石室精舍才是真正培养我朝官员的摇篮，其他学馆，全他妈是些出废材的骗子之地！"

扬雄见龙氏兄弟如此盛气凌人，不想多费唇舌，为早些见到杏花，不再搭理龙家兄弟的扬雄立即绕过黄角树，撒腿朝花园场跑去。很快，扬雄就听到身后传来龙耀武的叫骂声："土包子，居然也敢幻想来石室学馆，采我大汉的龙脉文气。哼，简直是痴心妄想……"

甩掉龙家两兄弟后，扬雄一口气跑到花园场口，定了定神，理了理肩上包袱和黑色长棉袍，然后迈着轻快步子朝豆腐饭店走去。但令扬雄感到意外的是，今天街上人们总在指指点点、交头接耳，好像议论着什么，莫非这儿出了什么事？

到了店门口，扬雄感到有些纳闷，豆腐饭店大门紧闭，可又没上锁，按过去习惯，豆腐饭店要过了大寒才停止营业呀，如今腊八节才过两天，咋就不开店了呢？难道，覃老板或是杏花病了？想不明白的扬雄只好用手敲响了店门。过了好一阵，店内才传来覃老板的问话声："谁呀，今天我店不营业。"

扬雄忙高声回道："覃老板，是我，我是扬雄。"

"你是扬、扬雄？"店内很快传来覃老板迟疑的问话声。

"是呀，我是扬雄，快开门吧。"扬雄有些兴奋地说。

店门终于打开了，覃老板神情木然地说："扬雄，我家杏花病了，你改天再来吧。"

第四十章 终被巨大不幸击倒的青年学子

扬雄吃惊问道:"咋的,杏、杏花病了?"

"杏花病得厉害,她还躺在床上,今天不方便见你。扬雄,你过几天再来吧,好吗?"

扬雄犹豫了,是进还是不进去呢?他除了学习读书外,想得最多的就是他的梦中情人杏花,今天带着礼物来见他日思夜想的心上人,难道就这样无功而返?有些想不过的扬雄,再次央求道:"覃老板,杏花生病没关系,我跟她说两句话就走,行不?"

覃老板想了想,仍神情木然地说:"扬雄,你还是回吧,等过几天杏花好些后,我派人通知你来看她,要得不?"

这时,后院门口突然传来杏花带着哭腔的呼叫声:"扬雄哥,你、你进来吧……"

趁覃老板回身看杏花时,扬雄忙麻利地挤进店门,这时,他才清楚看见,身披被子披头散发的杏花正瑟瑟发抖用右手扶着门框喊他。扬雄猛地上前,搀扶着杏花说:"杏花,天这么冷,你起床干啥,走,我扶你去卧室。"

待杏花躺靠在床头后,扬雄忙伸手摸了摸杏花额头说:"杏花,你额头不烫,没发烧嘛,你到底是哪不舒服呀?"

站在一旁的覃老板忙老练地替杏花回道:"扬雄你还是个没长醒的大少年,哪懂女人身体上的毛病呀,杏花不好意思告诉你,你就别再问了好不好?"

扬雄听后,有些不好意思地说:"嗯,覃老板,我就不问了呗。"说完,扬雄就从肩上取下包袱,塞给床上的杏花,温柔地说:"杏花,这是我从临邛给你带的椒盐麻饼,另外,我还给你买了件夏天穿的绿绸背心。等我今后去成都挣了钱,我再给你买好多礼物哈。"

愣愣盯着扬雄的杏花突然带着哭腔喊了声"扬雄哥",然后用双臂紧紧将扬雄抱在身前,就撕肝裂胆地号啕大哭起来。扬雄愣了,这发自心底的异常哭喊,似乎隐藏着巨大的悲痛。万分诧异的扬雄忙问道:"杏花,你、你到底咋啦?"

良久,单纯的杏花又猛扑到扬雄怀中放声大哭:"扬雄哥,我、我杏花对不住你啊……"

"杏花,你别哭好吗,你没啥对不住我的,这一年多来,我在临邛读书,关心你太少,是我对不住你呀。"扬雄颇感内疚地说。

"不不,扬雄哥,是、是我杏花对不住你哪……"说完,杏花再次大哭起来,青年学子被震惊得异常茫然而慌乱。

为阻止二人继续说下去，覃老板拉起扬雄说："扬雄，今天你也见了杏花，杏花身体不好，你就改天再来吧。"说完，覃老板就将扬雄朝大门外推去。感到十分疑惑的扬雄，见覃老板如此赶他走，无奈之下只好退出房门。随即砰的一声，饭店门就被覃老板关上了。傻愣在店外的扬雄隐约又听到杏花那悲恸的哭声……

原以为会在豆腐饭店吃午饭的扬雄竟一时不知去哪儿好。他离开家时，曾对母亲说过，要下午才回家，此时还不到午时，该去哪儿挨过这段时光呢？身上没几个钱的扬雄，走着走着在赵老板茶铺前停了下来。自扬雄在花园场出名后，赵老板一直较关心他，有一次严君平来说书，赵老板还特意免了扬雄茶钱。

进了茶铺后，扬雄见有三个老人在摆龙门阵，便选了个靠墙位置坐了下来。赵老板给扬雄泡好茶后，见他脸色有些阴郁，便问道："扬雄才俊，你今天咋了，是遇上不高兴的事啦？"

"没、没啥，我心里有点不舒服。"扬雄低声回道。

赵老板看了看他，坐下故意问道："扬雄，要是按往常习惯，这时候你应该在豆腐饭店喝小酒了吧？"

扬雄为掩饰自己的窘样，忙说："赵老板，今天豆腐饭店暂停营业一天，没开门。"

这时，一位喝茶大爷高声说："啥子暂停营业哦，自从杏花出了事后，覃老板的饭店已整整关了三天，我看哪，今后恐怕也难再开门啰。"

另一位留有花白胡须的老人忙站起对赵老板说："我说赵老板，扬雄是个老实的年轻人，听说他在外地念书，你要是说豆腐饭店的事，千万别瞒这个年轻人。"听到这里，扬雄已感到杏花定是出了啥事，便低声向赵老板问道："赵叔，您是看着我长大的，最近覃老板家里到底发生了啥事，我求您如实告诉我，好吗？"

赵老板看了看扬雄，问道："扬雄，你是多久从外地回家的？"

"赵叔，我昨晚刚从临邛学馆回来。"

赵老板点了点头："难怪，你对几天前发生的事一点不了解。"随后，犹豫好一阵的赵老板就把几天前夜里发生在花园客栈的事告诉了扬雄，临末，赵老板强调说："唉，那个龟儿宋捕头太坏了，他仗着自己是县衙里的人，竟敢对不谙世事的杏花下迷药进行强奸。我看，你应该帮杏花写诉状，把那个宋捕头绳之以法才对。"

第四十章 终被巨大不幸击倒的青年学子

扬雄听赵老板讲后，彻底傻了眼。是的，他今天自到豆腐饭店开始，就感到不对劲，杏花的悲恸大哭和无助呼喊，以及覃老板阻止他见杏花的举动，这一切反常现象，不都说明杏花有难以启齿的痛苦吗？天哪，这难以言说的不幸，我、我今后咋跟父母讲哪？不不，既然花园场乡邻们都已知此事，很快，父亲来赶场后也会晓得杏花被强奸的事。我、我该咋办啊！心绪乱如麻的扬雄蓦地站起身来，神情黯然地朝茶铺外走去……

在花园场茫然走了两个来回后，神情恍惚的扬雄又在乡衙外站了一会儿，最后掉头朝长着绿油油麦苗的田野走去。此刻扬雄脑中，一直嗡嗡响着一个声音：杏花，你、你为啥会被强奸呢？是的，扬雄是吮吸孔孟文化乳汁成长的青涩少年，女人的贞洁对他来说至关重要。如今，在宋捕头恶行下，杏花已没了贞洁，今后该咋办哪！

昏昏沉沉的扬雄，不时举着双拳朝天空呼喊，不时又在田野上盲目乱蹿，枯树枝上偶尔响起乌鸦的凄惶叫声，似乎在为心情丧到爆的扬雄致哀。此刻，对曾拥有青春梦想的扬雄来说，什么青年才俊、辞赋高手都统统见鬼去吧，他想要的，就是花园场那个天真、纯洁、美丽的姑娘杏花啊……

直到黄昏，双腿沾满泥点神情忧郁的扬雄才跟跟跄跄回到扬家小院，进小院后，扬雄径直朝自己房间走去，甚至连奶奶喊他也没听见。进屋后，扬雄就朝床上一躺，两眼直勾勾盯着房梁。

见扬雄一副魂不守舍的模样，母亲张氏点亮油灯进屋，柔声问道："雄儿，你咋啦？谁惹你生气了，你咋不回你奶奶的话呢？"说完，张氏又用手摸了摸儿子额头。这时，奶奶也摸索到扬雄床前，瞧了一阵回身对扬凯说："我儿哪，你看下，雄儿是不是中什么邪了，他长这么大，还没出现过这么邪乎的事哩。"随即，扬凯凑上前仔细察看了扬雄情况，然后又把了把儿子的脉，回身对母亲说："老妈，雄儿脉象正常，或许他今天出去碰上了啥不高兴的事，雄儿不愿告诉我们就算了。"说完，扬凯示意妻子和母亲悄悄离开了房间。

此刻扬雄的脑子像放电影一般，往昔跟杏花在一起的画面一幕幕显现出来。子夜时分，一天都没喝一口水的扬雄突然翻身趴在床上呜呜哭了起来。为不惊动父母和奶奶，扬雄使劲用牙咬着被子，尽力把哭声降到最低。令扬雄不知的是，并没入睡的父母和奶奶，躺在床上已听见了雄儿发自肺腑的悲恸哭声。扬凯这时才意识到，雄儿遭遇的打击远比他们想象的更为严重。

整整两天两夜过去，人生遭受第一次重大打击的扬雄，滴水未进，断断续续处于昏迷的状态，焦急万分的母亲唤着他："雄儿啊，你有啥事千万要想开些，我们扬家五代单传，你要是有个三长两短，我、我这当妈的也不想活在人世了！"说完，张氏就紧紧抱着扬雄放声大哭。

奶奶见扬雄醒来，忙递过一碗热稀饭说："雄儿，你、你就把这碗饭吃了吧，奶奶求你了，你不吃饭，全家人都吃不下饭哪。"奶奶说完也开始抹泪抽泣起来。坐在一旁的扬凯，也一连发出几声沉重的叹息声。

见全家人都围在自己屋里，自知有愧的扬雄忙伸出颤抖的双手，从奶奶手中接过饭碗，这时夺眶而出的泪珠顺着扬雄脸颊流下。张氏再次劝道："雄儿，你无论如何也得吃饭啊！不然，你明天就难下床了。"听母亲说后，懂事的扬雄点了点头，便用筷子扒起饭来。扒了几下后，扬雄索性举碗将稀饭倒入嘴中。此时，母亲将碗从他手中拿过："嗯，我再去给你盛一碗来。"

扬凯忙起身拦住张氏说："使不得使不得，饿狠了的人，先垫垫肚子就行，明早多吃点就好了。"见扬雄吃了饭，奶奶擦去眼泪，悄悄离开了扬雄房间。

第二天早饭后，扬雄对父母说："爸、妈，我今天要去成都，因为十天前我跟刘三和两个同窗有约，我不能失信于他们。"

扬凯吃惊地说："雄儿，你去成都又哪天回来喃？我想这几天杀年猪哩。"

"爸，不急，等我过两天回来再杀年猪吧。"扬雄说完，就将马牵出小院，回身又对父母说道，"我没事了，你们放心吧，我过两天就会回来。"说完，扬雄翻身跃上马背，挥鞭打马朝成都奔去……

第四十一章

新仇旧恨再次激怒丐帮头

刚过腊八节,谢老板就喊席毛根邀请大股东西门松柏来浣花织锦坊看看新建成的织绸和织锦作坊,顺便再商量购买织机等事宜。第二天上午,西门松柏领着西门云飞准时来到浣花织锦坊。在西门松柏参观完增建的两个作坊后,十分满意地对谢老板说:"你办事我放心,这两个作坊建得不错,也很及时,春节后,我们先赶制300套长安订制的高档绸服出来。这里,我想问问,新招的技术工人如何,能达到我们要求吗?"

"西门大老板,我按您要求,不仅在市场上招了七名合格的技术工,还通过朋友帮忙,在别的织锦坊挖了几个技术骨干。新招的技工正在试用中,那几个技术骨干在年前结算完工钱后,就可来我们织锦坊报到。"

西门松柏笑道:"嗯,不错不错,谢老板果然是能干之人,在新招技工的水平把控上,我完全相信你的鉴别能力。"

"嗯,西门大老板,您可不能当甩手掌柜哟,下午,我想请您一同去看看要买的新织机,不知您有时间没?"

西门松柏想了想说:"这样吧,下午我要跟蜀郡府的官员谈点事,这是昨天就约好的,我让云飞跟你去织机市场看看。总之一个原则,要买最新款、技术质量最好的那种,哪怕贵点也没关系。"

谢老板笑了:"好嘞,我的西门大老板,有您这句话我就放心啦,没有好织机,我们咋个与同行竞争嘛。"

西门松柏忙伸出两只手,用五指一抓比画说:"对头,我们只有一手抓技术过硬的技工,另只手抓最好最新型的织机,我们才能在市场竞争中占有绝对优势,才能赚回更多的钱来。"说完，两人都愉快地笑了。

其实，骑马离开扬家小院前，扬雄并没真正排解出心中郁积的巨大痛苦，他之所以恢复进食，完全是为宽慰母亲、奶奶和父亲。懂事的扬雄知道，他无法把心中的痛苦向家人倾诉，在家人还不了解真实情况时，他不想让家人也跟着他一同难受。好在最痛苦的两天终于熬过，此刻，扬雄挥鞭打马朝成都卧龙桥奔去的目的，就是要向他老铁刘三诉说他积压胸中的痛苦。只有排解掉心中郁积的痛苦与悲愤，他才可能恢复生命的正常状态。此刻的扬雄第一次产生了向人倾诉的强烈需求。

按张德川曾写信留下的地址，一个多时辰后，扬雄终于来到成都卧龙桥聚义客栈外。扬雄拴好马后，就跌跌撞撞闯进了客栈。这时，刚起床从房间走出的刘三一眼就发现了穿着棉袍的扬雄，刘三立马惊呼道："老铁，你咋突然冒出来啦？"说完，刘三扑上前将扬雄抱起转了一圈。正在柜台算账的张德川也看到了扬雄，忙起身喊道："子云，啥风把你给吹来啦？"

此刻，谁也没想到，刚站定的扬雄嘴唇颤动着，眼中很快涌出泪水。他一把抱住刘三，就号啕大哭起来："刘兄啊，我、我扬雄该咋办呀？！"

霎时，刘三、张德川和客栈几个小兄弟全都蒙了，往日的青年才俊今天咋如此反常呀，他哭啥呢？莫非，家里发生了不幸？正当众人纳闷时，反应快的刘三忙扳着扬雄肩头问道："老铁，你放假已回过家啦？"

"回、回过了。"流泪的扬雄忙说。

"今天看你这么伤心，难道你奶奶走了？"

扬雄摇了摇头："没、没有。"

"那你父母可好？"

扬雄又点了点头说："父母都好。"

刘三听后一下火了："扬雄，你奶奶和父母都活得好好的，你跑到这儿哭啥？老子就想不通，你堂堂一个青年学子，为啥非要跑到客栈来号丧？"

张德川很快明白，扬雄悲恸大哭定是另有隐情，于是，他忙拉过扬雄低声问道："子云，你莫非有啥伤心事？"

扬雄点了点头又摇了摇头，然后用右拳捶着胸膛哭着说："我、我心里难受，我心里难受啊！！"大哭声中，扬雄突然昏倒在地。恰巧这时，西门云飞从外面走了进来，见扬雄倒在地上，西门公子慌忙向张德川问道："德川兄，扬雄咋啦？"

张德川讲了刚发生的一切，西门公子听后，忙安慰众人说："大家别急，我去药铺请个郎中来看看,既然扬子云能从老家骑马来此,他身体应该不会有啥问题。"说完西门云飞就出了客栈。很快,一位留有银须的郎中在西门云飞带领下匆匆进了客栈。郎中摸过扬雄脉后,起身对几人说:"这位小兄弟急火攻心,过一阵就没事了,也不必用药。但我要劝劝你们几个年轻人,有啥事好好说,千万不要逼他太急,逼凶了有时会出人命的。"说完,郎中就离开了客栈。

郎中走后不久,缓过劲的扬雄便慢慢睁开了眼睛。令众兄弟诧异的是,刚苏醒过来的扬雄又伏在刘三身上哭了起来。觉得蹊跷的张德川,这时才意识到,似乎扬雄要对他童年好友说什么,于是便用手势招呼几个兄弟退出房间。张德川的感觉是对的,因为最清楚扬雄同杏花关系的,只有刘三,这一年多来,刘三一直力挺扬雄同杏花发展关系。从某种意义上讲,扬雄、刘三和杏花都是花园乡一同长大的发小,何况,杏花还有恩于刘三。

待扬雄哭得差不多时,着急的刘三不耐烦地问道:"老铁,你今天跑到客栈哭了半个时辰,现在你也该告诉我哭的原因了吧,不然,我、我心里也难受啊。"

抽泣的扬雄看了看刘三,嘴唇颤抖着,犹豫一阵后,他扑到刘三肩头说:"刘、刘三兄,我、我说不出口啊……"说完,扬雄又放声大哭起来。这时的刘三才意识到老铁心中有特殊的难言之隐,否则,扬雄不会如此吞吞吐吐欲言又止。想到这儿,刚直的刘三低声劝道:"老铁,你我是一块长大的好兄弟,你有啥子痛苦就告诉我,在这世上,只有我刘三敢为你两肋插刀,需要我帮忙的,老子豁出命也要帮你!"

过了片刻,扬雄才哭着说:"刘三兄,宋、宋捕头把、把杏花强奸了,你说,我、我该咋办嘛……"

"啥、啥子喃,那个姓宋的龟儿子强、强奸了杏花?!"说完,刘三倏地从身上拔出七星短剑,随即拉起扬雄说,"走,老子替你去杀了那个王八蛋!!!"

"要得,我们走!"扬雄站起身回道。

二人刚出房门,就被一拥而上的西门公子、张德川和陆小青几人死死拦住。西门公子忙对刘三说:"刘三兄,这事莽撞不得,若匆忙行事,你和子云都有性命之忧。"接着,张德川也劝道:"西门兄弟说得对,你们现在去杀宋捕头,无疑是自寻死路。"说完,力气较大的张德川硬生生把刘三推入房内。

尔后,西门公子忙扭头对陆小青说:"小青,你快骑我马去浣花织锦坊,把席大哥和袁平叫过来,这事紧急,你就跟谢老板说,这是我西门家的决定。"陆小青应了一声，立即冲出客栈，解开马缰，跃上马背，打马朝织锦坊奔去……

整整三天时间过去了，成天以泪洗面的杏花却没盼到扬雄的再次到来。杏花几次倚在饭店大门眺望花园场尽头，都被母亲拉回了后院。覃老板毕竟是人生阅历较丰富之人，她非常清楚，要是扬雄知道杏花被人强奸了，两人的关系有可能要吹。所以，覃老板就安慰杏花说："女儿，扬雄回来几天了，我估计他在花园场已经听到些关于你的风声，无论咋样，你都要给我稳起哈。"

有些不解的杏花忙回道："妈，你让我咋个稳得起嘛，我白天晚上脑子里全装的是扬雄哥，要是他明天还不来看我，我就去扬家小院找他。"

覃老板急了："瓜女子，咋能去找他嘛。你晓不晓得，你越是主动找他，反而证明你越掉价，所以，你必须给老娘稳起才行。"

"妈，我、我想把被宋捕头祸害的事告诉扬雄哥，也许，他会原谅我的。"杏花忙说。

覃老板盯了女儿一眼，没好气地说："你这个瓜女子晓不晓得，这世上，没一个男人会原谅自己女人失身的。"

大惊的杏花眼中又涌出泪水，嚅嚅地问道："妈，那、那我该咋办嘛？"

覃老板想了一阵，语气坚决地说："杏花，你毕竟是我们花园乡头号大美女，我相信扬雄不会放弃你，只要你稳起，我敢保证，五天之内，扬雄一定会来找你的。"

"真的呀？"含泪的杏花嘴角终于有了丝笑意。

西门云飞为啥要叫陆小青去喊席毛根和袁平来客栈呢？因为他担心自己和张德川阻止不了发怒的刘三。若刘三和扬雄一块去寻宋捕头报仇，其结果可能是两人都有危险。这几个月下来，西门云飞非常清楚，丐帮头刘三最佩服的就是席毛根。如今能劝阻两眼发红的刘三的，非席大哥莫属。

不久，席毛根和袁平坐着马车匆匆赶到客栈。见着桌上插着铮亮的七星短剑，席毛根刚想开口问话，却被西门云飞拉到房间外。西门云飞低声把喊他过来的原因告诉了席毛根，席毛根听后反问道："西门公子，你的意见是啥？"

"席兄，刘三和扬雄现在想去杀宋捕头报仇，我不说你也晓得。刘三那点三脚猫功夫，哪是宋捕头对手，他冲动的结果不仅会害了自己，还会连累书呆子扬雄。"

"你让我过来，就为劝阻刘三和扬雄？"

"对呀，我想唯有你的劝阻，刘三兄才有可能听得进去。"西门云飞忙说。

席毛根点点头："好，我知道该咋办了。西门公子，一会儿请你配合我劝阻，好吗？"

"要得。"西门云飞忙点头说。

午时已过，根本没吃饭之意的众兄弟仍在劝阻近乎疯狂的刘三。而此时的扬雄挨在刘三身边不断抹泪抽泣，听着从刘三嘴中断断续续冒出的"老子非要宰了宋捕头不可""狗杂种宋捕头，老子不仅要杀了你，还要杀你全家"。有些不解的西门云飞问道："刘三兄，宋捕头强奸的是扬子云的未婚妻，咋你比他反应还强烈呀？"

刘三流泪说道："西门兄弟，你们是不知哪，我从小就是个要饭的叫花子，冬天我们花园场很少有店铺开门，我、我实在饿得难受时，就会去敲豆腐饭店的门。许多时候，都是杏花和她妈施舍东西给我吃，要是没有杏花母女俩关照，我刘三可能早就饿死在雪地里了。恶人宋捕头强奸的就是我的救命恩人，你们说，我刘三该不该去为杏花报仇？！"

听刘三说完，西门云飞、席毛根和张德川等人彻底愣了，到现在，他们才终于弄明白刘三要去杀宋捕头的真正原因。西门云飞忙抱拳说："刘兄，你不愧是我结拜的重情重义的好兄长，既然覃老板母女对你有大恩，杏花姑娘又是子云贤弟未婚妻，那龟儿宋捕头就必须给老子死！"

这时，已想好方案的席毛根抱拳对扬雄和刘三说："二位，你俩都是我兄弟，现在，我终于明白你俩发怒的原因了。这里，我、子云、德川和西门公子也算是有些文化的人，即便要杀恶人宋捕头，我们也不能莽撞行事，对吧？"

席毛根话音刚落，刘三立马站起问道："席兄，你有好计谋啦？"这时，扬雄也满怀希望地看着他昔日的同窗。此刻，张德川心里叹道：真没想到，席兄这么快就有主意了，真不愧是研究过《孙子兵法》的人。

席毛根见众兄弟对他充满了期待，非常自信地说："各位兄弟，我相信恶人宋捕头并不比段煞神可怕，要除掉宋捕头的话，我不仅举双手赞成，还将第一个报名参与。"刘三听了，满含热泪上前紧紧抱住席毛根说："席兄，你真不愧是我结拜的好大哥啊！"

这时，谁也没想到，扬雄突然单膝朝席毛根跪下抱拳说："席同窗，你若宰了恶人宋捕头，今生就是我的大恩人，在此，请受我扬雄跪谢之礼！"说完，扬雄就双膝跪地，给席毛根磕了两个响头。

席毛根忙拉起扬雄说："子云哪，路见不平拔刀相助是我席某不变的秉性，何况宋捕头还是你和刘三兄弟不共戴天的仇人，杀他自是我不容推辞的责任。"

"不行，你和刘帮主的行动中咋能少了我呢？要是没参加宰杀宋捕头的行动，我今生定会后悔的。"张德川忙对席毛根说。

"既然德川兄要同你们去，那我也要去。"扬雄忙对席毛根说。席毛根看了看扬雄，轻笑一声说："子云哪，你这书生就不必加入我们侠士队伍了，你去反而会给我们添麻烦。"

扬雄有些不服地说："席兄，你可别忘了，我可跟你和德川兄学过功夫。"

张德川笑道："子云哪，你那点功夫杀鸡鸭可以，杀人嘛，你再练三年也未必能行。"

"哟，就你们几个当大侠嗦，我就不是你们生死兄弟啦？不行，说啥也要算上我一个！"西门云飞也急忙表了态。刘三见三位有武艺的兄弟都表了态，顿时面露喜色地说："我们四位大侠出马之时就是宋捕头绝命之日，席大哥，我们何时动身去郫县？"

"兄弟别忙，待我们喝酒议完此事再说，现在大家肚子饿了，该吃东西啦。"席毛根说完，便交代袁平和陆小青去外面买酒菜，他和张德川忙在房中升起炭火来。

不到半个时辰，袁平和陆小青就买了许多熟食回来。张德川又安排两个客栈小兄弟去厨房烧了一个豌豆尖煎蛋汤。不久，桌上就摆满了丰盛的饭菜。加上客栈三个小兄弟，整整十个不满二十岁的青春少年齐聚一堂。几个月下来，只要有席毛根在场，兄弟们自然尊他为大哥，并礼让他坐上席。待陆小青给大家杯中倒满酒后，席毛根就示意刘三说几句，懂事的刘三忙推辞说："席大哥，你是我们老大，今天这特殊的酒局还是你主持为好。"

席毛根只好端起酒杯说："各位兄弟，今天我们因子云贤弟的不幸，而临时相聚，来，我们先为兄弟的情谊，干了杯中酒再说。"随即，席毛根带头将酒一饮而尽。吃喝片刻后，刘三见大家都没了往日的谈笑，便捅扬雄一下说："老铁，今天因你的到来，大家才团聚，你也该说两句。"

扬雄点头后端起酒杯说："兄弟们，当得知杏花的不幸后，这几天我一直被巨大的痛苦煎熬着，今天来到聚义客栈，见大家表示要杀宋捕头为杏花报仇，我心里的痛苦顿时减轻了许多。我知道，你们都是有正义感、有侠义英雄气的好兄弟，厌恶恶人的人多，但杀恶人，却是有勇气的侠士才敢为的事。我敬佩你们这群侠义兄弟，在此，我先敬你们四位好兄弟一杯壮行酒，祝你们顺利而归。"

扬雄刚一说完，席毛根、刘三、西门公子与张德川就端起酒杯，这时，袁平和陆小青也端杯站起身，非要同几人一块碰杯。扬雄只好对二位说："二位兄弟，等会儿我再敬你俩如何，这四位可是要去杀宋捕头那个坏蛋的。"

陆小青忙说："刚才去买东西时，我俩就商量好了，我俩必须参加杀宋捕头的行动，因为，我俩也是大家的铁杆兄弟。"扬雄听后，感动地说："好好好，那我就敬你们六人。"说完，扬雄同六位兄弟分别碰杯后，就仰脖一口将酒喝干。

喝完酒后，西门公子望着席毛根说："席兄，现在该说说你的计划了，在你看来，今晚我们可否直接奔袭郫县县衙？"

席毛根摇摇头说："不可。"

"为何不可？"西门云飞忙问。

席毛根放下酒杯，扫视众人后认真说道："为杏花报仇这事，我们得分两步走，第一步，要先帮杏花写诉状，把宋捕头强奸的时间、地点和相关证人全都写清楚，然后交到县衙去，让县令秉公审理此案。"

刘三一听就火了："席大哥，你当真是学馆出来的文化人嗦，咋个出的主意这么馊喃？你想想看，宋捕头本就是县衙负责治安的人，他们要是官官相护，不秉公审理此案咋办？"

席毛根看了看刘三，然后又看着扬雄说："要是县衙不理睬这事，或是不秉公审理这件强奸案，那时，我们这帮侠义之士再替天行道灭杀宋捕头，不就名正言顺了吗？"

扬雄听后，立即跷起大拇指说："嗯，席兄这主意好，写诉状既可让世人知道宋捕头是强奸犯，还可揭露宋捕头欺辱良家少女的恶行。如果县衙袒护包庇宋捕头，今后再杀宋捕头的话，广大民众知道真相，县衙也不敢过分追查宋捕头的死因。我赞同席兄的好主意。"

众人见扬雄表了态，也纷纷夸赞席大哥想得周到，这样在道德制高点上就占了优势。席毛根见大家认同他的建议，又对扬雄说："子云，下一步，我想让张德川跟你去趟花园场，你可跟覃老板说，这是你从蜀郡官府请的人，特来替杏花写诉状的。"

陆小青非常茫然地问道："席大哥，扬雄也是文化人，为啥不让扬雄写诉状呀？"

席毛根说："小青，难道你不知扬雄同杏花的关系？要扬雄去问强奸过程，杏花好意思讲吗？"

陆小青听后，一巴掌朝自己脸上打去："哎呀，我咋这么笨喃，我真是个头脑简单的瓜娃子。"见陆小青如此这般说自己，西门云飞笑道："小青哪，你还太嫩，还是跟着席大哥好好学学吧。"

刘三小心地问道："席兄，你认为德川兄多久跟扬雄去花园场合适？"

西门云飞忙接过话头说："刘帮主，快过年了，我明天中午请大家到盐市口高档酒楼去撮一顿，后天上午，扬雄就可带德川兄和我去花园场。诉状写妥后，我立马就去见王县令。老子倒要看看，这帮官员是不是敢在光天化日之下，包庇强奸犯宋捕头！"

众兄弟听后，立即对西门云飞的建议报以赞同的掌声……

第四十二章

学子告别临邛，林间翁孺泣血重托

两天后，扬雄带着西门公子和张德川，三人骑马朝花园场奔去。到花园场后，早已想好的扬雄便将西门云飞和张德川安排到花园客栈住下。午饭后，扬雄就领着两位友人去了豆腐饭店。

开门的覃老板见扬雄领着两位青年进了饭店，忙说："扬雄，我们饭店最近没营业，你们还是上别家餐馆去吃吧。"

扬雄忙把大门掩上，指着西门公子和张德川说："覃老板，这是我从成都请来的两位朋友，我们已吃过午饭，就不在您这儿吃了。"

覃老板诧异道："扬雄，你们不吃饭，到我这儿干啥？"

"他俩特为杏花之事而来。"

"为、为杏花的事？我家杏花没啥事呀。"覃老板神色慌张支吾道。

"覃老板，杏花的不幸我已晓得了，我们来的目的，就是为惩罚恶人宋捕头的。这位张先生是专写诉状的高手，我们一定要将宋捕头绳之以法。"扬雄刚说完，杏花就从后院走了出来。不等覃老板开腔，扬雄就主动向杏花介绍了西门公子和张德川。

杏花看了看西门公子，低声说："扬雄哥，这位公子夏天时我见过，就是他和一帮兄弟将刘三从花园场救走的。"

扬雄点头道："嗯，对头，杏花，前两天我去了成都，他两位是我特意从成都请来帮你打官司的朋友。我希望你把那天发生在花园客栈的不幸告诉这位张先生，他把诉状写好就会交到县衙去。"

还没等扬雄说完，西门公子就表态说："杏花别怕，有我们这群弟兄伙给你和

333

扬雄撑腰，不怕收拾不了那个坏蛋宋捕头！"

杏花看了看扬雄三人，然后低声问道："扬雄哥，你们都晓得我被宋捕头侮辱的事啦？"

"嗯，杏花，这、这没啥关系嘛。"扬雄忙违心地安慰杏花。

覃老板见扬雄说后，忙问道："扬雄，你真的不介意杏花失身的事？"

张德川忙接过话头回道："覃老板，既然不幸的事已发生，若扬雄介意的话，他就不会到成都请我们来花园场调查此事。你娘俩放心，我们一定帮你们打赢官司，把恶人宋捕头关进牢房。"

杏花忙走到扬雄跟前，拉着他的手说："扬雄哥，你真好，还跑到成都请人来帮我的忙。"

扬雄看了看杏花，忙指着张德川低声说："杏花，你把那天晚上发生的事告诉张先生，他写完诉状后就好递到县衙去。我和西门公子还要到客栈和茶铺去取证。待忙完这事后，我俩过几天再单独聊聊哈。"说完，扬雄和西门公子就离开了饭店。

扬雄同西门公子先到茶铺赵老板那里取了证词，然后又找了几个街坊邻居了解情况，最后回到客栈，西门公子用剑逼着胆小的客栈老板讲了那晚事情的经过，并让老板在证词上画了押。

阴冷潮湿，是川西平原冬季最明显的气候特征。年关前，各自忙碌的花园场百姓们似乎并没留意扬雄几人的出现。下午酉时刚过一刻，回到客栈的张德川拿着用绢帛写的诉状告诉扬雄说："子云贤弟，这详细的诉状已写好，杏花已在诉状上画了押。我相信，凭这有根有据的诉状，那龟儿宋捕头不被抓进牢房是绝对不可能的。"

为庆贺今天办事顺利，晚上，扬雄几人在客栈要了几个菜和一盘油酥胡豆，就喝起酒来。为安慰扬雄，西门公子表示，凭他父亲同王县令的关系，只要把诉状递到王县令手上，这宋捕头的厄运就必然降临。喝完酒后，扬雄又到豆腐饭店告诉杏花，让她母女俩过完年就等县衙通知，并一再叮嘱杏花，到了县衙审理此案时，一定要大胆把宋捕头的作案经过讲给王县令听，王县令也定会为她做主。

见扬雄到成都去请人帮她打官司，又没计较她失身一事，心情好了许多的杏花更加相信了她母亲曾说过的话：你是花园乡头号大美女，扬雄一定舍不得离开你的。在同扬雄分别时，杏花不仅主动亲吻了扬雄，还对他说，希望他过几天再来豆腐饭店玩，届时她要给扬雄炒两个她不久前学会的拿手菜。

第四十二章　学子告别临邛，林间翁孺泣血重托

第二天吃过早饭，同扬雄分手后，张德川就跟着西门公子骑马去了郫县县衙。当王县令接过控告宋捕头的诉状后，异常吃惊地问道："西门公子，这事难道是真的？"

西门公子指着绢帛诉状说："王大人，我亲自参与了此案的调查，整个花园场都知道宋捕头犯下的恶行，还有这么多人证、物证在此，咋可能是假的呢？"

"好好好，若是真的，本官一定严办此案，决不放过罪犯。"王县令忙说。

见王县令做了如此回答，西门公子和张德川便高兴地离开了县衙。但涉世不深的他们哪知官场的黑暗与险恶，在未来半年多时间里，官府对此案的处理竟让人感到十分意外……

大寒前一天，扬雄在家协助父亲杀了年猪。后来，扬凯在饭桌上，讲起他在花园场喝茶时听到关于杏花的传闻来，尤其在讲到杏花被宋捕头强奸时，扬凯还故意看了看儿子的反应。张氏听后感叹道："哎呀，早听说杏花那姑娘容貌不错，这下可倒大霉啰，谁还敢娶失了身的杏花呀。"

扬雄知道，父母晓得覃老板曾请他为饭店写赋的事，也知道他跟覃老板母女走得较近，但却不知自己与杏花已发展成恋爱关系。为试探父母对此事的态度，扬雄故意问道："妈，杏花仅是失了身嘛，她那么漂亮，人品也不错，为啥就没人敢娶她了呀？"

张氏看了看似乎还没长醒的扬雄，低声说："雄儿，亏你还是读了不少圣贤书的人，你难道不知一个女人贞洁的重要？俗话说，女子无才便是德，失去贞操的女人就是失去了最重要的德行嘛。真正优秀的男子是不会娶这种姑娘的。"

扬凯见儿子还想问啥，忙口气坚决地说："谁家要是娶了这种失过身的女人，一定会辱没祖宗颜面的。反正，我是决不同意你跟这种女人来往的，更谈不上去娶这样的人进家门。"

扬雄愣了，他听父母对失身的杏花表了这样的态后，心有不甘地又向父亲问道："爸，要是杏花的失身并不是因她自己的过错，而是别人的犯罪所致，那您又咋看这事喃？"

扬凯想了想，严肃地回道："雄儿，你知道吗，老百姓只看这人失没失身，而大多数人却不会去追究是啥原因造成的。这就是现实，尽管这现实有些残酷和不公！"

扬雄听后，愣了片刻说："这、这样的残酷现实，对受害人也太不公平了吧！"

知子莫如父。扬凯深知儿子受正统的孔孟文化影响较深，在家几乎从不跟父

母抬杠顶嘴，听儿子这样为杏花鸣不平后，扬凯似乎察觉了什么。为断了扬雄的念想，扬凯放下酒杯说："雄儿，世道本就不公，我们老百姓又有啥办法嘞？你看看，龙乡长和龙亭长两兄弟每年不知要从我们上交给朝廷的税中，贪污多少钱粮，要不然，他们龙家哪会有吃不完的山珍海味？还有，虽然你读书写文的能力远胜他们龙家送往成都念书的两个儿子，但你却无法到石室精舍念书。你说，这世间有多少公平啊？我可断定，被宋捕头强奸了的杏花，她未来命运一定还有许多麻烦和坎坷。反正，我扬家是绝不可能接纳这种姑娘的！"

骨子里传统的扬雄听后彻底傻了眼，父亲的话，无疑宣判了他同杏花关系的终结。扬雄为掩饰眼中渐渐涌出的泪水，忙起身朝自己房间走去。母亲张氏欲喊住儿子，却被扬凯悄悄用手止住。随后，扬凯低声对妻子说："让雄儿认真想想吧，我们需要给他留出时间……"

年三十之前，动了几次念头想去看看杏花的扬雄终于没能走出扬家小院。经过十来天激烈的思想斗争，孝子扬雄终无法违抗父命，渐渐产生了疏离杏花的想法。虽如此，心善的扬雄仍想帮杏花打赢官司。大年三十刚过，扬雄就给西门公子写了信，敦促他去找王县令，一定要将宋捕头绳之以法。

为避免跟杏花见面，正月初八，扬雄托茶铺赵老板给杏花带话，说他年前病倒了，没能来饭店看望杏花，现在学馆先生带信来，要他提前赶回临邛学馆学写辞赋。最后，扬雄为不让杏花失望，还特意请赵老板转告杏花，说他秋天回来再来看望她。单纯的杏花听赵老板说后，还真以为扬雄在年前病倒了。每当杏花想起扬雄去成都请人帮她写诉状，她心里就充满感激之情。杏花一直相信，只要扬雄从临邛学馆毕业回来，就会托媒婆上门提亲，明年春节前，扬雄就会用花轿把她娶进扬家小院。

大年十五前，就在扬雄骑马提前赶往临邛时，张德川也同他大妹张秀娟走在了通往成都的路上。元宵节后的第二天，西门公子就遵扬雄所嘱，直奔去了郫县县衙，向王县令打听案情进展情况，王县令认真对西门云飞说："西门公子，你着啥子急嘛，我年前太忙，年后才有时间过问案子。你过两个月再来问问吧，或许那时，案子就告破了。"

其实，在年前西门公子把诉状递给王县令的当天下午，王县令就询问了宋捕头。老奸巨猾的宋捕头听后，立马装着若无其事哈哈大笑说："大人，郫个花园场饭店的小女娃想勾引我在她家饭店多消费，就用酒故意灌醉我，给我胡乱上些价格奇高的菜。我酒醒后哪认她那些敲诈呀，于是，那饭店娘俩就来诬陷我，说我强奸了那女娃。王大人，若您不信，您可把花园乡龙乡长喊来问嘛。若我有半句谎话，您就可立即免了我的职。"

王县令见宋捕头说得有根有据，还让喊龙乡长来替他做证，加之宋捕头又是他的得力干将，将信将疑的王县令就把此案压了下来。今天，当西门公子来问这事，他才想起来。权衡之后，王县令采用了惯用的伎俩：搪塞与拖。将西门公子打发走了事。

自杏花被宋捕头强奸后，遭受重大打击的覃老板将饭店关了好长一段时间，当扬雄带人为杏花写了诉状后，杏花母女均相信，这下定能告倒作恶的宋捕头。后来扬雄生病虽没能再来看望杏花，但覃老板仍坚信出生桑农之家经济条件不好的扬雄绝不可能割舍同她漂亮女儿的恋爱关系。大年十五后，为了生计的覃老板又开始营业。大大出乎覃老板预料的是，自饭店重新开张后，生意竟异常火爆。开初，有点蒙的覃老板并没弄清是咋回事，直到五天后，她发现许多食客总是对杏花指指点点，似乎在背后议论什么，她才渐渐明白，原来大部分新食客来吃饭的真正原因，就是来看看被宋捕头奸污过的少女到底长啥模样。只是覃老板明白，这种畸形的好奇心恰恰是某些人阴暗的心理需求。

春节后，最令刘三高兴的是，自张德川带着她大妹到客栈工作后，勤快又能干的张秀娟把客栈里里外外打扫得干干净净，被褥洗换次数也多了，客栈的接待和伙食也比过去好了许多。生意终于第一次有了盈利。当西门云飞把客栈变化告诉父亲时，西门松柏微笑着说："嗯，不错，这样下去的话，这客栈明年就会提升一个档次，咱家的投资也不会打水漂啰。"

冬去春来，燕子的呢喃声又响起在川西平原的油菜花地和竹林上空。自扬雄返回临邛近两个月时间里，每当夜深人静时，他眼中总是噙满泪水。过去扬雄用竹笛吹奏的《陌上桑》，早已换成《有所思》的曲调。连林间先生也感到疑惑，自从扬雄春节后返回学馆，他就再没了昔日的谈笑风生，每天呈现在同窗面前的，总是一脸不苟言笑的沉郁。更令同窗们不知的是，遭受人生第一次重大打击的扬雄有时深夜竟在梦中哭醒。

虽说现实令扬雄无限悲伤，但本性善良的他从没认为杏花的失身是她自身的错。为帮助杏花告倒宋捕头，扬雄回学馆后，又两次给西门公子去信，一再叮嘱好友要多去王县令那儿走动，他坚信王县令是个能秉公审案的好官。令扬雄感到安慰的是，西门公子回信说，他已去过县衙，王县令已表示要认真对待此案。这一年是汉元帝建昭三年，扬雄在临邛独自悄悄过了自己17周岁的生日。望着学馆外盛开的梨花、李花和桃花，扬雄第一次有了伤春之感。

　　端午前，扬雄常去生病的林间先生家帮忙挑水、煎药和劈柴。端午节后，暂无法上课的林间翁孺突然叫人通知扬雄去他家。当扬雄含泪站到林间先生病榻前时，林间翁孺用颤抖的手从枕边摸出一张绢帛递给扬雄。扬雄看过后问道："尊敬的先生，这是君平先生给您的来信，您、您为啥要给我看呀？"

　　躺在床上的林间翁孺说："是的，这是我老友君平三个月前给我的来信，他早已被聘为成都石室精舍学馆先生。君平老友邀我去他那儿玩，顺便交流关于老庄学说的新体会。唉，我身体大不如前，今生恐怕再难见到君平老友了。"说完，林间翁孺又吃力地从枕头下摸出另一张绢帛说："扬子云，这是我把你推荐给严君平的介绍信，你可拿着这信到成都去找他。我、我想，有我这封推荐信，君平一定会收你为弟子的。"

　　大惊的扬雄看也没看，就忙将推荐信塞回先生手上说："尊敬的先生，我扬雄是您的弟子，我、我不想离开翁孺学馆，更不想离开您。"

　　林间翁孺看了看扬雄，突然又咳嗽起来。扬雄看到先生吐出的痰中带有血迹。稍停片刻后，林间翁孺说道："扬子云，我知道你舍不得离开我，这近两年的日子里，你我也结下了深厚的师生情谊。你是我教过的学生中，最有学习能力和文才的弟子，我、我也舍不得你离开我……"

　　扬雄听后，忙跪下说道："先生，既然您也不舍得我，那、那为啥又要我去拜君平先生为师喃？"

　　林间翁孺叹道："扬子云哪，你是学习能力极强的学子，现在，你在我这儿已学不到啥新东西了，严君平既是我老友，又是位知识比我渊博之人，你若去他那儿，定会学到不少新知识。"

　　扬雄流着泪说："先生，我、我不想离开您，我也不想去成都。"

　　突然，林间翁孺口气严厉地说："扬雄，你若执意不去，那就是置我于不仁不义之中，你知道吗？"

　　"为啥呀？"扬雄感到异常不解。

　　林间翁孺看了看跪在床前流泪的扬雄，有些不忍地摸着扬雄的头说："子云哪，你若执意留下，那就是先生耽误了你前程啊。这么长时间以来，据我观察，你未来定是我弟子中可成大器之人，你异地求学，不是为你个人，而是为我争气。为我大汉朝今后有位学术能人快离开这儿吧！"

"先生，我、我真的舍不得离开您。"说完，扬雄竟趴在林间先生身上哭起来。沉默中，林间翁孺两眼慢慢浸出混浊老泪，良久，他说道："子云哪，孔圣人曾说，'君子食无求饱，居无求安，敏于事而慎于言，就有道而正焉，可谓好学也已'。通过长期观察，我认为你不仅保持了桑农子弟朴素的生活习惯，也不是贪图享乐的庸碌后生。你一心求学的执着精神足可支撑你在未来人生中成就自己一番事业。"

"先生，我仅是一名肤浅而幼稚的弟子，离您要求还、还差得远哪。"扬雄忙回道。

"子云，我的好弟子，正因你有坚定的求学信念，先生才执意让你去拜严君平为师。我相信，君平对《易经》和《道德经》的深厚造诣，对你的求学是大有帮助的。"

"先生，君平大师对我们古蜀历史的研究也是很有功底的，两年前，我就听过他说书。"扬雄忙低声说。

"我为啥要竭力推荐你去拜见君平，正因他是我们蜀地顶级学问大师嘛。你只有在他那儿，才能学到更为丰富的各种知识。"林间翁孺又说道。

"先生的美意我知道，但您尚在病中，我、我不想离开先生。"

林间翁孺叹道："唉，子云哪，我是怕你一旦错过这难得的机会，今后就难拜君平为师了，他可是位不轻易收弟子的人。"

"先生，您何出此言呀？"扬雄有些不解。

"子云，你是不知哪，君平是位喜欢游学的人，他在一处是待不了多长时间的。目前他虽在石室精舍做先生，或许哪天他一不开心就会离去。从我跟他几十年交往中，我太了解他这独特的个性了。"

扬雄听后想了想，低声说："尊敬的先生，若您非要我去成都拜君平先生为师，那我就过了中秋再去呗，我、我想留下来再服侍您一段时间，以尽弟子一点心意。"

林间翁孺听扬雄说后，侧身从床头取下一捆竹简说："子云，我急着让你去见君平，一是担心他离开石室学馆，二是还有件重要大事托付给你。"说完，林间先生打开竹简，指着竹简上的标题说："这是我花了多年心血写的《方言梗概》，看来，老夫今生是无法完成我的方言学著作了。今天，我就把它托付给你，望你记住我的重托，把方言学继续研究下去，以便完成我朝第一部方言学专著。"说完，林间翁孺用颤抖的双手将《方言梗概》慎重地交给了跪在床前的扬雄。

扬雄刚一接过竹简，嘴唇颤动的林间先生就哇的一声，从口中喷出一股鲜血来……

次日清晨，拄着拐杖的林间翁孺和一群学子在翁孺学馆外送别身背包袱的扬雄。林间翁孺拉着扬雄的手叮嘱道："子云哪，君平是个不畏权贵的清言之人，你对他可要格外敬重。"

"好的先生，弟子记住了。"扬雄点头回道。

"有空时，一定要给我来信，先生也惦记着你哪。"

噙满泪水的扬雄再次给林间翁孺跪下磕了三个响头："林间先生，弟子记住了，您永远是我最尊敬的好先生。"随后，林间翁孺拉起扬雄说："子云，你上路吧，先生等着你的好消息哪。"

起身的扬雄紧紧抱住银须飘飘的先生，再次深情喊了声："先生……"

这时，林间翁孺与众多同窗一道也抹起泪来。扬雄再次向林间翁孺三鞠躬后，才挥手向同窗们告别。稍后，抹泪的扬雄返身朝成都方向走去，他那孤独的背影深深留在林间先生和同窗们眼中……

第四十三章

出人意料，扬雄竟成文翁学馆旁听生

盛夏七月，身着薄衫、脚穿布鞋的扬雄怀着对林间先生和同窗们的不舍之情，整整走了两天，终于来到成都文庙街石室精舍。待扬雄擦干额上汗珠、拍尽身上灰尘时，已是第二天下午酉时，心急的扬雄掏出包袱中的推荐信，对守门的王老汉说："大爷，我找君平先生，请您帮我叫叫他，好吗？"

头发花白精神矍铄的王老汉认真打量扬雄后，问道："年轻人，你是来找君平先生的？"

"嗯。"扬雄忙点头回道。

王老汉叹道："唉，年轻人，不巧得很，十天前，严先生外出游学去了，他现在没在学馆里。"

扬雄大惊："啥子喃，君平先生游学去了？"

王老汉点点头："是呀，严先生外出游学去了。"

"那他多久回来喃？"扬雄慌忙地问。

"年轻人，这个就难说了，短则十天半月，长则两三个月都有可能。你还是改天再来问问吧，只要他回来，我一定告诉你。"

扬雄一脸失望呆立在大门口，缓了许久，异常沮丧的扬雄再次对王老汉说："大爷，您能否帮我问问其他先生，我希望知道君平先生回来的大致时间，我是外地人，来一趟成都不容易。"

王老汉刚想说什么，突然看见不远处走来一位个子较高的先生，忙对那人高声喊道："喂，李弘先生，这有一个外地年轻人，他想打听严君平先生多久能回学馆。"

手拿一小捆竹简的李弘走了过来，向王老汉问道："王老伯，谁在打听君平先生归来的时间？"

王老汉指了指背着包袱的扬雄，回道："李先生，就是这位后生。"

李弘打量扬雄一番，问道："年轻人，你打听君平先生归来时间，是有事找他吗？"

扬雄见此人气质不俗，像个教书先生，忙递上手中绢帛说："先生好，我是从临邛翁孺学馆来的扬雄，这是林间先生给我写的推荐信，让我来成都拜见君平先生。"

接过绢帛的李弘认真看过推荐信后，问道："扬雄，我也知林间翁孺是君平先生的至交好友，从信上看来，林间先生是推荐你来做君平先生弟子的？"

"是的，林间先生正是此意。"扬雄忙回道。

李弘点了点头，又问道："扬雄，你是临邛翁孺学馆的学子，林间先生为啥还要推荐你来拜君平先生为师呀？"

"我先生说，若我继续待在临邛，就、就可能耽误前程。"扬雄有些不好意思地回道。

李弘笑了："哟，这么说来，你还是临邛翁孺学馆的才子啰。"

"才子谈不上，只是我家先生希望我拜君平先生为师后，可多学点东西。"

李弘再次认真看了看清瘦的扬雄，微笑着说："扬雄，我看你这穿戴打扮，就知你不是成都本地人。这样吧，你一名学子，来一趟成都也不容易，若尔不反对，我可以先让你在文翁学馆做一名旁听生，这样既不影响你继续学习，又可等候君平先生归来。我做这样安排，不知你是否乐意接受？"

"先、先生，您是文翁学馆干啥的？您、您说话能算数吗？"惊喜的扬雄有些不敢相信眼前这位年轻先生说的话，惊讶地问道。

李弘笑了："扬雄，我叫李弘，你叫我李先生即可。我虽不才，但在文翁学馆，把你暂定为旁听生，本人还是有这权力的。"

扬雄听后，忙放下包袱向李弘作揖施礼道："哎呀，李弘先生，那弟子扬雄就谢谢您了，谢谢，太谢谢您了。"李弘不知，他的临时决定却圆了扬雄一个长久的梦想。待扬雄谢过李弘，一旁围观的学子中就有人高呼起来："哟，我们文翁学馆收旁听生啦，收了一个土拉巴几的旁听生哟……"

李弘（李仲元）为啥有权留下扬雄，收他为文翁学馆的旁听生呢？原来，出生成都的李弘先生是位从小饱读四书五经、德行出众的贤德之士，由于他相貌英俊文才又好，成人后经考试被安排进蜀郡府做了一名大官员的助理。没想到，李弘疾恶如仇的性格，使其不适合在官场上混，加之他又鄙视官场上一些不学无术、成天混日子的官员，时间稍长，厌倦了文秘工作的李弘就愤然辞职离开了蜀郡府。

李弘的辞职在蜀郡产生了巨大影响。考虑到具有真才实学的李弘口碑和人品上佳，蜀郡太守便让他去石室精舍担任了副职领导。没想到，具有文人情怀的李弘去后又主动兼了学馆教书先生一职。把在民间影响很大的严君平聘为文翁学馆先生，也是李弘的主意。今年还不满三十岁的李弘不仅在学子们心中具有较高威望，也赢得了学馆全体教职员工的尊重。今天李弘把扬雄定为旁听生，可是石室精舍创办以来破天荒的首例。

很快，扬雄被李弘领进了学馆内，经过一番安排，李弘不仅给扬雄落实了睡觉的房间，还跟负责食堂的陆小龙做了交代，解决了扬雄往后的吃饭问题。最后，李弘还给扬雄介绍了学馆的作习时间以及诸多规定和上课教室等。李弘做这些特殊安排的原因，一是对严君平和林间翁孺的敬重，二是惜才的他预感到年轻的扬雄是个不错的学子，否则，林间先生不会推荐他来拜君平先生为师。待一切安排和交代完后，李弘才离开了扬雄。

在接下来的两天里，扬雄按学馆规定，完整地上了两天课，而讲课人正是李弘先生。被安排在教室最后一排的扬雄发现，自己恰巧与龙耀文两兄弟在同一个班里。

两天的授课内容讲的是《尚书》。第一天讲的是《尚书》中的《尧典》，第二天讲的是《禹贡》，这两篇关于帝尧和大禹的故事，在听李弘讲完后，记忆力惊人的扬雄很快就把这两篇短文背记了下来，也完全明白了文章含意。仅从两天的课程来看，扬雄已被李弘先生的口才和讲解文章时的旁征博引所征服。第二天快下课时，扬雄心里不禁叹道：文翁学馆果然名不虚传，怪不得连名气威震蜀地的君平先生也愿在此授课，看来，这里先生的水平确实不可小觑。

但让扬雄略感担忧的是，第一天上课前，当李弘向同学们介绍他时，大多同学都用掌声对新来的他表示了欢迎，唯独龙耀文两兄弟对他发出嘲讽冷笑并投来不屑的目光。由于是初来乍到，不是文翁学馆正式学子的扬雄，对龙家两少爷的表现，只装作没看见。

第二天下午放学后，已知道学馆作习时间的扬雄，就独自朝学馆大门走去。

为慎重起见，扬雄还是向他已认识的守门人王老汉问道："您好，王大爷，我想问问，您夜里最迟在多久关大门呀？"

王老汉看了看扬雄，问道："新来的年轻学子，你要出去啊？"

"王大爷，我想出去找亲戚借点钱，所以，才来打听最晚的关门时间。"

王大爷笑道："年轻学子，你是该去亲戚家借点钱，你看看我们学馆的学子些，哪一个不是穿得巴巴适适的。你是该换换你那身土气的衣服啰。"

"王大爷，您老人家说得对，我也是这样想的，那您该告诉我关门的时间了吧。"

"年轻学子，这学馆夏天最晚也就比关城门晚一点关大门，冬天嘛还要关得早些。希望你遵守学馆规定，要准时回来哟。"

"谢谢您老人家，我定会在那之前赶回学馆。"扬雄谢过王大爷后，就出大门快步朝卧龙桥方向走去。

扬雄刚跨进聚义客栈大门，就举着双臂高呼道："刘三老板，我扬雄来啦……"

正商量事的刘三和张德川抬头见扬雄在客栈中张望，忙起身朝他迎去。走到扬雄跟前，刘三一拳朝扬雄胸膛打去："老铁，你今天咋来了？"随即，张德川和陆小青也围着扬雄问了起来。扬雄刚回答完众人，在厨房帮忙的张秀娟也系着围裙匆匆来到扬雄面前说："扬雄哥，你真是稀客喃，是啥子风把你吹来啦？"

扬雄瞧了瞧已出落成漂亮姑娘的秀娟，笑道："哟，亮丽的秀娟妹子都来了成都，难道我扬雄就不该来呀？实话告诉你吧，是锦江中的渔歌把我召唤来的。"

长着一对闪亮眸子的秀娟也笑了："哟，有文才的扬雄哥就是不一样，张口就带有诗意哩。"

刘三见状忙对秀娟吩咐道："秀娟妹子，你快去通知厨房，今晚多加几个大菜，过会儿西门公子和席大哥几人还要过来商量事，正好给我老铁接风洗尘。"

"好的，我这就去告知伙房。"说完，秀娟就朝厨房跑去。这时，客栈外突然传来一阵马蹄声，稍后，西门公子、席毛根与袁平三人就风风火火走了进来。躲在刘三身后的扬雄突然蹿出，站在西门公子和席毛根面前说："嘿嘿，二位仁兄，我扬雄来也！"

惊喜的西门公子一把抱起扬雄转了两圈，然后放下他说："子云贤弟，看你今天精气神如此之好，莫非你遇上开心事啦？"

第四十三章 出人意料，扬雄竟成文翁学馆旁听生

"对头，我确实遇上件异常开心的事，心里快活得很哪。"扬雄忙向西门云飞回道。感觉敏锐的席毛根从没见扬雄这样开心过，简直跟春节前来客栈时完全判若两人，他也忙抓着扬雄肩头问道："子云，趁现在还没喝酒，你把开心事先告诉我们呗，让大家及早分享你的快乐嘛。"

有些急了的张德川也催促道："子云，你别卖关子了，有啥好事就先告诉兄弟们嘛。"

随即，扬雄抱拳对众人说道："各位好友，我扬雄已正式来成都念书了，而念书学馆就是我仰慕已久的'石室精舍'！"

"啥子喃，你、你到'石室精舍'学馆念书了？"大惊的席毛根问道。此刻，张德川和西门云飞也惊诧地说："哟，那就太巴适了嘛。"

为啥席毛根、张德川和西门云飞三人对此感到吃惊和振奋呢？因为，有文化的三人比刘三几人更清楚，出身桑农之家毫无社会背景的扬子云要进文翁学馆读书，那是多么不易！

此刻，颇有好奇心的张德川向扬雄问道："子云，你给我们说说，这时节并不是入学时间，你是咋个进的文翁学馆喃？"

张德川话音刚落，秀娟忙跑过来对刘三说："刘老板，酒菜已准备好，大家还是边吃边说，好吗？"

扬雄听秀娟说后，立马对众人说："要得，我在酒桌上再讲，我是咋个偶然进的文翁学馆。"说完，众人跟着秀娟朝厨房隔壁的饭厅走去。令刘三一伙不知的是，有几个客栈客人站在各自门口指指点点，似乎在对扬雄议论着什么。

刚进饭厅，秀娟就低声对刘三说："刘老板，今天扬雄哥来了，我想留下跟你们一块喝喝酒，你看行吗？"

"那有啥子嘛，你留下跟我们一块吃就是。"由于秀娟是张德川妹妹，而刘三曾听说张德川家被土匪祸害后，扬雄和席大哥去帮过德川家，所以，刘三就爽快答应了秀娟的要求。

进了饭厅后，席毛根坚持要扬雄坐上位，并郑重其事地说："扬子云已是我们蜀郡高等学府的学子，未来前程不可限量，说啥他今天也该坐上位。"随着众兄弟的附和声，扬雄只好坐了上位。此时，懂事又灵醒的秀娟打开一坛文君酒，忙给众人斟上。席毛根见众兄弟已落座，忙示意刘三发话。刘三想了想端着酒杯站了起来。看着满脸笑意的扬雄，刘三举杯说道："我喃，没得啥子文化，但我也晓得文

345

翁学馆是成都最好的学馆，既然我老铁进了这个读书的好地方，那我们这群弟兄伙就该庆祝他心想事成。来，大家端起酒杯，祝我老铁进了巴适得板的好学馆！"

在大家的祝贺声中，乐颠颠的扬雄同众人碰杯后，就仰脖将杯中酒一口喝干。待扬雄放下酒杯，席毛根有些不解地向他问道："子云，你我曾是同窗，上过学馆的人都知道，这盛夏并非入学季，我同德川都想知道，你是用了啥非常方法，才进了文翁学馆的？"

席毛根问后，扬雄见众人都睁大双眼期待他回答，于是便收起笑容，认真回道："席兄，说来也许你们都不相信，我能进文翁学馆念书，全因几个偶然因素。"

"啥子嘛？你扬子云进文翁学馆，是偶然因素促成的？"西门云飞有些不敢相信自己的耳朵。

"是啥子偶然因素嘛？你给我们说说。"张德川又对扬雄说。这时，一旁的秀娟、陆小青和袁平，也好奇地注视着扬雄。其实，从内心深处讲，有些文化的席毛根、张德川和西门云飞都非常羡慕扬雄进了文翁学馆念书。

扬雄想了想，放下酒杯说道："偶然因素有三，第一，是林间先生让我离开翁孺学馆，推荐我到成都来拜严君平先生为师；第二，我到成都后，君平先生离开文翁学馆到外地游学去了；第三，我在文翁学馆巧遇了好先生李弘，是他留下我做了文翁学馆旁听生。若没这三个偶然因素，我扬雄是不可能留在文翁学馆的。"

听扬雄说完三个偶然因素，西门公子疑惑道："子云贤弟，这么说来，你还不是文翁学馆正式学子哟？"

席毛根立马说道："西门公子，我和德川跟子云曾是同窗，我俩都晓得扬子云是我们翁孺学馆的第一才子，居于对他的了解，我敢断言，不出半年，扬子云的学习成绩，就会丢翻文翁学馆所有学子。"

西门云飞看着扬雄，笑着问道："哟，子云贤弟，你这么厉害？"

扬雄一听，忙摆手说："哎呀，西门公子，你别听席兄瞎吹，我哪有那么厉害。"

没等扬雄说完，张德川忙对西门公子说："西门兄弟，作为子云曾经的同窗，我也相信，几个月后，扬子云定会成为文翁学馆的第一才子。"

"来，为未来的第一才子再干一杯。"西门公子忙提议道。

这时，众人又端起酒杯，同扬雄碰杯后都将杯中酒喝干。秀娟见大家喝得开心，又拿起酒坛给大家倒上酒。此刻，扬雄看着刘三，突然低声说："刘三兄，只是我真没想到，李弘先生竟把我安排在龙耀文两兄弟那个班。唉，我刚去，又不好意思提出换班。"

刘三忙说："老铁，你千万别给我换啥子班，你在文翁学馆，正好帮我盯住那俩小子，哼，老子大仇还没报，我就想看看，这俩小子毕业后将去哪儿，到时，我仍要找他们算账！"

"刘三兄，你是不知啊，我才在那上了两天课，这俩王八蛋就给老子装疯迷窍，经常朝我做怪相吐口水，好像我上辈子欠了他家钱没还似的。"扬雄极不开心地说。

刘三板起脸说："老铁，不管他们做啥子怪相，你都要稳住，只要他俩敢动你根手指头，你就告诉我，老子会拿着他俩的木板欠条，直接到学馆去找这两个瓜娃子。哼，到时我不仅要让他们丢尽脸面，还要让这两个混账赔你精神损失费！"

众人听刘三说完，都哈哈大笑起来。这时，秀娟端起酒杯说："扬雄哥，去年我家遭难时，你同席大哥来我家帮了大忙，这里，我代表我妈和小妹，敬你一杯酒，同时，也祝你在文翁学馆念书取得好成绩。"说完，秀娟同扬雄碰杯后，就先干了杯中酒。

见秀娟敬了扬雄酒，刘三忙对秀娟、陆小青和袁平说："你们三人先离开这儿，我们要商量点要紧事，商量完后，我再喊你们进来继续喝酒。"刘三说后，秀娟三人立刻起身出了房门。刘三之所以要秀娟三人出去，是不想让秀娟知道他下一步的复仇行动，为不伤害到秀娟，故意也让小青和袁平跟着一块离开。

……天渐渐黑了下来，秀娟点亮两盏油灯放在饭厅后，又悄悄退了出来。刘三继续说道："前两月，西门公子又去了两次县衙，差役推说王县令外出考察民情，没在县衙，结果西门公子走后不久，盯梢的陆小青亲眼所见，王县令从县衙出来，坐上滑竿到鹃城大酒楼去喝酒。哼，老子说过多次，他们是官官相护，王县令咋个可能判宋捕头有罪嘛。"

西门公子看了看气呼呼的刘三，低声说："刘兄，那我过几天再去趟县衙，如何？"

"西门兄弟，你没必要再去找王县令了，我已说过多次，是该策划对歹人宋捕头的报复行动了。哼，官府不惩治恶人，老子就替天行道！正好今天扬雄也来了，在此我也想听听老铁对此事的看法。"说完，刘三的目光就盯着扬雄。

想了片刻，扬雄认真对刘三说："刘兄，为杏花和我报仇的事，在此，我代表

347

杏花向你们几位好兄弟表示感谢。但立即策划复仇行动，我表示反对。"

"啥，你不同意对宋捕头采取复仇行动？"刘三惊诧问道。

"我不是反对复仇，而是不赞成现在动手。"

"你不赞同的理由是啥？"生气的刘三忙问。

迟疑片刻，扬雄指着席毛根、张德川和西门云飞说："刘兄，若要对宋捕头复仇，你定离不开这三位有功夫的好兄弟。你想想看，席兄现正在织锦坊学管理，德川兄又是这客栈的大总管，而西门兄弟又是西门家的宝贝独子。这复仇免不了要动刀棒等凶器，万一有个闪失，我是怕毁了兄弟们的前程哪！"

"扬雄，你怕这怕那的，这么说来，你我和杏花的仇就不报啦？"

扬雄口气坚决地说："刘兄，这仇不是不报，而是非报不可！我只是建议推迟对宋捕头的复仇行动，不知你意下如何？"

"整整半年都过去了，还要推迟到猴年马月呀？"刘三不满地说。

"刘兄，二帮主和三帮主上天师洞学武艺，也快两年了，我想，等陈山岗和李二娃学成下山后，我们再报此仇也不迟。到那时，增添两员有武功的虎将，难道还怕他宋捕头见了棺材不下跪？"

刘三听后想了想，扭头向席毛根问道："席兄，你以为扬雄的建议咋样？"

席毛根想了想说："刘老板，子云的建议有一定道理，前不久二帮主和三帮主不是说过嘛，他俩现正在跟着张大师学飞镖绝技。在武术这方面我比你稍懂点，若他俩真学成了飞镖之技，那要取宋捕头项上人头，就是小事一桩。你的目的是复仇，要既能复仇又不伤及自身才对。"

听席毛根说完，刘三又忙向张德川问道："德川兄，你的看法嘛？"

"我赞同子云和席兄的意见，等陈山岗和李二娃下山后，再采取复仇行动。"张德川回道。不等刘三再问，西门公子也说："刘兄，我也赞同他们三人的意见。"

刘三看了看扬雄四人，无奈地说："唉，既然你们四位都这样认为，那好，我们就推迟复仇行动吧。"说完，刘三长长叹口气，一拳重重砸在桌上。

席毛根见此，忙安慰刘三说："刘帮主，你不必叹气，恶人宋捕头迟早是死，留他狗命多活几天也无妨。只要陈山岗和李二娃正式下山，我就给你制订一个周全的复仇方案，到时，我让你亲手宰了宋捕头，咋样？"

刘三听完将牙一咬，紧紧抓住席毛根的手说："好，有你席兄这句话，我刘三就放心了！"

第四十三章　出人意料，扬雄竟成文翁学馆旁听生

扬雄见刘三已同意推迟复仇，忙起身说："各位好友，时间不早了，今晚我还得在关大门前赶回学馆，我改天再来玩哈。"说完，扬雄就朝门外走去。

席毛根忙拦着扬雄说："子云，我们光顾高兴喝酒、说复仇的事，我还没问林间先生近况哩。"

张德川也忙说："是呀，林间先生近来身体可好？"

扬雄无奈叹道："唉，先生身体大不如从前，我过几天再来客栈细说先生的事，文翁学馆有规定，关大门前我必须赶回学馆！"

"好好好，子云既已来成都，今后我们见面就方便多了，让他先回学馆吧。"席毛根忙对众兄弟说。扬雄刚出房门，秀娟和小青几人就围了上来。扬雄解释几句后，就匆匆朝客栈大门走去。

晚风吹拂，一弯明月挂在黛蓝色夜空。秀娟挥动手臂，不停向渐渐远去的扬雄告别……

[第四十四章]

并非浪得虚名的超级学霸

离开聚义客栈回到文翁学馆的当天晚上，扬雄就安安静静地在房内写了两封信，一封是写给临邛林间先生的，他在信上告诉先生自己到成都后，虽没见着君平先生，却意外被李弘先生安排为学馆的旁听生，以便等候君平先生游学归来。扬雄要林间先生放心，他一定会牢记先生嘱托，今后会继续深入研究方言等。

扬雄第二封信是写给父亲的。他告诉父亲，他已离开临邛翁孺学馆，在先生林间翁孺的推荐下，到成都文翁学馆拜严君平先生为师。没想到，君平先生外出游学未归，他被学馆李弘先生安排暂时做了旁听生。虽为旁听生，但他一定会珍惜留在文翁学馆的时光。待第二天两封信寄出后，扬雄心里才如释重负松了口气。

几天后，令扬雄感到十分难堪的事还是发生了。扬雄刚被留在文翁学馆做旁听生时，龙耀文两兄弟不是在背后吐口水就是扮怪相做鬼脸，今天中午下课后，龙氏两兄弟竟在教室外齐声喊叫："旁听生，旁听生，混进学馆的大苍蝇。旁听生，旁听生，专占便宜的土混混……"

扬雄听到后，气得连午饭也没吃，就躲在屋内一直抹泪哭泣。原来，来这里读书不仅要通过考试，而且还要交费才能成为正式学子。当龙家兄弟听到扬雄既没考试又没交钱就成了旁听生后，心中愤愤不平的他们就编出几句打油诗来羞辱扬雄，以泄心中不满。

不一会儿，同窗扬庄就端了一个盛有饭菜的大碗走进房间，安慰道："扬雄，你不必为那两兄弟的下作做法呕气，别理睬他俩，先把饭吃了再说。"

含泪的扬雄看着面色白皙的同窗问道："谢谢你关心我，我晓得我两是一个班的，但我还不知你姓名哩。"

那学子回道："我叫扬庄，我俩还是家门呢。"说完，扬庄就把饭碗递在了扬雄手上。这时，门外又响起龙家兄弟的叫喊声："旁听生，旁听生，专占便宜的土混混……"

扬庄听后立马对扬雄说："你先吃饭，我去去就来，这两个混蛋欺人太甚。"说完，扬庄就冲了出去，他一把揪住龙耀文就是两记耳光："好你个臭小子，有你们这样羞辱人的吗？扬雄留在学馆做旁听生，这是学馆的决定，你俩为啥要如此对待扬雄？"

见扬庄打了自己大哥，龙耀武立即蹿上，挥拳朝扬庄头上砸来。扬庄侧身一闪，飞起一脚朝龙耀武胸口踢去。被踢翻倒地的龙耀武突然从身上拔出一把短刀，跃起朝扬庄扑来。谁也没想到，挨了两记耳光的龙耀文却上前死死抱住龙耀武说："打不得打不得，你若伤了他，恐怕我们全家都得下狱哪。"

这时，从厨房赶来的陆小龙一把夺过龙耀武手中短刀，啪啪给了龙耀武两记耳光，然后愤然骂道："好你个狗胆包天的龙耀武，胆敢在太岁公子头上动刀，你他妈是想找死呀！"

被打得晕头转向的龙耀武很是不服地挥拳对陆小龙说："他、他扬庄咋啦？！还不是跟我一样，不过仅是一名学子而已，你为啥要护着他？"不待龙耀武说完，龙耀文就硬拽着龙耀武离开了。很快，路过的扬雄就听到龙耀文对他兄弟低声说："这扬庄我俩惹不起，听说他父亲是蜀郡大官。"

"哥，那、那你咋不早给我说一声嘛？"龙耀武哭丧着脸说。

"兄弟，我也是前两天才得知扬庄背景的。唉，别人老子可以不怕，但、但扬庄我俩是绝对惹不起的。算了吧，那兔崽子扬雄有扬庄罩着，我俩今后就别再去惹他了。"

"哥，扬雄跟扬庄一个姓，莫非，他俩有啥亲戚关系？"

"这我就不得而知了。"龙耀文摇头说。

几天后，李弘站在教室讲台前说："学子们，我上月在讲《尚书》时，其中重点讲了《尧典》。现在，我不用原文而用当下语言，给你们再讲一遍《尧典》好吗？"

"好哇好哇。"学子们竟高兴得拍起掌来。

身穿丝绸薄衫、两眼炯炯有神的李弘微笑注视着弟子们，朗朗背诵道："舜在尧的太祖庙堂里，接受尧禅让的帝位。舜继位后，就用美玉做成的仪器来观察日月五星运行情况。接着便举行了祭天帝的典礼，把继位之事报告给天帝，然后举行烟燎的祭礼来祭祀天地四时这六宗，又举行望祭的典礼来祭祀山川神灵，随后……"

李弘突然停下，扫视众学子说："学子们，我一个月前讲述《尧典》时，就要求你们把全文背诵下来，现在，哪位同学把后面的几句给我续上，谁来续呀？"

教室内一片沉默，弟子们相互看看，谁也没说话。稍后，李弘对龙耀文问道："龙耀文，你起来给大家背背吧。"说完，众学子就把目光投向了慢慢站起的龙耀文。

龙耀文尴尬地望着房梁想了一阵，尔后低声说："先生，我、我实在想不起来了。"

李弘看着龙耀文，严肃地说："龙耀文，你可是文翁学馆正式学子，而不是专占便宜的土混混，那么，你就应该完成老师布置的背诵要求，对吧？"

"先生，我、我当时是能背下的，可、可现在我又全忘了。"

李弘看了看稍胖的龙耀文，又向众学子问道："既然龙耀文忘了，那谁来接着背诵下面几句？"

教室中仍是一阵沉默。稍后，扬雄举手说："先生，我来续上可以吗？"

李弘点点头："可以，你虽是旁听生，但课堂上回答问题，应该跟在座同学一样。"

扬雄忙起身说："谢谢先生给我学习机会。"接着，扬雄就认真背诵道："随后，舜聚敛了四方诸侯的信圭，再择定吉月吉日，召见四方诸侯之长以及众多诸侯，举行隆重典礼。在仪典上把信圭颁发给诸侯，表示对于诸侯的任命。"

扬雄刚背完，李弘满意地点头说："扬雄，你背得不错，你能再把《尧典》最后几句背诵一遍吗？"

扬雄点头后，又背诵道："按照帝舜的规定，每隔三年要对官员考核一次政绩，经过三次考核后，便将昏聩官员降职，将明智的官员升级。待一切功业都振兴起来后，他把三苗流放到远方。舜三十岁那年被尧君重用，在官位三十年，在帝位五十年，后来巡行视察时，登上衡山，并在那里去世。"

扬雄刚一背诵完，学子们大多对他投来惊诧或赞许的目光，扬庄起身对扬雄跷起大拇指说："太棒了，你这旁听生不简单，比我们这些正式学子还厉害！"

李弘示意扬雄坐下后，又说道："同学们，学习之事来不得半点马虎和虚假，朝廷对你们这批学子寄予了厚望。现正是用人之际，我文翁学馆录用的学子，就是为朝廷输送人才用的。虽然你们大多是官宦和富家子弟，家里条件也优渥，但你们千万别荒废学业，日后沦为碌碌无为之辈。"

不久，文翁学馆放了暑假。由于近段时间扬庄同扬雄接触频繁起来，放假前，扬庄便问扬雄："子云，你打算怎样安排自己的假期？"

扬雄诚实地告诉扬庄，由于他出生在花园乡，对成都不太熟悉，放假后，他打算留在成都，好好游历下这个颇具诱惑力的古都，若感受深刻，他打算写点东西。此时，扬庄对扬雄的写作才华还不了解，但为进一步同学习成绩不错的扬雄交往，扬庄便对扬雄说："子云，要是你假期想留下了解成都，我愿用家里马车，陪你把成都古城逛个遍。"

"真的？那我就太谢谢你这位同窗好友啦。"扬雄忙高兴抱拳对扬庄说。放假后，扬庄果然兑现了自己承诺，半个月时间里，每天都让家里的车夫赶着马车，自己亲自陪同扬雄，在成都大街小巷转悠。扬庄出生在成都，故每到一处古老的街道、牌坊与庙宇时，他都要给扬雄讲解其历史缘由和人文故事。半个月后，扬雄就对成都有了较详细的了解。

令扬雄十分感动的是，扬庄不仅用家里的马车陪同他游玩，而且每天还总是变着花样请他吃些特色美食。半个月下来，毫不夸张地说，扬雄对成都美食的熟悉已不输于刘三和席毛根几人了。在整整半个月游玩中，不但扬雄没花一文钱，最后扬庄还特意送了二十枚五铢钱给扬雄，作为他后半个月的生活费用。

与扬庄告别后，扬雄就去聚义客栈同刘三、西门云飞、席毛根和张德川几人相聚了两天。相聚时，扬雄告诉了他们自己在学馆的学习情况，以及他结识的新朋友扬庄，但扬雄没讲扬庄的家庭背景。酒桌上，刘三问扬雄："那龙家兄弟咋样，他俩继续给你装怪没？"

扬雄云淡风轻地回道："没有了，我想，龙家兄弟可能再不敢跟我装怪了。"

"为啥呀？"刘三很是不解。

扬雄笑道："因好友扬庄已成了我在学馆的保护伞，龙家兄弟都怕他。"

"扬庄有武功？"刘三忙高兴地问道。

"扬庄没武功，但龙家兄弟就是怕他。"

刘三想了想说："嘿，这就奇了怪了，龙家兄弟向来是欺软怕硬的货色，他们咋会怕一个没武功的书生呢？"

西门公子听后说："刘兄，成都水深堂子野，这儿的官场和黑道都非常复杂险恶，万一扬庄有你我都不晓得的背景喃？"

刘三点点头："嗯，这他妈完全有可能。"

扬雄听后心里感叹道："还是西门公子有见识，相比之下，花园场出生的叫花子刘三兄对这些复杂社会关系还没什么认知。"

进文翁学馆一个多月的扬雄意外收获了同窗扬庄的珍贵友谊，为感谢扬庄的无私帮助，贫寒的扬雄想了许久，认为自己仅有的长处就是能写点东西。于是，在聚义客栈玩了两天后，扬雄回到学馆，静下心来回味在成都游玩的感受，准备写点什么。

成都的夏夜异常潮湿闷热，在空旷的学馆中，扬雄赤裸上身，谋篇布局完文章结构后，就挥笔创作起他的《成都城四隅铭》来。

初稿写完，经过两天反复推敲修改，扬雄才认认真真用毛笔把《成都城四隅铭》抄写在竹简上。抄写完后，扬雄欣喜击掌道："好，我就把这篇四隅铭赠给扬庄兄做个纪念。"就在扬雄再次审读自己文章时，只听有人敲门。

忙穿上薄衫的扬雄开门见是扬庄，便笑道："扬庄兄，我俩真是心有灵犀呀，我正想送你一篇新作，你就突然来了。"说完，扬雄就把手中凝有的墨香的竹简递给了扬庄。

扬庄欢喜地接过竹简展开道："《成都城四隅铭》，哎呀，子云贤弟，你这一手漂亮的小篆字体，简直太有秦朝李斯的书写风格了。我先不看你文章写得如何，就你这绝妙的小篆书法就盖过文翁学馆所有学子哩。"

"扬庄兄，你可不能胡乱吹捧哟。"扬雄忙说。

"子云贤弟，你看我像胡乱吹捧的人吗，自进入学馆一年多来，我对学馆内一百多名同窗的文章和写字水平，还是较为熟悉的。"说完，扬庄才认真看起竹简上的文章来。看完后，扬庄将竹简卷起说道："子云，你这篇文章非常不错，我今晚回去再慢慢品读。现在时候不早了，走，你我先出去寻点荷叶稀饭和盐蛋吃吃，晚饭后，我俩再去锦江边吹江风聊天如何？"

"嗯，要得嘛。"扬雄忙点头道。

随后，扬雄跟扬庄就朝学馆大门走去……

之后，扬庄忍不住把扬雄创作的《成都城四隅铭》拿给了李弘先生过目，并一再赞扬了扬雄的文笔和书法。李弘在认真阅读时，不禁被文中"城郭方正，东方旭日照房舍兮，锦江帆影载笑语"所感染，连连叹道："这虚实结合写我们成都的佳句，真是不多见哪。"

听到如此评价，扬庄激动地补充道："先生请看，扬雄这几句'春秋烟岚，织机声声伴星月兮，纤纤玉手织蜀锦'，可把我们成都的蜀锦和众多绣女写绝了。这四隅铭可是一篇上乘佳作啊。"

"嗯，我看不仅扬雄的文章不错，他的字也算得上是书法上品。哎，真没想到，我留下他当旁听生，无意间竟留下一个难得的具有如此天赋的学子。太出人意料也太令我高兴了，等君平先生回来，当他得知要收扬雄为徒时，不知先生会怎样开心哩。"

扬庄也感叹道："尊敬的先生，我也没想到啊，看似穿戴普通相貌并不出众，甚至还有点口吃的扬雄，竟有如此才情，真可谓人不可貌相呀。"

李弘拍着竹简说："看来，这年轻的扬雄前途真不可限量哪……"

由于扬雄的《成都城四隅铭》给李弘留下了深刻印象，中秋后，李弘就想测试学子们对赋的兴趣，故增加了几节课来讲解司马相如的《上林赋》。课堂上，李弘不仅介绍了司马相如与卓文君的爱情故事，而且还详细讲了写作《上林赋》的历史背景。然后，李弘便点名要扬庄来诵读《上林赋》。当扬庄声情并茂朗诵到一半时，李弘要扬庄坐下，又点名要龙耀文接着往下诵读。不知是何原因，龙耀文一改往日得意神态，诵读略显紧张不说，还读错了两个字。

待龙耀文诵读完后，李弘向全班学子说道："同学们，你们有谁能说说司马相如这篇《上林赋》的艺术特点？"说完，李弘便仔细观察全班学子的反应。

全班学子又是一阵沉默。李弘知道，或许他的要求对这些学子来说高了些，但一想到是测试，不再顾虑的李弘再次向学子们说道："同学们，司马相如的大赋，是我朝的骄傲。过去，学馆没敢多讲辞赋的原因，是学馆中的先生们有顾忌。今天，我与你们共同来探讨研究司马相如的《上林赋》，大家可以随意发言点评，说得不好也没关系嘛。"

李弘刚一说完，全班学子似乎轻松许多，顿时就交头接耳议论起来。扬雄见大家你一言我一语说了一番后，便主动举手要求发言。李弘心中一乐：哎，我正想听听你的看法哩。

当李弘点头同意后，扬雄站起说道："文学大家司马相如的代表作不光有《上林赋》，还有《子虚赋》《长门赋》和《美人赋》等。我个人认为，统观司马相如辞赋，特点主要有三：其一，结构宏伟，富丽堂皇。司马相如非常讲究场面的开阔，讲究层次的分明递进和描写的多层次，由外及里，由上而下，由近及远，同时，他也非常注意把握空间的转换、时间的流动。因此，司马相如的赋形成了多种生活、多种场面、多种气氛构成的广阔而又统一和谐的艺术画面。其二，司马相如的大赋极其讲究绘声绘色，赋中的声音、色彩种类极多，变化也大，穷尽无限想象，给人以惊心动魄之感。但他营造的总体气氛却是富丽、欢愉、热烈而庄严的。其三，司马相如的大赋极大程度利用了汉字字形构造特点，在字形排列上给我们阅读者以强烈的视觉冲击。比如许多山字头、鱼字旁、草字头字的连用，就增强了文章视觉上的气势。除以上三点外，我认为《上林赋》内容形式变化有序而不复杂，加上较多的对偶和排比手法的运用，使整篇赋显得结构宏大且内容层次又不失严密。我认为，司马相如的大赋无疑是我大汉辞赋的标杆和榜样，这种独特的文学体裁形式，值得我们学习和效仿！"

扬雄刚一说完，李弘就带头鼓起掌来。刹那间，整个教室就响起一阵热烈掌声。待同窗们掌声稀落下来时，李弘向扬雄问道："扬子云，听你归纳司马相如大赋的艺术特点，我认为，你过去在研读司马相如辞赋上是下了大功夫的，对吧？"

扬雄认真回道："尊敬的先生，我十三岁就喜欢上司马相如的辞赋了，对他的大赋我能全背诵下来哩。"

"真的？为加深同学们对《上林赋》的印象，你把这篇大赋再背来听听，好吗？"李弘忙说。

"要得嘛。"扬雄点头后，就开始背诵道，"亡是公听然而笑曰：楚则失矣，而齐亦未为得也。……若夫终日驰骋，劳神苦形，罢车马之用，抏士卒之精，费府库之财，而无德厚之恩，务在独乐，不顾众遮，亡国家之政，贪雉兔之获，则仁者不由也……"扬雄刚一背诵完，全班同学都站了起来，一同拥到扬雄身边，在扬庄带头下，众同窗把扬雄抬起并高声喊叫道："扬雄，厉害，扬雄，厉害！"

等同学们回到自己座位，李弘对站着的扬雄说："扬子云，我从你写的《成都城四隅铭》看出，你是对辞赋有所研究之人，同时你也是个有才情的青年才俊。既然你如此喜爱辞赋，我建议你今后写些跟我们蜀都有关的赋来，以此来践行你要效仿司马相如的愿望嘛。"

"好的，先生，我已记住您的鼓励和期望了。"扬雄忙兴奋回道。

秋空明净高远，大雁南飞之时，严君平终于结束游学回到文翁学宫。李弘在拜见君平先生时，特向严君平介绍了扬雄成为旁听生的前后过程，并把扬雄写的《成都城四隅铭》拿给他看。严君平看过后大惊："此学子两年多前，曾在茶铺听过我说书，没想到才这么短时间，他的文才就显露出来，而他的小篆字也写得这么漂亮，此人可真是个人才啊。"

"严先生，前不久我讲司马相如《上林赋》时，这个扬雄不仅能背诵《上林赋》全文，而且还能背诵《子虚赋》《长门赋》和《美人赋》。更为难得的是，他对司马相如大赋的艺术特点，归纳总结得精妙准确，是个对大赋颇有研究的学子。"李弘又补充说。

严君平想了想说："既然扬雄学子是个难得的人才，你认为旁听生的身份是不是有些委屈了他？"

李弘忙高兴地回道："君平先生，现在学馆其他先生都已达成共识，想破例把扬雄这个旁听生转为学馆正式学生，我来就有征求您意见之意，不知先生意下如何？"

"那还用说吗？你可立即打报告给蜀郡府，请上面破例特批，将有才学的扬雄转为正式学子！"

李弘忙向严君平作了个揖，然后爽声笑道："谨遵严大师之命，我现在就去打报告，一定争取早日将扬雄转为我学馆正式学子。"说完，高兴的李弘就匆匆离开了……

第四十五章

琴台路上的文君酒坊女老板

　　花园场豆腐饭店，自春节后重新开张，生意火爆三个月后，食客就渐渐少了下来。对一个人口并不多的花园乡而言，一个八卦新闻事件，虽可在两三天内传遍十里八乡，但新闻终有变成旧闻时，再反复炒作，就味同嚼蜡般无人再感兴趣了。正因这样，覃老板母女的生意在端午后就彻底跌入低谷，尽管，勤劳的杏花渴望自己每天都能忙得像只翻飞的蝴蝶。

　　秋天，像一位山中悄无声息的道姑，在不知不觉中姗姗而来。望着逐渐凋零的夏花与落叶，闲得无聊的杏花就开始思念起他的扬雄哥了。自春节前扬雄带人来写诉状后，大半年了，她再也没见到日思夜想的扬雄哥。难道，他还在临邛学馆苦读？若年底回来，扬雄哥家里该托媒人来饭店提亲了吧？自檐下燕子朝南飞走后，单纯的杏花就这样常常陷入忧愁的思念中……

　　忙过中秋后，刘三为兑现曾给王干妈和陈财主的承诺，亲自驾着马车带上陆小青，去清风庄园将二位老人接到聚义客栈，在成都整整玩了三天。为哄二老开心，刘三谎称自己不仅在浣花织锦坊有股份，而且在聚义客栈也占有四成股份，是客栈最大股东。陈财主听后，有些担心地问道："刘三呀，要是这么弄下去，那你又何时才能回庄园接手管理工作喃？"

　　"干爹，您别着急嘛，您老人家身体这么硬朗，多管几年也是可以的。往后，我要是实在脱不了身，您和干妈可把庄园卖了，我在成都给您二老买个公馆，把您接到成都来住，您认为咋样呀？"

　　"这个、这个嘛……等我考虑好再告诉你。"陈财主犹豫说。王干妈却立马跷起大拇指对刘三说:"哟,我们刘三硬是能干哈,这么年轻就在成都当了老板,又是客栈又是织锦坊的,看来往后,我和你干爹是要享你清福哟。"

在为陈财主和王干妈送行的头天晚上,刘三特叫陆小青去文翁学馆通知扬雄。晚饭酒桌上,刘三不仅给陈财主介绍了他的童年老铁,还介绍了穿着高档绸服佩有长剑的西门公子,以及席毛根和袁平,另外,刘三还介绍了客栈大总管张德川和他妹妹秀娟。当介绍完秀娟后,懂事的秀娟立刻起身向陈财主夫妇鞠了一躬,并微笑着向二老问好。看着清秀漂亮长有一对丹凤眼的秀娟,王干妈忙悄悄向刘三问道:"这漂亮的秀娟妹子,可是你对象?"

"干妈,您老人家着啥子急嘛,我今后一定找一个比秀娟妹子还漂亮能干的姑娘来侍候您二老,如何?"刘三忙将手附在王干妈耳边说。王干妈听后,高兴得一对眼睛都笑成豌豆角了。

两杯酒下肚后,刘三要扬雄为二老说几句祝词。扬雄听后,便端着酒杯站起身说道:"我晓得,过去在刘三兄困难阶段,无私有爱心的王干妈和陈老乡绅曾资助刘三兄上天师洞拜师学艺。在此相聚欢送时刻,作为刘三兄的老铁,我扬雄祝二位老人福如东海、寿比南山,无论在青城山下的庄园还是成都,都能在刘三兄的精心安排下幸福地安享晚年。"

扬雄话音刚落,王干妈就眉开眼笑地说:"哟,这个扬雄小伙子硬是会说话喃,我难得听到这么巴适的祝福话语哟。"

"干妈,我童年老铁是这群小伙子中文化水平最高的,他如今正在成都最高学府文翁学馆念书哩。"刘三忙给王干妈解释说。

"难怪不得哟,我还是第一次听到'福如东海,寿比南山'这么安逸的祝词哩。"

待众人敬了酒后,并没坐下的扬雄继续说道:"今天,借欢送二老之机,我把才得到的好消息向众友通报一声。"

"啥子好消息哟?"席毛根忙问道。此刻,众人立即把目光聚焦到面带喜色的扬雄身上。

不敢卖关子的扬雄低声说:"今天中午吃饭时,李弘先生代表文翁学馆正式通知我,说蜀郡府已破例特批我为文翁学馆正式学子了。"说完,扬雄就主动端起了酒杯。

"哟,子云贤弟,你居然这么快就从旁听生转为正式学子了,这足以证明你学习确实厉害嘛。"西门云飞兴奋地说道。

席毛根扬了扬头说:"咋样,我几个月前不就说过嘛,扬子云的学习成绩定会丢翻文翁学馆其他学子的。大家想想看,子云若不优秀,蜀郡府咋可能特批他为正式学子嘛。"

这时,秀娟主动端着酒杯,走到扬雄面前说:"扬雄哥,为你能成为文翁学馆正式学子,我代表我妈和小妹特向你表示衷心祝贺。"说完,秀娟就主动将杯中酒喝干。待秀娟回到自己座位后,席毛根发现,秀娟的目光中明显含有爱慕和崇拜之意……

扬雄离开客栈时,告诉刘三说,三天后文翁学馆要放假一天,他希望刘三派人去把陈山岗和李二娃也通知来客栈,到时还要多做几个菜,他要买些好酒请大家,以谢众兄弟对他的关心与祝贺。刘三听后拍着扬雄肩头说:"老铁放心,这点小事我一定会办好。"临别,扬雄对席毛根、张德川和西门云飞说:"几位贤兄,到时我争取把好友扬庄叫来,我希望他也能成为我们这群兄弟的好朋友。"在大家异口同声表示欢迎后,扬雄才依依不舍同好友们告别。这时,秀娟立马走过去,悄悄塞了两个熟盐蛋在扬雄手上。捏着两个温热盐蛋,扬雄再次挥手向大家道别……

休息日那天午饭后,扬雄就同扬庄一块出了门,两人一面聊天一面慢慢朝不远的琴台路走去。扬庄要带扬雄去他较为熟悉的文君酒坊买好酒。由于路程不远,一刻钟后,二人便来到了琴台路。

进入琴台路不久,扬雄就听见一阵琴曲传来。循声望去,只见一个巨大酒幌在一家店门上方飘动。扬庄加快脚步后,转眼间扬雄便跟着他来到文君酒坊店门外。这时,扬庄才回头对扬雄说:"子云贤弟,我所说的有好酒之处,正是这文君酒坊也!"

扬庄话音刚落,店内琴声戛然而止,此时,一位年轻貌美婀娜多姿的美丽女子起身迎出来:"哟,扬公子真是稀客喃,为啥好久不光临我酒坊啦?"

"漂亮的桃花小姐姐,在这秋光大好时节,我不是带着友人来照顾你生意嘛。"扬庄忙微笑回道。此刻扬雄才注意到,这位名叫桃花的姑娘将茂密头发挽作发髻,发髻高耸于头顶,白晰的鹅蛋脸上嵌着一对桃花眸,显得异常水灵生动,那不大不小精致的鼻尖下长着一张不薄不厚的性感嘴唇,长长的细颈,略显高挑窈窕的身姿透出一股少见的贵族美女气质。桃花原名卓春桃,今年18岁,由于名中带有"桃"字,从小就被父母唤作"桃花"。她是临邛大富豪卓王孙第六代直系后人,在临邛翁孺学馆读书的卓铁伦就是她亲弟弟。受父辈影响,她不仅喜爱古筝,也喜欢经商。为继承当年卓文君研制的文君酒，在父母支持下，受过良好教育的她两年前离开临邛，到成都琴台路创办了文君酒坊。

走进酒坊后，趁扬庄同桃花寒暄之际，扬雄迅速扫视酒坊后发现，在温馨且别具文化艺术氛围的酒坊里，靠里的黄色墙上正中挂有一张硕大的卓文君肖像画，画下面摆有一架十二琴弦古筝，古筝旁陶盘中还燃有一根细细檀香。酒坊地上放着三十坛酒香四溢的美酒。酒坊两边墙上，分别挂着用楠木长条小木板雕刻的司马相如的《子虚赋》和《美人赋》。亲眼所见文君酒坊年轻女老板和坊内装饰风格，扬雄心里不禁叹道：如此气质非凡的美女老板开的店，生意肯定是不错的！

在扬雄抬头欣赏墙上《美人赋》的书法时，桃花微笑着向扬庄问道："扬公子，你今天因何事来买美酒呀？"

扬庄指着扬雄回道："漂亮的桃花老板，我今天来买三坛上等美酒，是为这位文翁学馆的才子，是要祝贺他写出一篇漂亮好文章。"

"哟哟，这位学子还是文翁学馆才子？他姓啥呀？"

"桃花老板，他跟我同姓，也姓扬。"

桃花笑了："哟，咋你们扬家尽出优秀公子喃，这也太让人羡慕了嘛。"

扬雄一听，有点不好意思地对桃花摆手说："桃花小姐姐，你别误会，我、我不是什么公子，仅是一名普、普通学子而已。"

春桃见扬雄说话有点口吃，便捂嘴笑道："呵呵，你这个扬才子咋个有点结巴喃？难道，你在课堂上背诵文章也这样？"

扬庄忙接过话头说："桃花老板，你别小瞧我这同窗，他一旦背起文章来，可一点都不口吃，不信，你可让他背诵这墙上的《子虚赋》试试。"

"真的？我确实有点不信。"桃花摇头回道。

扬庄见桃花不信，忙扭头对扬雄说："子云，为验证我说的真实性，你就把《子虚赋》背给年轻的桃花小姐姐听听，让她见识见识，啥叫文翁学馆真才子。"

扬雄不好意思地说："扬庄兄，这有卖弄之嫌，不好吧。"

"扬才子，在我所有顾客中，我还真没遇见过能背诵《子虚赋》的人，今天，你就让我开开眼界，若你真能一字不差背诵完全文，我就送你三坛上等好酒，咋样，敢应这个赌吗？"桃花爽快地对扬雄说。

桃花话音刚落，扬庄立即对扬雄说："子云，美女老板都如此发话了，难道你还有不答应之理？"

扬雄听后，抓了抓后脑勺，然后看着桃花说："桃花小姐姐，到时你该不会反悔吧？"

"哈哈哈，扬才子，要是我卓春桃打赌输了，为区区三坛好酒反悔，我还算大富豪卓王孙的后人吗？"

"好，有你桃花小姐姐这句话，我就恭敬不如从命，现在开始背诵《子虚赋》，请你看着墙上原文，检查我有无背错的地方。"说完，扬雄背对他们，就认真背诵起来，"楚使子虚使于齐，王悉发车骑，与使者出田。田罢，子虚过妊乌有先生，亡是公在焉。……然在诸侯之位，不敢言游戏之乐，苑囿之大，先生又见客，是以王辞不复，何为无以应哉！"才一刻钟，扬雄便把《子虚赋》1493个字一字不错地全背诵了下来。

扬雄刚一背完，桃花便拍手说："好，好好，扬才子背诵得真不错。果真是一字不落，一字不错，真令我卓春桃开了眼界。"说完，桃花扭头看着酒坊外围着的一群看热闹民众，忙对一姑娘吩咐道："兰妹，快给这二位学子泡我们花楸山产的明前春茶，我要向扬才子好好讨教辞赋哩。"

扬庄忙用手止住桃花说："桃花老板，今天我俩来买酒，就是因同其他朋友有约，现已下午寅时，我俩还要上别处买些东西，时候不早了，我们下次再来你这儿切磋司马相如的辞赋吧，你看如何？"

"那好，既然你俩有约在先，我桃花就不强留了。"说完，桃花便走出店门，高声朝不远处一间杂货店喊道："桂子，快来帮我搬酒。"

很快，一瘦削少年便从杂货店钻出来："好嘞，桃花姐，我马上就来哈。"说完，桂子就跑了过来。待桂子刚跑进酒坊，桃花指着三坛酒说："桂子，今天我店阿贵送货还没回来，请你帮我把这三坛上等好酒给这位客人送到他指定的地点去，好吗？"说完，桃花就指了指店内的扬雄。

"没问题，桃花姐。"桂子答应着，扭头问扬雄，"大哥，你这三坛酒要送哪儿呀？"

"麻烦送到卧龙桥聚义客栈。"扬雄忙说。桂子一怔，随即仔细打量起扬雄来。很快，桂子便指着扬雄说："你、你是花园场扬家小院的青年才俊，两年多前，你被滑竿抬着，还游过我们花园场，对吧？"

"小兄弟，你、你是花园场人？"扬雄诧异地问道。

桂子点点头说："嗯，我从小在花园场长大，前年才到的成都。"

扬雄笑了："小兄弟，这么说来，你认识同样在花园场长大的刘三兄啰？"

"我认识丐帮头刘三。"桂子小声回道。

第四十五章 琴台路上的文君酒坊女老板

"桂子，磨蹭啥呀，这两位客人还有事，你赶快把这三坛酒装车送走，以免误了客人正事。"桃花忙催促桂子。桂子应了一声，立马抱起一个有十斤重的酒坛，慌忙朝外走去。

这时，扬庄忙从怀中掏出几枚五铢钱说："桃花老板，刚才我们同你打赌是开玩笑的，我还是把酒钱给你吧。"说完，扬庄就把五铢钱递给桃花。

桃花看了看扬庄手中的五铢钱，有些生气地说："扬公子，你也太小瞧我桃花了吧，既然是打赌，那就得愿赌服输。说好的，这三坛美酒是我今天输的，那你俩就高高兴兴带着酒走呗。"桃花话音刚落，门外就响起一阵掌声。扬庄无奈地笑了笑，只好把五铢钱又放回怀中。

桃花见三坛酒已装上马车，立即对桂子吩咐道："桂子，马车钱我已付了，酒送到指定地点后，你就回我这儿来领跑腿儿哈。"

"要得嘛，桃花姐。"桂子开心地跟着扬雄上了马车。随后，载着人和酒的马车就离开了琴台路……

就在扬雄与扬庄离开琴台路时，陆小青赶着载有陈山岗和李二娃的马车也正一路朝成都奔来。原来，为祝贺扬雄转为文翁学馆正式学子，昨天午饭后，刘三遵扬雄交代，等陆小青送王干妈和陈财主回清风庄园后，就让他把二帮主和三帮主接到成都会合。在陆小青上天师洞帮陈山岗二人向张大师请假并说明原因后，大惊的张大师指着立在一旁的《道德经》石碑说："陆小青，那人就是去年来过这儿的青年才俊扬雄？"

"对呀，张大师，这个扬雄现已被蜀郡府破例，特批为文翁学馆正式学子啦。"陆小青高兴地回道。

张大师摸着胡须，点点头说："不简单不简单哪，我年轻时曾考过三次文翁学馆，皆因知识不全面没能被录取。如今，扬雄能被蜀郡府破例特批为正式学子，这是件多么不容易的事啊。老夫相信，扬雄能被录取，他肯定是有几把刷子的，否则，蜀郡府咋可能破这样的例！"

陈山岗听师父说后，忙问道："师父，今晚我们兄弟伙要在成都向扬雄祝贺，您同意徒儿下山去成都啦？"

"去吧，老夫总不能尽做些讨人嫌的事吧。见到扬雄后，你要转达我的祝贺和问候，另外，你还要告诉扬雄，他用丝帛抄写的《道德经》，我们已请石匠把字凿刻在五个石碑上了，哪天有空，请他到天师洞来玩，同时他也可看看这石碑上的漂

363

亮字体是否令他满意。"张云天说完，便向陈山岗和李二娃做了个快走的手势。

随后，陈山岗和李二娃忙作揖谢过师父，欢蹦着朝下山小道跑去。张云天忙高声叮嘱道："徒儿们，你俩明天可在成都耍一天，但后天必须回来练功。"

"是，师父，我们晓得了。"李二娃回过张云天后，三人很快消失在森林中……

此刻，在这菊花次第绽放的秋天，长安城宫中，一位美丽宫女正满眼惆怅地眺望空中南飞的大雁，一对大大的墨蓝色眸子中似乎透出心中难言的隐忧。

这名叫王嫱的姑娘是南郡秭归县人，由于长得水灵漂亮，汉元帝建昭元年，14岁的她以民间女子身份被选入掖庭，成为一名汉宫宫女。令人没想到的是，这位平民出身的王嫱宫女身上竟有一股高冷倔强的脾气，在一件不算太离奇的事上，竟渐渐跟宫廷画师毛延寿杠上了。

当年，大汉后宫佳丽实在太多，汉元帝无法亲自一一挑选所要临幸的宫女，有太监给汉元帝出了个主意，让有名的人物画师毛延寿给宫女们如实画像，这样一来，元帝就可根据画上人物的美貌，来确定要临幸的宫女，从而省去许多不必要的麻烦和时间。

经过一段时间，毛画师渐渐发现，这画宫女竟可生财，慢慢尝到一些甜头后，胆子越来越大的毛延寿就把给他送钱的宫女画得漂亮些，把那些不给他送钱的宫女画得丑些。气质高傲的王嫱自信地认为，她的美貌足可盖过无数宫女，就坚决不给毛画师送钱。这样下来的结果可想而知，两年过去了，锁在深宫的王美女竟连汉元帝长啥模样也不得而知。

建昭五年的秋天，已整整满18岁的王嫱美女虽没有欢度春宵的现实，却有悲秋的权利。望着空中南飞的雁阵，听着那一声声震荡长空的雁声，心意难平的王美女再次把目光投向汉宫檐下被阵阵秋风摇动的风铃……

一个多时辰后，当桂子匆匆回到琴台路文君酒坊时，桃花问过送酒情况后，就高兴地赏了桂子两枚五铢钱。接过钱的桂子谢过桃花后，就迅速离开了酒坊。

原来，今天当桂子把酒送到聚义客栈时，扬雄就告诉刘三，说这个搬酒少年也是花园场人。待桂子搬完酒坛后，刘三很快就认出了已长高许多的桂子。刘三猛地上前抓住桂子衣领说："好你个桂子，你原来躲到成都来要饭了嗦，我问你，两年前你为啥要出卖袁平？哼，你今天若不给我说清楚，老子定要扒你的皮！"说完，刘三就顺手给了桂子一耳光，然后猛地从腰间拔出七星短剑。

桂子见状，吓得忙给刘三跪下求饶说："刘帮主，我因墓碑石被抓后，当时实在遭不住宋捕快和龙亭长毒打，我是疼得受不了才供出袁平的啊。"说着，桂子眼中就涌出泪水。

扬雄见桂子如此怕刘三，忙问明事情原因。听完前因后果，聪明的扬雄就对刘三说："刘三兄，事情原委我已知道了，其实桂子跟你一样，都是受害人。你想想，两年前桂子只有14岁呀，他哪能扛得住那些恶人的毒打？"

心软下来的刘三忙拉起地上的桂子说："起来，听了我老铁这番劝，我今天就不收拾你了。嗯，既然你过去是我们丐帮的人，今后有空，老子欢迎你常来这儿看看我们丐帮的变化，至于袁平那儿，我会替你摆平的！"说完，刘三又把短剑插回腰间。爬起的桂子谢过刘三，忙又给扬雄作了个揖，然后很快离开了聚义客栈。

此刻，在文君酒坊的桂子拿着桃花赏的两枚五铢钱，正悄悄向不远的卤菜店走去。桂子早已想好，他要用整整一枚五铢钱，买只肥大卤猪耳朵和几根卤猪尾巴，然后独自躲到青羊肆里面的石山上，美美地吃个够……

第四十六章

易学大师严君平的神机妙算

当天傍晚，在扬庄几次催促下，喝得快断片的扬雄才依依不舍告别众兄弟，偏偏倒倒跟着扬庄出了客栈大门。刘三和张德川追出来问扬庄，是否需要护送扬雄回学馆，扬庄说不用，有他陪同就行。看着朦胧月辉下渐渐走远的扬雄、扬娟在大门外站了许久。

在凉凉晚风吹拂下，清醒些的扬雄得意地向扬庄问道："庄兄，你人为我这些朋友咋样，他们够哥们儿吧？"

"嗯，你这些朋友确实对你不错，我在酒桌上完全能感受到他们对你的真诚和喜欢，尤其是那个叫刘三的人，他说他是你童年老铁，莫非，你俩从小就是要好乡邻？"扬庄问道。

"是呀，这刘三兄现已是聚义客栈老板，但他小时候可是个贪玩爱打架之人，没想到世事变化竟如此之大。哎，真有些想不到啊。"扬雄为了颜面，没说出刘三的叫花子身份。扬庄想了想说："子云，通过这次聚会，你想听听我对你这帮朋友的看法吗？"

"当然想听呀，我朋友就是你朋友嘛，今后还免不了要继续交往哩。"扬雄一面走一面回道。

"子云，你想听真话还是奉承话？"

"哎呀，庄兄，我当然想听真话，你有啥感受不妨直说，我扬雄决不生气。"

"子云，实话告诉你吧，我认为你这帮朋友并不咋样，我除了对傅毛根、西门云飞和张德川稍有点好感外，对其他人的印象太一般了。"

"为啥呀？"扬雄很是不解。

"我感觉那个刘三老板浑身充满戾气，说话不仅没文化，还处处以老大自居，今天从天师洞赶来的陈山岗和李二娃似乎有些奸诈，眉眼之间透出一股邪性，陆小青和袁平的行为和语言中无不透出粗鄙习性。我看，只有席毛根、西门云飞和张德川三人好像有些文化，言语间不仅没粗俗之气，而且劝酒也不太过分。今天，要不是我替你挡了几杯，我敢断定，你一定会喝断片倒在客栈。"

"哎呀，我今天高兴嘛，大家劝酒我又不能不喝。但我没想到，庄兄对刘三、陈山岗与李二娃印象这么不好，这还真有点出乎我意料。"

扬庄听后拍了拍扬雄肩头，认真地说："子云，今后我再不愿去聚义客栈跟他们喝酒了，若要讨论学术上或辞赋上的事，你可约上席毛根、西门云飞与张德川，我们去锦江边或其他餐馆交流，不过，我有言在先，吃饭喝酒的钱可得算我的。"

扬雄听后沉默了，他第一次思考起自己与刘三、陈山岗和李二娃的关系来。过去，由于刘三是一块长大的童年朋友，他没有过多怀疑分析过刘三身边朋友的素质。从某种意义上讲，今夜扬庄对他们的评价，给了扬雄一个出其不意的提示。两人默默走了一段路后，很快就来到学馆大门外。扬庄喊了两声，王老汉出门见是扬庄在叫门，便高兴地打开了大门……

其实，自严君平外出游学回来第三天，扬雄就拿着林间翁孺的推荐信私下去找了君平先生。由于两年多前扬雄听过君平先生说书，又是严君平推荐他去临邛读的书，见了扬雄的严君平笑道："真没想到，两年多不见，当年的小扬雄已长成大小伙子了。"说完，严君平很快就看完林间先生的推荐信。稍后，放下推荐信的严君平又说："扬雄，我老友林间先生执意推荐你来拜我为师，我想，你一定有其他学子不及的过人之处，否则，他绝不会随便推荐你的。"

扬雄忙回道："严先生，我扬雄也没啥过人之处，只是在学习上较为认真而已。"

"嗯，年轻人，你也别谦虚嘛，我回学馆后已听李弘先生讲了你的学习情况，看来，林间兄看好你是有道理的。现在，你既已成为文翁学馆学子，我也是这儿的教书先生，我看，你就先跟着学馆所教的教学内容学吧。"

"严先生，我听林间先生说，您对《易经》和老庄学说颇有研究，造诣也极为深厚，我、我想跟着先生学些这方面的知识，不知行否？"

严君平再次认真打量扬雄后说："年轻人，《周易》是门极深的学问，历来被推崇为群经之首、大道之源，它对我们生活的方方面面都有重大影响。不说别的，就《易经》中六十四卦的符号，以及跟符号相关的卦辞和爻辞等等，要弄懂并明白其深奥含义，都是常人难以办到的。"

"先生，我在学习上从不怕困难。"扬雄忙向严君平表示了决心。严君平点头说："嗯，不错，你身上真还有一股《易经》开篇所倡导的君子自强不息的精神。扬雄，你还太年轻，你并不了解，真要弄懂《易经》，仅有刻苦精神是远远不够的。这里我就告诉你吧，你若要读懂并理解《易经》，还需要丰富的人生阅历。没有丰富人生经验的人，就难以更好地领悟《易经》博大精深的奥义。"

"先生，您的意思是我现在学《易经》早了些？"扬雄忐忑地问道。

"说的对，你这个年龄的人，我看还是先学学其他知识较好，等你有一定人生阅历后，再回头来学《易经》也不迟嘛。"

扬雄想了想，又认真问道："先生，请您告诉弟子，我眼下除学好学馆规定的课程外，还应该读点哪方面的书为好呢？"

严君平笑了："嗯，年轻人，你的确是求知欲旺盛之人，这样吧，我给你推荐些你可去了解的知识面，虽然你现在确定不了未来要干啥，但多学习了解些东西总是没错的。"

"嗯，先生说的极是，请先生赐教。"扬雄忙说。

严君平随口道："扬雄，你除了要熟读四书五经外，还可去了解儒家、兵家、道家、法家、纵横家、墨家和阴阳家等一些学说，除以上这些学说外，在有条件的情况下，也可了解些天文学、音律和文字学方面的知识，你要记住，只有知识渊博、阅历丰富的人，才有可能成为我大汉的佼佼者。"

"先生，我记住您的好建议了，往后，我一定努力学习，争取做一个知识丰富的学子。"扬雄真诚地说。

"扬雄，我听李弘先生说，你对司马相如的辞赋有所研究？"

扬雄忙点头说："嗯，先生，弟子几年前就喜欢上司马相如的辞赋了。不过到目前为止，我还仅仅停留在喜欢上。"

"扬雄，李弘先生已把你写的《成都城四隅铭》给我看了，我认为你还是位有文才的学子，今后，你还可多尝试写点其他文章嘛。你要知道，在你们这批学子中，能写好文章的学子可没两个。"

"谢谢先生鼓励，若有闲暇，我一定会尝试写些诗文或辞赋。"扬雄忙作揖谢过君平先生。

初冬时节，宛若飘飞蝴蝶的银杏叶已落满文翁学馆校园。高大的银杏树下，手拿竹简的扬雄正靠在树身上，聚精会神地读着《墨子》一书。《墨子》虽没被列入学馆正式教材，但受君平先生影响，扬雄私下找李弘和别的先生借了不少课外书籍来阅读，《墨子》便是其中一种。这时，走出教室的扬庄发现了树下的扬雄，便朝他走去。

"子云，是啥书把你迷成这样啦？"走近的扬庄问道。

扬雄忙收起竹简说："庄兄，我看的闲书《墨子》，一般同窗对这类书都没啥兴趣。"

"对头，大多同窗对没列入学馆教材的书，是不会有多少兴趣的，他们只关心要列入考试的四书五经一类书，因为这些是步入仕途的必读之书。不过，我是支持你扩大阅读面的。"扬庄说道。

"为啥支持我扩大阅读面呀？"

"因为你是扬子云，你未来前程会别有一番锦绣天地。"

"何以见得？"扬雄认真问道。

"我不会算命，但强烈的直觉告诉我，你有跟常人不一样的人生命运。

"但，不知这不一样的命运是祸还是福。"扬雄低声说。扬庄注意到，子云说这话时，眼中似乎掠过一丝不易察觉的忧郁。不再多想的扬庄突然拉着扬雄手臂说："走，趁这金秋好时节，我带你到盐市口夜市去逛逛，看你成天在学馆读这背那的，千万别整成迂夫子了。"说完，扬庄就强拉着扬雄朝校门外走去。

汉元帝建昭年间，蜀郡已是闻名于世的富庶之地，而地处蜀郡之地的成都更是一座水陆皆通、水旱从人的繁华城市。相比那些逢年过节才可能有夜市的府县来说，大都市成都几乎常年都有能体现繁荣盛景的夜市。夜市虽然在成都东南西北各城区皆有，但各城区夜市却是十天才有一次，而市中心盐市口夜市五天就有一次，相比各城区而言，它的规模更大、所卖东西更丰富。今天刚好是立冬后的第五天，对于成都人扬庄来说，他当然知道今天盐市口有夜市。走了不到一刻钟，扬庄和扬雄就来到了夜市。

扬庄虽是蜀郡府高官之子，但此人身上却没一般纨绔子弟的臭毛病。这个官二代从不炫富，也不愿主动结交朋友，他学习成绩只是中上水平，所以极佩服甚至崇拜学习优异的扬雄。扬庄有个令人感动的优点是，他有一副不易被人察觉的热心肠，只要他认为是可交的朋友，他总是愿掏心掏肺对朋友格外真诚，加之扬庄有较为正直友善的品性，所以，从不主动挑事的他，跟一般同窗都能友好相处。班上一些同窗自从知道他家背景后，便主动套近乎巴结他。令人想不到的是，在那么多同窗中，他竟只与扬雄交好，而这珍贵友谊竟维持了他俩的一生。

走进夜市，扬雄望着一排排在夜风中摇曳的各色灯笼，不禁叹道：'哟，这么多彩色灯笼，咋个像游动的大白鹅喃？"

扬庄笑道："子云，你这个比喻似乎有点问题哈，灯笼咋个跟大白鹅扯得上关系？"

扬雄忙指着众多白绸灯笼辩解说："庄兄，你看看，这些晃动的白灯笼，难道不像水中大白鹅？"

扬庄不服，忙指着一些红色和黄色灯笼说："子云，你难道就没看见，这夜市还有这么多红色和黄色灯笼？"

"我当然看见啦，不过、不过……我认为白灯笼要多些，所以，我的比喻就锁定在白色灯笼上了。"

扬庄用指尖指了指扬雄鼻尖，笑着说："你这个扬子云哪，真会用诡辩之术，难道，你这是跟纵横家苏秦和张仪学的？"

"庄兄，你千万别这样抬举我，我扬雄哪有苏秦、张仪十分之一的本事呀。"说完，扬雄就高兴地朝前挤去。随人流走动的扬雄，看着摊位上用精致木盒装的珠宝玉器，还有各色丝绸、蜀锦和各式冬装成衣制品，以及各种字画、文房四宝等等，回头对扬庄感叹道："庄兄，我真没想到，成都居然有这么热闹好玩的夜市，你、你为啥不早带我来耍呢？"

"我怕影响你这个夫子学习呗。"扬庄忙说。

扬雄想了想，好似在自言自语说："嗯，看来，我今后要再写跟成都有关的文章，还需进一步了解成都才行。"说完，兴奋的扬雄又继续朝前走去。刚走几步，大惊的扬雄便愣在原地不动了。有些吃惊的扬庄忙上前探头望去，原来，前面不远立有一根小竹竿，竹竿上挂有一张白底黑字的占卜布幡，布幡下的棕垫上坐着一身道士打扮的严君平。而更令扬雄想不到的是，问卦的竟是一个月前在琴台路见过的气质美女桃花姑娘。

过去，扬雄从林间翁孺嘴里和民间传闻中得知，君平先生是位占卜算命大师。从没见过严君平算命的扬雄此刻在好奇心驱使下，真想见识下君平大师是咋算命的。于是，他慌忙打了个手势让扬庄跟在身后，两人就躲进人群偷看起来。这时，不知谁喊了一声："快来看君平大师打卦占卜哟。"随着喊声，围看君平先生占卜的人就越来越多了。

民间曾传闻，当易学大师严君平手边拮据时，他就会去社会上给人算命，一旦有了维持生活的收入，他就立马收摊回家研究他所喜欢的学问。此刻，挤在人群中的扬雄，见君平先生手拿几根长短不一的蓍草，口中念念有词一阵后，突然将手中蓍草往身前白色土布上一抛，很快，白布上的蓍草就呈现出卦图来。

蹲在卦摊前心事重重的桃花两眼盯着布上的蓍草图形，不解地问道："尊敬的大师，请问这卦象是啥意思？"

灯笼下，严君平看了看白布上蓍草的卦象，然后闭目说："姑娘，我给你打出的是困卦，这卦象是《易经》六十四卦之一。本卦为异卦，上卦为兑，兑为阴，为泽；下卦为坎，坎为阳，为水。这困卦之意是大泽漏水，水草鱼虾均处于艰难之境。阳处阴下，刚为柔掩，像君子才智难以舒展，处于困乏之地，所以，此卦才名曰'困'。"

桃花听后想了想，忧虑地问道："尊敬的大师，这么说来，这困卦带有不顺、凶险之意啰？"

慢慢睁开双眼的君平先生平静地回道："姑娘，卦象的吉凶之兆，只是起到警示生命的作用。世上绝没一成不变的事物。人间许多事均在人为，命中的某些吉凶之兆，也可通过高人指点和本人努力，在机缘巧合下转变，有些时候，凶兆也可转变为祥瑞之兆。"

桃花听后急忙问道："大师，请您指点，我如何才能逢凶化吉呢？"

严君平再次认真看过桃花面相，然后缓缓说道："姑娘，你是家境不错之人，此段时间，似有某种姻缘之云在你头顶萦绕。若这福祸难料的姻缘处理不好，就会转化成你的人生之灾。这就是困卦为你呈现的不祥之兆。"

桃花听完，忙掏出大把五铢钱，塞在严君平手上说："大师，求您明示，我如何才能避开这不祥之兆？"

严君平见桃花如此急切地求他，忙说："祸兮福所倚，福兮祸所倚。姑娘，可你卦中却隐含有姻缘之兆哩。"

桃花忙点头说："大师说的极是，那凶顽家伙正是向我求婚不成，才纠集黑恶势力妄图吃掉我酒坊的。"

严君平想了想，低声说："姑娘，若是这样，我建议你先报官府再说，唯有如此，你或许才有可能保住财产。"

刚听到这，大惊的扬雄心里一震，立即明白了桃花求卜问卦的原因。涉世不深的扬雄做梦也没想到，曾送了三坛好酒给他的桃花美女竟会遇上要黑吃她酒坊的家伙。而这豪横的家伙居然还向桃花求婚！这、这到底是个啥样的人呀？满腹疑问的扬雄忙拉着扬庄退出人群，他要好好想想，如何才能帮到桃花小姐姐……

回学馆路上，扬雄和扬庄各自想着这突如其来的凶卦，竟一路无语走回了学馆。回到寝室，扬雄点亮油灯后忙问扬庄："庄兄，你认为君平先生打出的困卦，对桃花意味着啥？"

"谁不知君平先生是我蜀地占卜大师，我是非常相信君平先生打卦水平的。无疑，今晚我俩亲眼所见的困卦，毫无疑问说明了桃花美女遇上了大麻烦。"

扬雄点点头，认真问道："庄兄，你实话告诉我，你对桃花印象如何？"

扬庄看了看扬雄，回道："桃花虽是临邛大富豪卓王孙后人，但此姑娘身上并无富家闺女那些庸俗浅薄的脂粉气，她充满幻想的文艺气质和飒爽的英气反而给我留下了良好印象。子云，你认为我说的对吗？"

扬雄叹道："哎，我虽与桃花只有一面之缘，但我对她印象也是蛮不错的。"

扬庄略一沉思后问道："子云，你今天说这些是啥意思？"

"庄兄，你我对桃花印象都不错，你说，当她有难时，你我该不该去帮她？"

扬庄一怔："帮她？我俩都不知她遇上啥难事，咋去帮她？"

"我俩去文君酒坊问问桃花，不就知道她遇上啥难事了吗？"扬雄忙说。

扬庄点了点头："嗯，你说的有道理，我俩明天下午下课后，就去琴台路。"

扬雄一把握住扬庄手说："好，就这么定了！"

第二天下午快到酉时时，扬雄和扬庄来到文君酒坊门外，扬雄探头望去，只见眉头紧锁面带愁容的桃花正坐在古筝前发呆。扬雄没等桃花发现自己，忙击掌大声说："好酒，文君酒坊的美酒让我唇齿留香，已整整一月有余。"

桃花见扬雄二人到来，忙起身说道："两位学子今天光临我酒坊，莫不是又有啥好事发生，要买美酒庆贺？"

扬雄微笑打趣说："桃花小姐姐，我俩今天不买酒，只为困卦而来。"

桃花大惊："你、你俩咋知困卦一事？"

扬庄忙说："桃花姑娘，我这位同窗可是君平大师的得意弟子，他今天一早就打卦算出琴台路有姑娘被困卦所忧，所以，他是特来解卦的。"

第四十六章 易学大师严君平的神机妙算

大睁水汪汪明眸的卓春桃忙指着扬雄惊讶地问扬庄："扬公子，你这位同窗能解君平大师的卦？"

"怎么，桃花姑娘，一月前能一字不差背出《子虚赋》的扬学子，你就这么小瞧扬雄？"扬庄忙说。

桃花有些急了："扬公子，我没敢小瞧你这位同窗呀，要是他真能解我困卦，那是我烧高香也求之不得的好事嘛。"说完，桃花立马亲自为扬雄二人泡了两杯馨香的文君茶，然后请扬雄二人坐下喝茶。扬庄看了看坊内的兰妹和阿贵，低声对桃花说："桃花，若在这儿解困卦，似乎有些不妥吧？"

反应过来的桃花忙掏出几枚五铢钱，递给兰妹说："兰妹，你同阿贵走路去盐市口，在蜀都酒楼给我买一份麻辣兔丁和一只卤鸭子，还有半斤油酥蚕豆，一会儿我要用好酒招待这二位学子。"桃花说后，接过钱的兰妹同阿贵就离开了酒坊。

扬庄见桃花支走兰妹和阿贵，忙对桃花说："桃花姑娘，你若想我这位厉害同窗解你困卦，请你先讲讲困惑你的原因吧。"

桃花听后，大为不解地说："扬公子，大师打卦和解卦好像都不向求卦人问原因吧，咋这位扬学子解卦要先问原因呢？"

不傻的扬庄明白，他和扬雄对占卜问卦均是外行，但为弄清桃花背后的真实难处，才能更好帮助桃花，扬庄只好用哄的办法来唬住她："桃花姑娘，不同大师的算卦和解卦方式是有较大区别的，反正终极目的就一个，为你排忧解难渡过难关。所以，你就别太介意解卦方式了。"

见扬庄说得非常认真，似懂非懂、似信非信的桃花点头说："要得嘛，只要能替我排忧解难，那、那我说出难以启齿的原因也无妨。"随即，桃花回忆片刻后说道："两个月前，一个中等身材的圆脸汉子带了两个马仔来我这儿买酒。一般客人买酒总要跟我讲价，希望我能便宜卖酒给他。没想到这个姓雷的壮汉，根本不跟我讲价，买了一车好酒的他，走时居然还多付了我十枚五铢钱。没想到，第二天他又独自一人来了我酒坊，当他得知我是卓王孙后人后，当天就想请我去高档酒楼吃饭。我谢绝他后，更令人想不到的是，第三天上午，有个媒婆来我这儿为那姓雷的说媒提亲，并说这个有钱的雷振山老板看上我这漂亮的小姐姐了。"

"哟，有老板喜欢上你这桃花姑娘，我看这是件好事嘛。"扬庄忙高兴地说。

"哎，这哪跟哪呀，他姓雷的一个没文化的五大三粗的中年汉子，我卓春桃纵然有风情万种的浪漫之心，说啥也不会看上这样一个粗鄙之人吧。买酒就买酒呗，居然癞蛤蟆也想吃天鹅肉，真气死人了。"桃花生气地说道。

"桃花姑娘，你生哪门子气呀，你拒绝媒婆不就得了，这么简单的事，咋就变成困卦之因了呢？"

桃花急了："扬公子，事情绝非你我想象的那么简单，我卓春桃也不是胆小怕事之人，但后来这事的发展完全出乎我意料。唉，太令人愤慨了。"说完，桃花双唇气得颤抖起来。

扬雄见桃花强忍心中痛苦，已预感这事发展可能已超出桃花掌控，否则，君平先生绝不会轻易给她打出困卦来。想到这儿，扬雄关切地问道："桃花小姐姐，这么说来，这个姓雷的中年老板仍在缠着你？"

"何止是缠着我！我看这个姓雷的家伙，不仅想霸占我，还想黑吃我酒坊哩。"桃花忙说。

"啥？你也说得太夸张了吧，他姓雷的提亲不成，咋个可能还要黑吃你酒坊？难道我大汉就没王法啦？桃花姑娘，你说话可得要有依据，不能随意诬蔑你讨厌的人哈。"扬庄忙说。

桃花正言道："扬公子，我虽拒绝了媒婆提亲，但那个媒婆心眼并不坏，把姓雷的实情告诉了我。原来，这个粗鄙汉子叫雷振山，今年已满四十岁，他居然是成都黑道老大。据媒婆说，姓雷的手下有六家妓院，他还控制着成都两个码头、三支航运船队、三家织锦坊和两家高档酒楼。前不久，这个姓雷的放出话来，说什么即便我回了临邛，他也要追到临邛把我抓到成都成亲。"说完，桃花竟抽泣起来。

扬雄小声问道："桃花姑娘，这就是君平大师为你打出困卦的真实原因？"

"是呀，我又不认识君平大师，他也从没见过我，昨晚在盐市口夜市，当君平大师为我打出困卦，我就感觉太神奇了，世间还真有神机妙算之人。扬学子，你既是君平大师弟子，今天，求你无论如何也要帮我解了这困卦，好吗？"

扬雄听桃花说完彻底傻了眼，他和扬庄确有帮桃花之心，但听完她的讲述，他才真正意识到，他和扬庄摸了个烫手山芋。面对黑道老大对桃花的强行逼婚，他一个农村出来的寒门学子，有啥能力去帮人解决这棘手的难题呢？

此外，扬雄还不知道，当年，赚了二十多根金条的覃老板男人汪德贵，从西域返回成都逛妓院时，就是被谋财害命的雷振山亲自杀了，抛尸锦江让大水冲走的。雷振山可谓成都黑道上一个凶狠残忍的老大，为聚敛钱财，二十年间他最少欠下几十条人命。眼下，他之所以暂没用血腥手段，主要是因为他觉得用软办法就能拿下这个令他着迷的漂亮小姐姐。雷振山自信地认为凭他强大的黑道势力，最终会让瞧不起他的桃花美女向他臣服，成为他第七房小老婆。

想了好一阵，扬雄低声对桃花说："桃花小姐姐，你这困卦十分复杂，远远超出我的想象。这样吧，我回学馆再看看《易经》，向君平大师请教下，待我把解卦方案想成熟后，再来替你解卦，好吗？"

"那、那你多久来替我解卦喃？"满含泪水的桃花无助地问道。

"你放心，三天内，我和扬庄一定前来为你解卦。"说完，扬雄忙拉起扬庄，匆匆离开了文君酒坊……

第四十七章

黑道老大逼婚，妄图黑吃文君酒坊

离开文君酒坊后，扬雄和扬庄一路相互商量起解卦的办法来。快到文翁学馆大门时，有些六神无主的扬雄对扬庄说："庄兄，你我二人既已答应桃花，现又想不出解卦好办法，我看，我俩还是去聚义客栈，同我那几位朋友商量下如何？"

"子云，我不是给你说过嘛，我不想去见那些我不喜欢交往的人。"扬庄忙说。

"庄兄，我可记得，你曾说过，你对席毛根、西门云飞和张德川印象不错，我俩现在去那，就是找他们三人商量办法。"

"我俩都没想出好办法，他们几个就行？"

扬雄想了想，立马说道："庄兄，你可别小瞧了他们，尤其是席兄，他去年为替张德川报杀父之仇，竟然冒充成都富商公子，打入临邛天台山匪巢，一个多月后，有武功的他硬是把匪首段煞神给骗杀在临邛客栈。你说，我同窗席兄厉不厉害？"

"真的？"扬庄有些难以置信。

随后，扬雄就把张德川父亲被杀和帮助德川家建房，以及席毛根上山杀匪的经过，详细说给了扬庄听。扬庄听后，大为感慨地说："真没想到，同为卖书学子，这席毛根还有这种勇气和智谋，真把匪首给灭了。嗨，席兄的侠义英雄气，真令我佩服！"

"庄兄，现在我俩实在想不出替桃花解难的好办法，你说，我俩该不该去找席兄这样的朋友商量？我扬雄相信，有勇有谋的席兄定会拿出对付雷振山的办法来！"

听扬雄说后，扬庄竟在学馆外犹豫起来。猛然间，扬雄又想起扬庄的家庭背景来。要是今后事情朝无法掌控的方向发展，万不得已时我还可说服扬庄，让他回家去说服他握有蜀郡府大权的父亲，求他父亲动用权力来制裁黑道老大。想到这儿，扬雄立马拉着扬庄说："庄兄，你别犹豫啦，既然我俩已答应要帮桃花，那就走呗。"说完，扬雄就强拉扬庄朝卧龙桥方向走去。一路上，扬庄不情愿地说了几遍下不为例。

扬雄还没走进客栈，就听见刘三同西门公子的划拳声："四季财呀，六六顺呀，七个巧呀。"随后又传来西门公子的欢笑声："刘兄，你又输了，来来来，罚你把这杯喝了。"随即，扬雄就听见刘三喝酒的滋溜声。

当扬雄和扬庄突然出现在刘三几人面前时，喝得脸红的刘三忙跳起来拉着扬雄说："老铁，你咋招呼都不打一声，就突然冒出来啦？"

"既然是老友相见，我扬雄还用跟你打招呼？要是那样的话，岂不是太见外了吗？"扬雄说完，又立马跟席毛根、西门公子和张德川等人打了招呼。张德川得知扬雄二人还没吃晚饭，立即离开房间朝厨房走去。这时，闻讯的秀娟很快拿了两副碗筷过来，摆在扬雄和扬庄面前。

一杯酒下肚后，扬雄忙对刘三几人讲明了来意。刘三听完，忙向扬雄问道："老铁，这么说来，那年轻漂亮的桃花女老板是你俩的好朋友？"

"是呀，前次我拿来的三坛文君美酒就是桃花姑娘送我的。"扬雄忙回道。

刘三听后把桌一拍说："老铁，既然桃花是你俩朋友，那也是我们这群兄弟的朋友，不管它啥子白道黑道，这忙我们帮定了！"

扬雄一听高兴起来，忙问道："刘三兄，你认为该咋帮桃花好呀？"

刘三吞下一杯酒，把嘴一抹说："这还不简单，老子带几个兄弟到文君酒坊去守着，只要那个姓雷的还敢来纠缠桃花，我们把他打走便是。老子就不信，姓雷的还敢来骚扰桃花！"

刘三刚一说完，西门云飞就摇头说："刘兄，你刚来成都不久，对成都黑道还一点不熟悉。实话告诉你吧，能在成都把控几家妓院、两个航运码头、几支船队和酒楼的黑道老大，手下一定有众多马仔和打手。仅靠我们几个去琴台路帮桃花，那被打飞的一定不是姓雷的，而是我们这帮弟兄！"

刘三一愣，心有不甘地说："我的西门兄弟，照你这样说来，那我们就没法帮桃花姑娘了？"

扬雄见席毛根在一旁默默饮酒，似乎在思考啥，便问道："席兄，你说说看，我们要如何才能帮到桃花姑娘？"扬雄刚问完，扬庄也说："席兄，我听子云说，你是个有勇有谋敢杀匪首的孤胆英雄,我也想听听你的高见,看怎样才能帮到人品和心地都不错的桃花大美女?"

席毛根放下酒杯,看着扬庄说:"扬庄学子,我知道在文翁学馆,你同子云是最要好的朋友,既然你俩来客栈找我们商量此事,足以证明你和子云是信得过我们这帮兄弟的。刚才,我听西门公子讲了成都黑道的情况,我听后才晓得,成都黑道水深堂子野,远比我想象的要凶险得多。既然这样,我建议用先礼后兵的方式,先跟姓雷的谈判,希望他不要强求这门婚事,别再去骚扰桃花姑娘。大家以为我这建议如何?"

"席兄,你的意思是我们去跟姓雷的谈判?"张德川纳闷地问道。

席毛根点点头说:"是呀,这事最好用谈判的软办法解决,若用硬办法,我看对黑道老大是不起啥作用的,弄不好,还可能给桃花招来杀身之祸。"

"我赞同用谈判方式帮助桃花姑娘。"西门云飞首先表了态。接着,扬庄和张德川也表示赞同。

"好,既然大家赞同用谈判的方式帮桃花,那我们就以郫县丐帮因长身份跟姓雷的谈判,老子就不信他敢轻视我们这帮兄弟!"刘三看着众人得意地说。

听刘三说完,西门公子忙摆手说:"要不得要不得,我晓得,成都黑帮是看不上外地小团伙的,以丐帮身份去谈判,反而先降低了我们的身份。"西门公子话音刚落,席毛根和张德川就点头表示了同意。

此时,扬雄立刻站起说道:"各位兄弟,我有一建议,不知咋样,我先说给你们听听,要是大家同意,我明天同扬庄兄就去琴台路告诉桃花,让她做些准备。"

"哎呀,你啰嗦啥子嘛,有啥好主意就快说嘛。"着急的刘三忙催促扬雄。

"兄弟们,桃花是临邛大富豪卓王孙之后,她口音也明显带有临邛特点,我想,席兄和德川兄也是临邛人,他俩可以扮作桃花亲戚来跟姓雷的谈判。我想,那个黑道老大想娶桃花,有可能接受桃花亲戚跟他谈判。"

"嗯,这主意不错。"扬庄立即对扬雄跷起了大拇指。

扬庄刚说完,席毛根立马击掌道:"好,子云这点子不错,以亲戚身份跟黑道老大谈判,我相信姓雷的自会礼让三分。"席毛根表示赞同后,西门云飞和张德川也表示了肯定。见众兄弟表了态,扬庄立即对席毛根、张德川和西门公子说:"这样吧,为让桃花了解我们帮她的详细计划,明天下午酉时,你们三人先到琴台路文君酒坊来,到时,我同子云在酒坊等你们。"

扬雄知道,扬庄点名要席兄三人到琴台路的原因,是怕没文化的刘三和陆小青在桃花面前丢了他面子，何况，到时有文化的席兄三人还要扮演桃花亲戚的不同角色，在安排好几人角色后，他们还得相互磨合，否则，到时在姓雷的面前露了马脚就麻烦了。想到此，高兴的扬雄便独自喝下满满一杯酒……

五天后下午申时，按桃花跟雷振山的约定，扬雄、桃花、扬庄、席毛根、刘三、西门云飞、张德川、袁平还有陆小青等人，准时来到青羊肆内八卦亭。没想到的是，先到的雷振山早已吩咐马仔们在亭内准备了热茶、干果、长条木桌与数个干净树桩作为见面谈话时所用。在扬雄一方看来，他们是来劝说雷振山放弃逼婚的，理由是卓氏家族不同意这门婚事。而雷振山误以为桃花的娘家人要考察了解他情况，才好确定卓家美女出嫁的时间。双方完全按自己预想的心理设定在八卦亭内见了面。

当双方人员坐下后，穿着黑色绸夹袄的雷振山微笑地指着自己一方十来个年龄不一的男女对桃花说："桃花美女，这些来参加亲友见面会的，都是我的亲朋好友，姓啥名谁我就不一一介绍了，反正不久你也会全认识他们的。"听雷振山说完，还没完全反应过来的桃花忙指着席毛根和张德川说："雷老板，这是我大伯和二伯家的两位表哥。"随后，桃花又指着穿着高档绸褂的西门公子和扬庄说："这是我家两位住在成都的亲戚。"之后，桃花又指着扬雄说："这位在临邛翁孺学馆念书的学子是我表弟。"扬雄见桃花这样向姓雷的介绍他，忙起身说："雷老板，今天我们这些人，是特为表姐的事从临邛赶来的。"

"哟，你们大老远从临邛赶来成都，辛苦了辛苦了，快坐下喝点茶。"说着，雷振山就用手示意扬雄坐下。随后，桃花又指着刘三、秀娟、袁平与陆小青等人说："雷老板，这几人也都是我的亲友，今天来的都不是外人。"

雷振山笑道："桃花呀，既然大家见面是为谈论婚姻大事，当然外人是不便参加亲友见面会的。"说完，雷振山便吩咐手下向桃花"亲友"分发红枣和核桃等干果。

待分发完干果后，坐在前面的席毛根向雷振山拱手说："雷老板，关于我表妹桃花的事，我们卓家已反复研究，在征求我表妹意见后，我们卓家一致认为，春桃是出生于我们卓氏家族的大家闺秀，她从小就喜欢琴棋书画和辞赋，她也多次表明，她的未来夫婿要擅写辞赋和诗文，还要懂琴棋书画，年龄也要相仿。现经过桃花父母和我们卓氏大家族讨论，我们不支持你向卓春桃求婚，也反对桃花与你交往。从今往后，请你以顾客身份去文君酒坊买酒，而不能以追求者身份再去骚扰桃花，影响她正常生意。"席毛根说完坐下后，就注视着雷振山，等着看他的反应。没想到的是，席毛根的话引起雷振山一方人员窃窃私语，似乎大家对卓家大表哥的话感到意外，目前的局面跟来之前雷振山夸下的海口完全两样。

只见雷振山气得脸色铁青、两腮抖动，双拳几次松开又攥紧，他盯着席毛根咬牙说："卓家大表哥，要是老子不同意你们卓氏家族的意见呢？"

席毛根不惊不诧地回道："雷老板，在婚姻问题上，我们都应遵从父母之命，况且你们二人唯有两情相悦才有幸福可言，任何违背女方意志的威逼与强求，都是婚姻的悲哀与不幸！"

雷振山顿时火了，指着席毛根说："卓家大表哥，你龟儿子少在老子面前卖弄啥子狗屁文化，我雷振山从不吃这套！男大当婚女大当嫁，老子是看得上桃花才找媒人正儿八经向她提亲的。哼，你也不打听打听，在这繁华大成都，能被我雷振山喜欢上的女人能有几个！我早已打听了，你们卓氏家族现已衰落，老子能看上你们卓春桃，简直就是你们卓家的荣幸。"随即，雷振山停了停，扫视桃花身后一群人又说："哼，你们给老子听着，卓家若非要敬酒不吃吃罚酒的话，到时，别怪我雷老大没事先知会你们！"说完，雷振山就把手中茶杯狠狠砸在地上。

雷振山的言辞和举动仿佛一石激起千层浪，在桃花一方人的心中翻滚沸腾！陶杯碎片飞溅一地后，西门云飞气得站起来指着雷振山说："姓雷的，按年龄来说，你已是桃花长辈，今天大家为桃花的事见面，有你这么蛮横的吗？若桃花这样知书识礼的漂亮姑娘嫁给你，那才是对我们卓氏家族最大的侮辱！"西门公子话音刚落，扬雄也立即站起来说道："雷老板，《诗经》云，'关关雎鸠，在河之洲。窈窕淑女，君子好逑'。在这亲友见面会上，我真想问问，难道你真不明白，一个男人向女子求婚，该有怎样的礼貌和风度吗？"

雷振山听后，立刻指着扬雄骂道："好你个临邛来的瓜娃子，老子找的是可以睡觉生娃的女人，这跟《诗经》和风度有屁的关系呀？！你这个球经不懂的嫩小子，少在我面前装文化人，老子根本不想听你这些破玩意儿！"

一听这话，张德川也气得指着雷振山说："姓雷的，你这个没教养的粗鄙之人，哪配跟我们书香门第出身的桃花谈婚论嫁！今天我们来此，就是同你宣布，我们卓氏家族坚决反对这门亲事，你就死了这条心吧！"

"对，我卓春桃也在此表明，从今往后，你雷老板可去追求天下任何女人，但请不要再来我文君酒坊干扰我正常经营。从今天起，我不会接受你雷老板任何花言巧语，请雷老板自重。"桃花急忙当着众人表了态。

看着事与愿违的谈判结局，恼羞成怒的雷振山指着桃花一方人说："你们这群有眼无珠的卓家笨蛋，你们竟敢拒绝老子的求婚。老子是给桃花姑娘面子，才跟你们这群丧门星见面的，要是按我雷某人往日脾气，老子跟你们几个见个屁面！"

坐在后面实在听不下去的扬庄立刻站起身问道："姓雷的，你骂谁是丧门星呀？难道，这世上只有你雷振山是吃铁吐火的豪横之人？！"

"老子骂的就是你这样的蠢货！"雷振山说后，抓起桌上陶盘就朝扬庄砸去。没料到雷振山来这一手的扬庄来不及躲闪，额头被陶盘砸了一条口子，鲜血顿时就冒了出来。刘三见扬庄受伤，抽出腰间七星短剑就朝雷振山扑去，接着，动作敏捷的席毛根和张德川也一块上前挥拳朝雷振山打去。顿时，八卦亭内乱作一团。

突然，在外放哨的马仔一声呼哨，从亭外立马奔来十多个彪形壮汉，很快就把刘三、席毛根、张德川和西门云飞按翻在地。桃花见势不妙，吓得大声哭着说："亲友们，我们今天是来谈事的，不是来打架的，你、你们为啥要动手打架嘛，呜呜呜……"说着，桃花就抹泪大哭起来。雷振山虽挨了几拳，但并没受伤的他扬扬得意地看着被按在地上的几人说："哼，就你们几个卓家臭虾子居然敢在老子码头上舞刀弄枪，你们也不打听打听，在成都地盘，你们就是再来几十人，也休想在这儿翻了老子的船！"

此时，扬雄和扬庄狠狠地盯着豪横自负的雷振山，气得嘴唇不停颤抖。桃花见按着刘三、席毛根几人的汉子在低声征求雷振山意见，该咋处置这几个家伙。怕自己人吃亏，桃花忙哭着对雷振山说："雷老板，我们卓家的人是来谈事的，不是来打架的，今天有些误会才造成这不愉快的局面，求你大人大量，原谅我卓家这些还不懂事的年轻人。"

雷振山见桃花有求他之意，心里笑道：哼，老子就是想叫你看看我的厉害，不然，你们卓家的愣头青还不知马王爷有三只眼！虚荣心得到满足的雷振山为彻底镇住"卓氏"家族的人，以便顺利拿下桃花做他小老婆，于是跳上木桌指着被按在地上刘三等人对桃花说："桃花姑娘，我看你还是个懂事的人嘛，既然你求我放过这几个不懂规矩的年轻人，那么你桃花的面子我还是要给的。我看你卓家还有不少人喜欢耍弄刀剑和拳脚，既如此，老子宣布，四天后的下午在百花潭林中，我们双方可各自派出几人，在那切磋切磋武艺，若你方胜出，我雷振山从此不再踏进琴台路半步，不会再来纠缠你桃花做我老婆；要是你卓家输了，一个月后我就用大花轿迎娶你进门，然后把文君酒坊改名为'振山酒坊'！桃花大美女，你看我这建议如何呀？"说完，雷振山就得意地盯着两眼噙泪的桃花。

今天谈判出现这样的结果，是涉世不深的卓春桃万万没想到的。眼下，来帮她忙的席毛根、刘三几人还被一群凶蛮打手按在地上，无计可施的桃花对雷振山的蛮横要求不知该怎样回答，伤心地捂着脸号啕大哭起来。

这时，按住刘三的壮汉对桃花高声喝问："卓美女，我们雷老大问你话呢，你哑巴啦？若你再不回答我们老大的话，我们就把地上这几个臭虾子弄走！"随即，另几个壮汉也跟着吼叫起来。

扬雄看了看哭成泪人的桃花，又朝额头仍在流血的扬庄看去，两人目光相碰后，扬雄立即朝扬庄努了努嘴，似乎有向扬庄征求之意。此时，只见领会意图的扬庄朝扬雄点了点头，明白意思的扬雄马上抱拳对雷振山说："雷老板，我们卓家的人初来乍到，对成都码头情况缺少了解，更不知您雷老板是成都地界叱咤风云的人物，能认识您这样的江湖大哥我们感到高兴。为一睹您手下那些精兵强将的了得功夫，这里，我做主替桃花答应您，四日后在百花潭林中，跟您那些拳师、壮士小小切磋下功夫，如我卓家的人不敌，我们照您说的办就是。"

桃花大惊，怔怔地看着扬雄不知说啥好。扬雄忙给含泪的桃花使了个眼色，然后坚定点了点头。雷振山听扬雄说后，非常得意地问桃花："桃花美女，你这小表弟的话，可否就是你的意思？"

出于对扬雄的信任，虽不知下一步该咋办的桃花还是含泪向雷振山点了点头。雷振山见桃花点了头，立马仰头大笑说："哈哈哈，识趣，我的桃花大美女真是识趣嘛，哈哈哈……"说完，雷振山立即打个手势让他手下放了席毛根几人，随后便领着他的打手扬长而去……

见雷振山一伙走后，桃花立刻从怀中掏出白色丝帕，给扬庄流血的额头包扎起来。从地上爬起的席毛根不满地向扬雄问道："扬子云，你为啥贸然答应姓雷的，四天后要在百花潭林中同他们比武？难道你不清楚，我和德川这点拳脚功夫，比起那些真正打过擂台的拳师来，还差得远吗？你、你难道不怕我和德川被打成残废？"

"席兄，你别急嘛，在答应姓雷的比武前，我是用眼神征求过扬庄意见的，没他同意，我咋敢随便答应黑道老大呀。"说完，扬雄就把扬庄拉到一旁，两人一阵低语后，扬庄刚想说什么，刘三就向扬雄问道："老铁，你做事咋鬼鬼祟祟的嘛，有啥事还不能当着我们这群兄弟的面说呀？"

"情况特殊，望刘三兄和众兄弟理解我的难处。"扬雄忙抱拳说。原来，扬雄见扬庄受伤，便顺水推舟要扬庄回家把今天的事告诉他父亲，说什么帮人要帮到底，事情已发展到今天这地步，没他父亲调兵收拾这帮欺负百姓的恶棍，那是无论如何也解决不了问题的。扬庄指着受伤的额头回道："子云，今天我第一次领教了黑道恶徒的凶残，今晚回去，我一定说服父亲，求他调兵主持公道，来维护成都一方平安。"

商量时，扬庄对扬雄提了个要求，希望扬雄别说出他家背景和可能将要采取的行动。扬雄见扬庄已答应求他父亲收拾雷振山一伙，就点头答应了扬庄的要求。

桃花见酉时已过一半，为答谢这些来帮她的朋友，于是对扬庄说："扬公子，走，今天我请客，就在青羊肆附近酒楼去吃一顿，你把这些朋友全叫上，我马上吩咐阿贵回酒坊拿两坛好酒来。"尔后，众人便跟着桃花出了青羊肆大门，朝不远的酒楼走去……

小雪刚过三天，成都的天已黑得早些了。半个时辰后，桃花在酒楼包间刚敬过众兄弟第一轮酒，气喘吁吁的桂子就推开包间大门对桃花说："桃、桃花姐，我终于找到你们了。"

桃花吃惊地问道："桂子，你找我有事？"

"桃花姐，今天你们在青羊肆八卦亭谈事我知道，你们谈完后，我就跟踪雷老板去了送仙桥酒楼。后来，我躲在屏风后听雷老板说，几天后，他要喊七八十个黑道兄弟来给他撑场子，一定要把卓氏家族的人打服，只有这样，卓桃花才会心甘情愿嫁给他，他才会名正言顺地成为文君酒坊的新主人。听到这，我、我就出来到处找你，想把这消息告诉你。"

"桂子，谢谢你把这重要消息告诉我。"说完，桃花从身上掏出三枚五铢钱塞在桂子手中，又叮嘱说，"桂子，你今后听到其他重要消息，也要及时告诉我。去吧，我这还要商量重要事哩。"

"好的，谢谢桃花姐。"桂子躬身谢过桃花后，立即退出了包间。待桂子离开后，桃花立马向席毛根问道："席大哥，我看你是这群朋友中最懂江湖的人，你认为，我们下一步该咋办？"

席毛根听后，扭头对扬雄说："扬子云，似乎你同扬庄已商量好对付姓雷的办法了，现在，还是你来先说两句吧。"

扬雄听后，低声向扬庄问道："庄兄，你有办法做到我说的要求吗？"

扬庄非常肯定地点了点头："能，我一定会说服我父亲的。"

"若能这样，那后面的一切就简单多了。"扬雄说后，立即端起酒杯对众人说，"来，让我们提前把这杯庆功酒喝完，我扬雄再说下一步计划，好不好呀？"说完，扬雄就同众人碰杯干了杯中酒，然后放下酒杯说道："我虽没深入研究过《孙子兵法》，但受席兄影响，我也曾读过两遍此书。我认为，我们可用'关门捉贼'之计来收拾雷黑帮一伙。具体做法是，第一，明天上午桃花必须赶回临邛，在你们卓氏家族中召集三十来名汉子来成都，要是来的人中有会功夫的，请他们带上刀剑或棍棒，后天必须赶到；第二，刘三兄和陆小青需去天师洞通知陈山岗和李二娃下山，记住，要这两位少侠多带几把飞镖来成都助阵；第三，扬庄兄酒后立即向蜀郡府禀告雷黑帮一伙的恶行。大家记住，我们几路人马务必后天晚上戌时，在卧龙桥聚义客栈会合。待一切准备好后，我们第四天下午，才能去百花潭林中关门捉贼！"

　　席毛根笑了："子云贤弟，真没想到，你这个学子居然很有江湖经验嘛，把该办的事安排得井井有条，令我佩服也。"还没等席毛根端杯，刘三忙拍着扬雄肩头说："老铁，老子今天真服了你，我原以为你就是个胆小的书呆子，原来，你是个有谋略的军师嘛。"说完，刘三立马提议举杯，为扬雄的好计策干杯。在众人叫好声中，扬雄同大家碰杯后，就仰脖将杯中酒一口喝干。

　　看着众人开怀畅饮，心里不踏实的桃花怯声向扬雄问道："扬学子，按你的办法，我们真能对付那凶恶的黑帮头子？"

　　"桃花小姐姐，后天晚上戌时在聚义客栈，我再给你一个满意答复，好吗？"

　　"嗯，要得嘛。"卓春桃将信将疑地点了点头……

第四十八章

扬雄献计，终于团灭黑道团伙

当天晚上，头缠染血白绸帕的扬庄回家后，就被惊诧的父母连连追问，到底是因啥原因受的伤。无奈之下，扬庄只好当着父母和妹妹的面，详细讲了雷振山一伙逼婚，并想黑吃文君酒坊和今天谈判被伤的经过。扬庄母亲罗氏听后大惊："哟，这成都咋还有这么凶的恶人嘞？"

妹妹扬小娥查看哥哥额头伤情后，忙问道："哥，你额头伤势无大碍吧？"

"应该没啥吧，你看，我不是头脑还很清醒嘛。"扬庄笑着回道。

扬小娥又说："哥，我有些想不通，你一个学馆学子，咋会去掺和社会上的事呀？"

扬庄解释道："小娥，你懂啥，文君酒坊桃花女老板，不仅是临邛卓王孙后人，更主要的是她年轻漂亮，还是位琴棋书画样样精通、又喜欢辞赋的大美女。"

"哟，哥不是有些喜欢桃花美女吧？"扬小娥笑着问道。

"去去去，看你说到哪儿去了，我和扬雄是路见不平拔刀相助。"

"哟，这么说来，你同扬雄是英雄救美啰？我想问问，你的好同窗扬雄也受伤啦？"小娥又问道。

"今天扬子云虽没受伤，但他却敢舌战黑道老大，晚上喝酒时，他还出了个消灭黑道团伙的好主意。"说完，扬庄就故意看着父亲扬之恒。扬之恒见爱子看着他，忙对妻子和小娥说："你俩去休息吧，我同庄儿要谈点事。"见父亲发话，小娥便拉着母亲离开了父亲书房。

扬之恒见妻子和女儿离开书房，忙从书架上取出两捆竹简，丢在桌上对扬庄说："庄儿，你认真看看吧，这些就是关于雷振山一伙的材料，这几天，我们正研究收网的事哩。"

听父亲说完，扬庄忙打开竹简，凑在油灯下快速阅读起来。一刻钟后，扬庄抬头对父亲说："哟，这个雷老大的黑道团伙犯有这么多起杀人罪，真是罪该万死。"

"庄儿，你刚才不是说，为剿灭这个黑道团伙，扬雄出了个好主意吧？你把他出的主意说来我听听，看能否为我们蜀郡府所用。"

扬庄见父亲如此问，立即把扬雄出的"关门捉贼"之计告诉了父亲。扬之恒听后笑道："庄儿，这扬雄的主意倒是不错，可凭你们身边那些朋友，哪来关门捉贼的条件和实力呀？"

"我们是没有，父亲大人，可蜀郡府有条件和实力呀。"

扬子恒诧异地问道："庄儿，你莫非答应他们我会调兵处置这个黑道团伙？"

扬庄摇头回道："我没答应他们。但我看了您这些材料后，发现以霍振山为首的黑道团伙比我想象的更坏更残忍。父亲，你们蜀郡府养的兵，不就是为保一方百姓平安吗？我相信，这次您会动用手中权力，来终结这伙恶人的犯罪行动！"

扬之恒大惊："犯罪行动？庄儿，莫非你们同雷振山还有其他约定？"

"有呀。"随后，扬庄就把四天后要同雷振山一伙在百花潭林中切磋武艺的事，告诉了父亲，并说雷振山为打服卓氏家族的人，可能要组织几十个黑道人物到现场助阵。

扬之恒忙摇头说："你们也太自不量力了，咋敢随便答应雷振山这样的约定。唉，你们这是在自寻死路啊！"

"父亲，当时雷振山太仗势欺人了，我就是看不惯这家伙那副黑道老大的德行，才让扬雄答应四天后在百花潭林中切磋武艺的。"

"为啥你要让扬雄去答应这么危险的事？"扬之恒气得质问儿子。

"父亲，因为我知道，面对如此横行霸道想黑吃人家酒坊的恶人，您老人家是不会不管的。"

"即便我要管，但你也不该让扬雄去答应他们有预谋的约定呀。要是你们有个意外，那不是白白送死嘛！唉，你做事也太轻率了！"扬之恒不满地说。

"我、我就是晓得您会管这种事，才让扬雄去答应的。今后，我一定不再草率行事了，请父亲原谅我这次的鲁莽吧。"扬庄忙向父亲认错并做了保证。

扬之恒知道儿子是从不在外惹事的，见儿子如此保证后，便低声问道："庄儿，你那些朋友不知道你家庭背景吧？"

第四十八章 扬雄献计，终于围灭黑道团伙

"父亲，除扬雄外，其他人一概不知我家庭背景。"

"嗯，你做得不错，从小我就教育你，任何人都必须努力学习，若靠家庭支持在社会上做事，那就不足以证明自己具有真本事。我一再讲过，千万别依仗家庭背景，去恃强凌弱欺负那些社会地位低下的人。"

扬庄忙点头说："父亲大人，您的谆谆教导，庄儿一直牢记在心。"

扬之恒点了点头，然后指着桌上竹简说："也好，既然你们答应了雷振山约定，我看，我就利用这次约定，将他们一网打尽。"

扬庄高兴起来："父亲，这么说，我们同雷振山的比武约定，正好给你们提供了关门捉贼的机会了？"

"也算是吧。真没想到，当我们正想收网抓人时，你就带回这个令人意外的消息。"扬之恒忙说。

扬庄知道父亲不想表扬他们做得对，于是又说："父亲，如果四天后您派官军消灭了这伙黑道人员，那就该奖励扬雄吧？

"为啥要奖励扬雄？"

"因为是扬雄献出的'关门捉贼'之计呀。"

扬之恒终于笑了："哈哈哈，有道理有道理呀……"

当夜回到客栈，刘三并没按扬雄要求的连夜同陆小青骑马去青城山。在刘三看来，仅是去通知二帮主和三帮主下山助阵，他没必要非要亲自跑一趟。刘三绝对相信自己威信，只要派小青去传个话，陈山岗和李二娃定会赶到他这来报到。第二天早饭后，奉刘三之命的陆小青就骑马上路，直朝青城山奔去。

下午，牵马上山的陆小青终于赶到天师洞。张云天见陆小青到来，知道这些兄弟伙又有啥事要商量，就暂停了陈山岗二人的飞镖训练。待张云天离开，陆小青便讲了这次来天师洞的目的。听陆小青讲完刘三的要求，陈山岗当即表示："那还有啥话说，明天早上我和李二娃就跟你下山呗。"很快，李二娃也表示了必须为朋友两肋插刀的态度。

陆小青见两位帮主表了态，非常好奇地看着他俩手中的飞镖说："二位帮主，我还没见过你俩练飞镖，要不，你俩演示演示，让我开开眼界呗。"

陈山岗听后笑道："你说些啥子见外话哟，这么简单的事，我们甩几镖给你看看不就得了。"说完，陈山岗立即将手中两支带有红绸的飞镖，唰唰朝两丈外的木靶甩去。紧接着，李二娃也将手中飞镖甩出。见四把飞镖全扎在木靶正中，陆小

青忙跑去指着靶心说:"哎呀,二位帮主太厉害了,要是刘老大见到你们的飞镖功夫,肯定做梦也会笑醒啊。"

李二娃立马有些得意地说:"小青兄弟,你现在看到的是我俩最一般的飞镖功夫,真正的飞镖绝技你还没见着哪。"说完,李二娃连续打了两个鹞子翻身,随即从背上拔出两支飞镖,唰唰朝五丈外大树上歇着的锦鸡甩去。顷刻间,身中两镖的锦鸡惨叫几声后,就坠在树下草丛中。陆小青立即拍手惊呼:"哟喂,太精彩了,有您二位去参加百花潭比武会,我陆小青就放心啦……"

第二天中午下课后,心急的扬雄悄悄问扬庄:"庄兄,昨夜跟你父亲谈得咋样?"

扬庄忙把嘴凑在扬雄耳边说:"子云,放心吧,一切按我们计划进行,事成后,我老爸还要奖励你'关门捉贼'之计哩。"

"真的?"兴奋的扬雄一拳朝扬庄肩头打去。扬庄闪身抓住扬雄拳头说:"子云,此事只能你知我知,万不可泄漏丁点军事机密,否则,你我有被关进牢狱的风险。"

"当然啦,天机不可泄漏嘛,这个我懂。在开庆功酒会时,我一定要让桃花美女好好敬你两杯才行,不然,太对不起你的进谏之功了。"

扬庄忙摆手说:"你说的不对,我只是顺势而为,若非你铁心要帮桃花,哪有我向父亲的进谏之举呀。"

扬雄指着扬庄的额头说:"庄兄,你这伤情也起了大作用吧?"

"子云,没我的伤情,雷振山一伙的死期也到了。这里,我再向你透露个好消息,今晚,我老爸就要带回剿灭雷振山一伙的具体方案,明天,你就能知道更多机密啦。"说完,二人高高兴兴走出学堂。见扬雄和扬庄如此亲密,龙耀文目光中掠过一丝强烈的嫉恨……

第二天下午,一早骑马从成都出发的卓春桃在阿贵护送下,终于回到临邛老家。当桃花把成都发生的事告诉父母后,父亲担忧地劝道:"桃花呀,这个酒坊生意不做也罢,你干脆就回来找个好人家嫁了算了,往后过你的舒心日子不就得了,姑娘家,就别再去成都逞强了。"

待父亲说完,倔强的桃花要求父母陪她一同去见卓氏家族老族长。曾在蜀郡府任过中层官员的族长听完桃花诉说后,便摸着银须问桃花:"事已至此,下一步你打算咋办呀？"

桃花抹泪回道："尊敬的老族长，我卓家也算是蜀地赫赫有名的大户，想当年我卓家前辈卓文君为了爱情，还敢当垆卖酒，晚辈春桃就是想学文君前辈，才去成都打拼的。希望我们卓氏家族帮我春桃渡过这一难关，不知您老人家赞同否？"

"春桃呀，你希望我咋帮你呀？"老族长问道。

"老族长，请您发话，在我卓氏家族中组织三十名青壮年男人，跟我去成都，好吗？"

"啥，你想要三十名青壮年，难道，你要他们跟你到成都去打架？"

"老族长，我咋可能让我卓家的人去打架呢？我只是让这些男人去帮我壮壮声威，以显示我卓氏家族还是支持我的嘛。"

"桃花呀，成都黑道上心狠手辣的歹人不少，你一个女流之辈，咋可能斗赢那些恶人呢？我是一族之长，须得维护我卓氏家族利益，我咋能为你组织几十个男人去成都打架嘛。"

桃花忙解释道："尊敬的老族长，我不是让这些人去打架，只是请他们去壮我卓氏家族的声威。实话告诉您老人家，真正要打架和惩治黑道坏人的，是蜀郡府的官军。"

老族长想了想问道："桃花，这么说来，你同你那些朋友，已谋划好对付成都黑道的办法，现在你回来组织人马，只是你们计划中的一环？"

桃花终于有了笑意，忙点头说："嗯，老族长，您说的太对了，明天晚上，我就能知道这次团灭黑道恶人的计划了。要是计划不成熟或有风险，后天早上，我就让汉子们全部撤回临邛，不让他们介入'关门捉贼'计谋中。若计划成熟可行，我们卓氏家族的男人协助官军灭了成都黑道坏人，岂不是给我们卓家增光添彩吗？"

老族长也笑了："桃花呀，你是我看着长大的卓家姑娘，听你这么说后，我今天才重新认识了你这个不简单的大姑娘。只要我卓家人的安全有保障，由我出面组织几十个男人是没一点问题的。"

"那就谢谢老族长了，事成后，我再回来跪谢老族长之恩！"桃花忙说。

"不用谢我。桃花呀，这是我当族长义不容辞的责任。"接着老族长向另间屋喊道："幺娃子，你赶快给我通知卓家的人，全部到卓氏祠堂召开全族大会！"

"好，父亲，我马上就去。"很快，老族长的幺儿就跑出卓家老屋……

第三天下午黄昏前，从临邛赶来的四辆大马车载着近四十名卓氏家族的青壮年，在卓春桃率领下，来到聚义客栈大门外。当阿贵进去通报刘三老板后，很快，刘三便同扬雄、扬庄、席毛根、张德川、西门公子等人出来迎接桃花一行人。

刚出大门，扬雄看到好些汉子手中拿着刀剑棍棒，不禁大声叹道："哟，大家硬是像来捉贼的喃，桃花小姐姐，看来，你还真是个巾帼不让须眉的人嘛。"

桃花笑道："扬才子，没你献出的'关门捉贼'之计，又哪来这些捉贼之人呀。"说完，桃花又忙指着身边一位魁梧壮汉向席毛根介绍道："席大哥，这位卓天壮是我堂哥，他也是有功夫的人，我带来的这群人都归他指挥，现在我把他介绍给你，明天下午的切磋之事，你俩可商量着办。"

席毛根看了看比他还高半个脑袋的卓天壮，忙抱拳说："幸会幸会，天壮大哥，我叫席毛根，也是临邛人。"

卓天壮忙握住席毛根的手说："好，既是临邛老乡，那商量事就方便多了。"说完，刘三就邀请众人进客栈准备吃晚饭。桃花见状，忙拉着刘三说："刘老板，我这么多人，到你这儿不太方便吧，我还是带他们到附近解决晚饭后再来这儿吧。"

刘三一听，便笑着说："桃花妹子，你也太见外了，今天中午前，我已清退了所有客人，腾出全部房间，就是为迎接你的人马到来。现在美味佳肴已准备好了，这几天的吃住由我给你们全包了。咋样，对我的安排还满意吧？"

有些感动的桃花忙说："刘老板，你太够朋友了，真没想到，你竟做了如此周到的安排。"

"桃花妹子，谁叫你是我老铁的朋友呢。"刘三说完，就率众人进了聚义客栈。见众人进了客栈，张德川立马叫秀娟通知厨房先上凉菜、盐蛋与胡豆，然后开始炒热菜。很快，客栈院内五张大圆桌上就摆上了碗筷和酒杯，陆小青和袁平也抱出了酒坛。

数盏油灯点亮后，刘三、扬雄、扬庄、席毛根、卓春桃、卓天壮、西门云飞、张德川、陈山岗和李二娃十人，就坐上了主桌。而卓春桃所带的近四十名汉子，就分坐在另四张圆桌边。当热菜上得差不多时，席毛根对刘三说道："刘老板，菜已上得差不多了，你还是先说几句大家再喝酒吧。"

"席大哥，我看还是你来说为好，我是没文化的人，说话总是踩不到点上，让人笑话哩。"刘三忙推辞说。

席毛根忙说："刘老板，我不是这次行动的谋划者，那就请扬子云说几句吧，何况，他又是我们这群人中真正有才学的青年才俊。"

"要得，那就请老铁说几句。"刘三说完，就用手推了推身边的扬雄。扬雄没答应刘三，却扭头对身边的桃花说："桃花小姐姐，你看，今天坐在这儿的大都是你们卓氏家族的人，还是你先讲几句吧，咋样？"

"扬才子，今天中午在路上吃午饭时，我把该讲的都给我卓家人讲了，到了成都，就该你们讲啦，毕竟，我对你和扬公子的具体安排还一点不了解哩。"桃花忙说。

扬雄听后，点头道："也是，那我就说几句呗。"随即，扬雄站起来扫视众人后，严肃地说道："各位朋友们，今晚我们会聚在此，不是为喝这几坛美酒，更不是为了明天下午去百花潭林中打架。此刻，我必须告诉大家，我们是出于正义和道义才去勇敢面对黑道歹人的。成都黑道老大仗着自己是地头蛇，就威逼桃花姑娘嫁给他，还要黑吃桃花小姐姐的文君酒坊，你们说，我们能同意这恶劣之事发生吗？"

"不同意，决不同意！"众汉子齐声回道。

扬雄见众人高声回答后，又继续说："朋友们，这里我要告诉大家一个好消息，此事我们已向蜀郡府禀报了，官府知道这事后，已研究决定，明天下午要在百花潭林中'关门捉贼'，所以，明天我们去百花潭引诱那帮坏蛋时，大家一定要沉着冷静，因为我们身后最少有几百名手拿兵器的官军保护我们。在此，我特向大家宣布一件事，明天下午去百花潭之前，为防止官军抓错人或误伤大家，我们每人左臂得缠一根红绸布。在听到我的呼哨声后，官军就会开始围捕那伙坏人，届时，我们要勇敢协助官军抓人。蜀郡府说了，在把那批坏人一网打尽后，还要奖励我们每位参加抓坏人的立功者。大家说，我们愿不愿立功呀？！"

"愿意，我们愿意立功！"顿时，客栈内响起一阵群情激昂的呼叫声……

第二天午时前，雷振山就派马仔到文君酒坊通知卓春桃说，下午申时双方人员须准时在百花潭林中空坝碰面，不得延误。心中已有底气的桃花对雷振山马仔说："兄弟，你回去告诉你们雷老大，我的人一定按他要求准时到场，不会延误的。"说完，桃花还赏了马仔一枚五铢钱。

令卓春桃和雷振山不知的是，午时刚过一半，蜀郡府官军已按行动计划，有的藏进附近民房，有的藏在了河中船舱，剩下五十名化装成百姓的大兵也在百花潭附近几处茶铺喝茶待命。官军事前所做的这些准备，扬之恒在头天晚上已告诉了扬庄，扬庄又把这绝密信息告诉了扬雄，并要扬雄发誓不得告诉任何人，以免走漏风声。

下午申时刚到，高挑漂亮的卓春桃就领着五十来个左臂缠着红绸布、手拿刀剑棍棒的汉子，来到百花潭林中空坝，走在头里的是扬雄、扬庄和卓春桃，他们身后紧随的是卓天壮、席毛根、张德川、西门云飞、陈山岗、李二娃等人。这群人之后，就是从临邛赶来壮声威的卓家汉子们。

完全出乎卓春桃与扬雄意料的是，他们刚走到林中空坝，就看见雷振山一伙已候在那里。同样，雷振山一伙也有人拿着刀剑棍棒，有的甚至还不断令棍棒挥得呼呼作响。扬雄看到，有五六个裸露上身、肌肉发达的家伙，正在移动脚步、挥动拳头，不时吼叫着把林中大树砸得砰砰直响。原来，当雷振山的黑道势力发展到一定规模后，他就需要网罗一批打手，来维持妓院、航运与码头的垄断经营。在寻找打手的过程中，他将目光投向了每年在较场坝举行的拳击或刀剑比赛中的获奖人。他用高薪诱惑和拜把子结为兄弟的方式，十多年间，确实网罗收买了一些具有真功夫的江湖人士。有的虽没入伙，但只要雷振山一声招呼，也会前来助他一臂之力。

站定后，扬庄忙低声告诉扬雄："子云，我数了，他们的人足有七十多哩。"

"庄兄，你爸的官军应该到位了吧？"心里不太踏实的扬雄低声问道。扬庄笑了笑，悄悄回道："你就放心吧，我在这儿呢，老爸不准备好咋成。"

雷振山见桃花带来的人到位后，立马拍手说："好，你桃花姑娘果然是守信之人，嘿嘿，老子就是喜欢这样的女人。"雷振山话音未落，他的人就立即哄笑开来，有的甚至指着桃花评头论足起来。见雷振山一伙如此放肆无礼，强忍怒火的桃花对雷振山问道："雷老板，你今天安排的武艺切磋，该咋进行呀？"

"哈哈，桃花美女，你着啥子急嘛，难道，你带来的这群人中，还有我不知的武林高手？"雷振山傲慢地问道。

桃花眉头一挑说："雷老板，我的人嘛，虽谈不上什么高手，但跟你的人过过招学习学习，还是可以的。"说完，桃花就向身旁的扬雄问道："扬才子，我的人可同他们的人切磋了吧？"

"可以，一切按计划进行即可。"扬雄低声回道。

这时，只听雷振山高声说："桃花，那我们就按拳脚、棍棒和刀剑依次进行切磋，你看咋样？"

"雷老板，江湖规矩我懂得少，桃花听你安排就是。"桃花刚一说完，神气的雷振山就向身旁一赤裸上身的汉子说："薛大侠，那你就先出马，让卓家嫩小子些瞧瞧你的真功夫。"话音刚落，耀武扬威的薛刚挥了挥粗壮结实的双臂，立即快步走到空坝中央。这时，一些化装成老百姓的士兵也渐渐朝林中空坝涌来，在常人看来，这些老百姓就是喜欢看热闹的人。

392

第四十八章 扬雄献计，终于围灭黑道团伙

雷振山见围观的人越来越多，便得意扬扬地对桃花说："桃花，我的比武之人已就位，你的比武之人喃？"话音刚落，高大的卓天壮立马脱去棉夹袄，露出肌肉厚实的胸部来，然后走到薛刚对面停下。这两人即将比试的是拳击，按规则他们不用任何兵器，只用拳脚把对方打翻在地就算胜出。

上身纹着毒蝎的薛刚见比自己还高半个头的年轻汉子站在对面，曾在成都擂台赛得过第二名的他，忙抱拳问道："请问小兄弟，你姓啥名谁呀？老子是从不跟没名没姓的人交手的，以免辱没了我薛刚的名声。"

卓天壮见此人如此狂傲，抱拳回道："本人是临邛大富豪卓王孙第六世后人，名叫卓天壮，今天来此特向前辈讨教拳脚功夫，望薛前辈不吝赐教。"

"卓兄弟，你在临邛参加过擂台赛没？"有着巨大心理优势的薛刚盯着卓天壮问道。

卓天壮拱手回道："回前辈，我去年秋参加过临邛拳击比赛，夺得第一名。"

薛刚心里一震，两道剑眉一抖说："哟，这么说来，老子今天是棋逢对手啰？"说完，薛刚运了运气，便滑动脚步朝天壮逼来。只见卓天壮将腰微微一躬，侧身将握紧拳头的左臂抬起不断晃动，右拳紧攥护在胸前，准备迎击薛刚的进攻。

为在雷振山面前拿下首战之功，并没多想的薛刚挥舞着双拳以闪电般速度劈头盖脸地朝卓天壮砸来，妄图用凌厉攻势击倒卓天壮。天壮毕竟是有扎实武功基础的年轻人，他立即意识到，对方想用突袭方式打败他。于是，急忙接招的卓天壮，同样用双拳快速迎接对方的迅猛进攻。就在卓天壮不断后退时，弹跳力惊人的薛刚一声大吼，突然凌空跃起，用右腿朝卓天壮脑袋踢来，企图将他踢翻在地。就在桃花惊得大叫一声时，早有准备的卓天壮侧头一闪，猛地伸出粗壮双臂，抓住薛刚右腿顺势一甩，把凌空的薛刚甩出足有两丈多远。此时，围观人群全都惊叹得喝起彩来。

见在地上翻了几个滚的薛刚并没站起，卓天壮以为他定是摔伤了薛前辈，于是，心善的他便跑过去准备扶起薛刚。就在卓天壮伸手去扶时，突然，从地上跃起的薛刚猛地用双拳朝正弯腰的卓天壮打来。躲闪不及的卓天壮面部惨遭爆击，鲜血霎时从口鼻喷出。就在众人惊叹、惋惜和不满声中，万分震怒的卓天壮猛地抓住薛刚右臂，挥着巨大拳头朝他头部砸去。猛砸几拳后，就在天壮松开薛刚右臂时，谁也没料到，薛刚猛蹿一步，用脑袋猛地朝卓天壮胸口撞来，随即又用右膝朝天壮下身顶去。只听卓天壮惨叫一声，捂着下身就朝地面倒去。

薛刚见满脸是血的卓天壮倒在地上，冷笑一声，趁势猛扑上压住卓天壮身体，

然后挥动双臂又朝他脑袋砸去。被彻底激怒的卓天壮一声大吼，上身猛然立起，一头朝薛刚面部撞去，随后，又连续几拳击打在薛刚胸部。痛得连连惨叫的薛刚迅速挣脱卓天壮左手，然后顺势朝地上一滚，正待卓天壮起身的瞬间，薛刚突然从右腿绑腿中抽出一把匕首，朝卓天壮胸口刺来。卓天壮眼疾手快，忙死死抓住快刺进胸膛的匕首。

　　双方咬牙僵持时，看得入神的扬雄才猛然想起扬庄的交代，于是，他忙将手指塞进嘴中，打出几声尖利呼哨。刹那间，化装成围观市民的士兵从四面八方挥着大刀、长矛，举着弓箭朝林中合围过来。

　　此刻，刘三、张德川和西门公子立即上前救下受伤的卓天壮，席毛根、扬雄、扬庄、陆小青、袁平几人死死将薛刚按在地上，很快，拥上来的士兵就把薛刚捆了起来。阵阵呐喊声中，许多黑道人物被合围的官军捉拿，有的反抗者被无情砍翻或射杀。林中，紧紧追着雷振山的陈山岗和李二娃不时甩出飞镖朝狂逃的雷振山扎去。在两名保镖护卫下，雷振山已砍翻好几个围追他的士兵。不久，护卫保镖就先后被官军射杀。追得火起的李二娃抽出最后两支飞镖，向快逃出树林的雷振山使劲甩去。顷刻间，一支飞镖正中雷振山后心，一支正中他屁股。两声惨叫后，追上来的士兵就将趴在地上的雷振山捆了起来。

　　一刻钟后，蜀郡官军就押着以雷振山为首的成都黑道团伙朝林外走去。此时，卓春桃领着已包扎完的卓天壮和几个卓家汉子朝扬雄和扬庄走来。当桃花走到扬雄和扬庄面前时，她忙朝二人深深鞠了一躬，并拉着二人手说："谢谢二位学子，没有你俩相助，我桃花今生再也成不了文君酒坊的主人，在此，我卓春桃当着卓氏家族这么多人的面，郑重宣布，从今往后，我文君酒坊一半股份就送给你俩了！"桃花刚说完，众人立即鼓掌叫起好来。

　　掌声停后，扬雄忙拉着扬庄对桃花说："桃花小姐姐，你真正该感谢的是扬公子，没他父亲派官军出手，我们咋可能团灭雷振山这些黑道家伙呢？"

　　扬庄听后，忙指着扬雄说："子云哪，我叫你为我的家庭背景保密，你、你咋说话不算数嘛？"

　　扬雄笑了："庄兄，桃花的困卦已解，你的家庭背景就不用在她面前保密了嘛。改天，你应该请桃花小姐姐去你府上做客哟。"说完，扬雄还向扬庄眨了下调皮的眼睛。

　　桃花看着扬庄笑了笑，然后诚恳地对扬雄说："扬才子，庄兄家里我是该去感谢,但今晚的酒席上,我一定要再次谢你的'关门捉贼'之计。"

"要得,那我们这群人就走呗。"扬雄说完,众人就跟着桃花朝青羊肆大酒楼走去……

第四十九章

端午节，扬雄用特殊方式悼念屈原

  酉时刚过一刻，卓春桃所率的几十号人就到了青羊肆大酒楼。为表示自己的诚意，桃花叫阿贵和兰妹回酒坊用马车拉了十坛上等好酒到酒楼。众兄弟姐妹着实用一顿大酒好好庆贺了一番，有的甚至喝得断片。临别，桃花还特为自己请来的近四十名汉子的吃住，付给了刘三整整三金。无论刘三怎样拒绝，桃花还是坚持付给了他，并一再表示了对刘三和他一伙兄弟的感谢。

  庆祝酒宴结束时，桃花向卓家的人宣布，她明天将陪同他们好好逛逛成都，后天早饭后，全体人马由卓天壮率队赶回临邛。第二天上午，桃花果然履行诺言，在发给亲戚们每人三枚五铢钱后，就带着众汉子在城里整整逛了大半天。扬雄和扬庄由于白天要上课，下午放学后，二人才赶到聚义客栈，参加了刘三特为桃花一行举行的欢送酒会。第三天早饭后，在桃花、刘三、席毛根、张德川、西门云飞、陈山岗与李二娃等人的欢送下，卓天壮就率汉子们分乘四辆马车，欢欢喜喜地离开了成都。

  团灭雷振山黑道团伙后，扬雄在学馆曾私下问过扬庄，准备啥时邀请桃花美女去他家做客。扬雄这样问的目的，是想促成比自己大一岁的扬庄跟桃花结百年之好。扬庄的回答，却让扬雄感到难以理解。扬庄告诉扬雄说，父母反对他同桃花交往甚密，理由是扬庄还是学子，不能影响学业，终身大事，自有父母给他考虑。

  扬雄听后，却给扬庄出主意说："庄兄，谁让你没离开学馆就去结婚生子呀，我的意思是你现在可同桃花发展友谊，今后你走上仕途再去迎娶桃花不就得了。"

  "唉，子云，你是不知哪，父母反对我跟桃花交往的真正原因，是他们不喜欢在社会上整得风风火火的姑娘，二位老人喜欢的是有文化的大家闺秀，而不是生意场上的女老板。"扬庄只好向扬雄道出父母反对的真实原因。

扬雄心有不甘地提醒说:"庄兄,桃花可是懂琴棋书画的漂亮姑娘哟,从这段时间交往中,我看得出她是真心喜欢你的。我认为,你若失去桃花这样的好姑娘,会终生遗憾的。"

"扬子云,你是熟读四书五经的人,难道你不知,在婚姻这事上,我们只能遵从父母之命,而无独自选择的权利吗?"扬庄忙说。扬雄听后,足足愣了好一阵,心里感叹道:"唉,我还劝庄兄哩,我难道不正是因为父母的反对,才疏远了花园场爱我的杏花吗?想到此,扬雄只好摇头叹道:"唉,这世道有时真不尽人意……"

谁也没想到,十天后,文君酒坊和聚义客栈都收到了来自蜀郡府奖励的十金奖金,理由是他们为剿灭成都黑道团伙,协助官军立了大功。很快,文翁学馆也收到奖励给扬雄的三金,奖励理由是,扬雄出的"关门捉贼"之计,对消灭成都黑道团伙起了重要作用。当李弘在学馆宣布这一奖励消息时,学馆内引起巨大轰动,师生们做梦也没想到,一个平时在学馆认真读书的学子竟会跟剿灭成都黑道团伙扯上关系。

桃花拿到奖励的十金后,立即让阿贵护送她骑马回到临邛。她捧出十金对老族长说:"尊敬的老族长,蜀郡府奖励我文君酒坊十金,就因您前不久替我组织了近四十名我们卓家的男人去成都协助官军剿灭了黑道团伙。其实,这十金就是奖励给我们卓氏家族的。"

开心的老族长听后摸着银须笑道:"老夫也没想到,在我迟暮之年,居然还能做件利国利民的大好事。桃花呀,没有你回来说服我这族长,我卓家咋能立下这大功呢?你说吧,我该咋处理这十金?"

桃花想了想说:"尊敬的老族长,我认为可以拿出六金分发给前次去了成都的汉子们,留下四金作为卓家基金,今后谁家有难,可以帮衬着。老族长,不知您认为我桃花的建议妥否?"

"哈哈哈,桃花呀,你的建议极妥嘛,老夫就照你说的办吧……"

其实,他们之所以能拿到蜀郡府的赏钱,这跟一贯低调做人的扬庄有着很大关系。没有扬庄的坚持和说服,他父亲是不大可能拿出蜀郡府重金奖赏大家的。令刘三身边朋友有些难以相信的是,拿到赏钱的刘三除用好酒好肉招待身边弟兄伙外,提出的第一个计划就是要招几名有客栈工作经验的女服务员。另外,刘三还要用赏钱买礼物去孝敬干爹干妈和师父张云天,在接下来的日子里,刘三分别兑现了自己

397

的承诺。

当张德川、秀娟与陆小青三人费尽心机从其他客栈挖回瑞华、小芳和冬梅三个年轻女服务员后,聚义客栈的兄弟们在刘三带头下,似乎口无遮拦的粗话也减少许多。由于服务态度和质量的提升,聚义客栈的生意比从前好了不少,还有些老顾客也经常回来照顾刘三生意。当西门松柏从儿子口中得知客栈的新变化时,不禁充满希望地说:"若照这样发展下去,明年开家分栈也是可以的。"

拿到赏金的扬雄,深知这是扬庄努力的结果,便试图分一半钱给他。扬庄见扬雄非要他收下一半赏金,只好说:"子云,这是你应得的。实话告诉你吧,没你这'关门捉贼'的计谋,我还没机会帮你争取到这笔赏金哩。冬月之后就是腊月,离过年也不远了,你可用赏金给你家里买点礼物回去,让你父母和奶奶也高兴高兴。"

"谢谢庄兄一片真挚之情,我扬雄对庄兄的帮助无以为报,今后需要用上我时,我扬雄一定为兄效犬马之劳。"后来,扬雄给奶奶买了两副药,又给父母买了两件新绸服,犹豫好几天后,在腊月小寒放假前,扬雄还是给杏花买了两条质地不错的彩色丝巾。回花园场前,扬雄请扬庄和桃花喝了一次酒。喝酒时,扬雄高兴地对桃花说:"桃花小姐姐,你的困卦在消灭雷振山团伙时已解,在我看来,你现在正值旭日东升之势,今后人生不仅有春花秋月,还有财源滚滚哪。"

桃花听后,笑得非常开心:"托你扬才子的福,但愿我桃花有一个圆满的人生结局吧。"说完,桃花又扭头向扬庄问道:"扬公子,你说是不是呀?"

扬庄含蓄笑笑,意味深长地说:"桃花老板,只要扬子云不离开你视线,你的人生咋可能不圆满喃?"说完,扬庄还故意提议,要桃花向帮她解了困卦的扬雄敬一杯酒。敬酒后,放下酒杯的桃花怔怔地望着带有笑意的扬庄,似乎在琢磨他话中的深意……

小寒过后不久,回到家的扬雄便把在文翁学馆的学习情况说给父母听了。父亲听后非常感慨地说:"雄儿,李弘先生真是个好人,若没他把你留下当旁听生,哪有后来你成为正式学子的机会呢?"扬雄高兴地点头后,又把他新结识的扬庄的情况,以及剿灭成都黑道团伙的过程讲给了父母和奶奶听。奶奶听后叹道:"哟,雄儿呀,剿灭成都黑道那些坏人,是官府的事,你去掺和啥子嘛,要是误伤了你,那是多不划算的事哟。"

见父母也劝他今后别去做跟学习无关的事,扬雄自豪地说:"爸、妈、奶奶,我现在已经长大了,前次剿灭黑道团伙,我没直接去抓坏人,但由于蜀郡府采纳了我的'关门捉贼'之计,所以,官府才奖励了我三金嘛。没这些钱,我咋个给你们买礼物呀。"说完,扬雄就从他房中拿出给奶奶买的药,还有香甜的绿豆糕,随后,扬雄又拿出两坛好酒和两件崭新的绸服,对父亲说:爸,我买了两坛文君好酒孝敬您,这两件新绸服您同我妈一人一件。

张氏忙拿过衣服仔细瞧了起来,她一面瞧一面说:"哟,雄儿哪,你买这么好的衣服,不知要花多少钱,你为啥要这样浪费哟。"激动得双手颤抖的张氏不断摸索着手中质地不错的绸服:"啧啧啧,这么好的衣服,我可是第一次拥有哩,无论如何,这次过年我得穿上几天。"待母亲兴奋地说完后,扬雄又从怀中掏出五十枚五铢钱呈给了父亲。

扬凯说:"雄儿,你在成都读书,有时免不了要用钱,你还是留些在身边吧。"

扬雄拍了拍腰间说:"爸,我身上还留了些钱,您老人家就放心吧,雄儿在外有朋友帮助,我是不缺钱花的。"为使父母开心,扬雄竟说起善意的谎言来。

杀年猪后,犹豫再三的扬雄还是在腊月的末尾,带着他买的两条彩色丝巾,骑马去了花园场豆腐饭店。杏花见扬雄骑了匹高大白马来看她,主动上灶给扬雄炒了拿手菜肝腰合炒和糖醋里脊。扬雄在同覃老板与杏花喝酒时,拿出两条最时髦的彩色丝巾送给杏花说:"杏花,我现在已到成都文翁学馆读书,今年夏天没回来的原因,就是我要在学馆补习功课,过去在临邛学的东西要浅些,我若要跟上文翁学馆的教学,必须要加倍努力才行。"

纯朴老实的美少女杏花哪知这是扬雄编造的善意谎言。听扬雄说后,她不安地问道:"扬雄哥,你去成都念书,又要念多久呀?"

扬雄想了想回道:"杏花,文翁学馆是我们蜀郡的最高学府,我想,要在那毕业,起码也得读上好几年吧。"

杏花大惊:"扬雄哥,你还要读那么久,那、那我俩的大事咋办呀?"

扬雄知道杏花说的大事是娶她的事,不知该如何回答的扬雄想了片刻,便装傻说:"杏花,你晓得不,我若在文翁学馆毕不了业,蜀郡府是不会给我安排工作的。若我今后没工作,又拿啥钱来养家糊口喃?"

颇有心计的覃老板听扬雄说后,忙问道:"扬雄,这么说来,你今后要在成都做官啰?"

"覃老板,今后做不做得成官,也不是我扬雄能说了算的。唉,世事无常,还

399

不知几年后又有啥变化哟。"扬雄故意说的这些话，已显露出有疏远杏花之意，要是覃老板支持杏花另择夫婿，他就可在不伤害杏花的情况下分手。只是根本领会不了扬雄用意的杏花却真诚而又执着地说"扬雄哥，那没啥子嘛，我在花园场等你几年就是。"

覃老板见杏花向扬雄如此表白，只好附和着说："对头，扬雄，你就安心好好读书，每年假期回来看看我和杏花就是，我喃，就陪着杏花等你嘛。"

心里七上八下不知说什么好的扬雄只好端起酒杯说："来来来，快过年了，让我们再喝一杯吧。"说完，心里异常矛盾难受的扬雄竟趴在桌上低声抽泣起来。不知如何是好的杏花忙靠近拍着扬雄肩头说："扬雄哥，你别哭，我杏花这几年一定等你，我决不会嫁给别人，你就放心吧。"

覃老板见女儿同扬雄挨在一起，忙拿起一根红色丝巾系在脖子上说："哟，这么漂亮的丝巾，我系在脖子上起码也要年轻七八岁。你俩慢慢聊，我到花园场街上转转去。"说完，覃老板扭着腰肢离开了豆腐饭店……

春节后，回到文翁学馆的扬雄给林间先生去了第三封信，信中，扬雄虽没讲消灭成都黑道团伙的事，但却较详细地告诉了先生，他这半年来在成都的学习情况，以及他又试写了几篇小赋的事。最后，扬雄坦言他暂没推动方言研究，因为成都方言与临邛方言差别不大，只有今后到了其他地方，他再进行方言研究。在关心先生病情后，扬雄一再表示，他决不会辜负先生重托。

自雷振山被官军抓进大牢后，他控制的妓院、赌场、码头、船队、酒楼、织锦坊等都遭到查封或拍卖。在蜀郡府主持的拍卖会上，具有商业头脑的西门松柏仅用了四十金便拿下一家中型织锦坊。拿下织锦坊后，西门松柏立马任命萧毛根为百花织锦坊大掌柜，并让已熟悉织锦业务的袁平做了萧毛根助手。为不使百花织锦坊业务停顿，西门松柏保留了原织锦坊大部分技术工人，又从浣花织锦坊抽调了几名业务骨干去把控织锦质量。西门松柏看着百花织锦坊业务正常推动后，就对儿子说："云飞哪，你的好友扬雄今后从文翁学馆毕业后，若他喜欢织锦工作，我们也可高薪聘请他到这两家织锦坊担任文化监理嘛，要是他能为我们宣传产品，写出好赋来，我愿额外再给他奖励。"

"嗯，老爸这主意不错，我可把您的想法告诉扬雄。"西门云飞高兴地回道。不久，西门公子特邀扬雄、扬庄、桃花、刘三、张德川等友人喝酒。酒席上，端着酒杯的富商西门松柏当着众人对扬雄说："扬学子，听说你是个头脑灵活又会写文章的青年才俊，现在我当众表示，等你从文翁学馆毕业后，你若喜欢织锦工作，我这两家织锦坊均欢迎你来出任文化监理一职，咋样？"

"谢谢伯父大人，若您不嫌弃我才疏学浅，我当然愿来为您效力。"扬雄说后，立即给西门松柏鞠了一躬。很快，席毛根也举着酒杯说："子云，我们老板已发话，这里，作为曾经的同窗，我也衷心欢迎你加盟到我们团队来。你别小看我们现在仅有两家织锦坊，未来，我们还要拓展新业务哩。来，在此我代表百花织锦坊表态，我们的文化监理一职永远给你留着。"说完，席毛根就同扬雄碰杯，并将杯中酒一饮而尽。

此刻，谁也没注意到的是，扬庄低声在扬雄身边嘀咕道："一个区区织锦坊的文化监理一职，咋可能就把扬大才子打发了喃……"

冬去春来，当锦江两岸的柳丝又绽出嫩绿新芽，在春燕的呢喃声中，扬雄在文翁学馆悄悄度过了18岁生日。生日当天，扬雄独自一人到锦江边，伴着春风，用竹笛吹奏了几遍《大风歌》和《有所思》。凝望苍穹，神情有些忧郁的扬雄又想起花园场的杏花，还有他的父母和奶奶来……

不久，李弘先生花了十多天时间，先后讲了屈原的《离骚》及《天问》，《九歌》中的《湘君》《云中君》《山鬼》《国殇》和《九章》中的《橘颂》《涉江》《怀沙》《哀郢》等二十多篇作品。在讲这些作品时，李弘还结合屈原的出生环境，以及楚国的不幸国情，引出屈原被流放，最终投江自尽的悲惨结局。

在展开对屈原作品和命运的大讨论时，对屈原际遇深有感触的扬雄说："屈原无疑是位才华横溢的大诗人，他的《离骚》和《天问》等名篇定会与日月同辉，他对文学的热爱，对故国的关心，以及对自己信念的坚守深深影响我们这些青年学子。大诗人屈原的作品正是他高洁人品的写照，是他对故国忠贞不渝的体现。"在扬雄流露出敬仰之情的同时，他还对屈原投江自杀结束生命的方式表示了反对。

课堂上，扬庄反对扬雄的看法，他谈了自己的观点："正因屈原不愿与楚国贵族同流合污，不愿看到郢都被秦军攻破，加之他对怀王极度失望，对朝政腐败极度憎恶，所以，具有刚直性格、高洁人品的屈原才不得不悲愤地投江自尽。正是屈原的自杀成就了他自身高大的人格形象，成为我们永远祭祀怀念的对象！"

很快，这两种观点就在同窗中引起激烈争论，而双方观点的代表人物就是扬雄和扬庄。出乎扬雄意料的是，龙耀文竟然也赞同他的观点。聆听了讨论的李弘先生在总结时说："关于屈原的讨论，我过去从没听见过有不赞同屈原投江的意见，如今扬子云第一次提出不同看法，我认为这是件好事。在学术观点上，我历来赞同'知无不言、言无不尽'，无论对何事，我们都不要人云亦云，要敢于提出不同见解，唯有这样，我们的社会才可能进步，我们才能成为一个具有独立见解的人。"

很快，百花争艳的春天就在麦收之后结束了。气温开始热起来后，转眼间一年一度的端午节又将来临。一天黄昏，在锦江边散步的扬雄突然问扬庄：'庄兄，今年端午节，我想用另种方式纪念大诗人屈原，不知你意下如何？"

"你想用啥方式纪念屈原呀？"扬庄好奇地问道。

"庄兄，用啥方式纪念屈原，我暂时保密，但我邀请你参加，不知你愿意否？"

扬庄想了想问道："子云，你的纪念地点是学馆内还是学馆外？"

"这独特的纪念方式我已想了好几天，纪念之地嘛当然不在学馆内。"扬雄说。

"在我同窗中，就你是个爱动脑子花样又多的人，你的邀请我能拒绝吗？说吧，在哪儿纪念屈原？"

"后天学馆开始放三天假，放假后，我和你各骑一匹马，去都江堰好吗？"

扬庄笑了："扬子云，去都江堰可是祭祀李冰，你别把时间、地点弄错了。"

扬雄也笑了："哈哈，庄兄，祭祀李冰我当然知道是春天放水节。至于为何在都江堰纪念屈原，你跟着我就行了呗。到时，我自会让你过一个永生难忘的端午节！"

"好哇，子云，那我就听你安排呗。"

祭祀前一天，骑马的扬雄和扬庄就赶到岷江边灌县小城。买好香烛和其他祭品的扬雄找了家客栈住下。见西边天际还有火烧云燃烧，扬雄同扬庄到街上找了家不错的苍蝇馆子，要了几个特色菜就喝起酒来。喝酒时，扬庄再次向扬雄打听明天如何纪念屈原的事，不料却被扬雄一句"你明天自会知道"就堵了嘴。后来，为不使扬庄扫兴，扬雄有意岔开话题说："庄兄，最近桃花两次派阿贵来学馆，请你去文君酒坊玩，你为啥不去呀？"

"桃花姑娘也请了你的，那你为啥也没去呀？"

扬雄笑道："呵呵，庄兄，你难道要我这个陪客，去夺人之爱？我可没那么傻。"

扬庄又说："我不是给你讲过么，我父母反对我跟桃花交往。"

"为啥呀,我就想不通,桃花小姐姐真是个不错的美人哩,你父母又没见过她,凭啥要反对?"

扬庄沉默片刻叹道:"唉,我老娘说,做生意的姑娘难免沾染世俗风尘味,她老人家一再说,今后定会给我寻一个中意的大家闺秀。子云哪,你若真跟杏花成不了夫妻,我来成全你同桃花的好事,咋样?"

扬雄看了看扬庄,摇头苦笑说:"庄兄哪,我的悲情故事还没了结,咋可能又去接触桃花呢?何况,我只是个桑农之家的穷小子,咋敢去高攀富贵人家的千金小姐喃?唉,我扬雄今后只适合找个农家女子做老婆,不敢有过多奢望啰。"说完,脸色沉郁的扬雄,一口将杯中酒吞下……

黎明之后,东方天际绚烂的朝霞,宛若数支金色利箭,慢慢刺破厚重夜色,朝无垠的天穹射去。鸽哨声好似天女们此起彼伏的呼唤,晨风拂过天地,耀眼的旭日便冉冉从地平线上升起。

早饭后,背着包袱的扬雄和扬庄走出客栈,朝宝瓶口山上走去。约莫一刻钟后,扬雄二人就来到宝瓶口长有草树的山上。凝望脚下滔滔奔流的岷江水,扬雄感慨地对扬庄说:"庄兄,你我二人都是喝岷江水长大的,没有岷江,就没有美丽富饶的川西平原,就没有众多古蜀王创造的辉煌历史,也就没有李冰父子修筑都江堰的壮举。"

扬庄听后,疑惑地问道:"扬子云,今天是端午节,你不是说要用别样方式纪念屈原吗?此刻你在这儿高论跟岷江有关的历史,你是啥意思呀?"

扬雄道:"庄兄,你着啥子急嘛,我问你,这岷江流往何处?"

扬庄叹道:"哎呀,扬子云,这么简单的地理常识你也来考我?谁不知岷江流到嘉州跟大渡河、青衣江汇合,然后朝犍为郡流去,最后汇入长江呀。"

扬雄继续问道:"那么长江又朝哪儿流去呢?"

扬庄立马回道:"这还用说吗,长江经渝州、涪州和忠州,然后穿三峡过江汉平原流向大海呗。"

"那汨罗江又在哪儿跟长江汇合呀?"扬雄再次追问扬庄。

扬庄终于反应过来,上前当胸给了扬雄一拳说:"好你个扬子云,你给我绕了半天弯子,不就是说我们岷江跟屈原投的汨罗江有关系吗?哈哈哈,我现在终于明白你的用意了,你说,今天我俩要怎样纪念大诗人屈原?"

"不着急,你我先打开各自包袱再说。"扬雄说完,就把自己面前的包袱慢慢打开。扬庄看到,扬雄包袱中除有一小捆竹简外,还有数张写有屈原诗文的白色绢帛,以及瓜果、粽子、盐蛋、木盘、一把长香与三根红烛。接着,扬庄也打开自己身前的包袱,只见一件棉夹袄包着一坨东西,解开绳索,一坛文君酒就露了出来。扬庄指着酒坛叹道:"哎呀,扬子云,我是说你让我背的东西咋这么重。原以为是啥宝物,嘿嘿,不就是一坛酒嘛,你还整得这么神秘兮兮的。"

"此酒非彼酒也,这是我专为纪念屈原在桃花那订制的上等好酒。等我俩祭祀完大诗人后,这酒就会顺着岷江之水,汇入长江同汨罗江水汇合。"

"嗯,这主意不错,非常有创意嘛,我看,我的同窗中也只有你扬子云才有如此浪漫的想法。随后,扬雄便在岷江边插上长香和三根红烛,摆上两盘粽子和盐蛋,还有不同种类的瓜果。摆放完这一切后,扬雄才从自己怀中,掏出两个精致的陶制酒杯,尔后打开酒坛把两个酒杯倒满,随后又点燃长香与红烛。

江风静静吹过,待一切准备得差不多时,扬雄从包袱中拿出几张绢帛递给扬庄说:"庄兄,今天我俩先用绢帛焚诗来悼念受人敬仰的大诗人屈原。"

扬庄忙接过绢帛,绢帛上是扬雄用小篆手书的《橘颂》《湘君》《卜沙》等屈原作品。这时,只见神情庄严的扬雄举着双臂,大声朝岷江河谷喊道:"大诗人屈原,今天端午节,我和扬庄同窗特来都江堰祭祀您哪……"很快,岷江河谷就回响起扬雄的高呼声。随后,静默片刻的扬雄抓起地上绢帛,高声诵读起《天问》来:"遂古之初,谁传道之?上下未形,何由考之?……"随着肃穆庄严的诵读声,扬雄慢慢将手中绢帛投向了燃烧的红烛。很快,扬庄也学着扬雄模样,高声诵读起《橘颂》来:"后皇嘉树,橘徕服兮。受命不迁,生南国兮。深固难徙,更壹志兮……"随着自己颇有感情色彩的朗诵声,扬庄也把白色绢帛投向了红烛。很快,腾飞而起的灰烬像一只只黑蝴蝶,翩翩飞舞在岷江上空。

当绢帛焚烧完后,扬雄又拿起竹简展开,同扬庄并肩伫立江岸,双眼含泪吟诵起屈原的《离骚》来:"帝高阳之苗裔兮,朕皇考曰伯庸。摄提贞于孟陬兮,惟庚寅吾以降……"汹涌的激流伴随撞击宝瓶口的惊涛声,天地之间又传来阵阵扬雄二人的合诵声:"朝饮木兰之坠露兮,夕餐秋菊之落英……长太息以掩涕兮,哀民生之多艰……亦余心之所善兮,虽九死其犹未悔……"

此刻,两只雄鹰在宝瓶口上空盘旋,久久不愿飞去。鹰啸长空,长河上下又传来扬雄二人感情饱满的朗诵声:"路漫漫其修远兮,吾将上下而求索!"朗诵完后,含泪的扬雄突然将手中竹简扯断,然后把一根根竹简朝滚滚岷江抛去。浩浩江风吹过,仿佛整座山林和岷江上空,仍回荡着"路漫漫其修远兮,吾将上下而求索"的朗诵声。

竹简抛投完后,突然朝岷江跪下,挥着双拳朝天空哭喊道:"大诗人屈原,我扬雄今生将追随您英魂而来啊……"

此刻,天穹惊雷骤然炸响,天地间久久回响着扬雄感天动地的哭喊声……

[第五十章]

骚动与困惑，逐渐觉醒的性意识

　　一年多来，西门公子去了几次郫县县衙，见宋捕头强奸案终无结果后，扬雄已不再难为西门公子了。这时，他才渐渐明白，天下不全是朗朗乾坤，更不是坏人终有恶报。他过去一直较信任的王县令原来也不过是包庇恶人的地方小吏而已。现在，扬雄同刘三一伙喝酒时，已不再谈杏花和宋捕头的事了。

　　扬雄明白，即使他本人不计较杏花的失身，但父母如此坚决不接纳杏花的态度，早已动摇了他想同杏花结为夫妻的想法。时间是医治心灵创伤的良药。一年多过去后，扬雄已从过去痛苦的阴影中走了出来，他已暗自决定：离开杏花，让她去重新选择要嫁的男人。有了这想法后，夏天放农忙假时，扬雄回家帮着秋收了几天，就回了学馆。

　　然而，令扬雄不知的是，自从春节前他给杏花送去两条彩色丝巾后，杏花和覃老板真以为扬雄没计较失身的事。这样一来，覃老板母女俩在花园场认真勤劳地经营着豆腐饭店，杏花便是一心等着几年后从文翁学馆毕业的青年才俊扬雄来娶她过门。

　　初秋时节，夏天火热的暑气已渐渐退去。悄悄带上竹笛的扬雄约上扬庄和悠闲的西门公子，便慢慢朝琴台路走去，他想去圆一个合奏之梦。酒坊内，身穿高档绿色裙裾的桃花正在弹琴，一见扬雄三人到来，十分高兴的桃花忙起身迎接道：

　　"哟，三位贵客驾到，真使我文君酒坊蓬荜生辉呀。"

　　扬庄立马笑着说："桃花美女，看你有如此雅兴弹琴，想来定是最近生意不错吧。"

　　"哪里哪里，不过我桃花托你们几位的福，这半年来确实生意不错。"说完，

第五十章　骚动与困惑，逐渐觉醒的性意识

　　桃花立即吩咐桂子给三位客人泡上文君春茶。扬雄见桂子去里屋洗杯，忙问道："桃花小姐姐，这桂子已是你这的人啦？"

　　"这桂子手脚麻利，人也勤快，这半年我这生意较为红火，所以，我就把桂子留在店里做了送货人。"

　　"嗯，桃花小姐姐会挑选人嘛，不错哟，你真是人财双丰收。"扬雄忙说。待三人坐下品茶后，扬雄又问道："桃花，刚才我在店外听你弹的古筝曲，颇有凄凉婉转之感啊。"

　　桃花蛾眉一挑，诧异地问道："咋的，扬才子，你还懂音乐？"

　　"哪里哪里，桃花小姐姐，我扬雄只是略知一二而已。"扬雄忙回道。扬庄发现扬雄腰间插着竹笛，便对桃花说："桃花姑娘，我们今天来此，扬子云可是有备而来哟，我提议，你俩就来个笛筝合奏，如何？"

　　"那好呀，扬才子，你就把竹笛拿出来，让我见识见识你的竹笛之技吧。"桃花喜笑颜开地说。

　　扬雄也笑了："恭敬不如从命，我扬雄今天也来献献丑，只要大家玩得开心，就算尽了我心意。"说完，扬雄就从身上摸出一支一尺多长的淡黄色竹笛。待扬雄刚试了下音，桃花问道："扬子云，我俩从没合奏过，你认为，我俩第一曲合奏啥好呢？"

　　"那就合奏你刚弹的那曲，可以吗？"

　　桃花笑了："要得。"说完，二人相互点头后，桃花就率先拨响了琴弦。随着乐曲的推进，扬雄悦耳的竹笛声也很快融进古筝旋律中。只见桃花右手指尖不断在琴弦上弹跳飞动，左手指也在不断揉动筝弦，而扬雄的六根手指也不断在笛孔上跳动起伏，那均匀气流声随着笛孔流淌变化出一个个悦耳音符，弥漫在文君酒坊每一寸空间。缓缓哀婉的乐音刚停，扬庄与西门云飞，还有围在酒坊外静听的人群顿时就高兴地拍起巴巴掌来。

　　扬庄叹道："哎呀，不错不错，你俩第一次合作就有如此美妙效果，真乃神奇的音乐知音哩。"

　　"合奏得这么巴适，那就再来一曲呗。"西门公子高兴地说。很快，围观的人群也纷纷喊叫起来："对头，那就再来一曲，让我们也开开眼界……"

　　突然，一商人模样的汉子朝桃花高兴地说："卓美女，你俩再来一曲，我就买你三坛好酒，咋样？"汉子刚一说完，有几个群众也附和着说："对对，你俩再合奏一曲，等会儿我们也买你的文君美酒。"

407

桃花看看围观人群，低声向扬雄问道："扬才子，听众有如此愿望，我俩就再合奏一曲，好吗？"

扬雄忙点点头："那好，咱俩来一曲《有所思》吧。"

"嗯，要得嘛。"桃花说完，又愉快地拨响了琴弦。随即，扬雄空灵的笛声就融入古筝婉转而舒缓的旋律中。好一阵精彩的笛筝合奏后，最后的音符荡漾在听众意犹未尽的情绪里。这时除扬庄、西门公子和桂子、阿贵、小兰的掌声外，门外听众也爆发出比先前更热烈的掌声。待掌声停息后，桃花扭头对扬庄说："扬公子，你听得如此入迷，我想听听你对这两支曲子的感受，可以谈谈吗？"

"哟，桃花老板，要我在你和子云面前谈音乐感受，那不是班门弄斧嘛。"扬庄忙说。

桃花笑着说："扬公子，你随便谈谈，也算是我们友人间的交流吧。你是高等学府学子，我相信你能谈出不一样的感受。"

扬庄笑道："既然你桃花这样发话，我若再不说点啥，似乎就有负好友之嫌了。我认为，第一支曲子，其节奏缓慢而凄婉，我仿佛看见一位宫女，在那寒露濡湿的台阶上，对着冷冷秋月诉说自己的悲戚遭遇。这支曲子的主色调是孤寂与凄凉。第二支曲子细腻婉转，乐境极其耐人寻味，空灵缥缈的乐音似乎已超脱于世间万物，把人的相思寄托在无限的思念中，让情感在思念中净化升华，有深深的思恋与相濡以沫愿望哩。"

桃花听后忙拍手说："哎呀，扬公子，我真没想到，你对这两支曲子理解得这么深切到位，不愧是我蜀郡高等学府的学子，说的好！"

扬雄见桃花如此夸赞扬庄，深知桃花对扬庄有较深的爱慕之意，忙变相提醒桃花说："哟，二位才子佳人，相濡以沫虽好，但不如相忘于江湖让人留念哟⋯⋯"

扬雄刚说完，西门公子便猛然盯着扬雄，他不知子云为何要突然冒出这一句。这时，门外要买酒的汉子们一同涌进酒坊，各自挑选着不同价位的文君酒来。待卖完十多坛酒后，桃花忙招呼扬雄三人说："走，今天我请客，去青羊肆酒楼畅谈诗文和音乐。"说完，桃花就领着三位青年，朝不远的青羊肆酒楼走去⋯⋯

自西门云飞在酒桌上，弄清桃花跟扬庄和扬雄二人的关系仅限于友谊后，仅比桃花大半月的西门公子就暗暗喜欢上了卓春桃。之前，西门公子原以为扬庄看上了桃花，因为他俩关系比常人更近，所以，有些文化的西门公子就从没有过跟桃花超越友情的想法。

第五十章 骚动与困惑，逐渐觉醒的性意识

西门公子仗义疏财，喜结交江湖朋友，由于他有文化又喜剑术，所以他清高气质中还增添了些孤傲个性。这一年多来，他母亲已先后几次托媒人给西门云飞说了几个姑娘，均被他以各种理由予以婉拒。但随着年龄增长，西门公子也开始留意起身边姑娘来。最初，西门云飞心中也没十分明确的条件与要求，但自认识桃花美女后，他心中就开始有了明确的择偶要求：找女人就要找像桃花这样既懂琴棋书画，家境又不错的漂亮姑娘。

为显示自己慷慨大方，西门公子每次去文君酒坊，走时总要买上几坛好酒，一个多月后，不论是聚义客栈，还是浣花和百花织锦坊，库房都已存放了不少文君酒。可令人遗憾的是，在外人看来挺般配的一对，却因卓春桃的婉拒而画上了句号。其实，桃花美女若没认识扬雄和扬庄，或许还可能考虑跟西门云飞交往下去，可当她弄清西门云飞根本写不出东西甚至还跟粗鄙的刘三是结拜兄弟时，心里凉了半截的桃花就断然决定，只跟西门公子保持一般的朋友关系，其他免谈。识趣的西门云飞见桃花已开始疏远他，也就沮丧地放弃了对桃花美女的追求。

半年多前，自瑞华、小芳和冬梅被招聘进聚义客栈后，这几个十六岁左右的姑娘就渐渐引起刘三一伙注意。经过两个多月工作后，刘三发现做事认真、心直口快的瑞华比较对他胃口，就主动以老板身份经常跟瑞华搭讪说笑。瑞华毕竟是员工，见老板主动跟她接近，就一直小心应承着，但很快瑞华就明白了刘三主动亲近她的用意。

刘三是没文化的粗人，他直来直去的粗鄙之语曾得罪不少客人，西门公子和张德川也曾劝过他，要他学会用客气语言同客人打交道，刘三也答应过数次，但他骨子里的粗俗使他无法彻底改掉老毛病。尤其是夏天到来之后，有绸褂不穿的刘三竟喜欢袒胸露背穿着短裤衩在客栈大门阴凉处喝茶饮酒，有几次瑞华出来给他汇报客人情况时，他听完后，竟高兴地用手拍着瑞华屁股说："去忙吧，这些渣渣小事，老子晓得就行了。"

面对刘三这些粗俗不堪的动作，瑞华曾几次流着泪劝说刘三："刘老板，你别随便拍我屁股好不好，让外人看见，这多不好呀。"

刘三听后，总是呵呵一笑说："瑞华妹子，这有啥子嘛，老子就是要当众告诉大家，我刘老板喜欢你。"

见刘三根本改不了身上恶习，瑞华几次哭着要辞职，还是在张德川和秀娟劝导安慰下，才留了下来。后来，刘三几次在客栈院内光着上身喝酒后，竟靠在竹椅上

呼呼大睡。令秀娟、瑞华、小芳和冬梅感到十分难堪的是，睡着后的刘三体态不端不说，嘴角边憋口水也足足流有半尺长。瑞华悄悄向小芳和冬梅表示，她就是一辈子不结婚，也决不嫁给像刘老板这么粗俗不堪的人。后来，当刘三得知瑞华不愿跟他好后，作为老板的刘三也没在工作上刁难她，而只是在喝酒时对张德川和西门公子说："哎，这个瑞华小婆娘瓜稀流了，她二天咋个可能还找得到像老子这么能干的男人嘛……"

三个新招的女服务员中，性情最为温和、长得最为乖巧的当属小芳。小芳姓罗，原是成都附近柳城人，她是通过在盐市口大酒楼做厨师的父亲，介绍到盐市口一家大客栈做服务员的。没想到，还没干满一年的小芳就被张德川兄妹挖到了聚义客栈。小芳五官长得精巧，圆圆的葡萄眼下长着精致的小鼻子和樱桃小嘴，只要她一说话，两排整齐洁白的小米牙就会显露出来，自带三分笑意的鸭蛋脸总能给人亲近善良之感。而最先主动去关照小芳的，是张德川。

张德川是客栈大总管，经常要安排服务员工作，有时还要亲自检查他布置下去的任务。见小芳性情温和，工作又认真，张德川经常假借工作之名行照顾之便。之后，张德川就把他看上小芳的想法悄悄告诉了大妹秀娟。秀娟听后笑道："哥，我晓得你会看上小芳的。"

"你咋晓得的，我又没告诉你？"

"嘿嘿，我从你最近看小芳的眼神中，就明白了情人眼里出西施的道理。哥，实话告诉你吧，我感觉小芳对你也有那个意思，不知你感觉到没？"秀娟说。

张德川笑着点了点头："男大当婚女大当嫁嘛，你哥有文化人又不笨，好歹也算是客栈的总管嘛。她看上我也算眼力不错。"

"哥，你别太自大哈。小芳确实是个性情不错的姑娘，你若真喜欢她，我这当妹的自然会知道去帮你做工作。好在大家成天都在一块做事，了解也方便，若你俩双方都满意的话，我看，明年就可在我们聚义客栈给你俩举办婚礼嘛。"秀娟高兴地说。

又一个月后，小芳送了一双自己亲手做的布鞋给张德川，张德川穿上新鞋就跟着小芳去酒楼见了她做厨师的父亲。当罗厨师收下张德川送的两坛文君酒，又得知有文化的张德川是聚义客栈总管后，就非常开心地答应了女儿可继续同张德川相处下去。临别，罗厨师甚至同意女儿春节放假时，可跟着张德川到临邛他家去看看。

聪明的张德川回到客栈就高调宣布了他同小芳的恋爱关系。他这么做也是想及早断了袁平对小芳的心思。原来之前，经常来客栈玩的袁平，也暗暗喜欢上了性情温和长得不差的小芳，苦于接触时间少，加上袁平是没文化的青年，小芳权衡之下，内心更加认可张德川。当刘三听张德川宣布同小芳的恋爱关系后，就私下警告袁平："你小子别再去骚扰小芳哈，她如今已是有主的人了，要是你今后给老子惹出不必要的麻烦来，我决不会轻饶你的！"

"帮主，我晓得天下女人多的是，我没必要在一棵树上吊死嘛。我今后重新找就是。"袁平回道。

刘三见袁平如此表态，便高兴地拍着袁平肩头说："嘿嘿，你小子懂得起嘛，这就对了，你真不愧是老子的好兄弟。走，今晚上我陪你喝两杯。"说完，这两个丐帮兄弟像两根失恋的苦瓜，在碰杯声中相互安慰起对方来……

在聚义客栈，令众人不知的是，心里最七上八下的却是成天忙碌的秀娟。张秀娟虽是张德川妹妹，但勤快的她并没仗着这层关系在工作上偷懒，而是以主人公心态对待客栈的一切工作。秀娟之前主要做的是客房服务工作，自从新招了瑞华、小芳和冬梅后，秀娟就分出大部分时间去协助厨房干些杂活，这样下来，厨房两个师兄顿感轻松许多。有一次，由于太忙，有个师兄择菜时，应付几下就下了锅，没想到，吃饭时刘三发现了两条菜虫，顿时火冒三丈的他便冲进厨房给了那师兄两耳光。自秀娟帮厨后，大家就再也没发现碗里有菜虫了。

秀娟到客栈工作后，最先暗自喜欢的是说话温和、对人友善的扬雄。自从得知扬雄女友杏花失身后，秀娟清楚，一般人家是难以接受这个残酷现实的。此后，懂事的秀娟就一直在观察扬雄的变化。后来，秀娟又目睹了扬雄为桃花的事忙前忙后，而且扬雄每次来客栈玩时，总是对她彬彬有礼，并无主动亲近她之意，于是，秀娟感情的天秤便渐渐移向了已做了织锦坊掌柜的席毛根。

秀娟没忘记，两年前当扬雄和席大哥来帮她家建房时，她母亲曾当着几人的面告诉扬雄和席毛根，"我家虽穷，但两个女儿还算长得标致，若你俩看得上我这两个女儿，过两年，你俩可各领一个作为你们今后的女人"。如今两年已过，她也没听说席大哥有未婚妻。若自己再不表明态度，要是有文化的席大哥有了女人咋办？于是，下定决心的秀娟便开始向常来客栈的席毛根发起了主动进攻。

自从秀娟把她娘曾说过的话告诉小芳后，灵醒的小芳也开始积极配合秀娟，只要席大哥一来聚义客栈，她便立马告诉在厨房忙碌的秀娟，喊她出来陪席大哥说话。酒桌上，秀娟不仅给席大哥倒酒夹菜，还暗暗控制席大哥酒量，生怕席大哥喝断片。有天送席大哥出客栈时,秀娟鼓起勇气大胆问道:"席大哥,你还记得两年前你同扬雄哥来我家帮忙时我妈说的话吗?"

席毛根故意装傻地问道:"秀娟,那次你妈说了那么多话,你指的是哪句呀?"

秀娟愣了,不好意思地提醒说:"就是,就是我和我妹跟、跟你可扬雄哥的事。这话你该不会忘看、了吧?"

"没、没忘,这件大好事我咋可能忘喃。"说完,喝得微醺的席毛根一把抱住秀娟,就把自己发烫的嘴唇压在了秀娟嘴上。一阵战栗后,秀娟才挣脱席毛根双手,欢喜地捂着嘴唇跑回了客栈。从那之后,秀娟和席毛根才转入甜蜜的恋爱关系中……

在三位新招的女服务员中,最具戏剧性的当属冬梅。冬梅姓郭,是成都近郊龙泉山一农户的女儿,冬梅中等个头、身材不错、相貌也还可以,长有一对水灵杏眼。她格外招人喜欢的原因是为人热情大方,工作踏实认真,善于与客人沟通。只要经她打扫过的房间,客人都会连连称赞,对个别老客户,冬梅还会主动去帮忙洗衣或缝补。

客栈的年轻汉子陆小青,既是刘三的小兄弟,又是聚义客栈的元老。大多时候,身体结实的陆小青是只听刘三指挥的,张德川虽说是大总管,但他深知陆小青是刘三的贴心马仔,所以,他对陆小青的管理自然就礼让三分。如今陆小青见帮主刘三喜欢瑞华,小芳也有了主,于是,他便打起冬梅的主意来。

表面忠诚老实的陆小青,内心实则也有爱动小心思的一面。无事时,他经常一人悄悄去盐市口夜市转悠,要是碰上价廉物美的打折货,他也会掏点小钱买点绢帕和头饰偷偷送给冬梅。从没收受过男人礼物的冬梅,见长得英俊的陆小青主动送礼物给她,又惊又喜地收下了礼物。令冬梅感到意外的是,就在她收下陆小青礼物的第三天晚上,移情别恋的袁平居然也悄悄送了一套漂亮丝绸秋装给她。冬梅非常清楚陆小青和袁平送她东西的目的。不敢拒绝袁平的冬梅只好把两个青年送的礼物保存起来,总有一天,她会把东西退还给其中的某个人。

其实,自袁平不再追求小芳后,他还不知陆小青已向冬梅发出了示爱信号,在不知情又十分茫然的情况下,内心骚动的袁平才转而追求冬梅。当从冬梅嘴里得知袁平也送礼物给她后,心里窝火的陆小青便时常当着袁平的面向冬梅表示亲近。更没想到的是,心里不服的袁平从此为争夺冬梅的爱开始跟陆小青较上了劲。丐帮头刘三得知两名贴心马仔为争夺冬梅展开了竞争，竟鼓动二人各施本领，看谁能拿下冬梅。刘三还夸口说，无论谁拿下冬梅，他都亲自给谁当主婚人。

令西门公子十分不解的是，他分明感到桃花美女对扬庄和扬雄颇有好感，为啥这二位友人不接桃花的招？扬雄在老家有杏花美女等他，这还可以理解，但扬庄又是啥原因不同桃花进一步交往喃？要说各种条件，扬庄条件应该远比他们这帮朋友中的任何人强呀。

在这群朋友中，唯有扬雄明白，生活在官宦家庭的扬庄不是对桃花没好感，要不是父母反对他交往商女，或许扬庄早就跟桃花成了恋人。只是性格清高的扬庄看不起刘三这类粗鄙之人，所以他很少随扬雄去聚义客栈玩，即便去了，他也不在刘三一伙面前袒露自己的恋爱观点。正因如此，西门公子搞不懂扬庄不跟桃花进一步交往的原因就正常了。

自端午节扬雄去都江堰祭祀屈原后，心情越来越苦闷的他既不能跟杏花保持正常的恋爱关系，又不好接桃花小姐示好的招。于是，扬雄便把大量课余时间花在了对赋的研究和创作上。扬雄没忘李弘先生对他的鼓励与期望，他在完成《成都城四隅铭》后，就一直在搜集关于蜀郡各地的丰富资料。此间，扬雄一直酝酿写一篇跟蜀都有关的赋，他想用这种方式，来证明自己的写作才华，一来回报林闾先生和君平先生对他的指导帮助，二来报答李弘先生设法留下自己在文翁学馆读书的恩情。

快到七月半时，刘三告诉扬雄，他要回花园场给母亲上坟，并希望扬雄跟他一块骑马回花园场。扬雄当即就答应了，高兴的刘三忙提醒他说："老铁，关于上坟的香烛我可叫陆小青多买些，到时我分一部分给你就是，但你必须给杏花买点礼物哈。"

"给杏花买礼物就免了吧，你不是说我俩当天夜要赶回成都吗？我看这次我就没必要去见杏花了。"扬雄回道。

刘三有些不解又地问："老铁，你春节后回文翁学馆念书，就一直没再去看过杏花，这次好不容易回去一趟，为啥不给杏花买点礼物？"

扬雄想了想，低声说："刘三兄，实话告诉你吧，我父母坚决反对我跟失了身的杏花来往，或许，我跟杏花的事要吹。所以，我这次回去就不想去打扰她了。"

"老铁，朋友不成仁义在啊。你俩毕竟好过一阵，老子就想不通，杏花是我们

413

花园乡顶级大美女，为啥难得回去的你居然连去看她的想法都没了。难道，是那些所谓的圣贤之书把你变得这么无情的？"刘三生气地直言道。

"我明知未来无望，又何必再去叨扰杏花呢。唉，我、我也不想这样做啊。"说完，扬雄就默默离开了刘三。

七月半那天，扬雄一早就到了聚义客栈。匆匆吃过饭后，扬雄、刘三和陆小青三人就骑着马朝花园乡方向奔去。半个时辰工夫，扬雄三人就赶到了花园场。由于扬雄不愿去豆腐饭店，刘三便从陆小青肩上抓过一个包袱递给扬雄说："老铁，这是我给你准备的上坟祭品和香烛，你就先回家看看父母和奶奶，之后去我妈坟头吧，我在那等你一块回成都。"

"要得嘛。"接过包袱的扬雄便打马朝扬家小院奔去。见扬雄消失在视线中，下了马的刘三同陆小青把马牵入桑林后，刘三拿着他买给覃老板母女的礼物，独自悄悄朝他熟悉的豆腐饭店走去。

坐在饭店门外纳凉的覃老板和杏花正摇着手中大蒲扇驱赶蚊虫给自己扇风。当穿着黑绸褂的刘三出现在覃老板母女面前时，着实把覃老板吓了一大跳。警惕性极高的刘三并没同覃老板打招呼，就直接蹿进饭店内。很快，跟着进来的覃老板母女就把饭店大门关上了。随即覃老板紧张地问道："刘三，你、你今天咋想起来我这儿呀？"

"覃老板，今天是鬼节，我回来给我妈烧点香烛，顺便来看看你和杏花。"

"刘三，你晓得不，龙乡长和宋捕头一直在寻找你下落？"

"哼，我当然晓得，这帮恶人巴不得我刘三早些从世上消失，唯有这样，他们才好睡个安稳觉。"刘三忙说。

"刘三，扬雄在成都念书，他咋没跟你一块回来上坟喃？"

刘三犹豫片刻说："覃老板，扬雄读书忙得很，我估计他要过年才回得来。"

"唉，过去，扬雄父亲还偶尔来这儿吃顿饭，自从我家杏花出了那事后，我们母女俩就再也没见到扬雄他爸了。"覃老板刚说完，杏花问道："刘三哥，听说你当了客栈老板，我还没去过成都，你们客栈在成都哪条街呀？"

刘三自豪地回道："杏花，我的聚义客栈在成都盐市口附近的卧龙桥，扬雄读书的文翁学馆在成都南门边的文庙街。今后，你若有机会来成都耍。我刘三定亲自用马车拉着你们去文庙街转转。"说后，刘三就把包袱打开，指着包袱中的绸服、玉镯和两个铜镜说："覃老板，这是我送给您和杏花的小礼物，请你们收下我小小心意。"

"这、这咋好喃。"说着喜笑颜开的覃老板就拿起玉镯认真瞧了起来。刘三见覃老板在忙着看玉镯,便低声说:"覃老板,那我就去给我妈上坟了。"刘三话音刚落,杏花忙拉着他手臂说:"刘三哥,你慌啥子嘛,你给我说说扬雄哥这大半年的事吧,我好长时间都没见着他了。"

刘三回头认真地看了看拉着他的杏花,心里不禁叹道:哎呀,杏花不愧是我们花园乡大美女,她的美丽哪是秀娟、瑞华、小芳和冬梅能比的。扬雄他父母咋这么瓜喃,为啥要拆散这对郎才女貌的恋人嘛。想到此,刘三无奈地说:"杏花,我今天上完坟还得赶回成都去,改天,我同扬雄再一块回来看你。我要让扬雄亲口告诉你,这大半年他到底念了哪些书,写了哪些好文章。"说完,挣脱杏花手的刘三对杏花笑了笑,就匆匆离开了豆腐饭店。